anagramma

116

Titolo originale: *The Pearls*

Traduzione dall'inglese di Stefania Di Natale
Dodicesima edizione: dicembre 2011

Roma, Casella postale 6214

ISBN 978-88-541-3205-4

www.newtoncompton.com

Realizzazione a cura di Corpotre, Roma
Stampato nel dicembre 2011 da Puntoweb s.r.l., Ariccia (Roma)
su carta prodotta con cellulose senza cloro gas provenienti da foreste controllate, nel rispetto delle normative ambientali vigenti

Jane Corry

Il segreto della collana di perle

Newton Compton editori

LOUISA
1897-1898

Capitolo 1

[illegible]

Capitolo 1

Passi. Pesanti. Lenti. Decisi. Proprio come lui. Passi lungo il corridoio, che impediscono alla domestica di arrivare prima di lui. La porta che si apre.

Chiudi gli occhi, dice la vocina nella testa di Louisa, mentre lei fa scivolare il blocco da disegno sotto il cuscino. Fai finta di dormire.

È dunque questo, quel che deve fare una sposa, il mattino dopo?

Ora avverte il suo respiro, sa di tabacco. Lo sente inginocchiarsi accanto al suo letto mentre la pioggia primaverile picchietta dolcemente contro i vetri, là fuori. Vorrebbe che qualcuno aprisse la finestra per permetterle di inalare il profumo dei narcisi all'esterno, invece di quella fragranza di muffa che le solletica le narici, inducendola a starnutire, cosa che non sarebbe affatto appropriata.

«Lo so che sei sveglia». Le sue note profonde hanno un suono vagamente divertito, come se lei fosse ancora una bambina che dorme in casa dei genitori. Se solo fosse davvero così.

«Volevo darti queste».

Louisa sa di cosa si tratta. Gliel'hanno già detto. Sono state donate a ogni moglie, e alla sua morte sono passate alla successiva. Ma lei non le ha ancora mai viste. Senza dubbio erano rimaste nascoste in qualche polverosa cassetta di sicurezza dopo la dipartita di sua suocera, tanti anni prima.

Louisa si volta, per curiosità, ma anche perché è inutile insistere.

Sono uno di fronte all'altra. Un viso affascinante, quello di lui. Dei piccoli baffi curati, come si addice alla moda del momento. Capelli scuri. Occhi castani che fissano i suoi con una sfumatura verde muschio, come le pesanti tende di broccato alle sue spalle, ora solo parzialmente tirate. È poco più basso del solito in ginocchio, mentre torreggia su di lei, coprendo la luce del mattino primaverile che filtra dalle persiane accostate. Quei modi gentili, rispettosi e beneducati da giovane medico che conquista i propri pazienti, a prescindere dalla loro età. Le viene quasi voglia di ridere, ma probabilmente si tratta soltanto di quella che il padre definisce "una leggera inclinazione al nervosismo", proprio come la madre.

«Sono molto belle». La sua stessa voce risulta strana, come se anche quella, insieme al resto del suo corpo, fosse stata lacerata poche ore prima. Non potendone fare a meno, prende prima un filo, poi l'altro. Le piace di più il primo, con il grazioso fermaglio di diamanti, ma anche il secondo è delizioso. Come una cascata di perle, ognuna separata da quella vicina da un piccolo nodo di seta, in una delicata trama. La tela di un ragno.

«Ti piacciono». L'espressione piacevolmente sorpresa del volto di lui le ricorda quella di suo padre, quando lei accettava di fare qualcosa che lo rendeva felice. «Testarda», l'aveva talvolta definita il padre. Incapace di riconoscere una buona unione a prima vista, anche se ormai aveva quasi vent'anni. Intenta a perseguire un suo ideale di vita, incurante delle conseguenze che potevano derivarne, per sé e per gli altri. E forse, fino a ieri in chiesa, suo padre aveva avuto ragione.

«Faccio io». La voce profonda e autoritaria di lui batte sul tempo le sue mani. Riluttante, lei permette al suo neomarito di cingerle il collo con le perle; un collo da cigno, diceva sua madre, quando ancora poteva parlare. Lungo. Elegante. Di un biancore latteo, come la camicia da notte ricamata che indossa.

Al tocco della pelle calda di lui, raddrizza la schiena e poi ansima appena sentendo le perle fredde su di sé. Tremando, Louisa tenta di schermirsi, ma è troppo tardi. C'è lo scatto del fermaglio, seguito da un altro, che suggella la chiusura del secondo filo. È in trappola.

«Cosa ne pensi?». Le pone davanti lo specchio; uno specchio dalla cornice d'argento ad angoli smussati, che si trova sulla sua toletta, accanto alla fila di boccette di vetro intagliato e al vasetto rosa mirtillo. «Ti donano», aggiunge lui, con la voce che appena gli trema.

Dunque ci teneva, che le piacessero! Quella consapevolezza la fa sentire improvvisamente più potente. Di nuovo testarda. Proprio come quando suo padre un giorno era tornato dalla galleria d'arte, dicendole che un gentiluomo aveva trascorso intere ore a osservare il suo ritratto e che poi aveva chiesto il permesso di venir presentato a quella ragazza alta, snella ed elegante, vestita di pizzo bianco, che ostentava i suoi riccioli castani dai riflessi ramati, seduta su una seggiola a guardare dalla finestra qualcosa che era al di là della portata dell'osservatore.

Allora aveva pensato che fosse una cosa alquanto divertente, ma s'era dovuta ricredere, quando la sera dopo il padre era tornato a casa in compagnia del dottor James Mason, che non s'era fatto ripetere due volte l'invito a rimanere a cena e che nei successivi tre mesi le aveva fatto una corte spietata. Louisa non riusciva a decidere se quell'uomo le piacesse o se fosse semplicemente spaventata dalle novità, spaventata soprattutto da qualcuno che proveniva da una famiglia di rango tanto superiore al proprio e i cui membri non approvavano quell'unione, visto che lei non aveva un titolo nobiliare e trascorreva le sue giornate a riempire il suo blocco di schizzi e scarabocchi.

«Sono davvero molto belle». La voce di lei, dolce e distaccata, lo allontana e lui si alza in piedi. Ora è chino su di lei. Lei si sforza di sostenerne lo sguardo, decisa a non mostrarsi spaventata. Le pagliuzze verdi aiutano. Dimostrano che non è perfetto. Un pensiero divertente e confortante al tempo stesso. Dopotutto, doveva pur sposarsi! Se era quel che ci si aspettava da lei. Perciò un marito non del tutto perfetto poteva anche accontentarsi di lasciarle vivere la sua vita, per quanto possibile.

«Custodiscile bene». La sua voce le risuona nelle orecchie. «Sono gioielli di famiglia».

«Naturalmente», sta per rispondergli, vagamente infastidita da quel tono che sembra insinuare che è ancora una bambina alla quale bisogna raccomandare di non perdere il giocattolo prezioso appena ricevuto in dono. Ma lui si sta già voltando dall'altra parte, i suoi passi che tornano a risuonare lungo il corridoio, dove sente la domestica che con la cera d'api sta lucidando la pesante cassapanca dai complicati intagli, appartenuta a qualche antenato di James. È come se adesso qualcuno sia entrato di soppiatto nella stanza e abbia aperto finalmente la finestra. Grazie al cielo. Può di nuovo respirare in maniera normale. Guardandosi allo specchio, Louisa non è affatto dispiaciuta da ciò che vede. Le perle le donano. Ora sono anche più calde, meno estranee sulla sua pelle. Si stanno forse abituando a lei? A un nuovo collo, dopo averne frequentato per anni un altro.

«Benvenute», sussurra al proprio riflesso.

Ora è davvero sposata.

Il cappio di seta si stringe.

Capitolo 2

La cosa peggiore della vita matrimoniale, pensò Louisa dopo un anno, era l'umidità. Quell'orribile sensazione di bagnato fra le gambe che si provava dopo e il modo in cui il liquido colava sulle lenzuola. Riusciva a malapena a guardare in faccia la cameriera, al mattino, e ogni sua speranza che la ragazza non avesse notato nulla veniva puntualmente vanificata dalla scoperta che faceva ogni sera, ovvero che le pesanti lenzuola di lino, custodite nell'armadio di legno di noce al piano di sopra, erano state cambiate.

Poi c'era l'odore, un odore diverso da qualsiasi cosa le fosse capitato di sentire in passato. A Louisa piaceva pensare di essere brava a distinguere gli odori, così come ad abbinare i colori; quest'ultima era una virtù ereditata dal padre, che avrebbe voluto avere un figlio maschio da istruire nell'arte della pittura, proprio come era successo a lui, grazie all'uomo che chiamava "il gran maestro". Ma quell'odore che rimaneva nell'aria dopo le "visite" di suo marito era un misto fra quello che si sente nelle scuderie e la sostanza incolore che suo padre usava per pulire i pennelli!

Eppure, sembrava che James ne fosse soddisfatto.

«Molto bene», aveva detto il mese precedente, nello stesso tono che impiegava quando Cook gli serviva la sua bistecca preferita e il pasticcio di carne e rognone. Fino ad allora, non aveva mai detto nulla; nulla, a parte i bassi grugniti che emetteva durante l'atto vero e proprio. Perciò quel "molto bene" l'aveva resa felice e orgogliosa, molto più della cosa in sé.

All'inizio, quella faccenda l'aveva colta del tutto di sorpresa. Nessuno le aveva mai spiegato fino in fondo cosa sarebbe accaduto. Né la mamma, né la governante. Se non fosse stato per la buffa ragazza con la quale aveva condiviso le lezioni, non ne avrebbe avuto la minima idea.

«Dovrai fare "quella cosa"», aveva ridacchiato Aveline, quando Louisa le aveva dato la notizia del fidanzamento.

«Quale cosa?», aveva chiesto Louisa. Non le piaceva doversi considerare petulante, ma la voce acuta e squillante di Aveline e la sua incapacità di comprendere le linee disegnate sul mappamondo sollecitavano la parte peggiore del suo carattere.

Quando Aveline, che a casa propria aveva il permesso di recarsi dabbasso a chiacchierare con le servette in un modo che a Louisa era del tutto precluso, le aveva sussurrato all'orecchio i dettagli di Quella Cosa, Louisa aveva pensato che il tutto fosse da attribuire alla più che fervida immaginazione della sua compagna di studio. Le storie che aveva appreso durante le lezioni rispecchiavano fedelmente le «Penny Dreadfuls» di cui aveva sentito parlare. Ma ora si rendeva conto che Aveline non aveva affatto esagerato. Quindi questo significava che era vera anche l'Altra Cosa?

Louisa alzò la schiena e si mise a sedere sul letto, i lunghi riccioli castani che ricadevano a cascata sulle spalle prima di venir fermati sul capo in un'elaborata acconciatura, avvolgendosi nelle lenzuola e godendosi quel momento del mattino in cui James aveva lasciato la stanza per andare a fare quelli che chiamava i "suoi giri", lasciandola sola fino all'arrivo della cameriera. Era dall'estate che non cambiava l'imbottitura assorbente inserita nella sua biancheria intima, e ormai era quasi Natale. Era dunque possibile, davvero possibile, che fosse in attesa, come le aveva descritto la sua ex compagna di studi?

Con riluttanza, Louisa scese dal letto e, avvicinatasi al grande specchio di mogano, sollevò la candida camicia da notte. Il suo ventre era leggermente arrotondato, su questo non c'era dubbio. Ma poteva essere colpa del cibo che Cook portava in tavola. Prima, quando viveva a casa dei suoi genitori, non le era mai piaciuto mangiare. Le bastava guardare sua madre, fredda e silenziosa dall'altra parte della tavola, per perdere quasi del tutto l'appetito.

«Povero papà», pensò, riabbassando la camicia e rassettandosi prima dell'arrivo della cameriera. Non aveva avuto una vita facile. Non c'era da meravigliarsi che rimanesse sempre rinchiuso fino a tardi nel suo studio. Il viso le si illuminò, quando le venne in mente che quello era il giorno in cui lui l'aveva invitata ad andarlo a trovare. Magari avrebbe potuto confidarsi con lui.

Come al solito, lo studio era un guazzabuglio di colori. Verdi, blu, rossi e arancioni, tutti spalmati su dei pezzi di legno che il padre chiamava tavolozze. In genere, l'odore dei colori a olio che la investiva quando entrava nella stanza le liberava il naso, proprio come accadeva quando, da bambina, pregava Cook di portarla con sé al mercato del pesce. Oggi, invece, le colpì lo stomaco e sentì in bocca uno strano sapore, come quando da bambina aveva succhiato un soldino per capire di che sapesse, prima di venire severamente ripresa.

Gli occhi di Louisa cercarono subito il cavalletto, dal quale una bellissima donna dagli occhi celesti e con una cuffia dello stesso colore ben annodata sotto il mento fissava un paesaggio distante e invisibile.

Era sempre lo stesso.

Qualunque fosse il soggetto da dipingere commissionato al padre, vi compariva sempre la stessa donna. Non c'era da stupirsi che si lamentasse di avere poco lavoro: non tutti i suoi clienti gradivano che le loro mogli o le loro figlie somigliassero così tanto alla moglie del pittore.

«Era talmente bella, tua madre». Suo padre parlò senza nemmeno voltarsi a guardarla. «Un collo da cigno così adorabile».

Louisa annuì, sfiorando il proprio quasi senza accorgersene. Era uguale a quello della madre: forse addirittura troppo lungo, pensò, anche se di fatto le perle le stavano benissimo. Si stava abituando a portarle, ormai; anzi, talvolta dimenticava quasi di averle indossate e si spaventava a morte temendo che le fossero cadute. Perdere un cimelio di famiglia come le perle era una cosa per la quale James e i suoi non l'avrebbero mai perdonata.

«Avresti dovuto vederla prima che si ammalasse».

Louisa odiava quando suo padre iniziava a parlare in quel modo. L'esperienza le aveva insegnato che non c'era altro da fare se non rimanere lì ad ascoltarlo. Osservando i dipinti appoggiati da un lato, si chiese se avesse potuto porgli la domanda che faceva di continuo e alla quale lui rispondeva sempre allo stesso modo.

«Papà, posso...».

Si bloccò.

Lui si era voltato e ora la stava guardando nello stesso modo in cui l'aveva guardata quando aveva detto che avrebbe effettivamente preferito non sposare mai nessuno, e che quel che desiderava davvero fare nella vita era dipingere. Proprio come lui.

«Posso...», tornò a ripetere. Posso prendere quel pennello, avrebbe voluto dire. Posso spremere quel tubetto di rosso sulla carta e spalmare il liquido su tutta la pagina?

«Louisa». Suo padre la inchiodò con sguardo severo. «Te l'ho già detto. Dipingere non è un mestiere da donna. Non per donne come te. Va benissimo come passatempo, ma lì inizia e lì finisce. Per favore, non chiedermelo più».

«Non è questo, che volevo dirti», fece lei tutto d'un fiato, per nascondere la bugia. «È qualcos'altro».

Suo padre aspettava. Non c'era modo di tornare indietro, ormai.

«Una cosa che avrei voluto chiedere alla mamma, ma ovviamente è impossibile».

Ora suo padre sembrava confuso, il che la fece innervosire ancora di più. «Si tratta di una questione delicata, papà».

Lui appoggiò il pennello e si avvicinò. Talvolta era difficile pensare che suo padre fosse un vero artista. Un uomo che, fino alla malattia della moglie, era stato richiestissimo e che aveva l'onore di vedere esposti in una famosa galleria di Londra molti dei suoi quadri. «Che cosa c'è, Louisa? Stai forse male?»

«No».

Aggrottò la fronte e le folte sopracciglia si unirono. «Tuo marito è buono con te?».

Lei annuì e il volto dell'anziano si distese per il sollievo. Poi fu come se una luce si accendesse in quegli occhi di un lattiginoso celeste chiaro che lei aveva imparato ad amare e anche a temere, negli anni.

«Sei forse in attesa?».

Louisa scoppiò a ridere, scuotendo il capo e poi annuendo. «Credo di sì. Non ne sono sicura».

«Bambina mia!». La strinse a sé e la pittura a olio che imbrattava la sua camicia le fece venire la nausea.

«Allora ti troverò qualcuno, Louisa. Qualcuno che parli con te. Qualcuno che conosca queste cose».

Capitolo 3

Quando era capitato che suo padre e la madre di Aveline si trovassero nella stessa stanza, ad Acacia Road, Louisa si era sempre sentita in imbarazzo. Non riusciva a capirne il motivo. Forse per via del morbido accento americano che, a sentire i toni ammirati in cui il padre lo descriveva, si doveva alle fortunate origini bostoniane della onorevole signora Gillingham? (Di sicuro Aveline non aveva lo stesso modo di parlare, ma forse perché suo padre era inglese). O forse perché Louisa non amava molto vedere suo padre parlare con una donna, sapendo che non poteva fare altrettanto con la sua legittima consorte.

«Quand'è che tua madre ha perso la capacità di parlare?», le aveva domandato Aveline, poco dopo che si erano conosciute. Louisa, che detestava affrontare quell'argomento, le aveva spiegato in poche parole che era accaduto anni prima, quando la madre era stata colpita da uno strano malore che aveva reso inutilizzabile il suo braccio destro. Quel che avrebbe potuto aggiungere, ma che aveva scelto di non fare, era che sua madre poteva anche non essere in grado di parlare nel senso proprio del termine, ma riusciva a comunicare in maniera piuttosto chiara con lei, servendosi solo dell'espressione degli occhi. La stessa espressione che, chiara come un libro aperto, palesava la sua diffidenza nei confronti di Victoria Gillingham, che fosse onorevole o no. Come tutti sapevano, le americane potevano essere estremamente frivole e fin troppo generose con l'acqua di lavanda.

Così, l'ultima persona che Louisa avrebbe scelto per illuminarla sulle sue condizioni era la madre di Aveline, che, proprio il giorno dopo il colloquio con il padre, era arrivata senza farsi annunciare, invadendo il soggiorno mentre Louisa sedeva al pianoforte.

«Mia cara!».

La donna si sedette sul canapè borgogna, proprio di fronte a lei. Teneva la schiena dritta e si sistemò in modo che le pieghe della sua gonna di seta verde smeraldo si disponessero in perfetta simmetria intorno alle gambe. Era un'abitudine che anche Aveline aveva coltivato, ma che Louisa, da parte sua, disdegnava. Così finta! Così americana!

«Il vostro caro padre mi ha comunicato la notizia. Sono davvero felice per voi!». Si sporse in avanti e abbassò la voce, ma non abbastanza perché la cameriera, che a giudicare dallo scalpiccio dei piedi sostava fuori in corridoio, non potesse sentire. «Peccato che la vostra povera mamma non possa esservi d'aiuto in tale circostanza».

Oh, ma può eccome, avrebbe voluto risponderle Louisa, mentre si alzava riluttante dal pianoforte per andare a sedersi, come voleva l'etichetta, sulla poltrona accanto all'ospite. Ma lei lo sa. Gliel'ho già detto. Il fatto che non abbia potuto rispondere non implica che non abbia capito. Soltanto il giorno prima, gli occhi della madre le avevano fatto capire in maniera molto chiara che avere un bambino sarebbe stata una delle esperienze più belle che potessero capitarle e che non sarebbe stato doloroso. Neanche un po'.

«Voi, poi, con un carattere così delicato e sensibile!». La signora Gilligham batté leggermente il palmo della mano sul dorso della sua. «Ma niente paura. Vi potrò dare dei buoni consigli su certe questioni e poi, naturalmente, c'è vostro marito, che è un medico». Altra piccola pacca. «Non che possiate consultarvi con lui su ogni cosa. Ci sono questioni assai delicate che una moglie non dovrebbe mai sollevare con il proprio consorte. E ora ditemi, cara, c'è qualcosa che volete chiedermi in particolare?».

Louisa pensò agli argomenti che aveva già affrontato con la madre. Il doloroso malessere allo stomaco quando si svegliava la mattina. Lo spiacevole modo in cui le viscere si liberavano del loro contenuto nel vaso di porcellana custodito sotto il letto. I seni gonfi, che le dolevano quando si muoveva. E l'improvvisa repulsione che provava per suo marito quando si coricava accanto a lei ogni notte, una sensazione che lui doveva aver percepito, perché da un po' aveva preso a occupare la camera da letto più piccola, all'estremità opposta del corridoio.

«Penso di no, ma vi ringrazio», le rispose, unendo le mani in grembo, perché la signora Gillingham non si accorgesse della tinta viola, il suo colore preferito, che le aveva macchiato la pelle.

«Ne siete certa?». Le sopracciglia della donna più anziana si sollevarono in un'espressione delusa.

Louisa le rispose annuendo con grazia.
«Capisco». Un tono appena più freddo si era infiltrato nella morbida cadenza americana. «In tal caso, passerò a una notizia che spero vi rallegrerà. La vostra cara amica Aveline sta per sposarsi!».
Cara amica! Louisa non aveva mai fatto rientrare Aveline in tale categoria; non era mai stata il tipo di ragazza da avere amiche intime, in parte per mancanza di opportunità. Una madre invalida e un padre pittore non erano, aveva spesso pensato ironicamente, il genere di compagnia che avrebbe potuto attirare il prossimo. Perciò ora Louisa aveva difficoltà a mostrare entusiasmo per la novità, e dovette forzarsi per assumere un tono di voce affabile. «Immagino che sposerà Sir Thomas».
La signora Gillingham inclinò leggermente il capo con condiscendenza. Louisa non ne fu sorpresa. Da qualche mese Aveline si era incaponita con quel poveraccio, da lei stessa scartato come possibile corteggiatore almeno due anni prima, per via del suo modo futile e sciocco di parlare a vanvera. Non v'era dubbio che, agli occhi della madre di Aveline, il titolo nobiliare rendesse accettabile anche il suo stupido chiacchiericcio. «Vi prego di comunicarle le mie felicitazioni». Sorrise nel modo più caloroso possibile. «E adesso, non vogliatemene, ma sto iniziando a sentirmi piuttosto affaticata».
La signora Gillingham si alzò in piedi. Era molto alta, notò Louisa. Più di quanto non si fosse mai resa conto, anche se forse dipendeva dai sottili stivaletti in pelle nera che spuntavano da sotto la gonna di seta. Un'altra affettazione tipicamente americana, non c'era dubbio.
«Mia cara, ma certo». Afferrò la mano di Louisa e l'odore di acqua di lavanda la investì in maniera così violenta che Louisa dovette lottare con se stessa per non fare un passo indietro.
«Ma dovete giurarmi di informarmi subito, se ci fosse qualcosa che la cara Aveline e io possiamo fare per voi».
Louisa attese con impazienza di sentir scattare la serratura del portoncino principale, segnale che uno dei domestici aveva accompagnato la donna all'uscita. Poi, tornando languidamente al pianoforte, sollevò il coperchio dello sgabello davanti alla tastiera. Grazie al cielo! Il dipinto, che aveva nascosto prima dell'arrivo della visitatrice, era sano e salvo, nonostante il colore ancora umido. Tenendolo a distanza per osservarlo con cura, delineò nella propria mente la sagoma del castagno, con le striature rosso scuro che percorrevano il tronco, che si vedeva dalla finestra della madre, e che tante volte

aveva osservato mentre le pettinava i capelli. Il ramo sulla sinistra non era perfetto, ma per essere un primo tentativo, non era poi così male. Avvertì un rumore, all'esterno, e capì che il marito era tornato a casa per pranzo, dopo le visite del mattino. Louisa ripose il dipinto nello sgabello, dove era nascosta anche la piccola scatola nera dei colori, che si era fatta comperare la settimana precedente da una cameriera.

Poi si sedette di nuovo e riprese a suonare.

Ci furono momenti, nei mesi a seguire, in cui Louise si sentì molto tentata di accettare la gentile proposta della madre di Aveline. Nulla, né gli occhi silenti e ansiosi di sua madre, né i consigli medici stringati e asettici del marito, aveva avuto il potere di prepararla a quell'altalenare dello stomaco o ai seni divenuti grossi e pesanti. Ma persino quelle cose persero di significato, se messe a confronto con il mattino in cui si alzò faticosamente dal letto, aiutata dalla cameriera, e iniziò a urlare inorridita nel sentire l'acqua che le scorreva lungo le gambe finendo sul tappeto.

Dopo quell'episodio, Louisa non volle più pensare agli orrori che l'aspettavano. L'unica cosa che l'aiutò a sopportare la situazione, fra le tremende ondate di dolori lancinanti che le dilaniavano il corpo facendole pensare erroneamente di aver bisogno del vaso, fu immaginare il mare. Enormi, grigi, granitici cavalloni che si infrangevano sulla riva con una forza inimmaginabile. Solo che, pensava Louisa nelle sporadiche pause di lucidità che le doglie le concedevano, doveva appunto immaginarlo. Perché, per quanto indietro andasse con la memoria, non riusciva a ricordare di essere mai stata al mare, né di aver mai ascoltato le strida dei gabbiani, che ora le pareva di sentire in fondo al letto.

Lo stava dipingendo, adesso. Spesse pennellate di grigi e neri e viola, nel quadro formato dalla sua mente; tanto che il mare sembrava ribollire nel penetrante odore dei colori a olio, mentre i pennelli colpivano la tela proprio come il dolore stava percuotendo il suo corpo.

Poi, all'improvviso, come erano iniziate, le ondate si fermarono. E proprio mentre stava pensando che i versi dei gabbiani somigliavano in modo sorprendente ai vagiti di un neonato, le tenebre si riversarono su di lei come un panno pesante, avvolgendola in maniera stranamente confortante dopo tutta quella sofferenza e facendola fluttuare in un luogo a lei sconosciuto.

CAROLINE
giugno 1997

IN MEMORIAM

PHOEBE ISOBEL WRIGHT

Nata l'8 settembre del 1908. Deceduta il 2 giugno del 1997

Moglie di Victor Wright.
Sorella di Rose e Grace.
Figlia di Louisa e del dottor James Mason
stimato membro della chiesa di St Giles.

Capitolo 4

Erano in ritardo. A volte Caroline pensava che suo marito avrebbe fatto tardi al proprio funerale, se avesse potuto. Forse anche al suo. Meno male che erano entrambi dotati di un sano senso dell'umorismo.

«Non c'è parcheggio», esclamò Simon, come se la colpa di quel ritardo fosse di qualcun altro, invece che loro.

Lei scrutò il suo viso dall'espressione vagamente divertita chiedendosi, non per la prima volta, cosa vi avrebbe visto qualcun altro. Un uomo che aveva appena superato la soglia dei quaranta e che si portava bene i suoi anni, dopotutto. Quel "dopotutto" era riferito a una carriera soddisfacente ma stressante, per non parlare del mantenimento di tre vivacissimi figli. Capelli che erano stati biondi in gioventù, a giudicare dalle foto della sua infanzia, ma che ancora tendevano a schiarirsi al sole. Spalle larghe e un torace ampio, benché risultasse di corporatura proporzionata e niente affatto pesante o goffa. Un modo di fare accomodante e spigliato che attirava il prossimo, forse perché era sempre interessato sul serio alle vite degli altri. Un giornalista deve esserlo, le diceva con quella sua voce da speaker di Radio Four, anche se era altrettanto in grado di adattarla a Radio One o a qualsiasi altra cosa, quando si trattava di mettersi in sintonia con la sua vasta schiera di lettori. Uno sguardo sveglio e brillante, che l'aveva sempre aiutata a vedere il bicchiere mezzo pieno in qualunque situazione, proprio come faceva lui. E un sorriso che la faceva sciogliere dentro, nonostante tutto, anche se quello era il luogo meno adatto per pensare a Quel Genere di Cose!

«Se fossimo usciti prima...», iniziò a dire lei.

Simon la interruppe prima che potesse finire la frase. «Non ci saremmo divertiti tanto. Non credi?».

La sua mano si allungò oltre la leva del cambio automatico per carezzarle con dolcezza il lato interno della coscia destra. Caroline dovette resistere all'impulso di spingerla più in alto. Di tutta la sua cerchia di amiche, era l'unica che *non* si lamentava mai del fatto che il marito non fosse più interessato a "quel genere di cose", o che "non avessero tempo" per farle.

Come facessero a *trovarlo*, loro, il tempo, era una cosa che le rimaneva oscura. La loro vita, come quella di molte coppie moderne, era pazzesca. Sveglia alle sei per andare in redazione (lui) e preparare i bambini per la scuola (lei), prima di andarsi a chiudere nel suo studio in fondo al giardino. Niente studio, oggi, e forse era per quello che si sentiva un po' irascibile. Non sopportava quando non riusciva a dipingere. Per quanto riguardava i bambini, invece, grazie al cielo esistevano gli amici, che avevano cortesemente accettato di cambiare i turni di accompagnamento a scuola, perché lei e Simon avessero la possibilità di farsi quelle tre ore di autostrada per raggiungere il paesino lastricato di pietra nel Somerset, pieno di aubrezia violacea e caprifoglio, dove la zia Phoebe aveva trascorso gli ultimi quarant'anni della sua vita.

«Scendi». Simon aveva parcheggiato accanto a una Range Rover verde con le fiancate ricoperte di fango e un labrador nero col muso triste incollato al finestrino. Senza dubbio il cane apparteneva a qualcuna delle eleganti signore vestite a lutto, con i cappelli di foggia diversa – guarda quel turbante viola con le piume! – che si stavano avviando verso la chiesa.

Lei esitò. Non voleva andare da sola.

«Se non lo fai», disse Simon con appena un accenno d'irritazione nella voce, «non troveremo più posto, e hai promesso a Grace che gliene avresti tenuto uno. Ti raggiungerò appena parcheggiato».

«E se non dovessi riuscirci?». Caroline sentì l'ansia salirle mentre immaginava in maniera fin troppo realistica Simon che entrava nel bel mezzo della cerimonia facendo un gran baccano, con tutti quegli occhi di sangue blu del Somerset puntati addosso con aria accusatoria. Grace le avrebbe dato una gomitata dicendo a voce alta qualcosa su Simon che arrivava sempre in ritardo, anche se proprio in quel momento era lei a essere a sua volta in forte ritardo. Né si risparmiò l'immagine della zia Phoebe, l'unica persona di sua conoscenza che fosse mai riuscita a intimidire suo marito, che si metteva a sedere nella cassa, una Marlboro in una mano e un bicchiere di whisky nell'altra, pretendendo di farsi spiegare da lui la ragione del ritardo al suo funerale.

«Su, avanti». Simon tamburellava le dita sul volante con fare impaziente. «Sbrigati». Guardò nello specchietto retrovisore. «Stiamo bloccando la fila».

Non c'era niente da fare. Afferrando la sua nuova borsetta turchese di Accessories, e sperando di avere degli spiccioli per la questua, fece ruotare le gambe magre e slanciate, uno dei suoi pezzi forti insieme ai lunghi capelli castani, che le ricadevano in morbidi riccioli sulle spalle (un colore che sembrava aver ereditato dalla nonna materna, Rose), fuori dell'abitacolo della bassa auto decappottabile di Simon, per finire direttamente con i piedi in una pozzanghera. Fantastico! Si era anche sporcata le calze nuove da 15 den che aveva infilato di malavoglia, visto che per l'occasione aveva dovuto indossare un completo giacca e gonna, invece dei soliti jeans. La gonna di jersey, un taglio sartoriale che al momento dell'acquisto, qualche anno prima, era stato un elegante capo nero e attillato, ora le tirava intorno alla vita, visto che non era ancora riuscita a smaltire i chili in più acquistati in occasione della nascita dei gemelli. Almeno era riuscita a riesumare dal fondo dell'armadio una blusa grigia di Whistles molto bella, che non aveva più messo dal giorno del funerale della madre.

Quel ricordo la turbò un po', ma allo stesso tempo le diede conforto. La madre avrebbe voluto che sia lei che Grace fossero lì, in quell'occasione. Lanciò un'occhiata furtiva al cellulare, prima di avviarsi verso il cancello. Ancora nessun SMS della sorella. *Dove 6?*, digitò.

«Caroline?».

Si voltò e si trovò faccia a faccia con un omone grande e grosso paludato in una giacca di tweed, con una stupenda voce profonda che per molti versi somigliava a quella di Harry Belafonte, almeno a detta di tutti coloro che erano riusciti a convincerlo a cantare qualcosa, durante le riunioni di famiglia.

«Zio Geoffrey!».

Era così bello sentirsi stretta a lui, respirare col viso affondato nella sua confortante ampiezza fisica e sentire finalmente che c'era qualcuno che aveva preso in mano la situazione. Da quando era morta la mamma, sia lei che Grace avevano sentito tutta la responsabilità di essere le più grandi, in famiglia. «È come trovarsi sulla cima dell'albero», aveva detto sua sorella. Di recente, Caroline aveva fatto qualche ricerca sulla sua famiglia, nel caso in futuro i suoi figli avessero voluto sapere qualcosa in proposito e lei non fosse stata lì a raccontarglielo. Finora aveva ottenuto soltanto una lista di nomi, che aveva riportato con la sua solita calligrafia in nitido inchiostro nero, su un semplice foglio di carta. In cima alla lista c'era la sua bisnonna Louisa, che aveva sposato un certo dottor James Mason. I due avevano avuto tre figli: sua nonna Rose, la prozia Phoebe e un'altra sorella, Grace, dalla quale sua sorella aveva preso il nome. Avrebbe fatto ulteriori ricerche; forse quel funerale era la spinta di cui avrebbe avuto bisogno, eppure non c'era mai abbastanza tempo.

Intanto lo zio Geoffrey si stava agitando; si guardava intorno e scrutava di continuo l'orologio. «Simon dov'è?»

«Sta parcheggiando».

I loro sguardi s'incontrarono e non ci fu bisogno di dire nulla. «C'è un sacco di gente. Siamo arrivati presto per trovare un posto. In ogni caso, è bello vederti». La scrutò manifestando una sincera approvazione. «Vieni a sederti vicino a noi».

Caroline vide i due posti liberi nel banco di suo zio, accanto alla navata centrale e a una composizione di gigli il cui profumo le dava una leggera nausea. «Fra poco arriva anche Grace».

«Vorrà dire che ci stringeremo. Sarà meglio muoversi, mia cara. Sembra che la cerimonia stia per iniziare».

Erano arrivati almeno al secondo inno, quando qualcuno le scivolò accanto. «Finalmente», stava per dire, prima di accorgersi che era la sorella, e non il marito. «Incastrata dai francesi», disse Grace, alzando gli occhi esasperata. Solo sua sorella era capace di esibire – non si sa se con sfacciataggine, oppure con classe – un completo color crema di Amanda Wakeley a un funerale.

«È un miracolo che sia riuscita a sgattaiolare via dalla riunione. Ci mancava pure la vecchietta che se ne va senza il minimo preavviso».

Shhh, le avrebbe detto Caroline, ma non ce ne fu bisogno. Diverse paia d'occhi attorno a loro lo stavano già comunicando da tempo, anche se Grace, come al solito, non si era minimamente resa conto della disapprovazione da cui era circondata. Quel che notava sempre era l'ammirazione, invece, e quella, considerato il suo aspetto, non le mancava mai. L'invidia non era una cosa di cui Caroline soffrisse, di solito, ma talvolta persino lei avrebbe desiderato aver ereditato i capelli biondo naturale di sua sorella, quel mese presentati in un corto caschetto, e la figura snella e slanciata (niente ricorso alle taglie forti, per lei). Ma quel che le invidiava davvero era la sicurezza: quell'atteggiamento disinvolto e spavaldo che aveva sia in famiglia che sul lavoro; la certezza di essere nel giusto, e che il resto del mondo poteva anche andare a farsi fxxxxxe. Simon attribuiva quell'atteggiamento a ciò che gentilmente definiva "un attaccamento alla bottiglia", e a giudicare dagli effluvi da duty free emanati da sua sorella, mescolati a quelli del suo profumo preferito, Poison, poteva anche aver ragione, almeno per quel giorno.

Ma dove diavolo *era* Simon? Secondo il programma della cerimonia che aveva davanti, erano quasi arrivati al discorso. Forse aveva ricevuto una chiamata urgente dai suoi colleghi, oppure dal suo editore, o dal dipartimento legale, o da qualcuna fra le centinaia di persone che ogni giorno sembravano aver bisogno di lui. Tutto sommato, era incredibile che fosse riuscito a ritagliarsi una giornata di libertà.

Grace le diede una gomitata. «Credi che ci abbia lasciato qualcosa?»

«Shhhh», sibilò Caroline, conscia delle terribili occhiate che le stavano lanciando lo zio e la zia. Come poteva sua sorella farsi venire in mente una cosa simile?

«Non fare quella faccia!», le sussurrò Grace in un orecchio. «Aveva un debito con noi. L'hai detto persino tu».

Grazie a Dio c'era un altro inno. Poteva nascondere il proprio imbarazzo dietro gli sforzi apologetici di *There is a green hill faraway*. La zia Phoebe era stata un pilastro di quella piccola chiesa, e le voci energiche della congregazione che straripava dall'entrata, tanto che ormai c'erano soltanto posti in piedi, coprivano i continui sussurri di Grace.

«Smettila», riuscì a sibilarle di rimando. «La mamma non approverebbe».

Grace grugnì, ma dalla faccia della sorella capì che le sue parole avevano colpito nel segno. Se fosse stata ancora viva, infatti, la loro madre avrebbe voluto che si comportassero bene. Fra l'altro, lo doveva alla zia Phoebe.

A volte, pensava Caroline mentre usciva dalla chiesa sfilando dietro alle schiene rigide degli altri convenuti, in un tripudio di tweed e completi grigio scuro, era un bene che i funerali non prevedessero la formula "Se qualcuno ha qualcosa da dire, parli ora o taccia per sempre", come i matrimoni.

Ma tutta quella gente intorno a lei sapeva davvero com'era stata la prozia Phoebe in vita? E in caso affermativo, erano lì solo perché lei era stata la gran dama del paese, con la sua squinternata canonica in pietra e gli occhi da uccello rapace, che riuscivano a fissarti da una distanza di duecento metri. Non s'era mai lamentata della vista, infatti, ma talvolta diceva di avere un udito un po' incerto. Simon, che non la sopportava, sostenendo che era una snob, era convinto che la sua fosse una finzione e che, se voleva, l'anziana donna era in grado di sentire qualsiasi cosa.

«Eccoti qui!». Sentì la mano di suo marito sulla schiena tra la folla, prima ancora di vederlo. Da quell'esclamazione, sembrava fosse stata lei a far perdere le proprie tracce, invece del contrario.

«Ti sei perso la cerimonia?»

«Non mi sono perso proprio nulla». Simon sorrideva a trentadue denti, come se avesse appena fatto una battuta fenomenale. «Ho sentito tutto da fuori, insieme agli altri sventurati che non sono riusciti a pigiarsi all'interno. Una donna davvero popolare, la tua prozia. Meno male che questo posto è dotato di altoparlanti!».

Sì, ci credo proprio, avrebbe voluto dire lei. Sei rimasto in macchina a sentire la cronaca della partita di cricket fingendo di rispondere a delle chiamate di lavoro, non è così?

«E prima che tu me lo chieda, non sono rimasto in macchina a sentire la partita o a rispondere alle chiamate di lavoro». Simon inclinò la testa di lato verso una donna elegante sulla tarda settantina che profumava di Chanel n. 19 – che guarda caso era il profumo preferito di Caroline – e con indosso un completo tipo Jaeger con una gonna viola a tubo e giacca dello stesso colore. La donna col turbante che Caroline aveva visto pochi istanti prima.

«Te l'avevo detto che mia moglie si sarebbe insospettita! Ti prego, Diana, conferma il mio alibi».

«È così». Aveva un leggero accento americano. «Siamo rimasti vicini per tutta la durata della cerimonia. A dire il vero, suo marito mi ha raccontato un po' di tutto, di lei e dei vostri bambini, nonché del suo affascinante lavoro presso un giornale che fra l'altro leggo ogni giorno. È stato anche tanto gentile da trovarmi un programma della cerimonia».

Il nome "Diana" le suonava familiare. «È un'amica di Phoebe?», le domandò, cercando di avere un tono gentile. Ai funerali non sempre era facile informarsi sulle relazioni col defunto, a differenza dei matrimoni, che erano sempre occasioni gioiose.

«Di vecchia data». La donna sembrava scrutarla con curiosità. «Devo dire, mia cara, che lei sembra terribilmente giovane per avere già tre bambini».

Caroline arrossì di piacere, anche se era un complimento che non sentiva per la prima volta. «Ho iniziato presto».

La donna annuì in segno di approvazione. «Può rivelarsi una scelta molto saggia. Ora vi prego di scusarmi, ma devo andare». Lanciò un'occhiata a Simon, come per valutare anche lui. «Molte grazie per la compagnia».

Insieme si avviarono verso la cancellata, mentre Diana si univa alle persone davanti a loro, attirando l'attenzione della folla col suo turbante piumato.

«Che donna affascinante», osservò Caroline.

«Bizzarra, vorrai dire». Simon si guardava intorno, come faceva sempre nelle grandi occasioni, sempre alla ricerca di un volto familiare o di qualcosa che facesse notizia. «Sembra che Grace non ce l'abbia fatta a venire».

Oddio! Nella foga di cercare suo marito, dopo la funzione aveva quasi dimenticato la sorella. Era probabile in quel momento fosse ancora accanto all'altare a pavoneggiarsi, o magari stesse chiacchierando amabilmente con il vicario, che in effetti era un tipo molto affascinante, sul genere Cliff Richard. Forse si era già servita un bicchiere di vino, uscendo dal retro, o magari se l'era filata in anticipo alla Vecchia Canonica, dove le signore stavano preparando il tè in grossi distributori di acciaio inossidabile presi in prestito dall'atrio della chiesa. Negli ultimi anni, Grace era diventata più imprevedibile che mai. Sapeva il cielo come riusciva a tenersi il suo lavoro.

«No, invece era qui. Seduta accanto a me, in effetti, a fare commenti terribilmente inadeguati. Non ridere, Simon. È stato davvero imbarazzante».

«Non è lei, quella?».

Simon iniziò a gesticolare in direzione di una figura snella ed elegante, in quell'incredibile completo color crema, che stava aprendosi la strada verso di loro come un'indossatrice sulla passerella. «Simon!». Si gettò letteralmente fra le braccia del cognato, baciandolo su entrambe le guance facendo schioccare le labbra. «Non indovineresti mai. Nessuno di voi due! Stanno per leggere le ultime volontà, in biblioteca. E io so cosa dicono!».

Come sempre, Grace stava adottando il suo solito "approccio economico alla verità": una tattica che il giornale di Simon imputava continuamente a certi uomini politici. Era chiaro che Grace aveva soltanto udito qualche illazione, dopo aver preso la scorciatoia attraverso le lapidi del cimitero. «C'è chi dice che Phoebe ha lasciato la casa al comitato di beneficenza».

Non le sarebbe andata giù, pensò Caroline, mentre marciavano lungo il vialetto dirette all'immenso, bellissimo portone, di sicuro un pezzo originale d'epoca georgiana, con la rotonda campana di ottone situata all'interno del pilastro di pietra sulla destra. La loro prozia – un termine che Grace si rifiutava di usare perché, come aveva affermato in più di un'occasione, non si era comportata come avrebbe dovuto fare la sorella di sua nonna – non aveva avuto figli suoi. E benché avesse cresciuto la loro madre e il loro zio dall'età di nove anni, dopo che la madre Helen e la nonna Rose erano morte, Phoebe era sempre rimasta distaccata. «Le mancava l'istinto materno», aveva osservato una volta lo zio. «Sarebbe stato diverso, se avesse avuto dei figli suoi».

Né Caroline né Grace si aspettavano che la casa venisse lasciata a loro, ovviamente. Piuttosto allo zio. Ma al comitato di beneficenza? Sperava soltanto che si trattasse di un comitato che ne avrebbe fatto buon uso, e non avrebbe impiegato il denaro per mandare tutti i membri del consiglio di amministrazione a fare una vacanza *all inclusive* ai Caraibi. Comunque, eccoli lì, tutti riuniti in biblioteca. Una saletta piuttosto piccola, se paragonata al resto della casa, con al centro un grande tavolo di mogano circondato da sedie.

Un uomo alto e robusto, con un completo grigio che lo costringeva, fece loro cenno di sedersi. Persino Grace aveva assunto un'espressione solenne.

«Siamo qui riuniti...».

Suona come una cerimonia nuziale, avrebbe voluto dire Caroline.

«...per conoscere le ultime volontà di Phoebe Isobel Wright».

Caroline lasciò che le parole le scivolassero addosso, distratta dai dipinti sui muri, raffiguranti giovani angelici dalle guance rosate in pesanti tonache e malinconiche ragazze dalla pelle di porcellana che li fissavano dalle cornici dorate. Aveva dimenticato quanto fossero belli. Quasi quanto gli scaffali di libri, alcuni dei quali lei stessa aveva letto, quando la madre l'aveva mandata lì a trascorrere un'estate, perché facesse conoscenza con la prozia.

«...quindi, come vedete, in considerazione della situazione finanziaria di vostra zia, la casa sarà venduta, per poter saldare i debiti».

Debiti?

Anche le facce del marito e della sorella erano esterrefatte. Cosa si era persa, in quel discorso?

«Vi sono tuttavia delle condizioni imprescindibili», tuonò l'avvocato nel suo tono baritonale. «A parte i dipinti e i gioielli, che andranno anch'essi all'asta, vostra zia era fermamente decisa a lasciare una collana di perle – che, immagino, appartenga alla famiglia da generazioni – alla bisnipote Caroline».

Si udirono due leggeri risucchi, come di chi trattiene il fiato. Il primo, capì, proveniva dalla sua stessa bocca, e il secondo da quella di sua sorella. «Ha inoltre lasciato Wilfred alla bisnipote Grace».

«Wilfred?».

Le due sorelle avevano di nuovo parlato insieme.

Simon scoppiò a ridere. «Non sarà quell'enorme labrador nero rinchiuso da ore in macchina! Stavo per farlo uscire, ma poi, per fortuna, qualcuno è venuto a prenderlo».

L'avvocato annuì. «Evidentemente il nome viene da Wilfred Owen, il poeta della guerra. Come forse saprete, era molto affezionata ad entrambi».

«Ma la mia prozia non aveva un cane».

La voce di Grace sembrava uno squittio.

«Posso chiederle da quanto tempo non veniva a farle visita?».

Sembrava quasi un rimprovero.

La sorella fece il broncio. «Dieci anni».

Ora Caroline sentì risuonare la propria voce. «Io ci sono venuta l'anno scorso».

«Allora l'ha mancato di poco». L'avvocato aveva fissato lo sguardo su di lei. «La sua prozia ha adottato il cane solo pochi mesi fa, prelevandolo dal canile».

«Ma è ridicolo». Grace balzò dalla sedia. «Io ho un lavoro. Un lavoro serio. Non posso prendermi cura di un cane; e senza pedigree, poi! Non posso nemmeno permettermi il lusso di un marito e di un figlio!».

«Allora le suggerisco di pensarci molto bene». La voce dell'avvocato era gentile ma decisa. «Phoebe ha insistito molto perché Wilfred andasse a lei. C'è un piccolo vitalizio che lo accompagna, insieme a una nota».

Di che si trattava? Caroline osservò incuriosita Grace che prendeva in consegna la busta, infilandola nella borsetta color crema senza nemmeno aprirla.

Ci avrebbero messo metà del tempo a tornare a casa, se non si fossero fermati a far fare pipì a Wilfred in diversi campi e piazzole.

«Lo sapevo che avremmo finito per prenderlo noi».

Caroline era cosciente del proprio tono irritato, ma non poteva farci nulla. Era tipico di Grace. Se ne era tornata a Londra, insistendo sul fatto che Caroline era l'unica, fra loro due, a potersi permettere un'eredità a quattro zampe. Avevano la casa ideale per un cane: grande e con giardino; e poi i bambini avevano sempre desiderato averne uno, no? E con Caroline a casa tutto il giorno, lì a trafficare coi suoi dipinti, ecc., ecc., ecc.

E va bene, si era sentita rispondere. Ma non era come andare contro la volontà della prozia morta?

«Baratto il cane con le perle», aveva risposto Grace.

"Neanche per sogno", avrebbe voluto rispondere. Per quanto ricordasse, infatti, la prozia aveva sempre indossato quelle perle. In passato erano appartenute alla loro nonna, e ancor prima alla bisnonna Louisa, o alla "povera Louisa", come la chiamavano tutti, anche se Caroline non si era mai preoccupata di sapere perché, mentre adesso si ritrovava a rimpiangere di non aver mai ascoltato con attenzione le storie che sua madre le aveva raccontato da piccola. Da una parte, era deliziata e lusingata all'idea che la prozia Phoebe avesse deciso di lasciare le perle a lei, il che faceva pensare che dopotutto ci tenesse alla nipote più grande; dall'altra, era infuriata con se stessa per aver ceduto alle pressioni di Grace a proposito di Wilfred, che stava tentando di ridurre in brandelli la cintura di sicurezza sul sedile posteriore.

«Ce la caveremo». La voce di Simon interruppe i suoi pensieri, leggendoli come un libro aperto, come al solito. «A proposito, la collana ti donerà moltissimo. Ho sempre pensato che fossi una ragazza da perle. Dai. Provala».

Caroline aprì l'astuccio che aveva in grembo e sollevò le perle. Erano due fili. Uno aveva un bellissimo fermaglio di diamanti e delle perle leggermente più piccole del secondo filo. Ogni perla era separata dall'altra da un piccolo nodo, forse per evitare che andassero perse se si fosse rotto il filo.

Senza dire nulla, Simon allungò una mano per abbassare lo specchietto del passeggero. Con cautela, Caroline aprì il fermaglio di diamanti e indossò la collana. Le perle erano fredde, contro la pelle calda, e il fermaglio era difficile da aprire; estraneo. Di solito non portava gioielli, a parte l'orologio e gli orecchini. Il secondo filo era più semplice da mettere, anche se c'era una chiusura di sicurezza complicata, che non riusciva a far funzionare.

«Sono molto belle».

Il tono di Simon era suadente, come quando facevano l'amore.

«Ha sempre detto che le avrebbe lasciate alla mamma». I ricordi tornavano, ora. «Rammento che quando mamma stava morendo, disse alla zia che avrebbe dovuto lasciarle a una di noi due».

«Ed è quel che ha fatto».

«Già». Caroline annuì alla propria immagine allo specchio. Le perle erano già più calde, adesso. Più confortanti e amichevoli. «Lo ha fatto. Lo so che suona un po' sdolcinato, ma mi fa sentire come se la mamma fosse qui, vicino a me».

La grande mano calda di Simon afferrò la sua e la strinse. «Non suona affatto sdolcinato. Se immaginare una cosa simile ti fa sentire meglio, non ci vedo nulla di male. Ora, perché non fai un sonnellino, mentre ti porto a casa?».

Il telefono stava squillando proprio nel momento in cui, sulla porta d'ingresso, cercavano le chiavi per entrare. Simon stava trattenendo Wilfred, che tirava il guinzaglio, rivelando una palese mancanza di educazione, o, in alternativa, un giustificabile smarrimento nel trovarsi in una nuova casa. La chiave di Caroline, come al solito, era in fondo alla borsa, nell'angolo più remoto e irraggiungibile.

«Ha smesso, grazie al cielo». Simon lanciò il cappotto sulla panca nel corridoio e si diresse verso il mobile bar. «Non mi va di parlare con nessuno, dopo un viaggio simile al volante. Vuoi portare fuori la bestia o lo faccio io?»

«Potresti farlo tu?». Caroline stava sollevando il ricevitore del telefono. «Voglio controllare che non sia stata una chiamata dei bambini».

La casa era così silenziosa, senza di loro. Scarlet, così chiamata a causa dei capelli castano ramato, era con una delle sue innumerevoli amiche, mentre i gemelli, Oliver e Charlie, avrebbero passato la notte fuori, nell'istituto in cui studiavano, grazie al servizio di pernottamento flessibile della loro scuola che permetteva di usufruirne a piacimento, ora che i ragazzi avevano superato il decimo anno d'età.

«Hai detto loro del cane?».

Simon si era già arrotolato le maniche della camicia, bicchiere di whisky sul ripiano della cucina, e stava affettando delle cipolle per una lasagna. Era un ottimo cuoco; probabilmente più bravo di lei, il che non era strano, visto che si erano sposati tanto giovani. Perlomeno, lui aveva fatto esperienza in due anni di vita da single.

«Il cane?». In cuor suo, Caroline sperava che sua sorella potesse cambiare idea e reclamare indietro la sua eredità. «Credevo che dovessimo pensarci su, prima».

«Cosa c'è da pensare? Come ha detto Grace, abbiamo spazio. So che non apprezza il tuo lavoro, ma abbiamo detto spesso che sarebbe stato carino avere un cane. Scarlet ormai ha quasi diciassette anni, è ora che si prenda delle responsabilità e... al diavolo. Di nuovo quel dannato telefono!».

«Vado io».

Probabilmente era uno dei ragazzi che aveva dimenticato qualche accessorio fondamentale dell'uniforme sportiva o qualche quaderno con i compiti, pensò Caroline mentre alzava il ricevitore, o magari era il suo agente, che talvolta la chiamava in orari impossibili, soprattutto in vista di qualche commissione importante.

«Caroline Sweeting?».

La voce era fredda; rasentava il sarcastico.

«Chi parla?»

«È in casa suo marito?».

Non le piaceva quel tono. Proprio per niente. Era successo qualcosa. Non ai bambini, perché ci aveva appena parlato. Non a Grace, perché durante la via del ritorno le aveva mandato un SMS, per dirle che era diretta all'aeroporto, dove l'aspettava il suo prossimo volo.

«Vuole lasciar detto qualcosa?».

Ora la voce sembrava divertita, come se lei avesse appena fatto una battuta. «Se vuole. Per favore, gli dica che ha chiamato Tessa».

«Tessa chi?».

Ci fu un clic e la linea s'interruppe.

Che strano, pensò, tornando in cucina. Le fettine di cipolla erano come delle piccole mezzelune argentee, notò, e il cane era seduto ai piedi di Simon, forse sperando che gli cadesse a terra qualcosa di commestibile.

«Simon», iniziò. «Chi è Tessa?».

Il coltello che affettava cipolle si bloccò a mezz'aria. La schiena di suo marito, notò dalla soglia, si irrigidì. Quando lui si voltò a guardarla, lo vide pallido, quasi giallo; a meno che non fosse l'illuminazione.

«Tessa?», ripeté lui, come chiedendosi la stessa cosa, e istantaneamente lei si sentì sollevata. Neanche lui lo sapeva. Per un orribile minuto, aveva pensato... no. Era ridicolo.

«Tessa», ripeté Simon. E stavolta non era una domanda. Era una constatazione. Un nome.

«Mettiti seduta». La condusse verso la grande sedia a dondolo di legno che aveva acquistato a un'asta quando Scarlet era piccola, e alla quale aveva dedicato ore e ore della sua giornata, scartavetrandola tutta, prima di lucidarla con quella cera dall'odore talmente penetrante da stordirti e poi aggiustarla con il fil di ferro. Strano come ti venivano in mente dei particolari così insignificanti, quando la parte più razionale del tuo cervello ti diceva che stava per accadere qualcosa di molto, ma molto serio. «Ti prego, Caroline. C'è una cosa di cui devo assolutamente parlarti».

Capitolo 5

«Allora, Caroline! Come andiamo, oggi?».

Il Dottor Miracolo, come lo chiamavano tutti, le fece un sorriso smagliante, la cravatta scarlatta a suggerire che stava partecipando a un party invece di essere sul punto di farle la visita ginecologica semestrale, detta "Guarda e Vedi", alla quale sia lei che la sorella si sottoponevano con regolarità dalla morte della madre. La medicina privata poteva anche non essere politicamente corretta, ma Simon era pieno di lavoro e francamente ne valeva la pena, anche solo per stare tranquille.

Normalmente, a Caroline vedere il Dottor M, con il suo odore asettico di dopobarba, piaceva tanto quanto poteva piacere quell'esame delle parti intime, ma perlomeno la visita la rassicurava; l'ultima cosa che voleva era che Scarlet rimanesse senza una madre a vent'anni, com'era successo a lei. Ma a parte quello, il Dottor M, come lo chiamava Grace, era un vero e proprio personaggio, con quelle maniere esuberanti da "cena con gli amici" – passavano un'eternità a discutere di scuola e politica prima di cominciare –, e aveva un modo di fare da Wimpole Street che ti metteva totalmente a tuo agio.

Ma non oggi. Niente era più lo stesso, ormai. Non più, dal giorno del funerale della zia Phoebe.

«Non benissimo».

Caroline fissava la parete immacolata color magnolia alle sue spalle, cercando di mantenere un tono di voce normale. Concentrati, si disse. Così eviterai di metterti in ridicolo.

Il Dottor M fece una pausa, col guanto di lattice in mano. Grace giurava che quell'uomo adorava allungare le sedute per il gusto di chiacchierare. Ma quel giorno la sua espressione era di benevola preoccupazione, piuttosto che di gioviale facezia.

«L'ho capito dal momento in cui è entrata, mia cara. Le va di parlarne?».

E fu così che Caroline si ritrovò distesa («Basterà che tolga gli indumenti dalla vita in giù, mia cara, ma può benissimo tenere quella bellissima collana»), mentre il Dottor M eseguiva i suoi soliti palpeggiamenti con l'infermiera al suo fianco e Caroline descriveva la scena in cui Simon le aveva spiegato della misteriosa telefonata.

«Ha detto che era una donna che lavorava in ufficio e che s'era presa una cotta per lui».

Il Dottor M annuì, mentre inseriva quello che lei chiamava "il calzante d'argento" per la lubrificazione. «Potrà sentire un po' di freddo, mia cara. E lei gli crede?».

Caroline annuì. «Sì, gli credo. Simon non è il tipo d'uomo che ha una relazione extraconiugale». Fra l'altro, avrebbe voluto aggiungere, non c'era niente che non andasse nella loro vita sessuale. Le amiche che avevano mariti che le tradivano dicevano di non far*lo* più da mesi, o, in un caso, addirittura anni, dunque non c'era da stupirsi se il loro matrimonio era finito. Ma per lei e Simon non era così.

Il dottore ebbe una piccola esitazione. «E la vostra vita sessuale va bene?».

Quando gliel'aveva chiesto per la prima volta, anni prima, si era sentita molto imbarazzata, ma da allora aveva imparato che faceva parte delle domande di routine della sua professione. Di una curiosità morbosa, diceva Grace. Che avesse ragione?

«Soddisfacente», azzardò lei, evitando di dire che era fantastica. «Abbastanza soddisfacente», ripeté, in parte per riempire il silenzio che si era creato, se non si consideravano i rumori provocati dall'infermiera, concentrata su una bacinella di metallo e su diversi arnesi del mestiere. In sottofondo, si sentiva della musica classica, Mozart, che arrivava da un'altra stanza del corridoio.

Il Dottor M si tolse i guanti con uno schiocco. «Mia cara, amo spesso descrivermi come un idraulico, ma il corpo è legato alla mente in un modo più intimo di quanto ci si renda conto. Se sta ancora facendo sesso in maniera regolare, è molto probabile che suo marito non abbia una relazione extraconiugale; in genere il partner crea una situazione in cui il rapporto sessuale viene evitato. Per quanto riguarda il suo dubbio attuale, lei ha, a mio parere, due opzioni: può credere a suo marito o far finta di credergli e andare avanti in maniera normale. Oppure può impersonare la moglie sospettosa e gelosa che, in caso di innocenza del consorte, non fa male che a se stessa».

Le batté gentilmente una mano sulla spalla. «Spero che questo la possa aiutare. Ora, se vuole rivestirsi, passeremo ad altro. Ci sono un paio di cosette che voglio controllare».

Gli credeva? La mente di Caroline, tornò, come *continuava* a fare, a quella sera della telefonata, quando Simon l'aveva esortata a mettersi seduta con quello strano tono gentile, come fosse stata un'ospite in casa propria. Ha una relazione, si era detta. Ma benché avesse pronunciato quelle parole nella sua testa, il suo cervello si rifiutava di crederci.

Simon s'era seduto di fronte a lei sul divano verde pallido nel loro bellissimo salotto al primo piano, con vista su Clapham Common. Sporgendosi in avanti a coprire il breve spazio che li separava, le aveva preso le mani fra le sue. Lei aveva cercato di scostarsi, ma lui non glielo aveva permesso.

«Per favore, Caroline, ascoltami. La prima cosa che devi sapere è che non ho una relazione».

Era stata travolta da un'ondata di sollievo. Aveva la testa leggera come un pallone, il sollievo quasi la stordiva; ed era talmente contenta che avrebbe voluto saltargli in grembo. Simon era sempre stato troppo attraente, per lei. Troppo sicuro di sé. Troppo irraggiungibile. La prima volta che s'era dimostrato interessato a lei, tanti anni prima, quando era appena ventenne, era stata talmente certa di non essere il suo tipo che lo aveva trattato da semplice amico, senza usare tutte le armi di seduzione che le sue amiche impiegavano quando erano attratte da un ragazzo. Quello, le aveva detto lui in seguito, era proprio ciò che lo aveva colpito: il fatto che fosse così naturale.

E poi la sua proposta, totalmente inattesa, dopo soltanto pochi mesi. «Sei sicura di non farlo per ripicca?», le aveva chiesto sua madre, quando gliel'aveva riferito. A quel tempo Caroline aveva escluso l'ipotesi, lusingata dal fatto che quel giovane e bel reporter avesse scelto proprio lei, invece di una delle tante bellissime donne che sembravano frequentare il misterioso mondo della carta stampata. «Mi sento a mio agio con te», le aveva detto. «Non ho bisogno di fingere di essere quello che non sono. Fra l'altro, penso che dipingere come sai fare tu sia una cosa eccezionale. Un vero talento».

Si era sentita rassicurata da quelle parole e lentamente, man mano che cadevano nella tradizionale routine del mutuo da pagare, dei bambini e dell'amministrazione della casa, mentre lei dipingeva e lui faceva più straordinari che poteva al lavoro, Caroline aveva smesso di dubitare di quella che agli occhi altrui doveva essere sembrata un'unione destinata a fallire. Una ragazza provinciale un po' grassoccia con dei fiammanti capelli rosso preraffaellita che aveva frequentato una scuola d'arte invece di un'università, sposata con un laureato di Cambridge molto affascinante, redattore di un quotidiano a tiratura nazionale, che avrebbe potuto avere qualsiasi donna gli fosse piaciuta. Negli anni, era cambiata; aveva perso peso, imparato a esaltare gli zigomi alti con il fard e a valorizzare quella chioma ramata, che un tempo era stata spesso oggetto di scherno. Ironia della sorte, come tante donne che avevano raggiunto la soglia dei quaranta, si era ritrovata, non senza stupirsene, ad avere un aspetto molto più glamour e a sentirsi molto più sicura di sé di quando aveva vent'anni. Pazzesco il potere che aveva l'autostima e una buona marca di fondotinta!

Ma forse, si disse mentre sedeva di fronte al marito, in attesa che lui le spiegasse quella strana telefonata, forse tutte quelle antiche paure e insicurezze *avevano* avuto una loro ragion d'essere, dopotutto. Si avvolse le perle intorno al dito indice; un gesto che era ormai divenuto un'abitudine rassicurante, quasi come coprirsi con una calda coperta.

«Ma perché ha chiamato? E perché mi ha detto di dirtelo?».

Simon le strinse più forte i polsi. «È una collaboratrice temporanea, mandata dall'agenzia per sostituire Maureen».

Maureen, la cara vecchia segretaria taglia 48 con la quale faceva sempre due chiacchiere quando lo chiamava in ufficio; alla quale faceva il regalo a Natale; che s'era presa le ferie per fare un'isterectomia e alla quale aveva spedito dei fiori in ospedale, senza pensare a chi l'avrebbe sostituita nel frattempo.

«Continuo a non capire», proseguì.

La stretta di Simon era talmente forte da farle male, ma stavolta non lo avrebbe respinto. Aveva la bocca secca. Forse lui non aveva una relazione, ma era chiaro come il sole che c'era qualcos'altro.

«È ossessionata da me». La voce di Simon sembrava insicura. «Non ti ho detto niente perché non volevo che ti preoccupassi o che pensassi che ti stavo mentendo».

«No». Gli strinse le mani anche lei. «Non avrei mai pensato che mi stessi mentendo».

Adesso era Simon ad avere un'aria sollevata.
«Ma ancora non capisco: cosa significa che è ossessionata da te? Che cosa ti ha fatto?».
Suo marito si accasciò sul sofà con gli occhi chiusi. «È stato orribile, Carrie. Non hai idea di quanto mi sollevi potertelo dire». Parlava veloce, come se le parole stessero lottando per uscirgli di bocca. «Forse all'inizio è stata anche colpa mia, volevo essere gentile. Sai com'è. Mi sono dato la briga di mostrarle tutto quel che doveva fare e come lo doveva fare; farle capire come funzionano le cose, a quali e-mail rispondere e a quali no. Quel genere di cose. A un certo punto si è sentita molto confusa e così l'ho portata fuori a mangiare un sandwich, per parlare del problema con maggior tranquillità».
Caroline avvertì una strana sensazione, che allontanò all'istante. I pranzi di lavoro erano una cosa normale, per l'amor di Dio, Caroline. Il fatto che tu non vi partecipi non è una buona ragione per farne una colpa agli altri.
«Da quel giorno ha iniziato a chiamarmi sul cellulare dopo il lavoro, o mentre stavo tornando a casa. Chiedendomi se volevo andare a cena da lei».
«*A cena?*». Fu pervasa da una sgradevole scossa. «Ma non lo sapeva che eri sposato e avevi dei figli?»
«Ma certo, tesoro. Ho pensato che si sentisse sola, così...».
Oddio. «Non avrai mica accettato, vero?»
«No. Ma poi, quando se n'è andata – Maureen è stata via per sei settimane, se ti ricordi – ha iniziato a mandarmi delle e-mail, dicendo che non riusciva a trovare un altro capo come me, e di tenerla presente se fosse capitata qualche occasione di lavoro per lei. Ovviamente ho risposto che lo avrei fatto e la sera dopo me la sono trovata fuori dell'ufficio, ad aspettarmi».
Non poteva essere vero. «Perché non me l'hai detto?».
Lo sguardo di Simon sosteneva ancora il suo. «Te l'ho detto, tesoro, non volevo che ti preoccupassi».
«Ma a qualcuno l'avrai detto, no?».
Lui annuì. «Certamente. Ho persino scambiato due parole in proposito con uno degli avvocati della sezione legale».
«Non pensi di avere un po' esagerato?»
«No. Ti ricordi di Tim?».
Tim era un loro amico, viceredattore di un altro giornale. Era stato accusato da una delle sue subordinate di essere il padre del figlio

che aspettava, e benché alla fine si fosse chiarito che era stata tutta una montatura, la sua reputazione ne aveva ormai risentito troppo, e lui si era licenziato.

«Mi ha consigliato di ignorare le chiamate, fino a quando non si fossero esaurite da sole».

Caroline sentì il sangue che cominciava a ribollirle nelle vene. Chi era questa donna che aveva osato molestare suo marito? «Voglio parlare con lei». Balzò in piedi. «Voglio dirle che la sua è un'idea assurda e oltraggiosa».

«No, ti prego». Simon era già accanto a lei, e la stringeva contro di sé. «Devo seguire il consiglio del dipartimento legale, altrimenti se ne dovrà occupare qualcun altro».

Caroline annuì. Negli anni aveva imparato che bisognava essere sempre molto cauti, quando avevi delle persone che ogni giorno leggevano i tuoi articoli. Simon riceveva sempre molte lettere dai suoi ammiratori; in genere si trattava di donne sole di una certa età che dichiaravano di essersi "innamorate" di lui, con quella sua faccia dalla mascella leggermente squadrata che ti guardava dalla pagina con l'aria seria da "puoi fidarti di me". «Va bene». Poggiò il capo contro il braccio del marito, inalando la colonia all'aroma di agrumi che gli aveva regalato il Natale precedente. «Ma se chiamerà ancora, insisto perché tu faccia qualcosa».

Lui la strinse ancora più forte. «Lo farò. Mi dispiace così tanto, tesoro, che tu abbia dovuto affrontare tutto questo, e per giunta dopo il funerale».

Grazie al cielo i bambini sono via, fu tutto quello che riuscì a pensare al momento. Da quando avevano avuto quel chiarimento, ormai due settimane prima, Simon aveva fatto di tutto per dimostrarle quanto l'amasse. Le piccole carezze quando si incrociavano in casa, i baci dolcissimi di notte, il sesso deciso, a volte persino rude, che, per quanto la sorprendesse, riuscì a trovare assai intrigante, tutto sembrava progettato per farla stare tranquilla. E quando gli chiedeva, al suo ritorno la sera, con un'occhiata piuttosto che a parole, se quella donna lo avesse contattato ancora, lui le rispondeva sempre con un lieve scuotimento del capo.

Credeva dunque a suo marito, si chiese Caroline mentre usciva dall'ambulatorio del Dottor M su Harley Street, con i suoi freddi pavimenti in ceramica bianca e la musica classica, per fare una puntatina da Selfridges prima di andare a casa? Ma certo che gli credeva.

Ebbe giusto il tempo di sbattere un paio di filetti di pollo nel forno della vecchia cucina prima che si aprisse la porta sul retro e i bambini irrompessero in casa, sparpagliando le scarpe e gli zainetti sul pavimento della cucina.

«Wilfred! Dov'è Wilfred? Vogliamo vederlo!».

C'era stato un tempo in cui Caroline avrebbe voluto ammazzare sua sorella per averle mollato il cane, ma come aveva detto Simon, Wilfred era servito ad alzare di molto le loro quotazioni con i bambini. Erano anni che chiedevano di avere un cane.

«Un momento!». Cercò di afferrare Oliver e Charlie mentre le sfrecciavano accanto per passare nel disimpegno, dove aveva rinchiuso Wilfred dopo essere tornata dal dottore e aver scoperto che aveva maciullato con i denti un'altra porzione di un cuscino celeste e rosa Cath Kidston appartenente a una delle raffinate sedie da cucina. «Come sono andati i compiti di matematica?»

«Non ci sono stati», le rispose uno dei due gemelli. Perché mai gli insegnanti si divertivano a torturare i genitori con quella roba, se poi non mettevano in atto le loro minacce? Aveva passato un'eternità, durante il weekend, a insegnare ai ragazzi i misteri della tabellina del nove.

«E com'è andata la tua giornata, tesoro?». Si voltò per abbracciare Scarlet, ma la figlia era già accanto ai fornelli a farsi un toast, ignorando bellamente i fratellini più piccoli.

«Bene».

«La cena è quasi pronta. Non mangiare prima, ti rovinerai l'appetito».

«Ma sto morendo di fame, mamma. Non puoi capire. Il cibo a scuola fa schifo».

Era, pensò Caroline mettendo sul fuoco il bollitore, il solito andazzo dell'ora di pranzo, fatto di chiacchiere, risate, lacrime, litigi e discussioni su Facebook o i compiti da fare a casa, o altre scaramucce fra bambini. Fra un minuto sarebbero stati tutti a tavola e Oliver avrebbe provato a rubacchiare il cibo dal piatto di Charlie, ricevendo un trattamento analogo dal fratello. Scarlet, che evidentemente oggi aveva abbondato più del solito con l'eyeliner nero, nonostante ciò andasse contro le regole della scuola, avrebbe inviato qualche messaggio a un'amica, mentre lei avrebbe raccomandato a tutti di comportarsi bene almeno fino all'ora del tè, prima di scappare via per la lezione di Pilates. Un caos adorabile, una tipica scena familiare, arricchita dal ritorno a casa di suo marito, più tardi in serata, probabilmente dopo che tutti e tre i figli erano ormai andati a letto.

Come poteva rischiare di rovinarla, dubitando della parola di lui? No, pensò Caroline mentre iniziava a ripulire i piatti dei ragazzi dagli avanzi di broccoli e quello della figlia da quelli di pollo per rovesciarli nella ciotola di Wilfred, i suoi figli erano ancora troppo giovani per affrontare quello che avevano dovuto passare lei e la sorella. I bambini avevano bisogno di entrambi i genitori, come lei stessa sapeva fin troppo bene. Doveva andar bene così. Fra l'altro, Simon non era proprio il tipo d'uomo da avere una relazione extraconiugale.

«Carrie!».

Il telefono squillò, proprio quando lei e Simon si erano lasciati andare a un inatteso momento di dolce far niente durante la serata. I ragazzi avevano fatto la doccia, come sempre, e stavano fingendo di leggere a letto, anche se lei sapeva benissimo dal ticchettio della tastiera che erano connessi a Facebook. Scarlet era immersa nella politica estera di Enrico VIII e nello scambio di messaggini col suo ragazzo e Simon, con ancora indosso il completo da lavoro (non metteva mai la cravatta, preferendo di gran lunga una bella camicia candida e leggera di Jermyn Street aperta sul collo), era seduto accanto a lei sul sofà, un braccio attorno alle sue spalle, ed entrambi stavano guardando un commentatore politico dall'aria austera appostato fuori Westminster, che li aggiornava sulle ultime notizie, in un programma che nessun giornalista avrebbe mai potuto perdere. Dondolava avanti e indietro, come faceva sempre quando era interessato a qualcosa e si concentrava. «Che gran cervello!», diceva sempre la madre di Caroline. Sempre attivo!

Facendo segno al marito che andava a prendere la telefonata in cucina, si chiuse la porta alle spalle e si sedette al tavolo, con i piedi sul cuscino nel quale Wilfred aveva affondato i denti quel pomeriggio.

«Grace? Era ora! Hai ricevuto i miei SMS?»

«Sì, tesoro». Sua sorella aveva il tono da "non mi lascio rimproverare da te". «Ma ero a Roma. Te l'avevo anche detto. Al momento gli italiani sono ancor più assurdi dei francesi. Ho chiamato per sapere come va col mio cane. Lo stai facendo muovere abbastanza, vero? Ho comprato un manuale sull'addestramento dei cani, all'aeroporto, ed è molto intransigente sull'educazione che si dà ai cuccioli».

Sua sorella era davvero impossibile! «Be', allora forse questo fine settimana vorrai venire tu stessa ad addestrartelo un po'!».

«Non sai quanto mi piacerebbe, Carrie, ma devo partire».

«Di nuovo? Ma non lavori un po' troppo?»

«In realtà...». Il suo tono era quasi timido, un'emozione che Grace non era solita permettersi di mostrare. «Tanto vale che tu lo sappia. Ho iniziato a vedermi con qualcuno».

Che c'era di nuovo? Grace iniziava continuamente a vedersi con qualcuno. In genere durava un paio di mesi, poi si stancava di loro dicendo che erano noiosi.

«Davvero?». Caroline cercò di mostrarsi interessata. «Dove lo hai incontrato?»

«Al funerale, a dire il vero».

Al funerale? Nella sua mente, Caroline scandagliò tutte le possibilità. Non sarà stato quel giovinastro sulla trentina, un lontano cugino dimenticato. O quell'altro, più datato (Grace saltava da una categoria d'età all'altra senza fare differenza) che continuava a chiedere se fossero certe di non volere un'altra tazza di tè e se l'impianto stereo della Loop non era una favola, secondo loro?

«Ti racconterò tutto il prossimo weekend», tagliò corto Grace, scoraggiando ulteriori indagini.

«Che mi dici della nota?»

«Quale nota?»

«Quella che accompagnava il vitalizio per il cane».

«Oh, quella!». Altra risata squillante. «Era solo un telegramma in cui si chiedeva a qualcuno di scommettere su di un cavallo!».

«La zia Phoebe puntava sui cavalli?»

«Non era della zia Phoebe. Era di Louisa. La nostra bisnonna era una specie di pecora nera della famiglia, a quanto pare. Sembra sia stata lei a rovinarla, in realtà. Ho scoperto perché la zia Phoebe fosse tanto indebitata. Non ci crederesti mai!».

Capitolo 6

Caroline adorava le mattine. Non tanto la prima parte, quando intorno alle 6:15 le toccava dar da mangiare al gatto, che aveva già insegnato a Wilfred chi era il capo in quella casa, e buttar giù i ragazzi dal letto, mentre Simon, una persona mattiniera quando si trattava di arrivare in tempo in ufficio, e non altrettanto nei fine settimana, le aveva già dato il bacio dell'arrivederci ed era balzato in sella alla sua bici diretto in redazione. Adorava pedalare e la cosa serviva anche a "sensibilizzare i suoi lettori sull'importanza di essere verdi".

Né poteva dire che le piacesse il caos suscitato dal fare in modo che i ragazzi fossero pronti in tempo per la scuola, dopo averli fatti mangiare, aver preparato le loro borse sportive ed essersi assicurata che avessero i compiti e tutto il resto con loro e non se li fossero dimenticati in camera da letto, prima di depositarli a scuola, che per fortuna era soltanto a una ventina di minuti a piedi da casa. Grazie al cielo Scarlet poteva prendere la metro per raggiungere il college. Non era la prima volta che Caroline pensava a quanto fosse fortunata, rispetto alle sue amiche che abitavano fuori città, con i figli che frequentavano scuole a miglia e miglia di distanza da casa. Una follia.

Ma la parte migliore della mattinata era quel meraviglioso silenzio che l'aspettava al ritorno da scuola; quando apriva la porta d'ingresso, prima di mettere piede nel loro delizioso ingresso, illuminato dai raggi colorati che il sole faceva filtrare attraverso il pannello di vetro dipinto, disegnando un arcobaleno dalle sfumature blu e rosa sulla stupenda scalinata di legno che saliva per tre piani fino ai locali dell'attico, convertiti in comode stanze per i ragazzi.

Tranquillità. Una stupenda tranquillità, a parte il rombo sommesso del traffico, all'esterno, con soltanto il gatto e ovviamente Wilfred a tenerle compagnia.

Wilfred! Prima dell'arrivo del cane, Caroline avrebbe puntato diritta verso il piccolo capanno situato in fondo al loro lungo giardino, perdendosi fra i suoi colori e i suoi dipinti. Al momento, stava lavorando a un acquerello che riproduceva la vista che si godeva dalla finestra: stava tentando di catturare gli iris che si ergevano nel loro purpureo splendore, sbucando fieri dalla terra e sbirciando incuriositi verso lo steccato sul retro, che separava il loro giardino dalla fila identica di case a schiera in stile vittoriano che si estendeva davanti a loro. Lavorava a una nuova collezione di cartoline per le Occasioni Speciali, che le aveva commissionato la sua agente. Il committente era una catena di grandi magazzini distribuiti sul territorio nazionale, e quella sensazione di sfarfallio nel ventre significava che il progetto stava procedendo più che bene.

Ma adesso, la prima cosa che doveva fare al ritorno da scuola era portare il cane al parco. In realtà, come aveva confessato a Simon qualche sera prima, aveva cominciato a piacerle anche quella piccola incombenza. Non c'era da meravigliarsi che i proprietari di cani camminassero per chilometri e chilometri. La passeggiata con Wilfred l'aiutava a pensare; la calmava, dopo quei momenti frenetici di: «Hai preso il quaderno dei compiti?». E pensava anche che l'aiutasse a dipingere. Era incredibile cosa si riuscisse a vedere, camminando tanto, invece di stare alla guida di una macchina. Incredibile come la forma di quella foglia nella siepe le rimanesse in mente dopo averla toccata, o la sensazione della corteccia di quell'albero al tatto la facesse indietreggiare e osservare, ma osservare sul serio com'era fatto il legno.

Wilfred stava diventando molto bravo a passeggiare. All'inizio, lasciarlo sciolto le aveva procurato una forte ansia. E se non fosse tornato da lei? Ma tirava così tanto il guinzaglio che aveva dovuto provare a lasciarlo libero; era stato come scoccare una freccia con l'arco. E c'era da temere che si fosse lanciato talmente veloce e lontano da diventare, nell'arco di pochi minuti, nient'altro che un puntolino nero all'orizzonte. A quel punto Caroline aveva immaginato se stessa mentre tornava a casa, in procinto di spiegare ai bambini e a sua sorella che aveva perso il cane. Ma poi aveva trovato il fischietto, che di fatto era appeso al collare di Wilfred, come un messaggio della zia per il nuovo proprietario. Era un piccolo fischietto cromato e molto elegante, più simile a un grosso pennino, appeso a un sottile laccetto di pelle color cammello, che forse era stato attaccato alla cintura di qualcuno. E se ci soffiava dentro, quel puntolino nero all'orizzonte tornava magicamente da lei, come un boomerang, ansimando e con la lingua penzoloni, come se ghignasse: non s'era mai resa conto che i cani ghignassero.

Ma quella mattina, però, Wilfred ci mise di più a tornare, forse per via dei conigli che scorrazzavano ovunque. In effetti, era quasi inciampata su un paio di tane, nel tentativo di inseguire il cane. Erano quasi le dieci, ormai! Se non si fosse data una mossa, non sarebbe riuscita a combinare nulla col suo lavoro.

Quando gli amici le chiedevano come "fosse arrivata a dipingere" – questa era l'espressione che usavano – Caroline raccontava come fosse solita rifugiarsi nell'ala riservata all'arte della sua scuola di Londra Nord, dove passava ogni minuto libero della pausa pranzo. All'inizio aveva provato a fare dei disegni a carboncino, poi era passata alla pittura a olio, prima di scoprire gli acquerelli e imparare a "lavare" lo sfondo per poi passarci sopra diversi colori. Talvolta si sorprendeva a canticchiare sottovoce, mentre dipingeva, persa in un mondo tutto suo.

«Niente male», aveva detto l'insegnante di educazione artistica, quando per la prima volta aveva ammirato uno dei primi dipinti di Caroline, un albero contro un cielo rosato al tramonto.

«Davvero? Mio nonno era un pittore; non conosciutissimo, ma qualcuno dei suoi quadri è esposto alla Royal Academy».

Caroline provava imbarazzo a riportare le storie che sua madre aveva raccontato a lei e Grace da piccole. «Il suo mecenate era piuttosto famoso: Sir William Giles».

«Wow!». L'insegnante era rimasta visibilmente colpita. «Be', probabile che tu abbia ereditato il suo talento».

Quel pensiero le aveva provocato un brivido di piacere lungo la schiena e da allora in poi non aveva desiderato altro che frequentare la scuola d'arte, anche se i suoi genitori avevano pianificato di mandarla all'università. In seguito, poco dopo aver incontrato Simon a una mostra di Monet, dove lei era andata a dare una sbirciatina e lui a fare un reportage, aveva trascorso la maggior parte della gravidanza dietro il cavalletto che suo marito aveva allestito per lei nel capanno in fondo al giardino della loro nuova abitazione, comperata coi soldi di Maggy.

In qualche modo era riuscita a continuare a dipingere fra un figlio e l'altro, ma ovviamente sempre a brevi intervalli di tempo, dato che era impossibile fare l'una e l'altra cosa. Comunque, rimaneva sempre più facile per lei che per le sue amiche che erano state all'università e che ora dovevano barcamenarsi tra i figli e il lavoro fisso.

Poi, quando i maschietti erano ancora piccoli, aveva ottenuto il suo primo grande successo. Simon l'aveva convinta a portare uno dei suoi dipinti nel negozio di regali di zona. Sembrava che la proprietaria volesse aggiungere qualche pezzo d'arte alla sua merce e s'era pronunciata molto positivamente sulla raffigurazione delle giunchiglie fresche; in effetti le aveva detto che era proprio il genere di cosa che stava cercando, e a Caroline era stata offerta la possibilità di lavorare per lei. Le giunchiglie erano state vendute nel giro di tre settimane, e da allora Caroline aveva rifornito il negozio di dipinti; di solito si trattava di paesaggi e vedute; al contrario del suo bisnonno, infatti, non era portata per i ritratti di persone.

Mentre tornava verso casa con un Wilfred ormai domato che le trotterellava tranquillamente accanto, Caroline pensava al suo prossimo quadro, commissionatole da una coppia che si era trasferita di recente nella strada accanto alla sua. Le avevano chiesto di dipingere una veduta dalla strada della loro bella abitazione stile Regency, e benché non avesse mai raffigurato degli edifici prima di allora, aveva accettato. In effetti, non stava venendo male, ammesso che avesse trovato il tempo di continuare a lavorarci. Pazzesco come quelle passeggiate col cane potessero a volte occupare tanto tempo. Ed ecco di nuovo squillare il telefono. Ignorò i primi due squilli, poi pensò che potesse trattarsi della scuola, per qualche problema coi bambini.

«Carrie?», fece una voce, che avrebbe potuto essere quella di una delle sue vecchie insegnanti mentre faceva l'appello.

Capì troppo tardi che avrebbe fatto meglio a far partire la segreteria telefonica. Ogni volta che chiamava sua sorella a un'ora sbagliata, Grace le diceva se poteva ritelefonarle. Ma Caroline sapeva per esperienza che, se avesse fatto altrettanto, Grace se la sarebbe presa a morte. Tutto doveva sempre girare intorno a lei.

«Devo sbrigarmi!». Sua sorella parlava come se fosse stata Caroline a chiamarla, e non viceversa. «Mi stavo giusto chiedendo come stesse il mio cane».

«Bene». Caroline spostò lo sguardo su Wilfred, che stava divorando il cibo del gatto. «Quand'è che verrai a trovarlo?»

«Quando potrò! Non hai idea di quanto lavoro abbia da fare, al momento».

Poiché veniva costantemente accusata di "non avere idea" di un sacco di cose, Caroline non si diede la pena di commentare quella frase. Era molto più facile così. Da bambine, persino la loro madre aveva ammesso che Grace era petulante, e ora che era adulta non era certo migliorata. Ma le sorelle erano sorelle, e dalla morte della mamma si erano entrambe rese conto di essere molto unite.

Caroline cercò di ammorbidire i toni. «Quand'è che ti deciderai a dirmi di più del tuo nuovo ragazzo e di quell'orribile storia della zia Phoebe e i suoi debiti?»

«È complicato». Visualizzò la sorella che faceva un gesto melodrammatico con la mano, dall'altro capo del telefono. «Ascolta, mi ha chiamato l'avvocato. Vuole che andiamo tutte e due nel Wiltshire per esaminare le sue cose, prima che vengano messe all'asta. Ma – senti questa! – possiamo anche acquistarle noi, se ci piacciono!».

Caroline guardò fuori della finestra, verso il capanno in fondo al giardino, chiedendosi se sarebbe mai riuscita ad entrarci, quel giorno. Solo quando dipingeva riusciva davvero a rilassarsi. Perciò parlò in tono distratto. «Non capisco. Credevo che fosse straricca. Come mai era al verde?»

«Scommesse».

«Cosa?».

Grace ridacchiò. «Già, lo so che suona strano. Darren dice che è abbastanza comune, fra le vecchiette. Ma al funerale ho sentito dire da qualcun altro che aveva preso il vizio di puntare sui cavalli perché sua madre aveva fatto lo stesso, sia pur in gran segreto. Sembra che li scegliesse secondo i colori indossati dal fantino; il viola era il suo preferito!».

«La bisnonna Louisa? Pensavo che fosse un'invalida. E Darren chi è?»

«Smetti di fare tante domande, Carrie! Ascolta, io posso muovermi solo domani perché poi devo tornare a Parigi. Che ne dici di andarci insieme in macchina?».

Caroline pensò un attimo agli impegni dei ragazzi. L'indomani sarebbe dovuto andare a vedere una partita di cricket dei suoi figli, anche se non era una cosa di importanza vitale. Magari Simon aveva ragione: Scarlet era abbastanza grande da portare Wilfred a passeggio dopo la scuola, e forse la cosa le sarebbe servita a migliorare il suo rapporto coi fratelli, soprattutto se riusciva a coinvolgerli.

C'era una differenza d'età troppo grande fra loro, e andava colmata. «Potrebbe anche andare bene», fece cauta.
«Allora vengo a prenderti alle dieci. A domani».

Era solo quando si ritrovavano invischiate in situazioni dalle quali nessuna delle due poteva scappare, pensava Caroline, che lei e Grace riuscivano a essere davvero spontanee e naturali fra loro. In altre occasioni, come le loro brevi telefonate, si sentiva tornare bambina, con la costante rivalità tra sorelle che spesso era implicita, piuttosto che dichiarata.
Grace pensava solo al lavoro, e parlava sempre come se l'intera azienda per cui lavorava fosse destinata a collassare all'istante, in sua assenza. Caroline, da parte sua, era terribilmente consapevole della propria tendenza a infilare i bambini in ogni discorso, come per giustificare la propria esistenza.
Ma ora, mentre viaggiavano verso il Somerset sulla favolosa decappottabile di Grace, con la splendida carrozzeria rosso fiammante e i sedili in lussuosa pelle nera, senza la minima traccia di cartacce di caramelle o cartoni di succhi di frutta vuoti, stare insieme era quasi una goduria. Per un attimo, Caroline provò una fitta di rammarico all'idea che Scarlet non avrebbe mai avuto una sorella; non c'era niente di più bello, per quanto diverse si potesse essere. Niente di più bello che avere una persona del tuo stesso sesso che era cresciuta nel tuo stesso ambiente, che capiva cose che nessuno, nemmeno la tua migliore amica o tuo marito, poteva capire, semplicemente perché in quel momento non era stato lì.
«Non riesco ancora a perdonargliela, a quella puttana».
«Grace!».
«Perché no? È la verità, e fra l'altro lei non c'è più. Spero che dovunque si trovi adesso, si imbatta in nostra nonna, e che paghi per quello che ha fatto».
Caroline attese finché Grace non ebbe finito di superare un camionista che sembrava deciso a tagliarle la strada e stringerla di lato. Aveva sempre avuto paura di morire giovane, di non essere là a crescere i suoi figli, proprio come era successo alla nonna Rose. La loro madre Helen (figlia di Rose) era vissuta un po' più a lungo, superando di poco i cinquanta, ma anche lei era morta troppo giovane. Era da considerarsi una cosa ereditaria, o si trattava solo di sfortuna?

«Non dev'essere stato facile, per Phoebe». Caroline stava ancora osservando con ansia il camion dallo specchietto laterale. «Aveva solo ventotto anni, ricordi, quando ha dovuto cominciare a prendersi cura di mamma e di Frank. E da quanto ci risulta, sua madre, Louisa, non è mai stata proprio un esempio di amore materno».

Grace fece una sorta di grugnito che mal si intonava col suo volto truccato, i jeans di marca e la giacca color crema di Reiss, ricercatamente casual. «Era un vero osso duro, Carrie. Guarda che ha fatto! Ha rinchiuso lo zio Frank in cantina perché lui si rifiutava di parlare! Aveva soltanto sei anni, santo cielo. Oggigiorno gli orfanelli così piccoli li curiamo e li consoliamo, altro che rinchiuderli al buio».

«Non ne siamo certe...».

«Sì, invece. Me l'ha detto Richard».

Richard era uno dei numerosi figli di Frank; uno dei componenti dell'enorme cerchia di cugini cui anche loro appartenevano, che vivevano sparsi per il mondo e che, in qualche modo, ogni anno o due, riuscivano a riunirsi per una "cena dei cugini" a Londra, ben consapevoli di essere arrivati ormai quasi in cima all'albero genealogico della famiglia. Era un evento che sia Caroline che Grace aspettavano con piacere; le altre persone potevano anche avere ancora i genitori, ma ben pochi dei loro amici erano in grado di vantare una rete di cugini tanto fitta e unita.

«A proposito di Richard, perché non è venuto al funerale?»

«È all'estero. In Canada, o roba del genere».

Neanche gli altri, Caroline lo aveva già saputo, erano riusciti a venire, anche se dal tono delle loro e-mail aveva avuto l'impressione che fossero abbastanza curiosi di sapere se la loro prozia gli avesse lasciato qualcosa. Automaticamente, Caroline si toccò il collo, per controllare che le perle fossero ancora al loro posto. Incredibile come si fosse abituata a portarle! Ma era ben consapevole di quanto fossero delicate e si sentiva prendere dal panico alla sola idea che andassero perdute, che in qualche modo la chiusura di sicurezza si aprisse e che le si potesse imputare la perdita di un oggetto appartenuto alla famiglia da tanti anni.

«Sono molto belle».

Grace parlò senza nascondere l'invidia che provava. «Peccato che non ce ne fossero altre».

Carrie si morse il labbro, resistendo alla tentazione di dire: "E va bene, puoi averle, oppure te le posso prestare". Non si era mai considerata una persona venale, finora, ma le perle erano una cosa diversa. Qualcosa dentro di lei le diceva che ormai erano sue. Sue e di nessun altro.

«Le ho assicurate».

«Per quale somma?»

«Seimila». Caroline iniziava a sentirsi a disagio.

«Cavoli!».

Gli occhi di Grace fissavano la strada e sembravano incollati, segno evidente che era "incazzata", come avrebbe detto Simon. Caroline rimpianse di non essere stata zitta.

«Avrebbe anche potuto lasciarmi qualcosa, invece di costringerci a comperare quel che possiamo permetterci coi nostri soldi. Non posso ancora credere che abbia sperperato tutto!».

Caroline fu felice che il discorso si fosse allontanato dalle perle. «Allora, com'è che ha perso i suoi soldi?».

Il tono di Grace era ancora gelido. «Tu che pensi? Con le slot machine? Scommettere sulle corse dei cavalli mi sembra l'unica cosa accettabile, per donne come la zia Phoebe, non credi?».

Santo cielo. Il discorso delle perle aveva definitivamente raffreddato l'atmosfera. Caroline cercò in tutti i modi di recuperare un po' di calore. «E potresti dirmi di nuovo chi è esattamente quel Darren?».

Ottima mossa, disse a se stessa, perché sua sorella non le aveva ancora detto chi fosse Darren, a parte il fatto che era uscita con lui e che erano andati in un locale di Soho la settimana dopo il funerale. «In realtà si tratta del consulente finanziario della zia Phoebe».

«Il suo consulente finanziario?». Caroline si sporse in avanti sul sedile. «Ma allora non avrebbe dovuto dirti tutte queste cose su di lei! Non è professionale!».

Grace girò improvvisamente a sinistra lasciando l'autostrada e le lanciò un'occhiata fugace. Guarda la strada, avrebbe voluto dirle Caroline. «Esatto. Ecco perché ho proposto un locale. Gli uomini che si occupano di soldi non sono abituati a bere. Troppo tirchi per comprarsi da bere da soli e troppo fanatici per chiederlo agli altri».

Buon Dio. Adesso era tutto chiaro. Sua sorella aveva fatto ubriacare il consulente finanziario della zia Phoebe per estorcergli informazioni. Che altro era arrivata a fare?

«Non era così». Adesso Grace stava caracollando giù per le stradine che conducevano alla casa in paese della prozia. Le avevano percorse tante volte con la mamma che diceva loro di "comportarsi bene", proprio come Caroline aveva fatto coi propri figli negli anni passati. «A dire il vero, quell'uomo non mi dispiace. Non è noioso come farebbe pensare il suo lavoro. Anzi, direi piuttosto sexy, una volta tolta la cravatta».

Caroline cercò di cancellare dalla testa l'immagine di sua sorella intenta a incidere l'ennesima tacca nell'elenco delle sue conquiste. «Mi vuoi dire perché la zia giocava?».

Grace scrollò una mano, staccandola dal volante. «Che ne so, magari per noia. In ogni caso, eccoci arrivate. Ho un urgente bisogno di andare al bagno e di fumare. Ci vediamo dentro».

Da bambina, Caroline era sempre rimasta turbata dalla Vecchia Canonica. Paragonata alla casa bifamiliare di tre stanze degli anni Cinquanta in cui lei e Grace erano cresciute, ai margini di Ealing, quella della zia Phoebe e dello zio Victor era più simile a una piccola residenza nobiliare, con il vialetto di ghiaia a ferro di cavallo che conduceva agli scalini di pietra davanti al massiccio portone con la campana rotonda sulla destra e le due colonne ai lati dell'entrata. L'atrio da solo, diceva in tono sarcastico il padre, poteva contenere l'intera casa della loro famiglia, e come diavolo facevano a riscaldare quelle sale enormi?

La risposta era semplice. Non le riscaldavano. Persino il grande camino in stile Adams che dominava il salotto veniva acceso di rado, a parte d'inverno, ed era per questo che anche in estate, quando andavano a far visita alla zia, erano costretti a vestirsi con abiti pesanti e a indossare maglioni.

Entrando, a Caroline parve quasi di vedere la zia Phoebe che li accoglieva sulla porta, con indosso il suo costoso tailleur di cashemere rosa gelso, e naturalmente le perle. Aveva un bicchiere di whisky in mano, a seconda dell'ora del giorno, e spesso anche una sigaretta infilata in quel bocchino d'ebano nero che da piccola l'aveva tanto affascinata. Lo zio Victor era nella serra, di solito, e non appena la buona educazione glielo consentiva, Caroline sgusciava via dal retro della casa, attraversando l'orto con quelle file di torri verdi che a quanto pare erano cavolini di Bruxelles, per bussare ansiosa sulla vetrata dietro la quale Victor, coi pantaloni di velluto a coste marroni e il maglione di lana verde scuro, stava raccogliendo pomodori o rovistando nel terriccio.

«Caroline, cara», l'accoglieva lo zio con un caldo sorriso, e immediatamente lei si sentiva a suo agio. Un paio di volte, quando aveva dodici o tredici anni, era stata mandata lì dalla mamma per stare un po' con la zia e lo zio anche per due settimane di seguito, "per conoscerli meglio". Se non fosse stato per Victor e la sua serra, più ovviamente lo scaffale di libri di Jane Austen che c'era nella sua stanza da letto, non sarebbe sopravvissuta a quelle vacanze forzate. Era tutto così diverso, quando si cadeva nella pesante conversazione dal sapore quasi vittoriano sui futuri incontri di bridge, e nelle ore passate a preparare pasti per tre nell'enorme cucina che, se non fosse stato per la macchina a gas che puzzava leggermente di olio di paraffina, sarebbe stata gelata.

Il pranzo era pronto all'una in punto, accompagnato dalla piccola radio a transistor di marca Bush, con il suo alberello come icona, piazzata in mezzo alla tavola, perché lo zio Victor potesse ascoltare il notiziario; la cena invece era alle sette, e la conversazione generalmente era incentrata sul PCC[1] o chi si fosse recentemente trasferito in paese.

Che strano, perciò, entrare dall'ingresso principale, adesso, sentendo l'odore di muffa di una casa disabitata; sentire il vuoto che la zia Phoebe aveva lasciato; sapere che lo zio Victor non era più nella sua serra, come del resto accadeva da diversi anni, ormai. All'improvviso, Caroline si sentì invadere da una profonda nostalgia. Benché da bambina sua zia fosse stata per lei una figura autoritaria e minacciosa, col tempo s'era ammorbidita molto, ed entrambe le nipoti, ormai adulte, avevano iniziato ad affezionarsi a quelle visite che facevano due volte l'anno.

«Caroline», risuonò una voce maschile, che la fece sussultare. «Entri, prego».

Si sentì stringere con vigore la mano. Se quello era l'avvocato che aveva visto al funerale, ora sembrava più giovane (sui quarantacinque?), forse perché indossava una giacca di tweed invece del completo scuro. «David Rolfe», si presentò, in un tono gentile e piuttosto rassicurante. «Ci siamo già incontrati, ricorda?».

Caroline annuì, prendendo nota della linea decisa della mascella e dell'importante naso che già l'avevano colpita la prima volta che l'aveva visto. Faceva sempre così, con la gente; era come se li vedes-

[1] Parish Church Council (Consiglio della comunità) (*n.d.t.*).

se attraverso le forme e i colori, piuttosto che per il carattere e la personalità, come faceva chiunque altro, diceva sempre Grace.

«Probabilmente lo troverà imbarazzante quanto me», proseguì l'uomo. «Non accade spesso che i parenti siano costretti ad acquistare i ricordi del defunto, ma come lei ben sa, vostra zia ha lasciato diversi debiti». Lanciò un'occhiata alle perle che Caroline aveva al collo, distogliendo subito lo sguardo, come fingendo di non averle notate. «In effetti, vi sono alcuni oggetti che avrebbero dovuto essere venduti, ma che in qualche modo sono rimasti in famiglia».

Si guardò intorno. «Aspettavo anche sua sorella».

«Eccomi!». Grace apparve sulla porta, come su richiamo. «Stavo facendo la pipì fra i rododendri!».

L'avvocato represse un sorrisetto e Caroline si sentì sollevata al pensiero che avesse senso dell'umorismo.

«Scherzavo!». Grace spense la sigaretta in una fruttiera Royal Doulton che conteneva ancora una mela solitaria. «I rododendri sono alcalini, quindi non sopportano bene gli acidi». Grace si guardò intorno nel salotto, che già sembrava vuoto, senza la bellissima poltrona di velluto color prugna che, da quando aveva memoria di quel posto, aveva sempre occupato lo spazio davanti alla finestra. E dov'era il delizioso tavolo intagliato sul quale la zia Phoebe teneva i suoi drink? «Diavolo, non ditemi che sono già passati gli avvoltoi!».

Caroline lanciò un'occhiata di scuse a David.

«Temo che alcuni oggetti siano già stati venduti, come ho già avuto modo di spiegare a sua sorella».

«Lo so, lo so». Grace si avvicinò al tavolino tondo da bridge in legno di mogano e ci passò sopra un dito. «Debiti. Che roba! Sembra che abbia ereditato il vizio del gioco dalla madre, a giudicare dal bigliettino che ha lasciato insieme a un assegno che basta appena a coprire un anno di cibo per cani. Scandaloso, a dir poco».

«Grace...», iniziò Caroline.

«Che c'è?». Gli occhi di sua sorella la trafissero come dardi infuocati. «Non è forse vero? Ha sperperato tutto coi cavalli, quando il minimo che potesse fare era lasciare qualcosa a noi».

«Ora smettila», si ritrovò quasi a rimproverarla Caroline, imbarazzata a morte. E con sua somma sorpresa, Grace tacque. A volte bisognava essere autoritari, con lei. Se andava bene. Se andava male, le cose non potevano che peggiorare.

«Ho pensato che avreste avuto bisogno di un po' di tempo per guardarvi intorno». L'avvocato si stava già dirigendo verso la porta. «Chiamatemi pure, se volete conoscere i prezzi. Tutto è stato stimato, quindi saranno cifre eque».

«Già», borbottò Grace, «anche se tutto ci apparterrebbe di diritto».

Caroline annunciò: «Devo dare un'occhiata anche per i cugini. Alcuni mi hanno mandato delle e-mail, chiedendomi di acquistare uno o due oggetti per loro conto». Sorrise all'avvocato, sperando che avrebbe compreso. «Vede, Rose, nostra nonna, ha avuto quattro figli. Sono tutti morti abbastanza giovani, a parte uno. Nostra madre era la penultima figlia e Phoebe l'ha cresciuta insieme allo zio Frank, che alla morte di Rose aveva soltanto sei anni. Quindi per noi vuol dire molto, avere qualcosa che sia di famiglia».

Il volto di David si distese. «Capisco».

Due ore più tardi, Grace aveva accumulato sei sedie con schienale in legno di noce, una toletta in mogano e una foto della zia Phoebe che veniva presentata alla regina Mary. Come avrebbe stipato tutta quella roba nel suo appartamento di due stanze a South Kensington era un vero mistero. Caroline era ancora in biblioteca – un appellativo piuttosto pretenzioso per una stanzetta adiacente il salotto – e non riusciva a decidersi. I libri di Jane Austen erano un must, ovviamente. E altrettanto poteva dirsi della collezione di Yeats, che aveva sempre molto amato. E magari anche quel bellissimo libro, sia pure soltanto per il dorso marmorizzato in blu e viola. Sfogliò le pagine ammuffite, respirandone con avidità l'odore... e soffermandosi bruscamente sul frontespizio.

Questo è il diario di Rose Francis Grace. 1905.

Il diario di Rose? Caroline sentì accelerare il proprio respiro, mentre osservava la fotografia sulla scrivania della zia. Era lì da quando riusciva a ricordare. «Mia sorella», diceva sempre la zia Phoebe, come se avesse dimenticato che era anche la nonna di Caroline. Era così bella, così dignitosa, con quel naso vagamente aquilino e l'atteggiamento quasi altezzoso, come se avesse visto qualcosa che la indignava. I capelli erano arricciati in quella che presumibilmente era stata l'acconciatura allora di moda, e li portava corti, in modo da mostrare i grandi ed elegantissimi orecchini di perle, ben intonati ai bottoncini del vestito, anche se la fotografia era un mezzo busto.

La maggior parte delle sue compagne di scuola aveva avuto due nonne, mentre lei era cresciuta soltanto con un nonno, che poi era ben diverso da quelli classici. Rose era quella che non aveva mai conosciuto, a parte i vaghi dettagli raccontati dalla mamma, ai quali all'epoca non aveva prestato troppa attenzione. Ed ora aveva il suo diario! Sfogliando avidamente le spesse pagine di carta pergamenata che profumavano di muffa notò dalle date che quel volume risaliva a quando sua nonna non era che una bambina.

E ce n'erano degli altri! Un'intera fila. Uno per ogni anno, fino al 1940, data della sua morte a soli quarantadue anni. Che cosa straordinaria! Caroline si sorprese ad accarezzarne i dorsi come fossero dei neonati.

«Glieli avrei indicati», disse una voce alle sue spalle. «Mi perdoni, ma amo i vecchi libri e non ho resistito alla tentazione di dare un'occhiata. Appartengono a qualcuno che conosce?»

«A mia nonna, la sorella della zia Phoebe. Rose. Quella che morì giovane, ragion per cui la zia Phoebe crebbe poi mia madre».

Le parole le scivolavano di bocca come dotate di vita propria.

«Allora deve averli».

«Non devo comperarli?».

Gli occhi dell'avvocato scintillarono. «Magari può fare una donazione. C'è qualcos'altro che desidera? Forse dei mobili? C'è un armadio molto bello al primo piano, anche se temo sia stato valutato intorno ai duemilacinquecento».

«No, grazie». Caroline si strinse al petto il primo volume. «Ne abbiamo a sufficienza, a casa. Ma questi libri sono perfetti».

«Che ci farai mai con quel mucchio di libri ammuffiti?», fece Grace tirando su col naso, mentre si dirigevano di nuovo verso l'autostrada. Per quanto la riguardava, aveva organizzato la consegna e, anche se con riluttanza, il pagamento del suo personale bottino e ora guardava sprezzante lo scatolone che Caroline teneva sulle ginocchia e che aveva testardamente rifiutato di mettere nel portabagagli dell'auto. Era come, pensò Caroline, se non potesse sopportare di separarsi da loro, proprio come le dava fastidio togliersi le perle, la sera. Rappresentavano un legame col suo passato che nessun altro avrebbe potuto sostituire. Persino la memoria dello zio Geoffrey ormai s'era fatta lacunosa; continuava a confondere le date e gli avvenimenti, e poi a lei non andava di star sempre a far domande sul suo passato, perché aveva notato che gli si annebbiavano gli occhi, come se si rattristasse nel constatare di essere l'ultimo rimasto dei quattro figli di Rose.

«Sai bene quanto io ami i libri». Caroline sollevò lo sguardo dalla copertina del volume che aveva in mano; non aveva resistito alla tentazione di sfogliarlo, mentre sua sorella guidava. Era arrivato il momento di dire a Grace di cosa si trattava. Ma se l'avesse fatto, persino Grace, che fingeva di essere disinteressata a quel genere di cose, avrebbe potuto insistere per farsene "prestare" uno o due. E Caroline non era pronta a farlo. Quella sera voleva sedersi comoda e mostrare a Simon e ai ragazzi quel che aveva scoperto, spiegando che faceva parte anche delle loro vite. Sua nonna doveva essere stata una bambina eccezionale, per scrivere con tanta passione e capacità d'introspezione! Alcune delle frasi che aveva letto erano davvero straordinarie.

Per fortuna, Grace non obiettò, e per tutta risposta accese il lettore CD. La musica, forte e incalzante, indusse Caroline a far finta di dormire e prima che potesse accorgersene, la macchina si fermò davanti casa. «Eccoti arrivata», le annunciò Grace. «A casa giusto in tempo per i compiti dei bambini».

Caroline non badò al sottinteso; quel ricordarle ogni istante che lei, Grace, aveva un lavoro serio, mentre Caroline era la "mammina che stava in casa". Tutta gelosia, diceva sempre Simon, ma anche se avesse avuto ragione, Caroline non avrebbe scambiato la propria vita con quella della sorella per tutto il tè di Fortnum. La cosa buffa era che Grace, per quanto criticasse Phoebe, sembrava somigliarle in tutto e per tutto, col suo carattere scontroso. Forse era un'altra di quelle cose che si tramandavano di generazione in generazione; l'atteggiamento insofferente che, a dire il vero, era lieta di non aver ereditato anche lei.

Dopo aver baciato la sorella sulla guancia («No, grazie, Carrie, non entro. Ho un appuntamento, stasera»), aprì la porta d'ingresso. La musica a tutto volume proveniente dal soggiorno stava a indicare che i bambini erano in casa, mentre la TV in cucina, l'odore di toast bruciati e l'eccitato abbaiare dalla lavanderia suggerivano che Scarlet aveva già portato a spasso Wilfred. Nessuno di loro s'era dato la pena di ritirare la posta e portare dentro il latte.

Si chinò a raccogliere il mucchietto di buste. Una lettera del fisco per Simon, che l'aspettava da tempo; una cartolina dalla sua migliore amica, Jenny, che si era trasferita a Singapore; e una grossa busta formato A4 con l'indirizzo scritto a macchina e il suo nome nella prima riga.

Si diresse in cucina, aprendo la busta nel contempo. «Ciao, tesoro!».

Scarlet sollevò lo sguardo dalla macchina del gas. Somigliava talmente tanto a Grace a quell'età che talvolta, quando erano tutte e due nella stessa stanza, confondeva i loro nomi. «Eri in ritardo, così ho preparato uno stuzzichino».

«Mi dispiace».

Caroline appoggiò sul tavolo il mucchio di volumi e iniziò ad estrarre il contenuto della busta. C'era qualcosa di piccolo, là in fondo, ma non era facile tirarlo fuori. Ecco fatto, s'era anche rotta un'unghia, adesso; l'immagine delle magnifiche mani curate di Grace le balenò nella mente. Ma non si potevano avere delle mani così ed essere degli artisti.

«Com'è andata la giornata?», disse, mentre le sue mani si chiudevano sulla stampa, estraendola dalla busta.

«Bene. Un altro voto buono in matematica. Comunque, è stato un gioco da ragazzi. Cosa c'è che non va, mamma?».

Caroline reinserì la foto nella busta prima che sua figlia potesse vederla, insieme al biglietto scritto a macchina. «Niente. Potresti fare qualche altro toast? Preparerò la cena fra un attimo, ma prima devo fare una telefonata».

Corse su per le scale col cuore in gola e si chiuse la porta del bagno alle spalle prima di ritirare fuori la foto, con le mani che le tremavano. Non c'erano dubbi. Era lui, con quel suo sorriso sicuro e smagliante, la camicia bianca fresca di bucato e senza cravatta. Sempre tremando, affondò la mano in tasca e fece il numero che sapeva a memoria. Fa' che non ci sia la segreteria. Fa' che non sia così.

«Simon? Sono io». Non era di paura che stava tremando, adesso. Era di rabbia. Come se non fosse stata più se stessa, ma piuttosto Grace; una Grace infuriata, pronta a usare parole che Caroline si era sempre rifiutata di pronunciare. «È appena arrivata una foto per posta. Che cazzo sta succedendo?».

Capitolo 7

«Ne parliamo quando torno», aveva risposto Simon in un tono distaccato che le aveva dato i brividi. Una sorta di telecomando che sentiva nel cervello aveva suggerito a Caroline che i ragazzi non dovevano essere presenti. Non dovevano vedere quel che Grace aveva visto; non dovevano assistere alle liti strazianti e alle recriminazioni che avevano avuto luogo fra i loro genitori quando lei era una ragazza di diciassette anni e sua sorella soltanto una bambina di dodici.

Quella era l'unica cosa che aveva ben chiara in mente. Il resto era solo un inestricabile guazzabuglio di pensieri. Un'accozzaglia vaga di idee. Un orribile pantano appiccicoso. La sua vita era stata perfettamente normale fino a quando, una mezz'ora prima, era tornata dalla casa della zia Phoebe e aveva trovato quella busta marrone con l'indirizzo scritto a macchina. E la fotografia.

Una fotografia di suo marito che baciava una donna minuta, dai capelli scuri, con indosso una T-shirt di Elle.

Le fotografie non mentivano. Non potevano farlo.

«Ne parliamo quando torno». Avrebbe dovuto pretendere una spiegazione immediata. Simon era bravo a manipolare i fatti; era il suo mestiere. Non mentiva mai, sosteneva sempre. Si limitava a raccontare i fatti in una versione più comprensibile al lettore. «Con me non dovrai mai farlo», gli aveva detto una volta, durante i primi tempi del matrimonio, quando ancora doveva conoscerlo bene. E lui l'aveva guardata con quegli occhi che sembravano perforarla, raggiungere il centro del suo corpo. «Non ti farei mai una cosa del genere, Carrie», le aveva detto. E lei gli aveva creduto!

«Papà e io dobbiamo uscire», aveva detto ai gemelli, sdraiati davanti alla TV. «Ci penserà Scarlet a darvi un'occhiata». Non si degnarono nemmeno di alzare gli occhi, sperando senza dubbio di averla scampata con i compiti. «E non dimenticate di fare gli esercizi per domani».

Di solito a quest'ora, pensò, avrebbe avviato la solita routine di preparativi per andare a dormire, che terminava sempre nel modo più tradizionale, con lei che rimboccava loro le coperte, pur sapendo che pochi minuti dopo sarebbero scesi dai loro letti per rimettersi a giocare. Era un'abitudine che risaliva alla loro primissima infanzia. «Rimboccami come una barca», le dicevano; la frase era una citazione di quella detta da sua madre, quando con i fratelli era tornata via mare dal Borneo all'Inghilterra. Che strano che simili modi di dire passassero di generazione in generazione, fino a che il loro significato andava definitivamente perduto nel tempo.

Scarlet alzò gli occhi dal sofà, sul quale aveva iniziato a fare i compiti; farli davanti allo schermo della TV non era consentito, in realtà, ma talvolta era più facile soprassedere, soprattutto quando avevi appena scoperto che tuo marito aveva un'amante. «Uscite?», domandò. «Non lo fate mai durante la settimana».

Caroline si toccò nervosamente le perle: le sentiva calde e confortanti intorno al collo, come pronte a rassicurarla che tutto sarebbe andato di nuovo per il verso giusto, se solo avesse potuto parlare a quattr'occhi con Simon e scoprire di cosa si trattava veramente. Forse di una serata di beneficenza. O della vincitrice di una gara. Ma sì, poteva essere così! Probabilmente lui aveva baciato una lettrice sulla guancia, lei s'era avvicinata troppo, qualcuno aveva scattato la foto e lei s'era fatta un'idea sbagliata e...

Sentì lo scatto del cancello: Simon era tornato con la sua bici. «Ma papà non viene prima a cambiarsi?», aveva chiesto Scarlet, sospettosa, quando Caroline aveva afferrato il cappotto e le chiavi della macchina.

«No. Non staremo via molto. Ci vediamo dopo».

Senza attendere di vedere l'espressione incredula che di sicuro si era dipinta sul volto della figlia, Caroline si precipitò sul vialetto, lanciando le chiavi al marito, che si limitò a prenderle al volo.

«Guida», gli disse, aspettandolo accanto alla macchina, col suo adesivo "per soli residenti". «Pensa solo a guidare». Simon la guardò. Persino nella penombra dell'abitacolo si accorse che era molto confuso, e non c'era da meravigliarsene. Di solito, non era mai così autoritaria con lui.

«Dove andiamo?».

La sua voce era pacata, e le venne da vomitare, per la paura e l'ansia che provava. Se quella foto fosse stata una cosa innocente, a quel punto lui gliel'avrebbe già detto, invece di assumere quell'aria contrita.

«Dove ti pare». Allacciò la cintura e sprofondò nel sedile. Non desiderava guardare fuori né incontrare il suo sguardo. «Dove nessuno possa sentirci».

La sua voce non sembrava neanche appartenerle. Come mai dava in escandescenze per le piccole cose, come i bambini che non avevano fatto i compiti, mentre riusciva a mantenere una calma glaciale in casi gravi come quello? Sospirò a fondo, mentre Simon imboccava una stradina laterale dopo il parco pubblico, dove lei e i ragazzi avevano iniziato a portare Wilfred e i bambini potevano usare lo skateboard senza dare fastidio a nessuno. Poi Simon arrestò la macchina, spense il motore e si voltò a guardarla.

«Dimmi che si tratta soltanto di un malinteso», Caroline si sentì mormorare.

Lui scosse il capo e lei fu come ammantata da un gelido strato di ghiaccio, che man mano riempì anche il suo petto rendendole difficile persino respirare, figuriamoci parlare. In qualche modo riuscì ad aprire la bocca, ma non ne uscì neppure una parola.

Simon aveva la testa fra le mani appoggiate al volante. «Non sono stato del tutto sincero con te, l'altra volta, per... cercare di risparmiarti il dolore. Tessa non è la mia segretaria provvisoria. È un'interna. In apprendistato».

Così giovane, dunque, avrebbe voluto gridare Caroline. E intelligente, per giunta. Era chiaro. Ogni tanto i giornali assumevano in prova dei giovani bravi e intelligenti, che avrebbero fatto qualunque cosa per fare carriera.

«Lo so che è giovane», proseguì lui, sollevando la testa e scrutando il suo viso devastato. «E a essere sincero, non so neanche come sia successo. Ma quando si lavora insieme... ci siamo occupati delle rivolte nella parte orientale di Londra, il mese scorso».

Aprì le mani, come se la cosa fosse sfuggita al suo controllo.

«E tutta quella storia della cena con la presunta segretaria provvisoria. Siete stati a letto?».

Simon annuì desolato, e respirare divenne così difficile che Caroline ebbe quasi la sensazione che qualcuno le avesse stretto le mani intorno al collo.

«Sei innamorato di lei?», gracchiò.

«Non credo».

«*Non credi?*».
Avrebbe voluto afferrarlo per la collottola, affondargli le unghie nella schiena nel modo che tanto gli piaceva quando facevano l'amore, prenderlo a calci, a pugni. Ma desiderava anche che lui l'abbracciasse, la cullasse fra le sue braccia e le dicesse che era tutto a posto.
«Ma non puoi!», gridò alla fine. «Non puoi distruggere cinque vite in questo modo».
Lui annuì avvilito, voltandosi dall'altra parte, mentre il dolore che aveva negli occhi si rifletteva in quelli di lei attraverso lo specchietto laterale.
«Non vorrai davvero lasciarci?»
«No», fece lui, deciso.
«Allora rinuncerai a lei».
Lui si morse il labbro. «Ci proverò, ma non so spiegartelo, Carrie. È come una droga, per me. Ho cercato più volte di smettere di vederla, ma finiamo sempre per ricominciare da capo. Immagino sia per questo che ti ha spedito la foto; perché fossi tu a volerti sbarazzare di me». Scoppiò in una risatina nervosa. «E non ti biasimerei, se lo facessi».
«È questo che vuoi?». Aveva la bocca talmente secca che le parole sembravano restarle appiccicate al palato.
«No».
Grazie a Dio. Il vigore che aveva messo in quella risposta dimostrava che ne era convinto.
«Allora, cosa diavolo faremo?».
Era come, pensò Caroline mentre parlava, se stessero discutendo di un problema comune, invece che di un dannatissimo guaio che era stato lui solo a creare, con la sua maledetta stupidità.
«Come hai potuto rovinare tutto in questo modo?», gli disse, guardando fuori del finestrino. «Non mi sembra che ci fossimo allontanati o che non facessimo più sesso».
«È perché io ti amo ancora, non capisci?Ma provo qualcosa anche per lei».
Caroline si sentì attraversare da un'ulteriore ondata di panico. «Hai preso delle precauzioni, con lei, vero?»
«Certo».
Era già qualcosa, pensò.
«Dovremmo tornare a casa». Il tono di suo marito era piatto, pri-

vo di vita. «I ragazzi si chiederanno cosa sia successo. Che cosa gli diciamo?»

«Quello che vuoi. Pensaci tu». Fece un'altra risatina roca. «Sei tu quello che sa raccontare bene le fandonie». L'enormità di quel che era accaduto stava cominciando a calare su di lei in maniera strana: era come se la delusione, l'inganno l'avessero ferita più del tradimento stesso. Quante bugie doveva averle raccontato, per passare più tempo con quella ragazza! Tutte quelle sere in cui era tornato tardissimo, facendole credere di essere rimasto "al lavoro"! Dove andavano, invece? E quanti anni aveva la ragazza, esattamente?

«Ti prego. Non saprei che dire. Non ora».

Simon aveva riacceso il motore e stavano già dirigendosi verso casa. Ma lui glielo doveva, non c'era dubbio in proposito. Stavolta lo afferrò per un braccio, facendolo quasi sbandare. «Dove andavate?»

«In albergo». Lo stesso tono piatto.

«E le hai promesso che mi avresti lasciata?»

«Certo che no».

Ma stavolta nella sua voce non c'era la stessa determinazione di prima, e Caroline sentì un panico paralizzante che s'impadroniva di lei. «Deve andarsene. Non puoi continuare a lavorare nello stesso ufficio; non è giusto nei miei confronti».

Il tono di lui era basso e fermo, come quando cercava di ragionare coi bambini. «Non posso liberarmi di lei così su due piedi, Carrie. Ci sono delle regole da seguire, in simili situazioni».

«Non me ne importa niente». Fece per afferrargli di nuovo il braccio.

«Smettila. Ti stai comportando come una bambina. È pericoloso».

«Comportando come una bambina? Pericoloso? Questo è quel che hai fatto tu, Simon, non io».

«Siamo arrivati», disse inutilmente, mentre accostavano davanti casa. «Tu entra, Carrie. Io arrivo fra un minuto».

Lo sguardo le cadde sul cellulare posato accanto al cambio. «La vuoi chiamare, vero?»

«Ho bisogno di parlarle».

«Perché?»

«Per dirle di non spedire altre foto a mia moglie».

Giusto a proposito. Aveva tante domande da fare, e non aveva ricevuto abbastanza risposte. «Qualcuno deve averla scattata, quella foto. Chi?»

«Per favore, Carrie». La grande mano calda di Simon si chiuse sulla sua. «Non infliggerti questa tortura. Non serve a niente».

E invece sì che sarebbe servito. Poteva reggere soltanto se avesse saputo ogni minimo dettaglio. «E va bene, allora. È stata una sua amica che era venuta a trovarla».

Dunque, lo sapevano tutti?

«Non tutti». Simon era arrossito.

Che stupida era stata. Che perfetta stupida! Tutti, al giornale, sapevano che suo marito aveva una storia con una ragazzina che poteva essere sua figlia, e lei era l'ultima a esserne stata informata.

«Ma tu ti comportavi proprio come...», iniziò a dire.

«Lo so, Carrie». Le lanciò un'altra occhiata ferita. «Per favore, non ricordarmelo».

Quella notte lui si offrì di dormire nella stanza degli ospiti, ma qualcosa dentro di lei la costrinse a pregarlo di non farlo. Era così confortante sentirsi avvolgere nel suo abbraccio, eppure non riusciva a dormire. Se solo avesse potuto chiedere consiglio a sua madre. C'era Grace, certo, ma in quel momento era a Parigi, o a Roma, o chissà dove! E poi, probabilmente avrebbe tirato su col naso e le avrebbe detto che era così che finivano tutti i matrimoni, al giorno d'oggi, e che le rimanevano due scelte: o mollare Simon o mettersi l'anima in pace e andare avanti in quel modo.

Quella notte Caroline capì cosa volesse dire veramente la frase "non ho chiuso occhio". L'aveva usata in passato quando i gemelli, che avevano sempre dormito poco e male, l'avevano tenuta sveglia, ma poi le era sempre capitato di poter schiacciare un pisolino fra un pianto e l'altro dei bambini. Quella notte, invece, era rimasta letteralmente a guardare il soffitto a occhi sbarrati da mezzanotte alle sei, con mille pensieri che le turbinavano nella mente. Avrebbe dovuto lasciarlo; come poteva rimanere con lui, dopo quel che le aveva fatto? Eppure, continuava ad amarlo. Perché?

E, cosa più importante, i bambini avevano bisogno di lui. Erano troppo piccoli per far parte di una famiglia divisa. I bambini – anche i diciassettenni come Scarlet – avevano bisogno di due genitori, non di un padre che si faceva vedere solo la domenica per portarli fuori a pranzo. L'assurdità di una simile ipotesi la fece quasi scoppiare a ridere forte.

«Hai dormito?», le chiese Simon, quando la sveglia suonò come al solito alle sei per dargli il tempo di prepararsi alla prima riunione editoriale della giornata, di lì a due ore.

«No», rispose lei, seccamente.

«Neanch'io».

Eccome, invece. Se così non fosse stato, se ne sarebbe accorta, visto che era rimasta sempre lì sdraiata, rigida e ben sveglia. Era un bugiardo. E se riusciva a mentire sulle piccole cose come quella, poteva farlo anche sulle altre. Accompagnò i ragazzi a scuola, anche se non sapeva se avrebbe potuto guidare, sentendosi le gambe molli come gelatina. «Ti sei raffreddata?», le chiese sua figlia, sospettosa, mentre si avvicinavano alla fermata della metro.

«No. Perché?»

«Sei pallida e tiri su col naso».

«Magari sto covando qualche malanno».

Rivide se stessa a quell'età, preoccupata per la propria madre. «Starò bene, tesoro. Forza, o faremo tardi».

Di solito, quando tornava da quel giro mattutino, si faceva un caffè, portava Wilfred a fare una passeggiata e poi via nel capanno a dipingere, spesso col cane al seguito. Era diventato molto bravo a starsene seduto sul tappeto, accanto al cavalletto. Ma quel giorno, mentre si appoggiava alla macchina a gas per sostenersi, non riuscì a trovare lo stato d'animo necessario. Che senso aveva tutto, ormai?

Simon aveva promesso che avrebbe parlato con quella Tessa, dicendole che era finita. «Avremo un nuovo inizio», le aveva promesso, baciandola sulla fronte quando era uscito, invece che sulle labbra come faceva sempre. Parte di lei aveva reagito con rabbia all'idea che potesse dirlo così facilmente, come se fosse una cosa che poteva essere aggiustata e via. Ma non riusciva a rimanere adirata con lui; non riusciva nemmeno a piangere. Un'altra parte di lei avrebbe voluto telefonare a quella ragazza, ma ne era spaventata, e la cosa non aveva alcun senso. Perché avrebbe dovuto aver paura di contattare una ragazza che aveva fatto un torto *a lei*, e non viceversa?

Il telefono. Caroline s'irrigidì. Quello che appariva sul display non era un numero che conosceva. Che fosse la ragazza? In tal caso, avrebbe fatto bene a rispondere, o avrebbe corso il rischio di scoprire cose che le avrebbero impedito di restare con Simon?

«Pronto?»

«Caroline?».

La voce aveva una leggera cadenza americana; le suonò vagamente familiare.

«Chi è? Chi è?»

«Diana. Diana Barton. Ci siamo conosciute al funerale della sua prozia».

Si sentì attraversare da un'ondata di sollievo. Non era la ragazza. Non era Simon che chiamava per dirle di aver cambiato idea e che amava un'altra.

«Mi scusi. Ho scelto il momento sbagliato?».

Caroline cercò in ogni modo di trattenere i singhiozzi, ma il sollievo li aveva letteralmente scatenati. Peggio ancora, sembravano degli ululati; Wilfred s'era alzato di scatto e le si stava avvicinando. Tenendo stretto il ricevitore, Caroline cominciò a dondolarsi avanti e indietro, incapace di vedere e di sentire.

Quanto fosse andata avanti quella situazione non lo seppe mai. Ma quando finalmente passò, quella stessa voce tranquilla, dall'accento americano, era ancora dall'altra parte del telefono. «A dire il vero, l'ho disturbata per dirle che ero dalle sue parti. Le andrebbe di incontrarci per un caffè?».

Caroline non era il tipo di donna abituata a piangere sulla spalla di un estraneo. In passato aveva avuto delle amiche che s'erano sfogate con dei consulenti psicologici, alla ricerca del motivo del fallimento del loro matrimonio o dell'odio che ancora provavano per le loro madri. Ma lei non era così. Preferiva invece parlare dei suoi problemi con Simon, o magari con Grace.

Adesso, però, mentre guardava la donna alta ed elegante dall'altra parte del tavolino a cui erano sedute, una donna che doveva essere già oltre la settantina, anche se si portava gli anni incredibilmente bene, con il trucco perfetto e un bellissimo completo lilla dal colletto sottile impreziosito da una spilla d'oro, Caroline si rese conto di aver infranto ogni sua vecchia regola. In qualche modo si era ritrovata a raccontare tutto a quella Diana Barton. Grazie al cielo, era riuscita a farlo in maniera abbastanza calma e pacata, trattenendo i terribili singhiozzi che le aveva fatto sentire al telefono.

«Povera piccola». La mano morbida costellata di macchie senili della donna si posò con delicatezza su quella di Caroline. «Dev'essere stato un colpo terribile».

Caroline fissò la tazza che aveva davanti.

«Ai nostri tempi, avremmo saputo esattamente cosa fare».
Caroline attese.
«Non avremmo avuto nessun chiarimento». Diana sorrise. «Avremmo ignorato la faccenda, attendendo che i nostri mariti tornassero nel nostro letto. Poi saremmo andate avanti come se niente fosse accaduto».
«Non è un atteggiamento ipocrita?».
Diana annuì. Il suo rossetto scarlatto, adattissimo ai capelli scuri era, notò Caroline, perfettamente applicato e per nulla rovinato dall'aver bevuto il caffè. «Senza dubbio. Ma che altro avremmo potuto fare? Non avevamo i mezzi per essere indipendenti e lasciarli, voi giovani oggi potete».
Caroline fu attraversata da un pensiero improvviso. «Mia zia Phoebe ha mai provato una cosa del genere?».
Diana si strinse nelle spalle. «Non lo so. Victor era un uomo molto dolce, perciò ne dubito. Ma...».
S'interruppe e Caroline ebbe la netta sensazione che avrebbe voluto dire qualcos'altro.
«Ma cosa?»
«Ho conosciuto Phoebe soltanto attraverso sua madre, Rose. Eravamo amiche, in passato. Dopo il suo ritorno dal Borneo. Lavoravo con lei alla John Lewis e ci trovammo subito, anche se era molto più grande di me».
«Allora mio nonno le è stato infedele?».
Diana distolse lo sguardo. «Molti uomini lo erano. Mi dispiace, Caroline. Non credo sia giusto dire altro, al momento. Ma quel che conta è che lei prenda in mano la situazione; deve prendere delle decisioni. Non lasci che sia Simon a prenderle per lei».
Era il genere di cose che si sarebbe aspettata di sentire da Grace, non da una donna che era stata giovane durante la seconda guerra mondiale.
«Ho un'idea». Diana si avvicinò e sfiorò di nuovo la mano di Caroline. «Quand'è che i suoi figli iniziano le vacanze estive?»
«Fra due settimane». Adorava andare in vacanza con i bambini, ma ora l'idea di doverli intrattenere per due mesi e mezzo, fingendo che tutto andasse bene, la faceva sentire malissimo.
«Allora li vada a prendere presto a scuola». La sua voce era piena d'entusiasmo, come se la conversazione precedente non avesse mai avuto luogo. «Ho una casa al mare. Si trova nel Devon, in un villag-

gio a mezz'ora da Exeter. Volevo affittarla, quest'estate, perché non potrò andarci fino ad agosto, ma non è necessario che lo faccia. Perché non dice a quel bel tipo di suo marito che ha bisogno di tempo per pensare? Spieghi ai figli che andrete in vacanza al mare e che il papà verrà a trovarvi ogni tanto. La prego, Caroline, ci pensi seriamente».

Gli occhi della donna si fecero sognanti. «Mi creda. È un buon posto per pensare. C'è un'aria diversa. E anche la luce. Vi sveglierete al grido dei gabbiani. E poi c'è gente che ha tempo da dedicarvi».

All'improvviso si ridestò, come se si fosse appena svegliata. «E dato che c'è, Caroline, perché non ne approfitta per continuare a leggere i diari di Rose? Ho la netta sensazione che la possano aiutare a dare un senso al suo problema».

ROSE
1908-1941

Capitolo 8

Più tardi, molti anni più tardi, nel Borneo, dopo il *tiffin*, il pranzo leggero, erano soliti fare un gioco. Ovviamente ne facevano tanti, di giochi, ma quello che più era rimasto in mente a Rose era "*Qual è il tuo primo ricordo?*". Ed era così perché era uno dei pochi che non comportavano il coinvolgimento della moglie o del marito di qualcun altro, e anche ripensare a un periodo in cui s'era sentita protetta la faceva essere a proprio agio in un Paese straniero.

Nel suo primissimo ricordo vedeva se stessa in maniera abbastanza nitida, come se stesse guardando dal fondo di una stanza buia, intenta a osservare un'immagine proiettata sulla parete. Era una bambina alta e slanciata... forse troppo alta per i suoi gusti, a quel tempo, anche se in seguito, nel sentirsi definire "sottile e flessibile come un salice" da diversi corteggiatori e ammiratori, aveva cominciato ad apprezzarlo. Ma erano i suoi capelli ad attirare maggiormente l'attenzione altrui. Di un castano ramato, proprio come quelli della mamma, che non potevano dirsi rossi come gli alberi in autunno, né marroni come i vestiti preferiti dalla sua istitutrice. Una fitta massa di riccioli castano- rossicci che la sua cameriera sistemava ogni mattina con gli stracci caldi, prima di mostrarla orgogliosa alla mamma che approvava con un cenno del capo.

Una mamma che, con la sua solita espressione severa, a meno che non stesse controllando i risultati delle corse dei cavalli sul giornale della sera con enorme disappunto del padre, non somigliava affatto alla giovane signora composta e minuta che campeggiava sulla parete, a metà della rampa di scale, nella sua cornice dorata. «Quella era tua madre da giovane», le aveva detto una volta suo padre con uno strano tono di voce, come se si fosse appena schiacciato le dita in una porta, cosa che era successa a lei il giorno precedente. «Era così quando l'ho conosciuta, prima che cambiasse. Ha un problema di nervi, lo sai, una cosa che le scorre nel sangue».

A Rose questa cosa era già giunta alle orecchie dai sussurri delle cameriere per le scale e dalle conversazioni interrotte bruscamente in cucina, le rare volte che vi era capitata all'improvviso. Negli anni, comunque, aveva ricomposto i frammenti. La mamma aveva avuto un momento difficile quando era nata lei. Dopodiché, non era mai più tornata come prima, anche se traeva ancora piacere dal "metterne uno sui cavalli viola", qualunque cosa questo significasse. Sapere che la propria nascita aveva provocato un simile cambiamento nella madre la faceva sentire in colpa, certo, ma allo stesso tempo le conferiva uno strano senso di potere.

«Si torna in scena», disse qualcuno della compagnia del Borneo. «Su, vai avanti», si sentì dire ancora, mentre altri ridacchiavano. Qualcuno brindò con vigore, facendo tintinnare i bicchieri. E va bene, avrebbe continuato.

La ragazzina alta e slanciata dai capelli castano-rossicci nella mente di Rose era sempre seduta su una sedia, con la schiena bene eretta. Non era una sedia comoda; non come la poltroncina giallo chiaro che generalmente si trovava nello studio del nonno, davanti alla finestra, per i suoi ospiti o per quell'orribile donna americana che vi appoggiava languidamente il braccio, come se appartenesse a lei e non ai suoi nonni. No. Quella era una sedia di legno, disegnata affinché l'occupante stesse con la schiena diritta, in una postura perfetta, come le diceva sempre di stare la mamma, nelle rare occasioni in cui parlava. Quello di non parlare molto, a causa di una depressione dello spirito, era un curioso tratto ereditario che, a sentire la cameriera, era appartenuto anche alla madre di sua madre. La sera, quando recitava le preghiere, Rose implorava il Signore di impedire che quella malattia colpisse anche lei, dal momento che non poteva immaginare nulla di più brutto dell'incapacità di parlare.

Indossava, disse Rose al suo pubblico del Borneo la maggior parte del quale era mezzo brillo dopo diverse bevute di gin, un abito bianco con il collo a volant. Quest'ultimo rivaleggiava con la sedia in scomodità, ma Ga Ga aveva insistito perché lo indossasse. «Chi?», fece qualcuno, fino a quando Rose non li informò che era così che chiamava suo nonno. Sembrava che quei candidi volant contribuissero a valorizzare il suo incarnato, elemento essenziale per il dipinto.

«Che genere di dipinto?», disse qualcuno tra i fumi del gin, ma Rose l'ignorò, decidendo di non condividere più i suoi preziosi ricordi con un pubblico interessato soltanto al proprio divertimento.

Rose aveva sempre saputo che il nonno era una persona speciale.

Persino suo padre, un medico che ultimamente passava sempre più tempo in sala operatoria o a far visite a domicilio, parlava del suocero con il tono che di solito riservava ai suoi pazienti speciali o al reverendo. «È un ritrattista, Rose», le spiegava suo padre. «E ha un mecenate famoso. Sir William Giles».

Ogni tanto Rose riusciva a vedere quel misterioso "mece-nate", parola che pronunciava con una pausa nel mezzo, come una specie di sciarada, perché suonava meglio così. Arrivava senza preavviso, o almeno così sembrava, perché quando la cameriera annunciava la sua visita, Ga Ga si agitava tutto c cominciava a usarc parolc chc lci non aveva mai udito prima, a parte nello studio, dichiarando che, per Dio, persino i personaggi illustri avevano in certa misura l'obbligo sociale di dare un preavviso, quando si recavano in visita da qualcuno. E se Rose in quel momento si trovava per caso nello studio per una seduta, veniva rapidamente, e con suo enorme disappunto, esortata a salire al piano superiore o, ancora peggio, rimandata a casa sua, anche se, qualora le riuscisse di sbirciare giù dalla ringhiera o di attardarsi un poco per veder arrivare la carrozza, riusciva talvolta a cogliere la fugace immagine di una mantella nera e di un cappello.

In quella giornata, però, quella che Rose conservava come suo primo ricordo, non vi fu tale impedimento. Almeno, non per quanto ne sapcssc, anchc sc nulla cra comc scmbrava, quando si trattava di suo nonno. In seguito avrebbe dichiarato che lui era la persona più stimolante e imprevedibile che avesse mai conosciuto, anche se all'epoca Rose non sapeva nemmeno cosa significasse "imprevedibile", per non parlare di sapere come si scrivesse. Rimaneva invece seduta come sempre sulla scomodissima sedia di legno, cercando di focalizzare l'attenzione sulla parete, ma chiedendosi come sarebbe venuta nel ritratto, se e quando le fosse stato consentito finalmente di vederlo.

«Ferma, piccola. Stai ferma». Ga Ga la guardò accigliato, dall'altro lato del cavalletto. Non era un cipiglio infastidito, come quello del papà quando tornava a casa e scopriva che la mamma ancora si rifiutava di parlare, anche se c'era da pensare che ormai avrebbe dovuto esserci abituato. Né si trattava dell'espressione di rimprovero della sua istitutrice, quando Lydia chiacchierava durante le lezioni. Era un cipiglio severo ma gentile, che esprimeva pensieri come: "So che per te è una noia tremenda, ma se rimarrai seduta ancora un po', riceverai in premio un bel bicchiere di limonata, in giardino".

«Concentrati sulla parete che hai di fronte», continuò Ga Ga in tono cantilenante.

A volte, mentre dipingeva, parlava quasi come se stesse cantando. In altre occasioni fischiava, come il merlo fuori dalla finestra. E ogni tanto canticchiava piano, sottovoce, come se nella stanza non ci fosse nessun altro. «Cosa vedi?».

Questo era facile! Una barca. Vedeva una barca. Sobbalzava in avanti come se stesse per inciampare e cadere per le scale, proprio come la sua cameriera le diceva di non fare quando aveva fretta. Era una barca alta e sottile, sospesa sui confini del mondo e in procinto di esplorare l'altra faccia del mappamondo che si trovava nell'aula scolastica. Il mappamondo con i suoi magnifici colori e quel favoloso movimento rotatorio sull'asse di legno che le faceva venir voglia di saltarci dentro e nuotare in qualunque cosa ci fosse dall'altra parte.

«Brava bambina». Ga Ga annuì compiaciuto. «La maggior parte delle tue coetanee avrebbero visto soltanto una crepa». Altro cenno di approvazione. «Tu hai l'Occhio».

Ogni volta che Ga Ga diceva questa cosa dell'Occhio, lei sentiva un brivido scenderle giù per la schiena, come se qualcuno l'avesse solleticata con il ventaglio di piume che le cameriere usavano per il fuoco nel caminetto. L'Occhio! Rose aveva fatto abbastanza sedute con Ga Ga per sapere che l'Occhio era un elemento essenziale di tutti gli artisti. Più importante, in realtà, di qualsiasi pennello o cavalletto, o foglio di carta rigida. L'Occhio non si poteva acquistare. Veniva ereditato, proprio come il papà aveva ereditato la casa da suo padre, che a sua volta l'aveva ereditata da suo nonno.

Ma come facevi a sapere se avevi ereditato l'Occhio o no? Aspetta e vedrai, diceva sempre Ga Ga. Ma per quanto tempo? «Te l'ho già detto», disse Ga Ga. «Fino al tuo prossimo compleanno. Non manca molto, ormai».

Gliel'aveva davvero già detto? Se era così, lei lo aveva dimenticato, ed era certa che una cosa così importante non sarebbe potuta sfuggirle. Che cosa sarebbe accaduto, dunque, al suo decimo compleanno? Ga Ga le avrebbe forse regalato un occhio su di un piatto, proprio come la cuoca faceva servire in camera alla mamma le uova in camicia in un vassoio che poi tornava di sotto con sopra un altro dei suoi telegrammi e una moneta d'argento per la cameriera perché lo portasse fuori, verso una destinazione ignota? Sperava davvero di no.

Fu allora che qualcuno bussò alla porta. Rose emise un sospiro di sollievo quando Ga Ga decise di fare una pausa di qualche minuto, le folte sopracciglia sollevate in un'espressione irritata. Per quanto amasse fare quelle pose da studio, come le chiamava suo nonno, aveva bisogno di più pause di quanto lui non consentisse. «Sì?», ruggì rivolto alla cameriera.

Rose cercò di non scoppiare a ridere. I ruggiti di Ga Ga sembravano sempre feroci, ma lei sapeva che erano benevoli; quest'ultima era un'altra parola nuova, appresa di recente dalla sua istitutrice, e della quale stava assaporando il sapore piacevole sulla lingua.

«Sir William Giles», iniziò a dire la cameriera.

«Dannazione! Quando si deciderà a lasciarmi un po' in pace, quell'uomo? Fuori di qui!».

Rose ci mise qualche secondo per capire che il nonno si stava rivolgendo a lei e non alla cameriera; o forse a tutte e due. «Mi hai sentito, Rose. Fuori. Vai a casa da tua madre e dalla sorellina».

La prospettiva di dover tornare nella camera della piccola Grace fino alle lezioni del pomeriggio portò Rose a considerare l'idea di nascondersi di sopra, in casa di Ga Ga, come aveva fatto qualche giorno prima. «E non andare a nasconderti!». Le sopracciglia di Ga Ga sembravano volersi innalzare fino alla soprastante massa di capelli bianchi, mentre sistemava con gesti frenetici la poltiglia colorata del vassoio che aveva davanti, iniziando a riordinare anche i diversi ritratti appoggiati contro la parete, in modo da poterli agevolmente mostrare all'ospite. «Ci vediamo domani per finire questo qui».

Rapidamente, col pretesto di raccogliere il proprio scialle appoggiato sulla poltrona davanti alla finestra, Rose sbirciò la tela sul cavalletto; trasalì e trattenne il fiato. Era come guardarsi allo specchio. Quelli erano proprio gli occhi che stavano fissando una barca con quel misto di impazienza ed eccitazione tipici della sua espressione, e che talvolta avevano fatto inquietare la sua cara istitutrice. Anche i capelli erano esattamente della sfumatura rossiccia ereditata dall'adorata moglie di Ga Ga, che ora dimorava nel cimitero della chiesa, dall'altra parte di Hampstead. E quel buffo vestito bianco inamidato che doveva tenere sempre lindo e pulito per le sedute.

«Subito!».

Ga Ga stava quasi spingendola fuori dalla porta, dietro alla cameriera che aveva ricevuto l'ordine di accompagnarla a casa. Ma con il pretesto di doversi chinare per allacciarsi una scarpa in corridoio,

Rose riuscì a voltarsi appena in tempo per scorgere la figura intabarrata nella mantella nera che veniva fatta accomodare nella biblioteca di fronte allo studio del nonno.

Trattenne il fiato quando il misterioso individuo si voltò a guardarla. Sir William Giles era un uomo molto vecchio. Persino più vecchio di Ga Ga. I suoi occhi apparivano infossati tra le morbide pieghe della pelle e, proprio come il mago in uno dei suoi libri, camminava appoggiandosi a un lungo bastone nero dall'impugnatura intagliata color crema, forse perché aveva paura di inciampare nelle fessure tra le tavole del pavimento, cosa che talvolta temeva di fare anche lei.

«La bambina col vestito bianco», disse, come se fosse qualcosa di spiritoso, anche se lei si era sentita troppo intimidita per aprire la bocca e farne uscire una qualsiasi formula di cortesia insegnatale da sua madre prima che diventasse muta. «La bambina col vestito bianco», ripeté.

«Non sono soltanto una modella». La sua voce risuonò nel corridoio, cogliendola di sorpresa. «Ga Ga dice che ho l'Occhio».

Seguì una profonda risata gutturale. «L'Occhio? Davvero ce l'hai? Sarebbe una buona cosa. Ottima, davvero. Dobbiamo controllare, allora».

E con ciò, si era voltato facendo perno sul bastone, simile a un giocattolo sgangherato che lei e sua sorella Grace si erano da poco contese, e zoppicando s'era diretto verso la biblioteca.

La cameriera scosse la testa in segno di biasimo. «Signorina, ora ci ha messe entrambe nei guai, lo sa?».

Ma a Rose non importava. Aveva parlato col grande Sir William Giles in persona. L'uomo che aveva insegnato a Ga Ga a dipingere. Forse lo avrebbe insegnato anche a lei.

Quello era dunque, disse Rose al suo pubblico del Borneo che in genere a quel punto era rapito dal suo racconto, visto che Sir William Giles nel frattempo era diventato una celebrità, il suo primo ricordo. Ma mentiva. Il suo primo ricordo era una cosa che non poteva e non voleva condividere con nessun altro. Un ricordo che s'era imposta di dimenticare e relegare in un angolo buio almeno quanto la mantella del vecchio.

La cosa più bella del mattino, pensò Rose mentre seduta in maniera composta nell'aula scolastica attendeva che arrivasse la sua compagna, erano le lezioni. La signorina Hollingswood possedeva la magica abilità di far cantare il mappamondo, facendolo girare sul proprio asse. Cantava una canzone silenziosa che soltanto lei poteva udire, ma una volta, quando lo aveva confidato alla sua istitutrice senza volere, la signorina Hollingswood aveva annuito entusiasta, dicendo che sapeva bene cosa intendesse dire Rose. «Canta una canzone piena d'avventure», aveva convenuto con la sua allieva e, dopo quell'episodio, il suo tono di voce era stato più dolce, anche quando Rose non riusciva a farsi entrare in testa quei terribili numeretti incolonnati che nella sua bocca avevano un sapore ributtante, se paragonati a quello cremoso e dolce del mappamondo.

La cosa peggiore del mattino era la sua compagna. Perché papà non la stava ad ascoltare, quando gli ripeteva, ormai in continuazione, che Lydia era la ragazzina più sciocca che avesse mai incontrato e che le uniche cose che sembravano interessarla erano riuscire a mantenere rigida la piega dei riccioli e pulito l'orlo del vestito durante il tragitto mattutino da casa sua a quella di Rose?

«Sua madre è un'amica della mamma», le rispondeva il papà, ogni volta che lei gli sottoponeva quel quesito. E poi cominciava a torcersi i baffi; una cosa che faceva spesso, aveva notato Rose, quando insisteva per modificare qualcosa nell'amministrazione della casa. Ma non era vero. La madre di Lydia, che il papà chiamava Aveline, *non* era un'amica di sua mamma. Non realmente. Era vero che veniva spesso in visita, ma quando si preparava a riceverla in soggiorno, la mamma alzava gli occhi al cielo, facendo strani suoni gutturali, uno spettacolo che replicava anche la sera, quando lo scatto del portoncino d'entrata annunciava il ritorno di papà dalle sue visite a domicilio.

Ad essere sinceri, pensò Rose mentre faceva girare il mappamondo in attesa dell'arrivo di Lydia, era comprensibile che la mamma non fosse entusiasta della sua visitatrice. Quando fosse diventata adulta, si sarebbe assicurata di avere delle amiche che la pensavano come lei. Non delle donne vanesie che ridacchiavano e si sventagliavano anche quando non faceva affatto caldo. «Devi essere gentile con Lydia», le aveva detto una volta. «Non ha un fratellino o una sorellina come te».

Rose non riusciva a immaginare come fosse, non avere una sorella. Grace poteva anche non essere ancora autorizzata a frequentare le lezioni con lei, ma era straordinariamente intelligente per una bambina di soli sette anni, diceva il papà. In cuor suo, Rose sapeva il perché. Stava insegnando alla sorellina (che era la sua copia, secondo chiunque le vedesse insieme, anche se i capelli di Grace erano più lunghi e le labbra più piene), la forma delle lettere dell'alfabeto, la sera, quando entrambe erano state mandate a dormire. In quel modo, pensava Rose, sarebbe cresciuta più in fretta e magari avrebbe saltato un paio d'anni, così poi avrebbero avuto la stessa età. Forse avrebbe potuto persino prendere il posto della stupidissima Lydia in classe, e le lezioni sarebbero diventate più serie e ci sarebbero state meno interruzioni. Sentiva già il solito concerto in corridoio, con qualcuno che apriva la porta d'ingresso e una voce stridula e acuta che protestava.

«Povera me!». La voce di Lydia la precedette in classe. «Che giornata, là fuori! Non posso spiegartelo!». Portò la mano ai riccioli biondi, come per verificare che fossero ancora lì. «La mamma voleva farmi prendere la carrozza, ma era appena andata via con uno dei nostri ospiti, capisci, così siamo dovute venire a piedi».

Parlava come se fosse stato un viaggio lungo e insidioso, venire da dietro l'angolo costeggiando la fila di palazzi grigi, uno dei quali era la casa di Rose. Come avrebbe fatto Lydia, voleva sapere Rose, se avesse dovuto scarpinare dall'altra parte del globo?

«Non ho nessuna intenzione di fare una cosa tanto stupida!». Lydia la fissò costernata dall'altro lato del tavolo di legno lucido, come se Rose le avesse tirato i boccoli, cosa che in certe occasioni avrebbe fatto più che volentieri. «Non essere assurda».

Santo cielo! Gli occhi di quella stupidella si stavano riempiendo di lacrime, anche se Rose conosceva bene le lacrime vere. Erano quelle che vedeva negli occhi di sua madre quando entrava improvvisamente nella sua stanza; il genere di lacrime che lei asciugava subito con la mano, facendole capire a gesti che le lacrimavano gli occhi perché s'era seduta accanto alla finestra aperta e raccomandandole di non fare il suo stesso errore, o si sarebbe presa un'infreddatura.

«Signorine!».

Rose e Lydia smisero subito di parlare e raddrizzarono la schiena sulla sedia. Persino Lydia rispettava la signorina Hollingswood, che, con indosso una severa gonna grigia e una camicetta immacolata e con la solita spilla marrone e color crema che chiudeva il colletto, non ammetteva stupidaggini e frivolezze. «Posso chiedere di cosa stavate discutendo, questa volta?»

«Dei riccioli di Lydia».
«Di geografia».
Avevano parlato insieme, ma fu la voce di Lydia, con i suoi toni acuti e striduli, a coprire fastidiosamente la sua. «Geografia», ripeté la signorina Hollingswood, inclinando il capo, come faceva spesso quando era divertita. «Molto stimolante! Io incoraggio sempre i miei allievi a intraprendere dibattiti intellettuali. E ora ditemi, prego. Quali aspetti particolari di questo nobile argomento stavate toccando?». I suoi occhi, di un caldo color nocciola simile a quello dei castagni fuori della finestra, brillavano più che mai. Rose s'era chiesta spesso perché mai la loro istitutrice non si fosse sposata e non avesse avuto dei figli suoi, con degli occhi così belli. Ga Ga diceva che era perché la poveretta doveva guadagnarsi da vivere da sola.
«Girare il mondo a piedi!». La voce della sua compagna ormai era così acuta che rischiava, pensò Rose, di infrangere lo specchio con la cornice dorata appeso sul caminetto alle loro spalle. «Lei ha detto che non avrei dovuto lamentarmi per essere venuta a piedi fino a casa sua e mi ha chiesto come avrei fatto, se avessi dovuto girare a piedi per il mondo». Gli occhi di Lydia scintillavano di disapprovazione. «Come se avessi mai bisogno di fare una cosa simile. Non sono certo una costretta a guadagnarsi da vivere da sola, come voi».
Rose non riuscì a trattenere un rantolo di sgomento. Che maleducazione. Che terribile maleducazione, da parte di Lydia, mettere in tale imbarazzo la loro governante! Ora le guance della signorina Hollingswood avevano acquisito una leggera colorazione rosata e il silenzio che seguì, rotto soltanto dal singhiozzo sgomento di Rose, sembrò mettere a tacere persino Lydia, che parve finalmente accorgersi della scortesia che aveva appena pronunciato.
«E tu, Rose?». Ora gli occhi dell'istitutrice non scintillavano più e la sua voce aveva un tono fintamente leggero. Ingannevole come quello che Rose aveva potuto notare in passato con altri adulti di sua conoscenza. Le voci, aveva concluso, erano come i colori sulla tavolozza di Ga Ga. A volte fingevano di avere sfumature che in realtà non esistevano. «Hai intenzione di girare il mondo a piedi?».
Lei annuì, sperando che il suo volto mostrasse tutto il suo dissenso nei confronti di quella ragazzina stupida che divideva con lei l'altro lato del tavolo. «Sì, signorina Hollingswood». Le sue dita si allungarono verso il mappamondo; verso i rosa stupendi che le ricordavano il biancomangiare della cuoca, i verde pastello che la mamma indos-

sava talvolta quando posava per Ga Ga e che sembravano gli unici a regalarle la vera felicità, e poi sui giallo chiaro brillante che le ricordavano le pareti del salotto dove il papà leggeva i giornali e la mamma sfogliava o rimirava una rivista con le immagini di cavalli.

«Sì. Voglio percorrerne ogni centimetro! Voglio esplorare tutte quelle terre straniere e parlare con il maggior numero di persone possibile».

«Ma Rose!». La voce di Lydia suonò come se si fosse appena lordata le mani. «Come farai, così, a sposarti?».

Rose si era già posta quell'interrogativo. Se e quando si fosse mai sposata, lo avrebbe fatto con un uomo che l'avesse fatta ridere. Non con uno la cui moglie sorrideva soltanto quando veniva ritratta in un dipinto. «Non so se lo farò».

Il rantolo emesso ora da Lydia avrebbe fatto girare il mappamondo, se il fiato fosse stato espulso, invece di venire risucchiato. «Ma devi sposarti. Devi farlo e basta».

Il rossore sulle guance della signorina Hollingswood si fece più intenso. Ma come faceva quella stupida a non capire? «Se lo farò», proseguì Rose, evitando di guardare l'istitutrice, «sarà con un uomo di nome Jim. Non lo consentirò a nessun altro».

Gli occhi della signorina Hollingswood ripresero a brillare. «Jim? E si può sapere chi è questo Jim?».

Rose fece girare il mappamondo che aveva davanti, per prendere tempo. «Non lo so. Non l'ho ancora incontrato, ma è un nome che mi piace. Fa pensare a un uomo gentile, educato e dotato di spirito d'avventura».

I suoi occhi si posarono sulla fila di volumi rilegati in cuoio scuro, alle spalle della signorina Hollingswood. Doveva confessare di averli letti, nonostante il divieto di toccare i libri di papà? Contenevano i racconti di diversi grandi esploratori, che facevano volare le dita sulle pagine per conoscere come andavano a finire! Quello che più ammirava era un uomo di nome Jim, anche se non era stata capace di scandire il suo cognome, perché era alquanto complicato. Fino a quel momento non aveva mai pensato di sposare un Jim, ma all'improvviso le parve la cosa più sensata da fare.

«Capisco». La signorina Hollingswood aprì i libri, facendo cenno alle allieve di fare altrettanto. La conversazione sui futuri mariti e l'attraversamento a piedi di lande rosate di biancomangiare era chiaramente terminata. Senza dubbio, più tardi Lydia si sarebbe lamentata con sua madre, che poi avrebbe riferito la cosa al papà o alla mamma. Rose scrollò le spalle. Non sarebbe stata la prima volta. Doveva sopportarlo.

Perché, si chiedeva Rose, i compleanni ci mettono sempre così tanto ad arrivare? Erano passate almeno tre settimane da quell'episodio in biblioteca e, con suo sommo sollievo, nessuno aveva commentato più l'accaduto. A dirla tutta, aveva fatto un enorme sforzo per essere carina con Lydia, resistendo alla tentazione di lamentarsi quando la sua compagna ritardava l'inizio delle lezioni o faceva commenti stupidi sul mondo che secondo lei era piatto, quando tutti sapevano quanto fosse fuori moda, ormai, quella teoria.

Come del resto era stata gentilissima con la signorina Hollingswood, che, ne era certa, era rimasta profondamente ferita dalle insensibili affermazioni di Lydia.

Rose amava considerarsi una ragazzina sincera; Ga Ga le aveva sempre rimarcato l'importanza di quel che lui chiamava "essere sinceri con se stessi". Non aveva capito bene cosa significasse, perché riteneva impossibile mentire a se stessi, dal momento che avresti capito all'istante che stavi dicendo una bugia. Tuttavia, il volto serio di Ga Ga le aveva impresso bene nella mente tutte le lezioni impartitele da quando era piccola; l'importanza di dire la verità agli altri. Vi erano tuttavia degli argomenti dei quali non bisognava parlare ad alta voce, anche se corrispondevano alla verità, per tema di essere volgari. Uno di questi riguardava senza dubbio il futuro della signorina Hollingswood. E un altro era il regalo di compleanno che avrebbe ricevuto da Ga Ga.

Sapeva di cosa si sarebbe trattato. Dell'Occhio. Ma in che forma esattamente sarebbe apparso? E come l'avrebbe aiutata a raggiungere quel che Ga Ga era così bravo a fare, quando impugnava il pennello e la faceva posare davanti al suo cavalletto? Rose era impaziente. Non mancava molto, ormai. Aveva contato i giorni nel diario che la loro istitutrice le incoraggiava a tenere. La prossima settimana, intorno a quell'ora, avrebbe finalmente ottenuto quello che tanto aspettava.

«Rose?».

Era una domanda, e non un'affermazione. Lei e Lydia lo avevano studiato durante le loro lezioni. Una domanda era una cosa che le vere signore non dovevano porre troppo di frequente, per paura che gli altri le potessero considerare "sfacciate". Un'affermazione poteva essere altrettanto delicata, se pronunciata con un tono di voce che manifestava l'intento di surclassare quella di qualcun altro, in una compagnia. Ma se la enunciavi nel modo giusto, aveva il potere di farti apparire al contempo affascinante e intelligente. Era, conveniva la signorina Hollingswood, con le gote accese di un rosa delicato, una cosa molto complicata, ma che costituiva un imperativo per una giovane donna moderna.

«Rose!».

Stavolta suonò più come un ordine che come una domanda. Con riluttanza si avviò verso la biblioteca, dove suo padre stava in piedi accanto al caminetto, le mani infilate nelle tasche, con indosso quello che ormai Rose aveva imparato a considerare il suo completo di tweed da lavoro, con l'orologio che faceva capolino dal taschino. Cosa piuttosto allarmante, la mamma era seduta in poltrona, accanto a lui. Aveva di nuovo gli occhi di quando rimaneva seduta troppo a lungo accanto a una finestra aperta. Il papà non le chiese di sedersi a sua volta.

«Mi è stato riferito, Rose, che sei stata di nuovo scortese con la tua compagna».

Il primo impulso di Rose fu di negare tutto. Era successo secoli prima, e fra l'altro non era stata affatto scortese; aveva semplicemente fatto notare a Lydia delle cose vere. Ma poi si ricordò del consiglio di Ga Ga a proposito dell'essere sinceri con se stessi. Così disse quel che avrebbe detto a se stessa, se si fosse trovata faccia a faccia con la sua stessa persona. «Si lamenta sempre della strada da fare da casa sua a qui e di come questo le rovini la pettinatura. Non è minimamente interessata alle lezioni. E di fatto, sostiene che i biancomangiare rosa le fanno venir fame per pranzo, anche se ha appena mangiato».

Sua madre alzò gli occhi e lei vi vide un bagliore, non diverso da quello individuato nello sguardo della signorina Hollingswood. «Biancomangiare rosa, mia cara?»

«I Paesi sul mappamondo. Sono così interessanti, mamma. Li hai visti?».

Intervenne suo padre. «Lydia inoltre ha riferito a sua madre che tu non intendi sposarti, ma che speri di girare il mondo come una zingara».

Ora il papà guardava fuori della finestra; segno evidente che stava già pensando a qualcos'altro, anche se il tono severo della sua voce suggeriva il contrario.

Rose cominciò a sentirsi a disagio. «Posso aver esagerato un pochino».

Lo scintillio negli occhi della mamma iniziò a spegnersi, come se sapesse quel che stava per arrivare. «L'esagerazione, Rose», tuonò suo padre, che ora s'era messo a fissarla intensamente, «non si addice a una giovane donna. Tua madre e io abbiamo deciso che dovrai essere punita, perché una simile scenata non si ripeta mai più».

Sapeva cosa sarebbe accaduto adesso.

«Non ti sarà concesso avere il regalo di compleanno che tua madre e io abbiamo scelto per te. Dovrei offrirlo a Lydia in segno di scusa».

Si sentì pervadere da un'ondata di delusione. «Non potrò avere l'Occhio?».

Suo padre corrugò la fronte. «Di che cosa stai parlando, bambina mia?».

Sua madre si sporse in avanti. Il suono della sua voce, generalmente assente, fu scioccante. «Forse la bambina crede che lo specchio sia un occhio. Piuttosto fantasiosa, a mio parere».

La cosa si faceva sempre più confusa. Specchio? Non avevano mica pensato di regalarle lo specchio che c'era nell'aula scolastica? Era quello l'Occhio cui Ga Ga si era riferito in tutti quegli anni?

«Non sempre la fantasia si addice alle giovani donne». Papà le consegnò una scatola legata con un nastro celeste. «Qui dentro, Rose, c'è uno specchio da toletta. Aprilo. Così. Bello, vero?».

Rose dovette ammettere che lo era. Il manico era in argento, come del resto la cornice, con dei graziosi intarsi a forma di conchiglia. Benché non fosse mai stata al mare (ah, quanto le sarebbe piaciuto!), la signorina Hollingswood le aveva mostrato alcune immagini nei libri, insieme a dei fossili e a conchiglie identiche a quelle.

«Tuttavia, come ho già spiegato, ora dovrai dare questo regalo alla tua compagna, per scusarti dell'accaduto».

Rose si voltò verso la madre, che la inchiodò con un sguardo che non riuscì a decifrare. «Va bene, papà».

Lui annuì soddisfatto. «E cerca di non darmi più motivo di essere arrabbiato con te». Estraendo l'orologio dal taschino, annuì, come convenendo di qualcosa con se stesso. «Ora devo andare a visitare un paziente. Spero che non dovremo più fare questo genere di discussioni».

Rose si sedette accanto alla madre, in attesa di sentire lo scalpiccio degli zoccoli, all'esterno. Suo padre faceva sempre i suoi giri, come li chiamava lui, sul bel cavallo bianco che viveva nelle scuderie accanto alla casa. Aveva la coda mozzata, come se qualcuno avesse preso un paio di forbici per tagliarla, e Rose aveva spesso desiderato di passarci sopra le dita, seguendone la linea piana e diritta.

Ecco. Se n'era andato.

«Va' da tuo nonno». La voce di sua madre era così bassa e morbida da risultare appena udibile. «Ti sta aspettando».

Lo studio di Ga Ga era il solito guazzabuglio disordinato. Come il suo proprietario. A volte Rose sentiva il padre che parlava alla madre dell'avanzare degli anni dell'uomo e lei s'immaginava Ga Ga che veniva travolto da grosse onde, un po' come la figura della Bibbia in cui si vedeva il mare dividersi in due. Era quello che sarebbe accaduto a Ga Ga, quando gli anni lo avessero minacciato troppo da vicino? Lo sperava proprio. Talvolta aveva l'orribile visione dell'amato nonno che, incapace di trattenere la forza di quelle ondate, veniva travolto e trascinato sott'acqua.

Ma oggi non c'era pericolo che accadesse! Ga Ga le sorrideva da dietro il cavalletto e sul tavolo che aveva davanti c'erano lucide strie di lilla, gialli ocra, terre di Siena, e tutti gli altri meravigliosi nomi di colori che aveva imparato a conoscere in quegli anni.

«Buon compleanno, mia cara bambina!». Girò intorno al cavalletto e venne a darle un caloroso abbraccio. Rose cercò di respirare, ma le riuscì difficile, con quella camicia macchiata premuta contro il naso; l'odore dei colori a olio, simile alla vasta gamma di odori nella cucina al piano di sotto, le fece venire da starnutire. Poi il nonno indietreggiò. «Ho sentito che sei stata scortese con la tua compagna, durante le lezioni».

Rose avvertì un'ondata di indignazione, una parola che aveva imparato a scrivere da poco e che, con sua somma soddisfazione, Lydia non era riuscita ad apprendere. «Ho solo detto la verità».

«Ah, la verità!». Gli occhi di Ga Ga brillarono proprio come avevano fatto quelli della mamma quella mattina, prima che le si spegnessero di nuovo. «Ci vuole un bel coraggio, per dire la verità».

Rose sentì un grosso singhiozzo farsi strada nel suo petto. «Ma mi hanno punita. Mi hanno portato via il mio Occhio».

Il nonno si bloccò. «Bambina mia, che stai dicendo?».

Ora le parole uscivano a fatica, in un farfugliare confuso, con dei grandi singhiozzi che scappavano dalla bocca e un fiume di lacrime che scendeva lungo le guance. «Mi avevano regalato uno specchio, ma adesso devo darlo a quella stupida di Lydia, così sarà lei ad avere l'Occhio, e non io».

«Piano, piano». Ga Ga ora la stava di nuovo abbracciando, ma stavolta le dava anche delle leggere pacche sulla schiena. «È questo che pensi? Che l'Occhio sia uno specchio da toletta?».

La sua fragorosa risata si abbatté sul suo orecchio come una corrente calda. La signorina Hollingswood aveva detto che in certe parti del pianeta vi erano delle correnti calde: era una delle meraviglie che Rose desiderava visitare.

«No, no». L'aveva lasciata, ora, e stava cercando qualcosa nel suo armadio, prima di tornare stringendo un oggetto. Rose non voleva guardare. Poteva essere interpretato come un gesto maleducato, e di indiscrezioni, ormai, ne aveva commesse fin troppe.

«L'Occhio, mia cara Rose, è un dono che tu hai dalla nascita e anche una cosa che, a parere mio, la sciocca, per quanto deliziosa, Lydia non avrà mai».

Rose avrebbe voluto comprendere meglio, ma non osava chiedere, per paura di essere presa per una sciocca a sua volta.

«È il modo tutto personale che hai di vedere i colori, le forme e le linee». Ora Ga Ga le stava porgendo una scatoletta nera. «Avanti. Aprila».

Con le dita che le tremavano, fece quanto le veniva chiesto. E rimase senza fiato. Aveva davanti una fila di stupendi gioielli quadrati, una gamma variopinta di tutti i colori del mondo. E poi, un pennello dalla punta perfetta. «Una scatola di colori tutta per me?», fece in un soffio.

Il nonno la stava già conducendo dietro il cavalletto. «Esatto. Molto meglio di qualsiasi specchio o vestito nuovo». Le premette nella mano un pezzo di carboncino e avvolse la propria sulla sua, guidandola gentilmente sul foglio di carta da disegno. «È così che si fa. Guarda dritto davanti a te la caraffa che è sul tavolo. Tracciala con l'occhio della mente, ma non pensarci con troppa intensità. Bene. Un po' più dritta qui... e ricurva lì. Sfuma quell'angolo, così».

Non c'era da stupirsi che le sue maniche fossero sempre così sporche!

«Sì!», tuonò la sua voce alle sue spalle. «Sì!».

Indietreggiarono entrambi, rimirando il disegno. Davvero era stata lei a farlo? Sembrava che la caraffa aspettasse solo di essere sollevata per il manico, e di acqua non ne sarebbe caduta nemmeno una goccia! «Tua madre aveva l'Occhio», stava mormorando Ga Ga, «ma ho fatto l'errore di non consentirle di usarlo. L'Occhio va usato, mi ascolti, Rose, altrimenti si chiuderà».

Abbassò il coperchio della scatola. «Per oggi può bastare. No, non fare quella faccia. Ti prometto che potrai venire qui ogni giorno dopo le lezioni, ma la scatola la terrò io». La guardò con aria risoluta. Evidentemente Ga Ga non si sedeva mai accanto alle finestre aperte. «Nel caso tuo padre volesse portarti via anche questa».

Capitolo 9

Passarono gli anni. Segretamente, nella sua testa, Rose li contava in colori. Blu cobalto. Gialli ocra. Rossi che in realtà erano scarlatti. Le lezioni private di pittura dal nonno facevano sembrare grigio tutto il resto.

Con un certo disappunto da parte sua, la sorellina Grace non sembrava vedere il mondo con gli stessi colori, anche se non mancava mai di ammirare le immagini che apparivano sulla pesante carta color crema che aveva di fronte e che sembravano essere state realizzate da qualcuno che le guidasse la mano. «Questo è bellissimo», le disse un mattino, ma mentre lo diceva Rose percepì, più che vedere, qualcosa attorno al collo della sorella.

«Hai messo le perle della mamma!».

Lo shock nel sentire le proprie parole risuonare nell'aria fu paragonabile solo al modo in cui la sorella annuì emozionata. «A volte mi fa giocare con le boccette che ha sulla toletta».

Rose provò un brivido lungo la schiena. «Ma di certo non ti avrà dato il permesso di mettere le sue perle».

Stavolta Grace scosse il capo e Rose provò un'ondata di sollievo: dunque la mamma non aveva permesso a sua sorella di fare una cosa che a lei non era mai stata consentita. Mentre cercava di allontanare quel sentimento, attribuendolo a stupide gelosie, però, ecco tornare la sensazione di allarme.

«Non le avrai mica rubate?».

Grace scoppiò in un'allegra risata. «Certo che no. Le ho solo prese in prestito per un giorno, tanto per provarle; la maggiore sei tu e saranno comunque tue. Non prendertela con me; la mia è solo curiosità». Inclinò la testa all'indietro, come per sfidarla. «Allora? Come mi stanno?».

Bene, e lo sapeva perfettamente. Erano alcuni anni, ormai, che Rose era diventata consapevole del fatto che fra loro due la più bella era Grace. Era il suo volto che tutti, parenti e conoscenti, ammiravano con entusiasmo, e non c'era da meravigliarsene, con quella stupenda cascata di capelli che le scendeva sulle spalle, di un colore meno rossiccio del suo, e quel nasino leggermente rivolto all'insù, molto diverso dal suo, dalla linea più decisa. Eppure, finora Rose si era trovata a essere piuttosto generosa, nonostante i paragoni continui con la sorella, e la disturbava che le perle avessero avuto il potere di riportare tutto a galla, come se la sua reazione fosse da attribuire al sentimento d'invidia, uno dei peccati, a suo parere, più brutti che ci fossero.

«Devi rimetterle subito a posto», disse, «prima che la mamma si accorga della loro mancanza».

Ora sua sorella aveva smesso di sorridere e, anzi, stava facendo il broncio. «Sei una vera guastafeste, Rose». Poi s'era lanciata fuori dalla stanza, lasciandola così in ansia da renderle impossibile riprendere in mano il pennello.

Quella sera a cena, Rose fu sollevata nel constatare che sua sorella non indossava più la collana. Ma, arrivato il momento di andare a dormire, quando chiamò la cameriera perché le portasse, come al solito, lo scaldaletto, dovette attendere a lungo. Finalmente la donna arrivò, profondendosi in mille scuse. Sembrava che la vecchia cameriera fosse stata licenziata nel pomeriggio, accusata di aver preso in prestito i gioielli della padrona.

«Devi dire alla mamma che sei stata tu e non la cameriera», disse Rose, indignata, alla sorella, ma Grace si limitò a fare il suo solito broncio.

«Se lo faccio, si arrabbierà con me e questo potrebbe far male alla sua salute già cagionevole. Non posso dirglielo. Se la cosa ti preme tanto, fallo tu».

Rose lottò con la propria coscienza per giorni e giorni. Se avesse detto la verità alla mamma, avrebbe perduto l'amicizia di sua sorella, in una casa dove già si respirava un'aria pesante, per via dell'atteggiamento distante del padre e del rifiuto della mamma di uscire dalla propria stanza. Fra l'altro, forse nel frattempo la povera cameriera aveva già trovato un'altra sistemazione. Alla fine decise di non dire nulla e sua sorella tornò a essere la ragazza affettuosa di prima. In qualche modo, però, per Rose Grace non fu mai più la stessa.

A parte quell'incidente, in quella che per la gente del posto era nota come la casa del dottor James la vita scorreva come sempre. La madre si allontanava sempre più dalla realtà, rimanendo ancora più spesso rinchiusa nel suo salotto privato con le pesanti tende di velluto, o nel boudoir al piano di sopra, dove il padre si recava di rado almeno secondo i pettegolezzi delle cameriere, che nessuno sospettava Rose potesse ascoltare.

Il medico continuava a visitare la sua sempre più ampia cerchia di pazienti, compresi dei nuovi arrivati a Richmond, che sembravano entusiasti di invitare il dottore alle loro piccole "soirées". Per anni, Rose credette che quel termine indicasse un'estensione della mantella in stile Sir Walter Raleigh, finché, con uno scintillio divertito negli occhi, la signorina Hollingswood le aveva spiegato che si trattava in realtà di una serata d'intrattenimento con musica e canti, cui ella stessa non rimaneva del tutto indifferente.

Grace ormai non era più nella camera dei bambini e partecipava alle lezioni con lei e con l'orribile Lydia, che diventava di minuto in minuto più agitata e nervosa, mettendo perciò a dura prova la pazienza apparentemente infinita della loro istitutrice.

Ma nulla di tutto quello, pensò Rose, chiudendo in fretta il blocco da disegno in modo che Grace non potesse sbirciare facendo strani versi, poteva turbarla. In effetti, andava piuttosto a suo vantaggio. Le sarebbe bastato partecipare alle lezioni trattenendosi dal dire quello che pensava davvero a Lydia e non avrebbe avuto problemi. Il che significava che dopo, nel pomeriggio, avrebbe avuto la possibilità di rifugiarsi senza che nessuno le chiedesse nulla nella sua stanza, dove, con cautela e massima reverenza, avrebbe tirato fuori da sotto il materasso la scatola nera di Ga Ga, per poi perdersi in un mondo dove nessun altro poteva accedere.

Ovviamente aveva dovuto confidare il suo segreto a Grace, ma la cosa era accettabile; anzi, quasi piacevole. Nonostante sua sorella fosse quel che il loro padre aveva definito "una bimba impegnativa", avevano stretto un legame di amicizia, oltre a quello sororale, anche se il ricordo dell'incidente delle perle continuava a turbare Rose.

Talvolta, quando per strada incontravano i nuovi pazienti di papà, molti pensavano che la sorella maggiore fosse Grace, nonostante i suoi dodici anni, contro i quattordici di Rose. Era così carina, con quei bei capelli lunghi e scuri, dotati di quella sfumatura di rosso "tipica della famiglia", diceva il papà, con un tono che sottintendeva che li avesse ereditati da lui. E il suo sorriso era talmente bello e caloroso che riusciva a illuminare la stanza, anche quando la cameriera non aveva ancora acceso il fuoco al mattino.

Ma era anche tanto dispettosa! Era stata Grace a fare le smorfie quando la mamma le aveva portate allo studio fotografico il mese precedente, facendo ridere anche lei, tanto che avevano ricevuto entrambe un rimprovero molto severo. Era Grace quella che infilava bottoni nella borsa delle questue, in chiesa, tanto che il sermone successivo del vicario era stato tutto incentrato sull'importanza di mostrare rispetto quando si era in un luogo sacro a Dio. Ed era sempre Grace quella che bucava le calzamaglie di lana pesante che entrambe dovevano portare in inverno, perché le indossava sempre troppo in fretta, ansiosa com'era di correre di sotto e suonare il grammofono nuovo prima che si alzasse la mamma.

Poi un giorno, quando ormai il grande albero in cortile aveva già perso da tempo tutte le sue foglie, accadde qualcosa. Qualcosa di veramente importante.

«Indovina», le disse Grace, irrompendo nella stanza da letto che condividevano senza farsi precedere dai soliti tre colpi alla porta: un segnale che avevano convenuto da secoli, per consentire a Rose di avere il tempo di mettere via i suoi dipinti. Di sicuro, si disse Rose, piuttosto elettrizzata dalla sorpresa, era accaduto qualcosa di importante, a giudicare dalle guance arrossate di Grace, che normalmente era sempre pallida.

«Indovina», ripeté, volteggiando davanti a lei e bloccando il flusso di calore che veniva dal fuoco acceso nel caminetto. «Presto avremo un pony! Riesci a immaginare? Un vero pony, in carne e ossa!».

Rose si fermò a mezz'aria e alzò gli occhi dal suo blocco, dove, canticchiando fra sé e sé, stava disegnando la grande quercia in giardino. «Un pony?».

Gli occhi viola di Grace sembravano danzare irrequieti. «Non mi credi, eh? Pensi che me lo stia inventando, solo perché la settimana scorsa ne abbiamo visto uno al parco».

«Sshhhh». Rose lanciò un'occhiata nervosa alla porta che Grace aveva lasciato socchiusa. Non era loro consentito allontanarsi fino al parco pubblico senza una scorta, ma le ragazze ci erano andate perché Rose s'era stancata di disegnare sempre la stessa scena che vedeva dalla finestra e aveva voglia di trovare altri spunti. E in effetti, ne aveva trovato uno ottimo; uno stagno con dei gigli d'acqua che le ricordava un dipinto apparso sul giornale di papà.

«Sshhh», tornò a ripetere. «Ti sentiranno».

Grace trasalì come se se ne fosse dimenticata, poi, in punta di piedi, si avvicinò alla sorella per guardare cosa aveva disegnato. Ma Rose chiuse il blocco di scatto: detestava che qualcuno vedesse il suo lavoro, Ga Ga compreso, finché non l'aveva terminato. «Allora, cosa ti fa pensare che avremo un pony?».

La sorella si buttò sul letto, rovinando il vestito di pizzo bianco. La cosa non turbò affatto Grace. Se lo sarebbe rammendato da sola, in segreto, così non avrebbe avuto guai; era davvero molto brava con ago e filo. «Papà fa il misterioso sull'argomento Natale. Dice che avremo un regalo, da condividere fra noi due perché è molto prezioso, e che dovremo prendercene estrema cura».

Rose cominciò a sentire uno strano formicolio nella schiena, e non era per il freddo. Forse Grace aveva ragione! Era da sempre che tutte e due speravano di ricevere un pony in regalo. Quando era ancora molto piccola, ricordava di aver implorato suo padre di poter accarezzare il naso vellutato del suo bellissimo cavallo bianco, quello con cui faceva i suoi giri di visite. Era una delle molte stravaganze di papà, che lo distinguevano nel vicinato; il fatto di andare ancora a cavallo, invece di usare una carrozza. «Perché non provi a montare, mia cara, dal momento che ti piace tanto studiare le forme dei cavalli?», chiedeva spesso alla loro madre, che però si limitava a voltarsi dall'altra parte e a sorridere in un modo che non esprimeva affatto divertimento.

Poi le venne in mente un'altra cosa. Se avessero ricevuto un pony per Natale, dove l'avrebbero messo? Ci sarebbe stato posto nella scuderia dove papà teneva Foam[2], così chiamato per il suo colore chiaro?

«Forse», fece Grace sprezzante, come se quello fosse un dettaglio insignificante. «Penseranno a qualcosa, immagino».

Quel plurale era di sicuro riferito a papà e basta. Entrambe le ragazze avevano escluso un coinvolgimento materno in quella decisione. Rose si chiese se Aveline, come la chiamava il padre, avesse qualcosa a che fare con la sorpresa. Sperava di no, altrimenti sarebbe stata costretta a condividere il suo "regalo" con l'odiosissima Lydia.

Grace stava ancora saltellando eccitata sul letto, i lunghi capelli che le ricadevano su un occhio, facendola somigliare a una sirena come quelle nei libri della signorina Hollingswood. «Potrai dise-

[2] *Foam* in inglese significa "spuma" o "schiuma" (*n.d.t.*).

gnarlo. Pensa! Nessuno potrà più impedirci di uscire, perché dovremo occuparci di lui, no?».

All'improvviso la possibilità di un'illimitata libertà si fece spazio nella mente di Rose. Un pony poteva essere un nascondiglio perfetto; molto meglio del paravento di rose che sua madre aveva ricamato nella vita precedente e che ora si trovava davanti al fuoco, a ricordo perenne di cosa era stato un tempo. Rose una volta vi si era nascosta dietro, per catturare i colori delle fiamme sul suo blocco degli schizzi, fin quando non era stata scoperta dalla cameriera, che s'era limitata a sorridere, permettendole di continuare. Aveva trattenuto il fiato per diversi giorni, in seguito, sempre in attesa di un rimprovero, ma non era arrivato. Perciò aveva regalato una delle prugne caramellate conservate dal Natele prima alla cameriera, che se l'era messa in tasca guardandola con aria complice.

Ora era di nuovo Natale e stavano per ricevere in regalo un pony! Rose rimise la scatola nera sotto il letto e iniziò a infilarsi gli stivaletti neri per allacciare i quali ci volevano secoli. «Dove vai?», le chiese Grace, sdraiata sul suo letto.

Che domande! C'era un unico posto dove era loro consentito andare senza scorta, e questo solo perché si trovava dietro l'angolo e anche perché la casa in cui si sarebbe recata era sempre ben lieta di riceverla, ammesso che talvolta fosse disposta a non chiacchierare troppo.

«A trovare Ga Ga».

Grace saltò giù dal letto. «Posso venire anch'io?».

Rose esitò. Per quanto volesse bene a sua sorella, era gelosa dei suoi momenti esclusivi con il nonno. Nessuno le parlava come sapeva fare lui, né capiva come lui il modo in cui vedeva le cose. Una linea sul muro per gli altri era una semplice linea, ma per lei e Ga Ga poteva essere una barca, o un albero in un campo. Condividevano un linguaggio segreto, le diceva lui, con quel tono denso e profondo che la faceva sentire speciale, e non troppo alta o "originale", come aveva sentito dire dalla madre di Lydia con quella voce acuta e squillante che aveva trasmesso anche alla figlia.

«Vuole che posi per lui».

Gli occhi di Grace s'incupirono un attimo e Rose si sentì in colpa. Era una frottola. Una "bugia bianca". Benché avesse posato spesso per il nonno (una cosa che suo padre disapprovava, ma che tuttavia tollerava, ammesso che "non faccia girare la testa a mia figlia", diceva), lei e Ga Ga non organizzavano sedute di posa da molto tempo, ormai. Lui stava diventando sempre più fragile; o perlomeno, era quella la parola che aveva sentito pronunciare da suo padre a tal proposito. In qualche modo sapeva cosa significasse; era il modo in cui il nonno si appoggiava sempre più pesantemente al suo grosso bastone d'ebano o in cui le sue dita tremavano quando apriva un tubetto di colore. Qualche giorno prima aveva dovuto mischiarglieli lei. Eppure sembrava sempre molto contento, quando lo andava a trovare. «Ci capiamo bene, io e te», mormorava quando lei si sedeva tranquilla davanti al cavalletto. E da parte sua Rose chiamava quei momenti "l'ora di Ga Ga".

«Non ci metterò molto». Rose baciò la sorella su entrambe le guance, prima di finire di allacciarsi gli stivaletti e andare in cerca della mantella rossa di lana pesante. «Digli che sarò di ritorno per pranzo».

Quel giorno Ga Ga era al suo solito posto, accanto alla finestra. Aveva sistemato, o, più probabilmente, detto alla cameriera di sistemare, il cavalletto accanto alla poltrona, per avere la luce alle spalle invece che davanti.

«Guarda quanto cambia, Rose», le disse quando la vide entrare, senza curarsi delle formalità che gli altri sembravano ritenere vitali. La madre di Lydia, per esempio, passava intere ore a fare mille cerimonie con lei e papà, quando veniva in visita, anche se s'erano visti solo il giorno precedente. «La luce cade in maniera diversa, no? Questo verde sarebbe un giallo, se mi fossi posizionato nell'altra direzione».

Rose capiva esattamente cosa volesse dire, mentre osservava le sue dita nodose impugnare il pennello e far crescere un altro mondo davanti ai suoi occhi. Talmente più in fretta di quando si piantano i bulbi in giardino! Aveva osservato il giardiniere all'opera qualche giorno prima, e s'era chiesta cosa *facessero* i bulbi nell'attesa di crescere. Doveva essere terribilmente noioso, per loro.

«Avremo un pony!». Rose parlò piano; non voleva interrompere l'attività del nonno, ma allo stesso tempo non riusciva più a tenere per sé la notizia.

«Davvero, mia cara». Alzò appena lo sguardo. «E cosa te lo fa pensare?»

«Papà lo ha detto a Grace. Le ha detto che avremmo ricevuto un regalo in due perché è prezioso e dovremo prendercene cura insieme».

La voce di Ga Ga scaturì come un divertito gorgoglio d'acqua. «È questo che vi hanno detto?»

«Perché, non è così?». Rose si sporse in avanti sulla sedia, allarmata. Dalle parole del nonno, sembrava che non ne sapesse nulla. All'improvviso, la prospettiva della ritrovata libertà sembrò svanire in uno sbuffo di vapore, come nella cucina del cuoco al piano di sotto. «Non avremo questa sorpresa?».

Le parole di Ga Ga sembravano provenire dalle sue dita in movimento. «Chi sono io per dirlo, mia cara? La vita ha il vizio di riempirci di sorprese. Ti ho mai raccontato come ho iniziato a dipingere?».

Sì, molte volte, stava quasi per rispondergli, ma si trattenne appena in tempo. Per quanto spesso gliela raccontasse, quella storia le piaceva molto, e ogni volta sembrava che acquistasse una nuova sfumatura; un colore nuovo, proprio come la fruttiera che aveva davanti in quel momento, dove le mele sembravano più delle pesche fresche e vellutate, come quelle dell'estate precedente; della varietà che ti riempiva la bocca di succo quando le mordevi, tanto da costringerti a pulirla subito col fazzoletto, prima che qualcuno potesse accorgersene. «Ti prego, racconta», iniziò a dire, ma Ga Ga aveva già cominciato. Con una sorta di cantilena, quasi come faceva quando era più piccola.

«Mio padre aveva un negozio di colori, non lontano da qui. Vicino al ponte». Le sorrise. «Un commerciante, sai. Tuo padre tende a dimenticarlo, ma è la verità. Un giorno, io ero ancora un ragazzino, entrò un uomo. Capii subito che era diverso dalla maggior parte dei clienti di mio padre. Mise molta cura nello scegliere i colori giusti, ma lo fece in maniera estremamente cortese».

La voce di Ga Ga acquistò una connotazione sognante, simile a quella di Grace quando stava per addormentarsi durante le loro chiacchiere serali. «Era appena tornato via mare da un soggiorno in Francia, dove aveva lavorato su commissione, e i suoi dipinti erano andati perduti durante il tragitto».

Rose sussultò. Non riusciva a immaginare nulla di peggio della perdita della scatola nera che teneva sotto il materasso.

«Ma non cominciò a dare in escandescenze, come avrebbero fatto molti artisti». Mentre parlava, il pennello di Ga Ga continuò a rendere quelle mele sempre più simili a pesche; ti veniva voglia di affondarci i denti e sicuramente avresti sentito il succo colarti giù per il mento. «Mio padre lo aiutò a scegliere i colori giusti e poi il suo sguardo cadde su di me. Gli avrebbe permesso, chiese, di impiegare il ragazzino, così mi chiamò, come modello? A quanto pareva, ero proprio quello che cercava per completare la sua nuova commissione».

Ci fu una pausa, durante la quale Rose udì lo scalpiccio dei passi di qualcuno fuori della finestra, sul suolo ghiacciato. Per favore, niente interruzioni, implorò fra sé e sé. Poi, con suo sommo sollievo, i passi si allontanarono. «E tuo padre te lo ha permesso».

Ga Ga annuì. «Sir William Giles, come poi si scoprì si chiamava, mi mandò a prendere con la sua carrozza ogni mattina. Dovevo sedermi su una sedia – anche molto rigida – e sognare, mentre lui mi ritraeva».

«E che cosa sognavi?»

Conosceva bene la risposta, ma voleva sentirla di nuovo, perché quel sogno era anche suo.

«Sognavo di dipingere magicamente, come faceva Sir William Giles, perché per me era una magia. Il quadro fu venduto e lui ne fece un altro, poi un altro ancora».

«Ma dimmi di quando hai iniziato tu!».

«Un giorno, mentre lui era uscito dalla stanza per un attimo, mi alzai e scivolai dall'altra parte della sala. Proprio come fai tu, mia cara, quando faccio finta di non vederti. Sì, certo che ti vedo! Presi un pennello e diedi alcune pennellate su un pezzo di carta. Cercavo di ritrarre un albero che vedevo dalla finestra, e quando Sir William Giles rientrò nello studio ero ancora impegnato con i rami».

Rose sapeva esattamente cosa significasse.

«Lui lo guardò per un po' senza dire nulla, poi mi chiese in maniera gentile, ma decisa, di tornare a sedermi sulla sedia. Quella sera, invece di mettermi come al solito sulla carrozza, mi annunciò che voleva parlare con mio padre, perciò mi accompagnò di persona».

Ga Ga si fermò un attimo e le pesche divennero nervose. «Puoi immaginare come mi sentivo. Pensavo che mi avrebbero sgridato, proprio com'è successo a te con quell'incidente dello specchio con l'irritante Lydia!».

«Ma non andò così!».

«No, mia cara, non andò così. Invece, Sir William Giles disse a mio padre, e in mia presenza, che avevo l'Occhio. Disse che a suo parere ero dotato di un talento naturale e che gli sarebbe piaciuto prendermi come allievo prodigio e insegnarmi i rudimenti del mestiere. Mio padre accettò, e così andarono le cose».

Le cose? Rose sapeva abbastanza di quella storia da poter dire che non si era trattato di semplici cose. Sir William Giles aveva di fatto istruito suo nonno, e talmente bene da permettergli di lavorare su commissione e trovarsi una moglie. Fino all'anno prima, il suo mecenate aveva continuato a fargli visita, cosa che aveva giovato sempre più alla sua reputazione, facendo sì che sempre più persone gli chiedessero di dipingere sia loro stessi che le loro case, le loro famiglie e i loro cani.

Leighton stesso continuò a usare Ga Ga come modello e persino sua nonna da giovane, finché non diventò troppo vecchio per impugnare un pennello. Erano esposti, così le avevano detto, in una famosa galleria d'arte di Londra. Una volta, da piccola, l'avevano portata a vedere la nonna che le sorrideva dalla parete mentre veniva ammirata da dei perfetti sconosciuti. Rose era rimasta colpita da quella giovane donna, che nei capelli aveva gli stessi riflessi rossastri suoi e di Grace; quanto le sarebbe piaciuto conoscerla!

«C'è un'altra cosa che vorrei dirti». La voce del nonno s'era abbassato, mentre voltava la prima pesca, quella davanti, leggermente di lato. «E cioè...».

Bussarono alla porta e sollevarono entrambi la testa, infastiditi. «Mi dispiace disturbarvi, signore». Era la domestica. «Ma è arrivata la cameriera del dottor James con una nota. La signorina Rose deve tornare subito a casa».

Ga Ga annuì in maniera solenne. «Mi sembrava strano». Diede una leggera pacca sulla spalla di Rose. «Ho idea, mia cara, che il vostro pony sia arrivato prima del previsto».

Rose si precipitò a casa di volata. Ma avrebbe anche voluto restare col nonno. Che lotta! Comunque non aveva alternative, almeno a giudicare dal modo in cui la cameriera le marciava decisa alle spalle, come se avesse di nuovo commesso qualche cattiva azione. Un pensiero terribile le attraversò il cuore. E se non si fosse trattato del pony? Se invece qualcuno avesse scoperto la sua scatola nera? Papà le aveva detto e ripetuto che dipingere troppo non era una cosa che si addiceva alle giovani donne. Andava fatto con moderazione, insieme al pianoforte, sotto la guida della signorina Hollingswood, anche se, come la sua istitutrice aveva giovialmente ammesso, non erano cose che rientravano nelle sue incombenze e capacità.

Forse avrebbe dovuto nascondere meglio la scatola. Ma dove? I posti dove metterla erano pochissimi.

«Dovete andare di sopra», le disse la cameriera quando furono nell'ingresso e lei ebbe slacciato gli stivaletti, che si erano infangati durante la veloce camminata verso casa. «Su nella stanza della padrona».

Nella camera da letto della mamma? Doveva esserci un errore. Lei e Grace venivano ammesse di rado nella stanza della loro madre, a meno che non si fossero comportate davvero male.

Col cuore pesante, seguì la cameriera per le scale, senza fermarsi, come faceva spesso, davanti al ritratto di sua nonna con quella graziosa cuffia celeste, eseguito da Sir Willliam Giles.

Grace! Sua sorella era già lì, accanto al letto della mamma. Che avesse già spifferato tutto sulla sua scatola nera? Ma no, cosa andava a pensare!

Eppure, un'occhiata al viso mortalmente pallido di sua sorella le disse che era accaduto qualcosa. Dietro di lei, la porta si spalancò e udì tuonare la voce di suo padre. «Così avete scoperto il vostro pony!». La sua voce aveva il tono divertito di quando riceveva in visita la madre di Lydia. «Grace mi ha detto che ve l'aspettavate per Natale!».

Un pony? Rose si guardò intorno, nella stanza, soffermando lo sguardo sulle pesanti tende color prugna, sempre tirate perché la mamma preferiva non far entrare la luce. Guardò al di là del pesante tavolo da toletta in mogano, con la sua schiera di spazzole col manico d'argento. E fissò lo sguardo sull'ottomana piazzata in fondo al letto. Il pony non poteva essere nascosto in quella stanza!

Disorientata, vide che Grace stava indicandole il letto con gli occhi. E solo allora si accorse che la loro madre non stava fissando la sopraccoperta, come faceva sempre nelle rare occasioni in cui le facevano visita. Stava guardando un fagottino avvolto in una coperta di pizzo; un fagottino che proprio in quel momento prese a fare un verso strano e acuto, come uno squittio. Accanto al letto c'era un giornale accuratamente ripiegato e un pezzo di carta con su scritto di puntare cinque ghinee sul cavallo il cui fantino era vestito di viola.

La mamma alzò gli occhi. Aveva il volto pallidissimo, come Grace. «Ebbene, Rose, che ne pensi della tua nuova sorellina? Non è bellissima?».

Capitolo 10

«Ma perché ti hanno detto che era un pony?», chiese qualcuno della compagnia del Borneo all'improvviso, tra fumi di gin e sigarette.

«Lo pensavamo noi», cercò di spiegare Rose. «Papà ci aveva detto che avremmo avuto una sorpresa e mia sorella Grace e io avevamo sempre desiderato un cavallo, così pensavamo che stesse parlando di quello. Fu un malinteso».

Come sempre, la storia del pony faceva un grande effetto sui proprietari di piantagioni e sulle loro mogli. I cavalli e le scommesse erano fra le poche cose che tutti conoscevano bene, perché ricordavano loro l'ambiente di caccia, pesca e armi da fuoco dal quale provenivano. Molti venivano da famiglie in cui il primogenito aveva ereditato l'azienda del padre, lasciando i fratelli minori con il problema di trovarsi un lavoro proficuo, ma adeguato alla loro estrazione sociale. Altri, come suo marito, erano lì per sfuggire al mondo che s'erano lasciati alle spalle. Ma ovviamente a quel tempo lei lo ignorava.

Così come lei e Grace ignoravano, guardando la sorellina appena nata cui sarebbe stato dato il nome di Phoebe, anche se non si scriveva con la "F" come ci si sarebbe aspettati, quanto la loro vita sarebbe cambiata negli anni immediatamente successivi. Non tanto a causa della madre, sempre più assente dalle loro vite, rinchiusa nella sua stanza da letto per riprendersi dalla tremenda fatica dell'ultimo parto, una fatica che sembrò protrarsi a lungo, anche quando Phoebe ormai camminava da sé e pronunciava le prime parole. Né per la crescente estraneità del padre, sempre impegnato con le sue soirées e le visite ai pazienti.

No. La vita sarebbe cambiata per altre ragioni. La prima aveva a che fare con il mondo esterno. E la seconda avrebbe inflitto un colpo tremendo alla casa del dottore, causando una ferita che anche il migliore dei medici avrebbe avuto difficoltà a guarire.

Ironia della sorte, come spesso accade in certi casi, tutto ebbe inizio con una buona notizia; una notizia che provocò negli inquilini del numero 7 di Acacia Road una ingannevole sensazione di felice stupore. Particolare irritante, fu Lydia la prima a parlarne. «La signorina Hollingswood sta per sposarsi», annunciò una mattina, precipitandosi in classe, per una volta in orario, e chiaramente eccitata dalla portata della notizia.

Rose e Grace si scambiarono una delle loro occhiate d'intesa, che esprimeva tale pensiero: "Che cosa ridicola. Stavolta Lydia sta davvero esagerando, con le sue bugie".

«Non me lo sto inventando, se è questo che pensate!», squittì Lydia, togliendosi la cuffia e scuotendo i riccioli ribelli. «La mamma l'ha sentito dai Butler, che l'hanno saputo dalla loro istitutrice, a cui l'ha confidato la stessa signorina Hollingswood!».

Grace ridacchiò. «Ma è un'istitutrice. E le istitutrici non si sposano. Lo sanno tutti».

Rose sentì di dover confutare quella frase, dal momento che suonava ingiusta alle sue orecchie, ma non riuscì, per quanto si sforzasse, a ricordare un'istitutrice, fra quelle dei figli degli amici dei suoi genitori, che avesse mai trovato marito.

«Be', lei invece sì». Lydia fece il broncio. «È così! Sposerà un gentiluomo di campagna che conosce da quando era una bambina». Si avvicinò a loro. «La mamma dice che ha l'età di suo padre e che è già stato sposato, ma la moglie è morta, e così...».

La serratura della porta scattò alle loro spalle e tutte e tre rimasero come paralizzate. «Buongiorno, ragazze!».

Rose la fissò, come del resto fecero le altre due. C'era forse qualcosa di diverso, nella loro istitutrice, da cui si capisse che la sua vita si era trasformata in maniera tanto radicale? Le guance erano appena rosate e il luccichio nei suoi occhi era sempre lo stesso, né più acceso, né più spento. Certo, indossava un paio di guanti grigio tortora nuovi di zecca, ma il resto dell'abbigliamento era identico: la lunga gonna grigia e la camicetta bianca con il medaglione blu e bianco fissato al colletto.

«Ti senti bene, Rose?». La signorina Hollingswood la guardò preoccupata.

Grace fece una risatina stupida, subito imitata da Lydia, e Rose lanciò alla sorella un'occhiata eloquente che voleva dire: "Come fai a far comunella con quella ragazzina tanto sciocca?".

«Sto bene, grazie, signorina Hollingswood».

L'istitutrice la stava ancora guardando. «Mi fa piacere sentirtelo dire. Solo che stamattina mi sembri piuttosto pallida, e di solito è tua sorella ad avere l'incarnato più chiaro. Dunque, se davvero ti senti bene, andremo avanti con la nostra geografia, oggi». Fece girare il mappamondo con un lieve colpetto della mano. «Allora, chi sa dirmi dove si trova il Sudamerica?».

Lo sapevo, si disse Rose. Era un'altra delle balle inventate da Lydia. In un certo qual modo, non riusciva a immaginarsi la loro istitutrice che diventava una signora come la mamma o come la madre di Lydia. E, cosa preoccupante, non riusciva a immaginare una simile cosa neanche di se stessa. Ammesso e non concesso che avesse preso marito: e se fosse stato un uomo che le avesse impedito di dipingere, come aveva fatto il papà con la mamma, un altro segreto rivelatole da Ga Ga?

Fra l'altro, non avrebbe mai potuto sposare un uomo che vivesse troppo lontano da Grace; la vita senza sua sorella sarebbe stata inconcepibile, e anche se era sempre stato così anche prima, la loro naturale amicizia si era consolidata dalla nascita di Phoebe, che era troppo piccola per poter entrare a far parte della loro cricca esclusiva.

Persa nelle delizie e nei misteri del Sudamerica, con la testa che le girava alla sola idea che potesse esistere un posto così lontano, dimenticò del tutto la storia del presunto matrimonio della signorina Hollingswood, almeno fino all'ora di pranzo. Poi, mentre la loro istitutrice ritirava i loro temi sulla "Vita dei nativi", le sentì dire: «Temo, ragazze mie, che questa sarà una delle ultime lezioni che faremo insieme».

Rose mugolò quando Lydia le diede un calcio sotto il tavolo, come a rimbeccarla: "Te l'avevo detto, io!".

«Sono fidanzata e sto per sposarmi».

Se mai le gote della signorina Hollingswood s'erano arrossate, in quel momento stavano letteralmente andando a fuoco! «Rimarrò con voi per qualche altra settimana, però, fin quando il mio promesso sposo non partirà».

La soddisfazione di vedere lo shock dipinto sul volto di Lydia fu quasi pari alla sorpresa suscitata da quell'affermazione. «Partirà?», ripeté Grace, prima che Rose potesse fare altrettanto.

Lo scintillio negli occhi dell'istitutrice si offuscò. «Purtroppo è così, ragazze. Dopotutto, come vostro padre vi avrà già detto, siamo in guerra, no?».

La guerra! Come poteva essere scoppiata la guerra? Nessuno l'aveva detto a Rose o a Grace e benché Lydia facesse finta di averlo saputo, la sua faccia raccontava tutta un'altra storia. Sembrava che la guerra fosse stata dichiarata soltanto il giorno precedente, e forse era per questo, conclusero le due sorelle durante la loro concitata chiacchierata prima di dormire, che ultimamente il papà girava per casa con un cipiglio ancor più preoccupato del solito. Ma le cameriere. Perché non avevano detto nulla?

Lo capirono presto. Nel desiderio di proteggere le figlie, il padre aveva ordinato a tutti di non dir loro nulla, sperando che la "tempesta sarebbe passata", come spiegò poi. Ma quando, prima di cena, erano corse da lui chiedendogli se fosse possibile che rimanessero tutti uccisi mentre dormivano quella stessa notte, lui volle sapere chi glielo avesse detto.

Dopodiché, non rividero mai più la signorina Hollingswood; nemmeno per un saluto.

«È davvero ingiusto», disse Grace, e Rose non poté che essere d'accordo. Nel frattempo, al posto della signorina Hollingswood era stata assunta una donna secca e ossuta, che, come confidò loro Lydia in un sussurro, non aveva alcuna possibilità di sposarsi e che le esortava continuamente a spegnere le loro candele perché era uno "spreco" tenerle accese, anche se Grace aveva paura del buio.

Fu grazie alla matrona ossuta e alla preoccupazione per quello che stava succedendo nel mondo che Grace cominciò a soffrire di un forte mal di schiena. All'inizio il papà lo attribuì alla sua alta statura, che aveva sempre indotto la gente a credere che fosse la sorella più grande, benché anche Rose fosse abbastanza alta; un fatto che Lydia non mancava mai di sottolineare, sentenziando che "avrebbe ridotto la gamma dei possibili pretendenti, purtroppo". Ma poi il disturbo di Grace raggiunse un'intensità insostenibile; sua sorella era sempre stanca e una volta finì addirittura per addormentarsi durante una lezione di storia, con sommo dispetto della matrona ossuta, che si andò prontamente a lamentare con il padre.

Col senno di poi, fu la cosa migliore che potesse fare, anche se sarebbe stato molto meglio che l'avesse fatto mesi prima, quando il rigonfiamento non era ancora così grosso. «Da quanto tempo ce l'hai?», fece Rose, quella sera, quando Grace si spogliò, dopo essere stata sottoposta a una visita accurata di un collega del padre.

Lo aveva chiesto fissando inorridita il bitorzolo tondo e carnoso che sporgeva all'incirca al centro della schiena di sua sorella, accanto alla spina dorsale. Grace girò il volto pallido verso la finestra. «Non lo so con certezza. Non è che riesci a vederti la schiena, no? Ed è solo di recente che ho cominciato a sentirmelo. Ti ricordi quando te l'ho accennato, dopo Natale? Papà dice che probabilmente è cresciuto in fretta».

Glielo aveva accennato? A lei? Quando? Ricordò vagamente una sera, mentre stava lavorando su uno dei suoi disegni, alla luce fioca della candela. Grace aveva detto qualcosa della schiena, che se la sentiva strana, e lei le aveva risposto che forse aveva ballato troppo durante la sfiancante serata in cui la madre di Lydia aveva chiesto loro di farlo. Il solo pensiero era come una lama di coltello che le si piantava nella schiena.

Avrebbe dovuto notarlo, quando si spogliavano la sera, e in effetti, se non fosse sempre stata così immersa nei suoi dipinti e nelle immagini che le si formavano nella mente, mentre Grace guardava fuori dalla finestra avrebbe dovuto vederlo.

«È tutta colpa mia», disse a Ga Ga, impegnato a esaminare l'ultima pagina del suo quaderno. «Me ne sarei dovuta accorgere».

Il nonno aveva scosso il capo. «A volte, Rose, vediamo le cose che non dovremmo vedere invece di quelle che dovremmo vedere». Teneva gli occhi ancora sulla pagina. «Questo è un bellissimo schizzo. Hai colto la forma, spontaneamente. Era una carrozza qualsiasi, che passava di lì per caso?».

Rose lanciò un'occhiata piena di disprezzo al disegno che tanto aveva significato per lei, prima di sapere di Grace. Ora era come se quel lavoro fosse responsabile della sua mancanza di attenzione per la malattia della sorella. «No. Era la carrozza della madre di Lydia».

Ga Ga annuì. «Capisco. Hai colto diversi dettagli minuti, per una visione così breve».

Un bozzo! Grace aveva un bozzo! Quel pensiero le tornava continuamente in testa, come se lo shock avesse il potere di moltiplicarlo; non riusciva a concentrarsi su nient'altro, ormai. Poi le venne in mente una cosa che le fece accapponare la pelle. Forse lei e sua sorella erano state punite per non aver detto la verità sulle perle e Grace, in qualità di principale responsabile, era stata presa di mira dall'Onnipotente, che aveva voluto punirla con quella malattia?

«Rose, cara, hai sentito quello che ho detto? Hai colto dei dettagli minuti...».

«Grazie». Le parole del nonno risuonavano vuote nell'aria e Rose si alzò di colpo in piedi. Le era passata la voglia di imparare a dipingere con Ga Ga, quella sera. Voleva stare con sua sorella. Abbracciarla. Dirle che sarebbe andato tutto bene.

Ci vollero altri tre mesi di tempo affinché Rose accettasse il fatto che non sarebbe stato così. Tre mesi fin troppo brevi, durante i quali Grace non riuscì più a stare seduta, per non parlare di seguire le lezioni. Arrivata la primavera, ogni tentativo di far lezione venne abbandonato e Rose ebbe il permesso di sedersi accanto alla sorella e accarezzarle i capelli. Persino Lydia chiese di poterle far visita e, non senza disappunto di Rose, Grace la volle ricevere. «Avrai bisogno di un'amica», le disse in quel tono sommesso che aveva sostituito la sua solita voce.

Bisogno di un'amica? Ma lei ne aveva già una, di amica. Aveva sua sorella. Non la piccola Phoebe, troppo giovane per capire, che continuava a correre per i corridoi cantando le sue canzoncine, ignara delle cupe parole che apparivano sui giornali di papà e dei cerchi scuri sotto gli occhi di Grace. Ma non poteva dirlo. Non poteva far nulla che potesse far preoccupare sua sorella, o anche la mamma, che s'era alzata dal suo letto e che di fatto adesso trascorreva molto tempo con le figlie; sempre tenendo fra le sue la mano della secondogenita. Talvolta ricorreva a Rose, costringendola a comportarsi come un'adulta; le diceva di andare a prendere dell'acqua; o di svuotare il vaso da notte, se la cameriera aveva altro da fare in quel momento.

Poi, un giorno, proprio quando in giardino fiorivano i primi boccioli, Grace si svegliò più lucida e vivace di quanto non fosse stata da settimane. Il sollievo sul volto dei suoi genitori era palpabile. «Forse», disse papà, in tono dolce, «avresti voglia di mangiare qualcosa, oggi?».

Il cuore di Rose si riempì di speranza. Grace mangiava poco da giorni, ormai; o forse da settimane. Non c'era da stupirsi che fosse diventata così fragile.

«Sai cosa mi andrebbe davvero!?». Sua sorella si guardò intorno, come aspettandosi di vedere qualcosa. «Mi sono sempre chiesta che sapore abbia lo champagne! Sai, papà, lo champagne che consumate alle soirées a cui partecipi. Lydia ce ne ha parlato, a volte».

Era solo la sua immaginazione, o papà aveva le gote arrossate come quelle della signorina Hollingswood? «Champagne», ripeté, notò Rose, senza guardare la mamma. «Vuoi sapere che sapore ha? Sarai accontentata».

Rose attese che la mamma obiettasse, ma lei non disse nulla. Rimase invece lì seduta, ad accarezzare la mano della figlia malata, come se quella conversazione non avesse mai avuto luogo. Pochi minuti dopo, o almeno così sembrò, arrivò una cameriera con un vassoio d'argento. Su di esso campeggiava uno dei bicchieri più belli che Rose avesse mai visto. Aveva il bordo smerigliato e all'interno c'erano tante vivaci bollicine.

La mamma allungò la mano per prenderlo. «Lascia che ti aiuti, tesoro».

Quasi trattenendo il fiato nel sentire il suono raro della voce di sua madre, Rose la vide passare un braccio attorno alla povera schiena di Grace e portarle il bicchiere alle labbra. Si udì un leggero risucchio, poi una risatina. «Delizioso. Assolutamente delizioso. Grazie».

Riaffondò la testa nel cuscino. «Mi gira già la testa».

Il papà sorrise alla mamma dall'altro lato del letto e Rose sentì dentro di sé qualcosa di meraviglioso. «Ed è proprio così che ci si sente, mia cara».

Il giorno dopo la cameriera la svegliò prima che facesse giorno. Grace era morta durante la notte.

Capitolo 11

Non fosse stato per la guerra, Rose non ce l'avrebbe fatta a resistere. Così, invece, poteva nascondere il suo dolore per la morte della sorella dietro quello che tutti provavano per i giovani che sacrificavano la loro vita nelle zone rosa e gialle del mappamondo che era in classe. Persino Lydia aveva ormai imparato a riconoscere le diverse parti della Francia, a dimostrazione del suo nuovo fervore patriottico.

«Sarò anche americana per metà», annunciò con quella sua vocetta acuta, «ma il mio cuore è inglese». Allungò la mano sul ripiano del tavolo a cui erano sedute, in classe, e strinse lievemente la mano a Rose. «Capisco che il lutto può colpirti in qualsiasi momento, e molto più da vicino che non in Francia. Ti faccio le mie più sentite condoglianze, Rose. Davvero».

Mentre Lydia pronunciava quella frase, una parte di Rose avrebbe voluto alzarsi in piedi e sbattere il mappamondo per terra, prima di uscire dalla classe lasciando quella matrona ossuta della loro istitutrice e la sua stupida compagna con un palmo di naso. Non voleva la pietà né le condoglianze di nessuno. Non aveva più voglia di imparare nulla. Non voleva la sorellina minore, col caratterino brusco che aveva dimostrato di avere già in tenera età, così diverso da quello di Grace, sempre dolce e gentile. E non voleva più dipingere. Mai più.

«Perché no?», le chiese Ga Ga, con gli occhi velati dall'età e dal dolore. «Tua sorella era talmente fiera di te. Me lo ha confidato».

«Perché», rispose Rose sconsolata, con il corpo abbandonato sulla poltrona del nonno, «è stata colpa mia».

E nulla di ciò che lui le disse poté convincerla del contrario. Tra l'altro, era ormai troppo tardi. Rose aveva già seppellito la scatola nera dei colori in giardino, accanto a dei bulbi, in memoria della sorella. La sua vera sorella.

«Phoebe è piccola», le diceva ogni tanto suo padre, accorgendosi di come l'ultima nata rifiutasse ogni tentativo di Rose di coinvolgerla in un gioco. «Quando crescerete, diventerete amiche».

Crescere? A quasi diciassette anni era quasi adulta, ormai. Phoebe di anni ne aveva soltanto sei, e per giunta non era nemmeno simpatica e socievole. Una ragazzina piuttosto dura e segaligna, sia nell'aspetto che nel carattere; non faceva che rifiutare qualsiasi proposta di gioco le facesse la sorella maggiore. Per tutta risposta, Phoebe reagiva con una rigidità e una riservatezza che si sarebbero dette più adatte a una bambina assai più grande e che ferivano l'animo di Rose. Non riusciva a ricordare una sola volta in cui si fossero trovate d'accordo su qualcosa; in cui avessero riso entrambe di gente come Lydia o sua madre, o si fossero preoccupate insieme per la mamma, che dalla morte di Grace non era più uscita dalla sua camera da letto e che sembrava avercela con Rose perché non era sua sorella. «Lasciami in pace, per favore», diceva quando Rose tentava di entrare nella sua stanza. «C'è soltanto una figlia che vorrei vedere, ora, e quella figlia è morta».

Del resto, come Rose si era detta e ripetuta mille volte, almeno c'era la guerra a cui pensare; per distrarsi dai pensieri che la notte la facevano diventare pazza e dagli incubi pieni di bozzi sulla schiena, bevande con le bollicine e del viso pallidissimo di Grace.

«Voglio che tu vada a trovare alcuni dei miei pazienti», annunciò inaspettatamente suo padre una mattina a colazione.

Rose aveva alzato gli occhi, sorpresa. Sapeva dai giornali che stavano iniziando a riportare in Inghilterra molti giovani. Ragazzi che avevano subìto orribili ustioni e intossicazioni nelle trincee. E benché il papà non avesse mai detto nulla, il suo viso s'era fatto sempre più cupo e scavato, man mano che il lavoro aumentava. Rose aveva saputo da Lydia che, secondo quanto le aveva detto la madre, alcuni dei pazienti del dottor James si sentivano un po' trascurati, adesso che il loro medico passava così tanto tempo in ospedale.

«Ce n'è uno, in particolare, che mi piacerebbe che andassi a trovare», proseguì il padre. «È un mutilato e ha passato momenti davvero brutti. Mi è sembrato di capire che non ha parenti, perciò sarebbe carino, da parte tua, includerlo nelle tue visite».

Visitare i giovani feriti in ospedale si stava trasformando in un passatempo molto diffuso e apprezzato tra le giovani donne di un certo rango, per la gioia di Lydia, che da parte sua aveva già accompagnato più volte sua madre al reparto feriti di guerra dell'ospedale locale, dall'altra parte di Richmond Common, rimanendo colpita da un ragazzo con una ferita non troppo grave a una gamba, causata dalle schegge di una bomba a mano.

«È parente di un lord!», aveva esclamato durante una delle loro lezioni, mentre l'istitutrice era uscita un attimo, lasciandole a studiare alcune parti della grammatica francese.

Rose aveva semplicemente annuito, desiderando che Grace fosse stata lì con lei a condividere l'allettante idea di una Lydia che va in sposa a un parente di un lord. Il fatto che poi fosse zoppo, nella testa di Lydia, veniva più che compensato dalla possibilità di un futuro titolo nobiliare.

Dal canto suo, lei non aveva alcuna intenzione di servirsi della guerra come scusa per allargare le sue conoscenze. Eppure l'idea di un ragazzo giovane, senza famiglia e che aveva addirittura perduto una gamba, invece di aver subìto soltanto una lieve ferita da scheggia, continuava a frullarle per la testa. Il giorno seguente accompagnò il padre in ospedale.

Era la prima volta che ci andava e la prima cosa che la colpì fu il rumore. Non le grida di dolore, che aveva immaginato e temuto prima di attraversare le grandi vetrate d'ingresso e percorrere i lunghi corridoi al seguito di suo padre, ma lo strano connubio di urla e di silenzio. La stanza che avevano appena oltrepassato, ad esempio. Qualcuno aveva visto papà e lo aveva chiamato a gran voce. Non era riuscita a notare chi fosse, anche se le era parsa la voce di un uomo, piuttosto che quella di una delle infermiere nelle loro immacolate uniformi bianche e azzurre che le facevano somigliare a dei cacatua inamidati; ma suo padre le aveva detto di attenderlo lì, e di non seguirlo per nessuna ragione. Così aveva fatto ed era rimasta immobile a guardare la variegata umanità che le passava accanto, fatta di uomini che venivano aiutati a camminare con le stampelle e che le sorridevano, o di altri che la ignoravano del tutto. E poi finalmente suo padre era tornato, con un'espressione che non era né allegra né triste, non dicendo nulla dell'uomo che lo aveva chiamato e senza fare nessuna delle cerimonie che ci si sarebbe aspettati.

«Era un paziente, papà?», gli chiese riprendendo a seguirlo, quasi correndo per stargli al passo. Vide la nuca di suo padre annuire, come a suggerirle di non fare altre domande.

E poi c'era il silenzio. I reparti silenziosi come quello che stavano attraversando in quel momento, con le file di uomini coricati sotto le lenzuola bianche. Rose trattenne il fiato.

«Non sono morti», le arrivò la voce gentile di suo padre, come se le avesse letto nel pensiero. «Stanno dormendo o riposando». La prese sottobraccio, guidandola verso l'angolo all'estrema destra e annuendo al contempo in direzione di un'infermiera di passaggio, che, come tutte quelle che avevano incontrato finora, guardava suo padre con una sorta di ossequiosa reverenza. «Da questa parte, Rose».

Il cuore prese a batterle forte nel petto. Erano dunque arrivati dal mutilato? Che aspetto avrebbe avuto? Quando aveva saputo della sua prossima visita in ospedale, Lydia aveva iniziato a riempirle la testa di orribili descrizioni di moncherini sanguinolenti e ferite aperte. Ma l'uomo seduto sul letto, appoggiato a un cuscino premuto contro le sbarre metalliche della testata, sembrava perfettamente normale.

«Duncan», disse suo padre, stringendogli la mano in un modo che a Rose sembrò implicare che fosse "uno di noi". «Questa è mia figlia Rose, venuta a prestare il suo aiuto in ospedale».

Quelle parole bastarono a suscitare un brivido lungo la schiena di Rose. La stava presentando come un'adulta, e non come una bambina! Ma non era quella l'unica ragione dei suoi brividi. Duncan aveva gli occhi più teneri e gentili che avesse mai visto. Erano di un castano stupendo, che riusciva a somigliare contemporaneamente al marrone di una foglia estiva e a quello di una foglia autunnale. Una mano si sporse verso di lei. Rose esitò. «Non sono contagioso, Rose», fece lui con una voce non dissimile da quella di suo padre, e molto diversa da quella rauca e incerta dell'uomo che aveva appena richiamato la loro attenzione in quel corridoio che puzzava d'aceto e zolfo. Ma non lo disse in tono sarcastico, per farla sentire stupida o in colpa; era piuttosto un tono confortante, rassicurante.

Si voltò verso suo padre per capire se si fosse arrabbiato per quell'esitazione, ma lo vide già immerso in una conversazione con l'infermiera che era comparsa alle loro spalle. «Prego», disse Duncan, indicando la spartana sedia di legno accanto al letto. «Accomodatevi».

Mentre si sedeva Rose non poté fare a meno di guardare la coperta bianca stesa sul lenzuolo che copriva le gambe del paziente. Un mutilato, aveva detto suo padre. Non sembrava diverso dagli altri, eppure, non avendo avuto fratelli, Rose non aveva la minima idea di che aspetto avesse un uomo a letto.

«Fa male soltanto di notte», fece Duncan mentre lei arrossiva, confusa ma incapace di chiedergli cosa intendesse. «Ho dei dolori dove prima c'era la mia gamba». Gli occhi castani erano ancora pacatamente fissi nei suoi. «Vostro padre mi ha detto come si chiama questo sintomo, nel gergo medico, ma l'ho dimenticato. È perché il mio corpo ha ancora la sensazione che la gamba sia lì».

Avrebbe voluto aiutare quell'uomo, come non aveva potuto fare con sua sorella. «E non c'è nulla che si possa fare, per placare il dolore?»

«Ma certo». I suoi occhi stavano di nuovo danzando.

«Potete dirmelo, allora?»

«Siete voi che potere dirlo *a me*, in realtà. Raccontatemi una storia». Appoggiò la schiena sul cuscino sottile e chiuse gli occhi. «Un tempo mi piaceva leggere, ma ora sono troppo stanco e oltretutto qui non si trovano buoni libri».

«Posso portarvene qualcuno». Pensò ai volumi allineati sugli scaffali della classe. «La prossima volta».

Lui annuì. «Sarebbe magnifico. Ma oggi, se davvero volete aiutarmi, potreste raccontarmi una storia?».

Fu così che tutto ebbe inizio. Rose cominciò col farlo ridere, perché è questo, le aveva detto suo padre, ciò di cui hanno bisogno questi ragazzi; qualcosa che distragga le loro menti dagli orrori della guerra e da quel che ha distrutto i loro corpi. Raccontò a quel Duncan Macintyre, la cui famiglia era di origine scozzese, anche se lui non parlava con nessun accento particolare, di Lydia la sciocca e di sua madre, e delle tremende soirées a cui ogni tanto lei e Grace dovevano partecipare.

«Chi è Grace?», le chiese lui. E fu allora che si ritrovò a raccontargli tutto. Cose che non aveva mai confidato a nessuno, a parte Ga Ga, solo che la sua reazione fu diversa. «Capisco quello che provate», le disse, in un modo che le diede l'impressione di averlo conosciuto da sempre. «Ma non servirà. Dovete prendere la vita come viene, invece di chiedervi cosa sarebbe accaduto se aveste fatto questo o quello. Charles lo diceva sempre».

Charles? Chi era Charles? Ma mentre stava per chiederglielo, si rese conto che gli occhi di Duncan si stavano chiudendo; si era addormentato. Gli coprì delicatamente le mani con la coperta e in punta di piedi uscì alla ricerca di suo padre.

In seguito Rose disse che era stata la grande capacità del suo futuro marito di raccontare storie ad averla conquistata. Era come ascoltare un dipinto parlante. Quando lo diceva, chi la osservava notava come le si inumidissero gli occhi e la voce diventasse più dolce del solito. Gli aveva detto di trascriverle, ma lui non le aveva mai dato ascolto. Così era stata lei a farlo al suo posto, nei suoi diari, che aggiornava quotidianamente sin dal giorno in cui la signorina Hollingswood glielo aveva suggerito.

Anche Duncan le aveva raccontato una bella storia e nelle settimane successive a quella prima visita, Rose aveva trascorso diverse ore al suo capezzale ascoltando le vicende della sua famiglia, in cambio di quelle della propria. Lui le aveva descritto la propria infanzia, quando suo padre, un vicario, era morto in giovane età, lasciando sua madre con quattro bambini; lui era il secondogenito. Quando sua madre aveva manifestato l'intenzione di sposare un insegnante della scuola del quartiere, suo fratello maggiore, Charles, s'era infuriato.

«È un uomo impulsivo, mio fratello», le aveva detto con quello scintillio negli occhi. «Proprio quella mattina aveva letto un articolo sul Borneo nel National Geographic Magazine».

Il Borneo! Una terra che nessuna delle sue istitutrici aveva mai menzionato sul mappamondo. Sarà stato di un rosa da biancomangiare o di un giallo solare?

«Così dichiarò che se la mamma avesse sposato "quell'uomo", come lo chiamava lui, lui sarebbe partito per il Borneo. Potete immaginarvelo? Non sapeva nulla di quei posti, ma Charles è fatto così. Temerario per natura».

«E c'è andato sul serio?». Rose aveva gli occhi spalancati per la meraviglia.

«Eccome. E si era anche rovato un ottimo lavoro. Come direttore di una piantagione di caucciù che ben presto divenne abbastanza rinomata. Poi ovviamente è tornato in patria per fare il suo dovere in guerra. Charles fa sempre ciò che è giusto, nella vita».

«Ed è venuto a trovarvi?»

«Spero che lo farà quanto prima».

In realtà, passarono diversi mesi prima che lo facesse; nel frattempo la guerra era finita. Troppo tardi, aveva profetizzato suo padre, per molte donne della sua età, le cui prospettive di trovare marito erano molto diminuite per via delle terribili perdite subite in guerra. Quelle parole scatenarono un brivido lungo la schiena di Rose, che stava iniziando a pensare che i suoi piani giovanili di rimanere a casa con il padre e non sposarsi mai erano forse leggermente compromessi. L'arrivo di Phoebe e l'assenza di Grace avevano cambiato per sempre la sua concezione di "casa", e aveva l'impressione che anche per lui fosse così. Ma certo non intendeva sposare Duncan. Ormai il suo giovane amico, come lo definiva Ga Ga, era sulla sedia a rotelle e in trepidante attesa del fratello. Che, a suo dire, aveva dei piani per il suo futuro. Così, quando una mattina Rose arrivò in ospedale e vide, immerso in una seria discussione col suo protetto, un uomo molto alto e robusto che poteva avere all'incirca una decina d'anni più di lei e che somigliava a Duncan, almeno nell'incarnato scuro, ma con un fisico molto più ampio e muscoloso, capì subito di chi si trattasse.

«E le storie che racconta!». Si protese in avanti sulla sedia, eccitata, avvicinandosi un po' di più a Ga Ga. Stava diventando sempre più sordo e Rose aveva bisogno di farsi sentire bene. «Delle storie, Ga Ga, alle quali non crederesti mai. Lo sai che la prima volta che è andato nel Borneo, gli è stato assegnato il compito di trovare degli uomini per mandare avanti la tenuta e che loro gli hanno insegnato a fare una cosa che chiamano "spillare la gomma"? Significa che scavi una sorta di buco e ne fuoriesce una specie di liquido che puoi modellare in mille modi».

«Davvero, mia cara». Ga Ga batté la propria mano su quella della nipote. «Ma ora dimmi: hai visto Grace, ultimamente?».

Non era solo l'udito il problema del nonno. Anche la sua mente aveva delle falle che gli facevano credere di poter ancora vedere coloro che erano passati a miglior vita. Il mese precedente era stata sua moglie. Adesso era Grace.

Prima di incontrare Charles, una simile cosa avrebbe fatto precipitare Rose in un abisso di disperazione, ma era impossibile sentirsi tristi con le storie di Charles, soprattutto ora che la guerra era terminata. «La vita non sarà mai più la stessa», aveva annunciato qualche sera prima a cena suo padre, quando aveva invitato Charles. «Ma non è una cattiva notizia».

Il loro ospite aveva concordato, prima di lanciarsi in un altro dei suoi racconti; stavolta sul viaggio di ritorno a casa, quando aveva deciso di lasciare l'azienda nelle mani dei suoi fidati dipendenti, per venire a combattere per la patria.

«Bisogna salpare da Jessleton, sapete», disse, come se avessero già una familiarità con l'itinerario. «Naturalmente avevo prenotato una cabina, ma quando arrivai lì scoprii due mascalzoni che ne avevano preso possesso, pensando di dividerla con me. Così aprii il mio baule da viaggio, estraendone le due teste essiccate regalatemi dai miei uomini come amuleti portafortuna».

Due teste essiccate? Rose non riusciva a credere alle proprie orecchie e persino suo padre sembrava sconvolto.

«Per i miei uomini erano semplici amuleti portafortuna». Charles sembrava compiaciuto. «Bastò una sola occhiata alle teste e i mascalzoni se la diedero a gambe!». Si appoggiò allo schienale della sedia, che pur essendo ampia sembrava troppo piccola per lui, e prese il sigaro che il suo ospite gli offriva con il giusto equilibrio di gratitudine e accettazione. Grazie al cielo, pensò Rose, non le era stato chiesto di lasciare la tavola. Le sarebbe seccato aver perso una simile storia.

«E ditemi», domandò, ben conscia del rossore che le aveva invaso le guance. «Che regalo avete fatto ai vostri uomini quando siete partito?».

Entrambi gli uomini la stavano guardando e per la prima volta, per quanto ricordasse, Rose sentì di aver fatto una domanda interessante.

«Qualcosa di prezioso, appartenuto a mio padre», rispose Charles, accarezzandosi il mento, coperto da una strana ombra scura che sembrava essere cresciuta sotto i suoi occhi durante la serata. «Un segno che sarei tornato a reclamarne la restituzione». Tese il braccio robusto, come per enfatizzare la frase; Rose non aveva mai visto delle mani così grandi. Una parte di lei avrebbe voluto dipingerle, mentre l'altra voleva chiedere quale fosse quel prezioso regalo fatto ai nativi, ma qualcosa nella voce di Charles la dissuase.

«A proposito di ritorno», investigò suo padre, «avete già fatto progetti in tal senso?».

Charles, notò Rose, gli restituì lo sguardo senza battere ciglio. Non erano molti gli uomini in grado di farlo. «Sono attualmente in procinto di farli. Vi sono davvero grato, signore, per la cura che vi siete preso di mio fratello».

«Dovrebbe poter tornare a casa fra poco». Papà gli lanciò un'altra occhiata. «Mi ha detto che intende comperare una casa nelle vicinanze».

«Così sembra. Gli ho proposto di accompagnarmi nel Borneo, ma a quanto pare la cosa non è di suo gradimento».

Il papà annuì, assorto. «Ho sempre pensato che ci voglia una persona davvero molto speciale per condividere una simile avventura».

Charles annuì. I suoi occhi sembravano agitati da una parossistica eccitazione, cosa che contrastava in modo bizzarro con il taglio severo dei suoi capelli e il suo completo elegante. «Esattamente, signore. Esattamente».

Quando la proposta arrivò, dopo cena, Rose venne colta di sorpresa. Charles aveva appena finito di raccontare un'altra delle sue sbalorditive storie, stavolta sulla profonda cicatrice che aveva dietro il collo, una cosa che lei non aveva notato fino a quando lui non l'aveva indicata. Dopotutto, non era buona educazione guardare tanto una persona, no? Comunque, dopo quel racconto, era diventato quasi impossibile evitarlo. «Sono stato attaccato da un nativo col machete», spiegò, neanche stesse discutendo dello stato delle bordure in giardino. «Visto che nel nostro villaggio non c'era un dottore, sono riuscito in qualche modo a raggiungere a piedi il villaggio successivo, dove ho trovato un tizio in grado di ricucirmi».

Era quel suo tono di voce così casuale e disinvolto a intrigarla. Una cicatrice così grande! «Dovete aver rischiato di morire», azzardò.

Charles scosse le spalle. Erano spalle molto larghe; talmente grandi che talvolta sembrava che si allargassero per metà della tavola, protendendosi verso suo padre, che era di costituzione più minuta. «Oh, altroché se ho rischiato! Tuttavia, oggi posso dire di essere uno dei pochi uomini di Sarawak capace di tenere un sigaro nel collo invece che in bocca. Scusate, signore, vi dispiace?».

E senza attendere che il dottore annuisse, Charles allungò la mano e prese un sigaro dalla scatola; poi si passò la mano dietro il collo e lo infilò nella cicatrice che aveva sulla nuca.

Ci fu lo scoppio di una risata, e poi un entusiastico applauso da parte di suo padre, che iniziò ad alzarsi in piedi. «Che magnifica storia. Immagino che farà colpo, al circolo».

«Anche voi giocate a tennis?», chiese Rose, piacevolmente sorpresa. Lei e Grace adoravano giocare sul prato di fuori.

Charles sorrise. «Sì, ma nel posto in cui vivo non è possibile. Il circolo a cui si riferiva vostro padre è quello in cui gli inglesi s'incontrano per bere, giocare a carte e così via. Abbiamo una comunità molto piacevole, laggiù».

Suo padre le lanciò un'occhiata che Rose non seppe decifrare. Approvava o non approvava questa storia del bere, giocare a carte e così via? «Rose, se vuoi puoi condurre Charles nell'aula scolastica e chiedergli di mostrarti dove vive, sul mappamondo che tanto ti piace consultare».

Le sembrò molto bizzarro, recarsi in classe senza l'ossuta istitutrice o quella sciocca di Lydia. Tuttavia risultò affascinante poter osservare la forma del Borneo, il cui colore era quello del fegato a cena, dall'altra parte del globo, tanto distante da casa. Mentre faceva ruotare il mappamondo per riportarlo sull'Inghilterra, la mano di Charles accarezzò fugacemente la sua.

«Oh, scusatemi», disse, confusa. Ma poi si rese conto che la grande mano calda di lui era ancora appoggiata sulla sua, piccola e bianca.

«Rose, so che la cosa può anche sembrare prematura e coglìervi di sorpresa. Tuttavia la guerra ha reso molti di noi impulsivi e molto cauti al tempo stesso. Dal momento in cui vi ho vista, ho capito che volevo prendervi in moglie. Vorreste essere tanto gentile da concedermi questo onore?».

Il mappamondo iniziò a ruotare, benché nessuno dei due stesse tenendo la mano sul biancomangiare o sulle chiazze gialle come il sole. «Mio padre...», iniziò a dire Rose.

La mano si chiuse più forte sulla sua. «Gli ho già parlato. E approva».

«E andremo a vivere...».

«Nel Borneo». La stava fissando con intensità, ora. Con grande serietà. E aperta ammirazione. Nonché incertezza.

«Ma io non posso».

«Perché?».

Un gentiluomo non avrebbe dovuto chiederlo. Glielo aveva detto Lydia. «Non posso sposarvi perché ho sempre detto che avrei sposato un uomo di nome Jim». Distolse lo sguardo. «È una promessa che ho fatto a mia sorella. Non Phoebe. L'altra mia sorella».

«Grace», fece lui dolcemente, e lei annuì.

«Se questa è l'unica ragione, cambierò il mio nome in Jim!».

Charles scoppiò a ridere; una gran risata gioviale, a trentadue denti. Denti che l'avrebbero protetta, pensò Rose. Da un mondo in cui la mente di Ga Ga non era più quella di una volta; da una madre che viveva al piano di sopra; da un padre innamorato della madre di Lydia, a riprova che non era poi così ottusa come avevano immaginato; e da una sorella che non era Grace.

Di lì a tre mesi erano già sposati. Phoebe fu una damigella d'onore petulante e irritata dal vestito di un rigido satin azzurro che s'increspava e le rendeva difficile camminare. Rose indossò un abito lungo di seta bianca, lo stesso con il quale s'era sposata la madre, con un bouquet di peonie rosso intenso, provenienti dal punto del loro giardino in cui aveva seppellito la scatola nera. I fiori, raccolti proprio quella mattina, recavano ancora una goccia di rugiada sui petali, e poco prima della cerimonia Rose vi affondò dentro il viso, sicché per qualche istante l'acqua brillò sulla sua guancia come una lacrima.

La mamma non partecipò al matrimonio. Dalla morte di Grace, aveva partecipato a ben poche cose, a dire il vero. Persino il vassoio che la cameriera le portava in camera tornava sempre dabbasso con le uova strapazzate intatte e neanche l'ombra di un telegramma o di una moneta d'argento, ormai. Tuttavia, proprio quando Rose stava per andarsene, ci fu un tramestio fra i membri della servitù e un messaggio venne consegnato a suo padre. Sembrava che, dopotutto, la mamma volesse vederla, almeno per salutarla.

Col cuore in gola, Rose salì la piccola rampa di scale che conduceva al boudoir di sua madre. Sul letto giaceva una donna quasi irriconoscibile. Era così magra che le sue ossa sembravano fondersi col biancore delle lenzuola. Gli occhi rilucevano come pallide lanterne azzurre e, quando le tese la mano, Rose provò un'improvvisa repulsione; dovette lottare con se stessa per riuscire a toccare quella pelle bianca e fredda.

«Mia cara, ci sono due cose che vorrei dirti».

La voce era sottile e simile a un gorgheggio. Rose aspettò, sentendo il fiato della madre sul collo.

«Prima di tutto, che non c'è nulla di peggio di un marito infedele. Tuttavia, bisogna accettarlo, perché è il nostro destino. L'alternativa è troppo terribile. La seconda è che passerai la maggior parte della tua vita aspettando che accada qualcosa».

«Sì!». Il cuore di Rose fece un balzo. Sua madre capiva, dopotutto!

«Passerai gran parte della tua vita», proseguì Louisa, «aspettando che accada qualcosa che potrebbe anche non accadere mai. Perciò non sprecare il tuo tempo».

Il cuore di Rose si afflosciò vedendo afflosciarsi anche sua madre nei soffici cuscini bianchi che aveva dietro la schiena. In una fotografia, Grace le sorrideva da sotto un cappello a tesa larga, ornato da nastri azzurro fringuello.

«Prendi questo». Sua madre indicò un astuccio accanto al letto. «E anche il pezzo di carta. No. Non aprire la scatola e non leggere il biglietto fin quando non avrei iniziato il tuo viaggio. E ora va'».

Il giorno seguente salparono per un luogo chiamato Sarawak.

Durante il primo giorno di navigazione, Rose lesse il biglietto. Erano quattro righe scritte nella bella calligrafia di sua madre.

Piangere per il passato è vano. Piangere per il presente non fa che offuscare gli occhi, rendendo più difficile veder chiaro nel futuro.

Rose infilò i versi in un libro che amava molto, *I racconti di Canterbury.* Il secondo giorno, visto che le era sembrato eccessivo fare tutto in una volta, Rose aprì il regalo della mamma. Le sue perle! Le sue bellissime perle, che tanto spesso aveva ammirato. All'interno c'era una piccola annotazione in inchiostro nero, sempre nella tipica calligrafia piena di volute della mamma.

Tocca a te, adesso.

Rose sentì un groppo in gola. Dunque sua madre le voleva bene, dopotutto! Con estrema reverenza, sfiorò le stupende perle. «Grazie, mamma», disse, tenendosi stretta al parapetto di legno della nave e osservando l'Inghilterra che si allontanava sempre di più. «Farò del mio meglio per esserne degna».

Capitolo 12

La nave! Niente avrebbe potuto prepararla a quell'ondeggiare, che oscillava fra il dolce andirivieni di una sedia a dondolo e un moto così soverchiante da farla sentire come un pezzetto di buccia d'arancia all'interno del pentolone delle marmellate di Cook, la cuoca di casa; un pezzettino piccolissimo che veniva rimestato e rivoltato, sia in verticale che in cerchio. Mai, pensò Rose, mentre se ne stava appoggiata al parapetto di legno in un momento di relativa calma, aveva visto una cosa del genere. La rivoluzione del mappamondo in classe sembrava ora un semplice gioco da bambini.

«La cosa migliore da fare», le aveva consigliato Charles con la sua solita praticità, «è rimanere in cabina».

Fu esattamente quel che fece lui, infatti, in compagnia di una bella bottiglia di whisky. Rose non provava nessun interesse per quello strano liquido di un pallido colore dorato che le bruciava il palato, nonostante il marito gliene avesse versato un bicchiere, esortandola a berlo con il suo vocione da baritono, sostenendo che era l'unico modo per sentirsi meglio. Né era particolarmente interessata alla loro angusta cabina, con il letto strettissimo, più piccolo, se possibile, di quello che aveva talvolta condiviso con Grace da bambina. Per quanto riguardava la "cosa" di cui Lydia le aveva parlato, poi, e che era tenuta a compiere in qualità di sposa, non era accaduta. A meno che, per qualche strana ragione, lei non se ne fosse accorta.

Forse Lydia gliel'aveva descritta male; forse la "cosa" era il modo in cui Charles aveva premuto la bocca sulla sua, sfregandole le labbra con il sapore di quell'orribile liquido oro pallido che bruciava le mucose. Ma da quando la nave era salpata da Southampton, l'aveva fatto soltanto due volte, con suo padre che li salutava dalla banchina. Possibile che si potessero concepire dei bambini attraverso un'irritazione delle labbra?

«Spaventoso, non trovate?», fece una voce al suo fianco, interrompendo i suoi pensieri. Ad aver parlato era una signora molto attraente che le avevano frettolosamente presentato all'inizio del viaggio, come "Celia, un'altra delle mogli" che aveva portato il figlio in Inghilterra perché iniziasse la scuola. Suo marito Alec era rimasto a lavorare nel Borneo, una cosa apparentemente usuale all'interno di quella comunità. Venendolo a sapere, Rose aveva avuto un leggero tuffo al cuore. Quando lei e Charles avessero avuto dei figli, avrebbe trovato loro una scuola decisamente più vicina.

«Mi spiace molto di non essere stata nei paraggi per una chiacchierata», disse la donna, aggrappandosi alla balaustra all'arrivo di un'altra raffica di vento. «Purtroppo sono rimasta di sotto». Lanciò un'occhiata di traverso a Rose, che notò che la donna era alta quasi quanto lei, ma aveva un viso dai lineamenti più duri e un naso che ricordava il becco di un uccello. Parlava inoltre con una sicurezza che senza dubbio traeva dal vivere "laggiù", come diceva Charles, "già da diversi anni". Celia sembrava più vecchia di lei e la sua carnagione ricordava la superficie di un guanto di pelle. «Anche voi, immagino».

«No». Rose sentì la propria voce risuonare di un'insicurezza che sorprese lei per prima. Non era mai stata timida, nel parlare in classe, come la nuova istitutrice non aveva mancato di farle notare. Qui invece, in un ambiente tanto diverso, provava un'insolita ansia e anche una certa trepidazione. «Preferisco stare quassù, per vedere cosa succede. A parte, ovviamente», si affrettò ad aggiungere, «quando il tempo è stato davvero brutto. Allora mi sono seduta in una delle stanze che ci sono di sotto».

«Il ponte di prima classe, intendete». Celia annuì, aprendo una sottile scatolina nera. «Ne volete una?».

Rose non aveva mai visto una donna fumare. Il padre aveva sempre sostenuto che fosse una cosa "sfacciata".

«Grazie. Voglio dire, no. No, grazie».

Celia sorrise come se Rose avesse detto qualcosa di terribilmente divertente, prima di accendersi la sigaretta. «Mi avevano detto che siete molto giovane. Ma ditemi, allora, dove avete conosciuto Charles?».

Ora Rose iniziava a sentirsi su di un terreno più solido. «All'ospedale. Facevo visita a suo fratello, oltre che ad altri pazienti; mio padre è un medico, sapete. Charles è venuto a trovare Duncan, suo fratello, e abbiamo iniziato a parlare».

Celia esibiva un sorrisetto divertito sulle labbra che erano, notò

Rose, dipinte di un rosso piuttosto audace. «E questo è accaduto quanti mesi fa?»

«Tre».

Altro sorrisetto divertito. «Presumo quindi che sappiate ancora molto poco di lui».

«Tre mesi sono un periodo insolito per un corteggiamento?»

«Non necessariamente». La sua nuova amica distolse lo sguardo, volgendosi verso il mare e puntando gli occhi su una chiazza grigia nel cielo che sembrava espandersi in maniera molto veloce. «Io sono stata fidanzata per un anno e ciononostante ero del tutto impreparata».

Rose non era certa di aver capito bene. «Impreparata?».

Celia tornò a guardarla, e stavolta senza sorridere. «Impreparata alla sua vita. Laggiù è molto diverso, sapete?».

La sua istitutrice glielo aveva detto, e anche suo padre. «È proprio quello che voglio». Ora si sentiva più felice. «Desidero l'avventura. Desidero vedere il mondo; non solo le zone in rosa e giallo, ma anche quelle in verde e marrone!».

Sentì una mano fredda posarsi sulla propria. «Mia cara bambina, perché siete una bambina, giusto? Non ho idea di cosa stiate parlando, ma mi accorgo che siete molto più giovane di quell'aitante marito che avete, e che io conosco da molto più tempo di voi, se non vi dispiace sentirvelo dire. Arriverà il giorno in cui avrete bisogno di un'amica, perciò, quando sarà il momento, ricordatevi di me».

Uno sgradevole fremito le percorse la schiena, simile a quello provato la sera prima con l'acqua fredda, quando aveva tentato di lavarsi. «Come farò a rintracciarvi?».

Altra risata, stavolta squillante. «Vi basterà chiedere in giro. Ci conosciamo tutti, laggiù. A volte è un bene. E a volte una vera maledizione». La donna posò una mano sulla spalla di Rose. «Sembra che stiamo per subire un altro attacco da parte del maltempo. Al vostro posto, andrei di sotto da vostro marito». Le lanciò un'altra occhiata. «È gentile con voi?».

Rose annuì vigorosamente, come per difenderlo. «Molto. È assai premuroso nel tenermi stretta per un braccio, quando la nave beccheggia».

Celia gettò indietro la testa e scoppiò a ridere in maniera tale da rivelare a Rose che il rossetto era stata applicato tanto all'esterno, quanto al bordo interno della bocca. «Due sono le cose: o siete estremamente spiritosa, mia cara, oppure avete bisogno di un'amica più di quanto avessi sospettato. Ci vediamo più tardi».

Quando Rose scese nella propria cabina, trovò suo marito che dormiva di traverso sul letto, con la camicia aperta sul petto e coi calzoni ancora indosso, e sul mento quell'ombra scura che sembrava essersi espansa da quella mattina. Aveva accanto una bottiglia vuota. Lo aveva mai visto bere così tanto, a casa di suo padre? Non le sembrava. Talvolta si chiedeva se qualcuno avesse rimpiazzato l'uomo che tanto l'aveva sorpresa con la sua proposta con un perfetto sconosciuto. Dal momento in cui erano saliti a bordo della nave e lui aveva cominciato a scambiarsi pacche sulle spalle con una compagnia di uomini chiassosi, dalle voci tonanti, che sembravano conoscersi molto bene fra loro, aveva iniziato a sentirsi sola e trascurata.

E la cosa sembrava peggiorare quando lo chiamava "Jim", come avevano concordato. In primo luogo, lui continuava a non riconoscere quel nome; secondo, uno degli altri uomini l'aveva sentita e le aveva chiesto se aveva avuto un ex fidanzato che si chiamava così, col quale stava confondendo l'attuale consorte. Lei avrebbe voluto spiegare tutto, ma suo marito le aveva lanciato un'occhiata torva, e così aveva rinunciato a parlare. Né aveva più tentato di chiamarlo Jim. D'altra parte, s'era detta, era una cosa infantile e lei ormai era una donna adulta e sposata.

Rose chiuse piano la porta della cabina e tornò all'esterno, solo per scoprire che Celia aveva avuto ragione. Il vento e le onde s'erano di nuovo alzati; non riusciva nemmeno a scendere i gradini che portavano al "ponte di prima classe", come l'aveva chiamato Celia. Fortunatamente, finora non s'era sentita mai male, ma in quel momento le parve di sentire un sapore di bile in fondo alla gola, misto alla salsedine, così tornò in cabina, chiedendosi però dove avrebbe potuto metersi. Charles aveva occupato quasi tutto il letto, a parte un angolino, sul quale Rose si sedette.

Chissà perché, si chiese guardandolo dormire, era tanto diverso da suo fratello? Al primo incontro, l'aveva trovata una cosa gradevole: l'aspetto infantile e quasi da topolino spaventato di Duncan non le aveva fatto battere il cuore come la sua prima istitutrice aveva detto che dovesse succedere. In realtà, in quell'occasione stavano parlando del personaggio di Desdemona, anche se Rose aveva sospettato che nel farlo la sua dolce istitutrice celasse l'intento di prepararla all'amore. Ma adesso, guardando la saliva che bagnava le labbra turgide e rosse di suo marito, anche se il labbro superiore era intrigantemente più sottile di quello inferiore, provò una piccola fitta di nostalgia per il garbato fratello minore, al capezzale del quale s'era tanto spesso trattenuta, leggendo ad alta voce per alleviare il suo dolore.

Che ne sarebbe stato di lui?, si chiese mentre un'altra ondata colpiva la nave, facendo rotolare la bottiglia vuota sul pavimento. Chi mai avrebbe voluto sposare un uomo cui mancava una gamba?

L'urto della bottiglia contro la parete e il beccheggio della nave sembrarono svegliare Charles. Quantomeno aprì gli occhi, ma la guardò come se non la riconoscesse.

«Maya».

Che stava dicendo? Suonava come quella strana lingua straniera che Charles aveva tentato di insegnarle; piccole frasi utili, le aveva detto ridendo, come "Un altro po' di ghiaccio, per favore", nello strano dialetto che parlavano laggiù.

«Charles!». Cercò di divincolarsi, ma le dita di lui l'avevano afferrata. «Charles. Mi stai facendo male».

Era stato quasi, confidò in seguito al suo diario, come se avesse voluto assalirla.

Lei aveva tentato di gridare, ma le onde avevano soffocato le sue urla quando lui s'era messo a sedere, il fiato che puzzava di whisky, e aveva cominciato a strapparle gli abiti di dosso; il suo bel vestito, aveva pensato Rose, ma ormai era troppo tardi. «Charles, che stai facendo?».

E poi le era saltato addosso; il suo peso la schiacciava, tanto che le era sembrato di spezzarsi in due. Era impossibile respirare. La stava ammazzando, proprio come avevano fatti i nativi con lui, quando aveva descritto l'incidente della cicatrice sulla nuca.

«Fermo! Fermo!».

Poi Rose percepì qualcosa di diverso. Qualcosa che non aveva mai sentito prima e che spingeva dentro di lei, come se qualcuno stesse facendo qualcosa a una parte di lei che non aveva neanche mai sospettato di avere. «Charles!».

Lui stava grugnendo, ora; come un animale finito in una trappola. Anche se gli unici animali in trappola che aveva mai visto erano dentro i libri che c'erano in classe, Rose si sentì come uno di essi. Le riusciva impossibile muoversi. Non poteva far altro che rimanere sdraiata sotto di lui, sperando, sperando disperatamente che qualcuno sentisse e che la liberasse da quel pazzo che non faceva che ripetere all'infinito le parole «Maya, Maya».

Poi, all'improvviso, proprio quando la nave smise di muoversi, lo sconosciuto sdraiato sopra di lei fece altrettanto. La nave rotolò di lato e lo stesso fece lui. Rose lo fissò inorridita. Che fosse morto? Non sembrava, dal modo in cui il suo torace si muoveva su e giù. Ciononostante, doveva chiedere aiuto.

Forse aveva avuto un attacco; suo padre era stato chiamato spesso da pazienti che avevano avuto attacchi di cuore. Rose si alzò faticosamente in piedi e inciampò. Aveva un orribile fuoco dentro e qualcosa di appiccicoso che le colava lungo l'interno di una coscia. Quell'orribile whisky, pensò. Grazie al cielo il vestito non aveva subìto grossi danni. Stringendoselo addosso per coprirsi meglio aprì la porta della cabina, proprio mentre un uomo e una donna passavano in corridoio.

Da dietro, udì quella risata particolare. «Celia», chiamò. «Celia. Per favore. Ho bisogno del vostro aiuto. Charles ha avuto un malore e non so cosa fare».

In seguito, Rose usò quell'episodio come modello di riferimento per il suo matrimonio.

Quel che era certo, comunque, era che, a detta del marito, lei lo aveva reso lo zimbello della compagnia. Come avrebbe fatto, le aveva chiesto in seguito con il volto paonazzo, quando il medico di bordo se n'era andato dichiarando con un ampio ghigno che il paziente stava estremamente bene, dopotutto, come avrebbe fatto a farsi rivedere al circolo?

«Dannazione, Rose», aveva esclamato. «Non hai un po' di cervello?».

A quel punto, Rose ancora non sapeva cosa pensare, ma poi Celia l'aveva presa da parte e le aveva spiegato tutto. «Possibile che nessuno abbia pensato a prepararti?», le chiese con materna delicatezza.

Rose scosse il capo.

Poi Celia l'aveva presa sottobraccio. «Be', almeno adesso lo sai. È una cosa che devi permettere a tuo marito di fare, altrimenti là fuori non c'è posto per noi donne. Capisci?».

Lei annuì. Avrebbe voluto fare mille domande, ma era troppo mortificata.

«Poi andrà meglio. A volte è addirittura piacevole, ammesso che lo si faccia con la persona giusta». La presa sul braccio di Rose s'intensificò. «Grazie a Dio! Vedi laggiù?».

Indicò una linea distante che attraversava l'acqua. «È Jessleton! Jessleton! Significa che siamo quasi arrivati!».

Capitolo 13

Quasi arrivati? Era stato qualcosa di più di una leggera esagerazione, si disse Rose, quando, diverse ore dopo, si ritrovò ancora in viaggio verso la sua nuova patria. Sembravano passati secoli da quando era sbarcata a Jessleton, con un trambusto tale di nativi che li aspettavano sulla banchina da dover ringraziare Dio per la mano di Charles che la guidava tra la folla, anche se ormai stava male al solo sentirsi toccare da lui. Poi c'era stato un viaggio piuttosto lungo in treno, un'altra traversata in barca e ora di nuovo un tragitto in treno. Era accaldata e assetata e sventolava di continuo il ventaglio che Charles le aveva comprato a Jessleton, senza però ottenere il minimo sollievo. Ma Rose non si lamentava. Quello, si disse mentre guardava eccitata dal finestrino, era il mappamondo vero. Le vere zone rosa e gialle. E gli odori! In seguito, quando le avessero chiesto che odore ci fosse in Oriente, l'avrebbe descritto come una strana mistura di fumo di tabacco, rose straordinarie che si trovavano solo lì, e calura. Una calura che pervadeva ogni cosa, che risaliva le narici e faceva accapponare la pelle.

«Ci siamo quasi», disse Celia, risvegliatasi dopo un sonnellino nel sedile di fronte a lei.

Rose non sapeva se crederle ancora.

«Non che abbia fretta, bada bene!». Scoppiò in un'allegra risata. «Ad Alec sarò mancata, e sappiamo tutti cosa significa!».

Charles proruppe in una risata sguaiata e Rose arrossì violentemente. Il calore che sentì sul collo le diede l'impressione di essersi bruciata al sole. Che Celia avesse sottinteso... no. Certo che no. Se così fosse stato, non avrebbe lanciato a suo marito delle occhiate d'intesa così evidenti. Celia era una signora e quello non era, come avrebbe deplorato Lydia, un comportamento che si addicesse a una vera signora. Eppure i due adesso stavano ridendo fra loro in modo tale da farla sentire esclusa; e, cosa ancor più imbarazzante, non era mai capitato che Charles ridesse in quel modo con lei, la sua consorte. In realtà, il suo comportamento, anche se le aveva comperato il ventaglio in quel porto d'attracco, era stato freddo e distaccato fin dall'episodio del "malore" sulla nave, che, Rose ormai aveva capito grazie a Celia, era ciò che intendeva Lydia quando parlava di "relazioni intime".

Era tutto così confuso!

Per sentirsi meno isolata, Rose prese a guardar fuori dal finestrino, che grazie a Dio era aperto e faceva entrare un po' d'aria che le rinfrescò il collo, zona in cui sentiva ancora molto caldo. Non s'era mai resa conto di come le perle potessero essere tanto fredde, quando le aveva indossate sulla nave, e quanto invece risultassero calde, quasi roventi, in quella calura. Una parte di lei avrebbe voluto toglierle, ma la cosa le sembrava sconveniente. Erano, ricordò Rose a se stessa mentre sollevava la mano per controllare che entrambi i fili fossero al loro posto, uno dei pochi legami che ancora aveva con la propria famiglia e con la vita che s'era lasciata alle spalle. Una vita che sentiva sempre più distante, man mano che il treno sfrecciava in quell'immensa distesa di campi e laghi e strani alberi con i tronchi altissimi, sottili e chiazzati, che, come aveva detto Charles in tono sprezzante qualche ora prima, erano la "gomma". Era difficile immaginare uno zampillo di liquido che scaturisse da quel legno per finire sulla scrivania della signorina Hallwood sotto forma di gomma da cancellare!

«Bene!». Charles era in piedi davanti a lei, e le stava offrendo il braccio. Per un attimo, Rose pensò che avesse cambiato idea, e che le stesse proponendo di riportarla a casa. Si sentì pervadere da una leggera ondata di sollievo, subito seguita da un terribile senso di delusione. Era arrivata tanto lontano solo per essere rispedita a casa, e tutto questo perché nessuno s'era mai preso la briga di spiegarle le complicate implicazioni dell'essere diventata adulta.

«Allora?». Charles incombeva su di lei con le scure sopracciglia aggrottate. Che strano che quelle sopracciglia a volte fossero capaci di sembrare bonarie e amichevoli, come erano state a casa, e all'improvviso invece divenire cupe e minacciose, come in quel preciso momento. «Vuoi venire o no?».

Solo allora Rose si accorse di essere stata così assorta nei suoi pensieri da non aver notato che il treno era quasi fermo e che Celia stava armeggiando con la sua cappelliera e tutte le altre cianfrusaglie che aveva portato con sé, come avrebbe detto in tono di aperta di-

sapprovazione la sua governante. «Siamo arrivati?», disse, con un misto di timore e di eccitazione.
«Quasi», cinguettò Celia, scendendo dal vagone con passo leggero. «Quasi».

Rose non aveva mai visto nulla del genere. Soltanto negli anni successivi, quando ebbe fatto quel viaggio per altre due volte, riuscì a capire cosa potesse essersi aspettata la prima volta. Un calesse, come a Londra, per trasportare i bagagli fino alla loro casa, che, come aveva valutato, si trovava a un'ora abbondante di cammino da lì?
«Stanno allestendo un falò?», chiese a Charles, mentre un gruppo di uomini di colore iniziavano a far rotolare dei tronchi verso il treno.
Celia scoppiò a ridere di gusto e Rose si preparò al peggio, vista l'espressione di disapprovazione nelle sopracciglia corrugate del marito. «No, non stanno allestendo un falò, mia cara. Trasporteranno i nostri bagagli sui tronchi, fin su alla casa».
Trasportare i loro bagagli? Sui tronchi? Rose si sfiorò le perle con le dita e stavolta ne trasse conforto. Dov'è finito il tuo spirito d'avventura?, sembravano chiederle. Non è questo, dunque, ciò che hai desiderato per tutta la vita? Grace non sarebbe forse corsa incontro a quegli uomini, iniziando a parlare con loro, come faceva sempre con la gente che incontrava per strada?
A Rose sarebbe piaciuto farlo, ma temeva di incorrere in ulteriori risate sarcastiche. Si concentrò invece su quello che stavano facendo, come dipingendoselo nella mente. Era una cosa che s'era sorpresa a fare sempre più spesso, da quando s'era lasciata alle spalle la scatola nera dei colori, in memoria di come aveva, a suo parere, abbandonato la propria sorella.
Era incredibile! Ora gli uomini stavano appoggiando i loro pesantissimi bauli su quei grossi tronchi e, quasi senza sforzo apparente, li facevano rotolare sul terreno e su per la collina. Rose si sollevò le gonne. Era così bello poter sgranchire le gambe! Camminare le avrebbe fatto bene.
«Non preoccuparti», le gridò Celia, davanti a lei. Non siamo a piedi. Eccolo che arriva, Charles!».
"Eccolo" risultò essere un carretto scoperto, o qualcosa di simile, tirato da altri quattro uomini dalla pelle scura. Rose vi si arrampicò dietro a Celia, che aveva preso a sventagliarsi. «Buon Dio, ci vorreb-

be davvero un drink, non credi?». Si guardò intorno. «Avrei pensato che, dopo tutto questo tempo, Alec sarebbe venuto ad accogliermi». Charles fece quello che sembrò un grugnito e Celia lo imitò. «Comunque, lo farà ben presto». Fece saettare lo sguardo verso Rose. «Come del resto la tua nuova casa, mia cara».

Rose vide entrambi subito dopo la prossima curva, quando, dopo una brusca frenata, i quattro "conducenti" lasciarono il carretto e iniziarono a tergersi il sudore dalla fronte.

«La prossima volta fate più attenzione», gridò loro Charles, saltando a terra e porgendo la mano prima a Celia e poi a lei. L'uomo, basso e tozzo e con indosso dei pantaloncini corti e una camicia bianca che gli stava appiccicata al torace come se qualcuno gli avesse appena gettato una secchiata d'acqua, si fece avanti. Era calvo, portava un monocolo e parlava in un modo che sulle prime Rose non riuscì a capire, benché non osasse avvicinarsi per via della puzza di sudore. Poi, dal modo in cui l'uomo baciò Celia su entrambe le guance, abbracciandola goffamente, capì che doveva trattarsi di quell'Alec che avrebbe dovuto sentire tanto la mancanza della moglie.

«Tesoro!», esclamò la sua nuova amica con la disinvoltura di chi è stato via per una breve visita, invece che per un viaggio durato diversi mesi. «Questa è la deliziosa bambina sposata da Charles. Rose, posso presentarti Alec, mio marito?», precisò inutilmente.

Bambina? Rose non capì se dovesse prenderlo come un complimento o una presa in giro; era difficile a dirsi, con Celia; intanto, Charles aveva assunto l'espressione di chi non aveva a sua volta apprezzato quella descrizione. Ma Alec ormai le stava stringendo la mano nella sua, terribilmente sudaticcia. «È un piacere, mia cara. È sempre rinfrancante vedere volti nuovi. Santo cielo, sei una vera bellezza, sai?». Guardò Charles. «Sei proprio un gran furbastro. Ora dovrai deciderti a mettere la testa a posto, eh?».

Le sopracciglia di Charles si aggrottarono e persino il sorriso di Celia vacillò. «Non dire scempiaggini, Alec». Gli si mise sottobraccio. «Allora, ti decidi a darci qualcosa da bere? Rose e io siamo agli sgoccioli».

«Credo», fece Charles in quello che Rose stava iniziando a riconoscere come il suo tono freddo, «che mia moglie preferisca vedere la sua nuova casa, prima. Non è così, Rose?».

Indicò quella che a prima vista appariva come una costruzione gigantesca fatta di doghe di legno su dei pali, con un soffitto a cupola tutto arruffato. «È così che sono tutte le case, qui, Rose», fece Celia premurosa, notando la sua sorpresa. «Sono a un solo piano e vengono costruite su palafitte, per evitare allagamenti nella stagione delle piogge».

Rose non disse nulla, presa solo a osservare. C'era un'ampia veranda di legno sulla facciata, con una piccola sagoma scura che li stava guardando.

«La domestica», spiegò rapido Charles. «Si occuperà di te. Ti farà vedere come funzionano le cose». Il suo tono sembrava più incerto, ora. Quasi più gentile. «Andrà tutto bene, Rose. Ti ci abituerai presto».

Certo che ci si sarebbe abituata, pensò Rose. D'altronde, Grace non c'era più. Questa era la sua nuova vita, adesso, e come le aveva detto Ga Ga quando lo aveva salutato, sarebbe stata una magnifica esperienza. Emozionata, iniziò ad avanzare verso la sua nuova casa, al braccio di Charles. Celia e suo marito erano andati via su un altro di quei carri scoperti. A quanto pareva, la loro casa "non era lontana", benché avessero ancora bisogno di un mezzo di trasporto. Non c'era da stupirsi che alcuni dei loro amici, come Charles le aveva detto, rimanessero ospiti per diversi giorni, invece di venire in visita per un'oretta o poco più.

La cosa strana era che, per quanto le canzonature di Celia avessero iniziato a darle ai nervi durante il viaggio, ora l'assenza della sua nuova amica le provocava fitte di nostalgia. C'era quella strana sensazione di dover interpretare il ruolo dell'adulta, insieme a Charles, in un gioco a cui non aveva mai giocato prima.

«Su, di qui», disse Charles, facendosi precedere sui gradini che conducevano alla terrazza. Fu lui ad aprire la porta d'ingresso, in cima alle scale. «Prego. Entra».

Rose rimase a bocca aperta. Non sapeva esattamente cosa si fosse aspettata. Ma era molto meglio di ciò che aveva immaginato durante quel lungo viaggio. Era qualcosa che, si disse a prima vista, avrebbe volentieri trasformato nella sua nuova casa. La stanza si estendeva davanti a lei in tutta la sua lunghezza e c'erano due *chaises longues* in canna di bambù che, con dei bei cuscini, sarebbero state comodissime e perfette. Su di un lato vi era una grande credenza su cui campeggiavano delle bottiglie e dei bicchieri sporchi, segno evidente che la domestica aveva bisogno di una guida autorevole, e una grande cassapanca di legno occupava il centro della stanza; sopra avrebbe potuto stendere una di quelle deliziose tovagliette con ricami di margherite che la sua prima istitutrice, la signorina Hollingswood, le aveva dato come regalo di nozze.

«Questa è la nostra stanza da letto». Charles stava attraversando la sala, per entrare in un locale più piccolo, occupato da un ampio letto matrimoniale con testiera e pediera di mogano. «L'ho fatto arrivare da Jessleton», le annunciò orgoglioso.

Che bello da parte sua averle fatto quella sorpresa! Stava a indicare che era molto più premuroso di quanto trasparisse dalle sue maniere un po' brusche. «Grazie», gli disse.

Charles si accigliò.

«Grazie per aver fatto preparare...», avrebbe voluto aggiungere "il nostro letto", ma solo pronunciare quel vocabolo la faceva sentire in imbarazzo. «Per aver allestito tutto questo». Fece un cenno attorno a sé con la mano.

«L'ho fatto quando sono venuto a vivere qui, anni fa», ribatté lui, con il tono di chi avesse appena sentito una battuta divertente.

Anni fa? Ma non era mai stato sposato, prima. Per quale ragione aveva avuto bisogno di un letto come quello, se dormiva da solo?

«L'igiene personale», proseguì Charles, «non sarà quella a cui sei abituata. La domestica ti porterà dell'acqua in una bacinella quando ne avrai bisogno e, di notte, c'è una sorta di bagno nella stanzetta fuori, sul retro. Te la mostrerà lei».

Si portò due dita alle labbra e fischiò. Rose lo guardò esterrefatta, chiedendosi cosa stesse facendo. Che avessero un cane? Ne aveva visto uno scorrazzare in giro in quella che Celia aveva chiamato tenuta, anche se lei aveva sempre saputo che le tenute erano delimitate da recinti, mentre qui non sembravano essercene di nessun tipo. Solo alberi, e alberi e poi ancora alberi.

«Sì?».

La piccola, giovane donna di colore che Rose aveva visto sulla terrazza era apparsa al loro cospetto. Era carina, notò Rose, con quegli zigomi alti, e aveva circa la sua età, anche se il modo in cui la stava ignorando suggeriva che non fosse esattamente una cameriera per signora. Di fatto, i suoi occhi neri come la pece erano puntati su Charles in una maniera che si poteva definire quasi ostile.

«Rose», disse Charles disinvolto. «Questa è la tua cameriera. Si chiama Maya».

Capitolo 14

Non sapeva con chi confidarsi. Non si trattava esattamente del genere di cose da menzionare nella prima lettera a casa, alla sua vecchia istitutrice o a Lydia, che sosteneva di essere un'esperta in simili faccende. Così Rose attese cinque intere giornate, durante le quali sembrava che Maya fosse letteralmente ovunque. Talvolta la trovava persino nella sua camera da letto, quando tornava dalle passeggiate nella tenuta, con le sue capanne sgangherate e i filari interminabili di alberi di caucciù.

Maya con i suoi occhi neri e mai sorridenti. Maya il cui volto sfidava il suo ogni volta che la sorprendeva a versare un drink a suo marito, la sera quando lui tornava a casa accaldato e sudato. Maya che porgeva a Charles un piccolo asciugamano perché si tergesse dall'ampio torace il sudore che s'intravedeva sotto la camicia slacciata.

A volte aveva pensato di chiederlo direttamente a Charles. Aveva forse avuto una relazione con quella cameriera? Era per questo che aveva pronunciato il suo nome, quell'orribile volta sulla nave, quando Rose aveva pensato che il marito volesse ucciderla? E se invece avesse detto qualcosa di diverso, mentre facevano l'amore? Qualcosa che suonava come il nome della cameriera ma non era affatto quello? Forse gli sguardi scuri, ostili e allo stesso tempo sensuali che Maya le indirizzava di continuo, e che la sua istitutrice avrebbe definito come profondamente irrispettosi, da quelle parti erano una cosa normale. In effetti, pensò Rose mentre saliva su quella specie di carrello gigante spinto da due uomini e tirato da altri due per recarsi a casa di Celia, era difficile dire cosa fosse normale in quella incredibile terra straniera, dove gli stridii di grossi uccelli indefinibili squarciavano il silenzio del primo mattino, interrompendo il suo sonno e rendendola consapevole che Charles non era ancora venuto a dormire.

Il lavoro, si disse, iniziava presto, da quelle parti. Talmente presto, a volte, che suo marito neanche tornava a casa la sera.

«Il punto è perché lo fanno», osservò Celia con disinvoltura, riempiendo il bicchiere di Rose, la settimana successiva. Era capitato che Charles dovesse recarsi per lavoro nei pressi dell'abitazione di Alec e Celia, e Rose ne aveva approfittato per far visita alla sua nuova amica.

Non appena erano rimaste da sole, Rose si era ritrovata a raccontarle della faccenda di Maya e a chiederle consiglio in proposito. «Lavorano sodo, con quella dannata gomma». Agitò un braccio nell'aria, indicando la stanza, che era esattamente come Rose avrebbe voluto che fosse il loro soggiorno, quando e se avesse trovato quel che le serviva per ammobiliarlo e arredarlo con sedute di velluto e tende come si doveva, al posto di quelle terribili veneziane. «Non mi chiedere cosa fanno, esattamente. Alec ha cercato di spiegarmelo, ma è stato un po' vago».

Probabilmente, pensò Rose, a causa dell'abitudine di Celia di bere sin dal primo mattino. Suo padre non aveva mai toccato un bicchiere prima dell'imbrunire.

«Gli uomini hanno bisogno dei nativi, tesoro. Sia per lavorare che per rilassarsi». La sua nuova amica le lanciò uno sguardo severo. «Charles non era sposato, prima che arrivassi tu. Ed è un uomo, tesoro mio. Cos'altro avrebbe dovuto fare? E credimi, dormire con la tua domestica è molto meglio che farlo con la moglie di qualcun altro, cosa che molti di loro non disdegnano».

Rose sussultò. «Oh, non credo che...».

«Mia cara bambina». Celia le batté una mano sulla spalla. «Sei così ingenua. E ripensandoci, è meglio non riferire a nessuno quel che ti ho appena detto a proposito del dormire con le mogli altrui. Era soltanto una cosa che Alec mi disse quando sono arrivata qui».

A proposito di Charles?

Celia arricciò le labbra. «Meglio non parlarne, tesoro. Come ti ho detto, fidati di me. Ci sono cose che è meglio non si sappiano in giro, da queste parti. Tra l'altro, anche una moglie può avere i suoi segreti. Come pensi che abbia fatto, quando sono rimasta lontana da Alec per sei mesi interi?».

Rose iniziava a sentirsi stordita, anche se aveva chiesto a Celia di farle servire una semplice bibita al lime invece della roba che stava bevendo lei, che le faceva bruciare lo stomaco. «Ma eri andata a sistemare tuo figlio a scuola», fece, incredula.

Celia inarcò un sopracciglio. «Per sei mesi di seguito? A essere sincera, sono rimasta stupita che Alec l'abbia bevuta senza protestare, ma come ho già avuto modo di dire, quaggiù si impara presto a seguire un codice diverso. Non fraintendermi. C'è pur sempre un codice d'onore. Ed è per questo che potrebbe volerci un pochino, prima di riuscire a liberare Charles da quella donna, se capisci cosa intendo».

Rose non capiva.

«Su, avanti, tesoro». Celia si alzò in piedi, avanzando con un fruscio di gonne verso una stanza attigua a quella principale, dove erano state sedute sulle grandi poltrone di bambù. «Devi davvero crescere un po', se vuoi sopravvivere. Non capisci?». I suoi occhi scandagliarono il corpo di Rose, percorrendolo da cima a fondo. «Sei abbastanza carina, ma dobbiamo fare qualcosa di più, se vuoi tenerti Charles». Lo stava soltanto immaginando, o Celia era arrossita? «A dire il vero, nessuno di noi pensava che si sarebbe mai sposato. Credimi: hai infranto il cuore di più di una cameriera, tornando qui dopo averlo accalappiato. E ci sono anche diverse mogli che hanno storto il naso, sai?».

Mogli? Ma se erano sposate, come potevano aver avuto delle mire su Charles? E ancor più difficile era chiedersi perché, se Charles aveva una relazione con la cameriera, non aveva chiesto a lei di sposarlo, invece di andare a cercare moglie altrove?

Celia era sulla soglia di quello che in seguito Rose riconobbe come il bagno, con un'espressione di puro sbigottimento dipinta in viso. «La tua mamma non ti ha detto niente? Un uomo raggiunge una certa età in cui ha bisogno di sposarsi e avere figli. Altrimenti la gente inizia a mormorare. Fra l'altro, so per certo che tuo marito desidera disperatamente un figlio maschio. Sembra che da queste parti nascano un sacco di femmine. C'è chi lo attribuisce all'acqua, chi al caldo». Celia si strinse nelle spalle. «Chi lo sa. E ora vieni dentro. Ti sistemiamo per bene».

Quel che Celia intendeva con "sistemarla per bene" includeva l'uso di diverse boccette profumate che iniziò a spruzzarle sulla testa, prima di legarle i capelli umidi con dei pezzetti di carta, tanto che quando Rose osò contemplarsi nello specchio appeso al muro, coperto di macchie d'umidità per via della stagione eccezionalmente afosa che stavano avendo, le sembrò di somigliare alla parte decorata del pollo che Cook portava in tavola a cena, con i cosciotti muniti di cappucci di carta.

«Non guardare», la rimproverò Celia. «Non sei ancora pronta. Ora siediti e bevi un drink, mentre io vado a dare un'occhiata nella mia cassapanca». Lanciò a Rose un'altra occhiata di apprezzamento. «Sei alta all'incirca quanto me, ma più snella. Ero proprio come te, prima di avere mio figlio. Sfrutta la cosa al massimo, prima di fare altrettanto».

Rose osservò la silhouette leggermente robusta di Celia scomparire oltre un'altra porta. Cominciava a sentirsi più a suo agio, ora; in effetti preferiva stare lì, nonostante la strana sensazione ai capelli, che tornare nella casa di Charles, che ancora non sentiva come propria, con quelle pile di carta dappertutto e neanche un tocco di grazia o femminilità.

Sentendosi leggera, assaggiò un sorso della bevanda appena versatale da Celia. Era decisamente più forte di un semplice lime, stavolta, ma stava già abituandosi al modo in cui la scaldava dentro. Dopo pochi minuti, o così almeno le sembrò, la sua amica tornò, sventolando un vestito a pallini bianchi e azzurri e mettendoglielo sotto il naso. «Perfetto!». Batté le mani come se lo avesse fatto apparire dal nulla con un gesto magico, ricordando a Rose il prestigiatore dal quale lei e Grace erano state portate una volta, da bambine, prima che nascesse Phoebe.

«E adesso, sciacquiamo i capelli nel lavandino, poi ci daremo da fare. Se tutto va come previsto, saremo al circolo per l'ora di pranzo. Non vedo l'ora di vedere che faccia faranno!».

Non furono soltanto le facce di tutti gli altri a voltarsi a guardare Rose, al club. Fu anche quella di Charles. Dalle sopracciglia inarcate e dal sorriso non contrariato capì che non l'aveva riconosciuta, proprio come non s'era riconosciuta lei stessa quando Celia le aveva mostrato il risultato finale allo specchio, prima di andare al circolo. Non solo i suoi capelli erano più corti e più ricci – permanentati, come le aveva spiegato Celia – ma il vestito era molto più grazioso ed elegante della pesante gonna con giacchetta che s'era portata dall'Inghilterra. Era soltanto una sua impressione, o Charles aveva davvero creduto che al club fosse arrivata un'altra donna, invece di sua moglie? Se era così, non aveva alcun diritto di occhieggiarla come stava facendo.

«Buongiorno», gli disse con freddezza, sfiorando con la guancia quella ruvida di lui. «Non mi aspettavo di trovarti qui». Fece un passo indietro, con l'impressione di star interpretando un ruolo, proprio come facevano Grace, Lydia e lei quando mettevano su un pezzo teatrale per le lezioni di letteratura inglese. «Pensavo che il caucciù ti privasse del pranzo».

Uno degli uomini appoggiati al bancone del bar scoppiò in una risata sguaiata, prima di venir prontamente colpito alle costole dal gomito di una donna piuttosto avanti con gli anni che gli sedeva accanto e che Rose non aveva mai incontrato prima. Ora la vide avvicinarsi con la mano tesa. «Dunque voi siete la novella sposa! Mi chiamo Daff. E spero siate libera domani sera». Alzò gli occhi a guardare l'uomo che aveva riso. «Abbiamo alcuni ospiti per il weekend. Vi va di venire? Ci piacerebbe sentire un po' di notizie di casa». Tirò un lungo sospiro. «Mio Dio quanto ci manca, anche se non so quanti di questi uomini sopravvivrebbero, tornando a fare i soliti lavori».

«Basta così, Daff». Il marito aveva smesso di ridere e aveva poggiato la mano sulla spalla della moglie. «Non assalire questa povera ragazza. Rimarrà qui per un bel po' di tempo». Strizzò un occhio. «Non è così, mia cara?».

Dopo, Celia la ragguagliò. «Daff è la seconda moglie di Gus; la prima è morta di parto, quaggiù. È per questo motivo che per partorire torniamo sempre nel nostro Paese».

Rose pensò al lungo viaggio che aveva dovuto fare per arrivare fin lì, per non parlare dell'interminabile tragitto per raggiungere il circolo, che aveva visto l'impiego di un altro carro tirato da uomini e di una barca che navigasse lungo il fiume, e si chiese quale fosse il lato pratico di tutto ciò. Celia le diede un'altra piccola gomitata. «Daff è una terribile snob: sembra che sia imparentata con un conte. Ma è di compagnia e, fra l'altro, organizza dei magnifici incontri di bridge. Dovremo trovarti qualche altro bel vestito da mettere; magari andremo a fare shopping al mercato, compreremo delle stoffe. Non preoccuparti, conosco una donna che sa confezionare vestiti in un lampo». Il suo sguardo si spostò sul collo di Rose. «Belle perle. Sono vere?».

Rose si toccò il collo. Ci si stava abituando sempre di più, al punto che ogni tanto si accorgeva di essersi dimenticata di toccarle per controllare che fossero ancora lì. «Erano di mia madre. E prima ancora, della madre di mio padre».

Celia annuì compiaciuta. «Ti interrogheranno sulla tua famiglia. Il sangue nuovo, quaggiù, è sempre il benvenuto, soprattutto se viene da un antico patrimonio».

Sangue nuovo?

«Notizie, tesoro. Tutto ciò che ha a che fare con l'Inghilterra. Non capisci? Ne siamo letteralmente affamati, anche se nessuno di noi vorrebbe tornare indietro, a meno che non sia per riscuotere un'eredità. Non preoccuparti. Sarai così anche tu, quando arriverà la prossima novella sposa». Fece una risatina. «Ma per allora non ne potremo più l'una dell'altra e vorremo qualcuno di nuovo con cui parlare. È così che funziona, quaggiù. Una specie di gioco da circolo, ma con in più il bridge, la merenda e il pinnacolo. Oltre, ovviamente, al marito strano. Suvvia, tesoro. Dov'è finito il tuo senso dell'umorismo?».

L'atmosfera a casa, con gli occhi scuri e pieni di rancore di Maya, era tale che Rose iniziò a fare tutto quel che poteva per non rimanerci, quando Charles era via. Passava più tempo che poteva con la sua nuova amica Celia. Quando arrivò l'invito a cena dai Cuthbert Cooper, fu felice che l'avessero ricevuto anche Celia ed Alec. Qualcosa le diceva che fare bella figura quella sera sarebbe stato determinante.

Avrebbe voluto dire a Charles dell'invito, ma come sempre suo marito sarebbe tornato molto tardi. Lei, invece, a quanto pareva sarebbe andata a letto presto. Ma quando entrò nella sua stanza dal letto, si sentì raggelare. Le perle! Le aveva lasciate sul baule accanto al letto, che serviva da comodino provvisorio, prima di andare a lavarsi. Ne era sicurissima.

«Maya!», chiamò. «Maya!».

Ci volle una vita perché la piccola donna dagli occhi scuri ciabattasse insolentemente verso di lei, arrivando dalla cucina.

«Le mie perle», si sentì dire Rose con voce tremula, in preda al panico. «Hai visto le mie perle? Le avevo lasciate proprio qui».

Gli occhi scuri di Maya incontrarono i suoi. Se lo stava immaginando, o quello che vedeva sulle sue labbra nere era un accenno di sorriso? «No, memsaab. Non le ho viste».

Il cuore di Rose accelerò ulteriormente i battiti. «Ne sei sicura?».

Maya annuì. «Sicurissima».

«Ma capisci quello che sto dicendo?». Forse non sapeva cosa volesse dire la parola "perle". Rose fece un gesto indicandosi il collo. «Le mie perle. La mia collana».

Maya annuì e stavolta sorrise apertamente. Non c'era dubbio. «Io parlo inglese». Le sue parole arrivarono quasi come una sfida. «Lo parlo molto bene». Quegli occhi scuri sembravano poter scavare nella corteccia degli alberi di caucciù che c'erano fuori. «Me l'ha insegnato il padrone».

Ci fu un lungo silenzio. Non piangere, si disse Rose. Non farle vedere che sei sconvolta. Pensa a Grace. Le perle possono essere rimpiazzate. Le sorelle no.

Capitolo 15

Rose si sentiva nuda, seduta con gli altri nove invitati alla tavola da pranzo di mogano dei Cuthbert Cooper; continuava a toccarsi il collo, incredula. E ogni volta che lo faceva, sentiva la solita vecchia fitta nelle costole. Le perle di sua madre, appartenute a sua nonna prima di lei e ancora prima alla madre di sua nonna, erano sparite! Lei, Rose, le aveva perse. Così aveva detto Charles. Non poteva averle riposte nell'astuccio come aveva detto lei, o sarebbero state ancora lì. Doveva averle perse mentre si recava al circolo, quella mattina, oppure al mercato, dove lei e Celia erano state sempre in mattinata. Fra l'altro, come le aveva detto in tono severo che s'era fatto sempre più brusco da quando erano arrivati, quello non era un posto adatto ai cimeli di famiglia; non erano cose da mettere tutti i giorni, in ogni caso. Le altre mogli abbastanza fortunate da possedere oggetti come quelli li tenevano al sicuro nelle casseforti di famiglia, in Inghilterra.

Da quell'orribile notte di ben sei giorni prima, Rose aveva scandagliato la capanna, sperando con tutta se stessa di ritrovare almeno uno dei due fili di perle. Con un uso febbrile del linguaggio dei segni e brevi frasi semplificate, aveva reclutato Maya come aiutante e a dire il vero la donna, nonostante lo sguardo di disapprovazione negli occhi di pece, aveva passato un'eternità a guardare sotto il letto e gli altri mobili per controllare che non vi fossero scivolate sotto.

Insieme a Celia aveva fatto e rifatto il percorso fino al circolo e anche fino al mercato, dove si erano imbattute in una marea di candidi sorrisi privi di comprendonio sui volti neri che, come aveva detto Celia, o sapevano benissimo di cosa loro due stessero parlando, oppure non ne avevano la più pallida idea. «Nel primo caso, c'è da scommettere che qualcuno a quest'ora se le sia già vendute, mia cara». Sfiorò leggermente il braccio di Rose. «Mi dispiace tanto. Quando sono arrivata qui ho perso una spilla; non l'ho più ritrovata. Charles avrebbe dovuto metterti in guardia».

Rose ripensò all'astuccio che aveva aperto sul ponte appena la nave era salpata dall'Inghilterra. «Non è colpa sua. Non sapeva che le avessi con me, prima che partissimo. E nemmeno io. Erano il regalo di mia madre». Deglutì a fatica. Che cosa non avrebbe dato, in quel momento, perché sua madre fosse lì, anche se a casa era stata una figura tanto sfuggente.

«Oh, be'», Celia tornò a sfiorarle il braccio per esprimerle la sua solidarietà. «È solo una delle tante cose a cui dovrai abituarti, temo. E non devi preoccuparti per Charles. Immagino che abbia già abbastanza cose a cui pensare, con tutti questi guai».

Guai?

«Non te l'ha detto?»

«Detto cosa?»

«Oh, santo cielo. Non so se dirtelo io, allora. Forse, dopotutto è meglio che tu non glielo chieda neanche, se non ha voluto parlartene. Gli uomini come Charles non amano essere presi per degli idioti».

Era tutto molto strano e misterioso. Charles preso per un idiota? Questa, poi, era impossibile! A quanto le risultava, suo marito era rispettato e addirittura adorato da tutti. Gli uomini al circolo sembravano ammirarlo; ridevano alle sue battute e gli occhi femminili lo seguivano in un modo che spesso faceva sentire Rose indegna di una simile fortuna. Nonostante il consiglio di Celia, cercò di trovare un modo per chiedere a Charles se tutto andava bene, ma non trovò l'occasione giusta. Nell'ultima settimana lo aveva visto pochissimo, a casa, e quando di notte la raggiungeva a letto, puzzolente di whisky dopo un'intera giornata trascorsa in piantagione, piombava subito in un sonno profondo, senza nemmeno chiederle se avesse ritrovato le perle.

In effetti, pensò guardandosi intorno alla cena, era la prima volta che uscivano ufficialmente insieme per un evento sociale, anche se le sue sopracciglia corrugate, di fronte a lei a tavola, le facevano pensare che non provasse il suo stesso senso di sollievo nello stare in compagnia di amici. Del resto, lui non era confinato per tutto il giorno in una tenuta, come succedeva a lei. Strano come quella vastità di terreni che la circondava riuscisse a farla sentire più in trappola di quanto non le fosse accaduto a casa, con la fredda ostilità di Phoebe e l'indifferenza di sua madre.

«Allora, hai riavuto il tuo orologio, poi?», qualcuno chiese a suo marito. «Ne è valsa la pena, spero!».

Ci fu uno scoppio di risate sguaiate intorno alla tavola. Rose guardò il marito, confusa. Quale orologio? E perché avrebbe dovuto valerne la pena o meno? Le sopracciglia sembravano voler affondare nella fronte; non era un buon segno, aveva imparato a capire nelle ultime settimane.

Charles aveva detto qualcosa in tono brusco, ma lei non era riuscita a sentire, con tutti che parlavano a voce alta. Era come essere a un concerto di pianoforte, con voci dalle diverse cadenze che si alzavano e si abbassavano in un mare di fumo di sigari (degli uomini) e di sigarette (delle donne). Sembrava che tutte le donne avessero anche uno di quei tubetti sottili in cui infilare le loro sigarette. Rose aveva declinato le loro offerte perché non le piaceva l'odore.

«Ditemi, cara, vi state adattando bene alla nuova vita?».

La domanda veniva da una matrona che, fino a quel momento, al circolo s'era dimostrata decisamente distante e fredda nei suoi confronti. Suo padre, l'aveva informata Celia in precedenza sussurrando con aria cospiratrice, era un baronetto inglese, così Rose si ritrovò a balbettare e arrossire in maniera imbarazzante. «È molto interessante. Una vera avventura».

Gli occhi della figlia del baronetto divennero una fessura. «Interessante? Senza dubbio. Un'avventura? Anche questo è vero, soprattutto essendo voi sposata con uno degli uomini più attraenti del Borneo. Ma sospetto che dietro le vostre parole ci sia il tentativo di dire qualcos'altro. Vi manca forse casa vostra?».

Ci fu un improvviso silenzio, che evidentemente segnalava l'intenzione di tutti gli altri commensali di sentire la sua risposta, compreso Charles, che la stava fissando con un'espressione indecifrabile.

«Niente affatto». Sorrise guardando davanti a sé, per nascondere l'imbarazzo che l'aveva pervasa. «Mio marito sta facendo tutto quanto è in suo potere per aiutarmi ad adattarmi».

Dall'estremità opposta arrivò la risata grassa di qualcuno, unita alla risatina di una donna. Aveva detto qualcosa di sbagliato? «Tuttavia, non ho potuto fare a meno di sentire quello che uno di voi ha appena detto a proposito di un orologio». Guardò Charles e notò troppo tardi l'incupirsi del suo volto, non appena ebbe pronunciato quella frase. «Non sapevo che avessi ritrovato il tuo orologio, tesoro, e tantomeno che lo avessi perso. Pensi che possa essere stato rubato insieme alle mie perle?».

La marea di risate, gravi e acute, la travolse completamente. Che cosa aveva detto? Qualunque cosa fosse, di certo aveva irritato suo marito, e anche molto, perché s'era alzato in piedi, gettando il tovagliolo sul tavolo e uscendo a grandi falcate sulla veranda, dove, vide Rose, s'era acceso una sigaretta e aveva preso a camminare su e giù come un leone in gabbia.

Persino Celia appariva costernata.

«Mia cara». La figlia del baronetto aveva allungato la mano attraverso la tavola e le stava sfiorando delicatamente il braccio. «Siete di gran lunga più intelligente o molto più stupida di quanto non sarei stata disposta a credere. Spero per voi che sia vera la prima ipotesi».

Charles tornò a tavola in tempo per i drink dopo il pudding, ma non prima che Celia le avesse svelato il mistero. «Sai che ha lasciato il Borneo per andare a combattere per il nostro Paese, quando è scoppiata la guerra?».

Rose annuì. Certo che lo sapeva. Duncan glielo aveva raccontato, molto tempo prima che avesse avuto modo di conoscere suo fratello. Era stato uno dei molti scampoli d'informazione ai quali s'era attaccata, pensando a quanto si fosse dimostrato un uomo d'onore nell'essersi arruolato il più presto possibile.

«Per un manager non è certo semplice lasciare la propria tenuta per cinque anni», proseguì Celia in un tono che per lei era molto pacato. «Gli uomini, qui, non sono tutti dei grandi lavoratori; hanno bisogno di qualcuno che li controlli, ma molti altri manager, come Charles, avevano scelto a loro volta di tornare a combattere per il re e per la patria».

Nelle settimane precedenti Rose aveva appreso abbastanza per cogliere le implicazioni di un simile discorso. «Cos'è successo al caucciù?»

«Appunto». Gli occhi di Celia brillarono, come succedeva quando le raccontava una storiella succulenta. «Tuo marito ha dovuto affidarlo completamente ai nativi. Avrebbero dovuto sapere molto bene cosa fare. Lo avevano fatto tante volte, da soli, per la miseria! Ma avevano ancora bisogno di qualcuno che li guidasse e non capivano nulla di quella guerra. Erano terrorizzati dall'eventualità che Charles non dovesse più tornare».

Rose ricominciava a sentirsi confusa. «Ma tutto questo che c'entra con l'orologio?»

«Charles diede loro il suo orologio, capisci, come garanzia del suo ritorno. Gli orologi sono molto ambiti da queste parti; era un gesto solenne».

Rose ripensò alle sue amate perle, di cui sentiva ancora la mancanza. Anche loro erano "molto ambite da queste parti"?

«I nativi, da anime semplici quali sono, pensavano che l'orologio di tuo marito fosse il suo cuore! Ticchettava, capisci. Così fecero a turno per custodirlo gelosamente, pensando che così facendo lui sarebbe tornato sano e salvo».

Anche il cuore di Rose si riempì, almeno in parte, di un piacevole calore. «Devono volergli molto bene».

Celia soffiò dal naso, sprezzante. «Chi più, chi meno». Aveva l'aria di voler dire altro, ma si bloccò prima di ricominciare. «Peccato che non si siano occupati in maniera altrettanto accurata del caucciù».

«Vuoi dire che...».

«Esattamente». Celia alzò la testa per avvertire Rose che suo marito stava finalmente tornando a tavola. «Quando è tornato, con te al suo fianco, gli hanno orgogliosamente restituito l'orologio, dicendogli che avevano custodito e protetto il suo cuore. Ma nel frattempo avevano trascurato di estrarre il caucciù. Ecco perché tuo marito adesso non è mai a casa. Sta cercando di rimediare al guaio».

Povero Charles! Il cuore di Rose era tutto per il marito, mentre lui ripiombava pesantemente a sedere nella seggiola di fronte a lei. I suoi occhi la evitavano, ma il messaggio era chiaro. «Mi hai messo in imbarazzo», sembravano accusarla ad alta voce. «Proprio come hai fatto sulla nave, quando hai pensato che mi fossi sentito male».

Lentamente, molto lentamente, Rose si sfilò una scarpa e allungò la gamba sotto il tavolo, sfiorando quella di lui. La sorpresa che gli lesse in volto la lusingò, anche se era sconcertante vederlo guardare di sottecchi le due donne che aveva accanto, come se pensasse che fosse stata una di loro a dedicargli quel gesto così intimo, e non lei. Poi Rose catturò il suo sguardo e tornò a muovere il piede. Lui si voltò a fissare la finestra e il buio più oltre.

Non mi ama, pensò Rose, provando una fitta al cuore. E non c'era da stupirsene. Lo aveva reso ridicolo davanti a tutti. *Si è già pentito di avermi sposata*. Avrebbe dovuto tornare in Inghilterra fingendo di non essere adatta al clima terribile di quella terra straniera, come del resto non era: bastava guardare come si sentiva debole. In effetti, poteva anche andarsene subito.

Stava per alzarsi in piedi, quando un bambino piccolo e dalla pelle scura sfrecciò accanto alla tavola, facendole cenno di seguirlo. «Chi è?», fece lei confusa. Che fosse un'altra delle strane usanze del Borneo, destinate a essere fraintese da lei?

«Chi?», domandò Celia, il cui volto cupo stava a indicare che anche lei aveva notato l'espressione infuriata di Charles.

«Il bambino. Quel ragazzino».

Era accanto a lei, adesso, e le faceva gesti furtivi, come se stesse cercando di tirarla per un polso e farla alzare in piedi.

«Non vedo nulla». Celia sembrava imbarazzata. «Devi bere un po' di più, mia cara, o non imparerai mai a reggere l'alcol. Hai bevuto un solo bicchiere. Aspetta. Dove stai andando?». La sua voce era ormai un sibilo basso. «Riterranno terribilmente scortese, da parte tua, lasciare a tua volta la tavola. Gli uomini possono farlo, ma noi no».

Troppo tardi. Il bambino si era fatto talmente insistente, coi suoi gesti silenziosi, che Rose non ebbe altra scelta che seguirlo. E se qualcuno avesse avuto bisogno di aiuto? Come facevano tutte quelle persone, con le loro risate squillanti e le voci rauche, a non accorgersene? Rose iniziò a correre dietro al bambino, ma le facevano male i piedi, nelle scomode scarpe che Celia le aveva prestato perché si adattavano al vestito. Le scalciò via e attraversò di corsa la sala, verso la porta, ignorando i richiami alle sue spalle.

«È scappata», gridò qualcuno, e Rose pensò di aver sentito suo marito che diceva qualcosa, ma per qualche strana ragione sapeva di dover seguire quel bambino; doveva assicurarsi di non perderne le tracce. Lui correva veloce, ma ogni tanto sembrava voltarsi per vedere se lei lo stava ancora seguendo. Rose non era mai stata prima in quella parte della tenuta; era una zona che Charles le aveva raccomandato di evitare. «Ci vivono gli uomini con le loro donne», le aveva detto, per tagliare corto e farle capire che non ne avrebbero più parlato.

Certo, le case in quella zona della tenuta erano molto diverse dalla loro. Erano molto più piccole e non avevano la veranda che girava tutto intorno. La maggior parte era su palafitte, come aveva imparato a chiamarle, ma queste erano più sottili e sembravano destinate a spezzarsi alle prime piogge torrenziali, che avevano già cominciato a cadere. Dove la stava portando quel ragazzino? Rose rimpianse di non avere con sé la borsetta con gli unguenti e le bende che il padre le aveva dato in caso di malattia o incidenti. Forse, perché oramai era certa che il bambino l'avesse chiamata per curare qualcuno, avrebbe potuto mandare uno di loro a prenderla. Sapeva esattamente dove l'aveva messa: nella grande cassa di legno sistemata ai piedi del letto.

Il bambino s'era fermato davanti a una piccola capanna sgangherata che puzzava di pesce e di fuliggine e che non era diversa dalle altre che avevano superato. Stava scuotendo furiosamente la testa verso di essa, come a indicarle di entrare. «Non vieni anche tu?», gli chiese, ma quello scosse il capo. Aveva capito?

Il cuore di Rose iniziò a battere forte. E se la persona malata, là dentro, fosse stata contagiosa? Al circolo si era recentemente parlato di uno strano male che dilagava nelle campagne; una malattia che comportava insopportabili sudori notturni e l'ingiallimento della pelle. Si mormorava che qualcuno ne fosse già morto e molti dei nativi ne erano già stati colpiti.

Eppure suo padre, in veste di dottore, non affrontava forse ogni giorno terribili malattie infettive? Scrollandosi di dosso le paure, Rose fece un respiro profondo e salì i gradini pericolanti, aprendo la tenda di bambù appesa all'entrata. Era buio, all'interno. Riuscì appena a distinguere un letto dalla parte opposta e un tavolo improvvisato alla bell'e meglio con una scatola che fungeva da sedia. Sulla quale era seduta una donna piccola e dalla pelle scura, che teneva un oggetto davanti al collo e si guardava in uno specchio scheggiato. Si voltò proprio mentre Rose stava entrando e fu difficile capire chi delle sue fosse più scioccata.

«Maya!».

La donna si alzò in piedi come per fuggire, ma Rose l'afferrò per un polso. «Le mie perle! Hai tu le mie perle!».

Maya cercò di nasconderle, ma Rose fu più svelta. Un filo cadde a terra con un tonfo e, mentre si chinava a raccoglierlo, si rese conto del flusso di sillabe inintelligibili che stava scaturendo dalla bocca di Maya; subito dopo udì un debole suono giù per i gradini. Si raddrizzò. Maya era sparita. Insieme al ragazzino che l'aveva condotta fin lì, lo strano bambino i cui occhi si erano fissati nei suoi, come per una segreta complicità. Dov'era finito? Voleva ringraziarlo, ricompensarlo. Era merito suo se aveva recuperato i suoi preziosi gioielli di famiglia che, anche in quel momento, stavano scaldando il morbido palmo della sua mano. Aveva di nuovo le sue perle.

Lentamente si avviò verso il bungalow dei Cuthbert Cooper. Stavolta non si fermò spaventata nell'udire gli strani suoni che echeggiavano nel buio di quel villaggio, né a restituire le occhiate degli uomini dalla pelle scura che sostavano all'esterno delle loro baracche fatiscenti, fissandola con malcelata curiosità. Mentre camminava a passo svelto e a testa alta, Rose cominciò a fare progetti. Se Charles avesse disapprovato, come era certo, la sua fuga dalla festa e la sua incursione al villaggio, avrebbe preso la nave per tornare in patria insieme a una delle altre donne incinte. Sarebbe tornata a vivere con il padre e la madre; se necessario, sarebbe diventata un'istitutrice. Qualsiasi cosa, pur di non vivere accanto a un uomo dal carattere così lunatico, in un Paese dove non potevi fidarti di nessuno. Persino Celia, pensò sospettosa, doveva avere i suoi segreti.

«Eccoti qui».

La voce baritonale di Charles risuonò alta, mentre tutti i commensali si voltavano a guardarla.

«E dove sei stata?».

Rose rimase impettita, con la schiena diritta, come la sua istitutrice le aveva insegnato da piccola. «Sono stata a recuperare le mie perle». Le mostrò a tutti, facendo dondolare i due fili dalle dita della mano, simili a raggi di luna luccicanti. «Erano in casa della nostra cameriera». Guardò Charles dritto negli occhi. «Sono certa di non doverti spiegare dove si trovi; senza dubbio, ci sarai stato diverse volte di persona».

Si sentì un tintinnio, poi una voce rauca disse: «Bene, ragazza!».

Sotto la pelle abbronzata, Charles arrossì.

«Come hai fatto a trovarla?», iniziò a dire.

«Mi ci ha condotta il bambino».

«Lo vedi», udì bisbigliare Celia. «Te l'avevo detto. Continuava a dirmi di aver visto un bambino. Credo che non stia bene, o magari...».

«Che aspetto aveva il bambino, mia cara?».

Stavolta a parlare era stata la figlia del baronetto.

Rose lo descrisse, e aggiunse che gli aveva visto un dente d'oro in bocca. Qualcuno, a tavola, sussultò e si sentì mormorare: «Dev'essere lui».

La figlia del baronetto la stava osservando con profondo interesse. «Sapete qualcosa di questo personaggio? Qualcuno ve ne ha mai parlato?».

Rose si sedette, accettando la bevanda che qualcuno le porse. Sembrava fuoco liquido, ma la bevve lo stesso, quasi compiaciuta del modo in cui le bruciava la lingua. «Mi dispiace, ma temo di non capire. Parlato di cosa?»

«Del bambino che hai appena descritto», intervenne Charles. «I nativi credono che si tratti di un fantasma». Ora suo marito la guardava con un'espressione che somigliava molto alla paura. «Molti anni fa qualcuno, qui, lo malmenò, fratturandogli la mascella. Dopodiché riapparve con un dente d'oro in bocca».

Rose sentì un brivido gelido lungo la schiena. «Il colpo alla mascella lo aveva ucciso?».

Charles annuì. «Ovviamente, questa storia del fantasma è una semplice fantasia dei nativi...».

«Non è detto». Fu Celia a parlare, ora, infilando un braccio sotto quello di Rose. «È stato visto altre volte, anche se era un bel po' che non se ne sentiva parlare, credimi. Rose, hai mai avuto simili visioni, prima d'ora?».

Rose non rispose subito, pensando a quella volta in cui una forte raffica di vento aveva attraversato la sua stanza, facendo sbattere la porta, subito dopo la morte di Grace, nonostante l'ampia finestra fosse stata ben chiusa e la notte, all'esterno, tranquilla e senza vento. «Forse».

Il volto di Charles era privo d'espressione, mentre continuava a fissarla, come vedendola per la prima volta.

«Sembra che tu abbia trovato pane per i tuoi denti, vecchio mio», disse l'uomo alla sua destra, con i baffi e il monocolo. «Sarà meglio che ti comporti bene, da ora in avanti, eh? O tua moglie ti scatenerà contro gli spiriti».

Rose si stava chiudendo le perle intorno al collo. In genere, quando le indossava, le sentiva fredde contro la pelle, ma ora erano calde, come se fossero felici di essere tornate a casa. E poi, la facevano sentire forte, capace di qualsiasi cosa.

«Credo sia ora di andare, Charles», disse, alzandosi e guardando i padroni di casa. «Grazie per la deliziosa serata, ma domani mattina dobbiamo alzarci presto. Ci sono un sacco di cose da fare». Tornò a rivolgersi al marito, sforzandosi di sostenerne lo sguardo senza indecisioni. «E la prima è trovare una nuova domestica».

Capitolo 16

Fu la notizia più chiacchierata di tutte le tenute dei dintorni. Dal giorno seguente, tutti, dal valletto di Celia ai domestici dei Cuthbert Cooper, cominciarono a considerare Rose con un misto di rispetto reverenziale, soggezione e talvolta vera e propria paura.

La nuova memsaab poteva vedere i fantasmi! La moglie del signor Charles aveva visto il bambino che solo pochi eletti avevano notato sporadicamente in tutti quegli anni! Un bambino che si diceva fosse stato ucciso da uno dei primi colonizzatori bianchi e che era ben deciso a vendicarsi dalla tomba.

Rose Macintyre aveva finalmente richiamato all'ordine un marito infedele, sul conto del quale continuavano a saltar fuori nuovi pettegolezzi, che Rose non sempre riusciva a tenere a freno. La donna bianca appena arrivata per nave da una terra lontana aveva smascherato la propria domestica (che andava a letto con il padrone, anche se questa, di per sé, era una cosa così comune da non meritare pettegolezzi) che le aveva rubato i gioielli di famiglia più preziosi di qualsiasi giada o rubino che chiunque avesse mai visto. I pettegolezzi divennero sempre più insistenti, fino a trasformarsi in un sottofondo costante; quello che Rose trovò quando, la mattina seguente, mise piede fuori dalla sua casa-capanna, come la chiamava dentro di sé.

Quanto a Charles, sembrava avesse preso a guardarla con occhi nuovi, con una specie di reverenza che rasentava il rispetto. «Bene, ecco qui la mia nuova moglie», le aveva detto quella mattina quando si era svegliata senza trovare il solito spazio vuoto fra loro, ma la pelle di lui a contatto con la sua, in un modo stranamente intimo e tutt'altro che sgradevole. «Li hai davvero stupiti tutti, ieri sera». Poi aveva ridacchiato, le aveva accarezzato con dolcezza il viso ed era rotolato su di lei. Quella volta non aveva sentito troppo dolore; anzi, le era quasi piaciuto. Tuttavia, si lamentò Rose indignata con Celia quando più tardi si erano viste a casa dell'amica per un tè freddo, non s'era scusato per la sua "relazione", come l'aveva definita lui, con la cameriera.

«Ma è naturale che non l'abbia fatto, sciocchina». Celia fece cenno al suo valletto che poteva anche uscire dalla stanza ora che aveva versato il tè, anche se ormai Rose stava iniziando a capire le regole della casa. Il ragazzo sarebbe rimasto a origliare alla porta, pronto a riferire tutto al resto della comunità, parola per parola. Decise perciò di scegliere con cura i termini da usare.

«Perché dici questo?».

Celia gettò la testa indietro e scoppiò a ridere, come se Rose avesse appena fatto una battuta spiritosa. «Perché lo fanno tutti». Batté leggermente la mano su quella di Rose. «Non è considerato scandaloso, e ci aiuta a liberarci di loro, ogni tanto!».

Fino a poche settimane prima, Rose sarebbe inorridita di fronte a tanta rudezza, ma ora, lanciando un'occhiata alla porta, rispose scandendo bene le parole: «Be', se qualcuna dovesse riprovarci con mio marito, chiederò al mio amico fantasma di tornare a farmi visita».

Persino Celia impallidì a quelle parole. Protendendosi in avanti, iniziò a sussurrare, cosa che per lei, con quel tono di voce stridulo e squillante, con la tipica cadenza modulata del Surrey, non era affatto facile. «Avevi già visto dei fantasmi, in passato?».

Rose stava per scuotere la testa, ma si bloccò al pensiero della forte sensazione di una presenza costante e affezionata nella sua stanza, quella di sua sorella, che di tanto in tanto le capitava di provare. Sollevando la mano per sfiorare le perle che pendevano calde e confortanti intorno al suo collo, scrollò le spalle, sentendo la collana sobbalzare dolcemente sulla pelle. «Ga Ga diceva sempre che mia nonna era una visionaria».

Celia la guardò, perplessa. «Ga Ga? Visionaria?»

«Ga Ga è mio nonno». Pensava di averglielo già detto, ma Celia non era nota per la sua capacità di ascoltare; casomai, più per quello che usciva dalla sua bocca. «È un artista; un pittore abbastanza famoso. Diceva sempre che mia nonna era una visionaria, e quando, da piccola, gli domandai cosa significasse, mi rispose che era una persona che riusciva a vedere cose che nessun altro vedeva». Tornò a scrollare le spalle, stavolta più per scena che per vera confusione interiore. Una parte di lei, la più dispettosa, cominciava a godere nel vedere la faccia sconcertata e spaventata di Celia, e nel sentire i singhiozzi orripilati ma soffocati che provenivano da dietro la porta chiusa.

«Perciò», aggiunse ad alta voce, a beneficio del valletto nascosto a origliare, «chiunque mi faccia arrabbiare ne subirà le conseguenze».

Si udì il suono di passi leggeri sul pavimento di legno, poi quello di una porta che sbatteva. Il valletto era andato a diffondere la notizia, o magari, chissà, era scappato per sempre. «Grazie, Rose», fu l'asciutto commento di Celia, le cui labbra s'erano increspate in un sorrisetto divertito. «A quanto pare, ora siamo in due a dover cercare dei nuovi domestici».

Con l'andare delle settimane, e poi dei mesi, Rose iniziò gradualmente ad abituarsi alla vita della comunità. La routine era sempre la stessa. Si alzava al mattino dopo che Charles era andato in piantagione per curare il proprio aspetto, che era radicalmente cambiato, grazie all'intervento di Celia e ai suoi arricciacapelli di carta: in effetti, stentava quasi a riconoscersi. Poi scriveva le sue lettere al padre, Ga Ga e Phoebe, sperando che il nuovo valletto, che la trattava come fosse una specie di demone bianco, le portasse delle missive dal "vecchio mondo", come aveva iniziato a chiamarlo anche lei, proprio come tutti gli altri. Dopodiché poteva andare a fare una nuotata, magari nella baia, e poi forse intraprendere il lungo tragitto fluviale fino al circolo, per pranzare, in genere, con Celia; il tutto seguito da una partita a bridge. C'era poi il riposino pomeridiano, in cui Charles sempre più spesso si univa a lei, anche se la cosa era molto più gradevole quando decideva di darsi una sciacquata, prima, per liberarsi del sudore che gli bagnava la schiena dopo le fatiche del mattino. Seguiva il tè, che precedeva la seconda partita a bridge, i drink al circolo, la cena con i loro cosiddetti amici e talvolta una festa.

Chi viveva lontano da casa, stava scoprendo Rose, sapeva molto bene come divertirsi, anche se lei non approvava proprio tutto quel che vedeva. «Non essere bigotta», aveva ridacchiato Celia quando a entrambe era capitato di vedere una donna sposata scomparire molto presto da una serata di bridge al circolo, insieme a un marito che non era il suo. «Che male c'è, visto che tanto lo sanno tutti?».

Rose pensò alla donna americana e a suo padre, scacciando immediatamente quell'immagine. Le lettere che riceveva da casa erano scritte con grande cura e le fornivano ogni dettaglio sui progressi di Phoebe a scuola con la nuova istitutrice, che tanto nuova non era più, ma erano molto avare delle notizie che invece avrebbe voluto ricevere. Di sua madre, per esempio, il padre non le raccontava quasi mai nulla, salvo menzionare *en passant* che ogni tanto riusciva ad alzarsi dal letto, ora che faceva più caldo, per sedersi davanti alla finestra della sua stanza.

Le lettere di Phoebe avevano uno stile rigido e legnoso, come se stesse elencando i suoi successi per stilare un documento ufficiale. In geografia era passata dal primo al secondo volume e aveva ricevuto un encomio come allieva dotata di un'"eccellente attitudine" allo studio. Phoebe l'informava inoltre che Lydia, che finalmente aveva accalappiato il suo eroe di guerra, era ora in dolce attesa.

Le lettere di Ga Ga erano quelle che aspettava di più, con quella calligrafia inconfondibile, piena di svolazzi d'inchiostro blu sulla busta, che già di per sé era un piccolo dipinto. All'interno, su carta pergamena color crema, trovava sempre qualche schizzo insieme alle parole. E quei disegni riuscivano a esprimere molto di più delle tre pagine di noiosa e piatta prosa di suo padre.

«Il naso dell'americana, ne sono certo, sta crescendo».

Sotto quelle parole c'era un ritratto a penna così somigliante alla madre di Lydia, a parte il naso, ingigantito in maniera grottesca, che Rose scoppiò improvvisamente a ridere, con evidente spavento del nuovo valletto, che nel versarle il *lapsang*, il suo tè del mattino, si tenne ancor più distante del solito.

«Cosa c'è di tanto divertente?», le chiese Charles, accostandosi talmente tanto alle sue spalle da farle percepire l'afrore del suo sudore. Di recente Rose aveva scoperto di sentirsene quasi attratta.

«Solo un disegno», disse, rimettendo la lettera nella busta con il francobollo scaduto da mesi.

Percepiva lo sguardo del marito, che le bruciava letteralmente la schiena. «Fa' vedere», era la sua muta esortazione, ma lei lo ignorò. Faglielo sudare, il tuo amore, diceva la voce di Grace nella sua testa. Sii sfuggente. Soltanto se avrà l'impressione di doverti conquistare gli verrà voglia di vincerti, come un premio.

E nella calura le perle attorno al collo parvero scaldarsi ancor di più, come per esprimere la loro approvazione.

Fu alla soirée dei Cuthbert Cooper che Rose ebbe la certezza che i suoi sospetti fossero fondati. Era una festa mascherata e fra le signore della tenuta si era diffusa un'eccitazione quasi palpabile. Per diverse settimane erano state organizzate vere e proprie spedizioni al mercato settimanale, per accaparrarsi stoffe colorate e nastri scintillanti sui quali Celia e Rose, insieme alle altre mogli, avevano trascorso ore e ore di lavoro per realizzare i costumi degni di un ballo a corte. Così almeno aveva detto Celia, ma Rose aveva l'impressione che le sue esperienze in materia di balli a corte non fossero della portata che lei voleva far credere. Forse non era il caso di dirle che una volta suo padre era stato chiamato al capezzale del re, quando Sua Maestà era caduto alle corse di cavalli. Sarebbe potuta sembrare un'inutile vanteria.

Seduta davanti alla sua toletta, con la maschera sul volto, Rose notò qualcosa di diverso nel suo viso. Anche Charles se ne accorse, in piedi alle sue spalle, sfolgorante nella sua camicia candida e la giacca nera, una tenuta tanto diversa dagli abiti da lavoro.

«Rose?», le disse sconcertato, sfiorandole la guancia con dolcezza, «c'è forse qualcosa che non mi hai detto?».

Lei gli restituì lo sguardo nello specchio, incapace di rispondere.

«Alzati in piedi», le ordinò, ma non in un tono di comando. Sempre rimanendo in silenzio, lei obbedì. Stavolta non c'era dubbio: sotto lo sgargiante costume si notava un piccolo rigonfiamento del ventre; un rigonfiamento che finora aveva tentato di nascondere sotto i larghi camicioni di seta che molte signore, laggiù, avevano adottato per stare più fresche.

Charles s'inginocchiò ai suoi piedi, accarezzandole la pancia con lo stesso dito che aveva usato sul suo volto. Lei trattenne il fiato.

«Il bambino è mio?», le chiese infine.

Rose non seppe trattenersi. Il suo incontenibile scoppio di risa indusse il valletto, che come al solito s'era nascosto dietro la porta a origliare, a fuggire verso l'uscita sul retro.

«Ma certo che è tuo», gli disse appena riuscì a smettere. «Di chi altri potrebbe essere?».

Charles aggrottò le sopracciglia. «Pensavo solo che...».

Era la prima volta che lo sentiva annaspare per trovare le parole giuste. In qualche modo, quella sua mancanza di sicurezza le infuse un senso di potere mai provato prima.

«Ma certo che è tuo», sussurrò, attirandolo a sé. Stavolta era lei a condurre. Era lei a invitare, rifiutare e poi tornare a invitare. E invece di irritarsi, Charles sembrava esserne contento. Quella consapevolezza aumentò la piccola riserva di potere che sentiva dentro lo stomaco.

Arrivarono in ritardo, quella sera, alla festa mascherata dei Cuthbert Cooper. In forte ritardo. E quando fecero il loro ingresso, con il vestito di Rose leggermente spiegazzato nella parte posteriore e il rossore sulle guance di entrambi che la diceva lunga, non furono poche le donne deluse che si aspettavano di vedere presto il loro eroe, ormai stanco della mogliettina, aggirarsi di nuovo libero sulla piazza.

Questo, sussurrò Grace nella mente di sua sorella, non sarebbe mai accaduto, sempre che lei avesse agito esattamente come lei le suggeriva.

Talvolta Rose moriva dalla voglia di dipingere i colori che la circondavano, ma anche se avesse infranto il voto che aveva fatto di non impugnare più il pennello, non ci sarebbe mai riuscita. L'odore l'avrebbe fatta sentire male.

«Quando ero incinta», le disse Celia, «ho avuto la nausea soltanto nei primissimi mesi. Tu sei quasi alla fine e vomiti ancora. Te l'ho detto tante volte. Avresti dovuto tornare in Inghilterra; avresti dovuto essere più decisa, con tuo marito».

Era stata l'unica difficoltà incontrata negli ultimi mesi, durante i quali Charles aveva fatto tutto quello che poteva, o almeno così sembrava, per renderla felice. Tuttavia, le aveva comunicato chiaramente che non gradiva tornare in Inghilterra così presto. La gente avrebbe chiacchierato, le disse. Avrebbero pensato che Rose fosse infelice. Fra l'altro, non tutte le mogli tornavano nel "vecchio mondo" per partorire. Alcune di esse, che vivevano nelle piantagioni limitrofe, avevano trovato un nuovo medico che si prendeva cura di loro. Charles sarebbe andato a parlarci.

Intanto Rose diventava sempre più rotonda. La gravidanza le donava: le bastava guardarsi allo specchio per capirlo. Di certo la rendeva ancor più attraente agli occhi di Charles, cosa che, per contro, rendeva lei ancor più audace; le faceva dire cose che non avrebbe mai detto quando era arrivata lì, quasi due anni prima.

«Intendi dire che lui vuole ancora farlo?», sbottò Celia mentre giocavano a pinnacolo, dopo che Rose s'era lasciata sfuggire il motivo del loro ritardo a un incontro al circolo. «Alec invece mi ha lasciata in pace, grazie a Dio». Si avvicinò a lei sussurrando in quel modo chiassoso su cui Rose faceva tanto affidamento per divulgare i loro segreti. «Devo dirtelo, Rose. Tu hai realizzato quello che nessuna di noi è mai riuscita a realizzare. L'hai letteralmente incantato. Solo il cielo sa come hai fatto. Devi essere davvero una strega, o qualcosa di simile».

La tavolata di donne alle loro spalle s'irrigidì e Rose dovette reprimere il sorrisetto che aleggiava agli angoli della sua bocca. Grace sarebbe stata fiera di lei. Tuttavia, qualcosa che Celia aveva detto la metteva a disagio. «Quello che nessuna di voi è mai riuscita a realizzare?», ripeté, squadrando l'amica. «Dunque includi te stessa nel gruppo delle ex ammiratrici di mio marito?».

Celia sussultò, visibilmente a disagio. «Devi ammettere che Charles è un uomo molto attraente. Se non lo fosse stato, Marianne non si sarebbe mai fatto carico di un rischio simile».

Marianne?

Celia sembrò avvampare ancora di più. «Come, non lo sapevi? Pensavo che ormai qualcuno te ne avesse parlato. Non importa. È acqua passata».

«No». Rose udì la propria voce, chiara e fredda, che risuonava nella stanza. «Voglio sapere».

«Be'», Celia guardò dietro di sé, verso un altro tavolo e una donna, poi si voltò nella direzione opposta. «Sai, no, della cicatrice da sigaro sulla nuca di Charles».

Lei annuì. «Un nativo ha tentato di ucciderlo».

«Non è stato un nativo, tesoro!». Celia tirava furiose boccate dalla sua sigaretta. «Uno dei mariti si è fatto prestare il machete dal suo valletto e lo ha colpito, perché Charles andava a letto con sua moglie».

«Questa Marianne?»

«Esattamente». Ora Celia aveva un'aria concitata, come se la cosa la eccitasse. «C'è stato un bel parapiglia e sono dovuti partire. Dopotutto, Charles stava solo facendo quel che fanno tutti. Avrebbe potuto sfociare in un assassinio».

«E lei che fine ha fatto?». Rose provò una fitta di gelosia che, per qualche ragione, non le provocò dolore, quanto invece desiderio.

Celia fece un gesto noncurante con la mano. «Lo sa il cielo. Sono stati trasferiti altrove. È così che succede, da queste parti. Si va e si viene. Anche se alcuni di noi», e qui i suoi occhi si puntarono sul pancione di Rose, «lasciano il segno. A tal proposito, penso sia davvero disdicevole che Charles non ti abbia consentito di andare a partorire in Inghilterra. Ormai è troppo tardi, ovviamente. A che punto sei? Di otto mesi? Otto mesi e mezzo? La faresti nascere sulla nave».

La?

Gli occhi di Celia tornarono a soffermarsi sulla pancia di Rose. «Si vede dalla forma della pancia, che è una femmina. Una vera sfortuna. Vuol dire che dovrai provare ad avere anche un maschio. Non so dirti la felicità di Alec quando ho avuto Robert. E anch'io ero al settimo cielo». Si appoggiò allo schienale ed esalò una spirale bluastra di fumo. «Un figlio è stato più che sufficiente, per me, credimi. Lo scoprirai quanto prima».

E così fu, anche se accadde prima di quanto sia lei che Celia avessero immaginato. La settimana successiva le arrivò una lettera di suo padre, vergata nella sua solita calligrafia da ragno. Dopo averla portata con sé in veranda insieme al tè del mattino, Rose l'aprì per immergersi in un mondo ormai lontano, dove la pendola ticchettava nell'ingresso e papà leggeva il giornale prima di ritirarsi nella sua stanza o partecipare alle soirées americane. Sua madre era di sopra, nella sua stanza con le tende di voile color crema e i suoi ricordi, mentre il nonno dipingeva su tela i suoi sogni. Phoebe, inforcati i nuovi occhiali di cui le aveva scritto, era certamente china sui suoi amati libri. Niente, le assicuravano sempre quelle lettere, sarebbe mai cambiato.

E invece stavolta qualcosa era cambiato, eccome!

«Ragazzo!». Di solito non lo chiamava mai così; in genere usava il suo nome, ma in qualche modo le era uscito "ragazzo". «Chiama il padrone».

Fu così che Rose Macintyre entrò in travaglio, nonostante il dottore si trovasse a numerose miglia di distanza. Soltanto dopo il valletto raccolse la lettera con la notizia dell'improvvisa morte del nonno, posandola sulla sua toletta, naturalmente dopo aver letto tutto.

Capitolo 17

Il travaglio di Rose andò avanti per tre giorni. Come disse Celia in seguito, fu un bene che lei non fosse cosciente per la maggior parte del tempo. Vedeva invece Ga Ga fluttuare dentro e fuori la sua testa, insieme a Grace. A volte si tenevano per mano, e una volta li individuò distintamente dall'altra parte della stanza buia camminare in punta di piedi su una grande tela lasciandovi sopra le loro impronte di colore rosso. Altre volte c'era soltanto Ga Ga, che, scoppiando in una grassa risata, muoveva l'albero fuori della finestra e faceva cadere a terra il suo cavalletto. Poi il suo volto si deformava e si trasformava in quello di Grace, che guardandola dall'alto con aria preoccupata le chiedeva: «Rose, Rose, stai bene?».

Le sembrava di dover espellere le viscere dal corpo, più o meno com'era successo al suo stomaco quando erano sulla nave. Ma stavolta quel che doveva essere evacuato era qualcosa di molto diverso. Non si trattava nemmeno della parte che Charles aveva esplorato e che all'inizio aveva causato tanto imbarazzo e tanti malintesi. Era un qualcosa che non sentiva nemmeno come sua; una parte di sé di cui aveva ignorato l'esistenza.

Poi iniziarono i mal di testa. Dolori terribili e lancinanti che le straziavano un punto dietro gli occhi, anche se, come per le viscere, non aveva mai saputo dell'esistenza di un simile luogo.

«Per l'amor del cielo, *fate* qualcosa», sentì dire da Charles, anche se non poteva essere stato suo marito. Lui non cedeva al panico in quel modo, per quanto il timbro di voce fosse molto simile al suo. Se fosse stato lui, avrebbe preso in mano la situazione. «Duncan!», gridò Rose, sperando di attirare l'attenzione del cognato. Forse sarebbe andato a cercare Charles, lo avrebbe portato da lei. Lui avrebbe saputo cosa fare, come curare quegli strani dolori, come cambiare le cose.

«Ha le allucinazioni».

La voce di una donna. Una graziosa voce squillante di donna, che le pareva di conoscere. «Celia», cercò di chiamarla, ma in qualche modo le venne fuori un nome diverso e udì «Marianne!» uscire dalle sue labbra secche e riarse.

«Chi diavolo è stato a dirle di Marianne?». Questa era la voce che somigliava a quella di Charles, ma non poteva essere lui, perché suo marito era andato alla piantagione, quella settimana. Questo lo ricordava. E non sarebbe tornato per un bel pezzo.

«Dov'è il dottore?».

Questa era una voce conosciuta. L'aveva sentita alle partite di pinnacolo e di bridge, e alle feste mascherate che nascondevano molto più che le facce. Di certo la signora Cuthbert Cooper, con l'esperienza che aveva della vita lì in Oriente, avrebbe saputo cosa darle per calmare i dolori.

«La mia testa», provò a dire, ma i campanelli che le risuonavano nelle orecchie erano così forti che non riuscì ad articolare le parole, mescolandone le lettere come in un gioco che aveva fatto una volta con Grace e la cara signorina Hollingswood.

«C'è una sola persona che può aiutarla, finché non arriva».

Questa era una voce tranquilla, pacata. Troppo, forse. Preferiva quella squillante di Celia.

«Ma lei non vuole venire».

«Bisogna costringerla».

«Rose non lo permetterebbe».

«Guardatela! Non se ne accorgerà nemmeno». La prima voce era insistente. «Ne sa più quella donna, di erbe e pozioni, che chiunque altro qui intorno. Credetemi, Rose non sopravvivrà, se non la trovate».

Le impronte erano ancor più rosse, sulla tela, che s'era ingrandita al punto da far sembrare più piccola la stanza, di minuto in minuto più calda. Rose sentiva la testa diventare grande, e subito dopo rimpicciolire in maniera spaventosa; le ricordava la storia della testa essiccata, una delle tante con cui suo marito l'aveva incantata. Se solo avesse saputo allora quel che sapeva adesso!

«Prendete».

Rose aprì gli occhi e urlò. Due paia di occhi neri la stavano fissando e qualcuno le stava spingendo contro le labbra un bicchiere contenente qualcosa di freddo. Il liquido era di un color nocciola chiaro che le ricordava le giornate autunnali a casa, ma dentro vi galleggiavano dei piccoli bastoncini scuri, come corteccia.

Voltò la testa di lato, cercando di sputare il liquido che le colava dal mento. «Maya», cercò di gridare. Perché non c'era nessuno, lì con lei? Perché nessuno veniva a fermare quella donna, che stava tentando di avvelenarla?
Poi la donna armeggiò intorno al suo collo. Voleva toglierle le perle. «No», gridò Rose. «No».
«Va tutto bene, tesoro».
Era Charles, quello? Ma lui non la chiamava mai tesoro. Forse l'aveva scambiata per un'altra. «Maya cerca solo di aiutarti».
Ora il liquido le veniva fatto bere a forza e Rose si rese conto – troppo tardi, purtroppo – che le perle non c'erano più. No, non di nuovo! «No. No», tornò a gridare, ma dalle sue labbra usciva un flebile sussurro. Di quello che successe dopo non ricordava più nulla.

Fu il primo suono che udì. Uno strillo, come quello di un uccello. Prima piano, poi sempre più forte.
Rose si voltò dall'altra parte del letto. Non s'era mai sentita così riposata, così in pace con se stessa. Nemmeno quello strano sogno dell'uccello aveva il potere di disturbarla. Il letto le sembrava fatto di deliziosa schiuma cremosa, come quella che c'era sulla zuppa inglese che Cook era solita preparare ai tempi di Grace; sua sorella amava immergervi il cucchiaio quando nessuno la vedeva, e poi lo leccava con gli occhi che le brillavano per la birichinata.
«È sveglia».
Andate via, avrebbe voluto dire Rose. Lasciatemi dormire. Uscite dai miei sogni.
«Rose? Come stai?».
Questa non era certamente la voce di suo marito. Quest'uomo aveva un tono più raffinato e colto; autoritario, ma anche gentile e premuroso. Le sembrava di averlo già sentito prima, ma doveva essere passato molto tempo.
«Hai un figlio, Rose. È bello e sano. E anche tu stai molto meglio, ora».
Sentì una mano fresca che le si posava sulla fronte. «La febbre sta calando. Cerca di aprire gli occhi. Così va bene!».
Quando fece quel che le era stato chiesto, Rose sentì come un'ondata invaderle il petto, molto simile a quelle che le avevano invaso il ventre ore prima. Ma questa era diversa. Era come la sensazione che si prova quando ci si sfila una gonna o una camicetta e si sente

un crepitio contro la pelle. Ma molto più intensa. Talmente intensa che Rose tornò a chiudere gli occhi, e sarebbe rimasta così se non avesse visto suo marito alle spalle di quell'uomo che non conosceva, anche se aveva la sensazione che avrebbe dovuto.

Era Charles a tenere fra le braccia la fonte del rumore, il grido che l'aveva svegliata. «Tesoro», disse, porgendole il fagottino. «Ecco nostro figlio».

Rose abbassò lo sguardo, mentre lui le posava delicatamente il fagotto bianco fra le braccia. Un faccino rosso e rugoso si sollevò a guardarla e smise subito di piangere; sembrava cercare qualcosa. Non somigliava affatto a Charles, le ricordava piuttosto Ga Ga, con quegli occhi curiosi e il naso leggermente appuntito che fremeva contro il suo corpo, come un animaletto che annusi il cibo.

«Vostro figlio sta cercando il latte», disse il dottore, sorridendo. Poi guardò Charles. «Posso mostrarle come si fa? Normalmente, in queste circostanze c'è una donna, ma...».

Charles annuì. Con delicatezza, quello strano uomo le sbottonò la blusa, così bagnata che Rose si chiese se fosse stata fuori, sotto la pioggia. «È stata la febbre». Il dottore parlava come se le leggesse nel pensiero. «Perdonate l'intrusione nella vostra intimità, signora Macintyre, ma è importante che vostro figlio prenda il vostro latte». Le dava del voi, adesso, come per coprire l'imbarazzo che provava nel toccarle il seno e guidare il capezzolo rosso e turgido nella bocca del bambino. Emise un'esclamazione di gioia e di sorpresa quando il piccolo tirò, subito sollevata nel sentire il latte che usciva.

«Come lo chiamerete?».

Il dottore sorrideva guardando il bambino, poi Rose e quindi Charles.

«Roger», disse lei all'improvviso.

«Roger?». Charles aggrottò le sopracciglia. «È il secondo nome di mio fratello».

Rose non lo sapeva. In realtà quel nome le era sempre piaciuto, fin da quando aveva letto di un cavaliere in uno dei libri di suo padre, nella biblioteca di casa.

«Ed è anche il secondo nome di mio padre», lo informò dolcemente.

Charles annuì sbrigativo. «Molto bene. Vada per Roger».

Ma c'era qualcosa che non andava, e non soltanto nel tono di voce di Charles, che non la chiamava neanche più "tesoro". Poi ricordò. Maya! Maya l'aveva avvelenata! Maya s'era presa le sue perle!

«Sono là». Charles accennò bruscamente col capo al groviglio di perle bianche che giaceva accanto al letto. «Maya te le ha tolte perché ti si erano impigliate ai capelli e attorcigliate intorno al collo. Avrebbero potuto strangolarti. E per quanto riguarda l'accusa di avvelenamento, sarà bene che tu sappia che quella donna ti ha salvato la vita».

Il tono era aggressivo, come se la stesse sfidando a contraddirlo.

«Queste pozioni», intervenne il dottore, «qualche potere ce l'hanno». Raccolse il bicchiere che era ancora a terra, con la corteccia scura sul fondo, e lo annusò. «È difficile dire cosa ci abbia messo dentro, ma il fatto è che ha favorito l'espulsione del bambino appena in tempo». Si incupì per un attimo. «Se quella donna non fosse intervenuta, non so proprio cosa sarebbe successo. Mi scuso ancora una volta per il ritardo, ma non ho potuto evitarlo».

«Lo so». Charles stava guardando suo figlio con la stessa espressione con cui avrebbe potuto guardare un sigaro pregiato nella sua bella scatola, prima di sceglierlo e rotolarselo fra il pollice e l'indice. «Ovviamente, ricorreremo di nuovo a voi, dottor Whittaker. Ma spero che la prossima volta che mia moglie sarà costretta a letto non dovremo aspettare così a lungo».

Capitolo 18

Il lutto di Rose per la morte di Ga Ga, che di fatto era avvenuta tre mesi prima, fu mitigato dall'arrivo del suo primo figlio.

Tra l'altro, le sembrava ancora impossibile pensare che suo nonno fosse morto. Era successo all'improvviso, le aveva scritto suo padre nella lettera che ci aveva messo così tanto a raggiungerla. Lo avevano trovato accanto a un dipinto quasi terminato che non era stato eseguito nel suo solito stile, perché invece che una persona, ritraeva il cagnolino di una loro ricca vicina a St Johns Wood, che lo aveva commissionato al nonno. A quanto sembrava, la cliente non era rimasta soddisfatta del lavoro dell'artista, che aveva ritratto il cane nelle sue realistiche sembianze, inclusa la pancia che praticamente toccava terra.

Ora, aveva aggiunto suo padre, la proprietaria dell'animale si rifiutava di pagare l'intera cifra pattuita. Nella comunità artistica della zona la cosa aveva suscitato un certo scalpore, risultando piuttosto imbarazzante per lui, dal momento che la ricca vicina di St Johns Wood era anche una sua paziente. Sembrava quasi che suo padre avesse dimenticato quanto Ga Ga le stava a cuore. Non fosse stato per quel bambino che succhiava vigorosamente dal suo seno per quella che sembrava la maggior parte della giornata, Rose avrebbe preso la prima nave per l'Inghilterra per andare a dire il fatto suo alla donna del cane. Dall'episodio del bambino e delle perle era diventata più disinvolta con le parole, almeno a detta di Charles.

«Cerca di non fare tanto rumore», lo aveva rimproverato una notte sentendolo tornare dal circolo, come al solito puzzolente di whisky. «Sveglierai il bambino, così».

«È a questo che servono le bambinaie», grugnì lui, mentre il grosso braccio sudato tirava giù il lenzuolo che copriva le pudenda di Rose, lasciandosi poi scivolare sul suo corpo. Rose rinunciò a protestare e a dire che era stanca; era molto più semplice costringersi a sopportare il tremendo puzzo di alcol e sudore.

«Se non fai così», l'aveva ammonita Celia, «ricomincerà a tradirti. Con il passato di Charles, nessuno di noi riesce ancora a capire come mai non l'abbia già fatto, dopo quel piccolo episodio, a meno che il merito non vada ai tuoi poteri "da visionaria", che senza dubbio l'hanno spaventato a morte. Credi di poter insegnare anche a me a vedere i fantasmi, nel caso Alec inizi a fare sciocchezze?».

Rose s'era ormai abituata a quelle battute un po' offensive, eppure anche lei si chiedeva quando avrebbe rivisto il bambino fantasma. Avrebbe voluto ringraziarlo, chiedergli com'era il posto in cui lui si trovava, qualunque fosse, e se gli era mai capitato d'incontrare Grace, in quello strano mondo in cui dimorava. Ma per quanto ci provasse, cercando di scrutare nelle tenebre che avvolgevano la loro casa-capanna, nonché le case-capanna di chiunque andassero a trovare di sera, non le riuscì più di vederlo.

Ormai Roger era già in grado di camminare e di parlare quasi correntemente e benché Rose non ne fosse ancora certa, sospettava che una di quelle notti di sudore e whisky fosse sfociata in un altro lieto evento, che, secondo i suoi calcoli, avrebbe dovuto aver luogo di lì a cinque mesi circa. Forse stavolta sarebbe stata una femmina! Tuttavia, quando andò dal marito per dargli la notizia, lo trovò seduto in veranda, che puntava il fucile verso i campi. «Siamo forse in pericolo?», gli chiese allarmata.

Charles inarcò all'indietro il grosso collo arrossato dal sole e scoppiò a ridere. «Si fanno vivi ogni tanto. Eccone uno».

Un nativo? Ma non stava facendo niente; stava solo passando di lì. Inorridita, gli sfiorò il braccio per fermarlo, ma in quel momento il colpo partì. «Che diavolo fai?», ruggì lui. «Avrei potuto colpire uno di noi due per errore».

«E che mi dici di quell'uomo?». Rose indicò la piccola sagoma scura che correva a nascondersi nella boscaglia.

«Lui è il bersaglio, tesoro. Non cominciare a fare la sentimentale. Allora, cos'è che volevi dirmi?».

Non c'era verso di farlo ragionare. Lo aveva capito. Avrebbe invece scambiato due chiacchiere con la servitù per impedire loro di far passare chiunque di lì. Se non fosse stato per Celia, che in seguito le aveva assicurato che "lo facevano tutti e che sarebbe stata una stupidina" se avesse fatto storie, Rose non gliel'avrebbe lasciata passare.

Nel frattempo, c'era il nuovo bambino. «Devi andare in Inghilterra», aveva sentenziato Charles una volta appresa la notizia. Il pensiero di quel lungo viaggio la riempiva di angoscia: non a causa dei problemi pratici e dei disagi che implicava, ma perché nella loro comunità era arrivato "sangue nuovo", nelle sembianze di una mogliettina bionda molto attraente, con un marito abbastanza vecchio da poter essere suo padre.

«Se andrò a casa per partorire, Charles sarà tentato», confidò a Celia, che non poté che convenirne.

«Dovrai assicurarti che il dottor Whittaker sia nei paraggi, mia cara. Ho saputo che ultimamente è stato a lavorare in una delle piantagioni più esterne, per assistere le donne normali».

Non erano forse anche loro donne normali? Non lo erano tutte?

«Non fare la sciocca, tesoro». Celia le passò una sigaretta mentre se ne stavano in spiaggia, in pantaloncini corti e top. La bambinaia, che lì chiamavano *amah*, sorvegliava Roger, che stava rivelandosi estremamente veloce nel muoversi e sgattaiolare ovunque. «Sono abituate da anni a scodellare i loro bambini come se niente fosse. Noi siamo del tutto diverse. Quando io ho avuto mio figlio...».

Rose concesse a Celia quell'ennesimo noiosissimo racconto. Ormai sapeva praticamente tutto di come Celia aveva dato alla luce il figlio, quindici anni prima, e non riusciva a capire come facesse ad accettare in maniera così disinvolta che, una volta compiuti i sette anni, i bambini di lì venissero messi su una nave e spediti in Inghilterra, rimanendo separati dalla madre fino all'estate successiva, o magari a quella dopo ancora.

«È un viaggio troppo lungo», le spiegò Celia, come se fosse la prima volta. «Le vacanze a Winchester durano solo tre mesi. Il tempo che arrivi, e sarebbe già il momento di farlo ripartire». Strinse forte la mano di Rose. «Temo che questo sia uno degli svantaggi della vita quaggiù. Tuttavia, mia cara, abbiamo anche tanti vantaggi, non credi? Un altro drink?».

Quando suo figlio avesse compiuto sette anni, decise Rose, sarebbero tornati tutti in Inghilterra. Charles avrebbe semplicemente dovuto cercarsi un altro lavoro, come suo fratello Duncan che, quasi per miracolo, aveva trovato una brava e amabile ragazza (parole di suo cognato) appartenente a una famiglia assai rispettabile dello Yorkshire. Provenivano da un ramo di aristocratici di campagna e avevano accolto molto bene Duncan, mutilato o meno, nelle loro fila. Rose si chiese come sarebbe stata la sua vita se avesse sposato quel fratello tanto diverso di suo marito. Era strano, ma l'unico moto di gelosia che avesse mai notato in Charles nei suoi confronti era quando si parlava di Duncan. «Ne ho abbastanza di queste storie», si lamentava sempre, quando Rose spiegava a qualcuno che lei e suo marito s'erano conosciuti al capezzale del fratello di lui.

Ma lei glissava su quella particolare diversità di opinioni, serbando le proprie forze per battaglie ben più importanti; era uno dei numerosi consigli che le aveva dispensato Celia. E la battaglia più importante di tutte era rimanere in Malesia per la nascita del loro secondo figlio, impedendo a Charles di farsi tentare troppo dalle ultime novità, se fosse rimasto solo e "incustodito". Bella, la nuova moglie, aveva affascinato quasi tutto il popolo maschile, ed era molto contesa a tutte le soirées e alle partite di bridge con relativo rinfresco. Rose osservava con un misto di divertimento e di timore tutte le manovre per ottenere i favori e la presenza della nuova arrivata. Quel comportamento spiegava anche perché il suo stesso arrivo avesse provocato tanto trambusto, anche se lei era sicuramente meno attraente e vistosa di Bella.

Alla fine, fu la visita inattesa del dottore a risolvere la questione. Ormai era già oltre il sesto mese di gravidanza.

«È un vero piacere vedervi», aveva detto Edward quando era stato chiamato in casa per verificare il buon andamento della gravidanza. Rose aveva chiesto a Celia di essere presente, come si usava quando il medico non era accompagnato da un'infermiera. Quel giorno Charles era fuori nei campi, anche se il suo ritorno era atteso per quella sera stessa; dovevano andare a una cena di benvenuto per l'adorata Bella.

«Anche per me», rispose Rose, ma la sua voce fu coperta dalle pressanti domande di Celia, curiosa di sapere come si fosse trovato il dottore nelle tenute esterne, così scomode e lontane, e quanto fosse stato tormentato dalle zanzare, per non parlare delle terribili dicerie sulla malaria, che di sicuro non rispondevano al vero, altrimenti si sarebbe decisamente orientata verso un ritorno in Inghilterra con la sua cara amica Rose.

«Tornare in Inghilterra?». Edward inarcò le sopracciglia. «Lo sconsiglio vivamente, signora Macintyre, a questo stadio della gravidanza». Lasciò andare il polso di Rose, appoggiandoglielo con delicatezza al fianco, e Rose valutò la sua figura alta e magra. In qualche modo il dottore le ricordava Duncan, che di nuovo non stava bene, poverino. Che cosa terribile, le mutilazioni di guerra! Continuavano a tormentarti per tutta la vita.

«Non mi piace il suo battito cardiaco». Facendo un passo indietro, estrasse un libretto illustrato dalla borsa e lo consultò, seguendo una colonna col dito indice. «Ditemi, avete avuto emicranie, mal di testa?».

Rose pensò al dolore sordo e pulsante che provava ogni volta che pensava a Ga Ga che spirava davanti all'infausto ritratto del cane, e si disse che era soltanto per via della sofferenza che ancora gli provocava la sua morte. «Solo ogni tanto».

«Quando esagera con i drink a pinnacolo», cinguettò Celia.

Quelle sopracciglia che, decise Rose, erano bionde più che color sabbia, si sollevarono con aria interrogativa e Rose scosse la testa mestamente. «Sai che non è così, Celia. Da quando sono incinta, non ho più bevuto né fumato».

«Questo è vero. In effetti, è diventata noiosissima!».

Il dottore stava ancora scorrendo una serie di numeri col dito. Stavolta una colonna diversa. «Tuttavia, le pulsazioni non sono regolari. Dovete riposare di più».

Riposare?

«C'è qualche problema?».

Fortunatamente in quel momento ci fu del trambusto in cortile, e Celia uscì a curiosare. Ben poco poteva accadere là fuori, aveva ormai imparato Rose, senza che venisse poi soppesato e discusso a non finire.

«Sì», sussurrò Rose.

«Come mai?».

I suoi occhi castani esprimevano una tale premura e gentilezza che Rose si ritrovò a dire tutto ciò che le passava per la mente. «Mio marito è un farfallone. Se lo lasciassi solo per sei mesi, potrebbe accadere di tutto».

Ci fu un guizzo negli occhi del dottore. «Mi dispiace».

«Anche a me».

Anche questo le era venuto spontaneo.

Il dottore si voltò verso Celia, che non c'era più. Senza dubbio era corsa fuori per capire bene cosa stesse accadendo. «Si potrebbe pensare che un marito che non sa trattenersi dal guardare le altre donne non sia poi una gran perdita». La fissò con intensità. «Soprattutto se è sposato con la donna più bella del Borneo».

Rose iniziò a ridere, ma si bloccò. Era la sua immaginazione, o qualcosa nel viso del dottore le suggeriva che era stato terribilmente serio?

«Rassicuratevi», fece lui, dandole una leggera pacca sul braccio. «Sarò qui, quando questo bambino arriverà. Ve lo prometto».

Si avviò verso la porta proprio mentre Celia stava rientrando, tutta accaldata dopo aver tentato di placare un'accesa disputa fra una gallina fuggita dal pollaio e un valletto affamato. «Santo cielo, ve ne state già andando? Mi dispiace, sono stata davvero scortese. Non volete rimanere per cena?»

«Grazie, ma sono costretto a declinare l'invito». Edward inclinò educatamente la testa. «Mi aspettano ad Iguawar».

Rose si stupì di come si sentisse sola e persa, nell'udire i suoi passi scendere gli scalini e attraversare il cortile. «Immagino voglia tornare da sua moglie», fece disinvolta, sollevandosi a sedere sulla poltrona per assumere una posizione più comoda. «Penso che sia sposato, no?».

Celia sgranò gli occhi. Lo faceva sempre più spesso, notò Rose, soprattutto da quando era arrivata Bella. «Come, non lo sapevi? Sua moglie è morta alcuni anni fa, nel dare alla luce il loro primo figlio. Da allora il poveretto s'è buttato sul lavoro, per salvare altre donne dalle gravidanze difficili. È per questo che passa tanto tempo nei campi, anche se, a dire il vero, penso sia stato fortunato che tu non sia morta, l'altra volta. Dì pure quel che vuoi di quella Maya, ma ti ha salvato la vita. Adesso dov'è, a proposito?».

Rose si strinse nelle spalle. «Non lo so, anche se si dice che sia andata a lavorare presso una famiglia sulla penisola». Parlò in maniera che Celia capisse che non voleva più toccare quell'argomento. Ora comprendeva come mai sua madre aveva scelto di chiudere un occhio sulla propensione di suo padre ad accettare inviti alle soirées dell'americana. Era più semplice così. Eppure lei aveva scelto un'altra via, facendo chiaramente capire a Charles che per lei una relazione con un'altra donna era inaccettabile.

La vita era un compromesso, dopotutto. L'alternativa, ovvero andarsene per sempre, era troppo orribile. Di fatto, sapeva di una sola donna, un'amica della madre di Lydia, che aveva fatto una cosa simile a Londra, solo per scoprire che la società la ripudiava, mentre il marito, che aveva intrecciato una relazione con una ballerina, veniva ancora invitato ovunque. Era ingiusto, eppure che altro poteva fare, una donna? Se avesse avuto dei mezzi di sussistenza propri, forse sarebbe stato diverso, ma dipendeva in tutto e per tutto dal marito. Era sulla sua stessa barca. Non c'era via di uscita.

La nascita di Geoffrey fu totalmente diversa da quella del fratello. Tanto per cominciare, Charles era ancora via, anche se aveva promesso che sarebbe stato di ritorno prima della stagione delle piogge. Affari urgenti, aveva detto, sulle colline. Rose si era limitata ad annuire rassegnata e poi aveva mandato a dire al dottore che il bambino stava diventando sempre più agitato. Le dava dei gran colpi al ventre, cosa che Roger non aveva mai fatto.

«Sinceramente, mia cara», le diceva Celia, più spesso di quanto Rose avrebbe voluto, «non capisco come tu possa aver voglia di rivivere questo inferno». Si accese una sigaretta. «Credimi, se quell'affascinante dottor Whittaker fosse stato nei paraggi quando ho avuto il mio Robert, ci avrei fatto un pensierino. Ha una voce dal tono molto rassicurante, non sembra anche a te?».

Rose odiava quando Celia diceva cose del genere. E disapprovava anche il fatto che Celia fosse stata vista uscire dalla camera da letto del loro ospite, qualche sera prima, quando erano state invitate a un altro di quegli interminabili bridge-party. Celia aveva sostenuto di esservi entrata per fare un pisolino a causa di una terribile emicrania, ma Rose – e non solo lei – aveva visto il loro ospite uscirne a sua volta, una decina di minuti dopo. La cosa non aveva suscitato altro che sopracciglia sollevate e sorrisetti maliziosi. Era dunque questo il comportamento usuale dei cosiddetti adulti, si chiedeva Rose? Se sì, la faceva sentire stranamente in imbarazzo e piuttosto sciocca, come se lei stessa non fosse un'adulta, pur avendo già un figlio e un altro in arrivo.

Quella notte non era riuscita a chiudere occhio. Erano diverse settimane che Charles era fuori, ormai. «Deve controllare alcune cose», aveva detto uno degli uomini al party di quella sera, e tutti erano scoppiati a ridere.

"Non sono più una sprovveduta", si era ripetuta Rose girandosi e rigirandosi nel letto nel tentativo di rinfrescarsi nella calura che sembrava toglierle il respiro. Dall'altra parte della parete udiva il respiro infantile di Roger addormentato, mentre il cigolio del letto accanto a quello di suo figlio le segnalava che neanche la sua *amah* riusciva a dormire. Fu allora che sentì qualcosa di caldo e appiccicoso fra le gambe. Sollevandosi a sedere sul letto, accese una candela e chiamò aiuto. L'*amah* apparve immediatamente sulla soglia, il volto gentile che le ricordava un Ga Ga al femminile stravolto dall'ansia nel vedere il sangue che dal letto colava sul pavimento.

"Chiama il dottore", gridò Grace nella sua testa.

«Manda a chiamare il dottor Whittaker», riuscì appena a dire Rose, fra i singhiozzi. «E il padrone». L'*amah* non si mosse, come ipnotizzata dalla pozza di sangue.

«Adesso!», gridò Rose. «CORRI».

Stavolta Edward arrivò prestissimo. Era stato davvero un caso, le spiegò mentre le passava dolcemente la mano sulla pancia prima di aprire la sua borsa, che si fosse trovato a visitare una donna a solo un'ora di distanza da lì. E sì, aveva fatto davvero bene Rose a chiamarlo, anche se a suo parere non c'era da preoccuparsi troppo per quell'emorragia, soprattutto ora che era cessata. Era una cosa abbastanza comune, a quello stadio della gravidanza, e stava semplicemente a indicare che il bambino era pronto a nascere.

Una femmina, sussurrò Grace nella sua testa. Per favore, che sia una femmina, ora che io non ci sono più.

Il dolore, quando arrivò, si presentò sotto forma di ondate violente. Rose si chiese come avesse fatto a dimenticare quanto fosse terribile. «Mio marito», ansimò a un certo punto. «Non è qui».

Gli occhi del dottore si posarono su di lei. La sua bocca si mosse come se stesse parlando, ma quello che diceva non aveva alcun senso. Poi ogni singola parte del suo corpo sembrò lacerarsi ed esplodere, e all'improvviso sentì il pianto del neonato. «È un maschietto», le annunciò il dottore in un tono gioioso che si addiceva sicuramente più a un padre felice, se solo fosse stato presente al parto. «Un bellissimo maschietto, Rose».

Soltanto dopo, quando il dottore se ne fu andato lasciandola col suo secondogenito che la guardava solennemente mentre la boccuccia succhiava dal suo seno, Rose si rese conto di due cose: la prima era che Edward non l'aveva chiamata "signora Macintyre" neanche una volta, durante il travaglio. E la seconda era che quando aveva parlato di suo marito, nel delirio delle doglie, la risposta di Edward non aveva avuto alcun senso, in quel momento, anche se ora un senso lo aveva. E molto chiaro, anche. «Lo so», le aveva detto. «È sulla penisola».

Lo stesso posto dove era andata Maya. Lo stesso posto dove Edward aveva appena aiutato un'altra donna a partorire. Così, quando il giorno seguente Rose aveva silenziosamente consegnato al marito il loro secondogenito, lo aveva guardato negli occhi, come non aveva mai fatto prima di allora. «Dimmi», gli aveva chiesto poi con estrema calma, «hai avuto un maschio o una femmina?».

Lui le aveva restituito lo sguardo, il torace ampio e sudato che s'intravvedeva sotto la camicia sbottonata in alto. «Non ti senti bene, Rose?». Aveva guardato il bambino che teneva in braccio. «Sai bene che abbiamo un altro maschietto».

«Certo. Noi abbiamo un altro maschietto», rispose lei, sottolineando la parola "noi". «Ma io volevo sapere dell'altro tuo figlio, che a quanto sembra è nato nello stesso giorno. Un maschio o una femmina?».

La bocca di Charles si mosse come per dire qualcosa, ma poi si bloccò; comunque, dalla sua espressione e dalle sopracciglia corrugate, Rose si accorse di aver colpito nel segno. «Non essere ridicola, Rose». Le restituì il neonato con un gesto un tantino brusco. «Non devi lasciare che la tua fantasia prenda il sopravvento».

Capitolo 19

«Hai saputo?», disse Celia irrompendo nella stanza. Rose stava giocando insieme ai suoi bambini con dei cerchi di legno che le aveva spedito il padre; lei e Grace ci avevano giocato da piccole, ma sembrava che i bambini, ora, ci avessero preso notevolmente più gusto di loro. A tre anni, Geoffrey era alto quasi quanto Roger, nonostante la differenza d'età, ma era anche più robusto e tarchiato; più simile al padre, nella corporatura.

«Racconta». Rose si alzò in piedi rassettandosi il vestito di cotone azzurro chiaro che lei stessa aveva confezionato con la stoffa comperata a un banchetto del mercato. Quel mattino, a colazione, Charles l'aveva guardata, ma non aveva detto nulla. E Rose aveva fatto finta di niente. Dalla nascita di Geoffrey, aveva imparato a far finta di niente su un sacco di cose, senza nemmeno commentarle. La storia di Maya che aveva partorito contemporaneamente a lei era troppo dolorosa per essere di nuovo affrontata. Fra l'altro, a cosa sarebbe servito? Ormai sapeva che Charles era imprevedibile. Avrebbe potuto decidere di lasciarla, com'era accaduto anni addietro a un'altra povera donna della loro comunità, prima che loro arrivassero; eppure la gente ancora ne parlava. La donna in questione non aveva avuto altra scelta che tornarsene in Inghilterra, senza un marito e con un bambino da mantenere. A quanto pareva, era una reietta della società e faceva la domestica nel Nord del Paese.

Tutti erano stati d'accordo nel considerare quell'episodio un salutare avvertimento.

«Sicura di volerlo sapere?». Celia era tutta accaldata e rossa per l'eccitazione. «Scusa se te lo dico, ma mi sembri un po' preoccupata».

«Se non vuoi dirmelo, Celia, non sentirti obbligata».

«Il dottor Whittaker verrà a vivere qui, invece di andarsene in giro per le varie regioni». La sua amica stava letteralmente farfugliando. «Aprirà uno studio medico nelle vicinanze».

Rose sentì come un nodo allo stomaco. «Allora si è sposato?».

In giro si diceva che il dottore avrebbe portato con sé una fidanzata dall'Inghilterra, un'amica della moglie morta. Celia scosse il capo.

«A quanto pare», disse in tono cospiratorio, «il fidanzamento è finito. Da quello che si sente dire in giro, sembra che lui voglia dare delle basi stabili alla relazione. Sarà bello vedere una faccia nuova, non credi?». Si lasciò cadere sulla poltrona accanto a Rose. «Questo posto ha bisogno di essere un po' ravvivato, e qualcosa mi dice che il dottore sia la persona giusta per farlo».

Rose si rifiutava di ammettere a se stessa quanto il suo cuore accelerasse i battiti ogni qualvolta le capitava d'imbattersi in Edward, che fosse al circolo, del quale non era tuttavia un frequentatore assiduo come gli altri uomini, o al mercato, o semplicemente nel bungalow di qualcuno. Né permetteva a se stessa di guardarsi allo specchio o di ritoccarsi il rossetto, o magari di applicare un ulteriore strato di crema per il viso, della quale aveva fatto incetta per ammorbidire la pelle provata dalla calura.

Se l'avesse fatto, sarebbe stato come ammettere di provare dei sentimenti nei confronti di un uomo; cosa che, da donna sposata qual era, sarebbe stata davvero disdicevole.

Nelle rare occasioni in cui rifletteva in maniera più approfondita sul significato della sua tachicardia e delle vampate di calore che sentiva sul collo, si ripeteva che non sarebbe mai scesa al livello di suo marito, o a quello di suo padre e persino, come aveva sentito dire dalla servitù, di suo padre prima di lui. Lei era una donna. Aveva il compito di accontentarsi di ciò che la vita le riservava, e se suo marito aveva scelto di fare il Don Giovanni, come si diceva al circolo, non significava che lei avrebbe potuto fare altrettanto.

Ho dei princìpi, si diceva mentre, seduta sulla spiaggia, osservava i bambini che disegnavano sulla battigia con dei bastoncini: Geoffrey, notò con orgoglio materno, era particolarmente dotato nel riprodurre le forme e nell'usare i pastelli di cera arrivati dall'Inghilterra qualche mese prima. Nonostante tutto, però, non era facile mettersi l'anima in pace.

Una sera – Charles era stato via per alcune settimane – Rose era andata a letto presto, felice di godersi un po' di intimità. Anche se da lungo tempo, ormai, avevano preso a dormire in camere separate (per fortuna il bungalow era dotato di diverse stanze, anche se quella di Charles era piccola e più infestata dalle zanzare delle altre, grazie alla sua vicinanza al gabinetto), era diventata sempre più intollerante al suono della sua voce. Desiderava che se ne andasse. Che strano, pensava talvolta. Quando Charles era fuori, a visionare un tratto di terra che stava bonificando a diverse miglia di distanza, lei si sentiva quasi a proprio agio. Negli otto anni circa che vi aveva ormai trascorso, quello strano posto era diventato la sua casa e i ricordi della vecchia dimora londinese erano una sorta di sogno. Un mondo diverso.

Eppure, quando il marito tornava, facendo vibrare il pavimento del bungalow sotto i suoi passi pesanti, sbattendo le porte e gridando ai bambini di stare buoni perché aveva mal di testa, un disturbo senza dubbio dovuto al whisky che gli sentiva nell'alito, lei non riusciva a pensare ad altro che a come sopravvivere senza disturbarlo, fin quando finalmente non ripartiva per uno dei suoi viaggi.

Quella sera in particolare, Rose era sdraiata sul letto, a leggere al lume di una lampada a olio, quando sentì uno strano trambusto provenire dall'esterno. La leggera tenda color crema si agitava al vento, eppure fuori era tutto calmo. Era una serata molto tranquilla, come quasi tutti avevano notato al circolo, poche ore prima. Rose alzò gli occhi e, ancor prima di guardare, seppe cosa avrebbe visto.

Il ragazzino alto e magrissimo con gli occhi grandi e sporgenti, di un marrone scuro molto intenso, era sulla soglia della sua stanza, all'interno del bungalow, benché fosse stata lei stessa a chiudere bene la porta, prima di andare a letto. Non parlava; si limitava a fissarla con quegli occhioni castani. D'istinto, Rose portò la mano al collo. Le perle erano al sicuro, come sempre. Dal giorno del furto le aveva tolte di rado, indossandole persino quando nuotava. Erano, si diceva spesso, l'unico legame che le era rimasto con la vita che s'era lasciata alle spalle e, un giorno, se Dio voleva, avrebbe avuto una figlia a cui lasciarle, anche se il solo pensiero di "farlo" con il marito per raggiungere quello scopo le provocava la nausea.

«Che c'è?», disse con la voce che risuonava strana nel buio. Nella stanza accanto sentì i bambini reagire al richiamo, così, vedendo che il ragazzino non rispondeva, lo ripeté sussurrando, ma in maniera più pressante.

Talvolta, quando Rose aveva riportato alla mente la visita del bambino, tanti anni prima, e come il piccolo l'avesse condotta alla capanna di Maya, s'era chiesta, e certo non era la sola, se il bambino conosciuto come "lo spettro" potesse essere soltanto frutto della sua immaginazione. La paura che fosse così era di gran lunga superiore a quella che ci si potrebbe aspettare che provi una persona che abbia una simile apparizione, e quel terrore era stato esacerbato dal fatto che da allora non l'aveva visto più.

Ma adesso era qui! Poteva quasi toccarlo, mentre lo vedeva avvicinarsi al letto e farle cenno di alzarsi. Voleva condurla da qualche parte. Sfilando i piedi da sotto le coperte e calzando le morbide scarpe, Rose trotterellò leggera dietro di lui, che già era uscito dalla sua stanza e si stava dirigendo verso quella che i suoi figli dividevano con la loro *amah*. Stava indicando qualcosa, adesso. Indicava un bastone sul pavimento, accanto al letto di Geoffrey... solo che... gran Dio! Era un bastone vivo. Un serpente.

In seguito Rose dichiarò che non sapeva perché non avesse avuto una crisi di panico, né avesse urlato, né tantomeno fosse svenuta. Era invece tornata di corsa nella stanza principale e aveva afferrato la spada appesa alla parete, un cimelio che testimoniava le imprese di Charles in guerra, una cosa di cui raramente si rifiutava di parlare.

«Spostati», aveva mormorato al bambino, in piedi fra lei e il serpente. Ma lui non s'era mosso. Il bastone si stava muovendo verso il letto di Geoffrey, sempre più vicino. Se avesse cercato di uccidere il serpente, avrebbe rischiato di ferire il bambino, ma non aveva altra scelta. Sollevò faticosamente la spada, ma in quel momento accadde la cosa più strana del mondo. All'improvviso la sentì leggerissima. Quasi quanto uno dei sei cucchiaini d'argento che aveva portato con sé dal "vecchio mondo". Quell'improvvisa levità le rese facilissimo calarla sul lungo bastone argenteo e ricurvo, la cui testa rimbalzò dall'altra parte della stanza, verso la porta. Poi il bastone vibrò e sussultò, contorcendosi violentemente prima di fermarsi del tutto.

I bambini si voltarono dall'altra parte, nei loro letti separati, ma l'*amah*, nel terzo letto, era sveglia e aveva assistito alla scena. Mettendosi a sedere, afferrò i lembi della camicia da notte, stringendosela addosso, poi fissò il serpente decapitato sul pavimento e la *membsaab* con la spada in mano. A quel punto aprì la bocca e urlò. Fu in quel momento che Rose si rese conto di un particolare. Il bambino era sparito.

Naturalmente non disse niente a nessuno, lo scrisse solo sul suo diario. L'avrebbero ritenuta pazza; d'altra parte, qualcuno già pensava che fosse una sorta di maga o di strega, per via dell'incidente delle perle di qualche anno prima, e anche perché in qualche modo le era riuscito di rimanere sposata con un uomo che gli altri mariti consideravano un pericolo per le loro mogli. Le relazioni, laggiù, erano all'ordine del giorno, certo, a meno che non durassero però troppo a lungo, e si diceva in giro che Charles avesse avuto diverse altre storie con donne sposate che vivevano dall'altra parte dell'isola, nonché con la domestica dalla pelle scura.

A quei tempi, Rose ne era all'oscuro; se lo avesse saputo, avrebbe lottato di più. L'occasione per farlo si era presentata tre giorni dopo, quando Charles era arrivato a casa "presto", dopo aver sentito dell'episodio del serpente. Da quelle parti le notizie correvano veloci.

Anche quella sera Rose si era già ritirata, felice della propria solitudine, ma poco dopo era stata risvegliata prima dall'odore di whisky, e poi dalla ruvidezza di un mento maschile. «Ho saputo che mia moglie ammazza i serpenti, mentre non ci sono».

Rose s'irrigidì tutta, mentre l'ingombrante corpo del marito s'infilava nello spazio libero accanto a lei. «Per favore, Charles, sto dormendo».

«Io no».

La sua voce stentorea risuonò nel buio. Avrebbe svegliato i bambini, se non lo avesse zittito, e non voleva che i piccoli fossero costretti ad assistere a una scenata. Fra l'altro, ormai la sua mano le stava accarezzando il seno e stava facendosi strada verso il basso.

«Non è un buon momento».

«Hai il ciclo?»

«No, ma...».

Perché non gli aveva mentito? Adesso era troppo tardi. Rose si sentì invadere dalla nausea mentre lui cercava di prenderla con la forza; in un tentativo tardivo di rifiutare le sue avances, lo spinse via da sé e Charles, per vendicarsi, la afferrò per i polsi inchiodandoglieli al letto e immobilizzandola col proprio peso. Chiudendo gli occhi, Rose si costrinse a pensare a qualcosa di piacevole. La sua casa in Inghilterra. Ga Ga dietro il cavalletto. Grace, anche se in quel momento non riusciva a visualizzarla. I bambini. Lo faceva soltanto per loro... E poi, finalmente, quella tortura finì. Riconoscente, si voltò dall'altra parte, stringendosi la camicia da notte contro la pancia per asciugarsi, mentre anche Charles le voltava le spalle, con tale foga da cadere sul pavimento, dove continuò a dormire come un sasso, russando rumorosamente.

«Come vi siete fatta questi lividi sui polsi?», le domandò Edward mentre sedevano insieme sulla veranda, la settimana seguente. Era venuto a farle visita, come accadeva spesso negli ultimi tempi, e le aveva portato un nuovo disco per il suo grammofono. Chopin, le aveva confessato con entusiasmo al loro primo incontro, era anche una sua passione. Come gli mancava il pianoforte che aveva a casa! E poi, aveva scoperto che la sua musica agiva da calmante sulle donne in travaglio.

Che bella idea! Parlare con Edward, pensava spesso Rose, era davvero piacevole, e le sembrava che anche a lui piacesse molto parlare con lei. Il loro passato era sorprendentemente simile; entrambi erano cresciuti poco fuori Londra e il padre di lui, come il suo, era un dottore. Edward aveva un fratello e una sorella ai quali era molto affezionato, perciò non dovette cercare le parole giuste, né rimase imbarazzato quando lei gli raccontò di Grace. Si limitò ad annuire con fare comprensivo, limitandosi a dire: «Mi dispiace molto» invece di cercare di rimediare con frasi poco sincere, come facevano gli altri. La reazione di Charles alla storia di Grace, invece, le era sempre sembrata brusca, come se cose del genere dovessero essere messe in conto, proprio come le ferite di guerra di Duncan.

A dire il vero, le riusciva molto più facile parlare con il suo gentile amico dottore che non con suo marito. Quindi non le sembrò giusto mentirgli a proposito dei lividi.

«Charles», disse semplicemente, guardando l'appezzamento di terra arida che aveva di fronte e che si voleva far passare per un giardino. Un cane latrò in lontananza, proprio mentre pronunciava il nome di suo marito. Ora Edward aveva aggrottato le sopracciglia, come se non avesse capito bene.

«Charles?».

Rose annuì.

«Lui... vi ha preso con la forza?».

L'intimità di ciò che Edward aveva appena detto avrebbe dovuto scioccarla, invece fu un sollievo. Come lo era sapere che egli potesse immaginare cosa fosse successo, invece di fingere insieme a lei che si fosse trattato di un incidente domestico. Magari una caduta.

Rose tornò ad annuire. «È mio marito». Lo disse così piano da risultare quasi incomprensibile, ma la faccia di Edward stava a indicare che l'aveva capita fin troppo bene.

«Non siete costretta a subire una cosa del genere».

Il tono era basso e simile a un ringhio. Lo vide stringere i pugni lungo i fianchi.

«Ho pensato che avreste compreso». Rose sollevò la teiera, ma le tremava la mano. «Sono intrappolata quaggiù. Ho due bambini piccoli. Dove potrei andare, se dovessi lasciarlo?».

Il solo pronunciare quelle parole le fece tremare la mano in maniera ancor più violenta.

«Fra poco i ragazzi andranno a scuola». La sua mano si protese sulla tavola e sfiorò quella di lei, come a conferma delle proprie parole. «Non potreste andare con loro e rimanere in Inghilterra?».

Anche a lei era venuta in mente quella soluzione. «Non saprei. Lui potrebbe essere contrario».

Gli occhi di Edward s'incupirono ancor più per la preoccupazione. «Siete una donna forte, Rose. Potete prendere le vostre decisioni da sola. Siamo nel 1928. I tempi sono cambiati».

«Per gli uomini, forse».

Lui sussultò. «Vi state riferendo alla rottura del mio fidanzamento. Ve l'ho detto, Rose. È stato un errore di gioventù. Sarei stato sleale nei suoi confronti, sposando una donna che non amavo più». Abbassò la voce. «È una questione di sincerità verso se stessi. Voi, fra tutte le donne che sono qui, dovreste saperlo, a meno che io non vi abbia frainteso».

No, avrebbe voluto rispondergli. Non mi avete affatto frainteso. Ma gli uomini possono permettersi di essere sinceri con se stessi in un modo che alle donne è negato. Sono indipendenti economicamente. Possono fare quel che desiderano. Proprio mentre stava per aprire bocca, Rose udì dei passi salire la scala esterna del bungalow. Passi veloci e decisi. I passi di Celia. Le aveva detto che sarebbe venuta, quella mattina, ma era in ritardo; Rose aveva sperato che non arrivasse più, e invece eccola lì.

Sollevò la teiera. «Ancora un po' di tè, dottor Whittaker? Ah, Celia, eccoti qui. Sono felice che tu ce l'abbia fatta, a venire».

Capitolo 20

L'assalto di Charles, come lei lo chiamava dentro di sé, sfociò in un'ulteriore dolce attesa. Magari stavolta sarà una femmina, le aveva detto Celia, vedendo che Rose era tornata ai freschi camicioni larghi di cotone già indossati in occasione delle due precedenti gravidanze. In cuor suo, Rose aveva sperato lo stesso. Se il destino le aveva riservato una nuova maternità, che almeno stavolta fosse la femmina che tanto aveva desiderato. Doveva pur esserci una giustizia, da qualche parte.

«Non trovi ironico che io aspetti un altro bambino e nel contempo sia costretta a separarmi dai miei primi due?».

Stavano attraversando il mercato, con l'intento ben preciso di trovare del nastro da etichette per i calzettoni di Geoffrey; un articolo d'importanza capitale, a quanto pareva, nella lista dei generi di prima necessità inviata dalla scuola inglese.

«Non essere così tragica, Rose». Celia si fermò davanti a una bancarella a toccare del pizzo bianco. «Se ne stanno solo andando via di casa. Succede. E quando torneranno, saranno degli educati gentiluomini. Guarda il mio Donald!».

Rose ripensò al giovanotto alto e dinoccolato che era venuto in visita l'estate precedente e che non presentava più alcuna somiglianza con l'allegro ragazzino della foto in bianco e nero che Celia aveva sul comodino. Tuttavia, non poteva fare a meno di preoccuparsi per i suoi bambini, che si erano quasi trasformati in piccoli nativi; soltanto pochi giorni prima, aveva sorpreso Roger con un sigaro, sicuramente datogli da uno dei ragazzi del villaggio. Parlavano persino il linguaggio locale; e molto meglio di lei, ormai. A dire il vero, spesso usava i suoi figli per comunicare con la servitù, benché Geoffrey, un paio di giorni prima, si fosse comportato in maniera davvero disdicevole: quando gli aveva chiesto di ordinare a una delle cameriere un vassoio con il tè, lui aveva detto qualcosa di scostumato in malese, e la povera ragazza era fuggita via in lacrime.

«Non posso pensare che se ne vadano. Sono ancora così piccoli!».

«Piccoli?», sbottò Celia, sbuffando dal naso. «A sette e cinque anni non li si può considerare tali! Roger avrebbe dovuto essere in Inghilterra già da un pezzo; hai fatto anche bene a fargli aspettare Geoffrey perché partissero insieme, ma potrebbero trovare dei ragazzini più grandi che non renderanno loro la vita facile».

Proprio quello che Rose temeva.

«Potrei anche accompagnarli», disse, facendo cenno a uno dei venditori che non era interessata ai suoi scampoli di seta, anche se i colori erano stupendi, con quei rosso rubino e giallo ocra che le ricordavano la tavolozza di Ga Ga.

«Ormai è troppo tardi». Celia prese ad armeggiare con il portafoglio. «Una delle altre mogli ha tentato di avere un posto sulla nave, ma le hanno detto che erano esauriti. Senti, non è che hai portato del denaro con te? E già che ci sei, perché non compri quella seta? Potresti iniziare a cucire, ad esempio, anche per distrarti dal pensiero dei bambini. È questo, il trucco, mia cara! Distrazione!». Scoppiò in un'allegra risata. «Come pensi che siamo riuscite a sopportare tutto questo, noialtre? E non sto parlando soltanto di cucito».

«Ricordati di scrivermi!».

Roger si divincolò dall'abbraccio della mamma e iniziò a percorrere la passerella, salutandola frettolosamente con la mano prima di scomparire all'interno.

«Lo farò, mamma». Gli occhi scuri di Geoffrey si fissarono nei suoi, fermi e rassicuranti. «Tutti i giorni».

«Sciocchezze». Charles gli accarezzò la testa con noncuranza. «Sarai troppo impegnato a giocare a cricket e roba simile, per scrivere ogni giorno. Una volta al mese basta e avanza e finché le lettere arriveranno a destinazione, sarà già Natale, e avrai un nuovo fratellino o una sorellina. Fra l'altro, presto tornerai per le vacanze, no?».

Rose avrebbe voluto dargli una sonora scrollata. Come poteva, suo marito, essere così insensibile? Geoffrey avrebbe potuto pensare che il nuovo bambino avrebbe preso il suo posto. Quanto alle vacanze, due anni non potevano dirsi così "presto"!

«Lo sai che sei unico, per me», gli sussurrò. «La zia Phoebe ti verrà a trovare, e anche tuo nonno. E poi c'è lo zio Duncan».

Geoffrey annuì solennemente, proprio mentre il vapore mandava il suo richiamo dal fumaiolo. «Lascia che il ragazzo salga a bordo», disse Charles, impaziente, indietreggiando sulla banchina.

Con riluttanza, Rose lasciò andare la mano del suo secondogenito. S'era già messa d'accordo con una delle mogli che viaggiava con loro perché li tenesse d'occhio, ma non si fissava del tutto. Ci fu uno spostamento d'aria, come di qualcuno che passasse loro accanto, superandoli. Rose si sentì sollevata. Era un bambino piccolo, lo stesso ragazzino scuro della sera delle perle e del serpente.

Ormai aveva già raggiunto la sommità della passerella ed era accanto ai suoi due figli, che però non parvero accorgersi di nulla. E la stava salutando con la mano, come per rassicurarla. «Lo vedi?», domandò.

«Vedo cosa?». La voce di Charles era secca e brusca.

Lo fece voltare. «Lassù. Accanto ai bambini. Non ne vedi un altro?».

Charles allungò il collo, rivolto verso il sole. «No, non lo vedo. Per l'amor del cielo, Rose, non dirmi che stai ricominciando a immaginarti le cose».

No, si disse lei, mentre la nave si staccava dal molo. Non stava immaginando nulla, e men che mai il ragazzino dalla pelle scura che se ne stava accanto ai suoi figli e la cui manina nera, insieme a quelle bianche degli altri due, si agitava in segno di saluto.

«Perché non vai a casa a sdraiarti un po'?». Charles le diede una leggera pacca sulla spalla. Quel gesto gentile, che le ricordò l'uomo che aveva conosciuto al capezzale del fratello, le fece quasi desiderare di abbracciarlo con gratitudine.

«Forse è meglio».

Lui annuì compiaciuto. «Starò via per alcuni giorni. Te ne avevo parlato, vero?».

Ecco un'altra cosa che Charles stava facendo sempre più spesso. Non solo se ne andava per giorni e giorni, ma le diceva di averla già avvertita, anche se non era così. «Davvero?», gli rispose in tono gaio, odiandosi per la propria disponibilità a stare al suo gioco, ma senza avere una valida alternativa. «Devo averlo dimenticato».

Avrebbe cucito di più, si disse. Avrebbe seguito il consiglio di Celia, confezionando dei cuscini con le belle stoffe che aveva comperato. A volte si chiedeva se fosse stato davvero giusto infrangere la regola del "non dipingere" che s'era imposta dopo la morte di Grace. Come agognava creare quei magnifici colori su carta, come faceva a casa con Ga Ga! Forse, però, pensò mentre prendeva lo scampolo di seta color magenta disponendolo sapientemente accanto a un altro color rosa intenso che le ricordava un fiore che cresceva in Inghilterra, questo potrebbe costituire un felice compromesso. Poteva "dipingere" confezionando cose belle per la casa e per gli amici. Celia le aveva già chiesto di farle un cuscino. S'era appena sistemata in camera sua, con aghi, filo e stoffe e una bella teiera piena, che sentì bussare alla porta.

«Il dottor Whittaker per voi», disse il valletto dagli occhi imperscrutabili.

«Digli per favore che ho mal di testa». Rose prese il telo che aveva da poco tagliato. «Oggi non posso ricevere nessuno».

Giammai, si ripeté, mentre guardava il dottore ripercorrere il vialetto davanti casa, sarebbe scesa al livello di suo padre o di suo marito. Aveva sposato Charles, nel bene e nel male. E così sarebbe stato.

Helena nacque esattamente tre mesi dopo la partenza dei bambini, e prima dell'arrivo della loro prima lettera. Venne al mondo con rapidità e senza arrecare troppo disturbo, poche ore dopo l'arrivo del nuovo dottore. Rose fu in parte delusa e in parte sollevata del fatto che Edward fosse stato chiamato altrove per un caso urgente. Ma sia il sollievo che la delusione si dissolsero dinanzi alla gioia immensa di Rose nel vedere che le era nata una bambina. «Non mi somiglia per niente», disse Grace nella sua mente. «È più simile a te, con quei riflessi rossi tra i capelli».

Era proprio così. Mentre guardava la sua figlioletta appena nata e sentiva la boccuccia che si chiudeva decisa intorno al suo capezzolo, mentre le manine si aggrappavano al seno, Rose si sentì riempire di amore e speranza. «Tu non commetterai i miei stessi errori», disse alla piccola. «Né quelli dei tuoi nonni. Prenderai da sola le tue decisioni, in un mondo dove le donne avranno più voce in capitolo».

A proposito di donne con più voce in capitolo, tra qualche tempo sarebbe arrivata Phoebe. La notizia le era giunta insieme a una lettera recente di suo padre. «È una donna, ormai», le aveva annunciato. «Le farà bene farti visita e allargare i suoi orizzonti».

Allargare i suoi orizzonti? Suo padre si aspettava forse che lei le avrebbe trovato un marito? Rose scoppiò quasi a ridere. Se la sua volitiva sorellina aveva conservato anche solo un decimo del caratterino che l'aveva contraddistinta da bambina, sarebbe stata davvero una bella sfida, per quei coltivatori di caucciù.

Capitolo 21

Helen aveva ormai quasi due anni quando Phoebe finalmente arrivò. Il viaggio era stato rimandato per qualche strana ragione, non ancora appurata. A quel punto, Rose aveva ricevuto tre lettere dai suoi figli, tutte infarcite di toni allegri e coraggiosi che puntualmente le laceravano il cuore. Si distinguevano fra loro soltanto per la calligrafia; quella di Roger era minuta e chiara, mentre quella di Geoffrey piena di svolazzi e zampe di gallina. Questo confermò i suoi sospetti: qualcuno li aveva istruiti a scrivere delle semplici, piatte banalità.

«Ci stiamo divertendo moltissimo», diceva Roger, anche se la parola "moltissimo" era stata cancellata più volte, fino ad essere scritta in maniera corretta.

«Qui si mangia molto bene», si leggeva in una delle lettere di Geoffrey.

Non erano frasi che usavano i suoi figli; li aveva dunque persi, insieme a tutto il resto? Non fosse stato per Helena, Rose non ce l'avrebbe fatta a sopportarlo. La sua faccetta tonda e scura, quasi come quella di una nativa, aveva detto Charles con disapprovazione, sorrideva dall'alba al tramonto, e persino quando si svegliava la mattina rimaneva tranquilla a parlottare fra sé, invece di urlare e piangere come avevano fatto i maschietti.

«Molto buona bambina», annuiva compiaciuta l'*amah*, e persino Charles aveva dovuto ammettere che era così.

Peccato che Phoebe non la pensasse nello stesso modo. Mentre, con la piccola in braccio, attendeva al porto l'arrivo di sua sorella, Rose sentì il cuore balzarle in petto per l'emozione. Phoebe era cresciuta, aveva detto suo padre. Era quasi impossibile da immaginare! Tutto quello che ricordava era una ragazzina permalosa e irritabile che aveva impedito alla sorella maggiore di organizzare la sua vita o di farle un po' da madre. Come sarebbe stata Phoebe ora, a ventuno anni? Quanto tempo era passato!

«È lei?».

Charles era al suo fianco, gli occhi puntati su una giovane donna alta ed elegante che scendeva lungo la passerella, circondata da una corte di uomini che si erano fatti carico dei suoi bagagli.

«No». Rose scosse il capo. «Ha i capelli più scuri».

Allungò il collo per guardare la donna più bassa che veniva dopo. «Dovrebbe essere quella. Phoebe?».

Charles la tirò per la manica. «Non chiamarla ad alta voce, Rose. È disdicevole».

Disdicevole? Alzò lo sguardo sbigottito sul marito. Da quando in qua Charles valutava ciò che era "disdicevole"? Non di rado era lui il maleducato, ma ora le sembrò assolutamente estasiato, mentre apriva le braccia per accogliere la ragazza dai capelli chiari che stava puntando decisamente verso di loro. Soltanto adesso Rose si accorse che, nonostante il diverso colore dei capelli, quella ragazza aveva il naso di Grace e gli occhi identici ai suoi.

«Phoebe?».

La ragazza scoppiò a ridere, divertita. «Lo sapevo che non mi avresti riconosciuta». Sollevò lo sguardo timidamente su uno dei ragazzi, che portava una cappelliera. «Non te l'avevo detto, Christian? Mia sorella non sa come sono fatta». Abbassò la voce, ma non abbastanza. «Credevi che fossi quella tipa insignificante là dietro, vero?».

Lanciò un'occhiata sprezzante ad Helena, che si agitava fra le braccia della madre. «Santo cielo, Rose. Non so davvero come fai a sfornare tutti questi marmocchi. Quando mi sposerò, ne farò uno solo». Diede un'altra timida occhiata a Christian. «Ammesso che sia un maschio, naturalmente».

Infilò la mano sotto il braccio di Rose. «E ora dimmi, dov'è che si può bere qualcosa, qui? Ho la gola secca».

Il volto di Charles si aprì in un sorriso smagliante. «Ecco una donna che la pensa come me. Vieni con noi, cognata. Ti portiamo direttamente al circolo». Diede un'occhiata piena di approvazione a Christian; come fa con i nuovi braccianti, pensò Rose. «Anche voi vi fermate da queste parti?».

Il bel giovane, con tanto di baffi e un completo che con quel caldo aveva già un'aria trasandata e sudata, annuì. «Sono venuto a stare da mio zio. Hugh Cuthbert Cooper».

Nemmeno Charles riuscì a disapprovare.

«Spero di piacergli!». Ora Phoebe aveva preso Christian a braccetto. Che disinvoltura! «Non c'è niente di male, mia cara sorella!». Ora Phoebe la stava guardando esattamente come faceva da bambina, quando voleva ottenere l'attenzione del padre. «Dopotutto, siamo fidanzati».

Fidanzati!

Christian ebbe la bontà di assumere un'aria imbarazzata. «Mi sono dichiarato sulla nave. Ovviamente, sappiamo entrambi che devo ancora ottenere il consenso del padre di Phoebe, ma in sua assenza speravo che voi, signore, poteste garantirmi il vostro».

Rose era troppo esterrefatta per parlare, ma per fortuna Helena scelse proprio quel momento per spalancare la bocca e gridare.

«Santo cielo». Phoebe la guardò con un'espressione che rasentava il disgusto. «Lo fa spesso, Rose? Spero che non ci terrà svegli di notte. E che cos'è quell'animale, là fuori?»

«Un orangutan. Il preferito di Geoffrey. Adora le uova, perciò lo abbiamo chiamato Yolky[3]... Guarda quella macchia arancione che ha sul collo!».

Phoebe si aggrappò al braccio di Christian in maniera esagerata. «Be', tienilo lontano da me, in ogni caso. Lo sai che sono allergica ai gatti. Ma dimmi: è vero che ci sono i cacciatori di teste, quaggiù?»

«Certamente». Guardando la faccia di sua sorella, Rose sentì un brivido di compiacimento. «Temo che dovrai fare molta attenzione, o potresti finire così».

Indicò la coppia di teste essiccate che Charles insisteva a esporre sul tavolino in salotto. «Non preoccuparti, però. Se seguirai a puntino le nostre istruzioni, potrai ritenerti relativamente al sicuro».

Non erano ancora trascorsi due mesi dall'arrivo di Phoebe, e a Rose sembrava di essere sull'orlo della pazzia. I suoi mal di testa peggioravano nella misura in cui Phoebe, fin dal primo risveglio, cominciava a chiederle di visitare questo o quel posto, o s'informava su dove e quando si sarebbe tenuta la prossima festa o ricevimento.

Il suo "fidanzamento" con Christian s'era rivelato poco più di una scusa per darle modo di flirtare senza ritegno con qualunque proprietario di piantagione minimamente passabile le capitasse di incontrare al circolo, che fosse sposato o meno.

[3] *Yolk* in inglese vuol dire "tuorlo d'uovo" (*n.d.t.*).

Non c'era da sorprendersi che gli uomini l'adorassero e le donne no.

«Tua sorella è davvero particolare, eh?», indagò Celia, dopo l'ennesima serata durante la quale Phoebe aveva tenuto banco a una festa sulla spiaggia. Qualcuno aveva portato un grammofono e quasi tutti avevano ballato; quasi, perché Rose aveva scelto di rimanere seduta sulla veranda di una delle case più vicine alla riva.

«Sì», aveva annuito. «Lo è».

«E pensi davvero che verrà a vivere qui, una volta sposato Christian?».

Rose si voltò a guardarla, allarmata. «Non sapevo che avesse questi progetti».

Celia annuì solennemente. «L'ho sentita confidare a qualcuno che le piace questo posto; che è meglio stare qui che a casa, a dover accudire una madre malata».

Rose sentì un tuffo al cuore. Phoebe le aveva assicurato che la loro madre era "sana come un pesce", per quanto confinata a letto. E le lettere di suo padre lo avevano confermato. Qual era dunque la verità?

«Devo tornare a casa», disse. «A vedere come sta mia madre».

Celia scosse il capo. «Non è così facile, vero?». Indicò Charles, che stava ballando in maniera fin troppo ravvicinata con una delle nuove mogli arrivate il mese prima. «Sinceramente, ora come ora non lascerei Alec da solo. La gente non sembra più avere i princìpi di una volta. Hai sentito di quel...».

Prese allora a raccontare a Rose di un altro marito che era "diventato un nativo": una definizione che usavano ormai riferendosi agli uomini che lasciavano le loro mogli per una donna di colore del luogo, invece di tenersela semplicemente come amante (quell'ultima soluzione sembrava molto più accettabile, per Celia).

«Ad essere sincera», aggiunse, «al tuo posto non correrei il rischio». Lanciò un'occhiata maliziosa all'amica. «A meno che tu non abbia delle alternative».

Alternative? «Che cosa intendi dire?»

«Su, avanti, Rose. Non sono una stupida. Ho visto come ti guarda il nostro dottore. Perché pensi che non si sia mai sposato?».

Rose sentì un caldo fremito percorrerle la schiena. «Lui può anche non essere sposato, Celia, ma io lo sono».

Gli occhi di Celia scintillarono. «Dunque, non lo neghi. Il nostro bel dottore ti piace?».

La coscienza di Rose lottava con la sua lingua. Non amava le bugie. «Certo che mi piace. Ma come amico. La mia condizione mi impone di non andare oltre».

Celia annuì. «Ovviamente sei al corrente del fatto che la vostra ex cameriera è di nuovo incinta, vero? Maya, mi pare che si chiami».

Il fidanzamento di Phoebe con Christian durò due mesi esatti. Nel giro di due settimane lei si fidanzò di nuovo; stavolta con un nuovo proprietario di piantagioni di nome Hugo, la cui famiglia possedeva dei terreni nel Sussex. I Cuthbert Cooper tolsero loro il saluto e persino Charles arrivò a rimproverare la cognata per il suo comportamento piuttosto "spregiudicato".

Phoebe gli aveva lanciato una delle sue occhiate penetranti. «Spregiudicato? Dimmi, Charles, qual è il termine usato per i mariti che agiscono in maniera analoga?».

Rose stentava a credere alle sue orecchie, ma Charles si limitò ad alzarsi di scatto da tavola, a spostare la sedia di lato e ad allontanarsi.

«Mi dispiace, Rose, ma il suo modo di fare è semplicemente insopportabile». Phoebe si accese una sigaretta e uscì sulla veranda. «Non so davvero come fare.Tutti ne parlano, al circolo».

Rose la seguì all'esterno. «Che vuoi dire?».

Phoebe la guardò piena di commiserazione. «Lo sai benissimo. Tuo marito è un donnaiolo, uno di cui non ci si può fidare. Perché non torni in Inghilterra con me?».

Rose era tentata. Tuttavia l'estate successiva sarebbero tornati i ragazzi. Forse, vedendoli, Charles avrebbe iniziato a cambiare.

«Sei molto più fiduciosa di me». Phoebe gettò la sigaretta a terra e la spense con il tacco. «Sinceramente, Rose. Vuoi finire come la mamma, facendo finta di ignorare le scappatelle di tuo marito? Pensavo fossi diversa. A proposito, ti secca prestarmi le tue perle, per stasera?».

Quella richiesta colse Rose di sorpresa. Le mani le salirono automaticamente alla gola; quelle perle erano parte di lei, ormai, al punto che dimenticava spesso di controllare che fossero al loro posto.

«Mi dispiace. Non le tolgo mai».

Il labbro superiore di Phoebe si piegò in un sorriso sdegnoso, come se la commiserasse. «Davvero? Proprio mai?».

Rose pensò a quella volta che le aveva quasi perdute, con Maya.

«Mai».

«Capisco», rispose Phoebe in tono gelido. «Devo dire che trovo abbastanza ingiusto che tu debba averle tutte per te. Spero che la mamma non dimentichi di dare qualcosa anche a me, quando mi sposerò».

Tutto sommato fu un sollievo per tutti quando Phoebe se ne andò, dopo una visita che in origine avrebbe dovuto durare due mesi, ma che alla fine era stata di quattro. E nessuno si meravigliò quando Rose ricevette una lettera dalla sorella, nella quale Phoebe la informava che aveva rotto anche il secondo fidanzamento perché aveva incontrato un altro durante la traversata di ritorno in nave.

«Si tratta di un gentiluomo di campagna», le scriveva con quella sua calligrafia rotonda e sicura di sé. «Pensandoci bene, credo che quel tipo di vita mi si adatterebbe meglio di quella superficiale e frivola che stai conducendo tu laggiù».

Superficiale? Rose non poté negarlo. Ma nel frattempo aveva troppe cose a cui pensare, per badare a Phoebe. I bambini stavano tornando a casa per le vacanze estive e non vedeva l'ora di abbracciarli.

«Helen! Helen!».

Appena posati gli occhi sulla loro paffuta sorellina, Geoffrey e Roger avevano subito accorciato il suo nome da Helena ad Helen. Era meraviglioso, pensò Rose guardandoli giocare sulla spiaggia, averli lì tutti e tre insieme.

«Dev'essere bello poterseli godere in questo modo», osservò anche Edward durante una delle sue visite.

Rose annuì. «Infatti».

Lui lanciò un'occhiata di disapprovazione alle sue braccia. Rose cercò di nasconderle dietro la schiena, ma non fu abbastanza svelta. In genere portava le maniche lunghe, per non far vedere i lividi, ma oggi faceva decisamente troppo caldo. «Quand'è che farai qualcosa per impedirlo?», fece lui in tono basso e tranquillo.

Rose sentì la propria voce risuonare adirata. «Tu cosa suggerisci? Dovrei forse tornare in Inghilterra con tre bambini piccoli?»

«Sì». Edward abbassò ulteriormente la voce. «Io ho intenzione di andarmene fra circa un anno. Vieni con me».

«Sei impazzito?».

Lui annuì. «Può darsi. Ma se non te lo dico adesso, lo rimpiangerò per il resto della mia vita. Ti amo, Rose. Ti ho sempre amata, dal primo momento che ti ho vista. Lascia quel violento di tuo marito. Raggiungimi in Inghilterra. Penserò io a te e ai bambini».

«Non posso». Le parole le uscirono di bocca mentre il suo corpo stava ancora metabolizzando lo shock; si sentiva attraversare da ondate di calore, come se avesse sempre saputo. Se lei e Edward si fossero conosciuti a Londra prima del suo incontro con Charles, non avrebbe avuto la minima esitazione. Non aveva mai conosciuto un uomo con cui le risultasse tanto facile parlare, confidarsi; e quando lui veniva a trovarla sentiva tanti piccoli brividi deliziosi percorrerle la schiena. Ma adesso era impossibile. Del tutto impossibile.

«Per favore, Edward, non aggiungere altro. Charles ci sta osservando. Fai finta di stare ascoltando la radio».

Non era difficile. Il loro piccolo mondo da qualche tempo era stato messo in subbuglio dalle dicerie su un'eventuale abdicazione del re. E ora, mentre erano tutti riuniti in veranda ad ascoltare la voce gracchiante del World Service che confermava quella ipotesi, Rose sentì l'irrefrenabile esigenza di tornare a casa, prima che tutto potesse cambiare ulteriormente e per sempre.

La notizia sembrò sconvolgere tutti. Quella sera Charles la raggiunse in camera sua. Non ci veniva da mesi, ormai, e quando Rose sentì cigolare i cardini della porta trasalì di gioia, pensando che potesse trattarsi di Edward. Poi, riconoscendo i passi lenti e pesanti del marito, sprofondò di nuovo sui cuscini. Resistergli non aveva senso.

«Ecco», disse lui, quando ebbe finito. «E se ti sorprendo ancora a guardare il dottore come ti ho vista fare oggi, saranno guai. Capito, Rose? A proposito, ho preso una decisione. Torneremo in Inghilterra non appena riuscirò a prenotare i posti per tutta la famiglia. Ti conviene iniziare a fare i bagagli».

Capitolo 22

Inghilterra? Erano mesi, ormai, che stava pensando di tornarci da sola; se non anni. Ma non aveva mai pensato che lo volesse anche suo marito. Come se la sarebbe cavata, in un mondo reale, dove non c'era nessuno da tiranneggiare, nessuno che eseguisse i suoi ordini o che si chinasse impaurito quando armava il fucile ad aria compressa per sparare a casaccio sulle loro terre. Due giorni prima, fra l'altro, aveva quasi colpito un uomo.

«Non ascolti nulla di quel che dico, Rose?». Il suo tono era freddo. Annoiato. «L'industria del caucciù è in crisi. Non possiamo restare».

Ma cosa avrebbero fatto? Non c'era certo una gran richiesta di ex coltivatori di caucciù in Inghilterra.

«Non prenderti gioco di me». Aggrottò le sopracciglia. «Duncan ha dei progetti. Ha bisogno d'aiuto alla sua fattoria».

Ma si trovava in Scozia, a miglia e miglia di distanza dai bambini.

«Non temere». Il volto di Charles si contorse in una crudele smorfia divertita e Rose si chiese, non per la prima volta, quando esattamente avesse iniziato a trasformarsi dall'uomo gentile, bonario e educato che l'aveva conquistata tanti anni prima in quel che era oggi. «Non mi aspetto che ci venga a stare anche tu. Penso invece che sarebbe meglio se tornassi a vivere a casa di tuo padre, per un po', mentre io cerco di sistemare le cose laggiù».

Sistemare le cose? Rose si sorprese a ripetere quelle parole come uno di quegli stupidi uccelli che alcune mogli dei coloni tenevano nelle loro case. Ma era troppo sorpresa. Stranamente, nessun altro sembrò meravigliarsi troppo, o rattristarsi per quella notizia.

«Donna fortunata!». Celia le strinse il braccio con una punta d'invidia. «Io non vedo l'ora di tornare. Alec sta facendo progetti simili, anche se neppure io mi ero accorta che le cose quaggiù stessero andando tanto male. Immagino che gli uomini si tengano per sé questo genere di cose. Un "crollo", così lo chiamano. Eppure a volte succede. Dovremo organizzare un bel po' di feste e ricevimenti, una volta tornate a casa!».

Edward aveva annuito sollevato, quando glielo aveva detto. «Grazie a Dio. Là avrai modo di lasciarlo, qualunque strada deciderai di prendere».

A volte parlava come se fosse il suo consigliere; era come se lui sapesse sempre cosa le passasse per la testa. Ma non era una ragione valida per ignorare i suoi voti matrimoniali e trasformarsi in una sorta di figura paterna. «Charles è mio marito». Indietreggiò di un passo, allontanandosi da Edward sulla veranda dove lui era venuto a salutarla; il passaggio in nave era stato prenotato con una tale velocità da spingere Rose a chiedersi se il tutto non fosse stato già organizzato da settimane, e se lei non fosse stata l'ultima a saperlo.

«Anch'io ho intenzione di tornare». Il suo tono era basso e caldo e le provocava brividi profondi, tanto che la sua mano corse subito a sfiorare le perle che portava al collo; un gesto istintivo, quando era in cerca di sicurezza.

«Quando?», sussurrò.

«Fra poco. Devi darmi l'indirizzo di tuo padre».

Mentre Edward parlava ci fu una sorta di fruscio. Rose guardò alle proprie spalle, quasi aspettandosi di scorgere il bambino dalla pelle scura, che non si era più fatto vedere da tempo, ormai. Ma non c'era nessuno, a parte l'*amah* che mormorava qualcosa nella stanza accanto, nel tentativo di calmare Helen, che si rifiutava di dormire nella calura opprimente come un lenzuolo bagnato che era impossibile gettare da parte.

«Chi è quello?». Edward si schermò gli occhi con la mano, indicando una sagoma che attraversava di corsa il terreno davanti al bungalow. Era una donna, e benché avesse la testa china, Rose riconobbe immediatamente Maya. Il cuore le divenne pesante. Sarebbero stati guai, soprattutto se quella donna avesse sentito quello che avevano detto; ma non era il caso di far preoccupare Edward, che avrebbe temuto per lei se Charles avesse scoperto tutto e fatto chissà cosa.

«Non lo so». Parlò in un tono secco che le ricordò stranamente quello di Phoebe. «Come non so se sarebbe saggio vedersi in Inghilterra. Per favore, Edward». Alzò gli occhi e lo guardò supplichevole. «Credo che dovresti andare, o Charles ci farà passare dei guai. A entrambi».

In effetti, i guai arrivarono prima ancora del previsto. Quella notte Charles tornò al bungalow più tardi del consueto, con il solito odore di whisky e soda addosso. Ma invece di recarsi nella sua stanza aprì con violenza la porta di quella di Rose, strappò via le coperte dal letto e si gettò pesantemente sopra di lei. «Devi smetterla di sussurrare paroline d'amore a quel buono a nulla del dottore», ruggì.

Dunque Maya aveva fatto la spia.

«Sshhh!». Rose spalancò gli occhi, terrorizzata. «Sveglierai Helen».

Ma lui non l'ascoltava. Non ragionava più. Come Rose avrebbe detto in seguito a Edward, non aveva potuto fare altro che sottomettersi ai suoi voleri.

Sei mesi dopo partirono. Rose regalò la maggior parte dei suoi cuscini e delle sue sete a Celia e ad alcune delle altre donne; tutte le promisero che al loro ritorno le avrebbero commissionato diversi oggetti per la casa. «Almeno uno di voi due avrà un lavoro», aveva scherzato Celia sul molo. «Alec dice di non avere idea di quel che faranno tutti, al loro ritorno in Inghilterra. Non c'è molta richiesta di coltivatori di caucciù, a casa».

«Charles lavorerà col fratello, nella sua fattoria», aveva risposto Rose pacatamente.

«Charles che lavora per qualcun altro?». Celia proruppe in una delle sue risate squillanti. «Per favore, non sto affermando di conoscere tuo marito meglio di te, ma dubito fortemente che possa prendere ordini da qualcun altro, tantomeno da un fratello minore! Preparati, Rose. Vedo addensarsi nuvoloni di guai. E ora lascia che saluti questa tua adorabile figlioletta. Lo sai, a volte mi fa rimpiangere di non aver avuto un altro figlio. A proposito, quasi dimenticavo. Edward mi ha chiesto di farti i suoi migliori auguri di buon viaggio: doveva andare ad assistere».

La mente di Rose tornò alla sagoma curva che aveva attraversato il loro terreno, un paio di giorni prima. «Sulla penisola?»

«Allora lo sapevi. Comunque, ho sempre pensato che quell'uomo fosse troppo bello per essere vero».

Rose sentì un brivido percorrerle la schiena. «Che intendi dire?».

Celia sfoderò uno dei suoi sguardi solenni che annunciavano l'arrivo di un pettegolezzo succulento. «Non mi fiderei mai di un uomo che ha cambiato il proprio nome, e tu? È come se avesse qualcosa da nascondere. Il nostro dottor Whittaker non si chiama affatto Edward. Me lo ha confidato a merenda, l'altro giorno. Il suo vero nome è Jim, ma così si chiamava anche suo padre, perciò, per non fare confusione, i suoi lo chiamavano col secondo nome. Gli ho detto che Edward è molto più distinto, però. Dottor Jim sarebbe ridicolo, non trovi?».

Il viaggio, che comprendeva due lunghe traversate in nave e innumerevoli traghetti, fece star male tutti. Tanto che le continue nausee di Rose passarono quasi inosservate. Fece tutto quel che era in suo potere per sbarazzarsi del risultato del più recente "assalto" di Charles. «Mio Dio, Rose», le disse suo marito una sera, dopo cena. «Bevi quasi quanto me. E vacci piano con l'acqua bollente, quando ti lavi. Ti ustionerai, e ustionerai anche me».

Una volta arrivati in Inghilterra, Rose, che non riusciva a smettere di tremare dal freddo benché tutti sostenessero che faceva un bel calduccio per il mese di maggio, era certa di tre cose. Primo, che Charles aveva intenzione di proseguire direttamente per la Scozia, lasciandola viaggiare da sola fino a Londra da Southampton. Secondo, che non appena avesse avuto modo di spiegare la situazione al padre gli avrebbe chiesto di nascosto di poter rimanere lì con la figlioletta, con la scusa di essere più vicina alla scuola dei bambini, a Stanmore. E terzo, che nonostante il reiterato trattamento d'urto a base di gin e bagni bollenti, era di nuovo incinta.

«È fuori discussione». Suo padre camminava su e giù per lo studio, che un tempo era stato la loro aula scolastica. Il vecchio studio era stato trasformato in un piccolo soggiorno con centrini di pizzo e lampade ornate; evidentemente Phoebe era riuscita a lasciare il segno, al contrario di lei. «Fuori discussione», ripeté. «Sei la madre di tre figli». Le guardò la pancia. «Quasi quattro. Non puoi lasciare tuo marito. Pensa allo scandalo che susciteresti, per non parlare del danno irreparabile alla mia stessa reputazione. So che i tempi sono cambiati, ma questa è una cosa intollerabile, Rose».

Rose affondò nella bella poltrona rosa che un tempo era stata sua, ma che ora recava tracce di bruciature di sigaretta, senza dubbio lasciate da Phoebe. «Mi dispiace». Il suo tono si era ammorbidito. «Nessun matrimonio è perfetto. Avrai notato i sacrifici che io stesso ho dovuto fare. Tua madre non è mai stata bene, e non è stato facile vivere così». Si schiarì la voce e Rose si chiese se non le avrebbe parlato del vizio del gioco della mamma. Aveva visto i telegrammi sui cavalli che venivano recapitati su e giù per le scale in un vassoio d'argento. Tuttavia, quello sembrava l'unico interesse nutrito dalla donna, dunque, chi era lei, per giudicarla? «Bisogna trovare dei modi per aggirare gli ostacoli».

«Modi all'americana?». Rose non riuscì a trattenersi. «Ma dimmi. Come stanno Aveline e Lydia?».

La vena sulla fronte di suo padre si gonfiò. In sua assenza era considerevolmente invecchiato, ma era sempre un uomo molto distinto, con quel portamento dignitoso e l'aria un po' altezzosa. «La signora Gillingham sta benissimo, grazie. Ti manda le sue felicitazioni. Sia lei che la figlia in questo momento sono in Italia per fare delle cure».

In Italia! Rose guardò dalla finestra il paesaggio umido del mattino, chiedendosi quanto sarebbe stato facile andare a prendere i ragazzi a scuola e fuggirsene in Italia. Quante cose erano cambiate, in quella casa, da quando l'aveva lasciata. Sembrava che ci fossero automobili dappertutto: soltanto ieri l'avevano quasi investita, anche se forse aveva sbagliato lei a non guardare. In ogni caso, non le sembrava più di appartenere a quei luoghi; parte di lei avrebbe voluto tornare nel Borneo settentrionale, con Celia e Edward.

«Puoi rimanere qui fin quando tuo marito ti manderà a chiamare. In quel caso ti suggerisco di raggiungerlo subito in Scozia. E ora, se non ti dispiace, avrei alcune cose da fare. Vorrei anche suggerirti di trovare al più presto una governante per la bambina; la mia domestica non può occuparsi di lei e badare contemporaneamente alla casa. Abbiamo dovuto fare dei tagli, Rose. Non è più la casa dei tuoi ricordi. A proposito, quasi dimenticavo. Tua sorella si sposerà quest'estate».

Il matrimonio di Phoebe fu un provvidenziale diversivo. Sua sorella stava per sposare un ricco latifondista del Somerset, che a quanto pare soddisfaceva gli esigentissimi canoni ai quali i tre precedenti fidanzati di sua sorella non avevano saputo corrispondere.

«Ti chiederei di farmi da testimone», annunciò Phoebe lanciando occhiate di disapprovazione al pancione sempre più evidente di Rose. «Ma date le circostanze sarebbe fuori luogo, non trovi?».

Perlomeno Rose aveva modo di vedere i bambini, che ormai frequentavano la scuola privata secondaria (sovvenzionata da suo padre, che Dio lo benedicesse) e in lista per entrare alla Christchurch, una scuola che offriva una preparazione adeguata e completa a ragazzi che promettevano bene negli studi. Stare tanto lontana dai propri figli le era pesato moltissimo, ma quando aveva fatto loro visita, appena tornata in Inghilterra, aveva scoperto con rammarico che si consideravano già troppo grandi per restituirle l'abbraccio. Quella scoperta le aveva spezzato il cuore. Nel frattempo Helen, che si stava dimostrando sempre più curiosa e vivace, era molto impegnativa, e fra poco avrebbe avuto anche un altro neonato a cui badare. «Qui adesso non hai un'*amah*», le aveva detto Phoebe. «Hai pensato a cosa farai?»

«Raggiungerò Charles in Scozia», rispose Rose laconica. Sembrava l'unica cosa possibile, ormai, e fra l'altro suo padre aveva ragione. Poteva anche essere il 1937, ma le donne non ce l'avrebbero fatta da sole. Non le donne come lei.

Alla fine tutto cambiò. «Ho trovato una casa», le annunciò Charles quando venne a Londra per il matrimonio di Phoebe, in estate. «Vivremo a Woking, dove ho trovato un lavoro».

Parlava come se fosse la cosa che avevano deciso da sempre. Rose lo guardò esterrefatta. «Ma... pensavo che avremmo vissuto da Duncan, in Scozia».

Charles fece un gesto sbrigativo con la mano. «Non posso lavorare con quel codardo di mutilato».

Il giorno seguente Rose ricevette una lettera dal cognato, con il quale era sempre rimasta in contatto epistolare anche dal Borneo. Duncan si scusava per aver "lasciato andare" Charles per via del vizio del bere, e sperava che quando "le cose si fossero sistemate" avrebbero potuto incontrarsi. Si augurava anche che se sua cognata avesse avuto in qualche modo "bisogno d'aiuto", non si fosse fatta scrupolo a contattare sia lui che sua moglie.

Non serviva a niente, si disse Rose, dire a Charles che sapeva tutto. Fra l'altro, il bambino stava per nascere. Non poteva rischiare un altro litigio con il marito.

Se Helen era stata un angelo fin dalla nascita, Frank fu esattamente l'opposto. Dal momento in cui nacque, mostrò di avere lo stesso carattere del padre. Un momento faceva il carino, e l'attimo dopo diventava insopportabile. Quattro anni dopo la sua nascita, Rose faceva fatica a riconoscersi allo specchio. Era distrutta. Il "lavoro" di Charles si era rivelato essere quello di agente fondiario al servizio di un ricco vicino di casa a Woking, che non tardò a vendere la sua tenuta in un batter d'occhio lasciando Charles disoccupato. Ad essere sinceri, suo marito aveva subito trovato un'altra situazione in un campo misteriosamente definito "vendite" per una compagnia che distribuiva prodotti chiamati "Hoover".

Un'invenzione assolutamente incredibile. Bastava attaccare la spina – che bello avere l'elettricità, invece delle lampade a olio a cui era abituata nel Borneo! – e quegli aggeggi erano in grado di pulire un tappeto, benché ci volesse una notevole quantità di sforzo per passarceli sopra. Uno sforzo simile veniva richiesto anche, assicurava Charles, per vendere quella nuova linea di elettrodomestici; era per tale motivo che si trovava costretto a star via per lunghi periodi; a volte intere settimane.

Rose ne era felice. Quando Charles non c'era poteva respirare liberamente. Non doveva preoccuparsi che si innervosisse se i bambini facevano chiasso. E risparmiava, perché i loro soldi, per quanto fossero pochi, non finivano tutti in whisky e sigarette. L'assenza del marito le permetteva inoltre di aprire le lettere di Edward in privato.

Era incredibile quanto risultasse più facile riversare i propri sentimenti sulla carta; come se così le sembrasse meno sleale che dire in faccia al suo amico dottore che sì, le mancavano le loro chiacchierate e che sì, aveva avuto un altro bambino. Era riuscita a scriverglielo impiegando parole che, pur non scendendo nel dettaglio sulle esatte circostanze del concepimento, erano riuscite a metterlo in allarme.

«Fra poco sarò in Inghilterra», Edward le aveva annunciato nella sua ultima lettera. «Dobbiamo parlare».

Passarono i mesi. Poi un anno e più. Ma Edward non era ancora tornato. La prospettiva la spaventava ed eccitava al tempo stesso. Cosa avrebbe pensato di lei, adesso, si chiedeva guardando la propria immagine riflessa: i suoi capelli erano diventati così sfibrati e privi di lucentezza da quando era tornata in Inghilterra. «E allora fa' qualcosa per te stessa!». La voce di Grace, che ultimamente non s'era più fatta sentire, risuonò d'improvviso nella sua testa. «Vai a comprare uno di quei preparati per la permanente al negozio all'angolo. Rimettiti gli orecchini: le perle che Charles ti ha comperato a Jessleton. E già che ci sei, perché non ti trovi anche un lavoro?».

Un lavoro? Prima che lasciasse il Borneo era quasi inaudito che una donna lavorasse, ma adesso che si parlava di un'eventuale nuova guerra, i giornali non facevano che ripetere che era ora che le donne lavorassero, per compensare la mancanza degli uomini partiti per il fronte. Ovviamente, si trattava di semplici illazioni, diceva suo padre, anche se Charles pareva eccitato dalla prospettiva. In effetti, ultimamente le era sembrato sempre più allegro, quando tornava a casa per il weekend. Forse la vita non era così insopportabile, dopotutto.

Aveva parlato troppo presto. Pochi mesi dopo, Rose capì perché suo marito era diventato più affabile e allegro. Una sera, al suo rientro dopo diverse settimane trascorse in giro nel tentativo di vendere l'incredibile aggeggio che puliva i tappeti, Charles si era presentato in compagnia di una donna alta e dai capelli scuri, con un sorriso sornione e labbra rosse come il fuoco, che alla luce del lampione all'esterno sembravano lucide come ciliegie.

«Questa è Edna». Suo marito era passato davanti a lei in ingresso, lasciando le due donne a guardarsi l'un l'altra. «Ha appena perso il lavoro nella ditta e ne sta cercando un altro. Le ho detto che avevamo bisogno di una domestica».

Una domestica? Ma era uscito di senno? Come potevano permettersi di pagarla, quando avevano appena i soldi per mangiare e tirar su quattro figli? Anche con l'aiuto di suo padre, era già abbastanza dura.

«Non chiede molto», le aveva detto Charles quando più tardi, nella cosiddetta privacy della loro stanza da letto, Rose aveva cercato di protestare. L'appartamento in affitto aveva pareti sottili e lei era consapevole della presenza di quella donna nella stanza attigua. «Avevi detto di voler andare a lavorare da John Lewis, quello dell'annuncio. Be', adesso puoi farlo. Edna baderà ai bambini».

«Ma come faremo a pagarla?».

Persino al buio Rose percepì la mano di lui che si avvicinava alla sua gola. S'immobilizzò. Ma invece di circondarle il collo con la mano come aveva fatto in passato, sentì che sfiorava le perle. «Puoi impegnare queste», disse. «Avanti, Rose. Tutti noi abbiamo dovuto fare dei sacrifici. È il minimo che puoi fare».

Impegnare le perle perché suo marito potesse permettersi un'amante? Quel suggerimento di Charles sembrò averle finalmente aperto una porta nella mente; lo stesso suggerimento che da tempo le davano le emicranie intermittenti di cui soffriva da quando erano tornati in Inghilterra. Era disposta a chiudere un occhio su tante cose, per suo marito, ma questo era troppo. Adesso suo padre avrebbe sicuramente capito quanto fosse impossibile Charles. Chissà se ora le avrebbe aperto la sua porta?

Il giorno seguente, Rose lasciò i bambini a Edna. Era una donna così ordinaria, eppure per qualche ragione non ne era gelosa, forse perché non era più innamorata di Charles. Il tragitto in autobus e poi in treno fino a casa di suo padre sembrò durare un'eternità; non vedeva l'ora di arrivare, ma non appena la cameriera con gli occhi gonfi e arrossati aprì la porta, capì che c'era qualcosa che non andava.

«Tua madre è morta questa notte», le annunciò laconico suo padre mentre era ancora in piedi in ingresso, senza essersi nemmeno tolta il cappotto. «La raggiungerò più tardi».

Rose lanciò un'occhiata alla domestica, per capire se aveva sentito bene. «Dopodiché», proseguì lui, «ceneremo. Per te va bene alle otto e mezza? O preferisci una bella nuotata, invece?».

La sua mente aveva ceduto, sentenziò il medico che Rose aveva chiamato immediatamente. Dopotutto aveva quasi ottant'anni e nella vita ne aveva passate tante. Ora aveva bisogno di assistenza continua, di pace e tranquillità. No. Dei bambini piccoli in casa non sarebbero stati una buona idea.

Quando quella sera Rose tornò a casa, scoprì che Charles era rientrato prima di lei, a giudicare dai passi che sentiva di sopra e dalla porta della camera da letto che si apriva e chiudeva. Qualche minuto dopo la raggiunse di sotto, con l'aria piuttosto arruffata e il primo bottone della camicia slacciato. «Ah, Rose. Sei tornata. Quanto ti hanno dato?». I suoi occhi si posarono sul suo collo e s'incupirono. «Alla fine non le hai più impegnate?»

«No». Rose prese la lettera dal piattino all'ingresso e si diresse in salotto. «No, non l'ho fatto. E non intendo farlo, finché tu non rinuncerai alla tua amante. Non negare, Charles. Non sono una scema. Né intendo lasciare i miei figli con quella donna, mentre sono al lavoro. Helen sarà a scuola, per allora, e deciderò dopo sul da farsi».

«Ah, è così?». Charles incominciò a ridere. «Le cose stanno per cambiare, Rose. Cose che neanche tu puoi pensare di poter controllare. Ci sarà una guerra. Credimi. La vedo arrivare».

Si udirono dei passi affrettati per le scale. Bene. Nascondendo la lettera fra le pieghe della gonna, Rose si precipitò in soggiorno, chiudendosi la porta alle spalle. Poi aprì l'ultima lettera di Edward, scritta nella sua caratteristica calligrafia e con la penna dalla punta larga, e iniziò a leggere.

Capitolo 23

Nessuno, nemmeno Charles, fu in grado di prevedere il mutare degli eventi che gettò nello scompiglio non soltanto casa Macintyre, ma tutto il resto dell'Europa.

Un'altra guerra, pensò Rose col gelo nel cuore, dopo che suo marito si era rifiutato di sedersi accanto a lei ad ascoltare la voce di Churchill trasmessa per radio.

«So già cosa dirà», le annunciò con aria di superiorità. «Ho degli amici nelle alte sfere».

Era vero? Forse. E forse no. L'arrogante fantasia di Charles lo portava frequentemente a credere egli stesso alle fandonie che imbastiva, inducendo molti dei suoi ascoltatori a fare altrettanto. Inclusa Edna, a quanto pareva.

La cosa peggiore era che quella donna era effettivamente brava, con i bambini, anche se Rose non sopportava l'idea di averla intorno. Tuttavia la sua freddezza faceva sì che Edna si comportasse in maniera ancor più amorevole con i piccoli, quasi stesse esercitandosi per quando avrebbe preso il suo posto.

C'erano momenti in cui Rose tremava alla prospettiva. Perché probabilmente sarebbe successo. Quando fosse finita la guerra, Charles avrebbe quasi di sicuro chiesto il divorzio; e dopo, cosa ne sarebbe stato di lei? Era vero che anche un paio di donne appartenenti al suo circolo, figlie di amici dei suoi genitori, avevano subìto l'onta del divorzio, ma da quanto le risultava venivano trattate con una certa freddezza. In qualsiasi caso, qualunque cosa sarebbe stata meglio di quell'intollerabile atmosfera, e francamente non vedeva l'ora che Charles venisse precettato. Anche se era impossibile confidarlo a qualcuno, anche alla Grace che viveva ancora nel suo cuore, una parte di lei desiderava quasi che suo marito morisse in guerra.

«Manca poco, ormai», annunciava spesso Charles quando, dopo la consegna della posta, non trovava ancora nessuna busta dell'esercito. «Victor è già stato chiamato, quel fortunello».

Rose non ne sapeva nulla. Charles conosceva il marito di sua sorella in quanto entrambi erano membri dello stesso circolo, a Londra. Doveva scrivere a Phoebe; dirle che se desiderava compagnia, lei era lì. Ma allo stesso tempo si sentiva come tradita, visto che sua sorella non s'era data nemmeno la pena di scriverle per informarla della partenza del marito. Phoebe era sempre così fredda e spocchiosa; lo era stata fin da bambina, e nonostante Rose non avesse mai smesso di sperare in un suo cambiamento, tale era rimasta anche da adulta. Molto simile alla loro madre.

«Edna rimarrà, mentre sarai via?», gli chiese in quello che sperava fosse un tono di voce indifferente. Era inutile litigare, visto che fra poco sarebbe partito.

«Naturalmente. Vi farete compagnia».

Era davvero tanto ingenuo da credere che sua moglie e la sua amante sarebbero potute essere buone amiche? Non era una sciocca. I rumori che provenivano dalla stanza attigua alla sua nelle notti in cui Charles si alzava per "andare in bagno" erano tali da farla sentir male, sia per sé che per suo marito, per non essere in grado di prendere la porta e andar via per sempre da quella casa.

L'unica cosa che la faceva tirare avanti erano i bambini. I ragazzi stavano crescendo bene, erano gentili ed educati, anche se era terrorizzata alla sola idea che la guerra potesse durare fino a quando Roger non avesse raggiunto l'età minima per la leva. «Devi promettermi che non ti offrirai volontario prima che ti arrivi la cartolina», gli aveva detto durante le vacanze. E lui, sia pur con riluttanza, aveva acconsentito.

Poi finalmente arrivarono due lettere. Nella prima si chiedeva a suo marito di firmare per il re e la patria. Nella seconda la informavano che la sua domanda di lavoro come commessa al bancone di merceria della John Lewis, in Oxford Street, era stata accettata.

«Commessa?», esclamò sbigottito suo padre in uno dei suoi rari momenti di lucidità, quando Rose andò a Londra per dirglielo. «Stai scherzando. Le donne come te non lavorano».

Rose aveva dovuto affrontare la stessa identica conversazione con sua sorella, per lettera. «C'è la guerra, papà. Ognuno di noi deve fare il proprio dovere. Fra l'altro, sono sicura che mi piacerà. E poi ho Edna che bada ai bambini».

Mentre lo diceva, non poté fare a meno di sorprendersi per il senso di leggerezza che l'aveva pervasa alla sola idea di fare finalmente qualcosa, dopo tutto quel tempo. Era vero che durante la settimana avrebbe dovuto dormire lontano da casa, ma nessuno le aveva ancora chiesto dove avesse intenzione di vivere. Sua sorella e suo marito presumevano che sarebbe andata da suo padre. E lui, da parte sua, non aveva pensato di chiederglielo. Era stato tutto così spaventosamente semplice.

In seguito, Rose avrebbe ripensato a questa parte della sua vita chiedendosi come avesse avuto il fegato di fare quel che aveva fatto. A volte si chiedeva se era stato coraggio, il suo, o semplice egoismo, nel fare quel che voleva lei e non quel che gli altri si aspettavano che facesse. A dire il vero, quando aveva ricevuto la lettera con l'offerta d'impiego, ancora non sapeva che Edward era tornato in patria.

A quell'epoca, Charles aveva già raggiunto il centro di addestramento militare a Margate, dove sarebbe stato di stanza prima di partire per il fronte.

Rose aveva cercato di aiutarlo a fare i bagagli, ma lui l'aveva respinta, dicendo che era già passato attraverso quell'esperienza e che sapeva benissimo cosa portare con sé. Poco dopo aveva sentito Edna trafficare nella loro stanza. Rose era a malapena riuscita a sfiorargli la guancia con un bacio per salutarlo.

Una settimana dopo, mentre un'Edna dall'aria depressa era fuori con i piccoli a fare una passeggiata, qualcuno bussò alla porta. Rose, che aveva appena finito di acconciarsi i capelli, immaginò che fosse lei che s'era dimenticata qualcosa. Ma non era Edna.

«Edward?», aveva esclamato esterrefatta.

Com'era cambiato! Era ancora abbronzato; effettivamente, nelle sue lettere l'aveva informata di aver lasciato il Borneo soltanto il mese precedente. Eppure lo vedeva più magro, e i capelli erano più corti. Era quasi come guardare in faccia un perfetto sconosciuto, anche se lo conosceva più intimamente di quanto non conoscesse il suo stesso marito.

Lui non disse nulla. Superò la soglia e chiuse la porta alle proprie spalle. «C'è qualcun altro in casa?», chiese in tono sommesso, e lei scosse la testa. Prima che Rose avesse la possibilità di fare qualsiasi altra mossa, Edward emise un gemito basso e doloroso, poi le passò una mano dietro la testa e la tirò verso di sé. Le sue labbra erano morbide e forti allo stesso tempo. Quella loro unione fu, pensò Rose in seguito, la più bella e naturale che ci fosse mai stata; così naturale che le parve di averlo già baciato innumerevoli volte, prima di allora. Sembrava non voler finire mai; né lei lo avrebbe voluto.

«E adesso che succederà?», chiese Rose, quando alla fine si separarono.

«Ho un appartamento a Londra», rispose lui. «Pensi che sia possibile?».

A quel punto Rose aveva annuito e gli aveva detto del suo nuovo lavoro.

Per quasi un anno riuscirono a portare avanti la loro relazione senza problemi. Durante la settimana Rose lavorava nel grande magazzino, dove venne presto nominata caporeparto. Fece amicizia con una donna di Richmond molto più giovane di lei, che le ricordava lei stessa in un'altra vita, e non passò molto tempo prima che si aprisse con lei.

«Ora pensi male di me?», chiese un giorno a Diana Barton, mentre sistemavano dei bellissimi scampoli di seta che le ricordavano dolorosamente la scatola dei colori di Ga Ga. «Stare lontana dai bambini durante la settimana è straziante per me, eppure quando non sono con Edward mi sembra di non riuscire a respirare. Abbiamo così poco tempo per noi; so che presto verrà precettato».

«Non penso affatto male di te». Il bel viso franco di Diana si ammorbidì in un'espressione partecipe. «Hai sopportato più di quanto ci si possa aspettare da qualsiasi donna. Dopotutto, siamo nel 1940. Le cose stanno cambiando».

Era vero. E anche troppo in fretta. Le preziose notti che Rose trascorreva con la testa tra le braccia di Edward, cercando protezione durante l'ennesimo raid aereo, ad esempio. A parte quella volta in cui erano stati costretti a ripararsi nella stazione della metropolitana di Piccadilly Circus insieme a centinaia di altre parsone – l'odore le aveva ricordato sia il pesce che i colori a olio –, era troppo rischioso andare in un rifugio: potevano essere notati da qualcuno.

La paura della guerra, fra l'altro, era niente a confronto dello scompiglio che sentiva nel cuore. Se nel Borneo qualcuno le avesse detto che avrebbe passato tanti anni in un Paese dove ogni notte venivano sganciate delle bombe, avrebbe immaginato di morire di paura. Eppure, forse perché erano tutti nella stessa barca, le bombe divennero parte della vita stessa, anche se ovviamente quando rimanevano uccisi i figli o i mariti di qualcuno era una cosa tristissima e orrenda. Al solo pensiero di vedere i suoi figli partire per il fronte, Rose si sentiva morire, anche se, grazie a Dio, erano ancora troppo giovani.

E poi arrivò la notizia che temeva da tempo. «Mi sono arruolato», le annunciò Edward un giorno, proprio mentre lei stava per tornare da Edna e dai bambini per il weekend.

Le tempie cominciarono quasi subito a pulsarle.

«Tornerò», le disse accarezzandole i capelli, che s'erano impigliati nel fermaglio delle perle. «E allora divorzierai e noi due ci sposeremo e avremo dei figli nostri».

Rimasero abbracciati, ognuno a fantasticare di bambini dalle guance rosee su altalene nei prati fioriti, dove non c'era posto per le bombe, i mariti o le donne con rossetti scadenti. Nessuno dei due diede voce ai propri pensieri. Forse non ci sarebbe stato bisogno di chiedere il divorzio, se Charles non fosse tornato.

Mentre salutava Edward nel loro appartamento (non osava accompagnarlo alla stazione, per paura che li vedesse qualcuno), Rose sentì aumentare il mal di testa e le pulsazioni dolorose, tanto che fu costretta a chiudersi in bagno per dare di stomaco. Forse era arrivato il momento di andare a casa e fare la brava madre. E forse avrebbe anche dovuto finalmente fare quel che Edward le stava raccomandando ormai da tempo, ovvero vedere qualcuno per quei maledetti mal di testa che ogni tanto la facevano vomitare nel vecchio lavandino che campeggiava nella sua stanza in affitto. Aveva anche una strana protuberanza proprio sotto l'osso iliaco, di cui non aveva rivelato l'esistenza a Edward, per non farlo preoccupare.

Qualche mese dopo, Rose si ritrovò seduta dall'altra parte della scrivania di un giovane dall'aria seria e compita con un camice bianco, che era di gran lunga troppo giovane per essere un dottore. Eppure quell'ospedale, raccomandatole da Edward, sembrava uno dei migliori dei dintorni, anche se poteva difficilmente definirsi "di zona". C'era voluta un'eternità per arrivarci, con la piccola Morris Minor grigia di Phoebe: sua sorella si era stranamente preoccupata quando Rose le aveva confidato che il dottore della sua zona le aveva raccomandato di consultare uno specialista. «Vengo con te», aveva insistito la sorella con un tono di voce che era riuscito a metterla in ansia ben più di quanto non fosse per la visita incombente. La dolcezza non era certo una dote di Phoebe, ma la guerra stava operando strane trasformazioni sulla gente, e con Victor al fronte, anche lei non stava certo passando un periodo facile.

Ora il giovane serio che aveva esaminato le sue lastre, prescritte dal suo medico curante, stava picchiettando con la penna sul ripiano della scrivania, macchiando d'inchiostro il blocco che aveva davanti e articolando frasi come "possibili rigonfiamenti nella testa e nell'addome" e "bisogno urgente di un'operazione".

Per Rose era come se stesse parlando di qualcun altro. "Non può essere", si disse, mentre dalla finestra guardava la gente che passava per strada. Una donna che rideva allegramente, al braccio di un giovane militare. Una madre con una carrozzina. Non poteva essere davvero gravemente malata come sosteneva il giovane dottore dall'aria seria e compunta. Non era il momento per esserlo! C'era la guerra. Helen e Frank erano ancora troppo piccoli; tutti i suoi bambini lo erano. Aveva finalmente deciso di lasciare Charles. Stava per iniziare una nuova vita con Edward: lo aveva confessato anche a Phoebe durante il tragitto fino a lì, e lei s'era dimostrata sorprendentemente solidale e comprensiva, sostenendo di aver sempre pensato che Charles fosse "troppo zotico" per una come lei.

E ora le succedeva questo. Proprio quando le si presentava finalmente l'occasione di essere felice con un uomo che non solo l'adorava, ma aveva anche detto che poteva portare con sé i suoi bambini. Come se avesse mai pensato di lasciarli.

«L'altra mia sorella...», iniziò a dire. «Voglio dire, avevo un'altra sorella; le era venuta una protuberanza sulla schiena. Le due cose potrebbero essere collegate?».

Il giovane dottore con il camice bianco spostò lo sguardo dalle macchie d'inchiostro sul suo blocco alle perle che Rose aveva al collo. Fu ad esse che sembrò rivolgersi quando parlò: suo padre le aveva sempre detto che non c'era da fidarsi di un uomo che non ti guardava negli occhi.

«È possibile», disse alla fine.

Rose sentì aumentare la pressione nel petto e allo stesso tempo salire il groppo di bile su per la gola e fino in bocca.

«Ma potrebbe andare tutto bene?»

«Potrebbe».

Phoebe la stava aspettando nel corridoio. «Che cosa ha detto?», domandò non appena Rose mise piede fuori dallo studio.

«Che potrebbe anche andare tutto bene». Rose alzò gli occhi per guardare la sua sorella minore, che era un po' più alta di lei. «Ma nel caso non fosse così, devo chiederti un favore. Piuttosto grosso».

dicembre 1941

Caro Geoffrey,

devo recarmi in ospedale per un breve periodo per una piccola operazione, perciò non potrò venirvi a trovare il prossimo fine settimana. Mi dispiace tanto, ma non vedo l'ora di rivedervi il mese prossimo. Come va col greco?

Con amore,
la mamma.

Cara mamma,

Stai cercando di scampartela? Ho cercato di marinare la lezione di greco lamentando un mal di testa, la scorsa settimana, ma non ha funzionato!!!!!! Quando verrai, la prossima settimana, per favore non dimenticarti del mio dolcetto.

Con tutto il mio amore
Geoffrey (macchia d'inchiostro)

La trasportarono in lettiga lungo un corridoio; un corridoio grigio che le ricordava quelli dell'ospedale in cui era stata mandata da suo padre a far visita a Duncan, tanti anni prima. Se non glielo avesse imposto, non avrebbe incontrato Charles. Ma d'altra parte non avrebbe avuto i suoi bambini.

Avrebbe voluto cambiare qualcosa della sua vita? "Tutto ha un perché", diceva sempre Edward. Come dottore, doveva pensarla così, altrimenti sarebbe impazzito. Lo aveva detto anche a lei, ma quel che intendeva veramente era che si sentiva impotente, incapace di aiutarla. «Avrei dovuto capire che c'era qualcosa di grave», aveva continuato a ripetere, quando gli aveva scritto dell'operazione. «Avrei dovuto farti visitare da qualcuno molto prima».

Andrà tutto bene, lo aveva rassicurato lei, proprio come aveva fatto con i suoi figli. «Tornerò presto», aveva detto a Helen, baciandola e stringendo forte a sé il piccolo Frank, mentre inspirava il loro odore di terra per aver giocato in giardino. Nel frattempo, aveva incontrato lo sguardo dell'amante di suo marito, alta e arrogante, con la sua postura eretta, il seno ampio e il rossetto rosa pallido da quattro soldi. L'aveva guardata dritto negli occhi e "Edna la facile", come l'aveva soprannominata Phoebe, aveva distolto lo sguardo. So che hai una relazione con mio marito, aveva detto lo sguardo di Rose. E il fatto che sia innamorata di qualcun altro non aggiusta affatto le cose. Per nessuna di noi due.

Quanto a Charles, Rose aveva pensato di lasciargli un biglietto, ma ogni volta che cercava di scrivere quel che sentiva, non riusciva a farlo nella maniera giusta. Così non gli disse nulla. Che lo scoprisse da solo, se e quando fosse tornato dalla guerra. Una parte di lei ora voleva che tornasse sano e salvo: ai bambini serviva almeno un genitore.

L'anestetico stava facendo effetto. Le pareti del lungo corridoio grigio sembravano svanire, per poi ricomparire. Edward le aveva spiegato che funzionava così. Lo stesso aveva fatto il suo medico. Dovevano operarla per rimuovere il gonfiore che aveva nella testa; il gonfiore che le aveva causato il mal di testa e che le procurava i capogiri, facendola inciampare per le scale. Con un po' di fortuna, sarebbe andato tutto bene. E doveva andare tutto bene. La gente poteva morire sotto i bombardamenti, in guerra, per semplice sfortuna. Ma non c'era posto per le normali malattie; non in tempi straordinari come quelli.

Le pareti stavano venendole incontro, ora, e sentiva la voce di Grace. All'improvviso tornò bambina; stava cercando di allacciarsi quei fastidiosi bottoncini bianchi del vestito, perché Ga Ga potesse farle il ritratto. Adesso era ancora più piccola. Si stava divincolando nel passeggino e qualcuno le metteva una mano fresca sulla fronte, come per calmarla. Eppure questo non la faceva sentire meglio. Quel primo ricordo; quello che aveva sempre nascosto alla compagnia del Borneo nel Gioco del Primo Ricordo stava riaffiorando. «Va' via!», gridò, e la mano fredda le accarezzò di nuovo la fronte.

Era lì. Sulla soglia, seminascosta dalle tende. Suo padre indossava il completo nero che portava sempre quando andava a visitare i suoi pazienti. Sua madre era di fronte a lui, e gridava.

«Prendile», diceva. «Prendile. Non voglio avere più niente a che fare con te o con quella maledetta americana».

Si udì un lieve rumore secco mentre sua madre si strappava dal collo le perle, lanciandole contro suo padre. Lui le afferrò al volo e il suo viso si contrasse in una smorfia così dura che alla piccola Rose parve quasi di non riuscire a respirare. Avanzando verso la madre tese le perle, tanto che all'inizio lei pensò che gliele stesse semplicemente restituendo. Ma poi sua madre emise un rantolo sommesso. Sbirciando da dietro la tenda, Rose vide il padre avvolgere le perle attorno al collo della mamma e stringere sempre più forte. Il viso della mamma era paonazzo e stava facendo degli strani versi soffocati.

«Papà!», gridò Rose. «Non uccidere la mamma!».

S'immobilizzarono entrambi, i volti come paralizzati. Ci fu un suono di passi concitati: qualcuno stava scendendo le scale. Forse una cameriera. Poi un altro rumore. Quello delle perle che cadevano a terra, dove suo padre le aveva gettate. Poi era entrata una cameriera.

«Prendile, per favore», aveva detto il padre in tono gelido. «Sembra che mia moglie le abbia rotte per errore. Debbono essere rinfilate in tempo per il ballo di domani sera».

Le pareti ormai le stavano cadendo addosso, e sentì una lama fredda sezionarle la testa. «Le perle», provò a dire. «Phoebe. Datele a Phoebe. Non ad Helen. Mi sentite? Allora, mi sentite?».

CAROLINE
luglio 1997

Capitolo 24

Scioccata, Caroline rilesse la data dell'ultimo aggiornamento del diario di sua nonna.

Devo ricoverarmi in ospedale la prossima settimana. Non so cosa accadrà, ma in momenti come questi bisogna essere ottimisti.

«Dicembre del 1941?», non riuscì a evitare di esclamare ad alta voce, con il leggero sconcerto di un turista che si faceva strada sui ciottoli sabbiosi della spiaggia, accanto alla roccia grigia picchiettata di marrone e licheni dove era seduta sul suo telo a strisce. Si tolse gli occhiali da sole e bevve un sorso d'acqua dalla bottiglietta. «Ma questa è la data della sua morte». Incapace di trattenersi, continuava a parlare ad alta voce. Il turista continuò a camminare guardandola con un certo disappunto, e un gabbiano lanciò il suo stridulo richiamo passando sulle loro teste, una specie di folle risata per l'assurdità del tutto. «È quando la mamma e Frank sono andati a vivere con la zia Phoebe».

Un brivido freddo le percorse la schiena mentre rileggeva le ultime parole del diario di sua nonna.

Dottore dice devo tornare al Radcliffe per l'operazione. E. non può prendere licenza, ma verrà a trovarmi appena potrà. Ancora nessuna notizia da Charles. Scritto a Geoffrey e Roger, ma non voglio preoccupare i piccoli.

Chi era E.? Quanto ai piccoli, si trattava presumibilmente di Helen, sua madre, e dello zio Frank, che all'epoca dovevano aver avuto, quanto? Nove e sei anni? E lei, si chiese Caroline mentre riponeva il diario nella borsa da mare, lo avrebbe detto ai gemelli, se fosse stata malata? E perché il Radcliffe? Quell'ospedale si trovava a Oxford; lo sapeva bene perché ci era stata a trovare delle amiche ricoverate.

Era tutto così strano. Sua nonna viveva a Woking e faceva la pendolare con Londra per lavoro, una cosa insolita per quei tempi, anche se durante la guerra erano molte le donne costrette a lavorare. E allora, perché ricoverarsi in un ospedale di Oxford?

Lo zio Geoffrey era sicuramente troppo piccolo, all'epoca, per saperle rispondere, e Duncan era morto da tanto tempo. Avrebbe dovuto chiederlo alla prozia, quando ne aveva avuto l'occasione, ma ormai era rimasta una sola persona in grado di aiutarla. Caroline cercò il cellulare nella borsa (che casino!) e digitò il numero.

Diana arrivò nel fine settimana successivo, con indosso un altro dei suoi straordinari turbanti – stavolta rosso rubino – e una bellissima borsa ventiquattrore di cuoio marrone bruciato con il marchio autentico di Gucci. I bambini erano stati al campo estivo per tutta la settimana, il che aveva sortito il benefico effetto di renderli esausti a fine giornata, dopo un intenso programma di cricket, tennis da spiaggia, surf e Dio solo sa cos'altro. Persino Scarlet, che s'era dichiarata troppo grande per quel tipo di attività, ormai ne era stata conquistata, molto probabilmente grazie a un paio di ragazzi carini che aveva visto di sfuggita quando li aveva accompagnati. Tornavano ogni sera più abbronzati e sani del giorno prima, ma all'ora di andare a dormire le presentavano invariabilmente lo stesso quesito. Dov'era papà? Perché non era venuto con loro?

Persino Scarlet, che per anni era stata più distante dal padre rispetto ai ragazzi, forse perché Simon stava sempre via tanto tempo (e quando tornava, passava le giornate in giardino a tirar calci al pallone insieme ai gemelli), sembrava turbata. «Forse dovresti dir loro la verità», rifletté Diana, quando si accomodarono nel piccolo salotto della padrona di casa, dove nelle ultime settimane Caroline aveva iniziato a sentirsi finalmente come a casa propria, con il confortevole sofà a due posti, il pouf rosa e la poltrona mezza rotta di un colore che non c'entrava niente con il resto e che, con quella spalliera larga, sembrava fatta per un uomo anche se Diana, con la sua notevole statura, vi si adattava perfettamente. «Non puoi continuare a fargli credere che è via perché ha troppo lavoro».

Caroline bevve un sorso del Blue Sapphire tanto amato da Diana, a giudicare dalla sfilza di bottiglie che vedeva nel mobile bar, incoraggiata da un: «Serviti pure, cara. Io di sicuro ne prendo almeno uno».

«Ma cosa dovrei fare? Dir loro che il padre ha una relazione con un'altra donna?».

Diana scrollò le spalle. S'era tolta il turbante, ora, rivelando una corta zazzera grigia che le donava molto, soprattutto con i lunghi orecchini d'argento; inoltre indossava uno chemisier viola indaco che la faceva sembrare terribilmente elegante, per l'età che aveva. Era solo guardandola da vicino che si scoprivano le rughe che aveva sul volto. «A quanto ne so, i bambini sono molto più forti di quanto sospettiamo. Ti rispetteranno per aver detto loro la verità; anzi, potrebbero perdere la fiducia in te, se non lo farai».

Caroline si chiese cosa dovesse aver pensato sua madre quando aveva scoperto che la madre, Rose, era morta. Se l'era presa con lei per non averla preparata? Troppo tardi: rimpianse di non aver chiesto a sua madre più dettagli relativi a quel periodo. L'unica cosa che ricordava era che la madre una volta aveva detto di non essere stata una buona madre, perché lei stessa non ne aveva avuta una. «Non dire sciocchezze», ricordava di averle detto in quell'occasione, confortandola con un abbraccio. «Sei la mamma migliore del mondo». Il pensiero la intristì. Tanto tempo prima, Caroline aveva imparato a mettere un muro tra lei e i ricordi ogniqualvolta pensava alla madre morente: era stato l'unico modo per superare la cosa. Se hai quattro figli, aveva detto al dottore a quei tempi, quando aveva dovuto ricorrere alle pillole per andare avanti, non c'è tempo per fermarsi a piangere. Ma solo per cambiare argomento e distrarsi.

«Mi stavi dicendo al funerale che durante la guerra hai lavorato al John Lewis con mia nonna».

Diana sorrise e i suoi occhi viola, così simili al colore del vestito, divennero distanti. «È così, infatti. Ci consideravamo delle persone piuttosto speciali, sai. Facevamo lavori che fino a quel momento erano stati esclusivo appannaggio degli uomini; tua nonna era meravigliosa. Una vera leader, l'avremmo definita oggigiorno. E aveva un magnifico senso dell'humour. L'"Evening Standard" pubblicò un articolo su di lei, lo sapevi?»

«Davvero?». Incuriosita e anche leggermente incredula, Caroline allungò la mano per prendere il ritaglio di giornale che Diana aveva estratto dalla propria borsa. Ed eccola lì! Sembrava strano vedere la stessa foto che aveva sul comodino, con la nonna che guardava l'obiettivo in maniera fredda e distante, con quel taglio di capelli corto e arricciato tipico degli anni Quaranta e i grandi orecchini bianchi. Aveva le perle al collo. Le *sue* perle. Rose sembrava stupendamente distaccata e sicura di sé; sopra la foto, il titolo recitava: "Nuovi volti a Londra".

«Come mai si sono interessati a lei?».

Diana scoppiò a ridere. «Era un vero personaggio, tua nonna. Londra era più piccola di quanto sia oggi e appartenevamo allo stesso ceto sociale. Sarebbe sicuramente stata presentata, credo, non fosse stato per la guerra».

Era vero. La zia Phoebe, che era più giovane, era stata presentata alla regina Mary. Aveva anche la fotografia, sul pianoforte nel vecchio salotto. Ma in quel periodo Rose era nel Borneo, con tanto di marito. Tuttavia, era strano pensare alla propria nonna come a una componente del ceto semi-aristocratico londinese. «Mi sembra di ricordare che suo padre era un osteopata, uno dei primi della storia. Tua madre mi raccontava spesso di come la regina lo avesse fatto convocare per curare il principe, quando questi si fece male al ginocchio giocando a polo».

In un angolino della mente di Caroline riaffiorò il debole ricordo di quell'episodio raccontatole da sua madre. Ma perché i bambini non ascoltavano mai con attenzione i racconti dei genitori, rivelandosene poi curiosissimi soltanto quando era troppo tardi e i genitori non c'erano più?

«E il suo matrimonio, quello di Rose voglio dire, è stato davvero tanto infelice come descrive nel suo diario?».

Diana estrasse una sigaretta dalla borsa e la infilò in un bocchino nero. «Ti dispiace, cara? Temo che lo fosse davvero. Chi può dire cosa sarebbe accaduto, se si fosse risposata con Edward? Ci piace pensare che avrebbe funzionato, ma a quell'epoca era tutto così incerto».

Dunque la misteriosa E. era Edward!

«Un uomo davvero gentile». Diana sbuffò una boccata di fumo bluastro. Evidentemente non era abituata ad andare a fumare fuori, ma Caroline non si sentì di dirle nulla. «Si arruolò, capisci. La Marina aveva bisogno di tutti i medici a disposizione, per i feriti». I brillanti occhi viola tornarono a farsi sognanti. «Adorava tua nonna, e lei adorava lui».

Caroline fu attraversata da un brivido. «Ma lei non avrebbe mai abbandonato i bambini... mia madre?».

Diana le prese una mano e la strinse forte. «Certo che no, mia cara. Edward voleva che li portasse con sé. Ma poi... lei morì».

«Di tumore al cervello». Questo Caroline lo sapeva. Da bambina, quando sua madre glielo aveva raccontato, non le era sembrato così terribile, ma adesso, da adulta, le pareva una enorme tragedia. Cosa sarebbe accaduto ai suoi tre figli, se fosse morta anche lei? Lì accanto, nella deliziosa cucina di Diana, li sentiva armeggiare col computer che teneva sul tavolo per poterli sempre avere sott'occhio. Si sarebbero ammazzati a vicenda, se lei non fosse stata sempre lì a controllarli. O, cosa ancor più terribile, sarebbero stati cresciuti da Simon e dalla sua amichetta.

«La nonna deve essere inorridita all'idea che fosse Edna a crescerli», realizzò all'improvviso.

Diana annuì. «Sì, la cosa la preoccupava molto. E aveva anche molta paura che tuo zio Roger potesse arruolarsi; gli fece promettere di non farlo. Dopo la sua morte, come forse saprai, lui si considerò esonerato da tale promessa». Scosse il capo. «Fu un periodo terribile per tutti noi. Ricordo il funerale come fosse oggi, in quella deliziosa chiesetta appena fuori Oxford, in cima a una collina. Sai, la portarono lì, perché l'ospedale di Oxford era specializzato in tumori».

Mentre Diana parlava, nella testa di Caroline cominciò a formarsi il vago ricordo di sua madre che, in una giornata fredda e ventosa, la portava in un cimitero dicendole che vi era sepolta la nonna. Quella notte aveva avuto un incubo, ma non l'aveva detto a nessuno. Era stato solo dopo la morte di sua madre che aveva trovato un bigliettino in cui lei esprimeva il desiderio di essere a sua volta sepolta lì. Nessuno, però, era riuscito più a trovare la lapide originale della nonna. Durante la guerra, le aveva spiegato l'amministratore della parrocchia, non avere una lapide era cosa abbastanza diffusa, così era stato loro permesso di allestire una lapide per tutte e due, anche se erano state sepolte soltanto le ceneri di sua madre. Il corpo della nonna si trovava in un punto imprecisato del vecchio cimitero di fronte, senza dubbio occultato dai rovi che lei aveva perlustrato per ore, senza trovare nulla.

Scrivere al PCC in cerca di aiuto non era servito a niente, anche se le avevano detto che un tempo era esistita una piantina del cimitero, che però era stata strappata e distrutta durante una furiosa disputa ecclesiastica fra un vicario del tempo e qualcun altro.

La voce di Diana squarciò i suoi ricordi. «Volevo portare qui tua madre, sai? E anche Frank».

«Davvero?».

Diana sorrise di nuovo e stavolta le rughe si videro chiaramente.

«Ma tua nonna lo aveva già chiesto a sua sorella. Sai, Phoebe non poteva avere bambini, come me, ed è per questo che lei e io rimanemmo in contatto, fra le altre ragioni. Avevamo qualcosa in comune, e fra l'altro quello era un argomento che all'epoca non veniva toccato di frequente. Ci eravamo rassegnate. Tua nonna Rose chiese a Phoebe di prendere con sé tua madre Helen perché pensava che sarebbe stato meglio far crescere i bambini all'interno della famiglia; credeva anche che allevando due bambini piccoli, Phoebe si sarebbe ammorbidita».

Caroline provò una fitta di rabbia. «Ma così non è stato! È stata dura con loro. Per questo non l'abbiamo frequentata molto, da piccole, fino a quando io non ho iniziato a...».

«Sshhh». Diana tornò a posare la sua mano fresca sulla sua. «Non agitarti. Ne hai già passate fin troppe. Forse, dopotutto, leggere quel diario non è stata una buona idea».

«Sì, invece». Caroline si alzò in piedi e guardò fuori della finestra, cercando di trattenersi dal dire quello che pensava. Al di là del prato di Diana si vedeva il mare, e quella vista la placò. Aveva iniziato a fare ogni mattino una passeggiata lungo la spiaggia, procedendo a fatica fra i ciottoli insieme al cane. Il mare, con i suoi sommessi mormorii, simili agli apprezzamenti di una platea, era in continuo divenire; le ricordava che anche la vita lo era. E se il mare si era adattato a quei cambiamenti, doveva farlo anche l'umanità, lei compresa.

«Mi aiuta a cogliere il senso della vita». Sfiorò le perle per sentirsi rassicurata. «La mia bisnonna ha avuto un matrimonio infelice. Così anche mia nonna e poi mia madre. E adesso tocca a me».

Scoppiò in una risata roca, più simile a un singhiozzo.

Diana aveva ancora fra le dita la sigaretta spenta. «Tuo marito ti ha cercata?».

Caroline annuì. «Ha telefonato spesso per sentire i bambini, ma io mi sono rifiutata di parlargli. Non mi va, dopo l'ultima volta, in cui sembrava volersi gettare tutto dietro le spalle e ricominciare come se niente fosse accaduto».

Diana strinse gli occhi e per la prima volta Caroline poté notare il lato duro dell'anziana signora. «Lascialo sudare un po', ma allo stesso tempo mantieni la porta aperta. Ai miei tempi sopportavamo questo genere di cose: avevamo la convinzione, giusta o sbagliata che fosse, di doverlo fare per il bene dell'intera famiglia».

«Ma se dovessi riprovare a stare con lui, non sarei più capace di sopportare un suo abbraccio; penserei alla donna che ha abbracciato prima di me – non riesco nemmeno a dire il suo nome – e mi chiederei se stia ancora pensando a lei, pur sentendosi costretto a restare con me per via dei bambini». Quell'idea non fece che serrare il groppo che sentiva in gola. «Non riesco a perdonare l'infedeltà».

Caroline sentì risuonare la propria voce irosa e severa.

«Nessuna di noi ci riesce, mia cara. Nessuna». Sospirò. «Come spiegartelo?». Poi sembrò venirle un'idea. «Lo sai, dopo la morte di Rose mi sono tenuta in contatto con tua madre. Ci siamo scritte, persino quando mi sono trasferita in America. Ho sposato il mio soldato. Henry era di Boston, e nel complesso posso dire che abbiamo avuto una vita stupenda».

Ecco spiegato l'accento americano.

«E tua madre mi ha raccontato un bel po' di cose sulla sua vita».

Caroline era ancora seccata dal suggerimento di dover "sopportare" la relazione di suo marito. «Ne ha raccontate molte anche a me».

«Allora forse queste non ti interessano». Diana stava estraendo dalla borsa un pacchetto di lettere; la carta era sottile, erano state spedite per via aerea, del tipo che Caroline ricordava di aver visto da bambina cadere con un leggero tonfo sul tappetino della loro casetta di periferia.

«Di che cosa si tratta?».

Sapeva di suonare come un'adolescente scontrosa, ancora scottata dall'implicita esortazione di Diana a riprendersi suo marito. Non era stata lei a invitarla a Windsea insieme ai bambini per rimanere un po' lontana da lui? Certo, non era una soluzione definitiva; piuttosto un periodo di riflessione. E la cosa migliore che potesse fare, date le circostanze.

«Le lettere che tua madre mi ha scritto negli anni. Sono tue, se le vuoi. So che ti ha già parlato lei, di alcune di queste cose, ma i genitori non sempre dicono tutto ai loro figli».

Caroline provò una fitta di irragionevole gelosia. Allo stesso tempo capì perché il nome di Diana non le era giunto nuovo, al funerale; lontani ricordi di cartoline d'auguri natalizi con la firma "Diana" tutta svolazzi e sua madre che cercava di parlarle di quell'amica di famiglia; storie che, essendo lei troppo immatura per coglierne il significato, le entravano da un orecchio e le uscivano dall'altro.

«È dura per te, in un momento così, non avere accanto tua madre». La voce di Diana era più tenera, ora. «Quanti anni avevi quando è morta?»

«Trenta. Sono passati più di dieci anni».

«E se lei ora fosse qui, cosa pensi che ti consiglierebbe, riguardo al tuo matrimonio?»

«Non lo so con certezza».

«Allora forse queste lettere ti aiuteranno a decidere se tornare con tuo marito o no, mia cara».

Diana si alzò in piedi. «E adesso se vuoi scusarmi, cara, ho bisogno di dormire. Sono stanchissima».

Fu solo dopo che l'anziana signora si fu ritirata di sopra, che Caroline si rese conto di due cose: non aveva chiesto a Diana che fine avesse fatto Edward, l'adorato amante di sua nonna, e Grace non aveva ancora risposto alle sue telefonate. Dove diavolo era finita?

HELEN
1941-1987

Capitolo 25

In seguito, molto dopo, quando Helen permise a se stessa di pensare al giorno in cui era morta la madre, la prima cosa che le venne in mente fu la bomba volante V1. Nella sua testa, all'epoca, le due cose erano strettamente connesse. In realtà, per qualche tempo aveva pensato che forse c'era stato un errore. La mamma non era morta per quello strano gonfiore nella testa che la faceva sempre sentire così stanca, tanto da costringerla a sdraiarsi sul divano ogni volta che tornava dalle sue visite al signor Lewis. Forse era stata uccisa dalla stessa bomba che faceva quello strano rumore simile a un miagolio e che aveva quasi ucciso anche lei e Frank.

Quel mattino stavano andando a scuola, come sempre. Edna, al solito, li aveva visti andare via con le loro cartelle sulle spalle, nelle quali sobbalzavano gli odiati libri di algebra. Nel Borneo non erano stati costretti a studiare l'algebra, si lagnava spesso Helen; una cosa che non le faceva certo guadagnare i consensi di Edna, né quelli della direttrice della sua scuola. Non sembrava esserci nulla di strano, nell'assenza della mamma; ormai sia lei che Frank s'erano abituati al fatto che durante la settimana stesse via per lavoro. Di certo nessuno aveva detto una parola sulla sua malattia. In seguito, divenuta a sua volta adulta, Helen aveva cercato di ricordare se la mamma le fosse parsa più magra, o più pallida del normale, insomma, se avesse presentato in qualche modo dei sintomi della sua malattia, ma non le era riuscito di ricordare nulla.

Ma torniamo al tragitto verso la scuola. Era una strada che conoscevano bene, ormai, dopo più di un anno che la percorrevano. Fra l'altro, ormai Helen aveva nove anni ed era più che in grado di fare da sola certe cose, come aveva detto a Edna. Era in momenti come quelli, quando Edna cominciava a fare un sacco di storie, che Helen desiderava che una domestica potesse somigliare di più a un'*amah*.

«Siamo in ritardo», disse, tirando Frank per la collottola, dopo che il bambino s'era fermato a guardare una farfalla posatasi sul muricciolo di pietre. Era un bel muricciolo, pieno di piccoli fiorellini viola che alcuni anni dopo avrebbe imparato a chiamare aubrezia. In qualche modo, dopo, aubrezia divenne sinonimo di bomba V1 e di gonfiore nella testa.

Il fratellino tentò di darle un calcio negli stinchi. «Lasciami in pace».

Helen scoppiò a ridere. Come diceva sempre la mamma, lei era una delle poche persone al mondo che sapeva come comportarsi con Frank. «Prova a fermarmi. Avanti, acchiappami!».

Correndo via, con la cartella che le sobbalzava sulla schiena, sperò che lui la stesse inseguendo. Era uno dei suoi trucchetti, sfidarlo alla corsa; senza che se ne accorgesse, riusciva a farlo sbrigare quando avevano fretta. Sia lei che la mamma avevano sempre problemi con Frank. Era un tale tiratardi!

E poi la sentì. Dapprima pensò che fosse suo fratello che stava frignando. Lo faceva sempre, quando se lo trascinava dietro. Ma poi Helen si accorse che quel frigno era di una tonalità molto più acuta e stridente. Il genere di rumore che ti fa accapponare la pelle, come quando una delle maestre sfregava le unghie sulla lavagna. Seguì un assoluto silenzio.

"*Se senti uno stridore acuto e poi assoluto silenzio, vai subito a cercare riparo*".

Quante volte glielo aveva detto, la mamma? Perché, le aveva chiesto. «Perché è una bomba cattiva, di quelle che ci possono far scoppiare tutti, lanciandoci nel cielo», era stata la risposta.

Helen aveva assimilato quell'informazione con fare solenne: quando la mamma era via, non era forse lei la più grande della casa? Edna non contava come domestica, era solo una sorta di cameriera, aveva sempre detto la mamma. Ma adesso aveva sentito lo stridore e ora che c'era silenzio assoluto, si stava chiedendo se l'aveva soltanto immaginato o se si trattava solo del vento, particolarmente forte, quel mattino.

Comunque, era meglio non correre rischi.

«Svelto!». Spinse Frank dietro la siepe. «E non ti muovere!».

«Perché?».

Helen rimase in piedi, a guardare il cielo. Non vedeva nulla, ma d'altra parte c'erano molte nuvole. Mettetevi al riparo, aveva detto la mamma. Una siepe non era granché, come riparo. Quel ponte laggiù sarebbe stato meglio. Era quello che gli adulti chiamavano "un ponte in disuso", anche se non capiva a cosa servisse avere un ponte che nessuno poteva più usare. Non saliteci, le avevano detto, perché potrebbe crollare. Ma se di fronte all'arrivo di quella che poteva essere o non essere una bomba V1 potevi scegliere tra una siepe e un ponte sotto cui ripararti, ti conveniva senza dubbio optare per quest'ultimo. O no? Cielo, era peggio di un problema di algebra!

«Entra lì dentro!». Spinse Frank dall'altra parte della strada e poi nel tunnel, prima di infilarcisi a sua volta e trascinarlo con sé a terra.

«È un nuovo gioco?». Frank stava iniziando a ridacchiare. «Vuol dire che oggi non dobbiamo andare a scuola?».

Helen prese la manina del fratello e la strinse nella sua. Stava iniziando a tremare come le era capitato nel Borneo, quando la mamma aveva detto che dovevano partire e che temeva che non avrebbero potuto portare con loro il piccolo orangutan. «Non lo so. Aspetta. E non dire nulla, in ogni caso».

In quale caso?, voleva sapere Frank. Lei stessa non ne era sicura, anche se era possibile che i tedeschi fossero già sbarcati, come aveva ipotizzato la radio. Non che le andasse di dirlo a Frank: il piccolo si sarebbe preoccupato.

«In quale caso?», ripeté Frank. «Dimmelo...».

E poi ci fu uno scoppio assordante. L'interno del tunnel sembrò scuotersi tutto intorno a loro e si alzò tanta polvere, che li fece tossire e che rendeva quasi impossibile respirare. Helen si aggrappò alla mano di Frank, stringendola forte. Le cadde un mattone sulla spalla; percepì un dolore sordo e allo stesso tempo udì Frank che gridava, ma non come se si fosse fatto male. Era un urlo di terrore che negli anni Helen aveva imparato a riconoscere meglio dell'*amah* e certamente meglio di Edna.

All'improvviso finì. Di colpo, com'era iniziato. Helen si guardò intorno. C'erano mattoni ovunque, nel tunnel; e sopra di loro, dove pochi minuti prima c'era stato un soffitto, si apriva una voragine e si vedeva il cielo. L'entrata del tunnel era quasi del tutto ostruita, ma non importava. Potevano uscire da sopra. L'importante era che Frank fosse sano e salvo, a parte un piccolo graffio sulla guancia.

«Cos'è successo?». La vocina era arrochita dalla paura.

«Va tutto bene, Frankie». Era quello il vezzeggiativo che usava col fratellino. «Solo una bomba V1».

Il bambino sgranò gli occhioni castani. «È uno dei tuoi giochi, questo?».

Helen annuì. «Potremmo anche dire così. Adesso vieni. Salimi sulle spalle e andiamo a scuola».

La scuola del paese stava appena abituandosi ai ragazzi Macintyre e i ragazzi Macintyre stavano appena abituandosi alla scuola. Non avevano mai avuto un paio di bambini provenienti dal lontano Oriente, come la maestra aveva solennemente annunciato al resto della classe. E mai prima di allora Helen e Frank avevano dovuto affrontare una stanza piena di occhi che li scrutavano con curiosità. Appena arrivati in Inghilterra, Helen era andata in una scuola cattolica, che le era piaciuta, perché le suore le davano molta importanza e ascoltavano divertite le sue storie su Yolky l'orangutan. Ma poi, un giorno, mentre la mamma guidava come un bolide ed Helen aveva tirato fuori il suo rosario per dire l'"Ave Maria" in modo che non andassero a sbattere, la mamma s'era arrabbiata molto e le aveva detto che non l'avrebbe più mandata alla scuola cattolica, se quello era il risultato. E così erano arrivati alla scuola del paese.

Così, quando gli altri bambini e la maestra li avevano visti arrivare con le facce sporche e i vestiti a brandelli, probabilmente, aveva pensato Helen, s'erano figurati che fosse proprio quello che ci si poteva aspettare da due bambini provenienti dal lontano Oriente. Be', gliel'avrebbe fatta vedere lei!

«Ci siamo salvati da una bomba V1!», annunciò entrando in classe.

Nessuno parlò. Si limitarono a guardarla come se la commiserassero. Soltanto dopo seppe che s'era già sparsa la voce.

«Brava, mia cara», le disse la maestra, come se sfuggire a una bomba fosse un affare da niente. Mise un braccio intorno alle spalle di Frank. «Venite qui, voi due. La direttrice vuole vedervi».

Non è possibile che siamo nei guai, pensò Helen mentre trotterellavano veloci dietro alla maestra lungo il corridoio. Lo so che ci hanno detto di non entrare in quel tunnel, ma era l'unico modo per mettersi al riparo. Glielo dirò, e se non capirà, glielo spiegherà la mamma quando torna.

«Ah, Helen. Frank».

La direttrice della scuola era dietro la sua scrivania. Quando entrarono inarcò leggermente le sopracciglia, ma non fece domande. «Temo di avere notizie piuttosto brutte, per voi. Si tratta di vostra madre».

A quanto pareva, Edna aveva ricevuto la notizia poco dopo che erano usciti per andare a scuola. Stava per andare a prenderli, ma doveva prima avvertire altre persone, tra le quali la zia Phoebe.

«La bomba V1 ha colpito la mamma?», chiese Frank.

«No». Helen sentì le parole uscirle di bocca come se non fosse lei a parlare, ma qualcun altro. «È stato qualcosa che aveva nella testa a farla morire. Qualcosa che nessuno avrebbe mai potuto fermare».

Stava ripetendo le parole pronunciate dalla direttrice. Ancora e ancora. Le davano conforto, un po' come le parole dell'"Ave Maria". Se le avesse ripetute abbastanza spesso, forse Dio le avrebbe restituito la mamma. Sarebbero tornati tutti a casa e sarebbe stato venerdì, il che significava che l'avrebbero trovata sulla porta a salutarli, tutta profumata di quella meravigliosa bottiglietta dorata che teneva sulla toletta e con le perle intorno al collo, che qualche volta facevano male quando li stringeva forte a sé.

Ma quella sera non tornarono più a casa. Trascorsero l'intera mattinata a scuola, e l'algebra sembrò più astrusa che mai; poi arrivò la zia Phoebe, a bordo della sua macchinetta grigia e col viso triste, e viaggiarono per miglia e miglia, senza mai dire nulla. Persino Frank si rifiutava di parlare.

«Cos'ha che non va, quel bambino?», domandò la zia, quando finalmente imboccarono un lungo vialetto di ghiaia che conduceva a una casa che Helen ricordò di aver visitato con sua madre l'estate precedente.

«Ha avuto uno shock». Helen scese dall'auto e si guardò intorno, sentendo nella testa il suono della risata di sua madre, come quando erano stati lì l'ultima volta. Era così chiaro e distinto: una specie di mistura di bollicine e raggi di sole, ed erba appena tagliata. Sembrava impossibile che fosse morta.

«Siamo tutti sotto shock». La zia le lanciò un'occhiata dura. «Ma è la guerra. Sono cose che succedono. Dobbiamo farcene una ragione».

«Posso vederla?». Helen si torceva le dita dietro la schiena, imbarazzata, consapevole di aver forse sbagliato a chiederlo, almeno a giudicare dall'espressione dipinta sul volto tirato della zia.

«Vederla?». Gli occhi della zia erano talmente penetranti che Helen desiderò sprofondare nel freddo pavimento di pietra dell'enorme ingresso buio che stavano attraversando per raggiungere la cucina. «Per quale motivo dovresti desiderare una cosa del genere?»

«Per assicurarmi che sia veramente morta».

Helen parlava piano, per paura che Frank la sentisse.

Phoebe si tolse gli occhiali, poi li inforcò di nuovo. «Certo che è morta, stupida di una bambina. Pensi che saresti qui, se non lo fosse?». Si voltò per mettere il bollitore sul fornello, ma le sue parole rimasero sospese nell'aria, chiare e forti, come se le fossero state sputate addosso. «Come se non avessi già abbastanza problemi per mio conto. Cosa dirà Victor quando verrà in licenza? Non lo so proprio».

Quante domande. E poche risposte. Geoffrey e Roger sapevano? Il preside della loro scuola glielo avrebbe detto, sbottò la zia Phoebe. Anche loro sarebbero venuti a vivere con la zia Phoebe?

«Pensi forse che saremmo in grado di mantenervi tutti e quattro? Non essere ridicola, ragazzina».

Papà sarebbe tornato dalla guerra, adesso?

«E come gli suggerisci di farlo? Volando come un uccello?».

Invece, alle domande che non aveva fatto erano state date subito delle risposte. Lei e Frank avrebbero dormito di sopra in camere separate, anche se Frank lo avrebbe detestato, visto che aveva paura del buio e dormiva sempre con lei. Avrebbero frequentato la scuola dietro l'angolo, finché a Phoebe non fosse venuto in mente qualcosa. Quest'ultima frase suonava piuttosto minacciosa. Era loro proibito giocare a palla, a parte in una zona in fondo al giardino, e che si guardassero bene dal colpire la serra dello zio Victor. E non toccare quei libri, Helena, se prima non ti sei lavata le mani.

La stanza di Helen era fredda, come se fosse rimasta disabitata per anni. Dava su un campo giochi sul retro "dove giocano i bambini del popolo". Il letto era strettissimo e dotato di un'unica, sottilissima coperta consumata. Helen avrebbe voluto chiedere se c'era uno scaldaletto in rame, come quello che usava a casa, ma temeva che le rispondessero ancora che era una domanda stupida.

Ogni volta che chiudeva gli occhi tornava ad aprirli per paura che ci fosse qualcuno che si stava intrufolando nella stanza. C'erano così tanti cigolii! E anche delle strane forme che proiettavano le loro ombre nella stanza attraverso l'apertura della tenda. Non aveva scelta, comunque. Avrebbe dovuto affrontare il freddo e quei fantasmi misteriosi: sua madre aveva sempre detto che quella casa era strana. Alzandosi per chiudere meglio le tende, inciampò sullo strano oggetto quadrato ai piedi del letto, che cadde a terra facendola gridare per lo spavento. Sua madre la stava guardando dalla cornice dorata; non sua madre come l'aveva vista l'ultima volta, ma com'era stata da bambina, con degli occhi freddi e distanti che la osservavano, penetranti, e i capelli castano ramato pettinati in stupendi riccioli che risaltavano sul vestito bianco.

Era lo stesso dipinto appeso in salotto, a casa. Un ritratto che sapeva essere stato eseguito da suo nonno, che era stato un artista abbastanza famoso. Aveva spesso usato sia lei che Phoebe come modelle, le aveva detto la mamma. Erano degli studi per altre opere, qualunque cosa questo significasse.

«Scusami, mamma», sussurrò Helen rimettendo a posto il ritratto e facendolo involontariamente urtare contro il muro, provocando il distacco e la caduta di un pezzo di intonaco. «Spero di non averti fatto male».

Forse la zia Phoebe aveva messo lì quel ritratto per consolarla. Era stata gentile. Sua madre talvolta aveva detto loro di non farsi impressionare dai toni bruschi della zia, lei lo faceva senza accorgersene; era un comportamento che nascondeva una cosa chiamata "insicurezza".

Tornata a letto, Helen cercò di raggomitolarsi e dormire, ma non ci riuscì. Faceva troppo freddo. Si rimise seduta e si guardò intorno. Sul tavolino accanto al letto c'era una matita. E lì accanto, un pezzo di carta. Sua madre le dava sempre una matita e un pezzo di carta, quando era irrequieta. Sentendosi un po' meglio, Helen cominciò a disegnare le tende, che erano ancora leggermente aperte, con la luna che sbirciava all'interno. Con la voce bassa, mentre disegnava, si ritrovò a canticchiare una canzone che aveva sentito dalla mamma. Le parole le sfuggivano, ora, ma la melodia era confortante.

Senza che se ne accorgesse, fu sorpresa dalle prime luci dell'alba; invece della luna, attraverso le tende cominciò a filtrare un sole pallido e ancora incerto. E ai piedi del letto, dove prima c'era quella sagoma oblunga, ora non c'era più nulla, a parte un piccolo segno sul tappeto, dove era stato appoggiato il dipinto.

Capitolo 26

Fu soltanto quando ebbe dei figli suoi che Helen capì come la morte di sua madre fosse stata una tragedia che non solo aveva distrutto la sua famiglia di allora, ma che si sarebbe ripercossa anche sulle generazioni future. "Tragedia" era una parola che non aveva mai sentito, prima che la zia la pronunciasse parlando al telefono. In realtà non era completamente certa del suo significato.

«Tra-ge-dia». Ne verificò la pronuncia ripetendola silenziosamente fra sé. Rimanere in silenzio era una cosa che, da quando erano arrivati in quel tranquillo paesino dove viveva la zia e nessuno sembrava mai uscire di casa se non per recarsi in chiesa o dal macellaio, lei e Frank avevano imparato a fare molto bene. Quando parlavano, lo facevano a un volume troppo alto, così erano stati costretti a conversare a voce bassa, ma d'altra parte, se sussurravano, venivano accusati di nascondere qualcosa. Se correvano per i corridoi – come facevano quando erano nel Borneo! – venivano duramente rimproverati perché rischiavano di far cadere gli oggetti, come ad esempio i vasi preziosi che c'erano in ingresso. E se cantavano, cosa che la loro madre li aveva sempre incoraggiati a fare, unendosi spesso a loro, la zia cominciava a dire che le facevano venire il mal di testa; perché diavolo non riuscivano a starsene buoni a leggere un libro, voleva sapere?

Non c'era da stupirsi che Frank avesse smesso del tutto di parlare. Si rifiutava anche di leggere, cosa che faceva imbestialire la zia Phoebe.

«Hai sei anni e non sai ancora leggere un libro?». Lo stava fissando, ora, dall'altra parte della tavola, i gelidi occhi celesti che traboccavano di biasimo. «Ma cosa pensava di fare, vostra madre? Crescervi come dei selvaggi? Come mai non avevate un'istitutrice?».

La avevamo, avrebbe voluto dire Helen. Avevamo un'*amah*. Ma la zia Phoebe si sarebbe limitata ad arricciare le labbra, quindi era meglio, pensò Helen, non approfondire, altrimenti avrebbe dovuto confessarle che effettivamente l'*amah* non insegnava loro un bel niente, a parte come fumare i sigari al villaggio, e che a insegnar loro le lettere dell'alfabeto erano state la mamma e poi la scuola del paese, quando erano arrivati in quel posto nuovo, dove faceva tanto freddo.

E adesso frequentavano un'altra scuola ancora, stavolta vicino alla casa della zia Phoebe, in cima alla sua strada, "fino a quando non si troverà qualcosa di più permanente".

Permanente? Ecco un'altra parola che le suonava nuova, ma quando andò a cercarla nel grande dizionario nello studio dello zio Victor trovò, con suo sommo disappunto, che significava qualcosa di lungo e durevole, che non sarebbe cambiato. Cosa voleva dire, esattamente? Tutto, nella vita, cambiava. Era l'unica cosa di cui lei era davvero certa. Ma se ci avesse pensato su troppo, avrebbe finito per piangere, e questo avrebbe fatto preoccupare Frank.

No. Doveva essere forte e coraggiosa; sentiva nella testa la voce della mamma che glielo diceva forte e chiaro, come se fosse lì, invece che in quel piccolo cimitero dove zia Phoebe li aveva portati la settimana precedente, dicendo loro che era lì che stava, adesso, la loro mamma. «Niente lacrime», aveva aggiunto. «Tanto, non servirebbero a cambiare le cose».

Troppo spaventati per obiettare, lei e Frank si erano limitati a inclinare il capo in segno di rispetto, come stava facendo la zia, e poi erano tornati in macchina. Phoebe portava le perle della loro mamma. In realtà, per un attimo Helen aveva pensato che fosse proprio la mamma, con lo stesso collo lungo da cigno, ma poi la zia s'era voltata e lei aveva visto il naso dalla linea dura, molto più adunco di quello di sua madre, ed era stata pervasa da un senso di dolorosa incredulità all'idea che la mamma non ci fosse davvero più. In quel momento, una storia affiorò alla sua mente; una storia raccontatale dalla mamma qualche anno prima. Qualcosa a proposito di una zia morta molto tempo addietro, che si chiamava Grace e che era stata la sorella della mamma; più grande di Phoebe ma più piccola di sua madre Rose. Sembrava che la zia un giorno avesse preso le perle della loro madre e che quell'episodio fosse finito con il licenziamento di una cameriera. «Da allora», aveva detto la mamma, «mi sono sempre chiesta se quelle perle non portassero sfortuna».

Ma come poteva essere? Fra l'altro, anche se fosse stato così, Helen agognava di sentirle contro il proprio collo. Era da talmente poco tempo che erano state a quello di sua madre che non era poi così assurda, l'idea che potessero riportargliela indietro.

Non appena si fu ritirata nella sua stanza, Helen si sedette a gambe incrociate sulla coperta ruvida e lo squallido copriletto grigio, la matita nella mano destra e la carta in grembo, per riprodurre l'esatta posizione del nuovo letto di pietra della mamma, sotto l'albero, accanto alla graziosa chiesetta. Le bastava tracciare qualche linea o ritrarre le ombreggiature del soffitto, con i raggi del sole che formavano giocosi chiaroscuri, per sentirsi meglio. Era come trovarsi in un altro mondo: un mondo dove nessuno poteva entrare, a parte, forse, la mamma.

In poco meno di un anno, Frank ed Helen si erano abituati a uno stile di vita semplice e tranquillo, il cui scopo era quello di non disturbare la zia Phoebe. Avevano fugacemente visto i loro fratelli, quando una donna di nome Irene, un'amica della mamma che a quanto pareva si prendeva cura di Geoffrey durante le vacanze, li aveva portati in visita. Helen non poté fare a meno di pensare che Geoffrey era stato più fortunato di loro a finire con quella donna dall'aria allegra e gaia, che quando se n'era andata le aveva dato una leggera pacca d'incoraggiamento sulla spalla, dicendole di fare la brava e di essere "coraggiosa".

Coraggiosi: sembrava che tutti non dovessero fare altro che essere coraggiosi. "Coraggioso" era anche lo zio Victor, attualmente impegnato a combattere contro i tedeschi cattivi in un Paese che Helen non aveva mai sentito nominare. Non vedeva l'ora che tornasse: solo guardare i suoi libri nello studio e sentire l'odore dei gerani nella sua serra le faceva pensare che fosse una persona molto diversa dalla moglie. "Coraggiosi" dovevano essere tutti, durante la guerra, nel caso fosse caduta un'altra bomba come quella nel villaggio vicino al loro, che aveva ucciso la povera signora Rolls dell'ufficio postale, insieme alla vedova sua madre. "Coraggiosa" era la zia Phoebe, quando pedalava per miglia nel villaggio e nei villaggi vicini, per trovare dei rifugi adatti alle famiglie spedite a vivere in campagna, anche se Helen non riusciva a capire cosa ci fosse di coraggioso in questo; non era che una parte dello "sforzo bellico" di cui tanto si parlava e che tutti dovevano compiere. E "coraggioso" era anche suo fratello Roger – un raro elogio da parte della zia Phoebe – che s'era arruolato nella Royal Air Force.

Quest'ultima notizia, Helen l'aveva accolta con orrore: «Non aveva promesso alla mamma che non lo avrebbe fatto? C'ero anch'io quando gli abbiamo fatto visita insieme l'ultima volta! E lui ha promesso. Assolutamente».

La zia Phoebe, che stava leggendo la lettera in cui la si informava di quell'ultimo sviluppo, si sistemò gli occhiali con la montatura d'acciaio e posò la mano sulle perle, un'abitudine che Helen aveva notato farsi sempre più frequente. Era quasi come se volesse accertarsi che fossero ancora lì, come se stessero sempre sul punto di cadere o qualcuno volesse strappargliele via.

«Ebbene, s'è arruolato, Helena, anche se non so come, visto che è ancora minorenne. Deve aver alterato un po' la realtà. Ma non importa. Abbiamo bisogno di tutti gli uomini disponibili».

A Helen non piacque quell'asserzione. Ogni domenica, nella gelida chiesa di pietra dove la zia Phoebe sistemava i fiori, pregavano per un lungo elenco di uomini dispersi o, ed era terribile pensarci, morti. Roger era sempre stato un fratello maggiore piuttosto distante, per lei, ma l'ultima volta che era andata a trovarlo l'aveva fatta ridere dicendole che aveva messo su peso, da quando viveva in quel posto freddo, e che comunque qualche chilo in più le donava. Quando si erano salutati le aveva dato un dolcetto bianco e rosso appiccicosissimo, che aveva preso dal suo armadietto. Ma ormai non era più a scuola. Stava imparando a combattere i tedeschi nel cielo.

Ma c'era da pensare che, con Roger in aria e il loro padre a combattere contro i tedeschi a terra, la guerra sarebbe finita presto, no?

Fu il giorno in cui Frank finì in cantina che la vita cambiò veramente. Il fatto che si rifiutasse di parlare cominciava a far infuriare la zia Phoebe, ed Helen cercava di spiegarle, invano, che tutto era iniziato nel momento in cui lei aveva ordinato loro di non fare tanto chiasso; dalla paura, Frank aveva deciso di non aprire più bocca.

«Dì qualcosa», aveva sibilato Helen al fratellino dopo una lite particolarmente animata, durante la quale Frank aveva scagliato a terra il suo libro, nonostante gli fosse stato intimato dall'insegnante di «finire la pagina».

«Già, avanti, finisci la pagina!», lo aveva preso in giro Phoebe. «Vorrei sapere come fai, dal momento che ti rifiuti testardamente di imparare l'alfabeto!».

In realtà, Helen era abbastanza sicura che Frank conoscesse la maggior parte delle parole che c'erano scritte, perché trascorreva intere ore, dopo il "coprifuoco" serale, a guardare vocali e consonanti insieme al fratellino e a impararne la pronuncia, anche se lui si rifiutava di ripetere ad alta voce. «È per via della mamma?», gli aveva chiesto con delicatezza, ma Frank aveva distolto lo sguardo e nei suoi occhi era apparsa un'espressione talmente strana e inquietante che lei non aveva osato indagare oltre.

Se solo Frank avesse detto alla zia che stava cercando di imparare a leggere! Non poteva biasimare Phoebe, se pensava che suo fratello fosse impossibile, ma allo stesso tempo si accorgeva che Frank stava soffrendo atrocemente per la mamma, proprio come lei.

«Se non ripeti queste lettere, ti chiuderò in cantina!».

La zia Phoebe sventolava il libro sopra la testa di Frank, ma lui sembrava non accorgersene nemmeno. Guardava invece fuori della finestra, verso una figura che si stava avvicinando lungo il vialetto; una figura che la zia Phoebe sembrava non aver visto.

E prima che Helen potesse fare una sola mossa, la zia aveva preso Frank per un orecchio e lo stava conducendo a passo di marcia lungo il corridoio, e poi oltre una porta che lei non aveva mai notato prima. Ebbe appena modo di intravedere una rampa di scale che scendeva verso il basso, poi la porta si richiuse.

«Ma è buio!», gridò, tirando la zia per una manica.

«Finiscila, ragazzina. Certo che è buio. Così impara».

«Non è giusto!».

Si bloccarono entrambe nell'udire bussare alla porta d'ingresso. Arrossendo leggermente per l'imbarazzo, Phoebe l'aprì. Era il postino, con due lettere.

A quanto Helen ricordasse, quella fu l'unica volta in cui la zia Phoebe manifestò delle emozioni.

Se c'era una lettera sottile e celeste, voleva dire che si trattava di posta aerea proveniente dallo zio Victor, e allora la zia si ritirava come sempre a leggerla in giardino, se non pioveva, seduta sulla panchina. Poi tornava in casa e per un breve periodo si mostrava abbastanza gentile con loro.

Ma nessuna delle due lettere era celeste.

«Avete i topi, eh?».

Il postino si era voltato verso la porta della cantina, da dove proveniva il rumore di Frank che batteva con i pugni contro il legno. «Piuttosto rumorosi, anche».

Guardando la zia, ghignava in un modo che la diceva lunga sulla sua consapevolezza che non si trattasse di topi. «Ai ragazzi va data una lezione, ogni tanto», disse Phoebe con un sorriso.

Il postino annuì senza replicare.

«La lascio alle sue faccende, allora».

Phoebe chiuse la porta e fece cenno ad Helen di seguirla in salotto. Era una stanza dove non era mai stata ammessa, fino ad allora, anche se una volta lei e Frank avevano sbirciato all'interno. Era più luminosa del resto della casa, con una grande finestra a bovindo affacciata sul prato e un magnifico caminetto in legno intagliato, davanti al quale campeggiavano due poltrone, una un po' più piccola dell'altra, con un ampio schienale ad ali, o grandi spalle, come le chiamava Helen. Accanto alla poltrona più piccola c'era un tavolinetto tondo in legno scuro e lucido che profumava di cera d'api, sul quale faceva bella mostra di sé una raccolta di fotografie in cornici d'argento, compreso un ritratto della loro madre, con un vestitino bianco molto frivolo e pieno di svolazzi, che teneva per mano una bambina più piccola, la quale a sua volta ne teneva per mano un'altra, ancora più piccola.

La madre aveva avuto una foto identica a quella, nella loro casa del Borneo. La ragazzina di mezzo, le aveva spiegato, era Grace, morta a soli quindici anni per un orribile bozzo sulla schiena. La piccola con gli occhi neri era la zia Phoebe. Strano che nella vita reale fossero celesti, mentre nella foto sembravano neri.

«Siediti». La zia non le indicò una delle due poltrone, ma uno sgabello accanto al caminetto, che era spento.

Aveva in mano le lettere, già aperte. «Ho delle notizie per te».

In sottofondo, Helen sentiva Frank che tempestava di pugni la porta della cantina. Se non avesse fatto domande, forse la zia Phoebe l'avrebbe fatto uscire prima.

«La lettera proviene dalla tua nuova scuola».

Helen cominciò a galoppare con la fantasia. Che la stessero di nuovo rimproverando per non essersi concentrata abbastanza durante le lezioni?

«Non la scuola del paese. Cerca di fare attenzione, ragazzina. Questa viene da una scuola come si deve. Una scuola per grandi, che frequenterai a partire dal prossimo semestre».

Come mai nessuno le aveva detto niente?

«Gli ho scritto, spiegando tutte le circostanze, e ti hanno accettata in cambio di una retta ragionevole. Non vogliono nemmeno sottoporti al test di ammissione, cosa che trovo davvero magnanima. Dovremo fare qualcosa per i tuoi capelli e per l'abbigliamento, prima che tu vada».

Ma come avrebbe fatto ad andare e venire da scuola ogni giorno?

«Si tratta di un collegio, Helen. Sarai a casa solo per le vacanze».

Frank! Chi avrebbe badato a Frank? Chi si sarebbe accertato che non si cacciasse in guai anche peggiori? Mentre quei pensieri le affollavano la testa il rumore dei pugni contro la porta della cantina si intensificò, tanto che una delle fotografie vacillò e cadde dal tavolino.

La zia Phoebe strinse le labbra, poi si alzò e si diresse verso la porta. «Vuoi stare buono?», gridò, in un tono che squarciò l'improvviso silenzio. Poi si voltò verso di lei e stavolta Helen vide guizzare nei suoi occhi qualcosa di simile allo spavento. «Purtroppo l'altra lettera non reca notizie altrettanto buone. L'aereo di tuo fratello Roger è stato abbattuto nei cieli della Norvegia. Lui risulta disperso».

Disperso? Si sentì pervadere da un gelo profondo, proprio come quando, poco prima, aveva assistito in cucina allo scuoiamento di un coniglio da parte della zia. «Ma... non riescono a trovarlo?».

Di nuovo quella strana espressione negli occhi della zia. «Non è sempre così facile. Ma sono certa che faranno del loro meglio. Dobbiamo essere coraggiose, Helen. C'è la guerra, ricordi?».

Capitolo 27

Caro Roger,

ti scrivo questa lettera anche se dicono che sei disperso, perché ho la strana (sottolineato tre volte) sensazione che tu non lo sia affatto. Penso che ti stia semplicemente nascondendo, come facevi nel Borneo. Non ti biasimo. Anch'io, qui, vorrei nascondermi.

Non ti sto accusando (si legge ac-cu-san-do) di nasconderti perché sei un "coniglietto paurosetto", quindi non cercare di tornare qui a picchiarmi (scherzo!!!). Penso invece che tu sia molto furbo e che stia cercando di nasconderti dai nemici per poter BALZARE fuori dal cespuglio (ci sono cespugli in Norvegia?) e coglierli di sorpresa. Poi potresti legarli, saltare su un altro aeroplano e tornare qui da noi.

Mi piacerebbe tanto, se tornassi. La zia Phoebe mi ha mandata in una scuola vicino Bristol. Non possiamo USCIRE in città finché non avremo compiuto quattordici anni, e manca ancora così tanto tempo! E anche allora saremo autorizzate a comperare solamente francobolli e cioccolato.

Frank è ancora con la zia Phoebe, anche se lei ha scritto dicendo che Edna andrà a prenderlo per farlo stare un po' con lei, dal momento che è tanto infelice. Spero che lo abbia fatto uscire dalla cantina e che stia bene. (*Quest'ultima frase è cancellata*). La zia Phoebe può essere dura come un vecchio paio di stivali. Lo diceva papà, te lo ricordi?

Geoffrey dice di volersi arruolare nella Royal Air Force come te, ma è ancora troppo giovane. È vero che hai mentito sull'età? Spero tu abbia incrociato le dita, mentre dicevi la bugia.

Meglio che smetta, ora, perché sto scrivendo con la torcia accesa sotto le lenzuola e le batterie si stanno scaricando. Non so quando potrò averne delle altre. Ci sono un sacco di cose che non si possono comprare, in questo periodo, per via della guerra, ma non pensare che mi stia lamentando perché non lo facciamo mai. Sarebbe poco pa-tri-ot-ti-co. Significa che faremmo cose ingiuste per il Paese, e non sarebbe bello nei confronti dei ragazzi coraggiosi come voi, là fuori. È così buffo pensare a te come a uno dei nostri bravi ragazzi coraggiosi.

Ti riscriverò presto. Come puoi vedere dalla busta, spedirò anche questa lettera al vecchio indirizzo, quello che avevi prima che ci dicessero che eri disperso, nel caso tu sia tornato allo scoperto.

Se è così, hai visto papà? Sono secoli che non ricevo una sua lettera. Ma probabilmente non vedi molta gente dell'esercito di fanteria.

Con tutto il mio amore.

Tua sorella,
Helen

Si augurava di non averlo messo troppo in allarme a proposito di Frank.

«Macintyre?», sibilò una voce irritata dal letto accanto al suo.

«Sì?»

«Hai finito di scrivere?»

«Sì».

«Bene, perché vorrei dormire».

«Scusami».

Helen giaceva nel suo lettino angusto, a guardare la luna attraverso la finestra senza tende. Faceva freddo e la coperta, leggera e ruvida, non riusciva a proteggerla dagli spifferi di vento gelido che penetravano dai vetri.

Suo fratello maggiore stava guardando il cielo come lei, in quel momento? Dicevano che era stato abbattuto sulla Norvegia. Aveva guardato nell'atlante durante la lezione di geografia, mentre tutti erano impegnati a cercare il Sudamerica come era stato loro ordinato. Non era tanto lontana dall'Inghilterra, in realtà. Roger era un ragazzo coraggioso. Il loro padre lo diceva sempre. Forse sarebbe riuscito a tornare a nuoto, quando avesse smesso di nascondersi. Lo sperava davvero tento.

Helen si voltò dall'altra parte. Erano pensieri come quello, che non smettevano mai di frullarle per la testa, a impedirle di dormire. C'era una sola cosa in grado di fermarli: be', due, se si contavano anche le Ave Maria, ma ultimamente non sembravano funzionare a dovere, e fra l'altro qualcuno le aveva sottratto il rosario. Ma se avesse fatto la prima cosa, avrebbe potuto svegliare la ragazza che le dormiva accanto, la stessa che s'era lamentata perché stava scrivendo la lettera.

Rimase in ascolto. Dai letti ai suoi lati provenivano dei respiri ritmici, profondi e regolari. Dall'altra estremità del dormitorio – poteva contare otto letti – provenivano rumori simili, sibili e inalazioni come nell'orchestra della scuola, nella quale era stata costretta ad entrare, ma dalla quale sarebbe stata prontamente buttata fuori, se non si fosse decisa a esercitarsi col violino come faceva col pianoforte.

Lentamente, molto lentamente, la mano di Helen sbucò da sotto la coperta, annaspando verso il cassetto aperto del piccolo comodino-armadietto che aveva accanto. Nel buio, le sue dita si chiusero attorno alla matita e al foglio di carta che teneva sempre sotto la Bibbia. Respirando appena, si sollevò a sedere e, sistematasi con la schiena contro i cuscini, tornò a guardare la luna, memorizzandone la forma. Era un po' come il coperchio di una padella; del genere usato dalla zia Phoebe quando, arrabbiata, lo batteva contro un altro coperchio, se lei e Frank non facevano quello che desiderava.

La matita prese a muoversi con abilità sulla pagina, come animata da una forza invisibile.

No, senza spingere. Sfumando. Accennando. Punteggiando. Convincendola a ricreare gli stessi tratti su carta, anche se al buio era difficile vedere se stava riuscendoci o meno. Mentre la sua mano si muoveva, si sentì attraversare il corpo da una piacevole sensazione di pace. Non sentiva più quel groppo in gola che l'aveva tormentata da quando si era risvegliata, quella mattina. La preoccupazione per la doppia (bleah!) lezione di aritmetica che l'aspettava il giorno seguente non sembrava più così terribile.

Il mattino dopo, quando si svegliò, Helen si ritrovò con la matita ancora stretta nel pugno. Il foglio era caduto dal letto, ma si vedeva ancora il coperchio di padella simile alla luna. Lo infilò nel *Libro di Giobbe*, insieme agli altri disegni notturni che aveva realizzato. Poi si preparò alla sensazione di gelo del linoleum contro le piante dei piedi, mentre cercava le pantofole e si metteva in fila con le altre per andare in bagno, nel vano attiguo. Un'altra giornata era iniziata.

Il problema, nell'arrivare in una scuola che tutti gli altri frequentavano ormai da un'eternità, era che i compagni avevano già fatto amicizia fra loro. Non serviva a niente spiegare che lei arrivava da un altro Paese, o che sua madre era morta.

Entrambe le cose sembravano istigare le altre ragazze a starle ancor più lontano, come se quei fatti fossero contagiosi.

Beth era una delle poche eccezioni alla regola. Piccola, esile e molto carina, era quasi l'opposto di Helen, o almeno così lei credeva. Roger aveva detto bene, quando l'aveva vista l'ultima volta: aveva messo su qualche chilo, ma aveva sbagliato a dirle che quei chili le donavano. Ogni volta che si guardava allo specchio, Helen sentiva il cuore balzarle in petto, perché si accorgeva di non somigliare affatto a Beth, né a una qualsiasi delle altre ragazze. La cintura della divisa scolastica le stringeva la pancia, facendola protrudere al di sotto, e la calzamaglia di lana era sempre piena di buchi, il che non aiutava certo a migliorare il quadro generale. E benché si fosse dimostrata molto dotata in economia domestica e avesse imparato a rammendare i buchi con una certa precisione, le sue gambe sembravano sempre costellate di enormi cicatrici di lana.

«Ci penserà la mamma, quando verrai da noi», le promise Beth un giorno.

Helen trattenne il fiato per l'emozione. Ancora non riusciva a credere di avere un'amica che aveva scritto a casa chiedendo il permesso di portarla con sé per le vacanze. A quanto pareva, anche la zia Phoebe aveva acconsentito e l'indomani sarebbero partite per le vacanze di Pasqua.

C'era un unico problema. Helen aveva saputo dalle altre ragazze che andavano a passare le vacanze dalle amiche che era appropriato portare un regalo alla famiglia ospitante. Aveva anche scritto alla zia, chiedendole di mandarle qualcosa da regalare alla madre di Beth, ma non era arrivato nulla.

La preoccupazione la stava consumando al punto che, quando si svegliò la mattina dopo, le sembrò di sentirsi male.

«Non possiamo mandarti a casa, se stai male», proclamò la direttrice.

Helen cercò inutilmente di spiegarle che non sarebbe tornata a casa.

«L'unico posto in cui andrai è il sanatorio», dichiarò la direttrice, che aveva la pelle butterata come certi ragazzi nel Borneo. «Potresti essere contagiosa».

Il mattino seguente il mal di pancia e il malessere se n'erano andati. E Beth con essi.

Il giorno dopo ancora, la zia venne a prenderla con una piccola automobile grigia che faceva un rombo assordante e che a quanto pareva non poteva essere aggiustata fin quando i crucchi non fossero stati sconfitti. La zia Phoebe borbottò per tutto il tragitto, lamentandosi del razionamento della benzina e del malessere di Helen, quasi se lo fosse procurato apposta. «Che seccatura... Ho dovuto interrompere la matinée di bridge... Immagino tu abbia di nuovo mangiato troppo...».

Era sicuramente una battuta, perché a scuola tutte erano concordi nel sostenere che le tenevano a stecchetto, facendole morire di fame con le porzioni che rifilavano loro, e che l'unico modo per sopravvivere era ingozzarsi di pudding.

Helen passò le vacanze tranquilla nella sua stanza o, se non faceva troppo freddo, andava nella serra dello zio Victor, della quale si era autoproclamata custode. Stava accumulando una discreta raccolta di disegni, che aveva cura di nascondere sotto il letto. Non si sapeva mai cosa la zia disapprovasse, e probabilmente anche disegnare avrebbe potuto essere considerato un peccato mortale, come l'aver dimenticato di rinchiudere le galline, la sera prima. Aveva subìto un'orribile ramanzina, a tal proposito, ed Helen era stata accusata una volta di più di non rendersi conto che c'era la guerra e che dovevano pensare a mangiare, in un modo o nell'altro.

Poi, un giorno, era successa una cosa meravigliosa! La zia Phoebe era più autoritaria del solito, e le aveva ordinato di pulire la cucina, anche se l'aveva già fatto alla perfezione, dopo la frugale prima colazione che constava di pane fatto in casa dal sapore orribile. Poi, proprio quando aveva appena finito di asciugare una padella, aveva sentito bussare alla porta e subito dopo era arrivata una voce maschile.

«Non c'è nessuno che venga a salutarmi?».

Si era precipitata in ingresso e aveva visto un uomo dagli occhi brillanti con degli occhiali rotondi che le sorrideva raggiante; indossava un'uniforme marrone e portava una grossa borsa a tracolla.

«Per tutti i fulmini, mia cara, quanto sei cresciuta!».

Lo zio Victor!

Ma prima che Helen potesse aprire bocca, la zia si precipitò giù per le scale, solo che non sembrava più nemmeno la zia. Anche se indossava esattamente gli stessi abiti che portava un'ora prima o giù di lì, questa zia stava sorridendo e piangendo al tempo stesso. Abbracciò lo zio Victor, che la sollevò fra le sue braccia, facendola volteggiare in aria. Poi – i miracoli non erano finiti! – lei si mise a ridere.

«Ti senti male, zia Phoebe?», Helen sentì domandare dalla propria voce.

La zia si voltò di scatto. «Va' nella tua stanza, Helen. Potrai scendere più tardi».

Lo zio Victor parve sul punto di dire qualcosa, ma poi sembrò ripensarci. Tuttavia, mentre saliva le scale, Helen si voltò e vide che la stava seguendo con lo sguardo. Era solo un piccolo gesto, ma era sicura di averlo visto. Lo zio Victor le aveva strizzato l'occhio!

Ora che lo zio era tornato, la vita era molto più piacevole, anche se non sarebbe durata molto. Era quella che chiamavano una licenza, ma Helen avrebbe desiderato che fosse per sempre. La zia Phoebe era molto più gentile, ora che suo marito era tornato. Anche se continuava a rimproverarla, non lo faceva più tanto spesso, ed Helen aveva molto più tempo a disposizione per disegnare. Aveva risparmiato sulle paghette per acquistare un piccolo completo da pittore al negozio del paese, anche se doveva fare molta attenzione a non macchiare il pavimento della sua stanza coi colori.

C'era una sola cosa che le risultava un po' strana. Lo zio Victor era a casa ormai da quattro settimane; un giorno Helen era entrata in bagno e aveva visto delle macchie di sangue sul pavimento.

Temendo che qualcuno si fosse ferito, si era precipitata giù per le scale per dirlo alla zia.

Con sua somma sorpresa, quest'ultima era arrossita come un peperone.

«Ma no che non s'è ferito nessuno, stupidella».

Helen non ne era convinta. Quella stessa mattina aveva sentito dei mormorii concitati e sommessi provenire dalla stanza da letto degli zii. Sembravano un po' le "discussioni" che aveva sentito dai suoi genitori, prima che papà andasse in guerra. Che sua zia – Dio ce ne guardi! – avesse ucciso lo zio?

Incapace di aspettare fino all'ora di pranzo per scoprire se andava tutto bene, Helen sfrecciò verso la serra, dove in genere lo zio trascorreva la mattinata alle prese con le piante di pomodori.

«Mia cara bambina! Cosa c'è che non va?», le chiese appena la vide.

Helen scoppiò in lacrime per il sollievo, ma lo zio pensò che fosse disperata.

«È a causa di tuo fratello?».

Helen annuì; le parve la cosa giusta da fare.

«Lo so. È dura». Le circondò le spalle con un braccio e la strinse lievemente a sé. «Dobbiamo essere coraggiosi, Helen. Siamo in guerra».

Lei annuì di nuovo.

«Presto tornerò al fronte, al mio reggimento».

«Devi proprio?».

Lui annuì. «Temo di sì. Stai vicina alla zia, quando non ci sarò, mia cara. Non è facile per nessuno dei due. È un vero peccato che non abbiamo mai...».

S'interruppe e fece una pausa, per un accesso di tosse causato dal fumo della pipa. Passata la crisi, lo zio si limitò a raddrizzare le spalle e tornò alle sue piante di pomodori. «Prenditi cura di lei, Helen, cara. So che può sembrare dura, a volte, ma lo fa per il vostro bene».

Cos'è che non avevano mai fatto lui e la zia Phoebe?, avrebbe voluto chiedere Helen, ma sotto la giacca di tweed notò che la schiena dello zio si era irrigidita, così tacque.

Nel giro di un mese lo zio era ripartito ed Helen era tornata a scuola.

Il semestre andò avanti come il precedente, solo che ora era estate, cosa che sembrava migliorare l'umore degli insegnanti. Helen sperava che lo stesso accadesse alla zia, a "casa".

«Ho imparato a giocare a lacrosse», scrisse a Roger, «e ormai sono al quarto livello di pianoforte. La mia amica Beth dice che posso andare a stare da lei, durante le prossime vacanze. Mi dovrò assicurare di non farmi più venire il mal di pancia. Stai ancora nascosto? Per favore, esci presto allo scoperto, perché sono preoccupata per te».

La madre di Beth era una donna buonissima. Chiese davvero a Helen di tornare, dicendole di non preoccuparsi se non aveva un dono da portarle, perché bastava la sua presenza, come regalo per la famiglia. Beth le aveva raccontato così tante cose su di lei!

La casa di Beth era più piccola del Vecchio Rettorato, ma molto più calda e accogliente. Anche la sua mamma suonava il pianoforte e passarono quasi tutte le sere a ridere, scherzare e cantare. Prima di addormentarsi, la madre di Beth veniva a rimboccare le coperte ad entrambe, nei loro letti attaccati con le belle sopraccoperte azzurre, dicendo che non avevano nulla di cui preoccuparsi, perché da quelle parti non c'erano state quasi mai incursioni aeree.

«Mi dispiace tanto per tua madre», aveva detto una sera ad Helen, e le sue parole l'avevano colpita moltissimo. A volte le sembrava che la mamma fosse esistita soltanto nei suoi sogni. Altre volte aveva l'impressione che stesse ancora nel Borneo, ad aspettare il suo ritorno a casa.

«È per mio fratello che sono veramente preoccupata», s'era sorpresa a dire Helen, per poi ritrovarsi a raccontare alla cara mamma di Beth tutto quello che riguardava Roger in quel Paese chiamato Norvegia.

La madre di Beth rimase tranquilla ad ascoltare la storia di Helen, poi disse che avrebbe parlato con il padre di Beth, che lavorava presso il Ministero della guerra. Presto – troppo presto – per Helen arrivò il momento di tornare dalla zia Phoebe, dove avrebbe trascorso il resto delle vacanze. Ma non appena mise piede nella sua camera da letto capì che era successo qualcosa. Il suo letto era stato spostato e la piccola scrivania con la sedia si trovavano dall'altra parte della stanza.

Helen si precipitò giù dalle scale e trovò la zia in cucina, intenta come al solito a preparare delle verdure prese in giardino e ad ascoltare la radio. «I miei disegni», cercò di dire, anche se le venne fuori una specie di rantolo.

«Te l'ho già detto mille volte, ragazzina. Non farfugliare».

Helen cercò di scandire bene le parole. «Non riesco a trovare i miei disegni. Erano sotto il letto».

«Disegni?». Il naso di Phoebe sembrò voler prendere in considerazione la cosa, arricciandosi da un lato, e poi dall'altro, un po' come faceva il suo cane, un grosso labrador puzzolente di nome Rupert chiamato così per via di un qualche poeta, sembrava, che odiava chiunque, a parte la sua padrona. «Vuoi dire quei vecchi pezzi di carta con degli scarabocchi?».

Helen annuì.

«Li ho buttati via. Non avresti dovuto lasciare della spazzatura sotto il letto, Helen. Ti ho detto mille volte di essere più pulita. Santo cielo, ragazzina, che diavolo hai? E adesso dove stai andando?».

Non lo sapeva. Sentiva solo l'impulso di mettersi a correre. Correre più forte che poteva per i campi del vicinato, e poi oltre, al di là di essi e ancora più giù. Ormai stava facendo buio, ma non aveva nessuna voglia di tornare indietro. Si trattenne invece in prossimità di un cancello e si mise a piangere. Pianse per sua madre. Pianse per suo fratello, che probabilmente era morto, invece che nascosto da qualche parte. E pianse per gli altri suoi due fratelli che non vedeva da un'eternità, tanto da aver dimenticato le loro facce.

Poi, non sapendo che altro fare, tornò lentamente verso casa.

«Eccoti, dunque». La zia era pallidissima, e aveva un'aria tirata come mai prima di allora. «Non provare mai più a spaventarmi così».

Helen la fissò. «Pensavo di averti fatto contenta andandomene via. Non mi vuoi qui con te, no?».

La zia sembrava spaventata, e per una volta Helen si sentì la più forte delle due.

«Non è questo. Il fatto è che... Non importa. Vai a letto, adesso, va bene?».

Helen salì lentamente le scale. Quando arrivò nella sua stanza si appoggiò alla parete per non cadere a terra.

«Mamma!».

Di fronte a lei c'era sua madre. Gli stessi occhi gentili. La stessa bocca che ogni sera l'aveva baciata sulla guancia. La stessa espressione del viso. Solo che era una bambina.

La zia Phoebe aveva tolto il ritratto della mamma dal salotto e l'aveva appeso nella sua stanza. Un tentativo di riappacificazione?

Tornò di sotto in punta di piedi. «Grazie». Baciò la guancia della zia con determinazione e trasporto. Era più morbida di quanto avesse immaginato.

«Stupidaggini, ragazzina», disse la zia.

Ma dal tono della sua voce Helen capì che le aveva fatto piacere.

La settimana seguente le vacanze finirono. Per allora, la zia Phoebe era tornata ad essere come sempre ed Helen fu quasi sollevata nel tornare a scuola.

Capitolo 28

Fu la nuova insegnante di educazione artistica a salvarla. Signorina Diamond, si chiamava, e si diceva che avesse un fidanzato americano che la riforniva di calze di nylon e cioccolata. Senza dubbio, era molto diversa da tutte le altre insegnanti, che sembravano disapprovarla lanciandole occhiate piene di biasimo, notò Helen, quando passava in corridoio.

Tanto per cominciare, alla signorina piaceva Helen. Non la riprendeva sempre, come l'insegnante di matematica, perché non riusciva a comprendere i misteri dell'algebra. E benché sembrasse che Helen fosse portata per il francese, anche se non era mai stata in Francia, lo parlava con quello che l'insegnante di questa materia definiva un "esagerato accento coloniale", il che aveva fatto ridere tutta la classe.

Ma nessuno rise quando la signorina Diamond, che si appollaiava sull'angolo dei loro banchi invece di passeggiare su e giù davanti alla cattedra come gli altri insegnanti, fece radunare tutti quanti per ammirare un acquerello di Helen che riproduceva gli alberi all'esterno.

No, quella volta rimasero tutti a bocca aperta. Beth era stata la prima a parlare. «Helen, ma è bellissimo. Davvero stupendo».

Ed Helen arrossì, mentre il mormorio generale le segnalava l'unanime approvazione del resto della classe. Da quel momento in poi, notò, venne trattata con maggior rispetto da quasi tutte le ragazze, che fino ad allora non le avevano rivolto la parola perché non aveva una madre e perché a volte usava quelle strane parole malesi, dimenticando che erano incomprensibili per gli altri.

«Hai un dono, Helen», le disse la signorina Diamond nella mensa, dove le altre ragazze si erano riunite in gruppetti a chiacchierare dopo un altro pasto monotono e pesante: patate lesse e in qualcosa di misterioso che avrebbe potuto o non avrebbe potuto essere coniglio. «Hai mai pensato di scegliere educazione artistica come avvio professionale?».

Se la faccia della sua insegnante non fosse stata seria, Helen avrebbe pensato che la stesse prendendo in giro. Ma si fidava abbastanza della signorina Diamond per sapere che diceva sul serio. «Mia zia desidera che io scelga economia domestica, come materia principale, dopo l'esame di ammissione», si sentì rispondere Helen.

«E tu cosa desideri fare?»

Era un po' che si chiedeva la stessa cosa, ormai, ma sempre con la premessa: "Quando la guerra sarà finita...".

«Forse», iniziò a dire, esitante, «potrei fare l'infermiera. Mi piacerebbe aiutare gli altri; così, anche se la guerra sarà finita, potrò essere utile alle persone malate o ferite».

Pensando alla mamma i suoi occhi si riempirono di lacrime. Se fosse stata un'adulta e sua madre si fosse ammalata, avrebbe potuto accudirla. Avrebbe avuto modo di esserle d'aiuto, invece di limitarsi a baciarla su una guancia, in una giornata qualunque, e a osservarla percorrere il vialetto senza sapere che non l'avrebbe più rivista.

Helen sentì la mano della signorina Diamond chiudersi per un attimo, ma con calore, sulla sua. «So della tua mamma», le disse in tono sommesso. «Anche la mia è morta quand'ero piccola, ma io ho avuto la fortuna di avere mio padre a casa. Non è accaduto durante la guerra». Ritirò la mano ed Helen sentì come una fitta di rimpianto. «Sai cosa mi ha aiutato?»

«Dipingere». Helen lo aveva scoperto da sola. «Il mio bisnonno era un pittore. Mia madre mi parlava sempre di lui. Ritraeva lei e sua sorella – mia zia – come studi per altri dipinti. Aveva anche un pittore famoso come mecenate». Si sforzò di ricordarne il nome. «Sir William Giles. A volte usava la mia bisnonna come modella. Sembra che sia esposta alla National Gallery».

«Accidenti». Helen sapeva che se avesse raccontato quelle cose a una qualsiasi delle altre insegnanti non sarebbe stata creduta, ma la signorina Diamond era sinceramente interessata. «Allora, forse hai ereditato il suo talento. È un dono speciale, Helen. Non gettarlo al vento».

Ed Helen non lo fece. Dopo quella conversazione cominciò a trascorrere ogni momento libero nell'aula d'arte. A poco a poco, le pareti si riempirono di suoi lavori; in maniera quasi imbarazzante, a dire il vero. Gli acquerelli, decise, erano il suo "mezzo" preferito, un termine acquisito dalla signorina Diamond e che ora usava con crescente disinvoltura, anche se non disdegnava la sensazione che le davano i pastelli e il carboncino, nonostante lasciassero delle macchie sulla sua uniforme scolastica, suscitando i rimproveri della direttrice, quando arrivava la settimana del bucato.

Quando venne il momento di tornare a far visita alla famiglia di Beth (l'invito era arrivato, come promesso!), seppe esattamente cosa portare in regalo. E stavolta nessuno avrebbe potuto buttarlo via, perché la signorina Diamond l'aveva conservato con cura, al riparo da occhi indiscreti.

«Oh, cara!», esclamò la madre di Beth quando lo liberò dalla carta di giornale con il quale Helen e la signorina Diamond l'avevano accuratamente incartato. «Ma è straordinario. È di una somiglianza quasi perfetta».

«Te l'avevo detto, mamma!». Beth stava saltellando dall'eccitazione. «Mi ha ritratta con precisione, non trovi? Persino il naso è uguale!».

Il padre di Beth si stava aggiustando gli occhiali sul proprio, di naso, che somigliava molto a quello della figlia, ma quando osservò il ritratto, la sua espressione rivelò anche la sua incondizionata approvazione. «Ne hai altri, mia cara?».

Così Helen gli mostrò alcuni degli altri schizzi a carboncino che aveva realizzato, spiegandogli che a fare ritratti aveva iniziato soltanto da poco perché in realtà preferiva gli acquerelli e le vedute.

«E questo chi è?», chiese Beth, col naso proteso oltre la spalla del padre, mentre tutti ammiravano l'immagine di un bellissimo ragazzo in uniforme, col berretto della RAF sulle ventitré e gli occhi sorridenti, come quelli dell'attore Cary Grant, che tutte loro amavano guardare nelle rare occasioni in cui le portavano al cinema.

«Mio fratello Roger». Helen cercò di mantenere ferma la voce.

«Hai più saputo nulla?», chiese la madre di Beth. Notando che nel chiederglielo la donna aveva lanciato un'occhiata piuttosto strana al marito, Helen si limitò a scuotere il capo e a passar loro un altro ritratto. «Questo è mio fratello Geoffrey. È quello che viene prima di me».

Annuirono tutti. «Si nota la somiglianza», disse la madre di Beth. «Si trova ancora a Christchurch?».

Helen scosse la testa. «Voleva arruolarsi anche lui nella RAF, ma non ha superato la visita medica e così è entrato nell'esercito. Lo stanno addestrando da qualche parte, nel Nord. E questo è il mio fratellino minore, Frank, anche se non lo vedo da un'eternità. Lui vive con la domestica».

Un'altra occhiata strana sembrò serpeggiare tra i volti attorno a lei. «Be', mia cara», disse il padre di Beth mentre mettevano da parte i suoi lavori e si preparavano ad andare in tavola per la cena, dove avrebbero gustato una zuppa d'ortica, che faceva anche sua madre, e del coniglio. «Penso che qualcuno dovrebbe scambiare due parole con tua zia sulla possibilità di mandarti a una scuola d'arte, quando la guerra sarà finita».

Helen sentì un brivido d'eccitazione attraversarle tutto il corpo. La scuola d'arte! Chissà se sarebbe diventata un'artista famosa, come il suo bisnonno. In realtà non era certa di voler diventare famosa, ma di voler dipingere, quello sì. Era l'unica cosa che poteva aiutarla; l'unica cosa che la poteva isolare da tutto quel che era successo da quando la mamma era andata via.

Caro Roger,

non lo indovinerai mai! La mia amica Beth – te la ricordi, ti ho già scritto di lei in passato – mi ha invitata dai suoi e ho mostrato loro alcuni dei miei disegni, compreso un TUO ritratto, e hanno detto che sei molto bello. Non ti montare la testa, adesso!!!! Andranno dalla mia insegnante o dalla direttrice per convincerle a parlare con la zia Phoebe e vedere se sarà possibile mandarmi alla scuola d'arte del college, quando la guerra sarà finita.

Non vedo l'ora di rivederti.
Ti prego, abbi cura di te.
Con tutto il mio amore,
la tua sorella affezionata,
Helen

I mesi passarono più in fretta che mai, grazie alla signorina Diamond e ai misteri della classe di educazione artistica. Prima che Helen se ne rendesse conto, era già arrivato il momento di tornare dalla zia Phoebe. Con suo sommo disappunto, scoprì di essersi persa una delle "licenze" dello zio Victor. E se questa era sfociata in un atteggiamento più estroverso della zia, s'era persa anche quello. Invece, trovò la zia più arcigna che mai, e quando vide dell'altro sangue sul pavimento del bagno, Helen lo pulì senza dire una parola.

Durante le vacanze la zia Phoebe fu anche taciturna e solitaria, il che lasciava ad Helen più tempo per se stessa; un'ottima cosa. A volte rimaneva fuori per l'intera giornata, col blocco da disegno e i colori infilati in una borsa. Il posto che preferiva era un profondo cratere sul fianco della collina, dov'era caduta una bomba all'inizio della guerra. L'erba stava già ricrescendo. Ormai Helen aveva quindici anni, non mancava molto all'esame d'ammissione. La guerra sarebbe finita presto, no? Dal macellaio e alla radio la gente aveva già cominciato a parlarne.

Una sera, poco prima del suo ritorno a scuola, trovò la zia ad aspettarla, con un bicchiere di whisky in mano. «Siediti, Helen». Aveva in mano una lettera e il cuore di Helen fece una capriola. Le lettere in genere non recavano mai brutte notizie, a meno che non si trattasse di un telegramma. Una delle ragazze a scuola aveva ricevuto un telegramma ed era scappata via in lacrime, senza più fare ritorno.

«Potresti dirmi perché volevi spedire questa? L'ho trovata nella tua stanza».

Helen guardò la busta, su cui spiccava la sua stessa calligrafia. «È per Roger», disse arrossendo. «Perché me lo chiedi?».

La voce della zia aveva un suono rotto e incerto, come la piccola crepa che Helen vedeva sul bicchiere che teneva in mano. S'incurvava come la chiave di violino all'inizio del pentagramma. La zia non l'aveva vista? Con sua stessa costernazione, Helen si sorprese a sperare che fosse così e che perciò finisse per tagliarsi.

«Roger è disperso, Helen. Da molto tempo, ormai. Dobbiamo presumere il peggio. Perciò non è il caso di sprecare del denaro in francobolli per una lettera che non raggiungerà mai nessuno».

Helen si alzò in piedi, sentendo la rabbia salirle dentro e scoppiare in calde ondate di pianto. «Tu come fai a saperlo?».

La zia strinse le labbra. «Lo so perché è così. E un'altra cosa. Basta con quegli stupidi discorsi sulla scuola d'arte. Tu non provieni da quel tipo di famiglia. Se dopo la scuola non desideri accettare di frequentare il corso di economia domestica così come ti ho proposto, hai una sola alternativa, ed è quella di fare l'infermiera. A te la scelta».

Helen si morse il labbro. Aveva sempre saputo che era troppo bello per essere vero. Come aveva potuto pensare di poter fare davvero una cosa che la rendesse felice? Eppure, forse Phoebe non aveva poi tutti i torti. Forse fare l'infermiera era la cosa più giusta, per lei. In fondo, così avrebbe aiutato gli altri.

«E un'altra cosa ancora». La zia aveva quasi svuotato il bicchiere, ormai. «Ho avuto notizie di tuo padre, è a casa in licenza. Fra non molto ti verrà a trovare a scuola. Ahi!».

«Che succede?».

C'era un piccolo rivolo di sangue che scendeva dalla bocca della zia. «Devo essermi tagliata. Questo bicchiere ha una crepa».

Helen provò soddisfazione e allo stesso tempo anche una sorta di compassione. «Posso aiutarti?».

«Si dice "mi permetti di" aiutarti, Helen, non "posso". Puoi fare quasi tutto quel che vuoi: o almeno sembri esserne convinta. Ma se vuoi essere gentile, devi chiedere il permesso. Povera me. Non ascolti nulla di quel che t'insegnano a scuola?».

Quella notte, a letto, Helen ritrasse il volto della zia, col sangue che le colava lungo il mento e raggiungeva le perle. Poi, per paura che qualcuno lo potesse trovare, lo fece in mille pezzi e li lanciò dalla finestra, perché si mescolassero con i candidi boccioli del ciliegio lì fuori.

Capitolo 29

A volte Helen non riusciva a ricordare che aspetto avesse la mamma. Aveva due fotografie che teneva dentro la grossa Bibbia marrone, accanto al letto, e che portava con sé durante ogni vacanza, nella grossa valigia marrone recante le sue iniziali H, C, G M. Quando guardava quelle fotografie le sembrava che riflettessero un'immagine molto vaga della mamma che aveva conosciuto lei, ma in realtà non le somigliavano affatto. Sembrava così fredda, in qualche modo. Così lontana. Così distaccata.

Le foto, le avevano detto, erano state scattate da un giornale londinese poco dopo il ritorno di sua madre dal Borneo. Quell'informazione, alquanto sorprendente, le era pervenuta da un'amica di sua madre, che aveva iniziato a scriverle durante l'ultimo anno passato a scuola. L'amica, una donna di nome Diana, le aveva spiegato che avrebbe voluto scriverle prima, ma il suo datore di lavoro (un certo signor John Lewis) l'aveva mandata a Portsmouth e aveva avuto problemi a mettersi in contatto con sua zia Phoebe per ottenere l'indirizzo di Helen. Sperava con tutto il cuore che Helen le avrebbe risposto, anche se si sentiva in dovere di comunicarle che s'era sposata da poco col suo fidanzato americano, di stanza laggiù, e che non appena la guerra fosse finita sarebbe tornata a Boston.

Helen cercò Boston sull'atlante geografico e stabilì che era così lontano che probabilmente non avrebbe mai più visto questa tale Diana, anche se le avrebbe di certo risposto per lettera, immaginando che sua madre ne sarebbe stata felice. Come molti figli della guerra, si stava rassegnando anche lei all'idea di non rivedere mai più determinate persone. Ogni tanto dubitava persino di poter rivedere Roger. Beth le aveva detto che suo padre conosceva "tante persone nelle alte sfere", che nella mente di Helen andavano a formare la ridicola immagine del padre di Beth appollaiato sulla cima di una montagna, simile a quella di cui parlava sempre sua madre nel Borneo. Beth le aveva assicurato che suo padre stava chiedendo a queste persone nelle alte sfere di scoprire qualcosa su Roger, ma finora non era successo nulla.

Nel frattempo, nonostante la zia Phoebe le avesse annunciato un'imminente visita del padre, non lo aveva ancora visto. In qualche modo, la cosa non la sorprendeva. Nel suo caso non provava quella sensazione dolorosa al petto, come quando pensava alla mamma. Ma Frank le mancava, e continuava a chiedere alla zia perché mai Edna non venisse mai a trovarle nel Somerset. Ma quando nominava Edna, le labbra della zia si assottigliavano ancora di più, benché potesse sembrare impossibile, e le veniva detto in tono gelido che la cosa non era semplicemente "in programma".

La voce con cui veniva pronunciata quella frase suggeriva anche che Helen avrebbe fatto bene a non indagare oltre sulla questione.

Una mattina di primavera, però, alcuni mesi dopo l'annuncio di Phoebe dell'arrivo di suo padre, Helen era seduta accanto alla finestra della sua classe a contare i minuti che la separavano dall'inizio della lezione successiva (educazione artistica, finalmente!), quando bussarono alla porta. Era l'assistente della direttrice, una donna gaia e minuta con degli occhialini rotondi, che sussurrò qualcosa all'orecchio dell'insegnante di matematica. Questa aggrottò le sopracciglia e chiamò Helen alla cattedra.

E ora cosa aveva fatto? Avevano trovato altre macchie di carboncino sulle lenzuola, forse? O forse qualcuno aveva fatto la spia rivelando che leggeva sotto le lenzuola, di notte. Qualunque cosa fosse, Helen si ritrovò a seguire l'assistente della direttrice lungo il corridoio che conduceva allo studio di quest'ultima.

Col cuore in gola, bussò alla porta. «Avanti», risposero.

Sforzandosi di concentrarsi sulla forma della porta, uno dei suoi trucchi preferiti per distrarre la mente dall'inevitabile ramanzina che sicuramente le sarebbe toccata, Helen entrò. C'era un uomo in piedi accanto alla finestra; era di schiena, ma avrebbe riconosciuto la massiccia figura da orso anche se non avesse scorto il profondo taglio sulla nuca, dove non crescevano più i capelli.

«Papà?», disse, e sembrò una domanda, anche se non era stata sua intenzione che lo fosse.

Quando suo padre si voltò, notò che le sorrideva con gentilezza formale, come lo aveva visto fare nel Borneo, quando salutava gli ospiti. «Ah. Helen, eccoti qui», le disse, come se fosse stato lui ad aspettarla in tutti quegli anni. «È bello vederti».

Helen avanzò, si fermò davanti a lui e si sollevò sulla punta dei piedi per baciarlo su una guancia. Lui sembrò leggermente imbarazzato e lei fece un rapido passo indietro, investita dall'odore di qualcosa che sembrava un medicinale, ma che era anche muschioso; nel farlo inciampò quasi in una sedia che era stata messa lì. «Vedo che non hai perso la tua goffaggine», disse il padre in tono quasi divertito. «Hai anche messo su un bel po' di chili, non ti pare? Bene, almeno ho la sicurezza che sei stata nutrita a dovere».

Scoppiò in una risata sguaiata, mentre lo diceva, come se fosse una gran bella battuta, e la direttrice rise cortesemente, anche se Helen sospettava che la cosa non l'avesse divertita affatto.

«Sei tornato dalla guerra, papà?», gli domandò, non sapendo che altro dire.

Lui annuì. «Sfortunatamente, sono invalido. Niente di grave. Solo una gamba ferita da un paio di spari».

Il volto della direttrice assunse un'espressione riverente.

«Helen, sono venuto a trovarti per dirti che quando questa dannata guerra sarà finita, ritorneremo nel Borneo».

Borneo? Fu travolta da un'ondata di panico. «Verranno anche i ragazzi?»

«Soltanto Frank. Ovviamente, hai saputo di Roger».

Helen annuì. «È ancora nascosto».

«Nascosto?». Le sopracciglia cespugliose si congiunsero in un'unica intricata linea grigia. «Che diavolo vuoi dire, Helen? È un prigioniero di guerra in un campo tedesco. O almeno, speriamo in Dio che lo sia. Nessuno ti ha scritto per dirtelo? Credevo di aver chiesto a qualcuno di farlo».

La bocca di Helen si seccò. Per l'emozione riusciva appena a respirare. «No, non me lo ha detto nessuno. Questo significa che sta bene?».

Suo padre la guardò dritto negli occhi. «Non lo sappiamo. Geoffrey non vede l'ora di iniziare, poveretto, anche se è ancora in attesa di ordini». Tossì. «Immaginavo che tu non avresti desiderato tornare nel Borneo con noi e fra l'altro, la tua direttrice, qui, mi ha detto che è stato già deciso che andrai a fare l'infermiera».

«A me piacerebbe frequentare la scuola d'arte», riuscì a dire Helen. Lanciò un'occhiata alla direttrice, che la stava squadrando come se non avesse già vinto un premio di fine semestre per i suoi dipinti. «La signorina Diamond, la mia insegnante di educazione artistica, pensa che me la caverei molto bene».

«Davvero?».

La voce di suo padre era più bassa ora, e vibrava di disapprovazione. «Allora dovrò chiedere alla tua direttrice di scambiare qualche parola con questa signorina Diamond per spiegarle che l'arte può servire benissimo da passatempo, ma non è adatta alla carriera di mia figlia. Hai due opzioni: fare l'infermiera o studiare economia domestica, come mi sembra ti abbia già suggerito tua zia».

Nessuno poteva discutere con suo padre; questo Helen lo sapeva da sempre. Le tornarono alla mente i ricordi dei suoi genitori che parlavano sottovoce, nella loro stanza della casa presa in affitto a Woking. Tali conversazioni terminavano inevitabilmente con la mamma che usciva dalla stanza con gli occhi arrossati e gonfi da spezzare il cuore, prima di entrare in bagno e riuscirne con una faccia innaturalmente allegra e il tono di voce cinguettante.

«Come ho detto, torneremo lì appena possibile».

Solo allora Helen comprese l'uso del plurale.

«Intendi dire tu e Frank?», domandò, chiedendosi come mai era stata deliberatamente esclusa dal progetto.

Suo padre sembrò rivolgersi alla parete dietro di lei. «Insieme a Edna, naturalmente».

«Ma non avrai la domestica che avevamo prima?», volle sapere Helen.

«Ah, ecco». Papà si guardò le scarpe, che erano lucidissime. «Edna non è più la nostra domestica, Helen. Adesso è mia moglie. In effetti, è la tua nuova madre».

Era davvero troppo: papà s'era risposato. Tutti dicevano che la guerra stava per finire, grazie a una bomba spaventosa che era stata sganciata su un Paese chiamato Giappone. Roger era in una prigione tedesca: o almeno, così era stato detto loro, anche se a scuola c'erano un sacco di ragazze che avevano i padri, i fratelli o i cugini o gli zii che erano stati prigionieri di guerra e poi erano morti. E non appena avesse superato gli esami, lei sarebbe diventata un'infermiera.

Le infermiere potevano essere anche pittrici?

In qualche modo, tutte loro si misero a studiare con impegno per l'esame d'ammissione. «Ci sarà anche la guerra, ragazze», gli dicevano, «ma questo non significa che non si possano fare gli esami. Dopo la guerra avrete tutte bisogno di una qualifica. Il ruolo delle donne sta cambiando».

Cosa volesse dire esattamente, Helen non lo sapeva. Tuttavia, solo qualche settimana più tardi una ragazzina irruppe correndo nel dormitorio, prima della campanella mattutina, dichiarando che uno dei giardinieri le aveva detto che la guerra era finita. L'aveva sentito alla radio.

La guerra era finita! Iniziarono tutte a esultare, una o due di loro si misero a piangere e altre ancora si abbracciarono girando come trottole. Ma tutto quel che Helen avrebbe voluto fare era andare nel posto più alto possibile, perché erano le persone nelle alte sfere che avrebbero potuto dirle dove si trovava Roger. Era una cosa infantile, lo sapeva, ma in qualche modo pensava che potesse essere vero.

Dal giorno in cui era arrivata a scuola, era stata avvertita che la torre campanaria era terra proibita. Nessuno aveva il permesso di andarci: era pericoloso e si diceva in giro che anni prima qualcuno fosse caduto dalla sua cima, perdendo la vita. Ora, in camicia da notte, Helen si diresse correndo verso la grossa torre di mattoni. Con sua somma sorpresa, la porticina laterale era aperta e lei saettò su per le scale, facendo tre gradini alla volta. In alto, sopra di lei, vedeva un quadrato di luce. Continuò a salire finché, alla fine, non emerse nel fulgido sole del mattino.

E lì, che penzolava davanti a lei, c'era una grossa corda annodata. Helen la tirò forte, vi si appese e cominciò a dondolare di qua e di là. Un forte scampanio echeggiò nelle sue orecchie e sotto di sé vide le facce sbalordite di alcuni insegnanti, comprese quelle della cara signorina Diamond e di alcune delle ragazze precipitatesi all'esterno, ancora nelle loro camicie da notte di flanella, per vedere cosa diavolo stesse accadendo.

«*La guerra è finita*!», gridò Helen, rimirando le cime delle colline che la circondavano. In lontananza, riconobbe gli antichi monoliti del cerchio di Stonehenge. Magari Roger s'era nascosto dietro a uno di quei grossi massi, nell'intento di tornare da lei. Era da lui! Non aveva alcun dubbio. Ormai la guerra era finita, anche suo fratello Geoffrey l'avrebbe ritrovata e forse, ora che erano quasi degli adulti, avrebbero potuto prendersi anche Frank e vivere tutti e quattro insieme, da soli. Di nuovo una vera famiglia.

Capitolo 30

Come molti altri cittadini britannici, Helen immaginò che, finita la guerra, la vita sarebbe tornata alla normalità. Certo, niente avrebbe potuto riportarle la mamma, ma di sicuro ormai lei e i ragazzi erano abbastanza grandi per abitare da soli in una casa tutta loro. Se ne sarebbe occupata lei, delle faccende domestiche; suo padre si sarebbe reso conto di non avere bisogno di Edna e di averla sposata "tanto per avere una donna accanto" (una frase della zia Phoebe) e tutto sarebbe andato per il meglio, a prescindere dalla tomba della mamma a Oxford.

Se solo Roger si fosse sbrigato a tornare.

«Non è così facile, Helen», le disse la madre di Beth quando tornò a far loro visita durante il fine settimana. «Ci sono prigionieri ovunque. Non è possibile rispedirli in Inghilterra tutti in una volta; ci vuole tempo».

Helen non capiva perché non potessero farlo. L'amica della mamma, Diana, le aveva scritto dicendo che stava per imbarcarsi su una nave enorme che l'avrebbe portata in America, dove l'attendeva il marito. Perché non mettevano a disposizione qualcosa di simile anche per suo fratello e per tutti gli altri fratelli che erano prigionieri in giro per il mondo?

«È proprio quello che stiamo facendo», cercò di spiegarle il padre di Beth. «Ma c'è un gran numero di persone da trasportare. So che è difficile, mia cara, ma cerca di concentrarti sugli esami, intanto. Tuo fratello sarà molto fiero di te, se li supererai».

Passarono i mesi, e poi un anno, che in qualche modo divennero due. Non mancava molto, ormai, agli esami che lei e Beth avevano soprannominato "Mc Trick"[4] perché s'erano messe d'accordo di usare un paio di trucchetti per superarli.

Intanto, Geoffrey aveva deciso di rimanere nell'esercito, anche se

[4] *Trick* in inglese significa trucchetto, o giochetto (*n.d.t.*).

non c'era più la guerra. S'era innamorato di una ragazza di nome Penelope, che ad Helen sembrava assai sofisticata, con dei bellissimi capelli biondi ondulati e un modo di parlare molto preciso e corretto. S'erano conosciuti quando lui era stato di stanza vicino a dove abitava Penelope, e s'era messo a conversare con suo padre, il quale, sentendo che Geoffrey sapeva cantare e suonare il pianoforte, lo aveva fatto conoscere alla figlia, che a sua volta adorava cantare.

Frank era diventato un adolescente magro e allampanato che, a detta di suo padre, ora parlava in continuazione. Evidentemente, per riacquistare la parola gli era bastato allontanarsi da Phoebe. Adesso viveva giù nel Borneo con Edna, che sembrava trattare come una madre, e con il loro padre.

Nemmeno Beth sarebbe rimasta nei paraggi, dopo la fine della scuola, perché i suoi intendevano farle finire gli studi all'estero, preferibilmente in Svizzera. Nel frattempo, era occupata a confezionare vestiti da ballo, anche se si lamentava del fatto che dovevano farli con la stoffa dei palloni di sbarramento, perché di seta ce n'era poca, in giro.

Helen cominciava a sentirsi un po' isolata.

«Se solo mio padre e mia zia fossero disposti a cedere a proposito della scuola d'arte», si lamentò con la signorina Diamond, verso la fine del semestre.

L'insegnante s'interruppe, mentre mescolava dei colori per la lezione successiva. «Sono d'accordo. È un vero peccato, ma forse prima o poi cambieranno idea».

«Non credo proprio. Dovrò scegliere tra studiare economia domestica e fare l'infermiera; sembrano entrambi convinti che siano le uniche due carriere adatte alle "ragazze beneducate"». Helen pronunciò le ultime due parole in maniera affettata, e tutte e due scoppiarono a ridere.

C'erano ancora un paio di settimane di scuola prima che uscissero i risultati e, benché andassero avanti, le lezioni venivano prese piuttosto alla leggera dalla maggior parte delle ragazze, che non facevano che parlare di quello che avrebbero fatto in futuro. Molte di loro puntavano molto sull'inizio delle vacanze estive: sembrava che le loro carriere dipendessero dagli uomini che avrebbero sposato. Helen non aveva mai dato troppa importanza a quell'argomento, ma ora cominciava a chiedersi se non fosse il caso di farlo.

E poi, un giorno, bussarono di nuovo alla porta della classe ed Helen fu convocata nello studio della direttrice. Sembrava una replica della volta in cui suo padre era venuto a trovarla, l'anno precedente, solo che in quell'occasione, invece della massiccia figura d'orso accanto alla finestra, con le spalle rivolte verso di lei e le mani in tasca, c'era un ragazzo alto e magro in uniforme color cachi e un paio d'occhi identici a quelli di Cary Grant.

«Roger!», gridò Helen, correndogli incontro.

Lui cercò di afferrarla, ma non ci riuscì e lei cadde a terra. «La solita sciocchina», le disse, ridendo e aiutandola a rialzarsi. La direttrice sospirò, ma sembrò più divertita che irritata.

«Lo sapevo che non eri morto!».

Gli si aggrappò al bavero, desiderosa di essere di nuovo presa in braccio, ma lui non lo fece. «Hai ricevuto le mie lettere?»

«Quali lettere, Hellie?»

«Quelle che ti ho scritto. Tutti mi dicevano di lasciar perdere, perché eri disperso, ma io sapevo che ti eri soltanto nascosto». Rendendosi conto che stava parlando come la bambina che era stata quando aveva iniziato a scrivere al fratello, Helen arrossì violentemente.

«A dire il vero, non hai tutti i torti». Roger lanciò un'occhiata alla direttrice. «È una storia lunga. Le dispiace?»

«Niente affatto. Interesserebbe sentirla anche a me. Voi bravi ragazzi coraggiosi siete stati davvero fantastici».

E fu così che Helen, la direttrice e il suo bellissimo fratello finirono per trascorrere una straordinaria mezz'ora, durante la quale molte delle sue compagne di scuola passarono davanti alla porta, lanciando occhiate furtive al giovane alto e bello che sedeva accanto a lei, chiedendosi senza dubbio se fosse un suo corteggiatore! Roger, vennero a sapere, era stato abbattuto sopra la Norvegia nel bel mezzo della guerra, ma quello era stato solo l'inizio di una lunga avventura. «C'era un gommone, sull'aereo, e quando precipitammo avemmo la fortuna di ritrovarci sul mare. Uno degli uomini aveva...».

Si bloccò un momento, prima di proseguire. «Uno degli uomini non fu altrettanto fortunato, ma noialtri riuscimmo a lanciarci col paracadute e a salire sul canotto di salvataggio. Remammo con le mani per ore e ore, finché raggiungemmo la riva, accasciandoci sulla spiaggia, esausti».

Helen non si poté trattenere dal chiedere: «Cosa avete bevuto?».

Roger arrossì. «Liquidi organici».

La direttrice soffocò un colpo di tosse, e questo suggerì a Helen di non fare altre domande di quel tipo.

«Per fortuna, fummo soccorsi da un paio di pescatori norvegesi, che ci portarono alla loro capanna, ci rifocillarono e ci fecero riposare. Non so dirvi quanto ci sentimmo sollevati. A un certo punto, avevamo davvero creduto di tirare le cuoia».

«Tirare le cuoia?»

«Sì, "tirare le cuoia"», le spiegò la direttrice. «Hanno creduto di morire, Helen. Vada avanti, prego».

«Rimanemmo lì per una decina di giorni, poi si sparse la voce che i tedeschi ci stavano cercando. Sapevano che era stato abbattuto un aereo e qualcuno aveva detto loro che alcuni membri dell'equipaggio erano sopravvissuti. Dissero ai norvegesi che se qualcuno di loro fosse stato sorpreso a dare asilo (vuol dire ospitare, Helen) ai britannici, sarebbe stato fucilato. Perciò avevamo una sola scelta».

La direttrice annuì. «Ovviamente».

«Cioè? Qual era la scelta?», cinguettò Helen.

«Consegnarsi al nemico», dissero all'unisono la direttrice e Roger.

«Ma così vi hanno fatti prigionieri».

«Esatto. Non potevamo rischiare che i civili venissero ammazzati per colpa nostra».

Nella mente di Helen balenò l'immagine del sangue sul pavimento del bagno della zia Phoebe.

«Dopodiché, fummo messi su un treno e portati in un campo di prigionia, in Germania».

Suo fratello parlava con tale distacco e disinvoltura che era quasi come se non avesse mai detto quelle cose terribili.

«Dev'essere stato orrendo», fece la direttrice.

«Be', non è stato esattamente un picnic, ma ce l'abbiamo fatta».

Ora il suo volto s'era incupito, notò Helen, ed era chiuso come quando, da bambini, la mamma interrogava sia lui che Geoffrey su dove avessero passato la giornata, al villaggio giù nel Borneo. «Allora, Helen, che intenzioni hai per il futuro? Ho sentito che parli di sciocchezze, come frequentare la scuola d'arte. Non ti guadagnerai mai da vivere in quel modo, lo sai, vero?».

Helen arrossì di nuovo. «Ma a me piace dipingere. E la signorina Diamond dice che ho un dono. E il nostro bisnonno era un pittore».

«Aveva altri mezzi, che lo rendevano indipendente». Roger le circondò le spalle con un braccio e la strinse a sé. «Temo che tu non possa permetterti simili lussi, Helen, non più. La guerra ha cambiato tutto, e la mamma è...».

Non finì la frase, e la direttrice tornò a tossire imbarazzata. «Allora, cosa sceglierai, Helen? Il corso di economia domestica o la professione di infermiera?».

Helen aveva già notato la leggera zoppia di Roger quando suo fratello era andato a prendersi una sedia dall'altra parte della stanza. Sospettava che ci fossero ancora un bel po' di cosette che doveva raccontarle. Ma era chiaro che qualcuno doveva averlo aiutato, con la gamba. Qualcuno aveva anche cercato di guarire la loro madre. E qualcuno avrebbe dovuto aiutare la zia Phoebe a ripulire le sue ferite, dopo aver sanguinato in bagno. Forse lei stessa avrebbe potuto farlo.

«L'infermiera», annunciò alla fine, con più entusiasmo di quanto non provasse realmente. «Mi piacerebbe fare l'infermiera».

«Benissimo». La direttrice sembrava molto sollevata. «Ho un'amica che faceva l'infermiera al Kings College Hospital a Denmark Hill, a Londra. È un istituto eccellente. M'informerò per tuo conto».

Più tardi, dopo l'ennesima tazza di tè, Roger si diresse in cortile con lei, verso una piccola automobile che, così le disse, gli aveva comperato il papà quando era tornato, due mesi prima. Due interi mesi prima? Perché non era venuto a trovarla prima?, si chiese Helen. Forse aveva dovuto curarsi la gamba, che chiaramente gli dava seri problemi.

«Stai bene, Roger?».

Le rivolse un sorriso triste. «Sei una ragazzina molto perspicace e sensibile, eh? O dovrei dire ragazza, ormai?». Le diede un buffetto affettuoso. «In effetti, ho un paio di problemini».

«Parlamene», disse Helen cercando di sembrare più adulta, dopo essersi resa conto di aver tenuto un comportamento piuttosto infantile nello studio della direttrice.

Roger si strinse nelle spalle. «C'è questa ragazza. Judith».

Si bloccò.

«Va' avanti», disse Helen in un tono che voleva sembrare disinvolto, come l'eroina che lei e Beth avevano visto al cinema il mese precedente. Ci aveva messo un secolo a capire che il cinematografo si poteva chiamare anche cinema, e adesso era ansiosa di sbandierare le sue nuove acquisizioni.

«L'ho conosciuta poco prima di arruolarmi e mi ha sempre scritto al campo».

Come avevano fatto le lettere di quella Judith ad arrivare a destinazione, e le sue no? Provò un moto di gelosia.

«Mi ha aspettato per tutta la durata della guerra, ma quando sono tornato ho conosciuto un'altra». Roger era arrossito. Il suo viso era di un colore rosso intenso che lo rendeva ancor più attraente e che stava suscitando occhiate interessate delle ragazze che passavano di lì. Helen avrebbe voluto dir loro di stare alla larga: quello era suo fratello.

«Ma proprio mentre stavo per scrivere alla prima per dirle che fra noi era finita, mi è arrivata una sua lettera, in cui mi diceva che le era stata diagnosticata la tubercolosi e che avrebbe compreso perfettamente, se avessi voluto lasciarla».

Helen trattenne il fiato. Questa storia somigliava in maniera impressionante a un altro film che aveva visto al cinema; parlava di una ragazza che temeva che il suo uomo la lasciasse, così aveva finto di essere malata per legarlo a sé.

«Ovviamente, non ho potuto».

«E adesso che farai?».

Roger si guardò la punta delle scarpe. «Vuoi dire cosa *ho fatto*? Ci siamo sposati. La scorsa settimana, per la precisione. Mi dispiace, ma non abbiamo invitato nessuno al matrimonio. Date le circostanze...».

Quali circostanze?

Roger stava ancora guardandosi le scarpe. «Ormai sei grande, Helen. Pensaci. Mia moglie aspetta un bambino. È successo tutto molto in fretta, così almeno dice lei».

«Ma tu non la ami».

«Le voglio bene».

«E che ne è stato della ragazza di cui invece SEI innamorato?».

Roger fece spallucce. «Ho dovuto lasciarla».

Helen aveva voglia di piangere. Affondare la testa nella spalla del fratello e dirgli che sarebbe andato tutto bene. Ma non era così. Che cosa brutta. Che cosa orribile, sposare qualcuno che non ami.

«Che ti sia di lezione, sorellina». Roger la stava abbracciando per salutarla. «Quando sarai più grande, non lasciare che nessun uomo approfitti di te. Quel genere di cose falle solo quando sarai sposata».

Ora fu Helen ad arrossire violentemente. «Ma che dici, Roger. Come se io fossi quel genere di ragazza!».

Si bloccò, rendendosi conto di quel che aveva detto, senza riflettere sulla sua nuova cognata.

«Quando me la farai conoscere?»

«Presto. Ora vai, o farai tardi a cena. Mi farò sentire. Probabilmente ti verrò a trovare al tuo nuovo ospedale. Stai bene, Helen».

E con ciò partì a bordo della sua auto, lasciandosi dietro uno sbuffo di fumo dallo scappamento.

Stranamente, dopo quella volta, le ragazze trattarono Helen con maggior rispetto, e quando qualcuno nominava il suo "bellissimo fidanzato" lei lasciava che continuassero a crederlo tale.

Capitolo 31

Helen non era la prima ragazza che nel dopoguerra conquistava un'indipendenza e una libertà fino ad allora impensabili per una donna. Ma per una diciassettenne appena uscita dal collegio, con pochissima esperienza di vita reale, la Londra di fine anni Quaranta fu una vera e propria rivelazione.

Tanto per cominciare, le donne indossavano i pantaloni. La zia Phoebe s'era scagliata contro le donne "con le braghe", e per quanto la riguardava, portava solo gonne blu e marroni a campana, di tweed; e naturalmente incoraggiava Helen a fare altrettanto. Non c'era dunque da meravigliarsi che Helen squadrasse le donne che la circondavano sugli autobus o per le strade di quella straordinaria città, con un'invidia mista a curiosità.

«Allora, che hai da guardare?», l'apostrofò una donna con una camicetta rosso vivo su un paio di pantaloni grigi e un copricapo simile a quelli che portavano le native nel Borneo.

Helen accelerò il passo, risoluta a non fissare più così la gente, una cosa che la zia Phoebe le diceva da sempre, o meglio da quando era arrivata in Inghilterra e cercava di captare il nuovo che aveva intorno. I rumori! Le grida continue e il rombo del traffico! Era stupendo. Davvero stupendo.

Finalmente, appoggiò a terra la pesante valigia ammaccata e ricoperta di ragnatele che la zia aveva riesumato dalla cantina, e si fermò a guardare l'edificio che aveva davanti. Dunque era quello! Il Kings College Hospital, in un posto chiamato Dulwich, a sud di Londra. Bastava il suono di quelle parole per farle desiderare di ripeterle all'infinito, tanto per convincersi che era davvero lì e che quella sera non avrebbe dovuto tornare in collegio, o tornare in quella tetra e deprimente canonica nel Somerset, dove la zia Phoebe stava cuocendo una mela come dessert (benché Helen avesse sempre odiato la frutta cotta) e lo zio Victor ascoltava il notiziario alla radio.

E invece era lì! In procinto di iniziare il suo tirocinio come infermiera, per aiutare la gente, cosa che – lo diceva persino la zia Phoebe – le riusciva particolarmente bene. E, cosa ancor più emozionante, avrebbe avuto la possibilità di continuare a dipingere. La signorina Diamond le aveva cercato quella che aveva chiamato "scuola serale", lì vicino, dove avrebbe potuto prendere delle lezioni se ne avesse avuto il tempo.

«Ciaoooo!».

Helen alzò gli occhi e vide una ragazza alta e disinvolta – in pantaloni! – che salutava una coppia, evidentemente i suoi genitori.

«Ancora un bacio, tesoro!», le gridò la donna più anziana, che indossava un elegante soprabito di pelliccia, anche se quello era un giorno autunnale ancora piuttosto caldo. E la ragazza volò di nuovo fra le braccia della madre per darle un ultimo bacio.

«E scrivi!», aggiunse l'uomo col cappello marrone che le stava al fianco. La ragazza annuì con enfasi prima di scomparire all'interno della porta riservata al personale, sulla fiancata dell'ospedale.

Helen sentì una fitta al petto, come se si fosse spezzato qualcosa dentro di lei. Se sua madre fosse stata ancora viva, sarebbe venuta ad accompagnarla?

Senza alcun dubbio. Eppure la zia Phoebe non s'era neppure offerta di farlo, e persino il caro zio Victor, tornato a casa all'inizio dell'estate, le aveva soltanto proposto di accompagnarla in stazione a prendere il treno per Londra. Avevano occhi solo l'uno per l'altra: questo era più che evidente. In un certo senso, Helen provava quasi invidia. I suoi genitori non avevano mai avuto una simile intesa; di questo, ora che aveva una consapevolezza da adulta, era più che certa. Tutto quello che riusciva a ricordare erano i modi bruschi di suo padre. Modi bruschi che adesso riservava a lei.

Lavora sodo, al tuo ospedale, le aveva scritto dal Borneo, allegando un vaglia postale per le "spese". *Potremmo tornare in licenza fra un anno o due e allora ti verremo a trovare.*

Entrambi i fratelli più grandi le scrivevano con regolarità, ma la cosa finiva lì. Era come se la coincidenza della morte della mamma e dell'orribile evento della guerra fosse stata davvero troppo, per tutti. Eppure, pensò Helen mentre sollevava la valigia e seguiva la ragazza alta e carina con i genitori che ancora aspettavano fuori per salutare, non si sentiva diversa dagli altri, come forse avrebbe dovuto. Quelle cose le erano semplicemente accadute. E doveva farsene una ragione.

«Dovrete essere sveglie per le 6:30 del mattino e rifare i letti alla perfezione. Chiunque arrivi in servizio in ritardo sarà severamente punito. I pasti saranno serviti a orari inderogabili. E chiunque fraternizzi con i pazienti sarà immediatamente licenziata. Pretendiamo da voi che studiate con intensità e diligenza. Chi non supererà gli esami verrà espulso dal corso. Tutto chiaro?».

La donna dai lineamenti duri che fronteggiava il gruppo di ragazze – con indosso una cuffietta bianca ornata di gale e un'uniforme da infermiera inamidata e di colore bianco e azzurro, insieme all'ambita cintura elasticizzata del Kings e all'elaborato fermaglio di metallo che ottenevi solo dopo la qualifica – squadrò il gruppetto che aveva di fronte con occhi che ricordarono a Helen le luci che avevano perlustrato i campi nel Somerset, la notte in cui era caduta la bomba che aveva ucciso la povera signora Rolls dell'ufficio postale.

Poi si sentì dar di gomito. «Chi ha voglia di litigare con quella?».

Alzò la testa e vide una ragazza gioviale e rotondetta, con un bel sorriso luminoso e una piccola fessura fra i denti davanti, che la stava guardando. «A proposito, io sono Maggy».

«Helen», le rispose in un sussurro, sentendo immediatamente gli occhi dell'infermiera che si posavano su di lei. Arrossì, distolse lo sguardo e trattenne il fiato. Ci fu una pausa imbarazzante, poi la donna per fortuna le congedò, dicendo loro che si sarebbero ritrovate in quello stesso luogo alle 7:30 in punto del mattino seguente.

«Mi dispiace per prima», ridacchiò Maggy, mentre tornavano verso gli alloggi delle infermiere, ubicati dall'altra parte dell'ospedale. «Non avevo intenzione di metterti nei guai il primo giorno. Sembra un po' una fanatica, non pare anche a te? Sei di un posto qui vicino? Papà ed io viviamo a Birmingham, avrei potuto andare in un ospedale di lì, ma a me piacciono le luci della città. Papà me lo ha permesso solo perché ho uno zio qui a Londra». Si fece leggermente più seria. «Ti ha accompagnato tua madre?».

Helen si preparò a sciorinare la solita breve tiritera in cui spiegava che viveva con sua zia. Negli anni aveva capito che se parlava di sua madre a dei perfetti sconosciuti, i loro occhi cominciavano a riempirsi di lacrime, come se quella disgrazia fosse capitata a loro, e non a lei. Però questa Maggy le sembrava diversa. «Mamma è morta di cancro durante la guerra. Sono stata cresciuta da mia zia».

Si accinse a subire le solite parole di conforto.

«Non ci posso credere!». Maggy si bloccò di colpo in corridoio, rischiando di urtare un gruppetto di giovanotti che stava procedendo alle loro spalle. Uno di loro la guardò in un modo che le ricordò Roger, tanto che all'inizio non capì quello che Maggy stava dicendo.

«Non è incredibile?»

«Scusa?»

«Anche mia madre è morta. Avevo sei anni. Un incidente durante una scalata».

Maggy parlava come se fosse perfettamente normale, avere una madre che era morta durante una scalata. «Povero, vecchio papà. È stato bravissimo, a crescermi da solo. È un medico, sai. Lo sono tutti, ma io volevo fare l'infermiera. Cavoli, non avevo mai incontrato nessuno cui fosse morta la madre, a parte forse un paio di ragazze coi genitori coinvolti nei bombardamenti aerei, ma non è la stessa cosa, perché in guerra certe cose te le aspetti, no?».

Helen non sapeva che dire, ma la cosa era irrilevante, perché Maggy chiacchierava a ruota libera senza lasciare all'interlocutore la possibilità d'intervenire. Fra l'altro, mentre camminavano, non la finiva più di salutare gli altri studenti, o persino i membri del personale. «In molti, qui, conoscono mio zio, perché è un dottore abbastanza famoso», le spiegò, come se anche quella fosse una cosa normalissima. «Hai già visto la tua stanza? La mia è minuscola, ma credo che mi divertirò un mondo. La divido con due ragazze davvero simpatiche. Guarda! La tua stanza è proprio accanto alla mia. Non è fantastico?».

Per Maggy tutto era "fantastico", come Helen avrebbe ben presto scoperto. Era quanto potesse esserci di più diverso dalla sua vecchia amica Beth, ma il suo entusiasmo era contagioso. Fu solo quando arrivò a conoscerla meglio che Helen scoprì come la sua nuova amica Maggy facesse lo stesso effetto a chiunque altro. «Un vero ricostituente», diceva la gente, annuendo compiaciuta.

Ora, mentre si guardava intorno nella stanzetta che avrebbe condiviso con altre due ragazze – tanto più carina del suo vecchio dormitorio – Helen si sentì di nuovo dare di gomito.

«Ehi! Non ti metterai mica a disfare i bagagli, vero? Ce ne andiamo a bere qualcosa. Ti va di venire con noi? E dopo c'è una festicciola negli alloggi dei medici. Devi venirci, assolutamente. È la tua prima serata a Londra. Dobbiamo festeggiare!».

Quella sera Maggy la portò a una festa nell'appartamento di qualcuno, in un posto chiamato Earl's Court. Helen protestò invano, adducendo la scusa di non avere nulla da mettere, a parte le gonne di tweed che la zia Phoebe si era preoccupata di infilare nella sua consumata e polverosa valigia marrone. Maggy aveva tirato fuori un vestito rosso rubino, di seta, con una cintura alta, indossando il quale Helen aveva avuto la sensazione di trovarsi sulla scena di un teatro. S'era davvero sentita diversa, con quel vestito; come se fosse diventata un'altra persona. E poi era esattamente della sua misura; lei e Maggy avevano una corporatura molto simile, anche se – secondo Helen – Maggy sapeva indossare meglio i suoi abiti, senza sembrare goffa e fuori posto, come sempre succedeva a lei.

Persino la misura delle scarpe era la stessa.

Incredibile! «Piedona come me», sentenziò trionfante Meggy mentre le passava un paio di scarpe coi tacchi prese dal fondo del suo piccolo armadio, che sembrava sul punto di scoppiare, tanto era colmo di una rutilante collezione di indumenti. «Lo sapevo, che saremmo diventate amiche!».

Mentre scendevano la rampa di scale, dirette alla festa tenuta, a quanto pareva, da un "medico" di nome Gus, Helen provò un'improvvisa voglia di avere accanto almeno uno dei suoi fratelli. A parte loro, non aveva quasi mai parlato con un ragazzo, prima di allora. Ora invece, entrando nella stanza illuminata da candele e talmente piena di fumo di sigarette da darle un acuto pizzicore alla gola, scopriva che alla festa c'erano molti più ragazzi che ragazze.

Maggy sembrava conoscere tutti, anche se erano di qualche anno più grandi di lei. «Sono gli allievi di mio zio», annunciò giuliva, facendosi strada tra la folla. «Derek, vieni qui a salutare la mia amica Hellie!».

Quell'"Hellie" era un diminutivo che Maggy sembrava aver adottato di sua iniziativa, e benché quasi nessuno la chiamasse così, a parte ogni tanto i suoi fratelli, a Helen non dispiaceva. Derek era un ragazzo tarchiato e timido con un paio d'occhiali tondi, e sembrava più spaventato di lei. In realtà, si accorse con un certo stupore, non era poi così terribilmente timida coi ragazzi. Forse perché aveva avuto dei fratelli, anche se nessuno di loro era mai stato così chiuso e introverso come quel poveretto che aveva di fronte, incapace persino di mettere insieme una frase compiuta.

Cosa diamine stava dicendo, adesso?

Helen si sforzò di sentire la sua voce sommessa al di sopra della musica, che starnazzava da un giradischi sistemato in un angolo.

Poi lui le fece segno di voler ballare. Non era una buona cosa. Essendo una delle ragazze più alte della scuola, Helen aveva sempre dovuto fare la parte maschile, nei balli, ed ora, mentre cercava di seguire Derek, si trovò più incline a condurre.

«Scusa», gli gridò, ma lui parve non sentirla. L'episodio non sembrò scoraggiarlo, comunque; le rimase appiccicato per tutta la sera ed Helen non ebbe il coraggio di far finta di andare alla toilette, cosa che Maggy le aveva consigliato di fare se fosse rimasta incastrata con un ragazzo che non le piaceva.

Alla fine, quando era ormai così tardi da farle dubitare che l'indomani si sarebbero svegliate in tempo per la lezione, Maggy arrivò con in mano un bicchiere di vino rosso. Helen aveva rifiutato con decisione l'offerta di Derek di portarle un drink, ma la sua nuova amica non sembrava avere gli stessi scrupoli. Ed era ancor più allegra del solito.

«Allora, ti stai divertendo, Hellie?».

Lei annuì, ma la prese sottobraccio. «Credo che sarebbe meglio se andassimo a dormire. Faremo tardissimo, domani».

«Vai pure, se vuoi». Maggy lanciò un sorriso smagliante al ragazzo bellissimo che, Helen notò all'improvviso scioccata, le teneva un braccio intorno alla vita. «Derek ti metterà su un taxi; non è vero, vecchio mio?».

Fu così che Helen si ritrovò a tornare a casa alla fine della sua prima serata trascorsa a Londra. Non poté fare a meno di preoccuparsi per Maggy, anche se, nel cuore della notte, fu quasi certa di aver sentito sbattere una porta dalla parte opposta del corridoio, dove era la sua stanza.

Al mattino Helen si vestì molto presto, emozionata all'idea di partecipare alla sua prima lezione. Quando arrivò in classe Maggy era già lì, tranquilla e riposata come se fosse andata a letto presto.

«Lo rivedrai?», sibilò Maggy mentre si sedevano ai loro posti.

Helen ripensò alle scuse che aveva propinato al povero Derek, che le era sembrato piuttosto demoralizzato quando gli aveva spiegato che durante il fine settimana seguente lei non avrebbe avuto tempo per uscire, perché doveva concentrarsi sullo studio. «Non è il mio tipo», mormorò di rimando Helen, un'espressione che aveva tratto pari pari da una delle sue eroine in bianco e nero viste al cinema, quando ci era andata con Beth l'estate precedente. «Che mi dici di te?».

Maggy si strinse nelle spalle e ad Helen parve di sentire un odore misto di fumo e alcol nel suo alito. «Si vedrà».

Durante i due anni che seguirono, Helen si rese conto di tre cose. La prima era che aveva trovato la sua autentica vocazione. Adorava essere un'infermiera! Era così bello fare qualcosa di cui la gente ti era grata, come rimboccare loro le coperte, anche se, per ora, non avevano il permesso di fare molto altro. Non le spiaceva nemmeno svuotare le padelle. Fra l'altro, dopo il Borneo, non c'era nulla che le sembrasse troppo inelegante. E, con sua somma sorpresa, scoprì anche di avere la capacità di far ridere i pazienti.

«Allora, come mai siete tornata in Inghilterra, mia cara?», le chiese un signore anziano ricoverato per i calcoli biliari, dopo che lei gli ebbe raccontato che era cresciuta nel Borneo.

«La gomma di mio padre non ha funzionato», gli spiegò, dimenticando di spiegare che si trattava dell'"industria" della gomma. Nel padiglione scoppiarono tutti in una gran risata, ed Helen, che non capiva cosa ci fosse di tanto buffo in ciò che aveva detto, venne infine illuminata dal signore anziano, che spiegò che per loro la "gomma" era un aggeggio che serviva a non far avere bambini alle donne, e che no, non aveva niente a che fare col bridge.

La seconda cosa di cui si accorse era che la sua nuova amica Maggy era molto più sofisticata di lei. Non era solo perché il padre l'aveva cresciuta in un modo che l'aveva fatta sentire "la regina della casa" per diversi anni, dando ordini alla domestica e assicurandosi che ogni cosa andasse per il meglio. Quello, dopo tutto, accadeva solo durante le vacanze. Il fatto era che Maggy aveva frequentato una scuola dai metodi didattici moderni, nel Devon, dove gli allievi venivano incoraggiati ad esprimere se stessi al massimo. Non c'era da stupirsi che Maggy fosse rimasta inorridita da alcune delle storie raccontatele da Helen, soprattutto quando le aveva detto dei disegni confiscati dalla zia Phoebe. Volle a tutti i costi vedere il "portfolio" di Helen; era così che chiamava la raccolta di disegni eseguiti a scuola e che Helen era in qualche modo riuscita a portarsi dietro nascondendoli nella valigia.

«Sono stupendi, Hellie. Devi assolutamente continuare a dipingere».

Anche volendo, il tempo a disposizione era davvero poco, persino per la scuola serale che la signorina Diamond le aveva tanto caldamente raccomandato di frequentare. Studiavano spesso fino a tardi, e quando non lo facevano andavano a qualche festa. Maggy aveva insistito perché Helen usufruisse del suo guardaroba, ma in realtà l'unico vestito col quale si sentiva a suo agio era un abitino a righe azzurre e color crema, meno vistoso di quello rosso rubino e di tutti gli altri, che spesso avevano scollature vertiginose.

La terza cosa che Helen aveva scoperto era che durante le vacanze avrebbe dovuto andare dalla zia Phoebe. «Mi farebbe piacere se venissi con me», la invitò Maggy. «Papà sarebbe contento. Gli piace avere intorno i miei amici».

Ma lo zio Victor s'era già messo d'accordo con lei per venirla a prendere alla stazione. Mentre tornavano a casa in macchina, quasi in totale silenzio, Helen si accorse troppo tardi di aver preso la decisione sbagliata. Quel primo Natale dopo il Kings fu incredibilmente squallido, e invece di leggere, come faceva spesso, o mettersi a dipingere, si ritrovò a contare i giorni che la separavano dal ritorno all'ospedale, in gennaio.

Un mattino, tuttavia, entrò in sala da pranzo per fare colazione e trovò la zia Phoebe china sulla spalla dello zio. La cosa in sé non era strana: Helen rimaneva sempre commossa, nel vederli insieme. La presenza di Victor a volte rendeva Phoebe quasi sdolcinata.

«Dunque è morto», mormorò Phoebe, scorrendo la colonna degli annunci mortuari.

Victor piegò accuratamente il giornale e lo appoggiò sul tavolino da caffè. «Sembra di sì. Pover'uomo».

Helen prese il giornale, incuriosita. C'era la fotografia di un uomo molto attraente, sotto l'annuncio che recava il nome di un certo dottor Edward Whittaker.

«Chi è?», domandò.

Seguì un improvviso silenzio imbarazzato, rotto dallo zio Victor che tossì leggermente e uscì dalla stanza.

«Un amico di tua madre», disse la zia Phoebe, chiaro e forte. Helen vide che lo zio s'era voltato sulla soglia e aveva inarcato un sopracciglio.

«Un consiglio», proseguì la zia, con fare deciso. «Non sposare mai qualcuno di cui non sei innamorata, Helen. Aspetta finché incontrerai l'uomo giusto e credimi, lo incontrerai. Io ho aspettato il mio Victor, e non me ne sono mai pentita, neanche per un attimo».

Helen non credeva alle proprie orecchie. Era la zia, quella che le stava parlando in quel momento? La sua zia fredda e scostante, che in genere usava quel tono di voce per rimproverarla di non aver asciugato bene una pentola?

«Di cosa è morto?», chiese, ancor più curiosa.

«Attacco di cuore». La zia stava guardando fuori dalla finestra, oltre il prato ricoperto da un leggero strato di ghiaccio. «Aveva dei problemi. Il cuore ha ceduto».

Ceduto? La zia voleva forse intendere che aveva avuto un attacco alle coronarie? Poi, all'improvviso, la voce di Phoebe la strappò alle sue elucubrazioni. «Allora, Helen. Non possiamo certo rimanere tutto il giorno qui sedute. Mi dai una mano con i piatti, o no?».

La settimana seguente Helen si scusò con gli zii e tornò al Kings prima del tempo. Maggy aveva fatto la stessa cosa. Il padre doveva partire e anche lei non vedeva l'ora di rientrare. Fra l'altro, quella sera ci sarebbe stata una festa.

Un'altra?

Helen ci stava quasi per rinunciare.

Se l'avesse fatto, le capitò poi spesso di pensare, non avrebbe mai incontrato Clive Mitchell.

Capitolo 32

In realtà, ci vollero diversi mesi perché accadesse. L'anno successivo fu un vero ciclone di feste, studio intenso, camminate su e giù per i padiglioni e i reparti a lavare, vestire e assistere i pazienti, tanto che alla fine di ogni giornata i suoi piedi, rinchiusi in quelle scarpe nere con i lacci, erano terribilmente indolenziti, anche se era un fastidio relativo, visto che portava con sé grandi soddisfazioni.

Come amava il suo lavoro! Ma allo stesso tempo amava anche divertirsi, come diceva Maggy. Senza rendersene conto i fratelli di Helen le avevano fornito delle solide basi relazionali. Non era affatto intimidita nel parlare con gli uomini, quando risultava chiaro fin dall'inizio che non c'era un'attrazione reciproca. Al contrario della maggior parte delle altre ragazze, più frivole e sciocche, che arrossivano fino alla radice dei capelli ogniqualvolta un rappresentante del sesso opposto rivolgeva loro la parola, lei non li considerava subito materiale da matrimonio. Era invece capace di scherzare e rispondere a tono alle battute, dando il meglio di sé. Questo la rese molto popolare fra i ragazzi, che talvolta si stancavano di essere visti soltanto come possibili mariti.

Con tutto ciò, Helen continuava a chiedersi se avrebbe mai incontrato l'uomo della sua vita. Forse, si diceva, nessuno le avrebbe mai chiesto di sposarla e lei avrebbe trascorso il resto dei suoi giorni a prendersi cura del prossimo. Poteva anche non essere male, solo che aveva sempre desiderato avere un bambino, prima o poi. Era un desiderio molto profondo, del quale non s'era mai resa conto del tutto, fin quando non aveva iniziato a fare l'infermiera, stringendo amicizia con alcune delle ragazze che dopo il tirocinio avevano scelto di proseguire in ostetricia. «Non puoi immaginare quanto sia bello aiutare una donna a far nascere il proprio figlio», le aveva confidato una di loro. L'evidente passione che aveva riscontrato nella sua voce l'aveva ispirata, inducendola a fare altrettanto.

Magari si sarebbe limitata ad aiutare le altre donne ad avere figli, se nessuno le avesse chiesto di averne uno con lei. Di certo, al momento attuale non sarebbe stata un'idea saggia. In realtà, ultimamente Maggy le aveva chiesto più volte se avesse "controllato" il diaframma, di recente. Helen non aveva saputo cosa rispondere. Certo, sapeva bene cosa fosse un diaframma. Era la membrana interna del torace, con la quale si inspirava ed espirava. Se lo tiravi in dentro per qualche secondo, faceva miracoli per la linea; ci aveva provato diverse volte, davanti al piccolo specchio che divideva con altre tre ragazze nella modesta stanza da bagno in fondo al corridoio.

Lo specchio fu in effetti una vera rivelazione. Nella vecchia scuola avevano avuto un solo specchio per tutto il dormitorio, e dalla zia Phoebe gli specchi non c'erano, salvo che nella stanza da letto della zia stessa, dove ce n'era uno grande, che dominava la toletta, e un altro con una cornice dorata sormontata da una testa d'aquila in ingresso. Una volta che la zia l'aveva sorpresa a specchiarsi lì, l'aveva rimproverata per aver indugiato ad "ammirare se stessa", mentre lo specchio aveva l'unico scopo di "dare modo a chi usciva di controllare la posizione del cappello".

Così, quando la sera della festa in cui Helen conobbe Clive Mitchell Maggy le fece la solita domanda scherzosa sul diaframma, Helen inspirò e cercò di raddrizzare la schiena il più possibile. Anche questo, almeno secondo lo specchio delle infermiere, aiutava a migliorare l'immagine.

«Che diamine stai facendo?». Maggy rideva a crepapelle, cercando allo stesso tempo di accendersi una sigaretta, che doveva essere almeno la terza della serata. La sua amica, notò Helen, aveva la straordinaria capacità di fumare, bere e ridere allo stesso tempo. Ma la sua risata era così contagiosa che era impossibile non unirsi ad essa, anche se Helen sapeva che quella non era esattamente il tipo d'amica che avrebbe potuto presentare a sua zia, la quale avrebbe senza dubbio disapprovato che una "giovane ragazza" bevesse e fumasse, anche se lei stessa faceva altrettanto, per quanto con moderazione.

«Sto tirando in dentro il mio diaframma». Helen cercò di dirlo in tono scherzoso, ma le uscì in maniera da farla sentire una stupida, una scolaretta delle elementari. Era una sensazione tutt'altro che piacevole. Una delle cose belle di Maggy era che la sua risata faceva star bene con se stessi, e non faceva mai sentire stupidi.

«Hellie, mia cara!». Maggy si fermò con la sigaretta a mezz'aria.

«È questo che pensavi che intendessi? Devi aver preso lucciole per lanterne. Ecco, guarda qui».

Rovistò nella borsetta da sera, estraendone una scatoletta nera. Incerta su cosa potesse contenere, Helen l'aprì. All'interno sembrava esserci la metà di un enorme guscio d'uovo, ma fatto di gomma.

«Rimbalza come una palla?», chiese, estraendolo dalla scatola e rigirandoselo incuriosita fra le dita. Forse si trattava di un gioco che Maggy aveva imparato quando frequentava la scuola privata dai metodi innovativi.

«Un gioco!». Maggy scoppiò di nuovo a ridere, con le lacrime che le scendevano lungo le guance. «Sei impagabile, Hellie. Davvero. Anche se, pensandoci bene, il sesso si potrebbe benissimo definire un gioco».

«Il sesso?». Helen aveva pronunciato quella parola a voce più alta di quanto avesse avuto intenzione di fare, inducendo una delle sue compagne di stanza, appena entrata per cambiarsi per la serata, a inarcare le sopracciglia. La ragazza lanciò una rapida occhiata al guscio d'uovo di gomma che Helen aveva in mano, increspò le labbra imbarazzata e uscì di nuovo dalla stanza.

Maggy saltò giù dal letto di Helen, dove s'era sdraiata a fumare la sua sigaretta e a sorseggiare un bicchiere di whisky. «È così che si usa il diaframma, tesoro. Te lo infili dentro e ti impedisce di rimanere incinta».

La mente di Helen era talmente zeppa di domande che riusciva a malapena a porle. «Come fai a mettertelo dentro? E perché potrei rimanere incinta? Non ho nemmeno un ragazzo, figuriamoci poi un marito. Dove l'hai preso, comunque?» E poi, alla fine, la domanda più importante: «Ma tu l'hai già fatto?».

Maggy aveva smesso di ridere, il che significava che l'argomento era più serio di quanto avesse creduto. «Hellie, cara. Siamo nel 1949. Quasi nel '50... un nuovo decennio. Tutti lo fanno, prima di sposarsi. Papà dice che lo facevano anche prima della guerra, solo che nessuno ne parlava».

«Tu parli di sesso con tuo padre?».

Helen non credeva alle proprie orecchie.

«È un dottore, tesoro. E ha sempre detto che non vuole che finisca per sposare la persona sbagliata, così mi ha consigliato di andare da qualcuno di sua conoscenza, che si occupa di controllo delle nascite».

Controllo delle nascite? Helen si ricordò di quella volta in cui la zia Phoebe si era affrettata a spegnere la radio, durante il pranzo, perché lo speaker era stato tanto audace da pronunciare quella frase.

«Ma con chi l'hai fatto? Con Gareth?».

Gareth era un tipo alto del quinto anno di medicina, che Maggy frequentava ultimamente.

«Ogni tanto».

«Vuoi dire anche prima di lui?».

Ora Maggy sembrava un po' imbarazzata. «Diverse volte». Circondò le spalle di Helen con un braccio. «Senti, la cosa più importante ora è farti trovare preparata. Papà ha ragione e lui ne sa qualcosa. Visita di continuo ragazze che sono costrette a sposarsi. Non fare nulla di avventato, stasera, e domani o la prossima settimana ti accompagnerò in questa clinica. Dovremo procurarci un invito di nozze falso, ovviamente, ma la cosa si può fare».

Un invito di nozze falso? Maggy scosse il capo. «Tesoro, ma tu davvero non sai nulla. Nessuno ti ha mai detto nulla di quel che si fa a luci spente? Dovrai far finta di doverti sposare per poter avere un diaframma. Ma non preoccuparti, ci penserò io».

Stava ancora rimuginando su quella conversazione quando arrivarono alla festa.

Stavolta, invece che in un altro seminterrato di Earls Court o Kensington, la festa si teneva in un locale piuttosto carino, ai margini di Hyde Park. Lei e Maggy avevano preso un taxi, una cosa che Helen aveva fatto con la zia Phoebe nelle rare occasioni in cui si erano recate a Londra, ma che, per Maggy che sembrava avere un'inesauribile licenza di fare ogni cosa, era quasi come saltare su un autobus.

«A proposito, Hellie», disse quando scesero dal taxi dando la mancia all'autista. «Tu sai cosa significa l'acronimo NSIT, vero?».

Helen scosse il capo.

«Non Sicuro In Taxi». Maggy scoppiò di nuovo in una delle sue fragorose risate, ostentando una volta di più la fessura che aveva fra gli incisivi superiori, che evidentemente non la disturbava affatto e che in realtà sembrava conferirle un fascino ancora maggiore. «Stai bene attenta, quando sei sul sedile posteriore di un taxi insieme a un uomo, e lui inizia a provarci. Significa che è NSIT. Un vero gentiluomo aspetta almeno che si arrivi a casa».

Helen accelerò il passo per raggiungerla, mentre si dirigevano verso il locale. «A quanto pare, Hellie, mi aspetta un duro lavoro, se sarò io a doverti educare, prima che diventiamo vecchie. Santo cielo! Guarda! Non è fantastico?».

Effettivamente, lo era. Il locale dell'aviazione, il Royal Air Force Club, dove si teneva la festa, era illuminato come un enorme albero di Natale. Dopo anni di forzato spegnimento delle luci e abbassamento di tapparelle, era davvero uno spettacolo stupendo. Helen iniziò a sentirsi vagamente eccitata e si rassettò il vestito bianco e azzurro da sera, che Maggy aveva insistito per regalarle. La sua amica aveva ragione. Se non si divertiva adesso che era diventata adulta, quando lo avrebbe fatto? Fra l'altro, stava per iniziare una nuova epoca. Era ora di cambiare. Di crescere e lasciarsi il passato alle spalle.

Quella sera Helen diventò un'altra persona. Fece alcune battute divertenti, tutte rubate al fratello, che sembrarono far colpo su diversi ragazzi del gruppo, che avevano accolto le due ragazze nel loro giro. Maggy si stava già baciando in un angolino con un uomo che poteva e non poteva essere Gareth, anche se era troppo buio per riuscire a stabilirlo con certezza. Poi, uno dei ragazzi che le aveva portato da bere le chiese di ballare.

Era abbastanza carino, pensò Helen, ma certo non superava il "test del brivido". Quella era un'altra cosa spiegatale da Maggy. In genere, non "diventavi intima" con un uomo, se questo non ti aveva almeno dato un brivido; sembrava che potesse anche essere incredibilmente bello, affascinante, divertente e intelligente, ma se non ti dava il brivido non c'era niente da fare. «La chimica», l'aveva solennemente ragguagliata Maggy, «è una cosa molto bizzarra. Niente a che vedere con lo zolfo...».

E poi, all'improvviso, al bancone del bar Helen vide qualcuno che conosceva molto bene, tanto che il cuore sembrò fare una capriola nel petto. Che diamine ci faceva, lì? E perché non le aveva detto niente?

«Roger?», lo chiamò, correndo verso la sagoma alta e slanciata seduta sullo sgabello, con indosso la giacca dello smoking che cadeva perfettamente sulla schiena diritta. Lui si voltò a guardarla sorpreso ed Helen si rese conto, ormai troppo tardi, che se da dietro quel ragazzo era identico al fratello, e nonostante anche il naso fosse simile al suo, si trattava soltanto di uno scambio di persona.

«Scusami tanto». Arrossì, confusa e imbarazzata. «Ho pensato che fossi mio fratello. Voglio dire, il maggiore. Il maggiore di tutti. Sai, ne ho tre: due più grandi e uno più piccolo».

Orribilmente consapevole di stare farfugliando a ruota libera, si voltò per andarsene, ma l'uomo l'afferrò per un braccio con gentilezza. E quando lo fece, Helen sentì come una scossa elettrica attraversarle tutto il corpo. Confusa, si guardò il braccio per vedere se aveva una bruciatura, ma vide soltanto la mano di lui che ancora vi era posata sopra. «Per favore, rimani». Aveva un bellissimo sorriso e gli occhi, castano scuro, sembravano scrutare qualcosa di strano sul suo volto. Forse s'era sporcata con il cibo. Non sarebbe certo stata la prima volta! Ma era difficile, ora, estrarre lo specchietto dalla borsetta per controllare. «Posso offrirti da bere?».

Helen balbettò, stentando a proferire parola. «Ho già bevuto un drink, grazie».

Sembrò vagamente divertito da quella risposta. «Che ne dici di concedermi un ballo, allora? Mi piace questa musica, a te?».

Helen vi prestò attenzione. Era un pezzo che aveva già sentito prima, ma non avrebbe saputo dire il titolo. Una musica un po' tetra, che le ricordava un luogo imprecisato. Ecco cosa!

«Sarawak», mormorò.

«È così che ti chiami?». L'uomo la stava fissando con una tale intensità da indurla a gettare un'occhiata al vestito per assicurarsi che non ci fosse nulla fuori posto.

«Mi ricorda il luogo dove vivevo un tempo», spiegò timidamente. «Ma tu come ti chiami?».

Erano in piedi, ora, e si stavano dirigendo verso un gruppo di persone già sceso in pista a ballare.

«Helen».

«Helen», ripeté lui. «Mi piace. Ha un suono solare».

«È un diminutivo di Helena», aggiunse lei, «ma i miei fratelli non sapevano pronunciarlo bene, così è stato accorciato in Helen».

Lui annuì di nuovo, come se tutto fosse perfettamente normale. Poi tese le braccia e la attirò a sé, proprio mentre la musica cambiava in un ritmo più lento. «Il mio nome è Clive», le mormorò all'orecchio. «Clive Mitchell».

Quello fu un punto di non ritorno. Mentre Maggy cambiava un ragazzo dopo l'altro, Helen non riusciva a pensare che a Clive, che stava facendo il tirocinio per diventare medico. Quando lui la baciava provava uno strano dolore diffuso fra le gambe, e quando andava in bagno trovava sempre una striatura biancastra e appiccicosa sulle mutandine.

Maggy aveva riso a crepapelle, quando lei le aveva confidato di pensare di avere qualcosa che non andava. «È perché lo desideri», le aveva detto quando aveva finito di descrivere i suoi "sintomi". «Ti ha chiesto di farlo?».

Stavolta Helen capì cosa intendeva Maggy. Clive non le aveva proprio chiesto di andare a letto con lui, ma l'avevano quasi "fatto" la settimana precedente, quando le schermaglie amorose avevano rischiato di sfuggire al loro controllo. Quindi, sentendosi piuttosto in imbarazzo, decise di accettare l'offerta di Maggy per accaparrarsi un falso invito di nozze e, insieme all'amica, andò in una clinica, dove una giovane donna dall'atteggiamento molto serio e pratico aveva armeggiato dentro il suo corpo, e poi le aveva presentato un mezzo guscio d'uovo di gomma e impartito le istruzioni su come infilarlo prima di "uscire per la serata".

Quella sera, mentre lei e Clive erano sdraiati seminudi nella stanza di lui, approfittando dell'assenza del suo compagno, Helen avrebbe voluto dirgli quello che aveva fatto. L'uovo di gomma era ancora nella borsa, in attesa di essere usato, ma in qualche modo quell'atto le sembrava troppo ardito. Poi, all'improvviso, Clive era balzato in piedi, si era recato in bagno ed era tornato. All'inizio Helen pensò si trattasse di uno scherzo. Benché al buio avessero esplorato i rispettivi corpi, non lo aveva mai visto così, tutto nudo. Dalle tendine traspariva la luce della strada con il traffico notturno, e con somma sorpresa della povera Helen, per non dire shock, le parve di vedere qualcosa che sporgeva ad angolo retto dal resto del suo corpo. Non poteva essere il suo "coso", perché quella strana appendice puntava dritta verso di lei, come se fosse infilzata a un bastone, e poteva trattarsi di una scossa elettrica.

«E quello che diamine è?», gridò, indicandolo.

Clive abbassò lo sguardo, come se si fosse aspettato di trovare qualcos'altro. «Che vuoi dire?». Poi la strinse a sé e il calore del suo corpo, insieme alla durezza di quello strano coso sotto la sua cintola, le fecero venire voglia di trattenere il fiato, ridere e piangere allo stesso tempo.

«Quello!». Si divincolò dalla sua stretta e indicò verso il basso.

Ora riusciva a vedere meglio: era davvero il suo coso, ma era del tutto diverso da quello che aveva toccato e accarezzato mentre erano sul letto. «Sembra un filone di pane cresciuto nel forno», osservò, confusa. E mentre lo diceva, la strana appendice si afflosciò, come se avesse aperto lo sportello di quel forno.

Clive sospirò frustrato ed Helen si rese conto istintivamente di aver detto qualcosa di sbagliato. «Mi dispiace».

«Va tutto bene». Si sedettero vicini, sul bordo del letto, e lui la circondò con le braccia. Per la prima volta nella sua vita, Helen sentì il bisogno di fumare una sigaretta.

«Mi dispiace», ripeté.

«È tutto OK. Davvero. Non avrei dovuto cercare di mettere la protezione». La strinse ancora più forte. «È solo che ti amo talmente tanto».

Amore? Era la prima volta che ne parlava. Helen si sentì pervadere da una magnifica sensazione di calore e di felicità. «Anch'io ti amo», disse felice. «È per questo che mi sono procurata un falso invito di nozze».

Lui la guardò, nella penombra. «In che senso?».

Così gli spiegò tutto di Maggy, della clinica e del diaframma che era pronto, "nel caso che", e mentre parlava, sentiva che il suo "coso" tornava a irrigidirsi contro il suo corpo, e prima che si accorgesse di quello che stava accadendo lui era sopra di lei ed Helen provò quella stranissima sensazione all'interno del corpo, invece che contro di esso, e poi fu come se stesse cavalcando le onde sulla spiaggia, come faceva coi ragazzi nel Borneo, solo che adesso lei stava gridando, e poi aveva gridato anche lui; dopodiché, all'improvviso, erano tornati a rotolare sulla spiaggia, solo che invece della sabbia c'erano delle lenzuola umidicce e stropicciate. E poi Clive Mitchell la guardò, e ad Helen sembrò di conoscerlo da sempre.

Rimasero sdraiati in silenzio in quello che sembrò un interminabile intervallo privo di parole; il respiro di lui era così affannato che Helen si chiese per un attimo se si stesse sentendo male. Alla fine, udì la sua voce, quando lui si voltò verso di lei, nel buio.

«Mio Dio, Helen. Ti amo. Davvero. Ma mi aspetterai?».

Aspettare cosa?

Clive sospirò. «Questa guerra ha incasinato tutto. Ho interrotto il mio tirocinio. Ma quando avrò finito, dovrò fare il servizio di leva e starò via per un anno intero. Mi aspetterai?».

Non pronunciò la grande "M" di Matrimonio, come diceva Maggy, ma essa rimase sospesa fra loro come un accordo inespresso.
Helen fece un ragionamento fra sé e sé. Aveva dormito con lui, no? Aveva fatto una cosa che le ragazze perbene non fanno, prima di ciò che nei romanzi della zia Phoebe veniva chiamato "vincolo matrimoniale". Certo che lo avrebbe aspettato, e poi, se Dio voleva, si sarebbero sposati.
«Aspettarti?», ripeté. La sua mano scivolò sul lenzuolo, verso di lui. «Ma certo che lo farò».

La settimana seguente tornò dalla zia Phoebe per le vacanze di Natale. Con suo sommo sollievo, il ciclo apparve puntuale e passò i dieci giorni successivi a ciabattare per la casa avvolta in pesanti maglioni, alle prese con un diffuso mal di pancia. Nemmeno dipingere la distraeva dal senso di malessere e dal dolore interno, che non c'entrava nulla con le mestruazioni. Ogni volta che impugnava un carboncino, tutto ciò che compariva davanti a lei sulla carta era una silhouette del letto e la luna che penetrava da dietro le tende.
Non appena tornò a Londra aprì la scatola del diaframma, esaminandolo per l'ennesima volta. Da adesso in poi, si ripromise, non avrebbe più rischiato, per poi finire come suo fratello maggiore e la sua sposa. Nonostante lei e Clive si amassero, non potevano rischiare l'innominabile evento.

Capitolo 33

Ebbero quasi un anno tutto per loro prima che Clive dovesse partire. Le spiegò che aveva avuto più tempo perché le autorità gli avevano dato il permesso di completare il tirocinio, in considerazione dell'interruzione di carriera che aveva subìto per via della guerra.

Trascorsero quei mesi l'uno nelle braccia dell'altra, notte dopo notte, a parlare della vita. Helen aveva cercato di spiegargli meglio che aveva potuto com'era stato crescere in un posto che la maggior parte della gente non avrebbe nemmeno saputo collocare sulla carta geografica. Poi aveva cercato di descrivere com'era stato arrivare in quel Paese freddo, dove erano cresciuti i suoi genitori, ma dove nessuno dei due aveva lasciato granché della propria famiglia, a parte la zia Phoebe, che l'aveva cresciuta insieme a Frank. Sorvolò sulla morte della madre, una storia sempre difficile da raccontare perché tendeva a imbarazzare la gente, ma quando arrivò al punto in cui per tanto tempo non aveva saputo se suo fratello Roger era vivo o morto, durante la guerra, Clive l'aveva stretta forte a sé.

«Helen mia adorata, hai avuto una vita così difficile».

Davvero? A lei non sembrava molto diversa da quella di tanti altri, anche se quando Clive le descrisse la sua normale infanzia nel Sussex, seguita dalla scuola a Charterhouse, dovette ammettere che non sembrava essergli accaduto nulla di veramente eccezionale.

Clive e i suoi tre fratelli minori erano stati tutti troppo giovani per venire arruolati, mentre il loro padre, un dentista, era stato esonerato dal servizio di leva per ragioni di salute, anche se aveva fatto parte della Guardia Nazionale. Aveva avuto un lontano zio che era stato ferito durante la guerra ed era stato rimpatriato con mezza gamba di meno, ma questo era tutto. A parte ciò, aveva avuto un'infanzia normalissima, proprio come era accaduto alla sua amica Beth. Persino Maggy sembrava aver avuto un'infanzia piuttosto tranquilla, nonostante fosse orfana di madre.

Allora era vero, si chiese Helen, che lei era diversa? A scuola l'avevano sempre fatta sentire tale, ragion per cui dipingere le era stato di grande aiuto. Ora, mentre sedeva sul bordo del letto nel monolocale in cui lei e Maggy s'erano trasferite per l'ultimo anno del corso di infermiera, l'occhio le cadde sulla sua scatola di colori, rimasta tanto a lungo sotto il letto, intatta.

«Vi ho trascurati...», mormorò, allungando la mano verso i colori. Lentamente sollevò il coperchio. All'interno c'erano i quadratini di colore che le fecero tornare in mente subito innumerevoli ricordi. Gli arancioni accesi dei tramonti nel Borneo. Il blu scuro, come un vestito che ricordava di aver visto indossare alla mamma. Un nero tetro che...

Si interruppe. Stavano bussando alla porta. Era arrivato Clive! Richiuse velocemente il coperchio degli acquerelli e rimise a posto la scatola. Un'altra volta, si disse. Un'altra volta, quando si fosse sentita più pronta.

Clive non voleva che Helen l'accompagnasse. Si sarebbe emozionato troppo, le disse. Dentro di sé Helen ci rimase male, soprattutto sapendo che la sua famiglia invece sarebbe stata presente. Che si vergognasse di lei? A volte, guardandosi allo specchio, Helen vedeva una ragazza dal fisico proporzionato, con una bocca molto grande, che per uscire indossava sempre i soliti due vestiti perché non poteva permettersene altri. Come molte ragazze che entravano nell'età adulta, non riusciva a cogliere quali fossero le cose che le altre persone trovavano attraenti. La calda tonalità melodiosa della sua voce. La capacità di far ridere il prossimo con la propria contagiosa risata. Il suo comportamento naturale, tanto lontano dagli studiati artifici delle altre ragazze che avevano imparato a considerare il lavoro di infermiera come un mezzo per trovare marito.

«Ti scriverò». Clive le prese il volto fra le mani. Le piaceva quel gesto, proprio come le piaceva quando le metteva una mano intorno alla nuca per baciarla.

«Anch'io».

Aspettò che lui pronunciasse le parole che aveva sperato di sentirsi dire durante quell'ultimo anno. Quel "Vuoi sposarmi?" che prima o poi sarebbe arrivato; persino Maggy, che non era certo famosa per il suo conformismo, era d'accordo con lei. Invece Clive si era limitato a stringerla forte a sé per un breve attimo, e poi se n'era andato, chiudendosi piano alle spalle la porta del monolocale. Helen era rimasta seduta per un po', senza dire una parola. Quel fine settimana Maggy non c'era. Fuori sentiva il trambusto di Londra. Generalmente di sabato faceva un turno in reparto, ma oggi non avevano avuto bisogno di lei.

Lentamente estrasse da sotto il letto la scatola di colori ma, invece di provare quella confortante sensazione di caldo entusiasmo che l'aveva consolata in passato, stavolta non percepì altro che un senso di terrore.

Che avesse perso il suo dono, come lo aveva chiamato la signorina Diamond? Per prima cosa c'era da chiedersi se lo avesse mai veramente avuto. Meglio, si disse rimettendo via la scatola, aspettare il momento giusto.

Passarono le settimane e poi i mesi. Helen e Maggy superarono entrambe in maniera brillante gli esami da infermiere, tanto da consentir loro di potersi iscrivere a quelli di ostetricia. Clive continuava a scrivere a ritmi piuttosto regolari, ma le sue lettere avevano acquisito un tono alquanto laconico e piatto. I ragazzi erano simpatici, ma era dura. Il cibo era abbastanza buono, anche se gli mancava la cucina di sua madre. E, naturalmente, gli mancava anche lei.

Andava tutto bene, ma in quelle lettere non c'era quella vena di passione che Helen aveva sperato di trovare. Quando arrivavano, non le facevano più battere forte il cuore. Era stata una stupida a sacrificare la propria verginità a un uomo che, a ben vedere, poteva anche non essere l'uomo della sua vita?

«Te l'avevo detto, Hellie», le disse Maggy fumando una sigaretta dopo colazione. «Chiunque abbia affermato che la lontananza fa bene all'amore non sapeva di cosa stava parlando. Starai meglio quando tornerà, a meno che, naturalmente, nel frattempo tu non ti trovi qualcun altro».

Qualcun altro? Non era possibile. Fra l'altro, ormai "lo aveva fatto" con Clive, perciò era lui che doveva sposare, no?

«Perché?». Maggy stava già accendendo la seconda sigaretta. «Non sarai mica incinta, eh?».

Certo che no. Ma di certo aveva almeno un obbligo morale nei confronti di Clive.

«Obbligo morale?». Maggy scoppiò a ridere. «La guerra ha fatto piazza pulita di tutte queste cavolate, mia cara. Siamo negli anni Cinquanta. Più o meno, possiamo fare quello che ci pare».

Anche i suoi fratelli sembravano pensarla così. Geoffrey avrebbe sposato Penelope, la ragazza incontrata a lezione di educazione artistica e i cui genitori lo avevano accolto come il figlio maschio che non avevano mai avuto. Roger aveva divorziato da Judith, la quale – si era scoperto – non aveva affatto avuto la tisi; s'era rivelato tutto un falso allarme, oppure un raggiro. Ora voleva sposare un'altra donna, una certa Eileen, già madre di una bambina nata dal suo precedente matrimonio. Tuttavia, anche Judith aveva avuto un figlio e, benché fosse nato durante il matrimonio, Roger era convinto che non fosse suo. Intanto, Frank era ancora nel Borneo con il padre e Edna. Era stata davvero la guerra a rendere le relazioni moderne tanto complicate? Così almeno diceva la gente...

Helen apprese tutto ciò da sporadiche telefonate e ancor più sporadiche visite di uno dei suoi fratelli. Benché ogni tanto continuasse a tornare dalla zia Phoebe e dallo zio Victor, stava piano piano cominciando a considerare il piccolo monolocale condiviso con Maggy come la sua vera casa. Per fortuna, visto che di soldi ce n'erano sempre pochi, era il padre di Maggy a pagare l'affitto, rifiutandosi di accettare qualsiasi contributo dalle ragazze. «È contento che abbia una coinquilina che veglia su di me», le diceva Maggy con un sogghigno.

Poi un giorno, all'improvviso, arrivò una lettera. Suo padre stava per farle visita. Non poteva rimanere a lungo perché doveva tornare nel Borneo di lì a poco. Tornare? Si scoprì che era già stato in Inghilterra per "affari". Perché allora non s'era mai dato la pena di contattarla?

«Lo sai com'è fatto, Hellie», le disse Geoffrey dal suo posto di guida, mentre insieme si recavano a trovarlo nella casa che aveva preso in affitto nei dintorni di Richmond. L'intenzione era quella di consolarla, ma persino lui rimase di sasso nel vedere l'uomo magro e allampanato che venne ad accoglierli sulla porta. L'uomo dal fisico possente, da orso, e con le grosse sopracciglia che si incontravano sulla fronte era scomparso. Queste ultime erano diventate un'esile riga grigia, e il mento sembrava essere rientrato. Era ingobbito e camminava male mentre li guidava in salotto, a salutare Edna. Solo la profonda cicatrice sulla nuca era ancora lì a testimoniare che quello era stato un uomo dal passato avventuroso.

Edna strinse loro la mano con freddezza. Anche lei era dimagrita, sebbene i suoi lineamenti fossero rimasti quelli che Helen rammentava. In qualche modo, le ricordava la duchessa di Windsor, con il fisico da uccellino, le maniere distaccate e il completo pantalone elegante e rigoroso.

«Allora, come ve la passate?», domandò il padre, dopo aver offerto a entrambi un drink senza chiedere nemmeno cosa preferissero. Helen abbassò gli occhi sul suo bicchiere di whisky. Erano appena a metà mattinata, ma se non l'avesse bevuto suo padre avrebbe avuto qualcosa da ridire.

«Molto bene, signore», rispose Geoffrey.

Helen rimase ad ascoltarli. Dalla loro conversazione si sarebbe detto che non si vedevano da qualche settimana o al limite da qualche mese, invece che da anni. Se la loro madre fosse stata lì, avrebbe attirato a sé Helen, stringendola forte, premendo la sua guancia morbida contro la sua, con quell'odore di crema e di rose che l'avvolgeva tutta. All'improvviso, provò una struggente nostalgia di lei; una nostalgia che aveva represso per anni nel timore, si rese conto in quel momento, che l'avrebbe trascinata in un posto buio e profondo, da dove non sarebbe riuscita a riemergere.

«Dunque, queste sono per te, Helen».

Si accorse all'improvviso che suo padre le stava consegnando qualcosa. Un astuccio. Quando lo aprì non poté fare a meno di sperare che si trattasse di un filo di perle, come quelle che aveva la zia, che erano appartenute a sua madre. Invece, vide un paio di orecchini.

Erano stupendi, con tre piccole perle che pendevano a goccia!

«Grazie, papà».

Lo abbracciò, ma il suo volto non diede segnali di risposta.

«Sono per il tuo ventunesimo compleanno. Sta arrivando, mi pare».

Lei annuì.

Il padre guardò l'orologio che aveva al polso. «Dobbiamo andare, adesso. Edna e io siamo attesi per pranzo».

Helen guardò Geoffrey, notando che era sbalordito quanto lei. Erano passate meno di due ore e non avrebbero nemmeno pranzato insieme. Fra pochi giorni sarebbe tornato a casa e non l'avrebbero più visto per chissà quanti altri anni ancora.

«Non fartene un cruccio», le disse Geoffrey mentre tornavano a casa. Cruccio? Non era affatto crucciata. Solo ferita. E il fatto che la settimana seguente la lettera di Clive non arrivò non servì certo a migliorare la situazione.

Tre settimane dopo, senza aver ancora visto l'ombra di una lettera, Maggy la convinse ad accompagnarla a una festa. Sarebbe stato divertente, le disse. Suvvia. Un altro party di studenti di medicina nell'appartamento di chissà chi. Helen quasi rinunciò, ma poi cedette, e quando fu lì si convinse che avrebbe fatto meglio a rimanere a casa. Erano quasi tutti in coppia, a parte una o due ragazze sedute su una sedia, che speravano ardentemente che il ragazzo alto e biondo, piuttosto attraente e con un bicchiere di birra in mano, venisse a dir loro qualcosa.

«Vuoi già andartene via?».

Helen provò una certa irritazione, quando l'uomo le bloccò la via d'uscita. Come osava prendersi simili libertà?

«Infatti. E ora, se vuoi scusarmi...».

Lui si fece da parte. «Certo. Scusami tu». Esitò, ed Helen si accorse che quello che lei aveva scambiato per spocchia era in realtà una gran timidezza. «È solo che avevo voglia di parlare con qualcuno. Non conosco nessuno, qui, e stavo pensando anch'io di andarmene. Queste feste per infermiere non fanno per me. Oh, scusa. Non intendevo offendere. Ti prego, dimmi che non sei un'infermiera anche tu».

«In realtà, lavoro per il circo di Billy Smart». La bugia le scivolò di bocca in maniera talmente fluida che fu impossibile rimangiarsela. Fra l'altro, non era una cosa così lontana dal vero, dal momento che in quel periodo si stava occupando di un paziente che era un parente anziano del famoso Billy Smart.

Comunque, l'espressione sul bel volto del ragazzo la ripagò ampiamente della bugia.

«Che cosa strabiliante. E cosa fai?»

«La trapezista».

Forse stavolta s'era spinta un po' troppo in là! Helen ridacchiò, pensando a quando quella sera avrebbe raccontato quell'aneddoto a Maggy.

«Davvero fantastico! Io sono soltanto un ingegnere, purtroppo. Noioso, eh? Senti, non avresti voglia di andare a bere un drink in un posto più tranquillo?».

Bob, si chiamava. Diminutivo di Robert, ma tutti lo chiamavano Bob. Bob Green. Al momento, Helen non poté fare a meno di pensare che Green suonava meglio con Robert che con Bob, ma non si può cambiare arbitrariamente il nome di qualcuno, giusto? Viveva con sua madre in un sobborgo di Ealing e suo padre era morto –

stroncato da un infarto – diversi anni prima. Aveva sette anni più di lei, ma non era stato in guerra perché era un apprendista ingegnere. Parlarono in maniera disinvolta del più e del meno.

Helen rimase colpita dalla quantità di libri che aveva letto. Suo padre era stato per mare, perciò aveva letto molto e aveva trasmesso l'amore per la lettura anche a suo figlio.

Poteva rivederla? Helen pensò di sfuggita a Clive e alle lettere che avevano smesso di arrivare. Perché no?

La settimana seguente ricevette due lettere. La prima era di Clive, che si scusava per non averle scritto prima, ma era stato spedito in un luogo dove era impossibile mandare una lettera.

«Sarà davvero così?», esclamò Maggy mentre fumava la sua sigaretta dopo la colazione del mattino. «Certi uomini pensano che ci beviamo tutte le balle che raccontano».

La seconda era di Edna. Il padre era morto. Il "pranzo" a cui erano dovuti andare era in realtà una visita da uno specialista, che aveva confermato i loro timori. Il cancro ai polmoni, di cui Helen non aveva mai saputo nulla, era incurabile.

Quella sera Maggy uscì con un nuovo ragazzo e Bob venne a cena nel monolocale di Helen, dopo aver visto il nuovo film con Glynis Johns. Lei non avrebbe voluto andare oltre, ma quando accadde si ritrovò a piangere sommessamente in bagno, dopo; non era stato affatto come con Clive.

Comunque, era bello avere un ragazzo che la stava ad ascoltare quando parlava. Prima di partire, Clive sembrava avere smesso di farlo, ed Helen non poté fare a meno di sentirsi lusingata del fatto che un uomo come Bob, che faceva girare la testa alle altre donne, nutrisse una vera "passione" per lei.

Ci vollero meno di due mesi, però, perché Helen capisse che avevano ben poco in comune. Lui era così tranquillo! E in qualche modo, lei desiderava di più. Una penosissima visita per presentarlo alla zia Phoebe e allo zio Victor, durante la quale Bob aveva usato le posate nell'ordine sbagliato e si era dimostrato incapace di sostenere una conversazione sulla pesca con Victor, l'aveva convinta definitivamente. Fra l'altro, Clive sarebbe tornato fra poco. Helen aveva bisogno di vederlo; di scoprire se avevano un futuro insieme.

Poi, poco tempo dopo aver promesso a Maggy e a se stessa che avrebbe rotto con Bob, guardò nel diario e si accorse che il ciclo era in ritardo di due mesi.

Capitolo 34

Tutti i dubbi che Helen aveva avuto vennero confermati dalla reazione di Bob. Glielo disse subito, quella sera stessa, quando s'incontrarono in un pub vicino al fiume. Mentre si avvicinava, lui aveva alzato lo sguardo, nervoso. Doveva aver capito che non erano fatti l'uno per l'altra anche dal modo in cui Helen si era chiusa in uno strano silenzio, dopo una visita alla madre di lui, la settimana precedente (una donna minuta e poco cordiale, che la considerava evidentemente una rivale). E invece ecco qui, era incinta!

Helen si sentì come un pesce fuor d'acqua mentre prendeva posto e aspettava che lui le portasse la solita mezza pinta di lager. Il gusto per la birra l'aveva mutuato dai suoi fratelli.

«Ho un ritardo», annunciò in tono tranquillo.

Bob guardò per un istante l'orologio che aveva al polso, quello con il pesante cinturino d'oro: era una delle poche cose di valore lasciategli da suo padre ed Helen sapeva quanto ci tenesse.

«Di poco. Non preoccuparti».

Era agitato. Forse, pensò Helen scioccata, stava per mollarla, pro prio come lei avrebbe voluto mollare lui.

«No». Allungò la mano sul tavolino e l'appoggiò sopra quella di lui. «Ho un ritardo nel ciclo mestruale. Più grosso di quanto mi fossi resa conto. Ho avuto così tanto da fare, nei reparti, che non ci ho fatto caso».

Non aveva mai visto nessuno impallidire così, prima di allora. «Ne sei sicura?». Ritirò la mano. «Magari è un falso allarme».

«Ne sono quasi certa. Ho la nausea e i seni sono gonfi».

Bob si prese un altro drink. «Se è così, ho dei soldi da parte».

Le ci volle qualche secondo per assimilare tutte le implicazioni di quel che Bob aveva appena detto.

«Vuoi che abortisca?».

Ora era diventato tutto rosso. «Dobbiamo prendere in considerazione tutte le possibili soluzioni».

Ad Helen quella non era mai passata per la mente. Si alzò in piedi, barcollando. «Se è così che la pensi, crescerò il nostro bambino da sola».

La sua voce risuonò più forte di quanto avesse voluto, e un paio di persone al tavolo accanto si voltarono incuriosite.

«No. Aspetta». La tirò per un braccio, facendole male. «Prima assicuriamoci che tu sia veramente incinta; devi andare da un medico. Poi, se è davvero così, ci sposeremo».

Sposarsi! Da adolescente, Helen si era chiesta se qualcuno l'avrebbe mai voluta in moglie. Da quando aveva cominciato a studiare al Kings s'era sempre meravigliata del gran numero di ragazzi che sembravano trovarla simpatica, ma prima di Clive non aveva mai avuto la sensazione che fossero interessati a lei per quel motivo. Clive! Solo pensare a lui la faceva sentir male. Perché quello non era il bambino di Clive?

«Ovviamente, se desideri sposarti», disse Bob.

Lo desiderava? Helen guardò quel giovane alto e biondo che le sedeva di fronte. Era attraente, non lo si poteva negare. Tuttavia, veniva da un mondo diverso dal suo. Se sua zia fosse stata lì, lo avrebbe stigmatizzato come appartenente alla classe medio-bassa. La madre di lui aveva trattenuto il fiato, quando lei le aveva raccontato che sua zia era stata presentata a corte e avrebbe potuto giurare di averla sentita borbottare qualcosa come "puzza sotto il naso".

Ma come poteva crescere un bambino da sola? Era il 1954. Le ragazze come lei avevano un'unica scelta. «Va bene», disse. E poi, prima di riuscire a trattenersi, aggiunse: «Grazie».

«Non sei costretta a farlo», disse Maggy, che era caduta in uno dei suoi rarissimi silenzi, quando quella stessa settimana gliel'aveva detto. La sua amica era stata fuori con l'attuale ragazzo, per una "piccola vacanza" in un delizioso alberghetto dei Lakes, ed era tornata "brilla", come da sua stessa scherzosa ammissione, ma non abbastanza da assorbire l'impatto di quel che Helen le stava dicendo.

«Posso aiutarti. E anche papà. Se glielo chiedessi, potrebbe trovarti un posto dove andare a vivere, e...».

Helen le sfiorò delicatamente un braccio. «Grazie, ma ho deciso di sposarmi. Devo farlo. Tu sai bene cosa significa crescere senza una madre. Ti fa sentire diversa».

Maggy annuì.

«Chi sono io, per obbligare mio figlio o mia figlia a crescere senza un padre?».

Maggy tornò ad annuire. Il suo silenzio era snervante.

«Sarebbe potuta andare peggio. Lui è davvero un bravo ragazzo. Un po' silenzioso, ma sembra onesto e sincero».

Helen annuì. Stava già iniziando ad accettare l'idea. Del resto, stava per avere un bambino! Finalmente aveva la possibilità di formarsi una famiglia tutta sua.

«Ma dove andrete a vivere?». Maggy si era avvicinata a lei; il fiato le puzzava di whisky. «Buon Dio, non dirmi che starete con quell'arpia di sua madre!».

«Siamo costretti a farlo. Ma Bob dice che sarà una sistemazione provvisoria. Si sta per presentare per un altro lavoro, dove guadagnerà di più, e allora avremo un posto tutto nostro. D'altronde, un sacco di coppie lo fanno».

Maggy non sembrava convinta. «Credevo che non ti fosse troppo simpatica. Hai detto che era "poco cordiale". E che pensa tu sia una snob».

Helen deglutì, a disagio, pentendosi di aver detto quella frase sulla zia che era stata presentata a corte. «Ce la caveremo. Vivono ad Ealing, o meglio appena fuori Ealing. C'è un ospedale, laggiù. Farò i turni di notte e Bob potrà badare al bambino».

«Hai già organizzato tutto». Maggy scosse la testa, ma con aria divertita. «Non ci posso credere! Helen s'è fatta mettere incinta». Si accese un'altra sigaretta, senza accorgersi che ce n'era un'altra che stava consumandosi lì accanto, sul bordo della tazzina. «Guai a te se non mi chiederai di fargli da madrina, tesoro».

Helen si sentì attraversare da un brivido d'eccitazione. Ora che sia lei che Bob avevano superato lo shock e iniziato a fare progetti concreti, tutto sembrava più accettabile. «Non potrei chiederlo a nessun'altra!».

«Quand'è che lo dirai alla vecchia ascia da guerra?».

Era il soprannome che Maggy aveva affibbiato alla zia Phoebe.

«Ci andremo il prossimo fine settimana». Helen cercò di sembrare più sicura di sé di quanto non fosse in realtà. «Non può fare nulla per ostacolarci. A proposito, puoi tenerti libera per sabato, fra due settimane?».

Maggy batté le mani entusiasta. «Immagino che sarà un matrimonio molto intimo».

Helen annuì. «Bob non vuol fare tante storie, andremo soltanto in municipio».

«In municipio?». La zia Phoebe era seduta sul bordo del divano rosa pallido con gli occhi puntati su Helen, a cui sembrava di essere tornata a scuola. Lei e Bob erano arrivati dalla zia in macchina, quella mattina, ma lui s'era sentito male per tutto il viaggio, e anche in quel momento s'era dovuto chiudere in bagno. Né la zia Phoebe, né lo zio Victor avevano fatto molto caso alle scuse che aveva porto loro appena arrivato, e tutto ciò non era che l'inizio.

«Fammi capire bene. Sei stata così stupida da farti mettere incinta e ora vorresti sposarti in municipio?».

Lo zio Victor, che per tutto il tempo aveva camminato su e giù davanti alla porta finestra, le mani infilate nelle tasche della giacca di tweed verde marcio, si accigliò. «Sono certo che potremmo organizzare un delizioso matrimonio per pochi intimi qui nella nostra chiesa, Helen cara».

«Non se ne parla neanche!». La voce della zia Phoebe risuonò talmente alta che probabilmente anche Bob, al piano di sopra, aveva sentito tutto. «Helen non ha bisogno di sposarsi!».

Sia Victor che Helen la fissarono esterrefatti.

«Potrà crescere il bambino qui con noi. Ci penseremo noi, a badare a lui, assicurandoci che abbia la giusta educazione e che frequenti buone scuole. Non puoi sposare quell'uomo, Helen. Non è adatto a te; non siete dello stesso livello sociale».

Helen lottò per ritrovare la voce. «Ma non posso avere un bambino senza essere sposata».

Victor aspirò la pipa ed emise un grugnito d'assenso con la nipote.

«E perché no?». La zia Phoebe li guardò entrambi. «I tempi sono cambiati. Faremo finta che sia rimasta vedova. Dio solo sa quante altre donne hanno fatto la stessa cosa, durante la guerra. Ed è molto meglio di un matrimonio di convenienza. Vuoi fare lo stesso errore che ha fatto tua madre? Certo, lei non era incinta quando s'è sposata, ma qualcuno avrebbe dovuto dirle che lei e tuo padre non erano fatti l'uno per l'altra».

Era un colpo basso! C'erano stati dei litigi, certo, ma Helen ricordava anche dei momenti in cui i suoi genitori le erano sembrati felici, e ogni tanto li aveva visti persino ridere insieme.

«Ti posso assicurare, Helen, che tua madre è stata molto infelice, e io non me ne starò in disparte a guardare, mentre succede la stessa cosa a te».

Era la cosa più vicina a una dichiarazione d'affetto che la zia Phoebe le avesse mai detto. Helen le era riconoscente, tuttavia si sentiva scioccata. «È molto bello da parte tua, ma io sono innamorata di Bob».

Fin quando non aveva pronunciato quelle parole ad alta voce non s'era resa conto di quanto fossero vere; all'improvviso si sentì pervadere da un'ondata di affetto per l'uomo al piano di sopra, che si stava letteralmente sentendo male dal nervoso. Non doveva essere stato facile, per lui, arrivare in macchina fino a quell'enorme canonica e incontrare due personaggi temibili come Phoebe e Victor, davanti ai quali dover ammettere di aver messo incinta la loro nipote.

«Avrò un bambino tutto mio! E voglio essere la miglior madre possibile».

Con suo sommo stupore, gli occhi della zia s'inumidirono. «Non sarà facile», disse, «ma se sei veramente decisa ad andare fino in fondo, cercheremo di esserti d'aiuto. Non è così, Victor?».

Fu effettivamente un matrimonio molto intimo, al municipio di Ealing. La madre di Bob, Sandra, indossava un vestitino viola da quattro soldi che la zia Phoebe non mancò di criticare. Penelope, la moglie di Geoffrey, fece un paio di commenti a voce alta sulla "necessità" di sposarsi, cosa che Helen trovò assai fuori luogo, date le circostanze. Maggy salvò la situazione insistendo per offrire champagne a tutti in un pub, dopo la cerimonia, e sembrò trovarsi molto bene con Sandra, soprattutto dopo averle riempito il bicchiere due o tre volte. E la zia le prestò le perle, per quella giornata; Helen continuò a toccarle a mo' di talismano, percependole come un modo per essere vicina alla sua adorata mamma.

Era in momenti come quelli che il terribile dolore al petto, che sentiva da quando la mamma non era tornata dall'ospedale, si rifiutava di andar via, e fu con una certa riluttanza che restituì le splendide perle alla zia, alla fine della giornata. In parte, s'era chiesta se non sarebbe stato opportuno che la zia gliele avesse date come dono di nozze; in fondo erano appartenute a sua madre. Non sarebbe stato giusto che, a un certo punto, fossero passate a lei? Ma Phoebe non si sognò nemmeno di fare una simile offerta, regalandole invece un set di lenzuola bianche di lino di Gamages.

La luna di miele non era prevista. Il giorno seguente Bob aveva un colloquio di lavoro a Leeds, e se avesse ottenuto il posto, sarebbe stato via per tutta la settimana. Intanto Helen aveva ottenuto un impiego come ostetrica nell'ospedale di Ealing. Non aveva osato dir loro che era incinta, o avrebbero di sicuro preferito assumere un'altra. Meno male che era di corporatura robusta; avrebbe potuto nascondere la gravidanza ancora per qualche mese. Dio solo sapeva quanto sarebbero serviti quei soldi.

A quanto pareva, Sandra aveva accettato, sia pure con qualche esitazione, di accoglierli da lei, ammesso ovviamente che il figlio continuasse a pagare conti e bollette. La casa era un villino bifamiliare di mattoni risalente a prima della guerra, con tre stanze da letto. Si trovava alla periferia di Ealing ed era dotata di un grazioso giardino. La casa era stata acquistata dal padre di Bob, ma dal momento che Sandra faceva soltanto un lavoro assai modesto presso l'asilo della scuola del quartiere – aveva dovuto lavorare per forza, dopo la morte improvvisa del marito – i suoi guadagni non coprivano le spese di gas, luce e altre utenze. Sembrò quindi che l'unica ragione per la quale la donna avesse consentito ad Helen di trasferirsi da lei fosse la sua parziale dipendenza finanziaria da Bob.

Si accordarono nel dividere la casa in due. Ad Helen e Bob sarebbe toccato il pianoterra, con due salotti; uno sarebbe stato trasformato nella loro camera da letto. Di sopra, Sandra avrebbe avuto la sua stanza e avrebbe adattato la seconda camera da letto, trasformandola in un soggiorno. La terza stanza era molto piccola, in realtà, ma per il bambino sarebbe andata benissimo. Provvisoriamente, la cucina con i fornelli a gas sistemati in un angolo che dava sul giardino e la gelida stanza da bagno con le mattonelle bianche e nere sarebbero stati in comune.

«Questa parte della dispensa è la mia», la istruì Sandra quando tornarono a casa, dopo il matrimonio. «Non voglio che tu tocchi nessuna delle mie cose. Puoi usare la cucina, ma solo quando avrò finito di cucinare io, e voglio trovare i fornelli puliti dopo il tuo passaggio. Spero tu ti sia portata dietro qualche lenzuolo. Noi non ne abbiamo a sufficienza e certo non ho i soldi per uscire a comperarli».

Helen cercò di convincersi che non doveva essere facile, per un'altra donna, aprire le porte della propria casa alla moglie del figlio, un'estranea che aveva visto solo un paio di volte. Ma nonostante tutto, quando quella notte andarono a dormire, Helen sentiva il cuore pesarle nel petto come un macigno. Se Bob avesse ottenuto quell'impiego avrebbe dovuto rimanere sola con Sandra per tutta la settimana.

Accoccolandosi contro la schiena di suo marito, sentì il bambino che si muoveva dentro di lei. Quando fosse nato – era certa che si trattasse di un maschio! – tutto si sarebbe aggiustato. Doveva essere così. Per allora suo marito non avrebbe avuto ragione di pentirsi di averla sposata, dopo tutto.

La lettera arrivò qualche mese più tardi. Helen era ormai talmente grossa da riuscire appena a muoversi. «Sei una specie di mongolfiera», la prendeva in giro a volte Bob, e anche se fingeva di ridere della sua battuta, Helen si sentiva ferita da quel commento. Era sempre stata consapevole della sua corpulenza; pur non essendo grassa, le rotondità da adolescente non s'erano mai sviluppate in forme più armoniose e sottili, anche se ormai aveva più di vent'anni.

Le sue evidenti condizioni avevano significato la sospensione del lavoro in ospedale, che Helen adorava, ma la direttrice le aveva promesso che l'avrebbe "tenuta in considerazione" dopo la nascita del bambino, ammesso che vi fossero dei turni di notte liberi. Poi, come se non bastasse, era arrivata la lettera che Helen aveva sempre temuto. Seduta al tavolo di cucina con la busta ancora chiusa davanti, Helen si domandò se non fosse meglio darle immediatamente fuoco, prima ancora di leggerla.

Avrebbe riconosciuto sempre la calligrafia di Clive. Qualcuno doveva avergli detto cos'era accaduto. La gente chiacchierava ... compresa Maggy, che telefonava regolarmente per sentire come "se la passava" la sua Hellie.

Meglio togliersi subito il dente.

Era peggio di quanto avesse immaginato. Scritta bene. Piena d'amore e di preoccupazione, con appena un accenno di rimprovero.

Avrei tanto voluto che mi avessi aspettato... Lo so che non dev'essere stato facile, durante la mia assenza... Do la colpa a me stesso per non averti scritto più spesso...

E poi, nel finale:

Tuttavia, ho sentito che hai dovuto trasferirti, così ho deciso di fare lo stesso. Ho incontrato una cara ragazza – anche lei si chiama Helen, pensa – e ci sposeremo alla fine dell'anno.

Helen appoggiò la lettera sul tavolo e iniziò a scarabocchiare il volto di Clive al margine. L'aiutava a superare quel peso che sentiva nel petto, la sensazione di aver commesso un grave errore. Poi iniziò lentamente a strappare la lettera, riducendola in pezzettini minuscoli; e mentre lo faceva sentì un dolore sordo che andava e veniva alla bocca dello stomaco.

Quando Sandra era tornata dal lavoro («Perché hai lasciato tutte le luci accese, in casa, Helen? Non c'è da stupirsi se la bolletta della luce è così cara!»), quel dolore aveva iniziato ad andare e venire a intervalli regolari. Bob non sarebbe tornato prima dell'indomani e non c'era modo di avvertirlo, dal momento che era in giro a vendere la sua attrezzatura ingegneristica per la ditta di spedizioni marittime che lo aveva assunto.

«Che facciamo, ora?». Il viso di Sandra era teso come una maschera di cera e Helen non riusciva a capire se fosse per la preoccupazione o per l'antipatia che provava per lei, oppure per l'irritazione causata dalle luci rimaste accese.

«Dobbiamo chiamare un'ambulanza».

«Immagino che dovrò andare dai vicini, allora. Dio solo sa che fine farà la mia cena».

Come molte altre famiglie, usavano la cabina telefonica che era in strada. Tuttavia la coppia di anziani che viveva nella casa accanto alla loro possedeva un telefono, così Sandra andò da loro, tutta baldanzosa.

All'arrivo dell'ambulanza Helen era già in preda a ondate di dolori fortissimi, che le scuotevano violentemente tutto il corpo. Dunque era questo che si provava, ricordò di essersi detta in un istante di lucidità. In tutti quegli anni aveva aiutato le altre donne a partorire, e adesso era lei che stava per dare alla luce un bambino!

Dopo l'arrivo in ospedale non ci fu più nulla che potesse sembrarle reale. I corridoi scorrevano in un'immagine confusa ai lati della barella. Le pareti candide sembravano ridere di lei. A un certo punto ricordava di aver chiamato forte Bob... o era il nome di Clive, quello che le era uscito di bocca?Meno male che Bob non era lì con lei. E sua madre. Quanto aveva chiamato la madre! Era come se tutto il dolore per la sua perdita, accumulato e soffocato nel corpo degli anni, si fosse riversato in un sol colpo in quelle grida disperate.

Poi, all'improvviso, una delle infermiere aveva gridato: «Helen! Vedo la testa del bambino!». Ci fu un rumore liquido, come uno scroscio, e poi qualcuno le posò quel fagottino piccolo, bagnato e puzzolente di pesce sul petto.

«Ecco tua figlia, Helen».

Una bambina? Bob voleva un maschio. Cosa avrebbe detto, una volta arrivato in ospedale? Ma non appena Helen guardò quel tenero fagottino dai capelli ramati, nonostante il liquido amniotico che ancora la ricopriva, provò un tale impeto d'amore da spezzarle quasi il cuore.

Aveva di nuovo una famiglia. Finalmente!

Capitolo 35

Helen non aveva avuto motivo di preoccuparsi della reazione di Bob. Quando arrivò, circa tre ore dopo, fece una faccia che Helen non gli aveva mai visto fare prima. «Ha i capelli rossi», disse, in estasi, accarezzando con estrema delicatezza la testolina della neonata, quando Helen gliela diede da tenere in braccio.

Lei sorrise, esausta. «Anch'io l'ho pensato, sulle prime, ma guarda bene, dipende dalla luce. Se ti giri di lato, noterai che la tinta è molto chiara; quasi bionda. Proprio come te».

«E mio padre». Bob parlava di rado del padre. Era come se ce l'avesse con lui perché era morto così presto e all'improvviso per infarto, appena lasciato l'incarico che ricopriva presso la marina mercantile. A Sandra non era mai piaciuto che fosse sempre via; su di lei era ricaduta quasi tutta la responsabilità di crescere il figlio, durante i lunghi mesi di assenza del marito. Helen iniziava a chiedersi se fosse per questo che Bob, a volte, sembrava piuttosto egocentrico, attento soltanto ai propri bisogni e sempre pronto a lamentarsi dei lunghi viaggi in macchina che doveva fare per lavoro.

Ma ora, nel dire "mio padre", aveva usato toni molto più morbidi. Forse Bob aveva bisogno proprio di quello, si disse Helen: qualcuno da proteggere, qualcuno a cui fare da padre, per compensare il padre che lui non aveva avuto accanto. In qualche modo, Sandra non le sembrava affatto un tipo materno.

Quando le rimandarono a casa, una decina di giorni dopo, Helen rimase sorpresa nel constatare che la suocera amava la piccola Caroline quasi quanto lei. «Però non voglio che mi chiami nonna». Sandra tirò su col naso, commossa. «Mi farebbe sentire vecchia. "Sandra" basterà. E spero che non ci terrà svegli per tutta la notte. Non dovrai andare in cucina proprio adesso, vero? Perché serve a me, e non c'è posto per tutte e due».

All'inizio la piccola dormì con loro in una carrozzina sistemata accanto al letto, ma i versi che faceva, e i pianti, quando aveva fame, disturbavano Bob al punto che, pur se riluttante, Helen accettò di farla dormire di sopra, nella piccola stanza destinata a lei fin dall'inizio. Ma quello significava che lei, Helen, non avrebbe potuto dormire, perché se sua figlia si fosse svegliata non l'avrebbe sentita. Una notte si svegliò di soprassalto, in preda al panico. Quella era Caroline! Si precipitò su per le scale, solo per trovare sua suocera che la cullava camminando su e giù per la stanza, tenendola avvolta nel suo scialle. «Aveva bisogno di coccole», le aveva detto Sandra, come se fosse stata Helen a farla piangere per non essere arrivata subito.

Sandra si offrì di guardare la bambina anche nelle notti in cui Helen lavorava in ospedale. Su questo non c'era dubbio: doveva andare a lavorare. Lo stipendio molto ridotto di Bob non bastava per pagare conti e bollette. Così, nonostante le offerte di Maggy di "chiedere aiuto a papà", e nonostante i borbottii della zia Phoebe a proposito delle "madri che dovrebbero stare a casa con i figli", Helen contattò l'ospedale, assicurandosi un lavoro di quattro notti a settimana nel reparto geriatrico.

Era sfibrante; non tanto per la mole di lavoro, quanto perché, dopo aver fatto i turni di notte, aveva la piccola Caroline da nutrire e con cui giocare per tutta la giornata. Ma non era mai stata tipo da lamentarsi. Le piaceva persino aspettare l'autobus in fondo alla strada, la sera, per arrivare in ospedale, e poi prendere quello della mattina presto per tornare, risalire a piedi la strada ripida, infilarsi nel letto per un pisolino rapido prima che Sandra uscisse per andare a lavorare e poi avere finalmente Caroline tutta per sé. Ormai i capelli di Caroline erano decisamente più ramati che castani: un colore che le ricordava quello di sua madre nel ritratto a casa della zia Phoebe. La cosa le faceva male e la confortava al tempo stesso.

I fine settimana, con Bob a casa, erano spesso dedicati alle scampagnate di famiglia. La gita che preferiva era quella a Old Reading, ad alcune miglia da casa loro ed era entrato a far parte del piano governativo chiamato "Cintura Verde", finalizzato a salvaguardare alcune zone rurali dallo sviluppo industriale. Ormai Caroline aveva iniziato a camminare, e adorava trotterellare nei boschi, incantandosi ad ascoltare i richiami degli uccellini e lo scrocchiare dei ramoscelli sotto i piedini.

«È una bambina così attenta!», gracchiò Maggy, che adorava la sua figlioccia quasi quanto sua madre e veniva a trovarle il più che poteva, sempre carica di regali per Caroline. In quel periodo stava lavorando in un ospedale di Wolverhampton, ma s'era comprata una piccola automobile sportiva e schizzava avanti e indietro per la campagna, cambiando in media un uomo ogni due mesi.

«Lo so!». Stavano camminando dietro Bob e Sandra, che li accompagnava ogni volta che uscivano. «La settimana scorsa, quando l'ho portata a far visita alla zia Phoebe, è rimasta affascinata dalle perle. In realtà, le ha tirate e ha quasi rotto il filo, cosa che, come puoi immaginare, ha causato scompiglio».

Maggy scoppiò in una grassa risata. «Guarda come gira la testa di qua e di là, registrando ogni cosa. È quel che mio padre definisce "un'anima vecchia"».

Udendo la parola "vecchia", Sandra si voltò a lanciarle un'occhiata severa e le due donne più giovani soffocarono una risatina. «È fissata con la vecchiaia», sussurrò Helen.

«Be', è rimasta vedova abbastanza presto, o sbaglio? A quarant'anni, mi pare?»

«Non così giovane da non essersi fissata con le sue abitudini», aggiunse Helen in tono grave. «Basta che io metta piede in cucina e comincia subito a contare le sue scatolette, per assicurarsi che non ne abbia aperta una per errore. E la settimana scorsa abbiamo avuto un battibecco terribile per la bolletta del gas. Dice che dovremmo pagarne più della metà, perché ne consumiamo più di lei».

«Capperi!». Maggy si stava accendendo un'altra sigaretta. «E Bob che ha detto?»

«Poco o niente. Non gli piacciono le discussioni».

«Ma siete abbastanza felici, insieme, vero?».

Helen ripensò alla notte appena trascorsa, quando, una volta di più, Bob s'era girato dall'altra parte invocando un "mal di schiena" causato dal troppo guidare. C'erano poi situazioni diverse, in cui sentiva che la sua natura estroversa controbilanciava perfettamente quella introversa di lui. Amavano leggere insieme, la sera, e proprio il sabato precedente erano rimasti seduti ad ascoltare un radiodramma, sul divano di casa, tenendosi la mano. Alla fine, lei aveva preparato la cena, e Bob s'era complimentato per il suo budino di riso, riuscito proprio bene e con una crosticina croccante e dorata, esattamente come piaceva a lui. Le sue lodi le avevano fatto molto piacere: non desiderava altro che creare un ambiente familiare caldo e protetto, per rimpiazzare quello che lei non aveva avuto per quasi tutta la sua infanzia e adolescenza.

«Felici?», fece, in risposta alla domanda di Maggy. «Sì, penso di sì. Sarebbe bello avere una casa tutta per noi, ecco tutto».
«Quando pensi che accadrà?». Maggy parlava con la sicurezza di chi ne aveva già da tempo una di proprietà, grazie al padre.
«Di questo passo ci vorranno secoli. Non possiamo permetterci di risparmiare, con quello che guadagniamo, soprattutto quando la maggior parte delle entrate serve per pagare le bollette a casa di Sandra».
«Ma non pagate soltanto la vostra quota?»
«No, molto di più. È quello che continuo a ripetere a Bob. Potremmo benissimo affittare una casa da qualcun altro, e ti assicuro che avremmo meno spese e potremmo mettere da parte qualcosa per comprarcene una. Ma Bob non vuol lasciare sola sua madre; dice che ha bisogno di lui, dopo essere rimasta vedova così giovane».
«Accidenti», recriminò Maggy. «Non dev'essere facile. Comunque, almeno hai questa stupenda piccolina».
Helen strinse a sé la sua bambina. «E potrebbe anche essere l'unica».
«Che vuoi dire?».
Alzò talmente tanto la voce che Bob e Sandra si voltarono a guardarle. Era come se entrambi pensassero che stesse "sfogandosi" con l'amica alle loro spalle, pensò Helen.
«Sshh». Si bloccò, facendo finta di controllare il pannolino di Caroline. Un gesto che avrebbe avuto il potere di far allontanare Bob il più velocemente possibile. Era molto schizzinoso. «Volevo dire che Bob sostiene che non possiamo permetterci altri figli. Dice che molte famiglie si sono limitate a farne uno solo, dopo la guerra, perché la situazione è ancora critica».
Maggy sembrava esterrefatta. «Ma devi averne altri. Non sai quanto avrei voluto avere un fratello o una sorella, io, da piccola; se la mamma non fosse morta così giovane, i miei avrebbero sicuramente voluto un altro bambino. E guarda te! Tre fratelli! Sai quanto sia importante avere dei fratelli e delle sorelle».
Eccome se lo sapeva. Anche se tutti e tre i suoi fratelli ormai si trovavano all'estero – Frank nel Borneo, Bob di stanza in Africa e Roger in Sudafrica, dove lavorava per il Ministero degli esteri – le scrivevano tutti con regolarità e ogni tanto telefonavano. Forse non li vedeva molto, ma almeno sapeva che c'erano.
«Magari cambierà idea», disse Maggy.

Helen scosse la testa. «È piuttosto testardo, quando vuole. Proprio come sua madre».

Caroline compiva ormai quattro anni, e Roger non aveva ancora cambiato idea sull'ipotesi di avere altri figli. Eppure la loro figlia stava crescendo così in fretta! Aveva lo stesso carattere testardo di suo padre e sua nonna, ma anche un lato artistico assai sviluppato. Un giorno, mentre stava giocando nella loro stanza da letto, aveva trovato la scatola di pastelli che Helen non usava ormai da Dio solo sapeva quanto tempo. Quando Helen era entrata, qualche minuto dopo, aveva visto sua figlia seduta sul pavimento, che disegnava sulla parete.

Per fortuna, era riuscita a cancellare tutto prima che Sandra tornasse a casa, ma dopo quell'episodio Helen seppe come tenere buona la piccola per ore intere, bastavano una scatola di pastelli e qualche foglio di carta. Caroline amava molto anche le "lavagne magiche", quelle in cui potevi disegnare su un sottile foglio di plastica e poi cancellare tutto muovendo una specie di asticella di cartone tra la base e la plastica stessa.

Un giorno Bob rientrò con una lavagnetta d'ardesia e una scatola di gessetti; insieme, padre e figlia trascorsero ore intere a disegnare cagnolini che fumavano sigarette e porcospini che ballavano. Era così bello vederli ridere così! Bob era un bravo padre, molto buono e affettuoso; se solo avesse passato più tempo con loro!

Forse, se avesse trovato un lavoro più vicino a casa e che non comportasse continui spostamenti, con il conseguente bisogno di alloggiare nelle pensioni, tutto sarebbe stato più facile.

Intanto lei continuava a fare i turni di notte all'ospedale, un lavoro che amava con tutta se stessa. Quando era lì si sentiva una persona diversa; poteva scherzare, ridere e badare ai pazienti in un modo che la faceva sentire desiderata e speciale.

Un giorno Maggy telefonò per comunicarle una notizia molto eccitante. «Ho comperato un cottage! Sull'isola di Wight!».

Helen non c'era mai stata; in realtà, sapeva a malapena dove si trovasse, a parte il fatto che era a sud di Southampton. «Ci andrai ad abitare?»

«No. Sarà la nostra casa per le vacanze. E quando dico "nostra", intendo dire anche tua e di Bob».

Tenne fede alla promessa. Il mese dopo Maggy insistette perché si recassero tutti giù a Southampton (ovviamente anche Sandra), dove presero il traghetto per Ryde. Caroline era fuori di sé dall'emozione, mentre con la macchina percorrevano il tratto di strada che conduceva alla minuscola località di Bonchurch, situata nella parte sud dell'isola.

«La tua amica deve avere un sacco di soldi», fu il laconico commento di Sandra mentre, guardando verso la collina, videro spuntare un bellissimo cottage tinteggiato di bianco, con una veranda blu giacinto che circondava la facciata. Sul retro si ergevano le colline e, subito sotto, una sorta di dirupo.

Per una volta, Helen non reagì alle frecciatine della suocera. Aveva imparato dalla questione delle bollette che era inutile; non avrebbe mai avuto la meglio su di lei. «Bello, non ti sembra?», si limitò a dire.

Fu una settimana a dir poco idilliaca. Per la prima volta in tanti anni, Helen si ritrovò ad avere un po' di tempo per se stessa, mentre Maggy portava Caroline a fare lunghe passeggiate sulle colline. E fu allora che tirò fuori la sua scatola di acquerelli, che s'era portata dietro solo per far divertire sua figlia.

«Che bello», disse Maggy quando tornarono, e persino Sandra dovette ammettere, sia pur con riluttanza, che non era male, mentre tutte insieme ammiravano il dipinto della fucsia fatto da Helen.

«Sai come si fa ad avere un altro bambino, vero?», le sussurrò una sera Maggy, poco prima della loro partenza per tornare a casa.

Come si fa?

«Fallo ubriacare». Maggy fece un cenno della testa verso Bob. «Fallo ubriacare quando sei nei giorni giusti del mese. È l'unico modo. Caroline ormai ha quasi cinque anni. Se lasci passare ancora un po' di tempo, ci sarà troppo differenza d'età fra loro».

Quella sera, a casa, Bob si dichiarò letteralmente esausto per le ore di guida. «Prendi un po' di questo», gli disse Helen, tendendogli un doppio scotch e poi un altro, dieci minuti dopo.

In qualche modo, quella notte, lo convinse a fare una cosa che ormai non faceva da tanto tempo, dopo averlo rassicurato che andava "tutto bene".

Se non avesse funzionato, si disse la mattina dopo, poteva anche metterci una pietra sopra.

Otto settimane dopo ebbe un attacco di nausea. Non disse nulla. Se lo avesse fatto, lui avrebbe potuto convincerla a fare qualcosa per interrompere la gravidanza. Meglio stare zitte finché non fosse stato troppo tardi.

«Ti senti bene?».

Sandra le lanciò un'occhiata strana, una mattina, vedendola incapace di preparare la colazione e subito dopo in fuga verso il bagno al piano di sopra.

«Sì, grazie. Perché?»

«Sei pallida come un cencio».

La settimana seguente, al suo ritorno dal lavoro, Bob chiuse la porta dietro di lei e la fece mettere seduta.

«Mia madre crede che tu sia incinta».

«Davvero?»

«Lo sei?»

«Forse».

«E non dici nulla?»

«Volevo esserne certa».

«Non possiamo permetterci un altro bambino».

«Potremmo, se non dovessimo dare tutti quei soldi a tua madre, per quelle maledette bollette del gas».

«Non ti permetto di parlare così di mia madre!».

«Mammina!».

Caroline era sulla porta. Ammutolirono entrambi.

«Che succede, mammina?», chiese la loro figlioletta, arrampicandosi sulle ginocchia di Helen.

«Niente, amore, niente».

Helen guardò il marito con occhi eloquenti, e benché non osasse parlare davanti alla bambina, lui ne comprese al volo il senso. "Non pensare nemmeno all'aborto", diceva quell'occhiata. "Se ti avessi ascoltato la prima volta, adesso non avremmo Caroline".

Il mese dopo, quando Helen era ormai incinta di quasi quattro mesi, andarono in un piccolo bed and breakfast in Cornovaglia, per concedersi una delle loro brevi vacanze. Stavolta, su insistenza di Helen, Sandra non andò con loro. Si sentiva in colpa per averlo preteso, ma sapeva, da quel che le aveva detto Maggy, che doveva tenere il punto.

Avevano deciso di passare a trovare la zia Phoebe e lo zio Victor sulla via del ritorno, ma Bob si rifiutò di andarci per pranzo; negli anni ne aveva avuto abbastanza delle loro occhiate sdegnose quando a tavola sbagliava posate.

Avrebbero invece optato per un bel picnic. Sandra aveva prestato loro un fornelletto a gas, così avrebbero riscaldato un pasticcio di carne che Helen aveva preparato in precedenza. Si fermarono in un'area di sosta e a Caroline fu permesso di correre un po' nei prati; la bambina si fermò accanto allo steccato di un campo limitrofo, per accarezzare il muso a un cavallo. Bob era con lei. Lo aveva incitato lei ad andare.

Forse, sa avesse passato un po' più di tempo con sua figlia, Bob avrebbe capito quanto Helen desiderasse avere un altro bambino.

«Accendo il fornello».

Helen svitò il tappo dell'alcol denaturato che avevano portato con loro. Sandra aveva detto che era così che si accendeva il fuoco. Con estrema cautela versò un po' del liquido infiammabile sul fornelletto.

Ci fu un'incredibile fiammata ed Helen si sentì pervadere tutto il corpo da un bruciore insopportabile. Il suo urlo squarciò l'aria, come se appartenesse a qualcun altro. Attraverso le fiamme vedeva le sagome indistinte della figlia che la fissava inorridita e di Bob che correva verso di lei. Dopodiché, il nulla.

Capitolo 36

"Il mio incidente", come Helen prese a chiamarlo, quasi la uccise, ma allo stesso tempo fu la sua salvezza. In seguito la gente le avrebbe detto che era stata fortunata a sopravvivere a ustioni su più della metà del corpo; all'epoca, però, lei faticò a vederla in quel modo. L'unica cosa che sapeva era che doveva resistere e superare l'incidente.

«Caroline», ricordava di aver detto a una folla indistinta di persone che la guardava dall'alto, in un posto a lei sconosciuto. Poi cercò di ripetere il nome di sua figlia, ma non le riuscì bene. O almeno, nessuno sembrò capire.

Il fuoco aveva attaccato anche Caroline?, avrebbe voluto chiedere, ma il dolore insopportabile che le martoriava la parte superiore del torace, il collo e le braccia era talmente forte da non consentirle di pronunciare nemmeno quella frase.

Doveva sopravvivere, si disse, per Caroline. Non poteva sopportare che sua figlia passasse ciò che aveva passato lei: una vita senza una madre. Se il bambino che aspettava stava bene (Dio mio, fa' che sia così), sarebbe stato qualcosa in più che il destino le aveva riservato. Ma non era ancora nato. Caroline aveva cinque anni e mezzo. Troppo piccola per essere lasciata in mano a Bob e Sandra.

«Va tutto bene», disse una voce gentile sopra di lei. Le sembrava di muoversi su un tapis roulant di mormorii e luci accecanti e odori asettici. «Ci siamo quasi, Helen».

Non conosceva quella voce, ma le infermiere, come lei sapeva molto bene, chiamano i pazienti col loro nome di battesimo per rassicurarli. Era lì che si trovava, dunque? In un ospedale? Oppure in un posto sconosciuto, in attesa di rivedere sua madre?

Quando si svegliò, qualche tempo dopo – quanto tempo dopo? – era in un letto. Non il suo letto. Bob era seduto accanto a lei e c'era anche la sua figlioletta, con i capelli lunghi e chiari sciolti sulle spalle invece che raccolti in due treccine, e con un'espressione spaventata dipinta sul viso.

«Caroline!».

Helen cercò di alzare il braccio, ma le faceva molto male, e poi la bambina era indietreggiata. Non c'era da stupirsi! La pelle del suo braccio era tutta raggrinzita, come tante codine di maiale sul nero bruciato, e c'era un odore come se qualcuno avesse appena preparato la colazione con il bacon. Le sembrò di muoversi su delle rotelle e vedeva Bob e Caroline allontanarsi sempre più, diventare ogni istante più indistinti.

«Baciami», provò a dire, e stavolta fu certa di aver pronunciato chiaramente le parole. Ma Caroline stava scuotendo la testa, e ciò le causava un dolore al petto molto, molto più intenso e terribile delle bruciature.

Un altro ricordo. Maggy seduta accanto a lei. Maggy senza il suo solito sorriso a trentadue denti e senza la solita sigaretta fra le labbra. «Va tutto bene, Hellie. Guarirai. E non preoccuparti per Caroline. Ci sono io, qui».

O se l'era soltanto immaginata?

Ora c'era Bob. «Porto Caroline a casa. Tua zia vuole che rimaniamo per qualche giorno, ma poi torneremo ad Ealing. Tornerò per il fine settimana».

Il bambino, avrebbe voluto chiedere. Ho ancora il bambino?

Ma anche stavolta le parole non uscirono, e sembrava che nessuno fosse disposto a darle volontariamente quell'informazione.

Trasferirla, le disse qualcuno in una sorta di nebbia. Dobbiamo trasferirla in un ospedale più grande. Frenchays vicino a Bristol. Poi più nulla.

Helen non sapeva da quanto tempo era lì. Sembrava un'interminabile sfilza di giorni e settimane. Soltanto in seguito fu un grado di ricucire i brandelli di quanto le era accaduto. Bob aveva effettivamente portato Caroline dalla zia Phoebe, solo per scoprire che era impegnata a giocare a bridge! Lei e lo zio Victor avevano organizzato una festa con torneo di bridge e quando suo marito e sua figlia erano arrivati, esausti e confusi, dopo aver trascorso i primi giorni in un bed and breakfast per esserle più vicini, li avevano fatti accomodare nella stanza per gli ospiti.

Helen immaginava perfettamente la scena. Sua figlia aveva dovuto dormire nella stessa stanza assegnata a lei all'età di nove anni, quella dove era morta la vecchia nonna. C'erano una vecchia cassettiera di mogano e uno specchio antico, con la cornice anch'essa di mogano, posto su un piedistallo. A colazione, Bob aveva sicuramente usato il cucchiaio sbagliato per la marmellata e Caroline si era certo sentita persa, senza di lei, proprio come lo era stata lei quattordici anni prima, senza la sua mamma.

Quanto a Maggy, non avrebbe mai immaginato una cosa simile! La sua meravigliosa amica si era precipitata da lei non appena appresa la notizia, e aveva preso alloggio al bed and breakfast, dormendo raggomitolata nel letto di Caroline per confortarla, mentre Bob era nella stanza accanto, dove teneva testa alle telefonate dei giornali locali, ansiosi di descrivere il terribile incidente capitato a una turista.

Ma che cos'era successo al suo bambino? Sembrò passata un'eternità quando, una mattina, il primario si sedette accanto al suo letto, le prese le mani fra le sue e le spiegò che aveva avuto un'emorragia. Helen sentì il cuore gonfio e pesante nel petto, ma, un momento, cosa stava dicendole, adesso? «Sembrerebbe, signora Green, che aspettasse due gemelli. Il trauma ha provocato l'aborto di uno dei due, ma al momento lei sembra portare avanti una normale gravidanza. Alla luce di quanto ha passato, siamo ancora molto cauti nel pronunciarci. Ma a mio parere, signora Green, lei è una donna molto fortunata».

Era ancora incinta! Sì, pensò Helen, mentre cercava di issare la schiena sui cuscini per scrivere una lettera a Caroline, da farle pervenire insieme a un libro di Andy Pandy che s'era fatta comprare da un'infermiera. Era ancora incinta. Caroline avrebbe avuto un fratellino o una sorellina, anche se le fosse costato la vita. "*A Caroline, perché è una bambina buona*", scrisse con la grafia incerta della mano meno bruciata. "*Con tutto il mio amore, la mamma x*".

Passarono mesi prima che venisse dimessa. Dopo l'ospedale Frenchays fu trasferita a Mount Vernon per un'operazione di chirurgia plastica al collo, al torace e alle braccia. Non solo era uno dei migliori centri specializzati in simili operazioni, era anche vicino ad Ealing. Tuttavia, Bob riteneva fosse meglio non portarci Caroline. «Potrebbe spaventarsi», disse guardandosi intorno nel reparto, dove alcuni dei pazienti presentavano ustioni e ferite talmente orribili da sembrare reduci di guerra.

Helen si chiese se Bob non stesse riferendosi alle sue paure personali. Era chiaro che non si sentiva a suo agio in quell'ambiente, anche se, come le disse Maggy quando venne a trovarla, lui non aveva mai fatto l'infermiera. Avevano ridacchiato entrambe divertite all'idea di lui vestito da infermiera, e per qualche tempo Helen si sentì sollevata, anche dopo che Maggy se ne fu andata. Poi gli antichi dubbi tornarono a tormentarla.

In parte erano stati sollecitati dal fratello Frank, che le aveva scritto appena ricevuta la notizia. Helen s'era lasciata sfuggire qualche accenno sul suo matrimonio, ma Roger e Geoffrey avevano fin troppi problemi per dirle qualcosa di più di "tutti abbiamo la nostra croce da portare".

Il "piccolo" Frank, invece, che aveva già avviato un'impresa propria a Kuala Lumpur, era stato più pragmatico: «Concedigli qualche altro anno, fino a che Caroline non sarà più grande, per non parlare dell'altro virgulto che aspetti. Poi, se le cose andranno ancora male, lascialo e vieni a vivere qui con me».

Sapere di avere una via d'uscita la faceva stare meglio.

Tornare a casa fu un'esperienza davvero particolare. La casa di Ealing le sembrò più piccola, anche se in realtà era una delle più belle della zona. Qualcuno aveva spostato i mobili in salotto e il ciliegio nel giardino davanti, regalatole da Maggy per il matrimonio, era stato ridotto ai minimi termini da una potatura eccessiva.

Ma fu Caroline a preoccuparla di più. Le avevano tagliato le sue bellissime trecce biondo ramato! A quanto pareva, Sandra aveva ritenuto che quel taglio corto, quasi spigoloso, fosse più semplice da tenere a bada, ma tutto quel che Helen vide fu una bambina dall'aria spaventata e con lo sguardo perso, che aveva preso il posto della piccola sempre allegra e sorridente di un tempo.

Che cosa aveva dovuto vedere?

Un muro di fuoco, era così che Bob aveva descritto il suo corpo in preda alle fiamme. L'aveva fatta rotolare più volte sul terreno, per tentare di spegnerlo. E c'era riuscito: le aveva salvato la vita, avevano detto i dottori, e quella era una delle ragioni per cui non si sentiva di lasciarlo. Ma che cosa orribile, per una bambina, dover assistere a un simile spettacolo! Sembrava che Bob, dopo aver spento le fiamme, avesse fermato una macchina per portarla all'ospedale più vicino. Caroline era sul sedile posteriore, dietro di loro, senza dubbio in stato di shock. Non c'era da stupirsi che i suoi occhi avessero quell'espressione diffidente e terrorizzata.

«Va tutto bene, tesoro. La mamma è tornata a casa», le disse stringendosela contro il pancione, che ormai era molto evidente. «Sono di nuovo qui. E ti prometto che non me ne andrò più via».

Ma ogni notte Caroline si svegliava di soprassalto, nella stanza adiacente a quella di Sandra. Le sue urla risuonavano per tutta la casa. «Ci penso io», le disse Sandra quando Helen arrivò di sopra, ovviamente dopo sua suocera. «Lascia fare a me. È abituata così».

Ed Helen non poteva che rimanere a guardare, sentendosi esclusa, mentre la donna più anziana teneva la piccola fra le braccia, cullandola avanti e indietro. «Forse», disse a Maggy durante una delle loro telefonate in tarda serata, «non sono una buona madre, non avendone avuta una dalla quale imparare».

«Sono sicura che non è così», rispose Maggy in tono incerto, ma Helen capì che forse la pensava esattamente come lei. Dopo quella conversazione, Helen riattaccò chiedendosi se la morte prematura della mamma di Maggy fosse la ragione della riluttanza della sua amica a impegnarsi in un matrimonio e ad avere figli. Peggio ancora, Helen stava trovando sempre più difficile ricordare quale aspetto avesse avuto sua madre. Se non fosse stato per la foto che teneva sul comodino e in cui Rose appariva così bella, compassata e serena, come se avesse visto qualcosa di stupendo alla destra dell'inquadratura, forse se la sarebbe dimenticata del tutto.

Grace fu una bambina difficile fin dal primo vagito. Vagito che echeggiò furiosamente alla sua nascita e che col tempo si trasformò in un urlo indispettito che emetteva ogniqualvolta non otteneva quel che voleva. Quando divenne un'adolescente quelle urla si tramutarono in pesantissimi bronci.

Segretamente, Helen era convinta che tutta la rabbia covata da Grace derivasse dal terribile shock subìto in grembo durante l'incidente. Maggy le aveva detto che alcune nuove ricerche scientifiche avevano appurato che i neonati erano molto influenzati dall'ambiente che li circondava, mentre erano ancora nella pancia della mamma. Se era davvero così, aveva detto Maggy, saperlo adesso non serviva più a niente, almeno per loro, ma nemmeno il forzato umorismo dell'amica era servito a farla sentire meglio. Stranamente, invece, Bob trovava che Grace avesse un comportamento "determinato". Aveva temuto che fosse deluso perché non era un maschio, invece sembrava apprezzare molto che la ragazzina uscisse a tirar calci al pallone, giù in giardino; una volta, quando non aveva ancora tre anni, Grace si scolò parte della pinta di birra del padre, sul traghetto per l'isola di Wight, dove ancora si recavano una volta o due l'anno per una breve vacanza. «Abbiamo un vero e proprio personaggio, qui», aveva commentato lui, ridacchiando con più ammirazione di quanta non avesse mai mostrato per Helen stessa.

Grazie a Dio c'era Maggy. Cosa avrebbe fatto, senza di lei? Benché ancora residente a Wolverhampton, veniva spesso a trovare le sue due figliocce, come le chiamava lei, e di recente aveva incontrato un uomo meraviglioso, di nome Ralph, che faceva il medico.

«Pensi di sposarlo?», le chiese timidamente Helen un'estate sull'isola, dove Maggy li aveva raggiunti per Ferragosto. Le bambine stavano giocando felici sulla sabbia con secchielli e palette, e per una volta Grace non stava stuzzicando Caroline e Caroline non stava litigando con Grace. In quel momento Bob stava facendo un "pisolino" nel bungalow. Qualcuno aveva portato una radio in spiaggia e si udivano sprazzi di *Lipstick on His Collar*[5], di Helen Shapiro, un pezzo che le faceva sempre venire i brividi.

Per una volta, Maggy sembrava molto seria. «Quando avrà divorziato».

«È sposato?». Helen non lo aveva capito.

«Stava comunque per lasciare la moglie». L'amica s'era messa sulle difensive, come timorosa di venire giudicata.

«Ha figli?»

«Due. Ma sono già grandi. Quattordici e dodici anni».

Tutt'altro che "grandi", avrebbe voluto ribattere Helen. Solo abbastanza cresciuti per sentirsi feriti, vedendo il padre che se ne andava con un'altra donna. Per qualche ragione, provò l'impulso irrefrenabile di alzarsi in piedi ad allacciare il costumino da bagno di Grace, con la scusa che s'era un po' allentato, per evitare di dover continuare quella conversazione con la sua amica.

Nel frattempo, Bob era ancora in una situazione d'incertezza col lavoro. Da tempo aveva rinunciato all'impiego che lo teneva a lungo lontano e accettava, resosi insostenibile quando lei era rimasta

[5] Letteralmente "Rossetto sul colletto della sua camicia" (*n.d.t.*).

tutto quel tempo in ospedale, invece lavoretti sottopagati come funzionario tecnico commerciale, che lo impegnavano vicino casa. Per contribuire al mantenimento della famiglia, Helen s'era data all'economia e al risparmio, col risultato di mettere da parte quanto bastava per un deposito bancario destinato all'acquisto di una casa tutta per loro. Aveva già effettuato qualche ricerca, annotando alcune abitazioni situate in una zona alla loro portata economica. In realtà, si trattava per la maggior parte di appartamenti e non di vere e proprie case, perché non guadagnavano abbastanza per potersene permettere una. Dal giorno dell'incidente e dalla nascita di Grace, Helen non era più stata in grado di lavorare, anche se sperava di tornare a fare l'infermiera quando Grace fosse finalmente andata a scuola.

Intanto Caroline frequentava un'ottima scuola femminile, dove la retta si adeguava al reddito dei genitori. Vi era stata ammessa sia per gli ottimi voti in lingua e letteratura, sia per l'inclinazione mostrata nelle materie artistiche. Perciò si ritrovavano a pagare una cifra ragionevole, anche se in realtà era sempre più di quello che avrebbero potuto permettersi. La cosa aveva sollevato l'ennesima discussione fra lei e Bob, che voleva mandare la figlia alla scuola pubblica locale.

Quando Caroline compì dodici anni, Helen era già pronta a fare la mossa successiva. Anni d'esperienza le avevano insegnato come comportarsi con Bob. Si trattava semplicemente di non fargli assumere troppe responsabilità e di non fargli affrontare direttamente i problemi. Perciò, prima andò a vedere l'appartamento da sola, e poi gli fece vedere, come per caso, l'annuncio di vendita, dicendo che ormai avrebbero potuto permetterselo, e che con due bambine era davvero ora che andassero a vivere per conto loro.

«Ma mia madre come farà? Ha sessantadue anni. Ha bisogno di noi».

«Ma le staremo vicini, Bob. Saremo in fondo alla strada. Siamo sposati da dodici anni. Ormai hanno anche mandato il primo uomo sulla Luna!». Aveva sempre scherzato con Maggy, sostenendo che l'avrebbero fatto prima che lei fosse riuscita a staccare Bob da sua madre, ed era andata proprio così! «Abbiamo bisogno di una casa tutta nostra».

Quando glielo avevano detto, Sandra s'era messa a piangere disperatamente, cosa che aveva spiazzato Helen, la quale aveva sempre pensato che sua suocera sarebbe stata felice di vederla andar via, dopo tutti quegli anni di continue discussioni. Poco dopo, Caroline era tornata da scuola, con la cartella di morbida pelle marrone sulle spalle, e aveva voluto sapere cosa fosse successo. E quando aveva sentito che forse non avrebbe più vissuto con la nonna, era scoppiata a piangere anche lei.

Helen si sentiva terribilmente in colpa. Ma sapeva anche che, se lei e Bob volevano sopravvivere come coppia, dovevano avere un posto tutto loro nel quale vivere. Una casa dove non fossero costretti a fare piano, nelle rare occasioni in cui Bob non le voltava le spalle a letto. Una casa dove non dovesse zittire Grace, in preda a una delle sue crisi di nervi, quando Sandra aveva ospiti al piano di sopra. Una casa dove non si discutesse all'infinito sulle bollette del gas e dove lei non fosse costretta ad aspettare che un'altra donna avesse finito di cucinare, prima di poter mettere piede nella stanza.

La sera prima del trasloco nella minuscola villetta con due camere da letto, situata in fondo alla strada (niente giardino), udì Sandra piangere forte in bagno.

Bussò sommessamente alla porta.

«Che c'è?», si sentì rispondere con un singhiozzo.

«Stai bene?», domandò Helen.

«Tu che ne dici?».

Lentamente, sentendosi una carogna, Helen tornò in camera da letto. Bob stava già dormendo, con la bocca semiaperta e un filo di bava che colava da un lato.

Di sopra si sentì il cigolio delle travi del pavimento: era sua figlia che stava aprendo la porta della piccola stanza dove lei e sua sorella Grace dormivano su letti a castello. Era stato l'unico modo per farcele entrare entrambe.

«Ti senti bene, Sandra?», udì sussurrare da Caroline.

E la porta del bagno si aprì. Risalendo le scale in silenzio, sentì sua figlia che rassicurava la donna anziana. «Verrò a trovarti tutti i giorni, te lo prometto. E continuerò ad aiutarti con i soldi nuovi». Sandra non riusciva ancora a raccapezzarsi con la decimalizzazione della moneta. «E andremo sempre a fare la spesa insieme».

Tutta quella storia, pensò Helen irritata mentre tornava a letto, la faceva passare per la cattiva della situazione, invece che per una madre (quale era) che stava soltanto cercando di salvare il proprio matrimonio.

Capitolo 37

Talvolta Helen non riusciva nemmeno a ricordare di essere vissuta in un posto diverso da Ealing. Era come se la giungla del Borneo e il fatto che avesse avuto un piccolo orangutan come animale da compagnia (cosa che all'epoca le era sembrata perfettamente normale, ma che suscitava la perplessità delle persone a cui lo raccontava adesso), non fossero stati altro che un sogno, in un mondo dove l'avvenimento della settimana consisteva nel guardare *Agente Speciale* in televisione o andare a far compere da Chelsea Girl, un negozio con le pareti scure e quella musica strana, dove aveva comperato a Caroline un paio di pantaloni a tubo Long John blu elettrico, l'articolo più alla moda del momento. Perlomeno tenevano caldo, non come quegli orribili pantaloncini che non si potevano vedere!

Quando lei e Bob andavano a trovare (di rado, e più per obbligo che per piacere) Phoebe e Victor, che stavano diventando sempre più fragili e sulle cui spalle il mantenimento della vecchia canonica pesava ormai in maniera preoccupante, Helen non riusciva a immaginare se stessa come la bambina che era cresciuta proprio lì. Come aveva fatto a sopportarlo, si chiedeva mentre cercava di tenere tranquilla Grace durante quelle visite? Una volta, in estate, e su sorprendente richiesta della figlia, aveva mandato Caroline dalla zia Phoebe per un'intera settimana. All'epoca Caroline aveva quasi quattordici anni ed era tornata a casa dicendo di essersi trovata bene; aveva passato il tempo leggendo i romanzi di Jane Austen e dipingendo. E sì, le sarebbe piaciuto tornarci, se l'avessero invitata!

In confronto, Ealing non era che un misero sobborgo. Negli anni Sessanta non era ancora nemmeno entrato a far parte dell'agglomerato urbano, come ad esempio Golders Green. Conservava una dignità rurale lievemente più elevata solo per la sua posizione limitrofa al Common. «Il meglio di entrambi i mondi», dicevano soddisfatti i loro vicini. «Basta mezz'ora di metro per arrivare in centro, mentre è sufficiente risalire la strada per trovarsi in aperta campagna».

Il "centro", aveva scoperto ormai da tempo Helen, era Londra, dove lei continuava a portare le bambine dal dentista due volte l'anno (s'era tenuto il suo, dai tempi del lavoro come infermiera) e a fare sporadiche visite a una lontana prozia di sua madre, che viveva in un grosso palazzo a quattro piani fuori Queen's Gate. Quando aveva conosciuto la prozia, Bob si era chiuso in un silenzio pressoché totale, per poi chiedersi, sulla via del ritorno, che diamine di lavoro avesse fatto il marito dell'anziana donna per guadagnare tanto da potersi comperare un intero palazzo come quello. In realtà, s'era trattato di una fortunata combinazione di eredità e lavoro da bancario, ma la spiegazione era servita soltanto a far esalare a Bob un rassegnato sospiro, cosa che aveva definitivamente convinto Helen che suo marito l'avrebbe sempre considerata diversa da lui.

Lo stesso accadde quando un giorno Bob accompagnò Caroline a casa di una delle sue compagne di scuola. Sembravano tutte vivere in enormi case lussuose, così diverse dalla loro modesta villetta senza giardino. «Ma che lavoro fanno?», continuava a chiedersi Bob, deprecando la propria incapacità di guadagnare uno stipendio da nababbo come evidentemente facevano i padri delle altre ragazzine. Helen stessa, quando era invitata a un pranzo delle altre madri, tendeva a sentirsi un pesce fuor d'acqua. I suoi genitori avevano avuto uno stile di vita simile a quello, un tempo, ma le circostanze avevano notevolmente modificato il suo tenore attuale. Non apparteneva più al ceto medio-alto, ormai, ma a una più bassa, anche se non alla classe operaia. Con suo sommo disappunto, poiché odiava lo snobismo, la cosa le dava un po' fastidio.

Nel frattempo i rapporti con Bob s'erano in qualche modo stabilizzati in un'accettabile routine domestica, con occasionali battute d'arresto, causate soprattuto dall'incapacità di suo marito di tenersi un lavoro per più di un paio d'anni e, quando invece accadeva, alla sua totale mancanza di senso del risparmio. Il risultato era che si trovavano costantemente in bolletta, ed Helen aveva pensato spesso di tornare a lavorare per risollevare le finanze di famiglia. Ma Bob s'era opposto con decisione alla cosa, dicendo che sua moglie non sarebbe più andata a lavorare; la gente avrebbe potuto credere che lui non riuscisse a mantenerla. E poi, aggiungeva, chi avrebbe badato a Grace quando tornava da scuola?

E invece Helen mise un annuncio presso l'edicolante del posto, offrendosi come baby sitter. Ricevette quasi subito un paio di chiamate e, quando i potenziali clienti scoprirono che aveva fatto l'infermiera, le venne immediatamente affidato un bambino i cui genitori gestivano un banco al mercato. Il piccolo, che stava per muovere i suoi primi passi, non fu affatto un problema, perché glielo portavano quando Bob era già andato al lavoro e lo venivano a riprendere quando lui non era ancora tornato. Le ragazze non se ne curavano affatto, quasi fossero imbarazzate dalla sua presenza. Quel lavoro l'aiutava a pagare le spese, e poi a Helen piaceva contribuire all'economia domestica.

Intanto, era molto bello avere una casa tutta per sé. Almeno aveva una cucina dove fare tutto quello che voleva, senza che la suocera si mettesse a riordinare gli scaffali secondo i propri gusti e criteri. Però era piccola. Molto piccola. Aveva notato l'espressione di Caroline quando ci si erano traferiti. «Ma... non abbiamo un giardino?», aveva chiesto subito, e ad Helen s'era stretto il cuore al pensiero del bel praticello che avevano lasciato a casa di Sandra, e dell'albero di mele in fondo al giardino, dove Caroline si sedeva sempre e leggere o a disegnare. Avevano dovuto rinunciare anche all'altalena che Maggy aveva regalato a Caroline per il suo nono compleanno, e che Grace aveva poi ereditato. Avevano invece una specie di giardino comunale di fronte casa, con una striscia di verde che si estendeva lungo la strada senza uscita e con al centro un salice piangente in condizioni pietose, sotto al quale Helen aveva fatto un picnic con le ragazze la prima settimana, ma dove poi non erano più andate a causa degli sguardi di disapprovazione di una delle sue nuove vicine.

Caroline e Grace erano ancora costrette a dividere la stessa stanza, che, come le altre della villetta – così l'avevano chiamata gli agenti immobiliari – era raggiungibile da una rampa di scale che partiva direttamente dalla porta d'ingresso. C'erano un'altra piccola stanza da letto per lei e Bob, e un salotto-soggiorno abbastanza ampio, luminoso e arioso, affacciato a sua volta sul verde. Quando scendevi le scale per uscire, proprio sopra di esse c'era un piccolo davanzale dove Helen aveva piantato dei noccioli di avocado, da cui erano germogliate delle piantine. Persino le piccole cose come quella servivano a rallegrarla, finché un giorno Geoffrey e Penelope non vennero a pranzo da loro. Helen aveva passato ore e ore a fare il pasticcio di carne alla contadina, triturando pezzi di agnello nel tritacarne circolare di metallo con la manovella laterale. Era davvero buono, s'era detta, anche se si stava un po' stretti intorno alla tavola della sala da pranzo, di cui stavano ancora pagando le rate. Poi l'argomento della conversazione cambiò e rovinò tutto quanto.

«Mia cara», disse Penelope guardandosi intorno con le labbra contratte. «Non capisco proprio come tu possa vivere in un posto così piccolo. Poveretti voi!».

Forse non aveva voluto offenderla, ma Helen se l'era presa e Geoffrey, a dire il vero, le era sembrato particolarmente in imbarazzo. Suo fratello e la moglie avevano ormai lasciato l'esercito e attualmente vivevano nel Surrey, dove la vita era meno cara che nei sobborghi di Ealing. Ogni tanto lei e Bob parlavano di lasciare la zona e andare a vivere in un luogo meno costoso, ma Caroline era contenta della sua scuola, che aveva anche una magnifica reputazione. Tuttavia, se sarebbero stati in grado di mandarci anche Grace, a undici anni, dopo le elementari, era una questione diversa. Sarebbe potuto accadere soltanto se Helen si fosse trovata un vero lavoro.

Intanto Sandra si era adeguata meglio di quanto avesse previsto alla sua nuova vita da single nella casa in fondo alla strada. L'anziana donna aveva preso degli affittuari e Caroline, che Dio la benedicesse, l'andava a trovare quasi tutti i giorni. «Sei molto buona a non metterle contro la bambina», aveva commentato Geoffrey, ed Helen s'era semplicemente stretta nelle spalle. La famiglia era una cosa troppo importante per essere rovinata. Lei e Bob, che avevano pochissimi parenti, lo sapevano bene.

Aveva anche fatto amicizia con dei simpatici vicini un po' anziani, i cui nipotini vivevano in America, e quindi li vedevano assai di rado. Erano contenti quando Helen andava da loro a prendere il tè portandosi dietro le due bambine, e talvolta Caroline rimaneva a fare dei dolcetti in cucina con Maude ed Arthur, che venivano da un ambiente più simile a quello di Helen. I due anziani coniugi ascoltarono la sua storia con grande partecipazione. In realtà fu Arthur quello a cui venne l'idea del lavoro presso la banca di zona. Aveva visto un annuncio sul giornale in cui si cercava un apprendista cassiere.

A Bob l'idea non piacque e cominciò subito a bofonchiare la solita frase che cominciava con "Mia moglie non...", ma si stava avvicinando il momento di iscrivere Grace al liceo. Dovevano guadagnare più soldi, se volevano farle frequentare la stessa scuola di Caroline. Sorprendentemente Helen ottenne il lavoro, ma in realtà la cosa non durò che poche settimane. La seconda settimana, sentendosi leggermente annoiata, allungò la mano sotto il ripiano della cassa per prendere una cosa nella borsa, e trovò una strana levetta. La spostò, e il silenzio fu squarciato da un rumore assordante che riempì tutto l'edificio.

«L'allarme!», gridò una voce, e nel giro di pochi minuti ecco fermarsi una macchina della polizia e un automezzo dei pompieri davanti all'entrata. Sentendosi mortalmente in imbarazzo, Helen spiegò quello che aveva appena fatto. Le labbra del direttore ebbero un vero e proprio sussulto quando glielo disse, ma in realtà l'episodio non fu che l'ennesima conferma per entrambi del fatto che il lavoro in banca non faceva per lei.

Poi le capitò di imbattersi in un altro annuncio. Al Comune stavano cercando un assistente per la didattica; qualcuno che collaborasse con le scuole quando gli studenti marinavano le lezioni. Volevano qualcuno che avesse esperienza in materia di bambini e di assistenza per l'infanzia, possibilmente anche nel campo infermieristico! Di nuovo Bob, che aveva la schiena talmente rigida e dolorante da spingerlo a chiederle di dormire in letti separati, con suo sommo disappunto fu del tutto contrario alla cosa.

«È un impiego a tempo pieno», le fece notare. «Come farai, durante le vacanze?».

Caroline aveva quasi sedici anni, ribatté lei. Questi battibecchi stavano diventando sempre più frequenti, nonostante Helen cercasse di mantenere un'atmosfera tranquilla, per via delle bambine. Caroline avrebbe potuto dare un'occhiata a Grace, e durante le vacanze avrebbero avuto modo di impiegare una studentessa o simili perché seguisse le loro figlie. In effetti, c'era un'offerta di lavoro affissa nell'edicola vicino casa: si trattava di una donna che cercava lavoro come domestica o baby sitter.

Il colloquio di lavoro di Helen fu molto più impegnativo di quanto avesse mai immaginato. «Cosa sa della nuova legge sull'educazione?», le aveva chiesto l'ispettore, un uomo dall'aria impassibile con un gran paio di baffi.

«Assolutamente nulla», aveva risposto lei. «Ma so come rivolgermi ai bambini, in circostanze difficili». Gli espose il proprio curriculum, poi parlò delle sue bambine e di come il suo passato da infermiera sarebbe potuto esserle d'aiuto.

Con suo sommo sbigottimento ottenne il posto. «Fantastico!», trillò Maggy al telefono. La sua amica si stava ancora trattenendo nelle Midlands, ma non più con l'uomo sposato che non riusciva a ottenere il divorzio. Ora frequentava un'altra persona, anche se i dettagli erano ancora molto vaghi, soprattutto quando sembrava che Maggy avesse bevuto troppo, come ad esempio, in quel momento, anche se erano solamente le tre del pomeriggio. «E ti danno anche una macchina!».

Altro scoglio da superare. Una delle prerogative per l'ottenimento del posto era superare un esame di guida. Bob fu ancora una volta contrario. «Non ti sei mai nemmeno seduta al posto di guida», le disse.

«Imparerò», rispose Helen, convinta. «Ormai sono tantissime le donne che prendono lezioni di guida».

Era vero. A metà degli anni Sessanta le donne si stavano rendendo sempre più indipendenti da diversi punti di vista, e guidare la macchina era uno di questi, ma Bob sembrava pensare che fosse solo un'altra delle sue prerogative che gli veniva sottratta a forza. Cominciò a tornare a casa sempre più tardi, e una volta Helen avrebbe giurato di sentire un odore dolciastro sulla sua camicia, anche se lui lo negò con enfasi.

«In un certo senso», scrisse a Frank, tornato a Kuala Lumpur, «la cosa non mi disturberebbe più di tanto. Mi fornirebbe una scusa per un nuovo inizio, soprattutto adesso che ho un lavoro. Ma non vorrei imporre alle bambine il marchio di "senza padre"».

Il fratello minore si era dichiarato d'accordo con lei. Il divorzio non era una soluzione proponibile, in un'epoca così conformista. Vi si ricorreva soltanto in caso di necessità. Nel frattempo, Frank aveva qualche notizia da darle. Benché avesse sposato una bellissima donna cinese, con la quale viveva a Kuala Lumpur insieme ai loro due bambini, aveva appena "scoperto" di avere anche un figlio maschio.

«Si chiama Richard», le scrisse, «e ha nove anni. Ricordi quando sono stato in Malesia, una decina di anni fa? Ho avuto una relazione con una ragazza del posto, ma non ho mai saputo che fosse rimasta incinta. Mi ha rintracciato attraverso i datori di lavoro inglesi della madre, e sono stato a trovarlo. È l'immagine sputata dei Macintyre, ma c'è un problema. Quand'era molto piccolo, la madre lo ha portato in ospedale per farlo vaccinare contro la polio, ma le scorte di siero erano finite. Le dissero di tornare di lì a tre mesi, ma in quel periodo il piccolo ha contratto la malattia, e ora cammina con le stampelle. L'ho portato da uno specialista, che sta facendo il possibile».

Era tipico di Frank! Il suo fratellino minore, che o era pieno di soldi o totalmente al verde, aveva accolto in famiglia il figlio illegittimo, anche se la moglie cinese non ne era evidentemente entusiasta. Intanto Roger era ancora in Sudafrica, con la moglie e i due figli. Geoff, con i suoi tre bambini che andavano d'accordo con Caroline, e un po' meno con Grace perché era più piccola, era l'unico con cui si vedeva regolarmente. Era quello che accadeva, rifletté Helen, quando le famiglie si dividevano. Un'altra ragione per cercare di portare avanti il suo zoppicante matrimonio con Bob, dal momento che il fallimento di una generazione correva il rischio di incrinare anche quelle successive. Doveva cercare di rompere quello schema, altrimenti non avrebbe avuto più fine.

Perciò non c'era da meravigliarsi se Helen viveva nell'eterno terrore che le figlie commettessero i suoi stessi errori. «È quel che temono tutte le madri», le disse Maude. «Ma non possiamo farci nulla».

Davvero non poteva? Caroline s'era trasformata in un'adolescente un po' impacciata e cicciottella, che si rinchiudeva nella propria stanza a dipingere o a leggere. Quando non era così, usciva e faceva passeggiate al parco, preferendo la solitudine all'atmosfera un po' pesante che regnava in casa. Trascorreva anche molto tempo con Sandra, e nonostante i tentativi di rimanere indifferente, Helen non poteva fare a meno di provare un po' di gelosia. E poi arrivarono I Ragazzi..

Tutto ebbe inizio quando la scuola di Caroline venne invitata a un ballo tenuto dall'istituto maschile del quartiere. Helen le confezionò un vestito: aveva imparato a cucire, divertendosi, dalle riviste femminili che pubblicavano i modelli, e quando Caroline si dichiarò letteralmente deliziata dal vestito bianco che le fece per il ballo, ne fu davvero contenta. Ma quando la ragazza, a soli sedici anni, tornò da quello stesso ballo comunicandole che sarebbe uscita con un ragazzo incontrato in quell'occasione, sia Helen che Bob rimasero allibiti e terrorizzati.

«Supponi che faccia una pazzia», disse Bob mentre erano a letto, sdraiati ognuno nel proprio.

«Come rimanere incinta senza essere sposata, vuoi dire».

«O assumere droghe. Ce ne sono talmente tante in giro».

«Ne ho già parlato con lei».

«E che ha detto?»

«È diventata rossa come un peperone».

Helen si sentiva molto in imbarazzo a discutere di questo con suo marito. Il ragazzo, Chris, sembrava abbastanza educato, ma qualche sera prima Helen aveva guardato dalla finestra e l'aveva visto baciare Caroline sui gradini di casa. La mano del giovanotto si era posata sul cappotto della figlia, come per cercare di slacciare i due bottoni superiori, e quella scena aveva mandato Helen nel panico.

«Dobbiamo fare qualcosa», disse Bob girandosi dalla parte opposta. «Dovrai tornare a parlarci tu. Io non posso».

Già, pensò Helen osservando il didietro del suo pigiama a righe marroni nella semioscurità dalla stanza da letto. Scarica pure le tue responsabilità. Ignora le cose che non ti piacciono o che non desideri più, come una relazione adeguata con me, e fai come ti pare.

Con suo sommo sollievo, Chris sembrò un fuoco di paglia. Lentamente la vita riprese ad andar meglio, soprattutto con l'avvicinarsi dell'esame di guida. Aveva già iniziato il suo lavoro, e le piaceva molto. Tutti dicevano che Helen aveva un rapporto stupendo coi bambini noti come "assenti cronici da scuola". Parte del suo ruolo consisteva nel fare da tramite fra questi ultimi, le loro scuole e i loro genitori, perché li convincessero a frequentare le lezioni; talvolta interveniva incoraggiandoli a fare dei disegni per esprimere quel che li spaventava. Col suo aiuto, un ragazzino disegnò un insegnante con l'espressione arcigna ed Helen dovette usare molto tatto nello spiegare alla scuola che forse quell'insegnante stava rendendo insicuro l'allievo. Sottolineò anche che a suo parere il bambino era portato per il disegno: sotto sotto, la cosa le fece venir voglia di riprendere i suoi, quelli che faceva da bambina, ma non ne aveva semplicemente il tempo.

Intanto, per tenersi il lavoro e poter visitare tutte le scuole del suo quartiere, aveva bisogno della benedetta patente di guida. Le avrebbe anche dato quella libertà da Bob a cui tanto agognava. Ma con suo sommo disappunto fu bocciata all'esame, per aver preso una curva troppo stretta e a velocità eccessiva; tornò a casa e si mise a piangere al tavolo della cucina, facendo preoccupare Caroline. Su quel tavolo erano state versate troppe lacrime, Helen lo sapeva bene; e non solo per l'esame della patente. Doveva cercare di soffocare la propria infelicità, ma non aveva uno spazio dove nasconderla. Iniziò segretamente a sognare di attendere finché Caroline non se ne fosse andata via di casa, poi avrebbe lasciato Bob.

Munita di una solida determinazione, Helen rifece l'esame qualche mese dopo, e lo passò brillantemente. Il giorno seguente portò la famiglia in macchina ad Hampton Court. Bob era un fascio di nervi; evidentemente a disagio con una donna al volante, figuriamoci poi se quella donna era sua moglie! Mentre percorrevano una strada piuttosto stretta, lo vide abbassarsi sul sedile fino a sparire alla vista altrui, e chiudere gli occhi. La cosa la fece scoppiare a ridere a più riprese, col solo risultato di farlo infuriare ancor di più e di spaventare le bambine sul sedile posteriore.

Che cosa patetica, pensò Helen, mentre superava senza alcun problema le macchine parcheggiate lungo la via. Ma che razza d'uomo aveva sposato?

«Devi fare qualcosa», insistette Frank durante una delle sue visite "a casa", come continuava a chiamarla, anche se quando tornava alloggiava in un hotel alla moda di Londra, che usava come base per portare fuori sua sorella. Ad Helen piaceva molto farsi vedere in giro in centro con lui. Coi suoi trent'anni e passa, s'era trasformato in una versione più slanciata del loro padre, non troppo dissimile da Clark Gable, e quando entravano in un ristorante erano molte le teste che si giravano a guardarlo.

Una sera erano seduti a un tavolo quando videro avvicinarsi una coppia molto elegante. «Helen?», disse l'uomo, che portava una sciarpa bianca intorno al collo, e quello faceva pensare che lui e la sua accompagnatrice fossero stati a teatro.

Quasi non lo riconobbe. «Clive?».

Lui la baciò su entrambe le guance prima di voltarsi verso l'altra donna. «Ti presento Julia».

Ma... non aveva sposato una donna di nome Helen?

Arrossì, confusa. «Che piacere rivederti».

Si sedettero un attimo al loro tavolo – Frank aveva insistito – e con calma si ragguagliarono a vicenda delle loro vite. Il matrimonio di Clive con Helen non era stato un successo, e il suo sguardo le suggerì che quel fallimento fosse da attribuire all'incapacità di rassegnarsi alla sua perdita. Senza figli, avevano divorziato e ora lui usciva con Julia.

«Posso rivederti?», le chiese mentre si congedavano.

Senza rispondere Helen gli diede il suo numero di telefono.

«Sembra proprio l'uomo che ci vuole per te», azzardò Frank, mentre tornavano a casa. «Ma sii prudente, capito, Helen?».

S'incontrò con Clive poco tempo dopo in un ristorante del West End dove Bob non sarebbe mai andato e dove, se qualcuno li avesse visti, avrebbe potuto benissimo credere che si trattasse di un normale pranzo fra amici. E gli disse tutto di sé.

«Lascialo», aveva insistito il suo ex fidanzato. «Lascialo e vieni via con me. Ci penserò io, a te e alle bambine».

«Come fai a sapere che è proprio quello che vuoi?». Helen lo guardò negli occhi. «È passato tanto tempo. Sono cambiata. E così probabilmente anche tu».

Fu allora che lui le prese le mani fra le sue. «Non ti dimenticherò mai, Hellie. Mai. Se non vuoi lasciarlo adesso, promettimi una cosa. Verrà il momento in cui potrai farlo. E quando arriverà, coglilo al volo. Non costringere te stessa a rimanere accanto a un uomo che non ti ama e che tu non ami. Siamo nel 1970, Helen. I tempi sono cambiati rispetto a quelli dei tuoi genitori».

Mentre tornava a casa con la metropolitana, si ritrovò a cercare una penna e un pezzo di carta nella borsa. Senza quasi accorgersene fece un veloce ritratto di Clive, così non lo avrebbe dimenticato. Il suo naso, i suoi occhi, il modo in cui inclinava la testa quando parlava.

Dopodiché tornò a friggere bastoncini di pesce per le bambine e ad estrarre l'Arctic Roll, un nuovo genere di pudding molto amato dalle sue figlie, dal loro piccolo freezer per l'"ora del tè", come la chiamava Bob. Poi preparò l'asse da stiro in cucina, ignorando le risate preregistrate di una serie televisiva che parlava di autobus, e immergendosi nei suoi pensieri. Era l'unico modo per sopravvivere, ma un giorno, giurò a se stessa mentre spingeva rabbiosamente il ferro da stiro sul colletto della camicia di suo marito, sarebbe fuggita via da tutto quello.

Capitolo 38

Le discussioni sui ragazzi di Caroline peggioravano sempre più. Bob si sentiva minacciato dalle relazioni sentimentali di sua figlia, convinto com'era che prima o poi sarebbe rimasta incinta. Grace si comportava malissimo a scuola, e tornava quasi sempre a casa con delle note che denunciavano la sua mancanza di interesse in classe. Gli orari lavorativi di Bob si allungavano sempre più. La parte più bella della vita di Helen era il suo lavoro, che adorava. Le piacevano gli scambi di battute in ufficio e amava molto la sua capacità di comunicare coi bambini; aveva persino convinto un ragazzino molto difficile, che odiava la scuola, a frequentare le lezioni, portando sia lui che alcuni suoi amici in barca sul Serpentine, insieme a un insegnante di nome Peter, che lavorava nella sua stessa scuola.

«Ci sa proprio fare coi ragazzi», le aveva detto lui, ed Helen era arrossita, sentendosi lusingata.

Caroline aveva ormai sedici anni, abbastanza, a suo dire, per poter rinunciare a Dawn, la giovane domestica che continuava a venire per dare un'occhiata alle bambine e fare un po' di bucato prima che Helen tornasse esausta dal lavoro. Ma Helen aveva l'impressione che le sue figlie avessero ancora bisogno di qualcuno che stesse loro intorno per assicurarsi che facessero i compiti e che non litigassero, anche se la preoccupava un pochino il fatto che Dawn, col suo accento di South London, totalmente privo di "t", potesse guastare la pronuncia di Grace, che ne era un'imitatrice molto brava e divertente.

Poi, un giorno, Helen tornò a casa prima del solito, per scoprire che Bob aveva fatto lo stesso. Stava chiacchierando animatamente con Dawn dell'infanzia di quest'ultima a Lewisham, dov'era cresciuto anche lui, e con sua somma sorpresa la invitò a rimanere per "il tè", anche se il pasticcio di carne che aveva preparato per cena bastava appena per quattro persone, figuriamoci per cinque. Sbigottita, osservò suo marito trasformarsi in un altro uomo, a tavola, mentre conversava con piacere e indubbio interesse con la giovane donna, che era carina, ma in maniera artificiale e ossigenata. Prima che si sposassero, Bob aveva avuto una ragazza di nome Dawn e le aveva spesso parlato di lei. Adesso era quasi come se quel nome gli avesse ricordato il passato e tutto quello che avrebbe potuto essere.

Suo marito flirtava in quel modo con le donne anche al lavoro? Di recente Helen aveva letto un articolo sulla rivista «Woman's Own», in cui si consigliava alle lettrici di "prepararsi fisicamente" per quando i loro uomini tornavano a casa la sera, assicurandosi che capelli e trucco fossero a posto e che sulla tavola troneggiasse una cena succulenta. «Ci sono un sacco di predatrici che lavorano come segretarie», aveva ammonito quell'articolo, «la cui moralità è piuttosto dubbia, in seguito agli spregiudicati anni Sessanta».

L'estate successiva, poco dopo il diciassettesimo compleanno di Caroline, Dawn si presentò con un bigliettino d'auguri per i suoi imminenti esami. «Come sei gentile», fece Bob, radioso, dopo averle aperto la porta. «Ti va di bere qualcosa?».

Il caso volle che quella sera ci fosse anche Maggy, diretta a Wolverhampton dopo un impegno avuto a Londra. «Misericordia, Hellie», le disse l'amica mentre parlottavano a bassa voce in cucina. «Ora capisco cosa intendi, quando parli di quella ragazza e di Bob». Le sfiorò un braccio e, per una volta, il suo volto assunse un'espressione grave. «Perdonami se te lo dico, ma sembra quasi che lui si senta più a suo agio con una donna che ha la sua stessa estrazione sociale. Ti rendi conto, vero, che quella cafoncella potrebbe essere la risposta alle tue preghiere...».

A quell'epoca era difficile ottenere il divorzio, a meno che non si presentassero delle prove concrete. Il piano di Maggy era oltraggioso e anche di cattivo gusto ma, come diceva la sua amica, a mali estremi, estremi rimedi. Bob doveva andare a Norfolk per lavoro. La scuola di Grace era chiusa, quel giorno, il che significava che Helen doveva chiamare Dawn perché stesse con lei. Avrebbe dovuto semplicemente suggerirgli di portare Dawn e Grace con sé, per "una gita". Quel giorno Caroline era ancora a scuola, perché il semestre non era ancora terminato. Sarebbero tornati in serata. All'ultimo momento Helen si era "ricordata" che Grace era stata invitata al circo insieme ad alcune compagne di scuola. «Non voglio rovinare la gita di Dawn», aveva detto, conciliante. «Perché non la porti con te comunque?».

La coppietta sarebbe stata via per un'intera giornata. Abbastanza perché accadesse qualcosa. Non poteva permettersi di farli seguire da un fotografo, ma con un po' di fortuna avrebbe trovato qualche prova anche dopo, le aveva detto Maggy. Un bigliettino, magari. O una conversazione. Poteva sembrare tutto calcolato, certo, ma sinceramente era la sua unica speranza! Se non fosse riuscita a escogitare un modo per lasciare Bob, Helen aveva l'impressione che sarebbe uscita di testa.

Così, quando quella sera Bob la chiamò da una cabina telefonica, dicendo che il meeting era andato per le lunghe e che c'era talmente tanto traffico che avrebbe fatto meglio a prendere due stanze in un albergo, si ritrovò ad approvare anche troppo entusiasticamente, prima di riattaccare il ricevitore e chiedersi cosa diavolo avesse fatto.

Per alcuni mesi, dopo quell'episodio, Bob fu anche più irritabile del solito. Tornava dal lavoro con un lieve ritardo, in modo da trovarle tutte in attesa di sedersi alla piccola tavola ovale firmata G-plan, sistemata in fondo al salotto, accuratamente apparecchiata da Caroline, che in queste cose era veramente brava. Helen aveva sempre pianificato con grande precisione tutti i pasti della settimana. Di martedì c'era il fegato al bacon, perché era nutriente e poco costoso. Le ragazze ne facevano un dramma, dichiarando di odiarlo, ma alla fine lo mangiavano, tempestate dai rimproveri di entrambi i genitori, che ricordavano loro quanto poco avessero avuto da mangiare loro stessi durante la guerra. Di mercoledì c'era lo stufato di coda di manzo, e così via. Il lunedì era il giorno del pasticcio di carne, fatto con la carne dell'arrosto avanzata dal giorno precedente. Helen aveva un piccolo tritacarne, di cui andava molto fiera, che funzionava girando una manovella laterale. Ogni tanto Bob si serviva degli avanzi dell'arrosto della domenica, conservati in frigo, e lei si arrabbiava, cosa che lui ricambiava facendo il broncio. In quel caso doveva aggiungere più verdure al pasticcio, compensando così la quantità di carne "rubata".

Dopo cena, Bob si sedeva con aria triste e sconsolata sulla sua poltrona davanti alla TV, che sembrava assorbirlo completamente, impedendo ogni tipo di conversazione. Ogni tanto le chiedeva di "sedersi con lui", ma com'era possibile? C'era sempre fin troppo da fare, adesso che Helen andava a lavorare. I piatti da lavare (Caroline spesso l'aiutava, mentre Grace andava letteralmente costretta a farlo), panni da stirare, tappeti da pulire con l'aspirapolvere. Helen cercava anche di mantenere al minimo il chiasso in casa, con Caroline prossima ai suoi esami di maturità: la ragazza era così irascibile e nervosa che persino il fruscio del riscaldamento centrale a ventilazione, che funzionava molto meglio di quello che aveva in casa Sandra, le dava fastidio.

Helen era anche molto preoccupata per il ragazzo con cui Caroline stava uscendo in quel periodo. In realtà era il figlio di una donna che aveva conosciuto anni prima ad Ealing; una donna dura e arcigna, che era stata anche infermiera, ma che dalla nascita del figlio non aveva avuto più bisogno di lavorare. Sia lei che il marito provenivano da un tipo di famiglia simile a quello di Helen, anche se la madre di Thomas non sembrava affatto includere Helen nella sua stessa categoria sociale. Anzi, la guardava dall'alto in basso in un modo estremamente irritante per Helen, inducendola a citare particolari ed episodi relativi alla vecchia canonica della zia, tanto per dimostrarle che anche lei era di buona famiglia.

Ma era il ragazzo, Thomas, a preoccupare di più Helen. Caroline era così giovane e influenzabile, e così tanto innamorata. Ogni venerdì sera lo attendeva trepidante in cima alle scale di casa, e a volte Helen aveva la certezza che sua figlia non avesse nemmeno fatto i compiti, prima di uscire con lui, anche se fino a quel momento era sempre stata una ragazza diligente e coscienziosa.

Supponiamo – che pensiero orribile! – che sua figlia fosse rimasta incinta proprio come era successo a lei, e che avesse *dovuto* sposarsi, perdendo così il posto alla facoltà di arte del college, che le era stato offerto a Londra. Era troppo anche solo pensarlo. Ma quando tentava di parlarne con sua figlia, Caroline diventava rossa come un peperone e diceva alla madre che "non credeva nel sesso prima del matrimonio".

Poi Helen trovò il suo diario. Non aveva avuto intenzione di curiosare, ma era successo quando Caroline era andata in gita in campagna con la scuola, per l'esame di geografia. Helen aveva approfittato dell'assenza della figlia per scavalcare gli album che Caroline lasciava in giro e pulire la sua metà della stanza. Accanto al letto c'era il suo "armadietto", con il libro delle preghiere (Caroline era abbastanza religiosa e ogni domenica cantava nel coro della chiesa) e una boccetta di smalto trasparente che aveva deciso di nascondere. Helen sorrise fra sé e sé, poi prese in mano il libricino bianco con la fibbia dorata che era stato riposto lì accanto. Era un diario che Maggy, ricordò Helen, aveva regalato alla figlioccia l'anno precedente. Aveva la serratura, ma la chiave pendeva dal diario, attaccata a una cordicella. Sapendo di fare una cosa scorretta, ma incapace di rinunciarvi, Helen lo aprì.

"*Thomas mi ama e io amo lui*".

Helen deglutì.

"*Ha fatto di nuovo tardi, venendomi a prendere. Che veda qualcun'altra?*".

Povera piccola! Il cuore di Helen si strinse per la compassione, poi sembrò bloccarsi in una morsa di terrore.

"*Dice che farà piano. Gli ho detto che ci penserò dopo gli esami*".

Farà piano? Fu allora che il sapore di bile le arrivò in bocca. Agli esami mancavano solo poche settimane. Se Caroline fosse rimasta incinta, non sarebbe andata al college, in autunno. Doveva fermarla.

Bob fu chiarissimo. Certo, era naturale che quella relazione dovesse terminare, ma era lei, Helen, a doverci pensare. Erano i primi anni Settanta. Era compito della madre provvedere a quel tipo di cose. Ma in che modo? Se si fosse limitata a dire alla figlia quello che aveva fatto, Caroline avrebbe potuto scegliere di scappare via con quel Thomas. Helen si sentiva malissimo. E poi, per caso, s'era imbattuta nella madre di Thomas, ad Ealing, quello stesso pomeriggio, e s'era ritrovata a dirle tutto del diario di sua figlia. Dopotutto, la responsabilità era anche del figlio, oltre che sua.

«È davvero esecrabile». Lynne l'aveva guardata come se fosse stata colpa di Helen. Era una donna sussiegosa, con labbra sottili, che aveva avuto Thomas, il suo unico figlio, piuttosto tardi. «Mio figlio ha un futuro davanti a sé. Non permetterò che venga incastrato in questo modo».

Helen si sentì pervadere da un'ondata d'indignazione. Lynne stava forse insinuando che sua figlia non era un buon partito?

Comunque fosse, ormai era troppo tardi. Lynne si avviò verso casa a passo di marcia, dichiarando che avrebbe scambiato "due parole" con il figlio, ed Helen si preparò al ritorno a casa di Caroline. Lei e Bob andarono a prendere la figlia a scuola, dove arrivava il pullman, e non appena Caroline si sedette sul sedile posteriore della loro macchina, Helen si voltò e le prese la mano.

«Tesoro, devo dirti una cosa. Il tuo diario. Era nel tuo armadietto ed è... caduto per terra. Non ho potuto fare a meno di leggerlo. Sei davvero troppo giovane per fidanzarti, amore. Quando sarai più grande capirai, ma tuo padre e io siamo preoccupati, nell'eventualità che tu... nell'eventualità che possa succedere qualcosa e che tu non possa più andare al college a studiare belle arti».

Si fosse trattato di Grace, pensò Helen, avrebbe risposto alla madre di andare a quel paese e di farsi gli affari suoi; Caroline invece si limitò a impallidire e subito dopo ad arrossire violentemente, per poi scoppiare in lacrime. «Ma io amo Thomas», sbottò fra i singhiozzi. «Non sarei andata fino in fondo. Davvero».

Proprio quello, pensò Helen, che s'era ripromessa anche lei quella fatidica sera con Bob, sfociata nella sua gravidanza, all'inizio degli anni Cinquanta. «Tesoro, il problema è che è molto facile spingersi troppo in là, e poi è troppo tardi», le spiegò dolcemente. «La madre di Thomas e io abbiamo deciso che sarebbe molto meglio se voi due non vi vedeste più».

Con sommo sollievo di sua madre, Caroline annuì fra i singhiozzi. Grace le avrebbe risposto male! Ma Caroline, pallida come un cencio, si ritirò subito nella stanza che condivideva con la sorella. Non toccarono mai più l'argomento. Grazie al cielo, la zia rinnovò il suo solito invito estivo alla nipote più grande (per qualche strana ragione Grace non veniva invitata mai), il che servì a evitare ulteriori discussioni. Nel mese di settembre una Caroline estremamente depressa andò al college ed Helen rimase sola con Bob e Grace, l'imbronciata perenne.

Helen trovò la lettera poco dopo essere stata in visita da Phoebe. Era una delle tre annuali che le faceva da sola, ora che guidava la macchina. Una volta s'era portata dietro anche Grace – Caroline era al college – e Grace aveva spilluccato pigramente la bistecca e il pasticcio di carne cucinati dalla zia, dichiarando che stava "evitando la carne".

«Evitare la carne?». L'espressione della zia Phoebe esprimeva il suo evidente biasimo per come Helen aveva tirato su i figli, nonostante Grace indossasse un vestito di maglia azzurro e crema, con un motivo a diamante sul collo, che Helen aveva copiato da una rivista femminile di maglia e uncinetto, col quale aveva sperato di far colpo sulla zia.

«Che cosa ridicola».

Fu allora che la zia emise un gridolino allarmato. «Le mie perle. Dove sono le mie perle?».

Lanciò un'occhiata a Grace. «Le indossavo quando siete arrivate. Ricordo perfettamente di essermele allacciate intorno al collo».

L'insinuazione, anche se sottintesa, era chiara. La zia sospettava che lei o sua figlia le avessero rubato le perle! L'aiutarono a setacciare la casa, guardando bene sulla moquette a motivi colorati, nel caso si fossero confuse con le volute azzurre e rosa del tappeto Axminster[6], ma non trovarono nulla.

Proprio quando stavano per chiamare la polizia, su espressa insistenza di Phoebe, arrivò lo zio Victor. «Scusa il ritardo, cara». Baciò la nipote su una guancia. «C'era un traffico tremendo. Ecco, qui, Phoebe. Sane e salve».

Le consegnò un pacchetto e la zia si accigliò.

«Le tue perle, mia cara. Non ricordi? Mi hai chiesto di portarle dal gioielliere per mettere la sicura al fermaglio».

Cadde un silenzio profondo. «Ma certo», fece la zia Phoebe a denti stretti. «Grazie».

Non si sognò nemmeno di scusarsi e subito dopo Helen si congedò, trascinandosi dietro una Grace infuriata.

«Perché non hai detto niente a quella vecchia carampana? Io l'avrei fatto! Il modo in cui ti tratta è sconvolgente. Sei stata come una figlia, per lei, eppure se ne infischia di noi...».

Avrebbe dovuto arrabbiarsi?, si chiese Helen. In tutti quegli anni s'era talmente abituata ai modi bruschi di Phoebe che s'era da tempo rassegnata ad accettare quelle sue sprezzanti sfuriate, che sottintendevano che tutti fossero dei cretini o dei delinquenti, tranne lei.

Quando arrivarono a casa Bob non era ancora tornato. L'appartamento sembrava silenzioso e vuoto senza Caroline, che da quanto si poteva evincere dalle sue due telefonate settimanali, era molto soddisfatta del college e della scuola di belle arti. Per Helen era una curiosa novità avere finalmente del tempo da dedicare a se stessa; forse avrebbe dovuto mettersi alla piccola scrivania di quercia acquistata al negozio di mobili di seconda mano dietro l'angolo, dove teneva la contabilità di casa, e decidersi a pagare alcune delle bollette e i conti che si erano andati accumulando. Avrebbe dovuto farlo Bob, vera-

[6] Nota marca di tappeti e moquette (*n.d.t.*).

mente, ma come sempre aveva trascurato quell'incombenza e ormai era arrivato anche l'ultimo avviso della bolletta della luce.

Per qualche ragione, però, la bolletta non era nello scomparto della scrivania. Forse l'aveva messa nel portafoglio, che oggi aveva lasciato a casa. (Come mai era tanto sbadato?). Ah, eccola lì. Ma quella cos'era? Helen aprì una busta non sigillata che conteneva una cartolina. Che strano! Poi il suo cuore si gelò. Sull'altro lato c'era una fotografia delle grandi distese di fiori di lavanda del Norfolk. Tremando, lesse quel che c'era scritto, in svolazzanti lettere azzurre.

"*Mio adorato Bob, questo fine settimana sono qui tutta sola a ripercorrere i nostri passi e ricordare il bellisimo (sic) periodo passato insieme...*".

Quando ebbe finito di leggere, Helen seppe di avere fra le dita ciò che aspettava da tempo. Quello che la colse di sorpresa, però, fu il dolore che provava al petto.

Era stato un errore, le disse Bob piangendo. Helen aveva atteso che Grace uscisse con le amiche, prima di affrontarlo. Un terribile errore. L'aveva vista solo una volta, due al massimo.

«Ha soltanto ventiquattro anni», sussurrò Helen, stentando a credere che suo marito fosse caduto così facilmente nella trappola che lei stessa gli aveva teso; non immaginando nemmeno che sarebbe stato capace di fare una cosa così meschina. «È poco più grande di Caroline. Come hai potuto?»

«Non lo so». Bob era seduto a tavola, con la testa fra le mani. «Mi dispiace».

Gli tolse la cartolina da davanti.

«Cosa vuoi fare con quella?»

«Consegnarla all'avvocato».

Bob divenne ancora più pallido. «Non dirai sul serio».

«Sì, invece, Bob».

Ora lo stava guardando come se non l'avesse mai visto prima. «Voglio il divorzio».

Lui scoppiò a ridere. Una risata vuota e profonda. «Ma come faremo? Non possiamo permetterci una causa di divorzio».

Sembrava quasi che anche lui ci avesse già pensato.

«Mio fratello Frank ti liquiderà, dandoti la metà del valore di questa casa».

«Avevi già pianificato tutto, eh?».

Helen ripensò alla conversazione intrattenuta qualche ora prima, quella sera stessa, con suo fratello; le era costato un occhio, telefonare a Kuala Lumpur. «Qualcuno doveva pur farlo».

Suo marito risollevò la testa e nei suoi occhi Helen scorse la disperazione più pura. «Ma dove andrò a vivere?»

«Dipende da te. C'è sempre Sandra».

«È finita, allora?».

Helen annuì.

«Non dire alle ragazze quello che ho fatto!». Il suo sguardo adesso era pieno di terrore. «Ti scongiuro».

«Va bene». Glielo doveva, comunque. «Non glielo dirò».

Dopo che Bob se ne fu andato, Helen tirò fuori tutti i vecchi album di fotografie, compreso uno dei primi, per il quale ricordava di aver convinto Bob ad andare in studio. S'era messo in posa con aria infelice, la rigidità della postura che traspariva dal completo scuro per essere catturata implacabilmente dall'obiettivo fotografico. Sotto alla foto, Helen aveva scritto con la sua solita scrittura tondeggiante, tanto ammirata a scuola: "Tutto ebbe inizio così".

Il suono della fotografia che veniva fatta a pezzi fra le sue mani la sollevò soltanto per un breve istante, poi si accovacciò sulle mattonelle della cucina, macchiate nei punti che suo marito aveva calpestato senza togliersi le scarpe, e iniziò a piangere.

La sera successiva, al suo ritorno, trovò la macchina di Bob parcheggiata all'esterno. Dentro casa c'era un silenzio assoluto. Quella notte Grace sarebbe rimasta a dormire da un'amica; immaginò che suo marito fosse tornato presto dal lavoro e poi avesse deciso di uscire di nuovo. Ma poi entrò nella loro camera. Sul letto giaceva un corpo accasciato con addosso un completo grigio e sul comodino c'era un flacone di pillole.

Helen rimase di sasso e andò subito a tastargli il polso. Pulsava ancora. Poi sollevò la cornetta del telefono. Tutti gli abitanti della strada erano affacciati alle finestre per assistere all'arrivo dell'ambulanza, ma Helen li ignorò. Quando il medico le disse che la dose di pillole ingerita da suo marito non era stata sufficiente a ucciderlo, si sentì sia sollevata che delusa.

«Come hai potuto essere così vigliacco?», sibilò quando Bob tornò in sé. «Cosa credevi di fare?». La voce che le uscì non sembrava nemmeno la sua: era più simile a quella della zia Phoebe, si disse.

Bob si rifiutava di andarsene di casa. «Dovremmo richiedere un'ordinanza per buttarlo fuori», le consigliò l'avvocato. «Meno male che ha quella lettera; ci servirà come prova».

Il Natale successivo, con entrambe le ragazze a casa, Bob si decise finalmente ad andarsene, valigia alla mano. La porta si chiuse alle sue spalle ed Helen pensò: «È andata». Avrebbe dovuto sentirsi sconvolta, oppure sollevata. Invece non provava niente. Come mai?

Poi Caroline uscì per andare a una festa. Che razza d'insensibile! Grace, infuriata per non avere avuto il permesso di fare altrettanto, s'era rinchiusa in camera ad ascoltare i suoi dischi. Era la vigilia di Capodanno. Helen sedeva in silenzio in salotto, rigirando fra le mani un bicchiere di whisky e con la televisione a tutto volume che sbraitava nell'angolo. Bob probabilmente era da sua madre, adesso; stavano di certo parlando male di lei. Le due ragazze, soprattutto Grace, sarebbero cresciute senza un padre. Per sua stessa scelta, Helen aveva reiterato lo schema della sua vita, negando alle sue figlie il diritto di avere accanto il padre, semplicemente perché vivere con Bob le toglieva il respiro. Troppo tardi ormai la sofferenza legata a quella convivenza sembrava essere di gran lunga inferiore a quella che provava per aver negato alle ragazze il diritto di vivere con entrambi i genitori.

Soltanto allora, mentre Helen si accovacciava sul pavimento con le ginocchia strette al petto, il dolore cominciò a farsi sentire. Un'ondata pazzesca di dolore e panico e ansia all'idea che, come con Clive, ormai fosse troppo tardi per tornare indietro.

Che cosa diavolo aveva combinato?

Capitolo 39

La separazione, per non parlare del divorzio, era ancora vista come un marchio d'infamia, nella prima metà degli anni Settanta. Erano sempre di più le coppie che vi ricorrevano, questo era vero, ma tale misura estrema veniva sempre considerata come un'eccezione, piuttosto che una regola. Quando Helen cominciò a dire a vicini e colleghi d'ufficio che lei e Bob vivevano separati, ci furono diverse occhiate di biasimo, accompagnate dal trito commento su "come fossero cambiati i tempi".

Aveva preferito non dirlo alla coppia anziana che viveva accanto a loro e che ora si era trasferita in una casa di riposo, per non dar loro un dispiacere inutile. E fu con mano tremante che sollevò la cornetta del telefono per raccontare alla zia Phoebe e allo zio Victor quello che aveva fatto.

Come aveva previsto, nonostante l'antipatia che provava per Bob, che durante gli anni non aveva fatto altro che aumentare, la zia l'aveva liquidata senza troppi complimenti. «Ce ne sono tanti, di matrimoni infelici, ma la gente si adegua», aveva detto con il suo solito tono acido. «Come farai con i soldi?».

Il tono era quello di chi mette le mani avanti, facendo capire che da lei non sarebbe arrivato alcun aiuto, ed Helen riattaccò con il volto paonazzo per l'irritazione e l'umiliazione. Non aveva avuto alcuna intenzione di chiederle di aiutarla, anche se, se si fossero offerti di farlo, lo avrebbe apprezzato molto e probabilmente non avrebbe detto di no. In qualche modo avrebbe dovuto cavarsela con il suo piccolo stipendio e quel poco che Bob aveva accettato di sborsare come contributo per le figlie. Caroline adesso avrebbe dovuto chiedere una borsa di studio per il suo corso di belle arti al college, e avrebbero dovuto tirare la cinghia sul resto.

Non era solo una questione di soldi. Era anche la solitudine che provava ogni sera, soprattutto ora che Caroline viveva fuori casa e Grace usciva con gli amici. La sua figlia minore sembrava partecipare a molte più feste di quanto non avesse fatto l'altra alla sua stessa età. «Ma non ce la facevi più, insieme a lui, tesoro», farfugliò Maggy al telefono; aveva chiamato per sentire come stava Helen. «Dicevi sempre che il tuo unico momento di relax era quando lui usciva di casa».

Era vero. Ma dopo quasi diciannove anni di matrimonio era strano anche non averlo più. Ed era ancora più strano, sapendo che viveva praticamente dietro l'angolo, da sua madre. E se lo avesse incontrato, ad esempio rientrando dal lavoro?

La settimana seguente, con Caroline che era tornata a casa per le vacanze, accadde una cosa a dir poco spiacevole. Helen era tornata tardi dal lavoro e non aveva avuto il tempo di fare la spesa per cena, così aveva fatto una rapida incursione alla Co-op sulla via centrale di Ealing. In fila davanti a lei c'era una donna bassa e minuta, con le spalle arrotondate e fitti riccioli ramati, che avrebbe riconosciuto ovunque.

Traendo un respiro profondo, Helen le diede un colpetto sulla spalla. «Sandra?».

La donna si voltò di scatto, poi sembrò attraversarla con lo sguardo, come se fosse stata trasparente. «Come stai, Sandra?».

La donna tornò a guardare davanti a sé e avanzò nella fila. Dalla fila accanto, una persona le lanciò un'occhiata sprezzante, come fosse stata una pazza che insisteva a voler parlare con qualcuno che non la conosceva neanche.

Con gli occhi pieni di lacrime, Helen appoggiò il cestino a terra e scappò via dal supermercato. Quella sera lei e Grace si fecero un toast. Caroline si rifiutò di uscire dalla sua stanza. Stava disegnando, le disse. E voleva essere lasciata in pace.

Passò un anno; un anno durante il quale Helen non riusciva ad abituarsi a vivere da sola. Era tutto così difficile. Molto più di quanto avesse mai immaginato. Grace era perennemente imbronciata e passava la maggior parte del suo tempo fuori casa. Non c'erano abbastanza soldi per pagare la bolletta del gas. E la procedura per il divorzio sembrava durare un'eternità. Helen aveva pensato di cercare di rintracciare la giovane donna che sembrava essersi trasferita altrove, ma a che sarebbe servito? Ce l'aveva con lei, ovviamente, ma non quanto ce l'aveva con Bob, che era abbastanza cresciuto per non fare simili sciocchezze. Fra l'altro, come aveva detto Maggy, se l'aveva tradita una volta, chi poteva assicurarle che non fosse accaduto altre volte?

Però era ancora suo marito. Una sera, dopo l'arrivo dell'ennesima bolletta che Helen non sapeva più come pagare, fece un bel respiro, si mise il cappotto e andò a casa di Sandra.

Attese a lungo prima che qualcuno venisse ad aprirle, e avrebbe potuto giurare che Sandra stesse sbirciando da dietro le tende. Con suo sommo sollievo, fu Bob ad aprire la porta. Sembrava più vecchio, notò con dispiacere. Era anche dimagrito. Come lei. Forse, sempre come lei, era diventato inappetente. Ogni volta che cercava di mangiare, il cibo le andava di traverso e poi, senza più una famiglia di quattro persone per cui cucinare (Grace era sempre fuori con gli amici e non tornava quasi mai per cena), non c'era motivo di darsi da fare per sé soltanto. Ironia della sorte, per anni aveva detestato la sua figura rotondetta, che senza dubbio aveva respinto Bob; ora che era dimagrita il suo aspetto era molto migliorato, facendo risaltare la stessa struttura ossea che aveva avuto anche sua madre, a giudicare dalla fotografia del busto di Rose, con gli orecchini bianchi e le perle che teneva sempre sulla toletta.

Ma se Bob notò un cambiamento in lei, non lo diede a vedere. «Che c'è?», le disse, neanche si fosse rivolto a un fattorino.

Lei gli consegnò la bolletta, premendogliela sul palmo della mano. «Non ce la faccio a pagarla. Mi dispiace. Mi chiedevo se potevi aiutarmi».

Lui scoppiò in una risata rauca. «Non ho un centesimo nemmeno io».

«Che fine ha fatto l'assegno che ti ha dato Frank per la tua parte della casa?»

«L'ho speso. L'ho usato come deposito per un appartamento. Mi trasferisco la settimana prossima».

Sembrava incredibile che l'uomo che era stato suo marito per quasi vent'anni si fosse comperato una casa senza di lei. «Vivrai con lei?».

Ebbe il pudore di arrossire. «No. Quella storia è finita».

Helen provò un'ondata di sollievo, seguita dallo spregio di aver distrutto la famiglia per un'infatuazione passeggera. «Dove abiterai?»

«Vicino Hendon. Darò l'indirizzo a Grace quando la vedrò domenica, come al solito».

In questo era stato molto corretto, doveva dirlo. Ogni fine settimana, senza eccezioni, portava Grace a mangiare al pub. A volte le dispiaceva per Caroline, che vivendo altrove non poteva partecipare a quegli incontri.

«Va bene».

Helen si voltò per andarsene.

«Aspetta».

Bob scomparve all'interno della casa, lasciandola ad aspettare sui gradini d'ingresso. Udì un sommesso mormorio e Sandra in sottofondo che dissentiva. Poco dopo, Bob tornò con una piccola busta in mano. «È tutto quello che posso fare», le disse. «Addio».

Poi chiuse la porta.

Helen aspettò di aver raggiunto l'angolo della strada prima di aprire la busta. Non era l'intera cifra della bolletta, ma sarebbe servito. Non era stato obbligato a farlo. Le lacrime che aveva trattenuto fino a quel momento cominciarono a scendere copiose, e una o due persone la guardarono con curiosità, mentre si dirigeva verso casa. Che aveva detto Maggy, l'altro giorno? Qualcosa sul non ricordare il peggio di una relazione, quando questa era finita; si ricordava solo il meglio.

Era proprio così. Forse avrebbe dovuto cercare di trascinarla, se non altro per il bene delle loro figlie. «Non sai quanto mi senta in colpa per questo», disse a Caroline, quando tornò per le vacanze di Natale.

Sua figlia, che aveva iniziato ad applicarsi l'eyeliner nero e s'era tagliata i capelli castano-ramati in una sorta di caschetto con delle forbici da tosa, l'aveva squadrata senza capire. «Perché? Che cos'hai fatto? Eri semplicemente infelice, con papà. Non è stata colpa tua, e tutto sommato nemmeno sua».

«Penso che prima o poi scoprirai che invece è stata proprio colpa sua, tesoro».

Non aveva avuto intenzione di dirlo, ma le era venuto spontaneo. Caroline strinse gli occhi. «Che significa?»

«Niente».

«Mammina, che cosa volevi dire?».

Caroline la chiamava sempre "mammina", al contrario di Grace, che usava il termine "mamma". Helen si sentì morire. Parte di lei avrebbe voluto confessare quel che Bob aveva fatto, perché nessuno le attribuisse la colpa del divorzio, però aveva promesso al marito di non dire nulla alle figlie.

«Aveva una storia con un'altra?».
Helen annuì.
«Con chi?»
«È troppo squallido, non posso dirtelo».
Caroline impallidì. «Non sarà stata Dawn?»
«Come fai a saperlo?»
«Parlavano sempre fitto fitto e lui sembrava diverso, quando c'era lei. Dio mio. È davvero schifoso. Davvero».
Con ciò, Caroline uscì sbattendo la porta.
Una settimana dopo, Helen ricevette una lettera da Bob, che l'accusava di aver tradito la sua fiducia e le chiedeva di non farsi mai più viva con lui.

Passò un altro anno, durante il quale il divorzio divenne finalmente effettivo e Caroline trascorse la maggior parte delle sue vacanze a Londra, dove aveva affittato una stanza in un ostello studentesco. Ironia della sorte, Grace si rifiutava di studiare per il suo diploma, mentre lei, Helen, aveva un lavoro che incoraggiava gli studenti ad andare a scuola! Il solito senso dell'umorismo che l'aveva aiutata a superare tutti quegli anni di difficoltà la stava però lentamente abbandonando. Continuava a essere inappetente e dimagriva sempre di più. Durante il loro matrimonio Bob la prendeva sempre in giro per i suoi "rotoli sui fianchi", ma ormai non avrebbe potuto più farlo, si disse guardandosi allo specchio.
I colleghi di ufficio iniziarono a chiederle se desiderava che la "presentassero" ai loro amici single, ma Helen non riusciva a immaginare di potersi mettere con un altro uomo. Come diavolo si faceva a raccontare tutta la storia della propria famiglia a un perfetto estraneo! Poteva andar bene solo qualcuno che la conoscesse da sempre. Qualcuno come Clive...
Aveva tenuto il numero che lui le aveva dato. Un numero dell'ufficio, le aveva detto, ma la donna che rispose al telefono sembrava fin troppo curiosa per essere una semplice segretaria. Clive era fuori, ma l'avrebbe richiamata. E lui lo fece, prima della fine della giornata.
«Helen!».
La sua voce sembrava cortese ma distante, e non appena la sentì seppe di aver sbagliato a chiamarlo. «Che piacere sentirti».
O c'era qualcun altro, lì con lui, oppure Clive era effettivamente costernato, nel sentirla. «Mi chiami per via della riunione al Kings?».

Non c'era nessuna riunione, il che significava che qualcun altro stava ascoltando quella conversazione.

«Mi dispiace, ma non potrò venire. Mia moglie – si sta gentilmente prestando a farmi da segretaria, per il momento, e penso che tu abbia parlato con lei, al telefono – e io stiamo per partire per celebrare un anniversario di nozze molto speciale. Comunque, sei stata gentile a chiamare. Spero che la riunione vada bene».

Helen abbassò il ricevitore: non sapeva se ridere o piangere. Optò per la prima ipotesi e poi pensò che la situazione era troppo tragica per tenersela tutta per sé. A Maggy Clive non era mai piaciuto troppo («C'è qualcosa in lui, tesoro, che mi dice che è interessato soltanto a se stesso»), ma la sua amica non rispondeva al telefono.

Strano. Ormai cercava di mettersi in contatto con lei da più di una settimana; forse era sull'isola, e non aveva ancora fatto installare una linea telefonica. Ma Maggy era sempre stata una che prendeva l'iniziativa. Presto o tardi si sarebbe fatta viva spontaneamente.

La chiamata arrivò due giorni dopo. Era un cugino di Maggy. Un uomo piuttosto simpatico che Helen aveva incontrato a una festa, anni prima, e che ora le parlava in tono sommesso e gentile: il genere di tono col quale di solito si comunicavano le cattive notizie. Maggy aveva preso un cocktail di pillole, le disse. In qualche modo ne aveva falsificato le ricette, servendosi dei suoi contatti da infermiera, e di tutti i nomi possibili. Persino quello di Caroline.

Tutto era stato pianificato con cura. Il suo cane, che aveva ormai da molti anni, lo aveva lasciato in una pensione. L'insano gesto era stato compiuto sull'isola. L'aveva trovata il giardiniere. Apparentemente sdraiata accanto all'aiuola di fiori di lavanda. In un bigliettino Maggy spiegava che non aveva voluto farlo all'interno della casa, che aveva lasciato a un suo figlioccio.

«Perché?», aveva chiesto Helen, troppo scioccata persino per piangere.

Il cugino sembrava imbarazzato. «Nel biglietto dice di essersi sentita sola, nessuno si curava di lei. L'ultima relazione finita male è stata la goccia che ha fatto traboccare il vaso. Il fatto che bevesse, poi, non è certo stato d'aiuto. Distorce la visione della vita, a mio parere».

Helen non sapeva dell'ultima relazione di Maggy. Sentendosi in colpa, cercò di ricordare l'ultima conversazione intrattenuta con la sua amica. Non avevano fatto altro che parlare di lei e Bob.

Il funerale ebbe luogo sull'isola, ed Helen ci andò da sola, senza dirlo alle ragazze. Avrebbero voluto partecipare, e sarebbe stato troppo sconvolgente, per loro.

Poi ci fu la lettura delle ultime volontà. Maggy era stata una donna benestante e, benché Helen odiasse ammetterlo perfino con se stessa, non poteva fare a meno di sperare che le avesse lasciato qualcosa. Maggy sapeva delle acque difficili in cui navigava, e in realtà Helen era stata sul punto di chiederle apertamente un aiuto economico. Ci risiamo, si disse. Si poteva essere più egoisti di così?

Quindi, si ripeté, era davvero un bene che Maggy si fosse effettivamente mostrata molto generosa, nel suo testamento. Aveva lasciato tutto ai suoi vari figliocci, incluse Caroline e Grace. E c'erano anche dei gioielli che aveva lasciato ad Helen e che lei avrebbe dovuto vendere.

Ma i ricordi, quelli non glieli avrebbe tolti nessuno, né le lezioni che ne aveva tratto. Un'immagine di Maggy che rideva con quel buffo spazio tra gli incisivi le balenò nella testa.

Fu sul traghetto che la riportava a casa, dopo aver venduto i gioielli a un altro cugino di Maggy, che Helen prese la decisione. Era arrivato il momento di vivere la propria vita. Senza più sprecarne un attimo.

Capitolo 40

La vita andava avanti. Doveva andare avanti. Helen ricordava vagamente la zia Phoebe che diceva qualcosa del genere a qualcuno, al telefono, quando era morta sua madre Rose, ma ora coglieva appieno la dura realtà che si nascondeva dietro quella frase. Una realtà più dura di quanto si potesse mai immaginare.

Ogni mattina, quando apriva gli occhi, l'enormità di quello che aveva fatto la schiaffeggiava in viso, come un'onda che si abbatteva sulla spiaggia. Aveva cacciato Bob di casa perché aveva pensato che la rendesse infelice, che le togliesse l'aria. Eppure, anche adesso, senza di lui, continuava a sentirsi infelice, a non riuscire a respirare. In realtà, a volte sentiva dei dolori talmente lancinanti al petto da riuscire a malapena a mettere un piede davanti all'altro per camminare.

Ma la cosa peggiore era che aveva privato entrambe le figlie del loro padre. Nella sua ingenuità, era stata convinta che Caroline fosse abbastanza grande per sopportare una cosa del genere, soprattutto ora che viveva al college. Invece la ragazza s'era totalmente affrancata dalla famiglia, fidanzandosi con un ragazzo presuntuoso e arrogante incontrato durante uno stage presso un giornale di South London.

"Helen", l'aveva confidenzialmente chiamata fin dal primo incontro, invece di "Signora Green". Che maleducato!

Sapeva perché sua figlia avesse deciso di legarsi così giovane a quel Simon. Sicurezza. Tutto dipendeva dalla sicurezza. Proprio come lei, Caroline aveva bisogno di sentirsi sicura, nella vita, e se Helen non le avesse tolto il terreno da sotto i piedi creando una situazione nella quale Bob era stato costretto ad andarsene, forse avrebbe fatto una scelta migliore. Helen era anche convinta che Caroline non si fosse tolta del tutto dalla testa il ragazzo precedente, Thomas, e col senno di poi si chiedeva se non fosse stata troppo invadente, nel proibire a sua figlia di rivederlo.

Comunque, almeno non era rimasta incinta. Magari alla fine non si sarebbero sposati, rinunciando al matrimonio estivo pianificato per l'anno successivo.

Nel frattempo, doveva tirare avanti. Grace aveva quasi sedici anni e stava parlando di lasciare gli studi. Non poteva permetterglielo! Disperata, aveva scritto a Bob, chiedendogli di parlarle durante una delle loro chiacchierate domenicali, ma non aveva ricevuto risposta. Che anche *lui* avesse trovato un'altra? Quell'idea le faceva sentire una strana morsa alla bocca dello stomaco, anche se non l'avrebbe rivoluto indietro. Per quanto assurdo potesse essere, non poteva fare a meno di amarlo, anche se non ne era *innamorata* in senso stretto.

«Non hai ancora conosciuto qualcuno che ti piaccia?», le aveva chiesto una delle ragazze, al lavoro, e lei aveva dovuto ammettere che no, non le era ancora successo. Le proposte di presentazione a fratelli e zii single si erano lentamente esaurite, in seguito ai suoi dinieghi, decisi ma cortesi, di prestarsi a simili farse. Non si sentiva ancora pronta, nemmeno adesso, eppure non voleva rimanere sola per il resto della vita. Come facevano le altre donne che si trovavano in una situazione analoga alla sua? Se solo ce ne fossero state di più l'avrebbe scoperto, ma non appena diceva a qualcuno che era separata, come aveva fatto chiacchierando con un'altra mamma durante la recente "serata dei genitori" svoltasi nella scuola di Grace, l'aria s'era nettamente raffreddata. La donna s'era allontanata subito, come se Helen fosse stata contagiosa, e questo l'aveva fatta sentire orribilmente sporca.

Intanto le aveva scritto suo fratello Frank. Il figlio, Richard, stava per venire in visita in Inghilterra; le sarebbe dispiaciuto occuparsi di lui per un po'? Caroline, che era a casa per le vacanze, accettò di andarlo a prendere a Paddington e tornò insieme a un ragazzo alto, magro e di carnagione scura, con un bastone in una mano e una grossa valigia nell'altra. Che crudeltà, che un ragazzo così bello avesse avuto la polio! Tuttavia, la cosa non sembrava disturbarlo più di tanto. Sorrideva sempre ed era così gentile e educato da far vergognare Grace, con il suo eterno broncio. L'arrivo di Richard nel quartiere diede il via a un intero treno di pettegolezzi, soprattutto quando Helen lo presentò come suo nipote. Alla fine degli anni Settanta la gente di colore suscitava ogni tipo di reazioni, e per la prima volta, quando una sera rientrarono ad Ealing e un tale gli sputò addosso, Helen si vergognò del proprio Paese.

Il bello della permanenza di Richard presso di loro, insieme al fatto che Caroline era a casa per le vacanze, e senza quell'orribile Simon che per fortuna per Natale era andato dai suoi a Stockport, era che sedevano tutti e quattro a tavola insieme, trattenendosi a parlare della famiglia anche dopo la cena. Helen tirò fuori il vecchio album con le foto del Borneo, sulle quali si vedevano una bambina seria, bassa e un po' grassottella con la frangetta (lei), un maschietto praticamente identico, solo un po' più grande (Geoffrey) e un bambino ancor più piccolo (Frank, il padre di Richard), seminudi su una spiaggia, con accanto la loro *amah*. Nessuna traccia di Roger. Forse era già partito per la scuola.

Persino Grace rimaneva ad ascoltare, ammaliata, mentre Helen raccontava alcune delle storie che aveva udito dalla mamma, e delle quali aveva un ricordo molto vago. L'orangutan Yolky, che era stato il loro animale da compagnia, fin quando uno dei suoi fratelli gli aveva dato da mangiare troppe uova ed era stato male; dopodiché era scappato nella giungla e non aveva più fatto ritorno. Il serpente che il loro nonno aveva ucciso davanti alla casa, dove ora si vedeva la loro mamma, ritratta in bianco e nero, con un'aria davvero raffinata sotto il cappello bianco e con le perle al collo. Ed ecco un'altra foto di mamma Rose, sempre bellissima e distaccata, affacciata alla balaustra di una nave, con in braccio un neonato dalla pelle scura: talvolta Helen si chiedeva se la facilità della sua pelle a diventare di un colore molto scuro, d'estate, fosse dovuta al fatto che era cresciuta in un clima esotico caldo e soleggiato.

Per Richard, la cui madre proveniva da una famiglia malese molto modesta, tutto questo era estremamente affascinante, e dall'espressione delle sue figlie Helen si accorse che anche loro si stavano ricredendo sulla famiglia a cui appartenevano. Se solo sua madre fosse stata lì! Si sarebbero sentiti tutti più stabili e sicuri. Comunque, almeno aveva i suoi fratelli. Potevano anche non vedersi spesso, ma erano all'altro capo del telefono. Sperava soltanto che Caroline e Grace, che al momento non sembravano andare troppo d'accordo, si fossero avvicinate di più quando fossero state adulte.

Un altro Natale arrivò e passò. Grace si convinse a rimanere a scuola fino agli esami di maturità, anche se a volte Helen si chiedeva se avesse fatto la cosa giusta. Al contrario di Caroline, la figlia minore faticava a concentrarsi sui compiti, preferendo invece guardare la

TV e ascoltare musica nella sua stanza. Sempre quando non era in giro con gli amici.

«Papà si sta vedendo con una donna», le annunciò un giorno, inaspettatamente, dopo essere tornata da uno dei suoi pranzi domenicali con Bob. Lo disse proprio mentre Helen stava togliendo le erbacce nel piccolo giardino sul retro, una delle poche cose che le davano soddisfazione. Lei rimase con la paletta a mezz'aria.

«Davvero?». Cercò di avere un tono indifferente, come se fosse perfettamente normale, per lei, sentire che il proprio ex marito ora "si vedeva" con un'altra. La sola idea le sembrava assurda, ma d'altronde, cosa s'era aspettata? «È simpatica?».

Grace scrollò le spalle. «È a posto. È scozzese».

Così Bob gliel'aveva presentata? Doveva essere una cosa seria, allora. Che aspetto aveva? E l'età? Helen avrebbe voluto farle un sacco di domande, ma Grace si era già precipitata su per le scale, sbattendosi la porta della sua stanza alle spalle e lasciandola con una strana sensazione alla bocca dello stomaco.

Quando le telefonò la figlia maggiore, Helen dovette trattenersi dal chiederle se anche lei era stata presentata alla fidanzata del padre. Che parola ridicola, alla loro età! Ma Caroline aveva altro su cui discutere. «Simon e io abbiamo fissato una data».

Helen si sentì morire.

«Che bello, tesoro», commentò con cautela. «Quando?»

«Fra tre mesi».

Così presto? «Ma così non avremo molto tempo. Non sarai mica...».

«No, mamma. Non lo sono».

Helen si sentì subito imbarazzatissima. Caroline ancora non sapeva di essere nata solo sette mesi dopo il matrimonio dei suoi genitori.

«Vogliamo solo sposarci, e adesso che Simon ha un nuovo lavoro ci è sembrato il momento giusto. Vuol dire che potremo permetterci un mutuo con i soldi di Maggy sul conto di deposito».

Avevano pianificato ogni cosa. Li ammirava, dopotutto, eppure non riusciva a farsi piacere quel presuntuoso di un giornalista che, a quanto pareva, s'era assicurato un ruolo di "vice redattore dei servizi speciali", per un rotocalco che lei non avrebbe comperato neanche morta.

«Papà mi ha detto che sperava non pensassi che avrebbe sborsato qualcosa per il matrimonio».

Dunque, l'aveva detto prima al padre! Helen si sentì ferita e offesa, prima di essere raggiunta dall'impatto provocato dalle parole della figlia. «Non ti aiuterà per niente?»

«No». Dall'altro capo della linea la voce di sua figlia s'era fatta insicura e fievole.

«Faremo quel che potremo, allora».

Helen sentì la propria voce uscire più sicura di come lei si sentisse in realtà. Un matrimonio! I matrimoni erano costosi. Come diavolo avrebbe fatto?

«Che ne diresti di accontentarti di un piccolo rinfresco a casa, dopo la cerimonia?».

Caroline aveva ritrovato la voce, il cui tono era però indispettito. «Voglio un matrimonio come si deve, mamma. Come pensi di farci entrare tutti in uno spazio così piccolo?».

Un matrimonio come si deve, non certo coronato da un misero rinfresco nella loro casetta! Be', era comprensibile. Helen ricordava di aver provato le stesse cose, all'età di Caroline, quando aveva sposato Bob e lui aveva disdegnato l'offerta della zia Phoebe di erigere un tendone nel giardino della vecchia canonica.

La zia Phoebe! Il cuore di Helen ebbe un guizzo. Aveva comunque intenzione di andarla a trovare, di lì a poco. Forse, anche se era una pia speranza, l'avrebbe potuta aiutare.

Era un po' che non si recava in visita alla vecchia canonica. Circa otto mesi. Ma mentre la sua macchinetta arrancava sul vialetto facendo stridere la ghiaia, dopo il lungo viaggio fino in Somerset, Helen provò la stessa inquietudine mista ad apprensione che l'aveva tormentata tutte le volte che era tornata a casa per le vacanze scolastiche, anni e anni prima. Che cosa ridicola! Era adulta, oramai, e quella donna minuta e ingobbita, col volto avvizzito dalle rughe e la collana di sua madre al collo, non aveva alcun diritto di farla sentire piccola e insignificante come d'altra parte si sentiva.

«Entra pure, Helena».

Phoebe aveva il tono accondiscendente di chi ti sta facendo un favore, nel farti entrare. Helen si chiese per l'ennesima volta perché sua zia fosse così fredda e distante. Lei e Victor avevano chiaramente scelto di non avere figli. Sua zia aveva sempre detto che i figli comportavano spese e responsabilità enormi, che la gente prendeva troppo alla leggera. Ciononostante, questo non le dava il diritto di essere così fredda con i figli di sua sorella. Lo zio Victor, che Dio lo benedicesse, era nella sua serra, anche se era difficile stabilire chi fosse messo peggio: lui o le ormai rare piante di pomodori.

«Helen, tesoro. Che bello vederti».

Lo baciò affettuosamente su entrambe le guance, rimanendo ancora una volta stupita da quanto la infastidissero i vezzi di certi ceti sociali, i cui esponenti erano ancora capaci di indossare giacca di tweed e cravatta per fare giardinaggio nella serra. Più tardi, dopo un pranzo a base di carne di maiale, seguita da mele cotte, una cosa che Helen aveva sempre odiato, la conversazione cadde inevitabilmente sulle ragazze. «Grace è già all'ultimo anno delle superiori».

Sia lo zio che la zia annuirono compiaciuti.

«Dunque andrà all'università?»

«È quel che spero».

La zia iniziò ad aggrottare le sopracciglia.

«E Caroline se la sta cavando a meraviglia a Goldsmith. Recentemente si è aggiudicata un premio in una competizione a livello nazionale, disegnando biglietti d'auguri per il compleanno».

«Biglietti d'auguri?». La zia s'era accigliata ancora di più.

«Era una gara molto prestigiosa». Perché la sottoponevano sempre a quella specie di interrogatori, quasi come se si augurassero che le sue figlie riuscissero male negli studi?

«Evidentemente ha ereditato il talento di tuo nonno, cara», disse lo zio Victor. Caroline gli lanciò un'occhiata piena di gratitudine prima di spostare lo sguardo sulla graziosa donna con la cuffia celeste, uno dei tanti dipinti di Ga Ga che lo zio e la zia possedevano.

«Non essere ridicolo, Victor».

La zia Phoebe si premette il tovagliolo sulle labbra prima di rimetterselo in grembo, e fissò il marito. «Non c'è alcun paragone, fra un disegnatore di cartoline per compleanno e un ritrattista professionista».

«Caroline esegue ritratti?», chiese Victor, la cui espressione rivelava il suo tentativo di mantenere la conversazione gradevole.

«Non proprio».

«O sì o no».

Era di nuovo la zia Phoebe.

«No, non lo fa. Ma sta per sposarsi».

I due rimasero letteralmente scioccati, si rese conto Helen troppo tardi.

«Sposarsi?».

Se la zia avesse potuto aggrottare la fronte più di così, l'avrebbe sicuramente spaccata in due. «Ti prego, non dirmi che *è costretta* a sposarsi».

Helen si sentì avvampare. «No, non è costretta. Lo desidera e basta».

Lo zio Victor annuì. «E tu approvi, mia cara?».

Si trovò a lottare con se stessa. «Penso che sia un po' troppo giovane, ma è innamorata. Lo sono entrambi».

«Capisco. E lui che cosa fa?».

La domanda che aveva temuto. «Simon lavora per un giornale. Come vice redattore dei servizi speciali».

La fronte di Phoebe si spianò leggermente. «Davvero? Presso quale giornale?».

Non c'era niente da fare. Fissando il tovagliolo che aveva sulle ginocchia, Helen nominò il rotocalco in questione. La zia Phoebe tossicchiò sommessamente, mentre Victor si alzò in piedi, la fronte costellata di piccole gocce di sudore. «Povero me. Be', falle i miei migliori auguri. E ora, scusami. Devo andare. Ho un appuntamento con un fornitore di concime per le mie rose. È stato bello rivederti, Helen cara. Torna presto a trovarci».

La zia ovviamente non aveva parole; si limitava a osservarla, come se Helen avesse un enorme brufolo sul viso. Fu solo quando fu tornata a casa, tre ore dopo, che trovò la piccola busta nella borsa. L'aveva lasciata all'ingresso; lo zio doveva avercela messa mentre usciva. Dentro c'era un assegno. La somma non era enorme, ma nemmeno piccola, e c'era anche una nota. «I matrimoni possono essere molto costosi. Spero che questo possa aiutarti. V.».

Che Dio lo benedica, pensò Helen mentre gli occhi le si riempivano di lacrime. Che Dio lo benedica.

In qualche modo, mettendo insieme i suoi miseri risparmi e l'assegno di Victor, Helen riuscì ad affittare una sala ad Ealing, dove il catering organizzò un rinfresco per ottanta persone, dopo la cerimonia svoltasi nella chiesa di All Souls, quella in cui sua figlia era stata cresimata.

Ottanta persone! «Simon ha un sacco di amici», le aveva detto Caroline, raggiante. «Alcuni sono molto importanti; deve invitarli per forza».

Quel genero poteva anche non piacerle troppo, pensò Helen, ma aveva fatto miracoli all'autostima di sua figlia. A quasi ventuno anni, Caroline stava finalmente iniziando a sbocciare, anche se purtroppo aveva ereditato la sua corporatura generosa, o quantomeno quella che aveva avuto prima del divorzio da Bob.

Intanto, c'era una cosa che Helen continuava a rimuovere, ma che con l'avvicinarsi della data fatidica non poteva più ignorare. Al matrimonio sarebbe venuto anche Bob. Erano tre anni che non si vedevano. Si sarebbe fatto accompagnare dalla nuova fidanzata, quella di cui le aveva parlato Grace? Si sarebbero rivolti la parola? Certo, avrebbero dovuto farlo, per amore di Caroline, no?

«Papà si farà vedere?», chiese alla fine Helen durante una delle loro riunioni prematrimoniali in cui avevano discusso dei preparativi. La coppia era venuta a pranzo da lei. Simon aveva dominato la conversazione con tutto un panegirico su Westminster, dal momento che il suo giornale lo aveva appena nominato corrispondente politico, e ora era seduto sul divano a leggere i quotidiani della domenica. Che maleducato!

Il volto di Caroline fu attraversato da un'ombra. «Non vuole indossare il tight. Ci siamo un po' azzuffati, sull'argomento».

C'era da aspettarselo! Bob odiava l'abbigliamento formale; odiava ogni cosa che potesse attrarre l'attenzione su di lui, come quando aveva rifiutato di fare un matrimonio come si doveva, a suo tempo.

«Mi dispiace, tesoro».

Caroline alzò le spalle, come faceva sempre quando fingeva che qualcosa non avesse importanza, mentre ne aveva, eccome!

«Ho comprato un bel vestito, per me. Una delle mie amiche lavora per una modista di abiti da sposa e mi ha fatto un ottimo sconto».

Helen soffocò la propria delusione: le sarebbe tanto piaciuto andare a scegliere l'abito da sposa insieme alla figlia! «Bene. E com'è?»

«Vaporoso. Bianco. Ma Grace sta facendo un sacco di storie per quanto riguarda i vestiti delle damigelle d'onore. Ci siamo viste a Londra l'altro giorno; ha rifiutato tutto quello che ho proposto, a parte un capo piuttosto audace. Per favore, mamma, non è che potresti scambiare due chiacchiere con lei?».

Scambiare due chiacchiere con Grace? C'era forse qualcuno in grado di farlo? Questo matrimonio, pensò Helen, era costellato di difficoltà. Non aveva ancora visto i genitori di Simon che, da quel che le risultava, erano accesi sostenitori del Partito Laburista e venivano da un paesino nei pressi di Stockport, che nemmeno era segnato sulle cartine geografiche. Forse, con un po' di fortuna, sarebbe successo qualcosa e il matrimonio non avrebbe avuto luogo.

Piovigginava, il giorno delle nozze di Caroline, ma il tempo brutto non poté impedire alla sposa di essere raggiante. Era davvero bellissima, pensò Helen, mentre, col suo cappello di paglia color crema e il vestito azzurro e rosa di Debenham, si voltava a guardare la figlia maggiore che procedeva leggiadra lungo la navata. Il cuore le balzò in petto alla vista del suo ex marito, che trovò un po' ingrassato dall'ultima volta che l'aveva visto. Comunque, non aveva ancora perso del tutto quella sua aria da divo del cinema anni Cinquanta. Se fossero stati ancora sposati, quel matrimonio avrebbe costituito un grazioso quadretto famigliare. Invece, passandole accanto, Bob mantenne lo sguardo dritto davanti a sé, procedendo come un automa. Più tardi al ricevimento, dove Caroline li aveva sistemati alle estremità opposte della tavola d'onore, lui fece sempre in modo di evitare i suoi sguardi furtivi.

A parte il suo ex marito, erano ben pochi gli invitati che Helen poteva dire di conoscere. Geoffrey e famiglia erano arrivati dal Sussex, ma gli altri due fratelli erano all'estero. Sandra s'era rifiutata di partecipare alla cerimonia. La cosa aveva profondamente ferito anche Caroline, che era ancora molto vicina alla nonna, e aveva fatto star male Helen, consapevole del fatto che quella defezione era dovuta alla sua presenza. La zia Phoebe e lo zio Victor avevano spedito un cortese messaggio, dicendo che erano "impossibilitati a venire", senza fornire un motivo valido; come regalo di matrimonio avevano fatto pervenire a Caroline un set di semplici lenzuola bianche di lino.

La coppia avrebbe passato la notte in un albergo del posto, prima di prendere un volo per la Spagna, la mattina seguente. «Puoi portarmi la valigia alla stazione?», le aveva detto Caroline prima di andarsene via con indosso il semplice tailleur color crema di BHS.

Ma certo! La cosa le avrebbe permesso di salutare la figlia, senza tutta quella gente intorno. Ma quando la mattina dopo arrivò con la sua auto alla stazione di Ealing, per poco non le venne un colpo. Non era Bob, quello che stava parlando con loro ai piedi della scalinata?

«Anche papà mi ha portato un po' delle mie cose, quelle che erano a casa mia», le sussurrò Caroline, quando le corse incontro. Aveva un'aria davvero felice, da sposa novella. «Non ti dispiace, vero?».

Che sua figlia l'avesse fatto apposta?, si chiese Helen. Comunque, stavolta non c'era modo di evitare la conversazione. «Come stai?», si costrinse a chiedere al suo ex marito. Di certo aveva un bell'aspetto. Evidentemente la vita da single gli faceva bene. Forse era stata troppo precipitosa nel mettere fine alla loro storia.

«Bene, grazie. E tu?».

Sembrava imbarazzato, tanto che mise in difficoltà anche lei. «Molto bene. Bel matrimonio, vero?»

«Davvero riuscito».

Sembrava stessero parlando della cerimonia di qualcun altro, invece che della loro figlia. Poi venne il momento di salutare Caroline con un bacio – e, a denti stretti, anche Simon, che aveva un'aria anche più arrogante del solito – e di osservarli salire sottobraccio i gradini della stazione, da dove avrebbero raggiunto l'aeroporto di Gatwick.

«Che tristezza, eh?», fece Bob, interrompendo i suoi pensieri.

«Come?».

Bob sembrò volerla prendere sottobraccio, ma poi ci rinunciò. «Una volta eravamo felici, non credi?».

Non riusciva a crederci! Bob non rivelava mai quello che provava. Era stato uno dei maggiori problemi che avevano avuto. E invece ora eccolo qui, a dirle esattamente quel che si era detta e ripetuta da sola negli ultimi anni. C'erano stati momenti felici, fra loro, ma le difficoltà incontrate nel dover crescere due figlie con poco denaro, e senza che Helen avesse mai avuto il buon esempio di una madre da seguire, erano state davvero troppe. Se solo avessero resistito. Se solo non avessero vissuto per tutti quegli anni con la madre di lui. Se solo....

«Comunque», proseguì Bob, «la vita va avanti, a quanto sembra. Volevo scriverti, in realtà, ma dal momento che sei qui, te lo dico a voce. Fra un paio di mesi mi risposo».

Lo shock la fece balbettare. «Che... che bello... voglio dire... per te! Spero che sarai felice».

Bob sembrava imbarazzato. «Fa l'infermiera. Proprio come te. Come facevi tu, voglio dire. Ed è molto dolce».

Sottintendeva che lei non lo era. Helen si sentì ferita.

«Ma dimmi di te». La stava scrutando, adesso. «Ti vedi con qualcuno?»

«In realtà, sì, mi vedo con qualcuno. E proprio stamattina devo incontrarlo. Devo scappare. È stato bello vederti. Ciao».

Capitolo 41

Incontrerai l'uomo giusto, le aveva detto uno dei suoi fratelli, quando meno te lo aspetti. Com'era vero! In realtà, l'aveva già incontrato, ma non l'aveva riconosciuto come quello giusto. Né l'aveva fatto lui.

Peter faceva l'insegnante in una delle "sue" scuole; un liceo classico maschile dove lui insegnava matematica e lei era la EWO[7], in parte responsabile per quelli che venivano definiti "assenti cronici".

Ora che Grace era finalmente riuscita a superare gli esami delle superiori e frequentava un corso di economia in un istituto politecnico, si sentiva un po'meno ipocrita, nel cercare di convincere gli altri ragazzi a frequentare la scuola. I suoi metodi non potevano definirsi ortodossi, così almeno le dicevano i colleghi d'ufficio. Sì, certo, andava a parlare con lo studente in questione, e anche coi suoi genitori, ma organizzava anche escursioni con l'insegnante e gli altri componenti del gruppo; gite di piacere in posti come il Serpentine a Hyde Park, dove portava i ragazzi in barca, aiutandoli a capire che potevano fare amicizia con i compagni di classe e che la scuola poteva anche essere un posto divertente. Al loro ritorno, poi, avrebbero fatto dei bei disegni relativi all'escursione della giornata.

Peter era uno degli insegnanti che disapprovava questa sua metodologia. «Dovresti rimproverarli, come noi, e non incoraggiarli», tuonò una mattina, in sala insegnanti.

Helen squadrò da cima a fondo quell'uomo alto e robusto con il naso aquilino e l'accento "west country" che sembrava intensificarsi quando era arrabbiato, e gli chiese se aveva un momento per sedersi a scambiare due parole. Dopodiché, cominciò a raccontargli con calma del suo passato da alunna; di come anche lei avesse odiato frequentare la scuola e quanto potesse essere dura, per alcuni di

[7] Educational Welfare Officer, una sorta di assistente sociale scolastico (*n.d.t.*).

quei ragazzi, soprattutto quelli orfani di madre, un problema che lei conosceva molto bene.

E poi gli propose di andare con lei alla prossima escursione, che sarebbe stata a Whipsnade.

Fu lì che lei e i ragazzi scoprirono un lato diverso dell'insegnante di matematica. Scoppiò a ridere davanti alla gabbia delle scimmie, quando uno dei cuccioli si mise a fare pipì quasi sotto il suo naso! Così quando Peter le chiese se sarebbe venuta all'incontro del venerdì sera alla scuola, Helen si ritrovò ad accettare, anche se stava già pregustando un seratina davanti alla TV (c'era una nuova commedia alla BBC) in compagnia di un bel bicchiere di vino.

Dopotutto gli era appena morta la moglie, o almeno così si diceva in giro. Non doveva essere facile, per lui.

«Aveva la sclerosi multipla», le confidò Peter, durante una sorta di cena che il comitato sociale aveva organizzato e che comprendeva una disgustosa mistura tiepida di cipolle e patate ripassate in padella. «La povera Valery è stata malata per anni. Ho fatto quel che ho potuto, ma è stata dura».

I suoi occhi s'inumidirono e ad Helen venne l'impulso immediato di consolarlo. In realtà, Helen aveva sentito dire che Peter aveva fatto molto più di "quanto aveva potuto". Dal giorno della gita allo zoo, aveva cercato di raccogliere maggiori informazioni su quel vedovo un po' burbero che, sospettava, nascondeva un cuore tenero. «Ha assistito la moglie giorno e notte», le aveva confidato un collega. «Ma non c'è stato nulla da fare. Quando è morta è stato uno shock terribile».

Uno shock? «Quando badi a qualcuno per tutto quel tempo, ti aspetti che vada avanti per sempre».

Lo capiva. Peter aveva un figlio della stessa età di Caroline, quindi doveva sapere cosa volesse dire tirar su un bambino. Con reciproca sorpresa, scoprirono di andare molto d'accordo, tanto che entrambi decisero di andare via verso le nove. Peter le sfiorò delicatamente un braccio. «Non so tu, Helen, ma io ho ancora fame. C'è un piccolo ristorante italiano molto accogliente, dietro l'angolo, e mi chiedevo se ti andasse di unirti a me».

Quella sera, quando la riaccompagnò a casa a piedi (non guidava, anche se durante la guerra, le spiegò, aveva portato dei carri armati), si limitò a porgerle la mano per darle la buonanotte. Helen andò a dormire sentendosi un po' delusa. La mattina seguente bussarono alla porta e quando andò ad aprire vide un fattorino con un mazzo di rose rosa pallido. "*Grazie per la bella serata*", diceva il biglietto. "*P.*".

Quando gli telefonò per ringraziarlo, lui la invitò a cena per quella sera stessa. «Perché non vieni tu da me?», ribatté lei, pensando che forse avrebbe apprezzato l'atmosfera di casa sua, con una cenetta a base di *coq au vin*, seguito da *crème brûlée*, due sue specialità dei tempi passati.

«Sarebbe stupendo», rispose Peter entusiasta, liberandola dell'imbarazzo per essere stata un po' audace.

Non arrivarono mai a mangiare la *crème brûlée*. In realtà, si disse Helen mentre si spogliavano nella sua piccola stanza da letto, l'ultima volta che ricordava di essere arrivata a tanto era stato con Clive, molti anni prima. Eppure, la moglie era morta da soli tre mesi.

«Vuoi sposarmi?», le chiese subito dopo. E travolto dall'entusiasmo, insieme alla stupenda sensazione di essere adorata («Sei bellissima, Helen. Bellissima»), si ritrovò a dirgli di sì.

Grace lo odiò dal primo momento in cui lo vide. «Lui non è mio padre», protestò quando Peter suggerì che avrebbe potuto essere d'aiuto col bucato. «Non ha il diritto di dirmi quello che devo o non devo fare».

Caroline almeno cercò di coinvolgerlo in una conversazione, quando venne a trovarli, anche se trovò i modi schietti di Peter un pochino opprimenti. «Dategli una chance», avrebbe voluto dire Helen. «È un insegnante. Alcuni tendono a parlare come se sapessero tutto loro, ma io ho capito com'è fatto, dentro». Tuttavia, non era facile. Peter non riusciva a capire come Helen permettesse a Grace di "cavarsela" quasi in ogni circostanza. Ovvero, rientrare tardi la sera durante le vacanze e contribuire solo con una cifra minima alle spese di casa, nonostante lo stipendio ricevuto per il suo impiego estivo. Quando Caroline ed Helen avevano avuto un piccolo diverbio al telefono, ed Helen aveva attaccato il ricevitore piangendo perché Caroline aveva cancellato un fine settimana a casa della madre "dato che ora che c'era Peter non c'era abbastanza spazio per tutti", lui le aveva impedito di rispondere, quando, poco dopo, il telefono aveva cominciato a squillare insistentemente.

«Vuole scusarsi con me», aveva cercato di spiegargli Helen.

«Doveva pensarci prima, allora, evitando di trattarti male, Hellie». Aveva cominciato a chiamarla col diminutivo inventato da Maggy. «Non permetterò a nessuno di sconvolgerti così».

Che cosa doveva fare? Se si fosse messa contro di lui, avrebbe avuto un secondo matrimonio fallito da aggiungere al primo! Però il cuore le sanguinava, al pensiero di non chiarirsi con sua figlia. Era tutto orribilmente simile alla rabbia e alla sensazione di tradimento che aveva provato quando il padre s'era risposato. Dovette convenire che, per quanto brutto fosse stato il suo matrimonio, almeno lei e Bob avevano in comune le ragazze. Che cosa aveva fatto? Il solo pensiero la terrorizzava di paura e, non per la prima volta, si domandò se avesse dovuto lasciare Peter per il bene delle ragazze.

La ridicola lotta fra Peter e la sua figlia maggiore proseguì per altre tre settimane, fin quando Helen non decise di dire al suo nuovo marito che lo amava moltissimo, ma che la prossima volta cha Caroline avesse telefonato lei le avrebbe risposto e parlato.

Lui sembrò demordere, e quando Caroline chiamò, si parlarono educatamente, come se niente fosse accaduto. Tuttavia, i rapporti tra loro si raffreddarono un po', ed Helen non poté fare a meno di pensare di aver perso una parte della propria vita, che avrebbe dovuto trascorrere con l'amata figlia maggiore.

Nel frattempo il figlio di Peter, infuriato perché suo padre s'era risposato tanto presto, aveva chiesto il versamento anticipato di diverse migliaia di sterline, come "risarcimento" del fatto che, quando il padre fosse deceduto, avrebbe perso una parte della sua eredità. Helen ci rimase malissimo, ma a Peter la richiesta sembrò del tutto ragionevole, e così, ancora una volta, per quieto vivere, accettò le sue decisioni.

Finanziariamente le cose andavano molto meglio. Convinse Peter a vendere la sua orribile casetta con tre stanze da letto nella parte nord di Ealing, dove aveva trascorso la maggior parte della sua vita con la prima moglie. Dentro quella casa Helen si era sentita molto a disagio; facendosi strada esitante fra le polverose stelle di Natale di Valery, lasciate a seccare nei loro vasi, e respirando l'odore stantio della stanza da letto padronale, che ancora sfoggiava una sopraccoperta di ciniglia rosa pallido e delle stampe dozzinali appese alle pareti.

Benché fosse piccolo, l'appartamento era accogliente e molto più caldo di quella casa senza riscaldamento centrale. Dopo la vendita e la liquidazione del figlio, la vita sarebbe stata più facile e serena.

Sarebbero andati in pensione, dissero ai figli, e magari si sarebbero concessi anche qualche piccola vacanza.

Certe volte Helen doveva pizzicarsi per convincersi che non era un sogno. Per la prima volta nella sua vita riusciva a divertirsi, e poi era così bello essere di nuovo sposata! Un fine settimana lei e Peter andarono ad Amsterdam a vedere i tulipani. Partirono per la Francia in macchina, con Helen alla guida. Per quanto avesse insistito con Peter perché prendesse qualche lezione di guida, l'istruttore le fece capire con molto tatto che il posto di suo marito era quello accanto al conducente. In inverno, andarono a Majorca, nonostante il broncio che Grace mise su perché non sarebbero stati presenti il giorno del suo compleanno.

E poi Helen ricevette il regalo più bello di tutti. Caroline telefonò per dirle che aspettava un bambino, il giorno stesso del primo anniversario di matrimonio della giovane coppia!

«Non è meraviglioso?», fece Helen, entusiasta, al telefono con Phoebe. E poi, prima che la zia la potesse precedere, aggiunse: «Lo so che è molto giovane, ma almeno ha fatto tutto nel modo giusto».

Era una frecciatina, un po' sleale a dire il vero, indirizzata a una delle figlie di suo fratello, che recentemente era rimasta incinta e che non accennava a sposarsi.

«Sono molto contenta per lei». Per quanto fragile, la voce di Phoebe conservava la stessa freddezza di sempre.

Cosa ci sarebbe voluto, perché sua zia iniziasse a volerle bene?

«Non puoi andare a genio a tutti, mia cara», le disse Peter, circondandole le spalle con un braccio in una meravigliosa calda stretta che la fece riconciliare in un attimo con tutti i difetti che aveva suo marito. «Hai me, comunque, e stai per diventare nonna: una cosa che hai sempre desiderato».

Era così, infatti. Non vedeva l'ora. Alla fine sarebbe tutto andato bene. Caroline le disse che avrebbe portato avanti il suo lavoro di designer per la ditta di cartoline che le aveva dato lavoro subito dopo la laurea. Avrebbe preso un congedo per maternità, e poi il bambino sarebbe stato affidato a una bambinaia, a meno che sua madre non fosse stata disposta ad aiutarla, qualche volta. (Aiutarla qualche volta? Caroline avrebbe faticato a cacciarla via!).

Simon era stato nominato redattore di un importante quotidiano che, anche a detta dello zio Victor, era più che accettabile. E Grace stava lavorando con enorme successo presso una compagnia di marketing nel centro di Londra, oltre ad avere un ragazzo che era nel pieno di un divorzio. Un bambino rendeva tutto perfetto.

E poi, arrivò quella telefonata, nel cuore della notte.

Si precipitò all'ospedale con Peter, ma quando arrivarono era ormai troppo tardi. Una Caroline distrutta e in lacrime giaceva in un letto, pallidissima e senza suo marito, che a quanto pareva aveva "dovuto" partecipare a un incontro di lavoro. «Credi che avrò mai un altro bambino?», le chiese sua figlia fra le lacrime, aggrappandosi a lei, mentre Peter, con il suo solito tatto, era uscito a "fare una passeggiata" lungo il corridoio dall'odore asettico.

«Ma naturalmente sì, tesoro».

Quando rientrò a casa, il telefono stava squillando. La zia Phoebe. La zia Phoebe che non telefonava mai. Helen iniziò subito a dirle di Caroline. «Un aborto», disse lentamente la zia, con una strana voce che Helen non le aveva mai sentito prima. «Che tristezza».

E per un minuto, Helen ebbe davvero l'impressione che in quella voce ci fosse della sincera partecipazione. All'improvviso nella sua mente si formò l'immagine rapidissima del sangue sul pavimento gelido del bagno, tanti anni prima.

«In realtà, Helen, ti telefonavo per darti a mia volta una notizia. Non bella, purtroppo. Victor è morto ieri».

L'unica cosa buona dei funerali, rifletté Helen, era che incontravi persone che non vedevi da anni, come i suoi fratelli. Due su tre non era niente male. Il maggiore, Roger, aveva un'aria molto distinta, come si addiceva a un membro del Ministero degli esteri, e Geoffrey era sempre il solito buontempone; al funerale aveva cantato un bellissimo requiem. «Avrebbe dovuto diventare un cantante professionista», mormorò qualcuno ed Helen assentì in silenzio. In altri tempi, senza una guerra in atto e senza una madre morta troppo presto, sarebbe potuta andare così. Comunque, i suoi figli erano tutti molto portati per la musica, mentre l'unica che sembrava aver ereditato il lato artistico era Caroline. Talvolta Helen si ritrovava a spolverare i suoi acquerelli, incoraggiata da Peter, ma in realtà ormai era troppo tardi.

Poi Peter ebbe un'idea brillante. Perché non chiedere a Caroline, che dopo l'aborto sembrava essere diventata sempre più indolente e svogliata, di dare lezioni di arte alla madre? Forse quell'attività avrebbe spinto sua figlia a riprendersi.

La cosa servì decisamente ad avvicinare le due donne. Sua figlia era una buona insegnante, ed Helen adorava assistere alla magia dei colori che prendevano vita. Quello che le riusciva meglio, a detta di Caroline, era il suo stile impressionista, anche se all'occhio inesperto di Helen i suoi scarabocchi sembravano semplici sagome abbozzate. Comunque, era bellissimo passare del tempo con lei. Simon era sempre impegnato fino a tardi al giornale, anche se Caroline le assicurava che era una cosa normale, se voleva fare carriera. Ma la cosa più bella fu che, nel giro di un anno, Caroline rimase di nuovo incinta.

Helen aveva spesso sentito le sue coetanee lamentarsi del fatto di dover badare ai nipotini. Lei invece non vedeva l'ora di poterlo fare. Niente, si disse mentre teneva fra le braccia Scarlet con quella sorprendente chioma di capelli rossi, avrebbe potuto prepararla all'ondata di immenso amore per quella piccola creatura, che era una combinazione perfetta fra la sua bella figlia maggiore e, naturalmente Simon. Ma era sua madre che vedeva, guardando la piccola e rimanendo affascinata dai suoi lineamenti minuti. Gli occhi di sua madre, la linea del mento, e persino quella piccola rientranza sul lobo dell'orecchio che anche lei aveva ereditato. Che cosa incredibile che i defunti potessero rivivere nei neonati!

Persino la zia Phoebe era sembrata commossa. Per il battesimo, cui era stata "impossibilitata a partecipare", nonostante Simon – andava detto – si fosse offerto di andarla a prendere in macchina, le aveva spedito un braccialetto d'oro e un bigliettino in cui diceva quanto fosse "deliziata" dalla nascita della bisnipote.

Era la cosa più vicina a un'espressione d'affetto che la zia avesse mai manifestato.

Ormai Caroline e Simon s'erano trasferiti in un villino bifamiliare in stile vittoriano, piccolo ma bello, ai margini di Clapham, a Londra, un quartiere che secondo suo genero era "in espansione". Era troppo lontano da casa sua perché Helen potesse fare da baby sitter fissa, ma lei e Peter vi si recavano regolarmente in macchina quando la bambinaia non poteva prendersi cura di lei, così Caroline non aveva problemi con il lavoro.

«Ai miei tempi, mia cara», diceva sempre Peter, «le madri rimanevano a casa per crescere i figli».

Helen avrebbe potuto ricordargli che ormai i tempi erano cambiati, e che sempre più giovani donne sceglievano di lavorare. Ma non sembrava valerne la pena. Il matrimonio, aveva iniziato a capire, era un compromesso. Nulla era perfetto, ma di solito era possibile lavorarci su per renderlo tale. Se lei e Bob lo avessero fatto, forse la loro unione avrebbe funzionato. «Come sta papà?», chiedeva ogni tanto a Grace o a Caroline, ma entrambe sembravano molto a disagio quando faceva loro quella domanda, come se avessero preferito ignorarla. «Bene», rispondevano, e cambiavano subito argomento. Sembrava una follia voler avere notizie del marito, o meglio ex marito, tramite le figlie.

Un giorno, quando Scarlet aveva circa sei mesi, Helen ebbe una vaga sensazione di peso allo stomaco, come se avesse mangiato troppo. In realtà, aveva perso l'appetito da qualche settimana, per ragioni a lei sconosciute. All'inizio ignorò la cosa, anche se non poteva liberarsi della sensazione di gonfiore; arrivò persino a scherzare con Peter, dicendo che forse era incinta. Come se fosse stato possibile! «Sei ancora relativamente giovane, mia bella signora», le disse Peter. «Non sarebbe la prima volta che accade una cosa simile».

Alla fine, andarono dal medico, che le prescrisse delle pillole per la cattiva digestione. Per qualche tempo funzionarono, poi la sensazione di gonfiore tornò e stavolta il ginecologo le suggerì di farsi visitare in ospedale.

In sala d'attesa, Helen non poté fare a meno di notare un'infermiera scozzese che sulla targhetta appuntata al petto portava scritto il nome "Patricia Green". Che fosse la moglie di Bob? Era più giovane di lei – questo lo aveva estorto alle ragazze – e in qualche modo non le donavano i capelli biondi (sicuramente ossigenati!) e il rossetto eccessivo sulle labbra.

Il primario di ginecologia ascoltò con attenzione la descrizione dei suoi sintomi. La lista sembrava interminabile: gonfiore, affaticamento, un costante senso di pesantezza. Mentre li elencava, il volto del medico sembrava sempre più cupo e preoccupato, e questo la fece sentire un po' a disagio. Le prescrisse le analisi del sangue. Dopo un paio di giorni, le telefonò il medico, per convocarla: i risultati delle analisi, insieme a quelli degli ultrasuoni, evidenziavano la presenza di una cisti. Doveva prepararsi all'eventualità che fosse di tipo maligno. L'avrebbero operata entro la settimana.

Helen si sentì come se lo stessero dicendo a qualcun'altra, invece che a lei. «Andrà tutto bene», cercò di confortare Peter che, in sala d'aspetto, crollò nell'apprendere la notizia.

Doveva andare tutto bene, disse a se stessa. Ecco perché non avrebbe detto la verità alle ragazze, per non preoccuparle. «Devo solo farmi rimuovere una piccola cisti», le informò entrambe. «Nulla di preoccupante. Davvero».

Il primo pensiero di Helen, quando rinvenne, era che stava male. Terribilmente male. Il secondo fu che aveva le allucinazioni. Sua madre era sulla porta, col viso pallidissimo e un bambino piccolo fra le braccia.

«Mammina?», disse una voce.

Allora non era sua madre. Era Caroline.

«Mamma?», disse un'altra voce.

Grace.

O la zia Phoebe da giovane?

Si somigliavano talmente tanto, tutte quante, con quella struttura ossea così ben definita e gli occhi grigi freddi e distanti. Chi poteva dirlo?

«Perché non ce l'hai detto?», le chiese Caroline subito dopo il suo ritorno a casa. Erano sedute nel piccolo salotto della villetta, tutte e tre, o piuttosto quattro. Lei, le sue figlie e la piccola Scarlet. Caroline era infuriata con Grace perché la sorella minore aveva il raffreddore ma si era presentata lo stesso, infischiandosene del fatto che poteva contagiare la piccola.

Helen non osò dirle che anche le sue difese immunitarie erano basse e che i medici le avevano vietato di stare vicino a persone malate. «Non volevo mettervi in agitazione».

«Ma andrà tutto bene», insisté Grace. «Quando avrai fatto la chemioterapia».

«Dovrebbe essere così».

Aveva parlato solo per grandi linee del piano di cura mentre Peter armeggiava in cucina, facendo il tè e chiedendo a gran voce se qualcuno voleva dei pasticcini, come se questo avesse potuto cancellare la tristezza. Un ciclo di chemio e uno di radioterapia, sempre nello stesso posto, Mount Vernon, dove, ironia della sorte, era stata curata per le ustioni dopo l'incidente. Dopodiché non restava che aspettare. E sperare.

«Il cancro alle ovaie può essere molto difficile da debellare», le aveva detto lo specialista di ostetricia e ginecologia. «Se siamo fortunati, potrebbe avere ancora cinque anni di vita. Alcune donne hanno resistito anche più a lungo».

Cinque anni! Per allora Scarlet sarebbe andata a scuola, e sarebbe nato anche il secondo bambino di Caroline. Doveva resistere più a lungo possibile. E francamente, sarebbe stato più facile se le ragazze non fossero sempre state lì a chiederle come stava, invece di parlare di cose normali. Non desiderava altro che la vita tornasse ad essere quella che aveva vissuto prima della diagnosi, ma nel caso non fosse andata così, doveva premunirsi.

Per prima cosa, scrisse a Bob.

Poi alla zia Phoebe.

Dopo una settimana, non aveva ricevuto ancora alcuna risposta dal primo. Invece la zia Phoebe le telefonò immediatamente. «Mia cara, mi dispiace tanto».

Era stata l'età o la notizia che le aveva dato a rendere la zia più tenera e gentile?

«Grazie». Helen cercò di assumere un tono leggero. Aveva scoperto che era il modo migliore per affrontare tutti i "che cosa terribile" pronunciati dalla gente incapace di trovare le parole adatte a una simile circostanza.

«Dovrai lasciare le tue perle a una delle ragazze, adesso!», aggiunse, più che altro per alleggerire l'atmosfera con una battuta.

Molti anni prima la zia Phoebe aveva annunciato che sarebbe stata Helen a ereditare le perle appartenute a Rose e che Helen stessa sentiva sue di diritto.

Il bel ritratto di sua madre, quello che era stato messo ai piedi del suo letto quando la mamma era morta, era già finito in casa di Bob: a parte gli scherzi, Helen era convinta che la zia le dovesse le perle come una sorta di risarcimento.

«C'è niente che qualcuno possa fare?».

Helen guardò Peter, al di là della porta della cucina: stava preparando un'altra delle sue interminabili tazze di tè. Sembrava davvero ingiusto che dovesse subire la perdita anche della seconda moglie. «Vedremo. Anche i miracoli possono accadere».

Nessuna delle due disse cosa stava pensando. Che Rose era morta giovane e che Helen stava calcando le sue orme.

Per qualche tempo, dopo la fine del trattamento, Helen pensò di avercela fatta. Si sentiva molto meglio! Lei e Peter andarono a Malta per godersi una settimana di sole durante l'inverno, e quando tornarono si misero a progettare una vacanza insieme alle figlie, alla nipotina e naturalmente a Simon, ammesso che ne avesse il tempo.

Poi iniziò a sentirsi di nuovo stanca. Talmente stanca da avere le ossa doloranti. C'era anche un doloretto insistente alla gamba. Un dolore che la faceva zoppicare e uno strano gonfiore che, in base alla sua esperienza di infermiera, non le faceva presagire nulla di buono.

«Mi dispiace», disse il dottore. «Sembra che il tumore le stia bloccando la circolazione».

Helen prese la notizia con una calma sorprendente. Perlomeno, sapeva a che punto era arrivata. Poi, però, la realtà prese il sopravvento. Era finita. Tutto ciò che aveva sempre dato per scontato, come le giunchiglie là fuori, il suono delle risate delle sue figlie, e le braccia di Peter che la circondavano di notte... non ci sarebbe stato più nulla di tutto quello. Con calma, si mise a inventariare le piccole cose che c'erano in casa, per stabilire quale soprammobile o ninnolo sarebbe andato a Grace o alla figlia maggiore.

La cosa peggiore fu riferirlo alle ragazze. «Ma hai un'aria sana», fece Caroline, esterrefatta. «E dovevamo andare in vacanza insieme!».

Non lo aveva detto, cercò di spiegare Helen a Peter, in un tono di rimprovero, ma piuttosto perché era disorientata e confusa. Aveva creduto che sua madre stesse abbastanza bene per partire. E ora le diceva che stava per morire. Quanto a Grace, era giovane; terribilmente giovane. Cosa le sarebbe accaduto, senza un marito vicino, o un compagno fisso?

Poi arrivò anche la lettera di Bob. Gli dispiaceva aver ricevuto quella notizia e le augurava di non soffrirne troppo. Non diceva nulla a proposito del badare alle ragazze, ma del resto, cosa s'era aspettata?

«Lascerò tutto a Peter, a parte alcuni oggetti personali che andranno a voi due», disse alle ragazze. «Alla morte di lui, avrete tutto voi».

Entrambe avevano respinto l'idea con un gesto della mano, imbarazzate al solo parlarne. Invece, dovevano farlo! C'erano ancora così tante cose che voleva dire alle sue figlie!

«Un giorno», cercò di spiegare a Caroline mentre la figlia sedeva accanto a lei sul divano, «un giorno, tesoro, verranno tempi difficili. Ma tu li supererai».

La figlia le aveva stretto il braccio, gonfio sotto la vestaglia. Quello che aveva veramente voluto dire, pensò Helen, era che un giorno anche il matrimonio di Caroline sarebbe andato in crisi, e che alla fine lei sarebbe stata bene comunque. Non capiva come facesse a saperlo, ma era una sensazione di cui non riusciva a sbarazzarsi.

«Sei felice insieme a Simon?», indagò in un'altra occasione. Quella volta era a letto e Scarlet giocava con i suoi occhiali sulla coperta. A volte non riusciva quasi a sopportare la vista della piccola che, con quel corpicino così delicato, era più simile a Grace che alla madre. Non era giusto che dovesse lasciarla così mentre era ancora giovane. C'erano tante cose che avrebbe voluto fare, ancora: essere una brava nonna, una moglie, una madre.

«Ma certo, mamma». Il tono assunto dalla figlia suggeriva che era meglio cambiare argomento.

Poi, con il passare dei giorni, Helen cominciò a sentirsi sempre peggio. Quando si guardava allo specchio, notava che la pelle aveva assunto un colorito giallognolo. Il dottore iniziò a nominare le infermiere del Macmillan e i dolori peggiorarono. Molto.

Iniziarono a prescriverle l'eroina. Una volta ne esaurirono le scorte e il dottore dette loro un'altra ricetta. Caroline che, insieme a Grace, passava da lei la maggior parte della giornata, si offrì di andare a prenderla e, con suo sommo orrore, Helen si ritrovò a gridare contro la figlia. «Potresti perderla! Non capisci! C'è gente, là fuori, che farebbe qualsiasi cosa, con una ricetta simile fra le mani: è una droga!».

Poi, quando il volto contrito di Caroline le fece capire che aveva esagerato, cercò di richiamare indietro la figlia. Ma tutto quello che poteva fare era starsene lì, sdraiata in quel letto, mentre la gente entrava e usciva. Sua madre. Lo zio Victor. I suoi fratelli. Le ragazze. Una volta le sembrò di sentir piangere un bambino nello stesso tunnel dove aveva messo al sicuro Frank quando c'era stato il coprifuoco.

E poi le arrivò la voce di Caroline. «Va tutto bene, mammina. Siamo tutti qui».

Tutti qui! Si sentì soffocare da un'ondata di panico. Se erano tutti lì, significava che era arrivata la fine. Non poteva andarsene. Non doveva. Aveva mille cose da fare. Non poteva lasciarle come aveva fatto sua madre con lei.

«Sshh, bella signora, sshh...». Era Peter, che la teneva stretta. Peter con la sua voce tranquilla, eppure spaventata.

"Padre nostro che sei nei cieli...".

Le balenò alla mente un'immagine di quando aveva nove anni e recitava il rosario, mentre sua madre, tornata da poco dal Borneo, guidava troppo forte lungo una strada di campagna a Woking. "*Sia santificato il Tuo nome...*".

Quelle parole la confortavano. La cullavano come una ninnananna. Helen si rannicchiò contro il petto di Peter. "*Venga il Tuo regno...*".

Le onde avevano smesso di infrangersi sulla costa, ormai. Sciabordavano appena, delicate, sul bagnasciuga di una spiaggia remota. C'era la sua *amah* che le faceva segno di rientrare per andare a dormire. Geoffrey la stava spruzzando con l'acqua. C'era giusto il tempo di salutare Yolky prima di venire presentati ai genitori, belli puliti e pronti per andare a letto.

CAROLINE
luglio 1997

Capitolo 42

«Il mio patrigno s'era liberato della salma ancor prima che io arrivassi».

Caroline non s'era resa conto che stava piangendo fino a quando non dovette ripetere due volte la frase perché Diana potesse capirla bene. «L'ha fatta portare via subito dalle pompe funebri, nonostante io fossi riuscita ad arrivare dopo un'ora dalla sua chiamata. Lei non aveva voluto che le rimanessi accanto; mi aveva detto di andare e poi, quando l'infermiera del Macmillan ha telefonato, alle sette di mattina – stavo asciugando i capelli a Scarlet, s'immagini! – è stato per dirmi che se n'era andata. Non mi hanno permesso di vederla per due giorni, perché le pompe funebri dicevano che "non era pronta". E quando l'ho vista... quando l'ho vista, era del tutto diversa. Il mento le era come ricaduto sul petto. Il viso non aveva la stessa forma. Ed era cerea. Non era più la mia mammina».

I singhiozzi scaturivano come ondate che andavano a infrangersi ai piedi della scogliera. «Ho dovuto telefonare a mio padre per dirgli che la sua ex moglie era morta... non è orribile? E poi ho dovuto telefonare a mia nonna. Riesce a crederci? L'ho sentita piangere all'altro capo del telefono, anche se ho sempre pensato che le due donne si detestassero».

«Sshh». Diana le tenne la mano; il tocco della donna più anziana era fermo, ma la sua pelle fredda sembrava pergamena. «Hai fatto bene ad andar via quella notte. Alle madri non piace veder soffrire i propri figli. La gente che sta per morire spesso aspetta che i propri cari se ne siano andati, per risparmiare loro il dolore».

«Tutta quella roba». Caroline non riuscì a impedire il flusso di parole. Le ultime settimane erano state così piene di emozioni; leggere le lettere di sua madre, metterne insieme i pezzi per gradi e allo stesso tempo confidare i propri ricordi a Diana, perché ne uscisse un quadro più completo. «Non sapevo che pensasse quelle cose di Simon. Voglio dire: arrogante? Davvero lo trovava arrogante?».

Diana ebbe il pudore di mostrarsi imbarazzata. «Era giovane. Probabilmente a quell'età eravamo tutti un tantino arroganti».

«Io non credo di esserlo stata». Caroline fece una pausa, pensando al carattere di Simon, capace di conquistare chiunque, compreso il suo staff, i suoi lettori e ora quella ragazza, Tessa.

«Ma Simon mi ha del tutto confusa; sembrava sapere quel che stava facendo». Lanciò un'occhiata dall'altra parte della strada, dal caffè dov'erano sedute, per controllare che i ragazzi stessero ancora giocando spensierati sulla spiaggia, controllati dalla sorella maggiore. «E ad essere sincera, ero lusingata che avesse scelto proprio me».

Diana scoppiò a ridere. Una risata garbata, durante la quale gettò leggermente indietro la testa ed emise un suono che avrebbe potuto provenire dritto dritto da Brideshead[8]. «So come ci si sente. Ci sono cose che non cambiano mai». Poi si fermò. «Hai avuto molti ostacoli da superare nella vita, Caroline. Ammiro la tua forza d'animo».

Davvero? Era così forte?

Diana le sfiorò una spalla. La mano era fresca, in quella calura. «Oggigiorno i bambini andrebbero in analisi, se avessero assistito a una scena in cui la madre va letteralmente a fuoco».

«Non riesco ancora a cucinare col gas», fu la sommessa risposta di Caroline. «E se sento l'odore dell'alcol, mi sento male. Né ho mai capito come è successo. In realtà, ho pensato che mio padre stesse tentando di uccidere la mamma, perché continuava a farla rotolare sul terreno. Ricordo di aver gridato: «Papà, non assassinare la mamma!». Fece un'altra pausa, per ricordare meglio. «È buffo, a pensarci bene. Ricordo anche di non aver saputo cosa significasse la parola "assassinio", fin quando non mi è uscita di bocca».

Diana tornò a prenderle la mano. «Mi dispiace che tu debba ricordare questo».

«No». Caroline raddrizzò la schiena, tornando a guardare la spiaggia. Dov'erano? Fu colta da un momentaneo brivido di paura, poi vide uno dei gemelli, seguito dal secondo. Scarlet, evidentemente annoiata dai fratellini piccoli, era seduta su una roccia e chiacchierava con un ragazzo attraente che aveva una tavola da surf sotto il braccio.

«Mi ha alleggerito l'animo, in qualche modo. Non ne avevo mai

[8] Romanzo di Evelyn Vaugh, da cui è stato tratto un film del 2008, *Ritorno a Brideshead*, con Emma Thompson, la storia di una famiglia aristocratica inglese negli anni Trenta e Quaranta (*n.d.t.*).

parlato così a fondo con nessuno. Sa, non passa giorno in cui io non pensi a mia madre. A volte – e so di sembrare pazza – sento persino la sua voce, in testa, che mi dà dei consigli. Possono essere anche piccole cose, come dove andare a parcheggiare, oppure esortazioni a lasciare Simon e venire quaggiù».

«Dev'essere una vera consolazione». Diana seguì il suo sguardo fino al gruppo di ragazzi sulla spiaggia. «Almeno, tua madre ha conosciuto Scarlet. Ma ora dimmi dei gemelli. C'è una bella differenza d'età».

«Sì, lo so».

«È stato intenzionale?».

Caroline bevve un sorso del suo latte, che s'era raffreddato, con tutto quel parlare. «Sì e no».

Diana si accigliò. «Cioè?»

«È complicato. Ma quando sono rimasta incinta dei gemelli, Simon non ne è stato affatto entusiasta. Ha detto che non avremmo avuto abbastanza tempo da dedicare a noi stessi, come coppia. È per questo che ho insistito tanto, con lui». La voce le tremò mentre pensava a tutte le volte che aveva sopportato in silenzio, senza mai lamentarsi, le serate passate da sola, mentre suo marito lavorava fino a tardi, tanto che a volte le sembrava di aver cresciuto i bambini da sola. E a come, diversamente dalle sue amiche, non gli avesse mai detto di no quando la cercava a letto, anche se era molto stanca. Il suo matrimonio, s'era ripromessa, sarebbe durato, al contrario di quello dei suoi genitori.

«Non abbastanza tempo per sé, eh?». Diana rise in maniera sarcastica. «Sono anni che gli uomini si lamentano di questo, anche se poi sono le donne che badano ai figli e non hanno un minuto per se stesse». La donna più anziana aprì un piccolo astuccio per sigarette, prima di richiuderlo con uno schiocco. «Perdonami. Continuo a dimenticare le nuove norme antifumo. Ti dispiace se facciamo una passeggiata fuori, così ne posso fumare una?».

Caroline odiava la puzza del fumo di sigaretta, ma non le sembrava carino dirlo. Com'era ingiusto che donne come Diana vivessero tanto a lungo fumando e bevendo alcolici, mentre sua madre, che aveva fatto poco o nulla di entrambe le cose, era morta quando aveva pochi anni più di quanti ne avesse lei adesso.

Passeggiarono lungo l'ampio marciapiede adiacente la spiaggia; superarono i ragazzi, che avevano l'aria di non voler essere riconosciuti («I genitori possono essere talmente imbarazzanti», rise Diana), e poi l'elegante Hotel Regency, tutto bianco, che sorgeva alle spalle della casa di Diana.

«È così bello, qui». Caroline guardò attraverso le finestre, dietro le quali un gruppo di turisti stava prendendo il caffè mattutino, in quella che sembrava una saletta al pianoterra. «Come ha trovato questo posto?»

«Tua nonna e io dicevamo sempre che ci sarebbe piaciuto andare a vivere al mare, quando la guerra fosse finita». I suoi occhi si fecero sognanti. «Volevamo prendere due case vicine». Fece una risata gutturale. «I sogni sono una delle poche cose che ci hanno aiutato a superare quegli anni. Quando è morto mio marito, sentii l'improvviso bisogno di tornare in Inghilterra, alle mie radici, ma non a Londra, che era cambiata troppo. Così venni giù nel Sudovest, e passai un'eternità a cercare qualcosa che fosse esattamente così. Ho l'impressione che sarebbe piaciuto anche a Rose».

Caroline deglutì: aveva un groppo alla gola. «Sono sicura di sì. E anche a mia madre. Aveva una carissima amica, che era anche la mia madrina di battesimo, che possedeva un cottage estivo nell'isola di Wight, un luogo che adorava. È come se il mare ce l'avessimo nel sangue».

Diana annuì. «Le famiglie sono così. Certe cose ritornano sempre. Per me è davvero straordinario averti trovata dopo tutti questi anni, mia cara. Somigli talmente a tua nonna Rose che mi sembra di riaverla qui con me». La sua voce si affievolì e la frase che seguì fu poco più di un sussurro. «Hai anche il suo stesso modo di pensare».

Caroline ebbe come un presentimento. «Tutto bene, Diana?».

La donna anziana era molto pallida e respirava in modo strano. Caroline afferrò una delle riviste di moda di Scarlet e la agitò davanti a Diana per farle aria. «Grazie, cara».

Andava meglio. Le stava già tornando un po' di colorito. Caroline provò un enorme sollievo. «Un leggero mancamento, ogni tanto mi capita. Perdonami. Piccole farneticazioni. Certe volte lo facciamo, noi anziani. Ti dispiace se andiamo a casa, adesso? Vorrei stendermi un pochino sul letto».

Forse, dopo il riposino, pensò Caroline, avrebbe potuto convincere Diana a chiamare il dottore o ad andarci di persona, presso l'imponente centro ospedaliero cittadino, dove aveva già dovuto portare Oliver quando s'era tagliato in spiaggia con un vecchio amo da pesca; gli avevano messo un paio di punti.

Nel frattempo, aveva già le sue preoccupazioni con Simon, per non parlare di Grace, che ancora non aveva risposto a nessuna delle sue telefonate. Non era strano, con i turni di lavoro di sua sorella, ma Caroline non riusciva a liberarsi dal timore che le fosse accaduto qualcosa. Era come se, dopo tutto quel che le era successo nella vita, dovesse sempre prepararsi al peggio.

Quanto a Simon, Diana aveva ragione. Quella situazione non poteva andare avanti per sempre; doveva lasciargli un messaggio in segreteria, che in genere era sempre attiva. Cercare di parlare di persona con suo marito era impossibile.

"*Simon. Sono io. Vuoi ancora parlare? Se è così, ti prego di raggiungermi*".

Faceva parte del test. Se voleva indietro la sua famiglia, se davvero la voleva, avrebbe dovuto piantare lì il suo staff e arrivare da loro col treno della sera. Se avesse preso l'espresso, ci avrebbe messo solo due ore da Paddington ad Exeter St Davids, poi c'era mezz'ora di macchina. Se avesse voluto, sarebbe potuto arrivare per le nove di sera.

Evidentemente, pensò Caroline guardando l'orologio sul cellulare, Simon non era poi così interessato. Sua figlia era uscita con un nuovo amico conosciuto in un coffee bar – sorprendentemente c'erano tre locali notturni in città! – e i ragazzi erano di sopra, collegati a Facebook. Non avrebbe dovuto consentirglielo, ma non le andava di sollevare altre discussioni. Diana stava ancora dormendo. Era entrata a darle un'occhiata diverse volte, durante la serata: il viso dell'anziana donna aveva un colorito roseo e il respiro era regolare. Non le era sembrato opportuno disturbarla.

Il mattino dopo, quando si svegliò, si accorse di due cose. La prima era che Diana era già in bagno. E la seconda, che Simon non era arrivato. Il cellulare emise un segnale che indicava l'arrivo di un messaggio. "*Scusa! Crisi in atto. Vedi prima pag*".

Non ce n'era bisogno. Quante volte era già successo? Una notizia improvvisa che lo costringeva a rimanere in redazione anche tutta la notte. Così, almeno, aveva sempre creduto lei. Quanto era stata ingenua? Quante altre storie aveva avuto, Simon, prima di quella?

Quando uscì dal bagno con un aspetto radioso e una carnagione che Caroline le invidiò, Diana si rifiutò di andare a farsi visitare dal dottore. «Odio tutto quell'armeggiare intorno a me, tesoro».

Invece, quello che avrebbe voluto fare, le disse, era una passeggiata fino ai giardini botanici, sul belvedere. Misericordia, Caroline non li aveva ancora visitati? Erano semplicemente stupendi.

I ragazzi dormivano ancora, il che non la sorprendeva affatto, visto che erano stati chi a gozzovigliare per locali, chi a chattare su Facebook fino a chissà quale ora della notte. Così, infilando il braccio sottile di Diana sotto il proprio (le sembrò la cosa giusta da fare, e l'anziana donna ne parve felice), cominciarono lentamente a percorrere la leggera salita verso i giardini.

«Sicura di non stancarsi troppo?».

Gli occhi di Diana brillarono. «Niente affatto, mia cara. Non mi stanco mai del panorama. Fantastico, non trovi?».

Insieme ammirarono le scogliere, verso il mare, che scintillavano in lontananza. Sembrava un posto così sicuro, laggiù, eppure, più vicino alla spiaggia, le onde muggivano e s'infrangevano sulle rocce, alzando enormi schizzi candidi di spuma.

«Mi sorprende che tu non dipinga più paesaggi». Diana le strinse il braccio. «Non prenderla a male, mia cara, adoro i tuoi disegni botanici e so che ti sei creata una buona nicchia di mercato, con loro. Ma questo panorama è davvero magnifico, non trovi?».

Caroline annuì. «Amavo molto il mare quando la mia madrina viveva sull'isola di Wight. L'ho anche dipinto, all'epoca, ma sono passati tanti anni».

Un'altra stretta. «Allora forse dovresti riprovarci. Speravo che questo posto ti potesse ispirare. A proposito, quand'è che lo dirai a tuo marito?».

Quest'ultima frase venne intrufolata nel discorso in maniera tale che a Caroline ci volle qualche secondo per registrarla. «Dirgli cosa?».

Erano sedute, adesso, su una panchina di legno, una delle tante sistemate in modo da far ammirare la bellissima vista, mentre alle loro spalle si ergeva l'imponente torre in selce e mattoni che un tempo faceva parte di un antico monastero e che adesso, persino in rovina, costituiva un'attrattiva per il turismo di massa. Le panchine erano infatti occupate da un paio di scandinavi muniti di binocoli e guide, ma ciò non impedì a Diana di parlare nel suo solito tono leggermente alto e ben scandito. «Quand'è che dirai a tuo marito di Thomas, Caroline?».

Fu come una scossa elettrica che le attraversò tutto il corpo. «Come...», sussurrò, rivolta all'anziana donna, «...come fa a saperlo?».
«Una volta Phoebe me lo ha detto. Persino i vecchi a volte sentono il bisogno di confidarsi. Ma questo è irrilevante». Fissò Caroline con un'espressione che le ricordò la sua prozia. «Non pensi di doverglielo? Simon merita di conoscere la verità».

Capitolo 43

Caroline era senza parole. Quando tornò a parlare lo fece quasi ansimando, come se le mancasse il fiato. «Ci ho pensato talmente tante volte, fra me e me, ma non saprei proprio. A che servirebbe?»

«Magari a far sentire Simon meno colpevole per il suo comportamento». La voce tranquilla e garbata di Diana la cullò come il rumore delle onde sotto di loro. «Il senso di colpa è un fardello terribile da sopportare, quando cerchi di rimettere in piedi un matrimonio».

Caroline si morse un labbro. «Sembra che lei ne sappia qualcosa».

«È la tua vita quella di cui stiamo parlando al momento, mia cara. Non la mia».

Il braccio di Diana s'irrigidì contro il suo, mentre una famiglia di tedeschi si accomodava sulla panchina accanto alla loro, munita di binocoli e pranzo al sacco. Le due donne si alzarono contemporaneamente e andarono ad appoggiarsi alla ringhiera che dominava la spiaggia. Il panorama diede il capogiro a Caroline: l'altezza non era il suo forte.

«Naturalmente, c'è qualcosa che potresti fare».

«Che cosa?».

La domanda le uscì in maniera quasi brutale di bocca, tanto era disperata.

Diana iniziò a camminare lentamente attraverso i giardini circondati da mura in mezzo alle rovine, con le stupende aiuole di rose dai colori che variavano dal pesca pallido alle varie tonalità di rosa. «Ricordi quando ti ho detto che tua nonna era quel che definiamo talvolta un po' "strega"?»

«Aveva percezioni extrasensoriali?». C'era una rubrica che si occupava di quegli argomenti, al giornale di Simon. La donna che la curava li prendeva molto sul serio, diceva sempre suo marito, e così facevano migliaia dei suoi lettori.

«Credo che si possa dire anche così».

Ci fu un'altra pausa, durante la quale Caroline si chiese se Diana avesse dimenticato l'argomento della loro conversazione. Poi, proprio mentre raggiungevano la strada principale e il pendio che le avrebbe ricondotte a casa, l'anziana donna tornò a parlare. «C'è una persona che conosco. Una guaritrice. Sia del corpo che della mente. Una donna che interpreta sia il passato che il futuro. Lavorava a Londra, un tempo, ma si è trasferita qui qualche anno fa. Ti andrebbe d'incontrarla?».

Diana era piena di sorprese. Per una donna di quell'età, non lo si sarebbe mai detto, ma d'altra parte, perché no? Perché mai qualcuno che doveva avere almeno settantacinque anni, ormai, non avrebbe dovuto credere ai sensitivi? Fra l'altro, anche se fosse stata un po' picchiata, come Grace aveva insinuato al telefono, era il loro ultimo legame con la nonna; la donna che non avevano mai conosciuto e che aveva lasciato la loro madre fin troppo presto.

«Vorrei aver parlato con Diana, al funerale», aveva detto Grace con rimpianto quando aveva chiamato per fare due chiacchiere, la sera precedente. «Sembra proprio il tipo di persona che piace a me. Che cosa ti ha detto della nonna?».

Caroline, che aveva sperato che la telefonata fosse di Simon e non di sua sorella, non riuscì a concentrarsi sulla risposta. «Che era diversa. Piuttosto brillante per la sua epoca, direi. Non era molto espansiva, ma certo più della zia Phoebe».

Ci fu una risata, dall'altra parte della linea. «Non ci vuole molto. A proposito, ti dispiace se prendo in prestito le perle per una serata romantica? Paul mi ha chiesto di uscire».

Caroline si portò la mano al collo. «Paul?», ripeté, prendendo tempo. Non le piaceva prestare le sue perle; anche se le aveva da un tempo relativamente breve, sembrava che le si fossero fuse al collo. Quando le toglieva, per andare a dormire, si sentiva nuda. Sembrava che la zia Phoebe avesse provato la stessa sensazione quando era stata in ospedale, verso la fine, e il personale le aveva consigliato di consegnare le perle alla sua badante perché le riponesse al sicuro, a casa, dato che in reparto non potevano farsene carico.

«Una persona che ho conosciuto». Il tono di Grace era altamente elusivo. «E prima che tu me lo chieda, non è sposato. Troppo giovane».

«Un semplice passatempo? Un toy-boy[9]?»

«Come sei antiquata, Caro. Se leggi il giornale pubblicato da tuo marito, dovresti sapere che non si chiamano più così».

«E come si chiamano?»

«Non lo so. Senti, ma che importanza ha? Che saranno mai dieci anni o giù di lì di differenza?».

Caroline non riusciva a capire se Grace stesse scherzando.

«Allora, che sta succedendo con Simon? Vi raggiungerà?»

«Questo fine settimana».

«Be', cerca di far valere i tuoi diritti. Quell'uomo ti deve molto. E quando andrai da quella sensitiva che conosce la tua nuova amica, chiedile qualcosa anche da parte mia. Se è brava, potrei anche venire lì e consultarla di persona. Non che creda in quel genere di cose, ovviamente. Ma potrebbe darmi qualche consiglio su come comportarmi con il maledetto francese. Ti ho già parlato dell'ultimo contratto stipulato?».

L'amica di Diana aveva accettato di vederla il venerdì successivo, il giorno prima del previsto arrivo di Simon. Erano lì da più di un mese, ormai, e Caroline stava cominciando a sentirsi come una del luogo.

La gente nei negozi aveva smesso di chiederle se "era lì in vacanza", e la commessa del fornaio aveva preso l'abitudine di tenerle da parte i biscottini al formaggio che piacevano tanto a Scarlet con il tè, mentre i ragazzi divoravano letteralmente le sfoglie ripiene di carne, che erano la specialità del luogo. Caroline aveva anche smesso di svegliarsi di soprassalto quando i gabbiani iniziavano a gridare alle sei di mattina; ora rimaneva sdraiata nel suo letto al piano superiore della casa, ad ascoltarli svolazzare e chiamarsi a vicenda, domandandosi come diavolo avrebbe fatto a cavarsela con un matrimonio che era andato in pezzi.

Più di una volta arrivò quasi ad alzare il ricevitore del telefono per parlare con la ragazza che aveva provocato quel guaio nella sua famiglia. Strano che desse tutta la colpa a lei, nonostante il buonsenso le suggerisse che suo marito avrebbe anche potuto dire di no. Ma ogni volta che componeva il numero, iniziava a tremare e una vocina dentro di lei le diceva che non era affatto una buona idea. Diana era d'accordo. «Se vuoi riprendertelo, ed è un grande "se",

[9] Letteralmente "Ragazzo-giocattolo", si usa anche per indicare un gigolò (*n.d.t.*).

non devi smuovere troppo le acque. Ai miei tempi, quando i mariti prendevano una sbandata, chiudevamo un occhio. Era molto più semplice così; meno veniva detto, più era facile che la ferita si rimarginasse».

Caroline cercò invano di farle notare che la sua generazione la pensava diversamente, confidando invece nella sincerità.

«E guarda dove vi ha portato, pensarla così». Diana era alla terza sigaretta della serata e al secondo bicchiere di whisky. «Famiglie rovinate e arricchimento di psicologi infantili».

Non aveva tutti i torti. I ragazzi cominciavano a farsi irrequieti, ormai: chiedevano in continuazione quando sarebbe venuto il loro papà, e perché fosse rimasto via tanto a lungo. Certi segreti potevano essere mantenuti tali solo per un tempo limitato.

A volte avrebbe avuto voglia di tornare alla sua vecchia casa di Londra; al calore del parquet color miele. A tutti i suoi amici. Al suo corso di yoga settimanale. Eppure, qui riusciva a dipingere! Ogni mattina, dopo essere stata svegliata dai gabbiani (com'era meglio di quell'orrendo allarme della sveglia!) faceva una passeggiata lungo la spiaggia con Wilfred. Erano costretti ad evitare la spiaggia principale, dove in estate i cani non erano ammessi, ma un vicino le aveva indicato un'area dove poterlo portare e Caroline adorava camminare sui ciottoli mentre Wilfred annusava le alghe e i piccoli resti di pesce portati a riva dalla risacca. Le piaceva anche parlare coi pescatori che gestivano la rivendita di pesce vicino al porto e respirare l'aria carica di salsedine. Poi, si avviava verso casa, dove i ragazzi ancora dormivano, e saliva fino su in mansarda, con la stupenda luce che entrava dall'abbaino. E là, sulle sue tele, c'erano tutte le stupende vedute che aveva ammirato: il porto, la spiaggia, il modo in cui la luce del mattino si rifletteva sul mare, i pescatori con le torce assicurate sulla fronte per poter vedere meglio mentre pescavano di notte.

Era così diverso dai graziosi fiorellini che venivano venduti nei grandi magazzini di tutto il Paese! "Come trovare un'altra voce", sentì sussurrare sommessamente nella sua testa.

E ora si sarebbe recata da una persona che forse le avrebbe predetto il futuro. Dopo aver trascorso tanto tempo nel passato con i diari di sua nonna, le lettere di sua madre e quella strana ma affascinante Diana, in qualche modo le sembrava la cosa più giusta da fare. Anche se erano tutte sciocchezze.

Petunia – certo non il suo vero nome – non era affatto come Caroline s'era aspettata. Ma da quanto era scritto sul volantino in sala d'aspetto, l'amica di Diana veniva dalla Malesia. Stava in una stanza piuttosto piccola, in cima a una candida palazzina in stile Regency di quattro piani situata in una strada senza uscita, dove si offrivano anche aromaterapia, reiki, massaggio plantare e il genere di trattamenti insoliti che puoi aspettarti di trovare a Richmond, invece che in un paesino dove era più facile imbattersi in centri di riabilitazione motoria e prove di udito per anziani. In realtà, pensò Caroline, quel posto era pieno di sorprese.

«Avanti», disse una voce, dopo che Caroline ebbe bussato alla porta con una certa apprensione. Nella stanza, dietro una scrivania, sedeva una donna tarchiata, più vicina alla sessantina che alla cinquantina, chiaramente di razza mista. Aveva un bel viso sereno e rotondo, con l'espressione di chi avesse appena fatto una battuta divertente, ma allo stesso tempo i suoi occhi sembravano trapassarti, con la loro solenne severità.

«Si accomodi». Parlava con un accento prettamente inglese, senza alcuna inflessione che potesse rivelarne le radici. «Un bicchiere d'acqua?».

Prima di poter dire di no, Caroline si ritrovò fra le mani un bicchiere d'acqua con una fettina di limone, che svuotò quasi interamente, rendendosi conto che dopotutto aveva sete davvero.

«Bene». Petunia annuì compiaciuta. «Deve idratarsi di più, quando è stressata».

«Diana le ha detto tutto?»

«Non proprio tutto. Mi ha semplicemente riferito che lei ha bisogno di chiarire alcune cose. È così?».

Quegli occhi neri la stavano sondando come due trivelle, facendola sentire a disagio e sicura al tempo stesso.

«Devo conoscere quali saranno i miei prossimi passi». Le parole le uscirono come se non avesse alcun controllo su di esse. «Ho scoperto tante cose del mio passato di cui non avevo mai saputo nulla prima. Ora ho bisogno di capire dove andrò da ora in avanti».

Petunia sorrise e afferrò un cristallo che pendeva da una lunga cordicella. Fu allora che Caroline notò i grandi grafici in bianco e nero, aperti sul suo tavolino. «Mai sentito parlare di "clearing"[10]?».

[10] Letteralmente "pulizia", o anche "rimozione", nel senso di creare ordine e chiarezza (*n.d.t.*).

Caroline scosse il capo.
«Ci si libera dei blocchi e degli ostacoli che perseguitano le famiglie da generazioni. Lei sa, non è vero, che tutti noi abbiamo vissuto altre vite in precedenza?».
Fantastico, pensò Caroline. Diana mi ha presentato una pazza.
«Vedo che non mi crede. Non importa. Mi dica i nomi delle persone che ama».
Caroline si ritrovò a elencarli tutti. Scarlet. I gemelli. Simon, anche se non era in cima alla lista. Sua sorella. Il suo patrigno, che s'era risposato, una cosa che sua madre non aveva previsto nel testamento. La sua matrigna scozzese, che era una donna molto gradevole, ma che non avrebbe mai preso il posto di sua madre. E suo padre, che, ora lo capiva, era stato una vittima dell'ambiente sociale dell'epoca, mettendo sua madre nei guai e sentendosi obbligato a sposarla, benché fossero chiaramente inadatti l'uno all'altra.
«Posso includere anche le persone che non ci sono più?».
Petunia spalancò gli occhi. «Ma naturalmente. Sono sempre con noi».
Era una follia! Eppure, in qualche modo sentì la propria voce che parlava, raccontava a quella perfetta estranea le storie dei cari defunti. Sua madre, ovviamente. E sua nonna, anche se non l'aveva conosciuta. Persino il nonno materno, che appariva in fotografia come un uomo massiccio con un viso piuttosto duro e delle folte sopracciglia nere che esprimevano una gran forza di carattere.
Sandra, che aveva sempre desiderato chiamare "nonna" per sentirsi come le sue compagna di scuola, che non erano costrette a chiamare le loro nonne per nome. La zia Phoebe, che non era quella che sembrava. Lo zio Victor, che aleggiava nella sua mente insieme all'odore delle piante di pomodori della sua serra.
Petunia li stava scrivendo tutti, quei nomi. Poi ci faceva oscillare sopra il cristallo cantilenando qualcosa fra sé e sé. Nel mormorio le parve di distinguere alcune parole, come "percentuale" e "pulizia". La cosa sembrò andare avanti per un'eternità; ogni tanto Petunia voltava una pagina, la cantilena cambiava e l'oscillazione del pendolino ricominciava.
«Mi parli», mormorò, «delle cose della sua vita che ancora la perseguitano».
Perseguitarla?
La voce era una sommessa litania che le fece quasi desiderare di

unirsi ad essa, come un sogno che poteva semplicemente mettere da parte, come una tenda di mussola che poteva scostare per entrare. «Episodi della sua vita che ricorrono nei suoi ricordi».

Perciò sapeva? I ricordi che ogni tanto tornavano in immagini così vivide da sembrare più reali del presente.

«Li abbiamo tutti, Caroline. Ma è soltanto quando concediamo loro spazio per respirare che si installano e restano con noi».

Da dove cominciare?

Il fuoco. Doveva trattarsi del fuoco, nel... quando era stato? Il 1960? «Andiamo in vacanza», le aveva detto la mamma, mentre la asciugava dopo il bagnetto nella gelida stanza da bagno con le mattonelle bianche e nere a forma di diamante che dividevano con Sandra. A Caroline era venuta la pelle d'oca, sia per la temperatura che per l'eccitazione dovuta alla promessa della gita. «Un lungo viaggio in macchina fino al mare, e al ritorno andremo a trovare la zia Phoebe e lo zio Victor. Dovremo svegliarci nel cuore della notte, per partire. Sarà un'avventura!».

Lo zio Victor! Le piaceva l'anziano signore col maglione verde muschio che odorava di fumo di falò e che la prendeva sulle ginocchia per raccontarle delle bellissime storie. Invece, non le piacevano le mele cotte della zia Phoebe, che le davano la nausea. Ma sua madre aveva avuto ragione. Era stata una vera avventura, svegliarsi in piena notte ed essere portata in macchina dal papà, per continuare a dormire sul sedile posteriore. Quando si era risvegliata stavano sobbalzando lungo un sentiero, e alla fine di esso c'era una bella casa con delle piante rampicanti sui muri e un cartello che diceva "B&B". Cosa poteva significare?, si chiese Caroline. Ma – e questa era la cosa più bella – c'era un cavallo, nel campo adiacente alla casa. Un cavallo bianco che le si avvicinò e il cui naso era meravigliosamente soffice, come il velluto; tanto bello che a Caroline venne voglia di far scorrere la matita su una pagina del blocco da schizzi che sua mamma le aveva dato, nel caso si annoiasse in macchina, per far apparire quel naso sulla carta spessa e ruvida.

Un picnic, aveva detto la mamma. Il giorno dopo sarebbero andati a fare un picnic! Rideva molto, oggi, sua madre. «Non ridi mai così, a casa», sentì che le diceva il papà mentre era a letto nella grande camera che divideva coi suoi genitori, in quella stupenda casa col cavallo nel prato. «È perché non c'è *lei*».

Chi era lei? E dov'era Sandra? Le sarebbe piaciuto che fosse venuta anche sua nonna. Un altro viaggio di mattina presto. Breve, stavolta. «Qui va bene», disse sua madre, indicando una radura in un campo con un cancello. S'era di nuovo addormentata, vagamente conscia dei mormorii dei suoi genitori. Frasi come «Perché non hai accostato lì?», e «Devo fare un goccio d'acqua» erano filtrate nella sua mente. Ma ora suo padre aveva fermato la macchina. Stavano tirando fuori il vecchio plaid scozzese a scacchi rossi, il che in genere significava uova sode tagliate a spicchi e il thermos, mentre suo padre stava accendendo il fornello da campo perché potessero cucinare anche qualcosa di caldo, visto che per essere giugno faceva ancora molto freddo. «Non così», disse sua madre. «Non sai nemmeno...».

Caroline era accanto all'auto quando vide il muro di fuoco. Salì verso l'alto, tanto che non riusciva a vedere sua madre. Ci fu un grido terribile, poi suo padre cominciò a far rotolare la mamma per terra, come il matterello quando la mamma faceva la pasta per i pasticcini.

«Papà, non assassinare la mamma!».

La parola "assassinio" aveva uno strano sapore, nella sua bocca di bambina. Mentre la pronunciava, sapeva che era la prima volta, ma sembrava appropriata. E poi Caroline si mise a correre. Dall'altra parte della strada, dove c'era un muro di pietra con dei piccoli fiori viola che spuntavano dalle fessure, e le sue unghie grattarono sulle fessure, perché avrebbe voluto entrarci dentro e nascondersi da suo padre che stava assassinando la mamma, perché lei lo aveva rimproverato per non avere accostato abbastanza presto per trovare un posto dove fare il picnic.

Ed ecco arrivare una macchina, e suo padre che si chinava a chiedere dov'era il più vicino ospedale. Caroline era tornata indietro, ora, e la donna sul sedile davanti e l'uomo al volante le stavano sorridendo. Come potevano essere così allegri? Non vedevano che la mamma era tutta nera con dei riccioli di carne bruciata sulla pelle, e che era stato il papà a ridurla così?

Ma mammina parlava ancora, perciò forse dopotutto non era stata assassinata. Avrebbero seguito la macchina davanti a loro, disse papà. Li avrebbe guidati fino in ospedale. Perché? «Potrei doverci passare la notte». Sua madre era seduta sul sedile accanto al guidatore, e lei era sulle sue ginocchia, mentre il papà tagliava le curve. In genere, a quel punto sua madre avrebbe detto a suo padre di non correre così. «Non rimanere la notte», ricordava di aver detto. «Non voglio che tu stia via la notte».

Ma adesso sua madre stava sorridendole come aveva fatto la donna sull'altra macchina. E poi s'era addormentata, appoggiando la testa su quella di Caroline, ma anche se lei avrebbe voluto spostarsi perché la mamma aveva uno strano odore, del tutto diverso da quello della bottiglia di profumo "Blue Grass"[11] che il papà le regalava sempre a Natale (come faceva l'erba, poi, ad essere azzurra?), non poteva farlo, perché il papà le diceva di stare ferma e buona per non far male alla mamma, anche se era lui il responsabile di tutto quello che era successo.

Un carrello. Era la prossima cosa che ricordava. In piedi in ascensore con la mamma sdraiata supina su un carrello con tanti tubicini che secondo quello che sentiva dire intorno a lei dovevano sgocciolare, anche se non c'era l'ombra di un rubinetto. Sua madre in un letto d'ospedale che tendeva le braccia chiedendole di darle un bacio di saluto. «No», aveva detto Caroline arricciando il naso per l'odore di bruciato dei riccioli di pelle sulle braccia della mamma. «No, non voglio».

E quando s'era resa conto che dopotutto avrebbe voluto baciarla, era troppo tardi ed erano saliti di nuovo in macchina. La casa della zia Phoebe. Buio. Un'altra alzataccia mattutina. Casa loro. Sandra. Rimanere abbracciata alla nonna sul divano ad ascoltare il motivetto di *Coronation Street* che sembrava il pianto di un violino. Il lato del letto della mamma, vuoto. Lettere che arrivavano ogni tanto con "tanto amore dalla tua mammina". Una sensazione di oppressione al torace. La paura ogni volta che suo padre usciva di casa, nel caso non fosse tornato nemmeno lui. La rabbia perché se lui non avesse cercato di assassinare la mamma, lei sarebbe stata lì con lei.

«Lei credeva veramente che avesse tentato di ucciderla», disse Petunia in tono sommesso. La donna le teneva una mano vicina alla schiena e Caroline ne sentiva il calore attraverso i vestiti.

Annuì.

«E per quanto tempo è rimasta in ospedale?»

«Non lo so con certezza. Ma era tarda estate e mia sorella è nata in gennaio».

[11] "Erba azzurra" è la traduzione letterale, ma designa anche la pianta "fienarola" (*n.d.t.*).

«Deve aver influito anche su di lei».
Caroline pensò al carattere focoso di sua sorella. «Credo di sì».
«Magari potrei incontrarla, prima o poi».
Caroline poteva immaginare cosa ne avrebbe pensato sua sorella. «Aiuto?», avrebbe detto, come se qualcuno avesse sottinteso che aveva fatto qualcosa di male. «Non mi serve nessun aiuto».
«E non ha mai parlato con nessuno di questi fatti, prima d'ora?».
Caroline pensò ai consulenti familiari dai quali le sue conoscenti divorziate avevano portato i loro figli: una cosa che anche lei stava pensando di fare, adesso, e scosse il capo. «A quei tempi si tirava avanti e basta».
«Ma il fardello psicologico può lasciare il segno». Il calore stava aumentando, adesso, ma non era spiacevole. «Che altro? Che altro ha lasciato delle impronte di pneumatico nella sua memoria?».
Impronte di pneumatico. Le piaceva quell'immagine. Ce n'erano talmente tante! Lei seduta sulle scale con Sandra che le diceva "Sshh", che non doveva parlare o qualcuno le avrebbe scoperte. Il dottore era venuto a casa a visitare la mamma perché presto Caroline avrebbe avuto un fratellino o una sorellina. Le sarebbe piaciuto avere un fratello maggiore perché a scuola avrebbe potuto difenderla quando i compagni la prendevano in giro perché non riusciva in aritmetica. Ma invece di un fratello più grande, l'avevano condotta nella stanza della mamma a vedere un fagottino bianco, caldo e molto arrabbiato, che s'era messo a urlare quando lei lo aveva salutato. Una carrozzina in giardino con quello che sua madre chiamava un tettuccio. Giocare alla barca sul pavimento con le scatole di cartone, anche se sua sorella, ormai già grandina, le impediva di farlo.
Freddo. Un freddo ininterrotto, tanto che le dite le diventavano bianche e non riusciva a scrivere bene. Caldo. Il fuoco nel salotto con le facce nel freddo. Un forchettone argentato che serviva ad arrostire le cose davanti al caminetto. Un altro viaggio in macchina, ma stavolta dall'altra parte c'era Maggy! La sua sorridente, allegra madrina, che faceva ridere la mamma e le portava a giocare con le slot machine in uno strano posto chiamato "peer". Le ci erano voluti anni per capire che si scriveva diversamente.
C'erano stati anche dei momenti divertenti. Come il giorno in cui sua madre aveva comperato per la prima volta il muesli per colazione e suo padre aveva detto che gli sembrava cibo per conigli e tutti avevano riso, in parte per il sollievo, perché potevano essere le pic-

cole cose come quelle a farlo arrabbiare, e invece s'era messo a ridere insieme a loro. Una magica giornata di agosto, caldissima, in cui sua madre aveva inaspettatamente invitato la nonna a cogliere le more con loro nel bosco e le due donne erano rimaste, ridendo, in reggiseno per il caldo, prima di tornare a casa a tirarsi le solite frecciatine.

Poi c'era la felicità nel riuscire a risparmiare i due scellini e sei penny che riceveva come paghetta settimanale per comperarsi qualcosa che desiderava. Un anno mise da parte i soldi per mesi e mesi per comperare alla mamma un girocollo d'ambra. Un'altra volta i suoi risparmi furono investiti in una bambolina che sembrava un folletto (una mania del momento, la rimproverò suo padre) con i capelli candidi, che lei chiamò Philomena e che ancora se ne stava in camera di Scarlet. Un lavoretto estivo all'edicola del posto e la lettura di *Rain* di Sumerset Maugham, nell'ora di pausa al parco.

Poi c'era stato il giorno in cui papà s'era fermato in un garage e aveva comperato una coda di tigre nera e verde. Come s'era messo a ridere, suo padre, vedendola dondolare allo specchietto retrovisore della macchina! La cosa le aveva infuso una sensazione di allegria e calore, fino a quando, più tardi quella stessa sera, non riuscendo a dormire, s'era alzata dal letto e aveva trovato sua madre che piangeva silenziosamente appoggiata al tavolo di cucina, con in mano la bolletta dell'elettricità. Parole come "spese" e "bolletta del gas" che volavano di continuo nell'aria fra i suoi genitori diffondendo malumori. Venire sgridata dalla signorina Gare, l'insegnante di matematica, per aver chiesto se era una coincidenza che una colonna di numeri portasse sempre a una somma di dieci. Grazie al cielo poteva rifugiarsi nel suo letto (quello superiore dei loro letti a castello), dove disegnava la sua giornata sul blocco che Maggy le aveva regalato a Natale, insieme alla scatola nera dei colori.

Altri ricordi, udì che le chiedeva Petunia in tono sommesso. Stavano tornandole alla mente sempre più numerosi, ormai. Sua nonna Sandra che piangeva perché si stavano trasferendo nella casa in cima alla strada. L'odore della moquette nuova nel piccolo appartamento che avevano comperato e che non aveva il giardino; una cosa che l'aveva messa in serio imbarazzo impedendole di invitare gli amici di scuola per un tè, come faceva prima. Adesso le sarebbe sembrato strano.

Sua madre che la portava da Pullens, il fornitore di abbigliamento scolastico, per comprare un reggiseno e un reggicalze adatti a lei. Il desiderio di avere il primo ciclo. E infine, vedere quella macchia marrone scuro che significava che era arrivato, ma che era una cosa ben diversa da quello che aveva sempre immaginato. Le calde giornate estive che significavano partite di tennis sull'erba, ricordando sempre che fra i ranuncoli la palla rimbalzava molto meno. Un esame di scienze che disse a sua madre di aver superato (l'unica bugia che le avesse mai raccontato), venendo poi smascherata da una vicina di casa, una ragazzina senza la mamma che sua madre invitava spesso per il tè e che fece la spia. Le occasionali uscite della domenica mattina al pub in cima alla strada con i suoi genitori, che entravano "per un bitter", mentre lei e Grace venivano lasciate fuori in giardino con un pacchetto di patatine a testa, con all'interno una misteriosa bustina celeste, che si rivelò contenere del sale. Le piacevano quelle giornate, perché sua madre sembrava piuttosto felice, proprio come lei quando ascoltava i suoi dischi di Joan Baez. E poi era arrivato Thomas.

Aveva cominciato a disperare di poter mai trovare un ragazzo. Tutte, a scuola, ne avevano uno; aveva quindici anni! Cosa c'era che non andava, in lei? «Forse è una... tu sai cosa», aveva insinuato una malalingua, e Caroline s'era sentita ancor più brutta, foruncolosa e stupida del solito. Le altre ragazze vivevano in grandi case, perciò non aveva il coraggio di invitarne nessuna nel loro piccolo appartamento. Di conseguenza, lei non veniva mai invitata alle feste che tutte loro tenevano, a parte una, alla quale sua madre non volle che partecipasse perché era stata abbastanza stupida da confessare che non ci sarebbero stati i genitori a controllare l'andamento della serata.

«Non mi piace per niente», aveva detto sua madre. «Non vorrei che combinassi qualcosa di sciocco. Non alla tua età. Ti rovineresti la vita».

Rovinarsi la vita? E come? Era ridicolo!, obiettò Caroline invano. Tornata sul suo letto a castello e ai suoi disegni, aveva sfogato tutta la rabbia che provava. Come poteva incontrare qualcuno, in quel modo? Diversamente dalla maggior parte delle ragazze della sua classe, non aveva fratelli. Una volta, a ballare, aveva incontrato un ragazzo di nome Chris, ma lui l'aveva portata fuori un paio di volte e poi non l'aveva più richiamata. Poi, un giorno, nell'estate del 1972, un ragazzo alto e timidissimo, la cui pelle era rossa quasi quanto i suoi capelli erano bianchi e che frequentava una nota scuola privata maschile nel quartiere, venne a portare a sua madre un biglietto da parte della propria, in cui la invitava a una vendita di beneficenza, e le due donne scoprirono di essersi già conosciute e frequentate in passato.

«Vi portavamo alla stessa clinica pediatrica», trillò sua madre. Caroline se lo ricordava, non quando c'erano andate per lei, ma per sua sorella. Si chiamava Memorial Hall, con dei freddi pavimenti in legno, targhe lucenti sulle pareti e sciroppo di rose.

A Caroline lui non era piaciuto molto, all'inizio, ma, diavolo!, nessuno le aveva mai chiesto di uscire prima di allora! Era per un concerto, le aveva spiegato Thomas, rosso come un peperone e con quella voce profonda e ben modulata che non aveva nulla a che fare con i suoi modi impacciati. «Una band chiamata "Grand Funk Rareroad"», aveva aggiunto. «Suonano gratis a Hyde Park».

Caroline non aveva mai sentito parlare di una band con un nome così strano, ma che importanza aveva? Quello era un vero e proprio appuntamento!

Poteva andare, disse suo padre con aria di disapprovazione, soltanto se avesse portato con sé un'amica, così Caroline cercò di convincere la ragazza della casa all'angolo ad accompagnarla; era l'unica che conosceva! E lei accettò. Per l'occasione Caroline indossò dei jeans celeste chiaro con dei fiori gialli ricamati lungo il lato esterno della gamba; li aveva acquistati con i soldi guadagnati col lavoretto estivo all'edicola, dove un tipo l'aveva rimproverata perché voleva sigarette chiamate Waites, mentre poi s'era scoperto che in realtà erano le Whites. Si sentiva così adulta!

Con suo lieve disappunto, Thomas quel giorno non la baciò. Poi proprio quando s'era ormai quasi convinta che dopotutto non fosse interessato a lei, le aveva telefonato per chiederle di andare a fare una passeggiata con lui e il suo cane. Caroline aveva sempre desiderato un cane, ma i suoi dicevano che non sarebbe stato giusto farlo vivere in una casa senza giardino e che dava direttamente sulla strada principale. Il cane, un labrador, era molto bravo come cane da punta ed era tranquillissimo. La bocca di Thomas era calda e la sua lingua morbida come l'interno della sua guancia.

Passarono i mesi. Una sera, quando faceva già più fresco e lui aveva indossato la sua giacca da militare, come andava di moda all'epoca, Thomas si strinse contro di lei facendola sussultare e trattenere il fiato, ma non perché la siepe dietro di lei la stava pungendo; piuttosto aveva sentito il suo coso irrigidito contro il proprio ventre. Poi lui le prese la mano e gliela guidò dentro i pantaloni. Era così duro! Come un ramo d'albero con una serie di piccole asperità.

«Starò attento», le disse. Caroline non poteva andare Fino In Fondo. Questo era ovvio. Ma se glielo avesse confessato, lui probabilmente l'avrebbe mollata. Così gli promise che ci avrebbe pensato e quando arrivò a casa scrisse tutto nel suo diario; a qualcuno lo doveva pur dire! Poi si sdraiò sulla pancia, per dormire, perché la faceva sentire meglio. Quando si svegliò, la mattina seguente, sulle lenzuola trovò una macchia di liquido viscoso e biancastro.

Che vergogna. L'espressione dei suoi genitori, quando trovarono il suo diario. Peggio, molto peggio di quando era stata bocciata all'esame di scienze e invece aveva raccontato di averlo superato. Ricordava confusamente che, quando le dissero che non avrebbe più dovuto rivedere Thomas, era corsa di sopra e aveva spinto la cassettiera contro la porta.

All'inizio l'avevano lasciata in pace. Ma poi aveva sentito bussare alla porta e sua madre aveva chiesto in tono sommesso se poteva entrare. Scioccata dal non sentirla urlare, stavolta, spostò la cassettiera e aprì. Sua madre era entrata e s'era seduta accanto al letto, tenendole la mano.

«Devo dirti una cosa», aveva esordito.

A Caroline quel tono non era piaciuto affatto. «Cosa?»

«La ragione per cui sono sempre tanto preoccupata che tu... che tu commetta un errore».

Ma di che cosa stava parlando?

La stretta di sua madre si fece più forte. «Quando ero poco più grande di te, ho conosciuto tuo padre». Le si inumidirono gli occhi. «Mi ero appena lasciata con un altro ragazzo e credo si possa dire che mi trovavo in una fase di ripicca».

Caroline iniziò a divincolarsi. Un'altra relazione? Alle madri non era concesso avere altre relazioni prima di essere sposate.

«Non fraintendermi. All'inizio lo amavo, ma...».

La stretta si fece ancor più ferrea.

«Ma stavo pensando di lasciarlo».

La cosa non prometteva nulla di buono. Caroline si sentì invadere da una fastidiosa sensazione di gelo al torace.

«Poi ho scoperto di essere incinta di te».

No. *No*.

«Aspetta!». Sua madre le tese la mano. «Non scappare via, adesso. Non ho finito. Sei la miglior cosa che ci sia mai potuta capitare, Caroline. Dico sul serio. Ti amiamo entrambi più di quanto si possa dire. Ma devi aver notato... che tuo padre e io... non siamo proprio...».

Era così, dunque. Non voleva sentire più nulla. «Un errore!». Caroline aveva la sensazione di avere il cuore in fiamme, e che l'incendio si fosse esteso anche al resto del corpo. «Sono il frutto di un errore! Grazie mille!».

«No. Aspetta!».

Troppo tardi. Stava già correndo a più non posso, fuori della porta. All'inizio non aveva idea di dove andare, ma poi, quando oltrepassò la cabina telefonica rossa, ebbe un'illuminazione. Per fortuna aveva qualche spicciolo con sé.

«Naturalmente», disse la zia Phoebe quando le ebbe spiegato tutto. «Vieni pure. Ho sempre detto che sei la benvenuta, qui da me». La sua voce si ammorbidì. «E perché non porti con te anche il tuo simpatico ragazzo?».

«Perché pensa che l'abbia fatto?», chiese Petunia, incredula. «Avrei giurato che avrebbe disapprovato».

Caroline scosse la testa. «La zia credeva nell'amore. Il genere d'amore vero che c'era stato fra lei e lo zio Victor, anche se non l'avrebbe pensata così, se Thomas fosse stato "il ragazzo sbagliato"».

«Vuol dire... come suo padre?»

«Appunto. La zia Phoebe era molto classista e poteva essere spaventosamente snob. Ma nelle estati che ho trascorso con lei, ho imparato a conoscerla. Diceva sempre che sperava che avrei infranto lo schema».

«Cosa pensa che intendesse, con questa frase?».

Caroline scrollò le spalle. «Trovare la felicità, suppongo. Mia nonna aveva quasi trovato l'uomo giusto, ma era morta prima di potersi rifare una vita con lui. Mia madre non aveva aspettato il suo ragazzo e aveva finito per sposare mio padre. Phoebe voleva che avessi la mia opportunità con Thomas, un ragazzo che approvava perché appartenente al giusto ceto sociale».

Gli occhi di Petunia sembrarono diventare più scuri. «E poi cos'è successo?»

«Non dovrebbe essere lei a dirmelo?». Caroline arrossì. «Pensavo fosse lei la chiaroveggente».

«Posso solo aiutarla a vedere le cose che desidera vedere. Lei ha passato l'estate con quel ragazzo, da sua zia. Fin qui ci siamo. Percepisco anche che non se l'è mai interamente levato dalla testa; era l'amore della sua vita, ma poi è successo qualcosa. Ne vuole parlare?»

«No».

Caroline si meravigliò di se stessa per la sensazione che provava in quel momento. Nessuno lo sapeva, ora che Phoebe era morta portandosi dietro anche il suo segreto.

«Allora potrebbe non essere in grado di guarire se stessa».

«Me ne farò una ragione».

Cadde il silenzio. Sta aspettando che dica qualcosa, pensò Caroline, perciò lo avrebbe fatto; ma sarebbe stato quel che Petunia voleva sentire.

«Non ci sono andata a letto, se è questo che intendeva. Ma l'attrazione fra noi era più forte di qualsiasi cosa mi sia mai capitato di provare».

Petunia annuì, come se avesse capito quello che intendeva. La mente di Caroline tornò indietro alla sera in cui si erano sdraiati fianco a fianco in un prato vicino alla casa della zia Phoebe.

«Posso?». Il viso di Thomas, sospeso sopra il suo, s'era fatto più serio, e lei aveva annuito, trattenendo il fiato mentre lui armeggiava con l'allacciatura del reggiseno, sotto il suo pullover. «Non ci riesco», fece poi, imbarazzato, con quella sua voce profonda da collegiale. Lei avrebbe voluto dirgli di sfilarle l'ingombrante indumento intimo dalla testa, ma le sembrò un'idea sfacciata.

«Posso?», chiese di nuovo Thomas, e grazie al cielo, riuscì a sfilarle il pullover blu marina confezionato a maglia da sua madre. Stavolta il fermaglio del reggiseno si aprì subito.

Inizialmente Thomas la guardò senza dire niente, sotto la luce della luna e circondati dalle sagome scure dei mucchi di paglia raccolti ai bordi del campo.

«Sei bellissima», le sussurrò infine.

Bellissima? Caroline abbassò gli occhi sui propri seni, che a suo parere erano del tutto mediocri.

Poi lui la strinse a sé. «Lo sai? Non troverò mai più nessuna come te: nemmeno se la cercassi per il resto della mia vita».

Lentamente la sua mano scivolò verso il basso, ma lei gli afferrò il polso. «No», disse in tono pacato ma fermo.

Lui ritirò subito la mano. «Scusami».

«No, va tutto bene».

Dopodiché rimasero semplicemente abbracciati, sotto la luna. Più tardi tornarono a casa della zia, Thomas nella stanza degli ospiti e lei nella sua. Notte dopo notte, ripeterono quell'esperienza e quando venne il momento di tornare a casa, un po' come aveva fatto con i vestiti nella valigia, Caroline mise via nel suo cuore anche quella frase che Thomas le aveva detto, sul fatto che non avrebbe trovato mai più una ragazza come lei.

Il mese dopo lui andò all'università in una città del Nord che lei non aveva mai sentito nominare, promettendo di scriverle. Ma non lo fece mai.

«Dopo Thomas, ho pensato che nessuno mi avrebbe mai chiesto di sposarlo», disse quasi in un sussurro. «Quando conobbi Simon, mi sorprese molto che mi trovasse attraente».

Il calore che sentiva sulla schiena stava aumentando.

«L'ha fatto per ripicca?»

«Forse».

«E poi?», chiese Petunia sommessamente.

Maggy. Era il turno di Maggy.

Capitolo 44

Non fosse stato per Maggy, la sua infanzia probabilmente sarebbe stata buia e desolata. Era stata Maggy a regalarle la sua prima scatola di colori, tanti anni prima. E ancora a Maggy doveva l'altalena miracolosamente apparsa in giardino, il mattino del suo nono compleanno. Era Maggy che arrivava la sera tardi, dopo un lungo viaggio in autostrada, con la sua gioiosa risata che rallegrava anche la mamma e il fiato che sapeva di fumo, che suo padre attribuiva alle «troppe Marlboro».

Maggy era quella che era arrivata, anche allora nel cuore della notte, al bed and breakfast e s'era infilata nel letto accanto a lei, proprio quando aveva pensato che il papà avesse cercato di assassinare la mamma col fuoco, dicendole che andava tutto bene, ora c'era lei lì con lei, e la mamma sarebbe guarita presto. Era a Maggy che apparteneva il magico cottage sull'isola, dove poteva dipingere in giardino e dove sua madre la chiamava al mattino per fare colazione con la voce squillante e gioiosa, invece di starsene lì a brontolare per dover dividere la cucina con Sandra; e dove suo padre faceva lunghe passeggiate in collina e un giorno era tornato con un cane che lo aveva seguito fino a casa, anche se poi non fu loro consentito tenerlo e dovettero andare a consegnarlo alla stazione di polizia.

Era stata Maggy a prometterle che avrebbe dato una festa al Ritz quando avesse compiuto la maggiore età, di lì a pochi anni, ma che, aveva detto suo padre, non aveva mai trovato l'uomo giusto. E poi la telefonata ricevuta nella cabina della hall del college (dove aveva trovato finalmente il modo di fare qualcosa che le piaceva). La telefonata in cui sua madre le aveva detto che Maggy aveva preso delle pillole e che era morta nel fine settimana precedente, quando lei, Caroline, avrebbe dovuto raggiungerla sull'isola, se la sua madrina non avesse disdetto l'incontro all'ultimo momento.

«Quando mia madre mi ha telefonato, il funerale aveva già avuto luogo».

La mano di Petunia continuava a muoversi sulla sua schiena. «Si è sentita esclusa».
«Avrei voluto dirle addio».
Con quale diritto sua madre non le aveva detto niente? Perché non le aveva nemmeno chiesto se voleva andare al funerale?
«Cercava di proteggerla. Lo facciamo spesso, con i figli». Altro calore. «E poi?».

Nella sua mente la morte di Maggy era inestricabilmente legata alla visita dei suoi genitori e, molto strano, anche se all'epoca era sembrato normale, di sua nonna. Per qualche ragione che non capì fino a molto tempo dopo, Grace era andata a trascorrere la giornata da una sua amichetta. Erano venuti a trovarla al college e c'era stato un altro picnic. Stavolta in riva al torrente. Per una volta era stata colta impreparata; s'era lasciata sedurre dall'insolito quadretto familiare, in cui sua madre e sua nonna si trovavano nello stesso posto senza litigare. Come aveva fatto a non capire? A essere tanto ingenua?
«Carrie», aveva esordito la mamma, dopo un pasto a base di uova sode e panini al prosciutto sul solito plaid rosso. «Devo dirti una cosa».
Contemporaneamente, vide sua nonna e suo padre alzarsi in piedi e dirigersi verso il torrente per quella che doveva essere una semplice passeggiata. «È un po' di tempo che tuo padre e io non siamo più felici insieme», disse sua madre in tono sommesso ma tranquillo.
Una lama gelida iniziò a insinuarsi nel suo torace, proprio come quella che la mamma aveva usato poco prima per affettare le uova sode del picnic. Non più felici? Si era accorta dei lunghi silenzi fra loro, ma era così tanto tempo che si verificavano che di sicuro era una cosa normale, no?
«Così abbiamo deciso di divorziare».
Ora stava cadendo, cadendo a terra con un urlo terribile e un coltello conficcato nel cuore, e stava fuggendo via da loro; il più lontano possibile. Se fosse stata abbastanza veloce, quello che la mamma aveva appena detto non sarebbe stato vero, e sarebbero potuti tornare a quella tregua silenziosa e imbarazzante, con papà seduto nella nuova poltrona maculata comperata da HP, e tutto sarebbe stato di nuovo a posto.
«Carrie!».
Si voltò e vide il viso segnato dal dolore di sua madre, ma continuò

a correre. Era colpa della mamma, che se ne stava sempre a piangere al tavolo di cucina. Così adesso dovevano divorziare. E Caroline aveva continuato a correre senza sosta, rifugiandosi nella stanzetta dell'ostello studentesco, un edificio quadrato di mattoni rossi, che divideva con i suoi nuovi amici: Nigel, uno scultore, e Jackie, che voleva disegnare vestiti per Biba. Si era messa a piangere e loro avevano cercato di consolarla. Non conosceva nessun altro che avesse i genitori divorziati. Mia madre vive ad Ealing, mio padre vive a Kingston, ripeteva a se stessa, come per autoconvincersi di una cosa che non poteva essere vera.

Quando andò a casa per le vacanze, sua madre piangeva ancora al tavolo di cucina e il lato del letto che era stato di suo padre era ben spianato e ordinato. Non sapeva cosa dirle, così, al sopraggiungere delle vacanze successive, decise di rimanere al college. Una volta suo padre era venuto a trovarla, con gli occhi arrossati e l'aria sconvolta, e lei aveva solidarizzato con lui, nonostante quel che aveva fatto. «Sono stanco», le aveva detto. «Ti spiace se mi sdraio sul tuo letto a fare un sonnellino?».

Così gli aveva preparato una tazza di tè nella cucina comune e lo aveva lasciato dormire, perché sembrava realmente averne bisogno. «Il divorzio non è stata una mia idea, lo sai», le aveva detto con aria triste quando, verso sera, se n'era andato via, e quelle parole l'avevano riempita di risentimento, tanto che quando, la settimana seguente, aveva ricevuto una lettera dalla madre, non le aveva nemmeno risposto.

Il bruciore sulla schiena si stava intensificando. «Ho saputo di Veronique solo quando, anni dopo, me l'ha detto la zia Phoebe, così non ho mai capito quanto fosse stato difficile, per lei». Caroline iniziò a piangere. «Finché non è successo anche a me, non ho mai veramente capito quanto deve aver sofferto. Avrei dovuto esserle vicina per consolarla».

«Ai figli serve avere un'immagine forte dei genitori», mormorò Petunia.

Era così! Doveva ricordarselo, ora che aveva messo i suoi figli nella stessa situazione, sradicandoli da casa.

«Non mi meraviglia che si sia fatta conquistare da Simon. Lui le ha dato la sicurezza di cui aveva bisogno, insieme alla pittura».

Era vero.

Simon era talmente affascinante, così sicuro di sé; proprio perché un tipo del genere non poteva essere attratto da una come lei, Caroline all'inizio non lo aveva nemmeno considerato come un possibile fidanzato. In seguito, lui le confidò che una delle ragioni per le quali s'era sentito attratto da lei era stato quel suo comportamento naturale e spontaneo. Era stata se stessa.

«Non pensavo a me stessa, in quel periodo», disse rivolta alla parete opposta. La voce di Petunia proveniva invece da dietro le sue spalle. «Non era ancora matura. Troppo giovane per prendere delle decisioni».

«A casa la vita era cambiata». Caroline si chiese se ora non stesse parlando soltanto a se stessa. «Quando Simon nominò il matrimonio, ricominciai a sentirmi protetta. Come fossi stata su una barca. Volevo una famiglia, dei bambini, e volevo dipingere».

«Perché no?», disse Petunia. «Anche sua madre aveva voluto queste stesse cose, e sua madre prima di lei. Cercava la sicurezza; è per questo che continua a toccarsi le perle, per verificare che siano ancora lì. Ha paura delle perdite. Questo l'aiuterà».

E il calore sulla schiena non faceva che aumentare.

«Ho perso un bambino».

«Una brutta esperienza».

La notte prima che succedesse aveva fatto un sogno. Era dal dentista. Aveva sentito qualcosa lacerarsi nel suo corpo. Non nella bocca. E quando s'era svegliata aveva visto il sangue. «Ha avuto rapporti, ieri sera?», le avevano chiesto in ospedale.

Da allora aveva odiato se stessa per aver ucciso il proprio bambino.

«Non è stata colpa sua». La voce di Petunia aveva un tono ipnotico. «Molte coppie fanno sesso durante la gravidanza. L'infermiera non avrebbe dovuto dirle una cosa del genere».

«Anche Simon si è sentito in colpa».

«Il senso di colpa tende ad aumentare. E fa fare cose sbagliate alle persone. Ma poi siete stati felici».

Non subito, non con gli aborti che erano seguiti. E nemmeno alla nascita di Scarlet, date le circostanze.

«Quali circostanze?», chiese Petunia.

«Non è stato facile riuscire a concepirla. E poi c'è voluta un'eternità per rimanere incinta dei gemelli. Alla fine sono stati concepiti in provetta, grazie a un medico eccezionale che ho trovato». Un'immagine fulminea del dottor M e del suo cravattino rosso le balenò nel cervello. «Ero molto più decisa di Simon ad avere altri figli dopo Scarlet; la tensione ha creato dei problemi di coppia. E poi c'è stata la mamma».

Il silenzio rimase sospeso fra loro, così com'era cresciuto il tumore di sua madre, pesante e senza far rumore.

«Ne vuole parlare?».

No. Sì.

Per allora, lei e la mamma si erano riprese dal trauma causato dall'assenza di suo padre; il divorzio era diventato effettivo e la mamma aveva conosciuto Peter. Si erano sposati molto in fretta. «Basta che tu sia felice e mi va bene tutto», l'aveva rassicurata Caroline.

«Per te è facile», aveva detto Grace. «Non sei costretta a viverci insieme».

A quindici anni, Grace viveva ancora con sua madre e risentiva della presenza di quell'uomo un po' burbero, ma di buon cuore, che aveva idee ben precise su tutto, dal modo di sistemare le cibarie in frigorifero al pensiero sottinteso nella poetica di Yeats. Eppure sapeva far felice la mamma! Aveva messo su qualche chilo, dopo averne persi quasi quindici in seguito al divorzio, ed erano andati in Francia e nel Jersey. Il viso di sua madre era più luminoso e tutti avevano iniziato a dire: «Peter la fa molto felice», così Caroline aveva dovuto rimuovere la sensazione di gelosia che provava in fondo al cuore per non essere stata capace di fare altrettanto.

Dopo la nascita di Scarlet sua madre non era più riuscita a starle lontana. Da una parte, a Caroline aveva fatto piacere averla vicina, ad aiutarla a badare a quella neonata che sembrava così fragile. Dall'altra, a volte s'irritava per i suoi continui consigli, gran parte dei quali antiquati. «Nessuno nutre più i figli a orari fissi», l'aveva ragguagliata. «Solo quando hanno fame».

E poi, quando Scarlet aveva soltanto sei mesi, una sera sua madre le aveva telefonato. «Devo ricoverarmi in ospedale per rimuovere una cisti», aveva detto in tono spensierato. «Niente di grave. Ce l'ha un sacco di gente». E Caroline, che in quel momento era preoccupata per una bronchite della piccola Scarlet, l'aveva presa in parola.

Quando quella sera era squillato il telefono e aveva risposto Simon, Caroline stava lavando i piatti e sperando di poter andare a letto presto per recuperare le ore di sonno perse la notte precedente per l'infreddatura di Scarlet. Ma quando, dopo dieci minuti, si era accorta che suo marito stava ancora parlando in tono grave e sommesso, era andata in corridoio. Simon stava parlando di sua madre! Qualcosa a proposito di un oggetto "grosso come un melone".

«Che succede?», aveva detto, tirandolo per una manica. Poteva sentire la voce del suo patrigno provenire dal ricevitore, ma suo marito non sembrava intenzionato a passarglielo.

«Dammi qua», gli aveva detto, ma Simon l'aveva scacciata con un gesto della mano.

La lama gelida del picnic con le uova sode aveva iniziato a squarciarle il petto, e, come se avesse captato qualcosa, Scarlet s'era messa a piangere al piano di sopra.

Strappando il telefono dalle mani di Simon, Caroline aveva cominciato a implorarlo con la voce tremante. «Vuoi dirmi cos'è successo? Per favore!».

Il calore proveniente dal palmo della mano di Petunia era ormai quasi bruciante. «E cos'è successo?», domandò la voce ipnotica.

«Avevano trovato un tumore grosso come un melone». Caroline era lì, a rivivere tutta la scena come se si fosse trovata ancora in quella stanza d'ospedale, dove si era precipitata, guidando nella notte fra i sobborghi di Londra, fino al grande ospedale dove era stata portata sua madre. «Quando sono entrata nella sua stanza, stava vomitando in una bacinella di acciaio a forma di fagiolo. Non dimenticherò mai quella bacinella. E il modo in cui lei mi ha guardata! Era come se fosse diventata di nuovo bambina, e mi stesse chiedendo scusa per quello che stava facendo».

«Desidera andare avanti?».

Sì. No. «Non ne ho mai parlato con nessuno, prima d'ora. Dopo quella sera ha iniziato dei cicli di chemio e di radioterapia. Ce la portava Grace in macchina. Peter non sapeva guidare». Caroline fece una risata rauca. «Avrei dovuto pensarci io, ma non mi piace guidare per lunghi tragitti, e avevo Scarlet. Non è patetico?».

Il calore stava calando, adesso. «Ognuno di noi è diverso».

«E poi sembrò stare meglio. Veniva per il tè ogni settimana e io le portavo Scarlet».

Erano arrivate al punto. Ora lo capiva. Lei e Simon e la culla portatile e Dio solo sa che altro, perché c'erano sempre tante di quelle cianfrusaglie da avere con sé, quando si trattava di portare un bambino piccolo anche soltanto dal vicino di casa. Sua madre le apriva la porta, euforica e felice, con addosso il suo grembiule. Andavano in cucina e la mamma l'abbracciava forte; profumava di profumo Blue Grass e di crema per il viso Ponds.

Lei e Peter tornarono in Francia e poi fecero anche un viaggetto invernale a Malta. «Rimasi male perché non sarebbero stati presenti al mio compleanno. Si può essere più egoisti e stupidi? E poi decidemmo di fare insieme le vacanze estive, le prime vacanze insieme dai tempi del divorzio. Ci eravamo già procurati gli opuscoli di viaggio. Poi...».

La voce le mancò.

«Poi cosa accadde?», incalzò Petunia con decisione.

Non riusciva più a parlare.

«Deve dirmelo, Caroline, se vuole guarire».

«Poi una sera la mamma telefonò dicendo che il dolore all'anca era dovuto al tumore che era tornato e che ormai s'era diffuso ovunque. Aveva soltanto due mesi di vita».

Cosa fai quando tua madre ti dice che sta per morire? Caroline cominciò a telefonarle tutte le sere, finché non ebbero quasi più nulla da dirsi. «Ho bisogno di sentire la tua voce», le aveva confessato, quando la mamma le aveva gentilmente suggerito di chiamarla con minore frequenza.

Andavano a trovarla ogni fine settimana; durante quelle visite sua madre di solito era seduta sul divano, avvolta in una vestaglia che ne nascondeva il corpo ormai piccolo e fragile, come Caroline intravedeva dall'apertura sul collo. Scarlet le saliva in braccio e gli occhi di sua madre si riempivano di malinconia al pensiero di non poterla veder crescere.

Ben presto non poté più star seduta sul divano e dovette mettersi a letto; la sua pelle era sempre più giallastra e tesa sulle guance. «Somigli sempre più a tua madre», le aveva sussurrato una volta Caroline, guardando la fotografia della nonna che campeggiava da sempre sulla toletta della mamma.

Il dolore si fece insopportabile e i medici le prescrissero l'eroina.

«Vado io in farmacia, dammi la ricetta», si offrì Caroline una mattina, quando Peter era fuori.

«No!», gridò la madre dal letto. «Qualcuno potrebbe rubartela. Non sai cosa farebbe, certa gente là fuori, per mettere le mani su quella droga».

Tremante, Caroline era già scesa per metà delle scale. C'era Peter seduto sui gradini più in basso, con la testa fra le mani. «La droga», disse. «Le fa dire cose che non intende dire».

Così Caroline era risalita. S'era seduta sul bordo del letto e aveva sentito i gridolini di Scarlet, in giardino, dove Simon l'aveva portata a fare un giretto per darle il tempo di stare un po' sola con sua madre. Sentì anche il rumore di un'auto: era arrivata Grace.

«Non preoccuparti, mammina», le aveva detto stringendo a sé il suo corpo emaciato. «Siamo tutti qui con te».

Aveva voluto consolarla, ma non appena ebbe pronunciato quelle parole sua madre iniziò a tremare e a gridare. «Peter», chiamò. «Peter!».

Troppo tardi: Caroline si rese conto di averla spaventata, ma quando tentò di fare marcia indietro, sua madre era già tra le braccia di Peter, che stava recitando una preghiera. Il Padre Nostro. «Padre nostro, che sei nei cieli...».

Non c'era posto per lei, in quella stanza. Lentamente scese le scale, aggrappandosi alla ringhiera bianca per sostenersi.

Il mattino seguente, proprio mentre stava per salire in macchina per recarsi dalla madre, arrivò una telefonata. Sua madre era morta un'ora prima. Incredula, mise Scarlet nella carrozzina e partì come un razzo per raggiungerla.

«Lui l'aveva portata via», disse, troppo esausta per piangere ancora.

Petunia corrugò la fronte.

«Che cosa intende?».

Caroline le ripeté quello che aveva già detto a Diana. «In un'ora è riuscito a far portare via la salma da quelli delle pompe funebri. Non mi hanno permesso di vederla per altri due giorni, fino a quando non l'ebbero "preparata"». Caroline non riusciva a smettere di tremare, neanche ora che il calore sulla schiena era tornato. «E quando la vidi, non sembrava più lei; somigliava piuttosto a una statua di cera, con il mento lungo e pesante, che non era affatto il suo».

Dal petto le sfuggì un singhiozzo lacerante. «È stata colpa mia, capisce? L'ho spaventata terribilmente, alla fine, dicendole che eravamo tutti lì con lei. Sapeva di essere vicina alla morte ed era terrorizzata».

«Sshh», cercò di calmarla Petunia e il calore aumentò e aumentò, finché all'improvviso il dolore sembrò più leggero e cominciò a fluttuare via, lontano, dandole la sensazione che le sue spalle fossero senza peso.

Capitolo 45

Per quanto tempo era rimasta lì con Petunia? Sembravano essere passati interi giorni, anzi, settimane. Ma a detta dell'orologio, erano solo due ore. E c'era dell'altro.

«Dopo la sua morte, mi sentii come in cima all'albero. C'erano persone a cui telefonare. Mio padre. Era così strano doverlo avvertire che la sua ex moglie era morta. Sa che persino Sandra scoppiò a piangere, benché avessero litigato per tutta la vita? Ora ero il capofamiglia; stava a me tenerla unita per mia sorella, perché lei non voleva nemmeno toccare l'argomento; non voleva condividere il dolore».

«È comprensibile».

«È davvero impossibile, a volte, ma aveva soltanto diciannove anni, quando è morta la mamma. Dovevo occuparmi io, di lei».

«Ma lei, Caroline, deve pensare anche a se stessa».

«Trovo pace solo quando dipingo. E dopo quella telefonata, Simon ha rovinato tutto».

«Quale telefonata?».

Caroline lottò con se stessa, cercando di trovare le parole adatte per raccontare a Petunia della donna dall'altra parte del telefono e dell'ammissione di suo marito di avere avuto una relazione extraconiugale. «Mio marito ha sbagliato, ma se non lo riprendo in casa, i miei figli subiranno dei traumi, proprio come è successo a me e a Grace».

Il calore sulla schiena stava diminuendo. Petunia ora era di fronte a lei. «Allunghi le mani. No, in questo modo. Col palmo rivolto verso l'alto». Si accigliò. «Capisco». Caroline provò una stilettata di panico. «Che cosa?».

Petunia emise un verso, come per dire che non poteva parlare. Stava esaminando, o almeno così sembrava, ogni linea della mano, come se non fosse sicura di qualcosa. Alla fine indicò una piccola croce sulla mano di Caroline, proprio al centro del palmo. «La vede questa? Significa che lei ha il potenziale per essere a sua volta una sensitiva. Sente delle voci ogni tanto, vero?».

Caroline annuì.

«Bene. Le ascolti sempre. Se le ignorerà, sarà a suo rischio e pericolo».

Caroline ripensò alla voce che le aveva detto che Simon aveva avuto altre relazioni prima di quella.

«Il suo matrimonio. I suoi problemi. Non durerà».

Il tono di Petunia suggeriva che si trattasse di un'affermazione e non di una domanda. Dunque Diana le aveva parlato!

I problemi o il matrimonio?

«Questo dipende da lei». Gli occhi di Petunia stavano fondendosi con i suoi e Caroline sentì uno strano calore salirle su per il corpo. «Può andare in entrambi i modi. Lei fa parte di uno schema preciso. Si trova su una strada già percorsa da altre donne appartenenti alla sua famiglia. Vede questa?».

Caroline abbassò lo sguardo per osservare una linea che partiva ad angolo da un'altra. «Durante l'estate che io e Thomas passammo da lei, la prozia Phoebe mi disse che non aveva mai voluto essere dura con mia madre».

La sua mente tornò a quando sua zia l'aveva voluta affrontare, seduta sulla sua poltrona dallo schienale rigido, con l'accendino d'argento stretto nella mano destra.

"*Era perché ero gelosa di mia sorella, sai, e anche di Grace... Erano così unite, loro due, ed io ero quella esclusa da tutto. Loro volevano un pony, da ragazzine, e non un'altra sorellina. Non me l'hanno mai perdonato*".

Allora Caroline, per la prima volta nella sua vita, s'era dispiaciuta per la prozia, ed era per quello che poi aveva continuato ad andarla a trovare regolarmente, nonostante covasse ancora un certo rancore per come avesse trattato sua madre. Dopotutto, lei era l'ultimo legame che aveva con la generazione di sua nonna, e aveva l'impressione che Phoebe avesse provato la stessa cosa verso di lei; perciò, forse, le aveva lasciato le perle.

«La storia può essere modificata». La voce di Petunia era dolce e ipnotica. «Ora lei può scegliere. Può rompere lo schema seguito dalle sue antenate. O può ripeterlo. Entrambe le scelte implicano delle difficoltà. Ed entrambe portano i loro benefici».

Grazie di niente, allora!

«C'è qualcos'altro». Il calore all'interno del suo corpo era straordinario; ora stava salendo dalla vita, allargandosi sul torace e lungo il collo. Quasi stesse soffocando. Gli occhi di Petunia erano così neri che avrebbe potuto affogarci dentro. «Quelle perle che ha al collo. Ci stia attenta».

Starci attenta? Stava forse per perderle? Significava che non avrebbe dovuto prestarle a sua sorella, dopotutto?

Ora la voce di Petunia stava cambiando; come se avesse ripreso a parlare in maniera normale, invece che in quello stato simile alla trance in cui s'era trovata finora. Era tutta una recita, allora? «Ci stia semplicemente attenta». La donna si stava stiracchiando, come se si fosse appena svegliata.

«Grazie». Caroline si alzò in piedi, con passo incerto. «Quanto le devo?».

Gli occhi neri di Petunia ora sorridevano, nonostante la bocca rimanesse seria.

«Nulla. Assolutamente nulla. Diana è una cara amica. Le chiedo soltanto di iniziare a guardare la vita con occhi nuovi. E di guardarla bene». Sembrava turbata. «C'è qualcosa, in lei, che non riesco a sondare, mi dispiace. Qualcosa da cui deve guardarsi, ma che non riesco a mettere a fuoco».

Fantastico! Le veggenti non avrebbero dovuto essere chiare proprio su questo tipo di cose?

«Siamo soltanto esseri umani». Sembrava che Petunia riuscisse a leggerle nella mente.

Caroline avvampò. «Ma certo». Lanciò un'occhiata alla bacheca di Petunia, con appesi dei piccoli poster relativi alle sue capacità di veggente. Guarigione, ipnotismo, consulenze. Stregonerie, le avrebbe chiamate Simon se fosse stato lì, anche se la rubrica del giornale dedicata all'oroscopo era una delle più popolari. «Spero non si offenda, ma sul volantino ho letto che viene dalla Malesia. I miei nonni erano piantatori di alberi di caucciù, prima della guerra, in un posto chiamato Sarawak. Lo conosce?».

Petunia scosse il capo. «Sono nata in Malesia, ma non ricordo nulla di quel posto. Mia madre mi portò qui quando avevo quattro anni. Ma viveva in una piantagione di caucciù, come sua madre e sua nonna prima di lei. Facevano le domestiche e le cameriere. Non è escluso che possano aver lavorato per i suoi nonni o per dei loro amici. La vita è un cerchio, Caroline. La vita è un cerchio».

Sulla via del ritorno, con la mente in subbuglio, Caroline passò accanto a una galleria d'arte che aveva notato più volte, ma dove non era mai entrata. Ce n'erano diverse, in quel quartiere, ma questa aveva quasi sempre ostentato una targa con scritto "*chiuso*". Stavolta, però, la porta era aperta e c'era un uomo alto che le dava la schiena mentre appendeva un dipinto. Era la scogliera dove spesso Caroline andava a sedersi, dopo la passeggiata col cane.

«È stupendo», disse inalandone i colori: le tonalità pesca, i rossobruni, dal mattone al ruggine, i verdi muschio, il nero porpora.

«Le piace, allora». L'uomo si voltò e Caroline si accorse che era più vecchio di quanto le fosse sembrato di schiena. Una strana sensazione al petto la indusse a chiedersi se l'avesse già visto prima da qualche parte.

«Ci siamo già incontrati?». L'uomo si tolse gli occhiali con la montatura in tartaruga e li pulì sulla maglia che aveva indosso prima di rimetterli; Caroline ebbe il tempo di notare le increspature che aveva intorno agli occhi e che gli davano un aspetto gentile e sorridente.«Lei è la ragazza in cima alla scogliera, di mattina, col cane».

Caroline si mise a ridere. «Non proprio una ragazza, ma grazie per il complimento! Ho quattro figli; siamo qui per le vacanze estive, ospiti di un'amica. In realtà sono una pittrice anch'io».

Gli consegnò un suo biglietto da visita; ne portava sempre qualcuno in borsa.

L'uomo sembrò colpito. «Ho visto dei suoi lavori in cartoleria».

Ora provava imbarazzo. Probabilmente lo sconosciuto aveva pensato che volesse vantarsi. «In realtà, il mio lavoro ha imboccato un'altra strada. È stato il soggiorno qui. Mi sono trovata a fare cose diverse».

L'uomo sorrise: un bel sorriso simpatico, un po' sbilenco, che la indusse a chiedersi se si fosse sbagliata nell'attribuirgli l'età. «Succede, da queste parti. Mia moglie pensava le fosse successa la stessa cosa».

Moglie? Ma certo che aveva una moglie! Proprio come lei aveva un marito. Innamorarti di un affascinante sconosciuto, quando ti sei appena separata da tuo marito, è una cosa che succede soltanto nei Mills & Boon[12].

«Perché non mi porta qui qualcuno dei suoi lavori?». Indicò gli

[12] Nota casa editrice di romanzi rosa e fiction della Gran Bretagna (*n.d.t.*).

spazi bianchi. «Ho appena affittato questo posto. Mi farebbe comodo poter esporre anche i lavori di altri artisti».

Caroline fu pervasa da una meravigliosa sensazione di calore, nonostante quello che aveva appena pensato. «Grazie. Non so, però, se ci sia nulla di buono...».

«Lasci che sia io a giudicare». Le tese la mano. «Il mio nome è Grant».

«Io sono Caroline».

«Lo so». Sorrise. «È ospite della stupenda ed elegantissima Diana. Non si preoccupi. Da queste parti, nessuno può dire o fare qualcosa senza che non lo si venga a scoprire».

Caroline non vedeva l'ora di tornare a casa, anche se trovava più faticoso camminare veloce, come era sua abitudine. Con un po' di fortuna, i ragazzi sarebbero stati ancora a letto e lei avrebbe avuto modo di cercare fra i dipinti su in mansarda per sceglierne qualcuno adatto alla galleria di Grant. Comunque era meglio sbrigarsi; l'aria s'era fatta più pungente e il cielo si stava oscurando. Per carità, l'atmosfera delle giornate piovose aveva qualcosa di affascinante, soprattutto quando si abitava vicino al mare; per i turisti era deludente, ma quando eri quasi un residente era una bella sensazione. Più normale.

Svoltò l'angolo e si bloccò. C'erano due auto, nel vialetto. Due auto che conosceva fin troppo bene.

La prima era di Grace.

E la seconda di Simon.

Solo allora si domandò se avrebbe dovuto dire a Petunia anche l'altra cosa. La cosa orribile che aveva fatto e della quale soltanto la zia Phoebe, e ora evidentemente Diana, ne erano al corrente.

Capitolo 46

«Perché non mi hai detto che stavi arrivando?».

Simon se ne stava lì, in piedi nel bellissimo atrio illuminato dal sole, come in attesa che lei corresse ad abbracciarlo.

Presuntuoso, lo aveva chiamato sua madre a detta di Diana. Perché non lo aveva detto direttamente a *lei*? E lei lo avrebbe detto a Scarlet, se non le fosse piaciuto il suo nuovo ragazzo? Probabilmente no, se voleva essere certa che sua figlia avesse continuato a rivolgerle la parola.

«Volevo farti una sorpresa».

Era ancora lì, a braccia aperte, ma Caroline lo evitò accuratamente.

«Non fare così, Caro. Sarei venuto prima, ma è scoppiato l'inferno, come avrai sicuramente dedotto dalle prime pagine di questi ultimi giorni. Il primo ministro se n'è andato e...».

«Non m'interessa».

Ora riusciva a vederlo per quello che era veramente, per quello che forse era sempre stato, anche se lei era stata troppo occupata con i figli per accorgersene. Eppure, non lo aveva mai visto così compiaciuto. Non sembrava passato troppo tempo da quando era ancora il giovane reporter magro e nervoso di un settimanale sconosciuto ai più. Quand'è che aveva iniziato a cambiare? O era stata lei a farlo?

Quasi fosse una coincidenza, l'anello nuziale iniziò a pruderle. Da qualche tempo succedeva spesso, come volesse esortarla a sfilarlo, cosa che finora Caroline non aveva mai fatto. Per contro, le perle sembravano calde, al collo, brucianti d'indignazione.

«Mi hai tradita, Simon!».

«Sshh!». Ora la teneva per le braccia, costringendola a rimanere immobile. Se ne sarebbe accorto da un momento all'altro. «I ragazzi stanno per tornare».

«Dove sono andati?»

«La tua amica Diana li ha portati al cinema, per darci modo di parlare. Una donna molto in gamba, per l'età che ha, no? L'ho subito pensato, quando l'ho vista per la prima volta alla veglia di tua zia».

«Al funerale», lo corresse lei, gelida. «Nella nostra famiglia, li chiamiamo funerali».

La capacità di Simon di ricorrere alle diverse varianti regionali di un termine, quando tentava di far colpo sul suo pubblico, l'aveva sempre turbata, inducendola a chiedersi chi fosse veramente suo marito, quest'uomo che poteva apparire diverso a seconda delle persone a cui si rivolgeva. Aveva avuto uno zio acquisito di origini irlandesi, e sembrava che la cosa gli avesse conferito il diritto di dire alla gente che lui stesso aveva "radici irlandesi". Altre volte, all'occorrenza aveva millantato radici scozzesi, per via di una zia, anche lei acquisita, e persino gallesi, dal momento che aveva fatto il suo tirocinio da giornalista a Glamorgan.

«Caro!». Grace arrivò dalla cucina, con un bicchiere di vino in mano. «Era ora!».

Caroline si sentì confusa. «Non ti aspettavo».

«Non hai ricevuto il mio messaggio?»

«No, ma mi fa piacere vederti». Caroline fece per abbracciare la sorella, ma Grace la liquidò con un bacio fugace sulla guancia.

«Te l'ho spedito per dirti che stavo venendo a prendere le perle. Ricordi? Hai detto che me le avresti prestate per quel ballo a cui devo partecipare».

Caroline si portò istintivamente la mano al collo.

«Temo che lei si stia sbagliando», disse una voce proveniente dalla porta d'ingresso. «Caroline non va mai da nessuna parte senza quelle perle. Vero, tesoro?». E Diana fece il suo ingresso, con indosso una vestaglia di seta con due pavoni turchesi ricamati sul davanti. Sembrava un capo acquistato in Oriente. «E lei», aggiunse freddamente, «deve essere Simon».

Pronunciò quel nome con la giusta dose di disprezzo, e fu con una certa soddisfazione che Caroline lo vide sussultare.

Tese la mano per stringergliela. «In persona, madame».

Diana ignorò il braccio teso. «Ho sentito molto parlare di lei».

«Bene, spero».

«Carrie!». Grace era in evidente stato di agitazione. «Non puoi esserti dimenticata delle perle. Non crederai che le possa smarrire, vero?».

La sua voce era petulante, proprio come quando, da bambina, faceva i capricci per ottenere qualcosa.

«Dunque, questa è tua sorella!». Diana scandì le parole lentamente, come se la cosa non fosse possibile. Squadrò entrambe le donne, registrandone i diversi colori, ma anche le somiglianze (stesso naso, stessi occhi), annuendo come se all'improvviso la cosa le tornasse. «Ma certo. Ora capisco. Mi sembra che ci siamo presentate di sfuggita al funerale».

«Davvero?». Grace annuì bruscamente verso Diana, prima di tornare a rivolgere la propria attenzione sulla sorella. «Ti prego, dimmi che non ti sei dimenticata di avermi promesso le perle in prestito. Sono venuta fin qui solo per questo».

«Cosa?», risuonò la voce di Scarlet. «A dire il vero, la mamma ha detto che le avrebbe prestate a me per il ballo studentesco della mia vecchia scuola a Londra, domani sera. Non vedevo l'ora di andarci, di rivedere tutti i miei vecchi amici».

Qualcosa si agitò nel petto di Caroline. Non voleva separarsi dalle perle: le sentiva come una parte di sé. «Preferirei di no», iniziò a dire.

«Ma me l'hai promesso! E hai anche detto che, alla tua morte, sarebbero state mie...».

Grace s'intromise subito. «E io, allora? Se deve averle qualcun altro, quella sono io. Ho sempre pensato che fosse stato ingiusto essere stata liquidata con uno stramaledetto cane e un telegramma mascherato da scontrino di una scommessa, anche se di un certo valore. Avrei preferito di gran lunga avere le perle».

«Di un certo valore?», indagò Simon.

Grace fece un gesto sprezzante con la mano. «L'ho fatto stimare da Bonham. Risale al 1897, sembra; il che significa che era di proprietà della bisnonna Louisa».

Al 1897? Caroline era confusa. Secondo i diari di Rose, per quell'epoca sua madre era diventata una specie di reclusa. Ma chi lo dice che una reclusa non può far nulla? Se la bisnonna Louise si divertiva a mandare una cameriera a scommettere sui cavalli con i fantini vestiti di viola, era sicuramente una cosa di cui rallegrarsi.

«Ma lasciamo perdere!». Grace stava spegnando la sua sigaretta in una graziosa tazza che non era decisamente destinata a fare da posacenere. «Non ho tempo da perdere, se voglio tornare in tempo a Londra. Prestami quelle perle, Carrie. Ti prometto che ci starò attenta».

«Non le avrà nessuna delle due».
All'inizio Caroline pensò che quelle parole fossero uscite dalla sua bocca, ma poi si rese conto che a pronunciarle era stata Diana. Sembrava addolorata e si stava torcendo le mani. «Adesso ho capito. Tutto inizia ad avere un senso. Non devi dargliele. È quello che Rose mi ha raccomandato alla fine, quando ha detto che, se le fosse successo qualcosa, io avrei avuto la bambina e sua sorella avrebbe avuto le perle. "*Devono andare a Phoebe e non ad Helen*". Pensai che si stesse mostrando generosa verso sua sorella, ma ora capisco che Rose stava tentando di proteggere sua figlia. Devi toglierle immediatamente, Caroline. Come ho fatto a essere così stupida? Era questo che voleva dire. Era questo».
Il respiro di Diana era sempre più accelerato e lei stava impallidendo rapidamente, come era accaduto qualche giorno prima. «Non si sente bene». Caroline lanciò un'occhiata di panico al marito. «Le è già successo. Dammi il tuo cellulare, Simon, presto! Chiamo il dottore».
«No». La voce di Diana arrivò ferma e decisa dal divano dove Grace l'aveva gentilmente fatta accomodare. «Non voglio vedere nessuno. Capito? Sto meglio, adesso».
Caroline esitò. L'anziana donna aveva effettivamente recuperato un po' di colore. Forse insistere a chiamare il dottore, ora come ora le avrebbe fatto più male che bene; meglio forse suggerirle un appuntamento per il giorno seguente. Stava per restituire il cellulare a Simon, quando questo squillò. Lo sguardo le cadde automaticamente sullo schermo.
"*Ti amo anch'io. Nn vedo l'ora di riabbracciarti. Tessa*".
«Bastardo!».
Gli lanciò il telefono, ma Simon lo schivò e quello rimbalzò sulla parete, andandosi a schiantare per terra.
«Che succede?», chiese Scarlet col volto teso. Non deve sapere, si disse Caroline. Non doveva sapere che il padre ha una relazione extraconiugale, o la sua vita avrebbe preso una brutta piega, proprio come era successo anche a lei.
«Niente», rispose in tono allegro. «Vado soltanto a fare una passeggiata. Torno presto. Diana, pensi di poter stare con Grace per un pochino?»
«No. Aspetta». Il tono di Simon era incerto, come non l'aveva mai sentito prima di allora. «Aspettami, Carrie».

Non appena fu fuori di casa cercò di mettersi a correre, ma la pesantezza che sentiva dentro di sé era davvero eccessiva.

«Posso spiegarti». Simon l'affiancava, sbuffando e arrancando. Anche lui era fuori allenamento, ma per una ragione diversa.

«Non voglio che tu lo faccia. Sei incapace di dire la verità».

Stava correndo per poterla raggiungere. «Ok. Ho fatto un errore. Uno solo. Lo ammetto, ma mi dispiace, Caro. Non succederà mai più».

«Oh, su questo hai proprio ragione. Perché non te ne darò più l'occasione».

Ormai avevano quasi raggiunto la scogliera. Il fondo della scalinata che lei e Diana avevano risalito la settimana precedente per guardare il panorama sul mare. Stava iniziando a piovere e i gradini erano scivolosi sotto i suoi piedi, mentre li risaliva correndo e lasciando indietro Simon.

«Thomas!», gridò senza volere. «Thomas!». La sua voce si mescolò al vento, mentre i gabbiani emettevano il loro richiamo, simile a quello dei gatti randagi. Per qualche secondo sembrò che stessero gridando per lei.

Persino dall'alto Caroline poté notare lo smarrimento sul volto di suo marito, che arrancava sui gradini dietro di lei. «Esatto», gridò mentre il vento le frustava i capelli, appiccicandoglieli sulla bocca. «Ti sei mai chiesto perché Scarlet non ti assomiglia per niente? Ho fatto esattamente la stessa cosa che hai fatto tu. Non sono migliore di te. Non capisci? Sono così infuriata con te perché in realtà lo sono con me stessa».

La stava raggiungendo, ormai, per cercare di fermarla. «Non capisco».

«Non riuscivamo a concepire! Ricordi? Non dopo il primo aborto e certo non dopo tutti i litigi che abbiamo avuto in seguito. Così sono andata a cercarlo».

«Chi?»

«Thomas!». E la sua voce risuonò di nuovo sulle scogliere rossastre, per essere subito raccolta dai gabbiani. «Thomas! L'unico uomo che abbia mai veramente amato».

«Non dici sul serio!».

Simon gridava, mescolando la propria voce a quella di lei e dei gabbiani. «Sei soltanto arrabbiata. Per favore, Caro, fermati. Cadrai di sotto. Sistemeremo tutto, te lo prometto. Ci trasferiremo.

Cominceremo da capo. Darò le dimissioni. Farò tutto quello che vuoi. Farò...».

Si sentì qualcosa spaccarsi e scheggiarsi. Qualcosa stava franando sotto il piede di lei. Sbigottita e spaventata, Caroline sentì il piede precipitare nel vuoto, ma certamente avrebbe trovato un nuovo appoggio nel gradino sottostante. Non fu così. Ci fu un urlo: suo o di Simon? E poi un altro.

«Resisti!».

Ci stava provando, disperatamente aggrappata alla ringhiera bagnata.

«Allunga la mano!».

Il volto di Simon era contorto in una smorfia di dolore, anche se Caroline sapeva che si trattava di concentrazione. Come avrebbe potuto sbagliarsi nell'interpretare una sua espressione, dopo tanti anni di matrimonio? Come aveva fatto a non capire che aveva una relazione con un'altra donna?

Ora le aveva afferrato la mano; la stava trascinando su, ma c'era qualcosa che non andava. La gola le si stava chiudendo, e, sotto shock, Caroline si rese conto che Simon la stava strangolando, proprio come lei aveva pensato che suo padre stesse assassinando la mamma, quando l'aveva fatta rotolare sul prato per spegnere le fiamme.

«Non mi strangolare», rantolò, ma gli occhi di Simon erano sgranati per l'orrore. Era in trappola. Ora se ne accorgeva. Le perle s'erano impigliate nel bordo rotto e scheggiato della scalinata e la stavano strangolando.

«Slacciale», cercò di dire, ma non le uscirono le parole.

Ora lui l'aveva lasciata andare, sempre aggrappata al legno fradicio, per poter usare entrambe le mani e rompere il filo di perle.

Ma era stato usato del filo di seta annodato. Era per sicurezza, aveva spiegato il gioielliere, quando le aveva portate a stimare per l'assicurazione. Ogni perla era separata dalla seguente da un nodo di seta, perché non si perdessero quando, prima o poi, il filo avesse ceduto in qualche punto. Era anche arrivato il momento di farle infilare di nuovo.

«Non ti muovere», gridò Simon.

Ormai Caroline non riusciva quasi più a respirare. Le perle erano come un cappio di seta che si chiudeva inesorabilmente sul suo collo. Immagini, strane immagini, le balenarono per la testa. Una sposa sul letto. Perché? Un vecchio con un cavalletto. Una giovane con un mappamondo. Un uomo in un letto d'ospedale con un affascinante soldato in uniforme da un lato e una bella e giovane donna dall'altro. Una nave. Una casa su palafitte. Una donna piccola e dalla pelle scura che correva con le sue perle. Un uomo anziano che baciava la giovane donna accanto al letto, benché anche lei sembrasse più vecchia, adesso. Una ragazzina che piangeva e guardava in alto, verso il ritratto di una bambina con un vestito bianco, ai piedi del suo letto. La stessa ragazzina in un dormitorio di un collegio, simile all'internato che Scarlet voleva frequentare. Una giovane donna dall'aria spaventata all'ufficio registri dell'anagrafe. Una donna anziana seduta nel suo letto, che piangeva per un bambino.

E poi, all'improvviso, vide un bambino piccolo, dalla pelle scura, che le stava accanto e le faceva segno di avvicinarsi. In qualche modo si ritrovò a potersi muovere, ad allontanarsi dalle perle che la strangolavano, come se stesse sgusciando dalla propria pelle e potesse guardare se stessa, in un'esperienza extracorporea.

Vide l'espressione di dolore del proprio volto, e quella disperata sulla faccia di Simon, mentre cercava di liberarla. Ma ora l'immagine stava cambiando e lei si trovava in piedi accanto a un letto occupato da una bellissima giovane donna con una cascata di capelli rossi, con indosso una camicia da notte candida e la schiena appoggiata a un mucchio di cuscini. Era intenta a esaminare un filo di perle. Le *sue* perle, si disse Caroline. E la ragazza somigliava alla prozia Louisa nel ritratto di famiglia.

«Me ne hanno parlato, di queste perle». La sua voce era una cantilena infantile. «Si dice che siano maledette, sai. La zia della madre di mio marito le ebbe in regalo da un fidanzato che la lasciò poco prima del matrimonio».

I begli occhi della donna si sollevarono e si posarono su Caroline. «Si dice che lei abbia giurato di non parlare mai più. "Delusione d'amore", così la chiamarono. E lei giurò anche che quelle perle avrebbero portato sfortuna e infelicità a chiunque le avesse indossate».

Le sollevò alla luce, con sguardo ammirato. «Bellissime, vero? Naturalmente, io non credo in queste storie. Né ci credeva la madre di James, che le ereditò da sua sorella. Nessuno ci crede. E anche se facessi il contrario, non potrei rifiutarle, proprio come non ho potuto rifiutare lo stesso James».

Tornò a ridere, ma stavolta in maniera meno fanciullesca; era piuttosto una risata amara. «Sai, non ho avuto scelta. Nessuna di noi l'aveva, all'epoca».

Caroline cercò di muovere le labbra. «Io sì», avrebbe voluto dire. «Io la scelta ce l'ho».

Ma la donna nel letto stava svanendo e il bambino dalla pelle scura se ne stava andando via, inghiottito dal rosseggiare delle scogliere. All'improvviso, si sentì cadere a una velocità tale che le parve che qualcuno avesse aperto una valvola nel suo torace.

«Fermatemi!», cercò di gridare. «Fermatemi!».

Poi, ci furono solo tenebre.

«DAILY GLOBE»

NOTIZIA DI PRIMA PAGINA

12 LUGLIO 1997

SIMON SWEETING, REDATTORE CAPO DEL «DAILY GLOBE», È MORTO IERI IN UN TERRIBILE INCIDENTE.

SEMBRA CHE SIA PRECIPITATO DA UNA SCOGLIERA MENTRE TENTAVA DI SALVARE LA VITA A SUA MOGLIE.

(*Cinque anni dopo*)

«THE WINDSEA HERALD»

12 NOVEMBRE 2002

È STATA RITROVATA UNA COLLANA DI PERLE, PORTATA A RIVA DAL MARE. CHIUNQUE SAPPIA QUALCOSA DELLA SUA STORIA SI METTA IN CONTATTO CON LA STAZIONE DI POLIZIA.

Capitolo 47

«La gente farà la fila, per reclamare il possesso delle perle!», disse Scarlet in tono di scherno. Era venuta per uno dei suoi rari weekend di libertà dalla rivista dove era stata appena nominata viceredattrice della sezione moda.

A diciannove anni era davvero bellissima, come Caroline avrebbe sempre voluto essere, con i capelli ramati (tanto simili a quelli della nonna Rose, nel ritratto) e quella pelle che sembrava di porcellana su cui risaltavano gli occhi di un azzurro vivace, sempre allegri e divertiti, persino adesso. Ed era anche innamorata! Troppo giovane per fare sul serio, avrebbe voluto dirle Caroline, ma in qualche modo non riusciva a trovare le parole adatte a sgonfiare l'amore giovanile della sua stupenda figliola.

In quel momento Scarlet stava sventolando il quotidiano locale sotto il naso di sua madre. «Riesci a immaginare la quantità di "candidati" interessati che si presenterà?».

Caroline sentì un fremito all'altezza dello stomaco. In un certo qual modo, s'era aspettata che dovesse succedere, prima o poi. Ora che era accaduto, sapeva esattamente cosa fare.

«Siamo molto onesti, da queste parti. Rimarrai sorpresa».

«Noi?». Scarlet strinse affettuosamente il braccio a sua madre. Era un gesto che regalò a Caroline la rassicurazione di cui aveva bisogno, dopo i lunghi mesi trascorsi dalla morte di Simon, in cui sua figlia era stata fredda e distante nei suoi confronti, ricordandole fin troppo la sua stessa freddezza verso la madre, dopo il divorzio dei suoi genitori.

«Mamma, abiti qui solo da quattro, cinque anni, il che non è nulla in un posto come questo, dove le famiglie risiedono da secoli; ma parli come se appartenessi da sempre a questi luoghi».

Era proprio così che si sentiva, invece. A volte Caroline non riusciva a credere che fossero già passati cinque anni dalla morte di Simon. Cinque anni da quando era precipitato nel burrone dopo averle strappato le perle dal collo, salvandola dallo strangolamento. Cinque anni da quando aveva detto a Scarlet chi fosse il suo vero padre.

Erano rimasti tutti talmente scioccati, dopo l'incidente! Niente era più sembrato reale. Ogni minuto; ogni ora, ogni giorno sembravano vissuti da tutto il resto del mondo, eccetto che da lei. Lei non meritava di vivere, aveva continuato a pensare Caroline mentre guariva da una frattura al braccio, che in quel contesto tragico non era nulla.

L'altro problema erano stati i ragazzi. «Dov'è papà?», continuavano a chiedere i gemelli, come se Simon fosse sul punto di entrare dalla porta da un momento all'altro.

Era così che s'era sentita sua madre, a nove anni, quando aveva perso la sua mamma? Soltanto Scarlet rimaneva in silenzio; un silenzio terribile, spaventoso, per mantenere il quale si rinchiudeva intere giornate nella propria stanza. E quando ne usciva, si andava a sedere sul muretto di pietra vicino alla spiaggia, sempre senza dire una parola.

Era stato Grant ad avere l'idea. Grant, uno dei tanti abitanti del luogo che erano venuti a trovarla, portandole bigliettini d'auguri, pietanze belle e pronte e tanta gentilezza, per quanto fossero ancora degli sconosciuti, per lei. «Dalle questa», aveva detto semplicemente, mettendole in mano una scatoletta di legno prima di andarsene senza darle modo di dire nulla.

Era una scatola di carboncini da disegno. Senza una parola li aveva lasciati fuori della porta di sua figlia insieme a una scodella di cibo, e quando era tornata su mezz'ora dopo aveva scoperto che entrambi gli oggetti erano spariti e che la stanza era vuota.

«Lasciala stare», aveva detto la voce nella sua testa. Ma quando la stessa cosa si era ripetuta per quattro giorni di seguito, aveva deciso di seguire sua figlia giù sulla spiaggia. Come sempre, l'aveva trovata seduta sul muretto, che canticchiava fra sé mentre disegnava la piccola fila di barchette a vela bianche uscite in mare dal circolo velico.

«C'è una cosa che devo dirti», le aveva annunciato a bassa voce.

Scarlet non aveva nemmeno sollevato la testa e Caroline aveva sentito il cuore batterle forte nel torace.

«Si tratta di tuo padre».

Il battito cardiaco le faceva fischiare le orecchie. Segreti! C'erano stati troppi segreti, nella sua famiglia. La prozia Phoebe, l'unica ad aver mai saputo di Thomas, l'aveva detto durante la sua ultima visita. «Un giorno, mia cara», aveva sentenziato lanciando a Caroline un'occhiata penetrante attraverso i suoi nuovi occhiali bifocali, «dovrai dire la verità a Scarlet».

«Sono stanca di parlare di papà». La voce di Scarlet aveva un tono aspro, simile a quella di Grace, e la riportò al presente. «Ti ha fatto del male. Vi ho sentiti litigare. Ed ora è morto. Non c'è altro da dire. Fra l'altro, non è che sia mai stato molto con noi, no?».

In effetti il rapporto di Scarlet con suo padre si era deteriorato da quando lei aveva raggiunto l'età di otto o nove anni. Simon non sembrava gradire che sua figlia stesse crescendo, mentre lei si stava abituando a non averlo quasi mai vicino. Forse questa era una ragione di più per cui sua figlia dovesse conoscere la verità.

«Diglielo», disse una voce nella sua testa che sembrava un po' quella della zia Phoebe. «Diglielo».

Caroline si concentrò intensamente sulla fila di barche a vela che attraversavano il mare. Fu colpita dal fatto che apparissero come una crepa all'orizzonte, o come una parete celeste chiaro.

«In realtà, tesoro, non è così semplice». Appoggiò una gamba sul muretto, poi anche l'altra, fino a sedersi accanto alla sua graziosa figliola, ormai quasi più alta di lei. «C'è una cosa che devo dirti in proposito. Il suo nome era... è.... Thomas». Le passò un braccio intorno alle spalle e la strinse a sé. «Quando l'ho conosciuto avevo all'incirca la tua età».

Dopo quel primo aborto, tanti anni prima, quando aveva solo ventidue anni, Simon era cambiato. «È stata colpa tua», le aveva detto con gli occhi fiammeggianti. «Se non avessi passato tutto il tuo tempo a correre di qua e di là, alla ricerca di commissioni per i tuoi dipinti, forse non sarebbe accaduto».

Lei era rimasta sconvolta. «E tu allora? Tu non ci sei mai! Come faccio a rimanere incinta, se sei sempre impegnato con le tue conferenze stampa dall'altra parte del Paese?».

Quella notte avevano dormito in letti separati e lei era rimasta sempre sveglia, a chiedersi come avesse fatto a rovinarsi la vita in quel modo. Erano andati avanti così per mesi, fin quando un giorno Caroline s'era ritrovata a prendere in mano il ricevitore e a chiamare il servizio di ricerca abbonati. Con suo sommo orrore, ma anche con piacere, aveva scoperto che Thomas era sempre al suo vecchio indirizzo. Sì, le aveva risposto, quando gli aveva proposto di pranzare insieme. «Sono libero e c'è un delizioso pub a metà strada fra casa tua e casa mia».

Era stato così semplice. Thomas era ancora alto ma meno allampanato e impacciato, e si era mostrato felice di rivederla. Era stato così consolante potersi sfogare con lui sull'aborto e sull'uomo che aveva sposato, che dopotutto non era quello che lei aveva pensato che fosse. E quando lui le aveva stretto la mano in segno di comprensione, in quel piccolo pub poco fuori Amersham, lei s'era sentita tanto, tanto meglio.

«Perché ci siamo lasciati?», le aveva sussurrato davanti al caffè dopo averle raccontato del suo matrimonio, che non era granché, ma che, gli andava riconosciuto, confessava di non voler interrompere.

«Non lo so», aveva mormorato lei di rimando.

In seguito Caroline non era riuscita a darsi una giustificazione, ma al momento, forse per via dei tre bicchieri di vino che aveva bevuto, tutto era sembrato avere un senso. «Conosco un albergo, qui vicino», aveva detto Thomas, con un tono che suggeriva lo conoscesse fin troppo bene. In preda all'entusiasmo di riscoprire qualcuno che conosceva tutto il suo passato e che lei aveva amato, veramente amato senza aver mai fatto l'amore con lui, non le era parso importante.

Era come cavalcare un'onda; un'onda già cavalcata in passato, ma che stavolta la stava travolgendo. Che la soffocava nel più delizioso dei modi. Era quello, dunque, il vero significato dell'amore travolgente, pensò. Era sempre stato quello, per tutti quegli anni. Simon, per quanto carismatico e di bell'aspetto, non era altro che una versione alternativa, proprio come suo padre lo era stato per sua madre.

Il mese successivo non aveva avuto le mestruazioni. Non c'era alcun motivo di dirlo a Thomas, sottolineò la zia Phoebe, con sguardo severo. Era servito al suo scopo, e fra l'altro, lei non aveva alcuna intenzione di buttare all'aria due matrimoni, no? Così, irrigidita dal terrore, Caroline aveva seguito il consiglio della zia, convincendo Simon a fare l'amore quello stesso mese, in modo da poter spacciare il bambino come suo figlio.

«È la cosa migliore da fare, a mio parere», aveva decretato la prozia fumando una delle sue sigarette e fissando dalla finestra il prato immacolato della vecchia canonica. Mentre parlava, si accarezzava le perle; un'abitudine sempre più frequente, o almeno così parve a Caroline. «Ora avrai il tuo bambino».

Quelle parole rimasero pesantemente sospese nell'aria, e Caroline pensò con tristezza alle pile e pile di camiciole nella pesante cassapanca di mogano che troneggiava nella stanza degli ospiti. Quando le aveva scoperte per la prima volta, a quattordici anni d'età, non aveva capito perché fossero lì, ma ora iniziava a comprendere. Phoebe e Victor avevano voluto dei figli, dopotutto, ma quelli non erano venuti e, come succedeva a quei tempi, si erano rassegnati. Non era da escludere che Phoebe avesse invidiato alla sorella maggiore quella facilità di concepire, e forse era stata quella la causa della sua freddezza nei confronti di Helen e Frank, che le ricordavano costantemente come la sua sorella più grande avesse ottenuto quello che lei desiderava e non poteva avere.

«Ricordati, però», aveva aggiunto Phoebe, stringendo nella mano destra il bicchiere di whisky. «Se dirai la verità anche solo a uno dei due, te ne pentirai amaramente».

Dopodiché, afflitta dai peggiori sensi di colpa, Caroline aveva fatto del suo meglio per rendere felice Simon e, con sua sorpresa, s'era pian piano resa conto di aver salvato il matrimonio dal baratro in cui stava per precipitare: le era sembrato che lei e Simon ora fossero molto più uniti di prima.

Ma ovviamente s'era sbagliata! Quanto tempo c'era voluto, s'era domandata, perché Simon la tradisse a sua volta? Certe volte, come aveva detto Petunia, non era possibile trovare una risposta a tutte le domande.

«È successo una sola volta», cercò di dire alla figlia, ma si accorse di suonare ipocrita; una scusa, anche se era la verità. «Amavo tuo padre». Anche questo era vero, solo che si trattava di un amore diverso da quello che provava per Thomas. «È stata una sbandata. Tantissime coppie hanno problemi durante i primi anni di matrimonio. Ero ancora una bambina».

«Smettila di cercare delle scuse». Scarlet si scostò da lei come fosse contagiosa. «Chi altro lo sa?»

«Nessuno. Nessuno a parte la zia Phoebe».

«Perché gliel'hai detto?».

Già, perché? Forse perché sembrava meno probabile che la prozia ne parlasse a qualcun altro di quanto non potesse fare sua madre, sempre fredda nei confronti del marito, e che un giorno, in un accesso di rabbia, avrebbe potuto rivelare tutto.

Caroline aveva risparmiato alcuni di questi dettagli a Scarlet, durante il loro discorso sul muretto, pur avendole detto abbastanza perché fosse al corrente di tutta la verità. Ma se aveva sperato che questo le avrebbe alleviato il dolore per la morte del padre, s'era sbagliata di grosso.

«Com'è possibile che papà non fosse mio padre?», aveva gridato Scarlet, balzando in piedi e cominciando a correre sui ciottoli, verso il porto. «Non voglio parlarne mai più! Mi hai capito? Mai più!».

Con il passare del tempo, la rabbia di sua figlia si trasformò in una tregua piena d'imbarazzo. Ma anche così, tornare alla vecchia vita di Londra dopo la morte di Simon s'era dimostrata una cosa impossibile, perciò Caroline aveva continuato a stare nel piccolo cottage di Diana, iscrivendo i figli alle scuole locali e proseguendo il suo lavoro di artista su commissione, che, grazie al cielo, poteva svolgere dappertutto. Insieme alla pensione di Simon, le entrate bastavano appena a mantenerli tutti. Nell'anno successivo, con le sue sedute e i consigli terapeutici, Petunia l'aveva aiutata ad affrontare e combattere i sensi di colpa per la morte di Simon. Attualmente stava ancora tentando di rimettere insieme i pezzi della sua vita.

Sua nonna aveva detto sul serio, quando aveva confidato a Diana che le perle portavano sfortuna, o quelle parole erano state soltanto il frutto del delirio di una donna in balia di un tumore al cervello che le stava distruggendo la mente?

«Chi lo sa?». Diana s'era stretta nelle spalle quando lei gliel'aveva chiesto, alcuni mesi dopo il funerale. «Dopo la morte di Rose ho cercato di saperne di più. Secondo Phoebe, si diceva che le perle fossero state ereditate da un'antenata che era stata, come dicevano allora, "vittima di una delusione amorosa" da parte di un corteggiatore che le aveva regalato la collana e poi l'aveva piantata. Lei giurò allora che quelle perle avrebbero portato sfortuna a chiunque le avesse indossate, ma tua zia si rifiutava di crederci. Diceva che era una storia inventata da tua nonna perché lei stessa non gliele chiedesse in prestito. Temo che tua zia Phoebe si sia sempre sentita come la sorella indesiderata. Raccontava spesso una storia su di un pony, ma francamente devo confessare che a quel punto non la stavo quasi mai ad ascoltare. Io ero amica di Rose. Per quanto mi riguardava, Phoebe non era altro che una ragazza viziata».

I luminosi occhi celesti di Diana si erano posati su di lei, sorridenti. «E ora che ne diresti di un altro bel gin tonic, prima che io riprenda il treno per Londra?».

Troppo tardi Caroline rimpianse di non aver insistito sull'argomento. In effetti, fu l'ultima conversazione che ebbero prima della sua morte, avvenuta dolcemente nel sonno, un mese dopo. Diana lasciò la sua casa a Caroline con un breve messaggio, in cui dichiarava che era stata per lei quanto di più vicino ci potesse essere a una figlia. Da quel momento in poi, una Caroline piena di gratitudine si era definitivamente trasferita in quella casa, prendendo solo qualche mobile e suppellettile dall'abitazione di Londra, prima di venderla.

«La cosa migliore per ricominciare», aveva detto Grace in tono sorprendentemente comprensivo e senza la minima traccia di gelosia per quel lascito alla sorella. E lei aveva ricominciato. Degli artigiani del luogo avevano riportato i pavimenti all'originario legno di pino, sul quale Caroline aveva steso dei bellissimi tappeti fatti a mano. Poi aveva fatto abbattere una parete per ampliare la cucina, usufruendo dello spazio della dispensa e creando un ambiente familiare con vista sulle aiuole di lavanda piantate con le sue stesse mani. E in salotto, dove aveva messo delle bellissime tende di chintz trovate in un negozietto di passamaneria di seconda mano, ma di ottima qualità, aveva sistemato i divani Chesterfield di Londra, i cuscini con stampati i suoi dipinti, i suoi quadri e i pochi oggetti lasciati da sua madre, come le statuine di legno del Borneo, sulla mensola del caminetto, riportate a casa dalla nonna. A volte le prendeva in mano, accarezzando il legno levigato; e immaginava come potesse essersi sentita sua nonna, in un posto tanto lontano da casa.

«Ciao! Siamo tornati!».

Sentì la chiave girare nella serratura e il rumore degli zaini che venivano gettati sul pavimento in legno dell'ingresso, dove sarebbero senza dubbio rimasti, in attesa del prossimo stupido che ci fosse inciampato sopra.

«Scendo subito!», rispose Caroline dallo studio al piano di sopra. Il suono dello sportello del frigo che si apriva e che poi veniva richiuso con noncuranza la raggiunse, facendola sorridere. Sapeva esattamente cosa stavano facendo. Era un rituale quotidiano. I ragazzi, che sostenevano di stare perennemente "morendo di fame" dopo la giornata trascorsa a scuola, rovistavano nel frigo in cerca di cibo prima di precipitarsi in spiaggia, per poi fare i compiti nel tardo pomeriggio. Sia Oliver che Charlie erano ormai cresciuti, trasformandosi in robusti teenager che amavano la vita e la scuola che frequentavano. Dopo le lezioni, passavano il loro tempo sui kayak o facendo surf, oppure organizzando dei barbecue in giardino, al contrario dei loro coetanei di Londra, sempre appiccicati a Facebook. «La cosa stupenda della vita che conduciamo qui», aveva detto Caroline a Grace durante una delle loro periodiche telefonate, «è che la gente lavora sodo durante il giorno, ma sa anche quando smettere. E se ne va al mare a rilassarsi».

A volte si chiedeva come mai i ragazzi non mostrassero di sentire troppo la mancanza del padre. Forse perché durante la loro infanzia lui non c'era quasi mai, o magari era una cosa che sarebbe riemersa quando fossero stati più grandi? Un'altra cosa cui avrebbe dovuto fare attenzione, ma per adesso ancora no. Bisognava vivere l'attimo. Era questo che quel posto tanto tranquillo eppure imprevedibile le aveva insegnato. Vivere l'attimo senza guardarsi indietro.

«È tutto imballato». La vocc profonda di Grant, accanto a lei nello studio, interruppe i suoi pensieri.

Provò un delizioso brivido lungo la schiena, simile a quello che provava a volte quando portava a termine una commissione ed era soddisfatta, ma aveva bisogno di qualcuno che glielo dicesse ad alta voce. Ma questa era diversa. Diversa da qualunque altra commissione portata a termine finora. Diversa, perché per tutto il tempo in cui aveva dipinto, s'era sentita gelare e avvampare al tempo stesso. A volte non aveva nemmeno saputo da dove venissero le pennellate; era come se qualcun altro le avesse guidato la mano, affondando il pennello nelle diverse tonalità di colore senza che lei ne fosse pienamente consapevole. «E sei certo che sia abbastanza buono per la mostra?»

«Se non ci provi, non lo saprai mai!».

Le sorrise proprio come aveva fatto la prima volta che aveva tentato di baciarla e lei lo aveva respinto, dicendogli che avrebbe dovuto vergognarsi, visto che era sposato.

«Sposato?», aveva risposto lui, dapprima confuso, poi era scoppiato a ridere fragorosamente. A volte, le aveva spiegato, si riferiva ancora ad Aileen come a sua moglie, per abitudine. Era un bel po', ormai, che erano divorziati. Non avevano avuto figli e lei s'era risposata. E lui aveva voltato pagina. La questione era: si poteva dire lo stesso di lei?

C'era voluto un po'. Non si supera così velocemente la morte di un marito, anche se si trattava di un marito infedele. Ma adesso, in qualche modo, ogni pezzo sembrava tornare al suo posto. Ed ecco lì Grant, che aveva imballato il suo quadro, pronto ad essere esposto per la mostra estiva della Royal Academy, insieme ai dipinti di Lord Sir William Giles, il mecenate del suo bisnonno.

Caroline non aveva mai eseguito un ritratto prima di allora, ma quando aveva iniziato era stato come baciare qualcuno per la prima volta e sentire, come uno shock, che era una cosa naturale; come se lo si fosse baciato ogni giorno da tutta la vita. Come trovare una stanza nella propria casa in cui non si era mai messo piede prima. Come scoprire un'altra voce che non si sapeva di possedere. Caroline aveva lavorato febbrilmente a quel ritratto per diverse settimane, dimenticandosi a volte di fermarsi per preparare le cena ai ragazzi. Talvolta, mentre dipingeva, s'era sorpresa a cantare una strana canzone che non sapeva neanche di conoscere. E poi, finalmente, un mattino di maggio, aveva avuto la netta impressione che fosse finito.

«Hai visto quest'articolo, vero?». La voce di Grant la riportò al presente; stava indicando il quotidiano locale, appena sfogliato da Scarlet. Questo fine settimana sua figlia aveva qualcosa di diverso. Che avesse cercato di rintracciare suo padre, come aveva detto che avrebbe fatto, il mese precedente? Forse. O forse no. Stavolta avrebbe aspettato che sua figlia glielo dicesse spontaneamente, invece di insistere.

«Intendi reclamare le perle?».

Non era la prima volta che discutevano della possibilità di un "ritorno" delle perle perdute. Succedeva spessissimo; cianfrusaglie e rottami approdavano sulla riva quasi ogni giorno e qualche volta veniva alla luce qualcosa di prezioso. Era per questo che i turisti col metal detector setacciavano speranzosi la sabbia.

«No». Caroline sussurrò appena, per non farsi sentire dalla figlia, che era andata in cucina. «Lasciamo stare. Non si sa mai».

«Se ne sei sicura...».

«Lo sono». Gli rivolse un sorriso timido. «Fra l'altro, c'è già abbastanza da fare con i preparativi per il matrimonio».

Lui sospirò con fare scherzoso e fece finta di passarsi il braccio sulla fronte, come per detergere il sudore. «Ah, già. Il matrimonio. Come ho fatto a dimenticarmene?».

Capitolo 48

Avevano scelto di sposarsi in chiesa, un po' a sorpresa, e poi ci sarebbe stato un ricevimento in una bellissima magione antica trasformata in un piccolo albergo di campagna molto esclusivo. La lista degli invitati era lunghissima, con persone provenienti da ogni parte del mondo; Caroline aveva trascorso ore e ore a prenotare stanze e alloggi nei bed and breakfast, chiedendosi talvolta se il piccolo villaggio marittimo fosse stato abbastanza grande da contenerli tutti.

Ovviamente, Grace aveva troppo da fare al lavoro per aiutarla, anche se si prodigò in buoni consigli al telefono.

«Non ti dà ai nervi, qualche volta?», le domandò Scarlet mentre l'aiutava a completare le decorazioni per la tavola, con intricati nastri lilla e rosa assicurati a bottigliette di plastica con sapone liquido, perché gli ospiti accogliessero gli sposi con le bolle di sapone.

«Non più». Caroline si meravigliò di se stessa per la calma acquisita in quegli ultimi anni, un senso di pace ben radicato che s'era pian piano fatto strada nelle sue vene dopo la morte di Simon e che s'era definitivamente insediato quando s'era innamorata dell'unico uomo di cui potesse davvero ricominciare a fidarsi. «Ho imparato che non siamo tutti uguali. Nemmeno fra sorelle».

Scarlet distolse lo sguardo. «Mi sarebbe piaciuto avere una sorella». Rimase seria per un po', ma poi sorrise. «Comunque, c'è qualcosa di bello nell'avere due fratelli più piccoli, che ora sono più alti di me e che sono convinti di doversi prendere cura di me».

«Mia madre diceva sempre che adorava avere dei fratelli». Le tornò in mente sua madre intenta ad aprire l'ennesima, sottilissima lettera di Frank, arrivata con la posta aerea.

Era quello il problema, con i matrimoni. Ti facevano pensare al passato; ma, sempre ammesso che tenessi la cosa sotto controllo, in fondo non era poi tanto male.

Il matrimonio fu stupendo. A detta di tutti. Non solo dei loro amici del posto, ma anche di chi aveva fatto migliaia di chilometri per scoprire che quel villaggio di mare aveva più fascino delle luci di San Francisco, di Sydney o di Bali.

Durante la cerimonia, mentre sia Scarlet che il suo giovane marito si scambiavano la loro promessa, con Oliver e Charlie che torreggiavano su di loro come testimoni di nozze, le parole fluirono chiare e sonore verso l'alto, oltre la volta della chiesa, e Caroline si chiese se fossero state captate anche dai gabbiani, che sembravano ridere sopra le loro teste.

Lo zio Geoffrey, che Dio lo benedicesse, aveva insistito per fare quel viaggio nonostante l'età avanzata, per accompagnare la nipote all'altare. Era l'ultimo rimasto della generazione di sua madre, pensò Caroline con una stretta al cuore, mentre osservava lo zio procedere solennemente con la sua andatura dignitosa lungo la navata centrale, con Scarlet al braccio. Una volta scomparso anche lui, la generazione più vecchia sarebbe stata la loro, e sarebbe toccato a loro tramandare le storie di famiglia.

Più tardi, dopo cena, andarono tutti sulla spiaggia e la sposa si tolse le scarpe per mettersi a correre sulla sabbia. Grant aveva preparato delle bellissime lanterne di carta in colori sgargianti, una per ogni ospite, e aveva chiesto a tutti di accenderle sotto la luna. Brillavano come piccoli aquiloni o lucciole giganti.

«È così giovane per il matrimonio», disse Caroline ad alta voce. «E so che con il suo lavoro se la sta cavando benissimo, ma non posso fare a meno di rimpiangere che non sia andata all'università».

Grace, che per pura coincidenza indossava un vestito simile a quello della sorella, molto vaporoso e di una tonalità fra il rosso mattone e l'arancio, copiata da un dipinto di Sir William Giles che entrambe ammiravano, circondò la vita di Caroline con un braccio. Era in momenti come quello, pensò Caroline mentre appoggiava la testa a quella della sorella, che si sentivano incredibilmente vicine, dimentiche dei soliti scontri che caratterizzavano il loro rapporto.

«Sono innamorati, Carrie, ed è solo questo che conta. Tu dovresti saperlo più di ogni altro».

Caroline annuì, sentendosi in colpa. «E di te che cosa mi dici? Mi preoccupo. Non guardarmi così. Non posso farci nulla».

«Perché?». Grace ritirò il braccio e la sua voce si fece più fredda. «Perché non ho ancora trovato l'uomo giusto, completando il quartetto che ci si aspetta alla fine di un romanzo o di un pezzo teatrale? Sono felice così».

«Cambiando continuamente partner?».

Quelle parole le scivolarono di bocca prima che potesse fermarle. Per un minuto vi fu totale silenzio, poi, con somma sorpresa di Caroline, Grace parlò in tono dolce e pacato, senza la minima traccia di irritazione. «Esattamente. Così non mi faranno mai soffrire».

«Non desideri dei figli? Sei ancora in tempo».

Il braccio tornò a circondarle la vita e Caroline lo strinse. «No che non lo sono, Carrie».

«Che vuoi dire?»

«Due anni fa mi sono state asportate le ovaie».

«Come? Quando? Perché non mi hai detto niente?».

Grace parve mettersi sulla difensiva. «Me lo sono fatto come regalo per i miei trent'anni. Devo averti detto che ero a Parigi, a quell'epoca».

Sentendosi in colpa, Caroline ricordò di aver provato una certa irritazione durante una delle numerose telefonate di Grace in quel periodo, quando si era lamentata della lentezza dei francesi a stipulare un contratto, costringendola a rimanere all'estero più del previsto.

«Il dottor M me l'ha consigliato, a causa della malattia della mamma», proseguì Grace. «Ha detto anche che il tumore al cervello di nostra nonna avrebbe potuto essere una metastasi e che probabilmente anche lei aveva un cancro alle ovaie. Avevo un paio di cisti che sembravano pericolose, e poi avevo già deciso che non volevo figli. Non avevo nessuna voglia di fargli fare la trafila del divorzio o di fargli patire uno qualsiasi dei guai cui la nostra famiglia sembra destinata. E prima che tu parta per un altro dei tuoi viaggi nel senso di colpa, sappi che non ti sto accusando di nulla. È stato Simon a tradirti. Ma devi ammetterlo, Carrie. La nostra famiglia non è molto fortunata, con questo genere di cose, e se lo è, come è capitato adesso a te, generalmente succede al secondo tentativo. Se mai mi sposerò, dovrò essere sicura che sia per la vita».

Caroline cercò di concentrarsi su una delle lanterne che dondolavano sopra le loro teste, per trattenere le lacrime che le avevano inondato gli occhi. «Ti capisco. Ma non mi piace pensare che tu possa fare la fine di Maggy». Un enorme groppo le chiuse la gola. «Tu non faresti mai...».

«Del male a me stessa, vuoi dire?», Grace finì la frase per lei. «No, non lo farei, perché non vorrei farvi soffrire. Starò bene, Carrie. Io sono diversa da te. A volte mi chiedo se dipenda dal nome che porto. Non ha portato granché fortuna alla mia omonima, no?».

Difficile darle torto. «C'è una persona da cui potresti andare, quando sei giù», Caroline si sentì dire. «Una sorta di amica, si chiama Petunia». Passò entrambe le braccia attorno alle spalle della sorella e la strinse forte a sé. Stavolta Grace non si ritrasse.

«Ti voglio bene», disse Caroline, sentendo che in quel momento avrebbe dato la vita per sua sorella. Chi altri al mondo era cresciuto nella sua stessa casa, chi altri aveva il suo stesso patrimonio genetico? Mentre abbracciava Grace, Caroline sentì all'improvviso che sarebbe andato tutto bene. Non solo per sé, ma anche per sua sorella e per sua figlia. Forse Grace aveva preso la decisione migliore. E forse anche Scarlet.

«Ti voglio bene anch'io, scema. E ora lasciami andare. Sembra che il tuo uomo stia venendo a reclamarti, e se c'è una cosa che detesto, è fare il terzo incomodo».

Grace scivolò via tra la folla di ragazzi giovani e belli che volteggiavano come lucciole sorbendo cocktail e correndo scalzi sulla sabbia. Fra loro c'era un ragazzino minuto, di colore, che si teneva a una certa distanza dagli altri, giocherellando col piede con un surf abbandonato sul bagnasciuga. Le rivolse uno sguardo timido e sorrise. Forse era un amico dei gemelli.

«Ti stai divertendo?», fece la voce profonda che Caroline aveva imparato ad amare.

Annuì, girandosi verso di lui, e gli appoggiò la testa nell'incavo del collo, che aveva un profumo così buono. Divertirsi non era la parola che avrebbe scelto lei, ma adesso, dopo la conversazione con Grace e avendo visto l'espressione di totale felicità di sua figlia mentre baciava il marito, ebbe la netta impressione di sentirsi molto, molto meglio di quanto non si fosse sentita durante la cerimonia.

«Pensi che saranno felici?», mormorò contro il collo di lui.

La sua mano calda avvolse la sua. «Come e quanto ognuno di noi può sperare di essere».

Era una cosa che Caroline apprezzava molto, in suo marito. Non faceva mai finta che tutto fosse perfetto. Era sincero, forte e affidabile. Proprio quello di cui lei aveva bisogno.

«A proposito, sei bellissima». La sua mano accarezzò le pieghe del suo vestito. «Davvero bellissima. Non riesco a credere a quanto sia stato fortunato. È difficile distinguere la madre dalla figlia, davvero!».

Ridendo, Caroline scosse il capo. «Ho cominciato presto, ricordi? E a parte tutto, la fortunata sono io».

Le braccia di David si strinsero intorno a lei. «Lo siamo entrambi».

Per qualche minuto stettero lì in silenzio, immersi ognuno nei suoi pensieri. Era stato David Rolfe, l'avvocato che Caroline aveva chiamato dopo la morte di Simon, a districare la complicatissima rete di problemi. Non si trattava della semplice mancanza di un testamento, aveva spiegato. Era un po' tutto. E Caroline aveva intuito subito, dal suo tono professionale ma coinvolto, che lui l'aveva capita. In settimana era venuto ad aiutarla a smistare le scartoffie e si erano tenuti in contatto per i mesi a seguire; mesi in cui Caroline s'era sentita del tutto confusa, tanto che aveva persino permesso a Grant di baciarla. E aveva capito immediatamente di non essere disposta a fare da seconda scelta. «Mi dispiace», aveva detto scostandosi da lui. «Non sono sicura che possa funzionare, tra noi».

Grant era rimasto deluso. «Forse è ancora troppo presto».

«Io credo», si era sforzata di aggiungere, «che tu per me possa essere semplicemente un amico e collega pittore».

Ad essere sinceri, Grant era rimasto proprio questo, mentre l'aiutava a preparare il suo quadro da presentare alla Royal Academy. Lo zio Geoffrey le aveva permesso di trascorrere qualche tempo da loro, per permetterle di copiare il dipinto, in cui era ritratto un gruppo di tre ragazzi – i suoi figli – che ammiravano estasiati il dipinto di una ragazza vestita di bianco, con una collana di perle intorno al collo da cigno. Il titolo era *La bisnonna Louisa e le sue perle*.

«Non penserai che portino sfortuna anche tu, vero?», gli aveva chiesto esitante.

Grant aveva considerato la domanda con grande attenzione. Simon l'avrebbe rimproverata: le avrebbe detto che era ridicola, a credere a quella vecchia storia della maledizione delle perle.

«No, non lo penso», aveva risposto finalmente Grant. «Non dipinte su tela. Una verità può diventare una bugia, in pittura, e una bugia verità». Per un attimo il suo sguardo divenne malinconico. «Potresti ribattere che rinchiudendole in una cornice le hai rese innocue, evitando che possano fare del male a qualcuno. A proposito», abbassò la voce, perché nessuno lo sentisse.«Sarò sempre innamorato di te. Lo sai, vero?».

Caroline sorrise e fece scorrere un dito sul suo bavero. Non era la prima volta che glielo sentiva dire e lei aveva cominciato a considerarlo un segno d'amicizia, piuttosto che qualcosa di cui doversi preoccupare.

Quanto alla metafora della cornice, le piaceva. Aveva un senso, proprio come aveva avuto un senso il fatto che un giorno, mentre erano seduti in cima a una scogliera che digradava dolcemente verso una caletta conosciuta soltanto a pochi, David le aveva detto che stava pensando di aprire un altro studio. Come l'avrebbe presa, Caroline, se avesse scelto un posto lì vicino?

Adesso, mentre erano insieme sulla spiaggia, immersi nel loro mondo privato mentre gli ospiti di Grace volteggiavano intorno a loro, Caroline seppe che il prossimo passo sarebbe stato l'ultimo. Forse lei e David avrebbero comperato una casa insieme da qualche parte, o forse avrebbero felicemente tirato avanti così come adesso, lei nella vecchia casa di Diana e David nel suo cottage che distava meno di mezzo miglio da lì. I figli di lui, che gli erano rimasti molto vicini dalla morte della madre, una decina d'anni prima, sembravano accettare di buon grado l'idea, anche se Caroline non era sicura di come l'avrebbero presa i suoi. Forse era meglio aspettare finché i ragazzi avessero lasciato casa per gli studi, per non rischiare di ripetere gli errori con i patrigni fatti dalle generazioni precedenti. E poi c'era il ritratto, che s'incamminava verso l'accademia! Qualcosa dentro di lei le diceva che quel dipinto poteva determinare un nuovo inizio della sua carriera. Come le ricordava sempre David, aveva appena quarant'anni. Poteva succederle qualunque cosa, o quasi.

«Ti amo», le disse attirandola a sé.

«Anch'io ti amo».

Se lo erano detti migliaia di volte, ormai, ma stasera sembrava diverso.

Caroline inalò l'odore della sua pelle. Per uno strano istante, sentì che profumava di un misto di calore e petali di rosa, insieme al fumo del tabacco. Non era così che sua nonna aveva descritto il Borneo, nel suo diario?

«Aspetta qui», David le disse piano. «Non ti muovere».

Passi. Leggeri sulla sabbia. Lenti. Decisi. Proprio come lui. Passi dietro di lei. Una porta nella sua mente, che si apriva.

«Chiudi gli occhi», dice la voce di David, alle sue spalle. «Non voglio che tu lo veda subito».

Fa' che non sia un anello, pensa lei. Non è ancora pronta a un simile passo. Invece sente qualcosa che le cinge il collo. Due fili. Ma diversamente dalle perle, queste pietre hanno una sfaccettatura spigolosa, che le graffia leggermente la pelle.

Le viene messo in mano uno specchio da toletta; lo capisce dalla forma e dalla freddezza del vetro. «Adesso puoi guardare». David sembra emozionato; compiaciuto di sé, senza presunzione, però.

Caroline sussulta. «Ma sono conchiglie! Piccole conchiglie d'argento!».

«La maggior parte le ho trovate io». È arrossito di piacere nel vedere la sua espressione, e Caroline capisce che si sente gratificato per il suo lavoro artistico, un talento scoperto di recente, dopo tanti anni. David indica col dito i nodi che dividono una conchiglia dall'altra. «Nel caso si rompesse, non le perderesti tutte».

Proprio come le sue vecchie perle. Solo che questa collana è diversa. È come se qualcuno, pensa, stesse cominciando a fare i fuochi d'artificio per lei, ma molto più luminosi del solito, nel cielo notturno. Un nuovo inizio.

Ed è così che arriva una nuova consapevolezza. Un pensiero meraviglioso, che la fa sentire più leggera; come fosse di nuovo tornata bambina. L'improvvisa certezza che adesso, finalmente, può gettarsi il passato alle spalle. Può gettarlo alle spalle di tutti loro, perché lei ha rotto l'incantesimo: al contrario della sua bisnonna, di sua nonna e di sua madre, lei ha trovato un nuovo amore e se lo è tenuto stretto. Ha ancora i suoi figli. Ed è ancora viva!

Quel nodo di seta s'è sciolto per sempre.

2016. Epilogo

Molti anni dopo, quando giunse il momento di sgomberare la casa di sua madre, Scarlet s'imbatté in un vecchio libro che portava il nome di sua nonna, Rose, sul frontespizio. Era un grosso volume dei *Racconti di Canterbury*, con il dorso malva e rosa e, all'interno, un foglio di carta finissima e consumata con quattro righe in una scrittura elegante e ricca di svolazzi.

Piangere per il passato è vano. Piangere per il presente non fa che offuscare gli occhi, rendendo più difficile veder chiaro nel futuro.

Che belle parole, pensò Scarlet, memorizzandole prima di riporre con cura il foglio nel libro perché nuove generazioni potessero leggerle.

Indice

Anagramma

Ultimi volumi pubblicati

RAFFAELLA BEDINI, *Sei parte di me*
FEDERICA BOSCO, *L'amore mi perseguita*
LAURIE GRAFF, *Come baciare il rospo giusto*
FEDERICA BOSCO, *S.O.S. amore*
MEENAKSHI REDDY MADHAVAN, *Diario segreto di una ragazza indiana*
LESLIE CARROLL, *Prima o poi mi innamoro*
SIMONA SPARACO, *Bastardi senza amore*
NIAMH GREEN, *Uomini maledetti bugiardi*
HARDEEP SINGH KOHLI, *Indian Takeaway*
FEDERICA BOSCO, *Innamorata di un angelo*
CAROLE MATTHEWS, *Per un'ora d'amore*
MINK ELLIOTT, *Il Club dei genitori disperati*
CLARE DOWLING, *Quando l'amore va in vacanza*
QUINTIN CONTRERAS, *L'amore costa caro*
JUDITH SUMMERS, *George è tornato*
SARA SHEPARD, *Giovani, carine e bugiarde*
GIUDITTA SCALZI, *I mammiferi felici ridono fino a tarda notte*
FIONA NEILL, *Il profumo del tè e dell'amore*
SARA SHEPARD, *Giovani, carine e bugiarde. Divine*
FEDERICA BOSCO, *Il mio angelo segreto*
MELISSA HILL, *Un regalo da Tiffany*
EVA CLESIS, *E intanto Vasco Rossi non sbaglia un disco*
JANE CORRY, *Il segreto della collana di perle*
LAILA AL-UTHMAN, *Il messaggio segreto delle farfalle*
KAREN SWAN, *Un diamante da Tiffany*

Nuova Narrativa Newton

FRANCO MATTEUCCI, *Il profumo della neve*
NAGIB MAHFUZ, *Il Settimo Cielo*
COLLEEN GLEASON, *Cacciatori di vampiri*
JAMES VANORE, *Il vangelo dei vampiri*
LISA JANE SMITH, *Il diario del vampiro. Il risveglio*
NAGIB MAHFUZ, *Karnak Café*
COLLEEN GLEASON, *La condanna del vampiro*
STUART MACBRIDE, *La casa delle anime morte*
WHITLEY STRIEBER, *2012 L'apocalisse*
NANCY KILPATRICK, *La rinascita del vampiro*
NAGIB MAHFUZ, *Autunno egiziano*
LISA JANE SMITH, *Il diario del vampiro. La lotta*
LISA JANE SMITH, *Il diario del vampiro. La furia*
La maledizione del vampiro, a cura di PETER HAINING
Vampiri!, a cura di STEPHEN JONES
LISA JANE SMITH, *Il diario del vampiro. La messa nera*
COLLEEN GLEASON, *La rivolta dei vampiri*
LISA JANE SMITH, *I diari delle streghe. L'iniziazione*
LISA JANE SMITH, *Il diario del vampiro. Il ritorno*
CHRISTOPHER LINCOLN, *Billy Bones. L'armadio dei segreti*
GIULIO CASTELLI, *Gli ultimi fuochi dell'impero romano*
BINA SHAH, *Il bambino che credeva nella libertà*
VITO BRUSCHINI, *The Father. Il padrino dei padrini*
SIMON SCARROW, *Sotto l'aquila di Roma*
LISA JANE SMITH, *I diari delle streghe. La prigioniera*
COLLEEN GLEASON, *Il crepuscolo dei vampiri*
STUART MACBRIDE, *Il collezionista di occhi*
NANCY KILPATRICK, *Gli amori del vampiro*
LISA JANE SMITH, *Il diario del vampiro. Scende la notte*
AZADEH MOAVENI, *Viaggio di nozze a Teheran*
LISA JANE SMITH, *I diari delle streghe. La fuga*
Sul tetto del mondo, a cura di JON E. LEWIS

MASSIMO LUGLI, *Il Carezzevole*
HARRY SIDEBOTTOM, *Il guerriero di Roma. Il re dei re*
LISA JANE SMITH, *I diari delle streghe. Il potere*
COLLEEN GLEASON, *Il bacio del vampiro*
L'ultima scalata, a cura di HAMISH MACINNES
VERONICA Q, *Vietato ai minori*
DAVID IGNATIUS, *Attacco a Teheran*
ANDREA FREDIANI, *Dictator. L'ombra di Cesare*
CHRIS PRIESTLEY, *Le terrificanti storie di zio Montague*
GAILE PARKIN, *Africa Social Club*
SIMON SCARROW, *Il gladiatore*
LISA JANE SMITH, *Il diario del vampiro. L'anima nera*
FABIO DELIZZOS, *La setta degli alchimisti. Il segreto dell'immortalità*
MAHBOD SERAJI, *Le notti di Teheran*
CHRISTOPHER LINCOLN, *Billy Bones. Sulla strada per Maipiù*
Wolfmen. Storie di lupi mannari, a cura di STEPHEN JONES
FRANCO MATTEUCCI, *Lo show della farfalla*
ROBERTO GENOVESI, *La legione occulta dell'impero romano*
NAGIB MAHFUZ, *Per le strade del Cairo*
MICHELLE MORAN, *La regina eretica. Il romanzo di Nefertari*
STEPHANIE SALDAÑA, *La sposa di Damasco*
TOM HARPER, *La città dei libri proibiti*
RAYMOND KHOURY, *Il segno di Dio*
STEVE ALTEN, *2012 La resurrezione*
LISA JANE SMITH, *Il diario del vampiro. L'ombra del male*
OLLE LÖNNAEUS, *Il bambino della città ghiacciata*
SIMON SCARROW, *Roma alla conquista del mondo*
MICHAEL WHITE, *L'anello dei Borgia*
ELIZABETH ESLAMI, *Il mio matrimonio combinato*
VICTORIA COREN, *I love poker*
LAWRENCE ANTHONY con GRAHAM SPENCE, *L'uomo che parlava agli elefanti*
ANDREA FREDIANI, *Dictator. Il nemico di Cesare*
JENNIFER JORDAN, *La scalata impossibile*
MARTIN BOOTH, *The American*
MISCHA HILLER, *Fuga dall'inferno. Una storia palestinese*
TORSTEN PETTERSSON, *A L'alfabetista*
PIERO DEGLI ANTONI, *Blocco 11. Il bambino nazista*

ÀLEX ROVIRA - FRANCESC MIRALLES, *L'ultima risposta di Einstein*
ROXANA SABERI, *Prigioniera in Iran*
SCARLETT THOMAS, *Il nostro tragico universo*
WHITLEY STRIEBER, *Omega point. Al di là del 2012*
PAOLO DI REDA - FLAVIA ERMETES, *Il labirinto dei libri segreti*
ANN FEATHERSTONE, *Il circo maledetto*
ANDREA FREDIANI, *Dictator. Il trionfo di Cesare*
GIULIO CASTELLI, *476 A.D. L'ultimo imperatore*
Alla fine del mondo. Le grandi avventure polari, a cura di JON E. LEWIS
ANN BRASHARES, *Grande amore*
FEDERICO GHIRARDI, *Bryan di Boscoquieto e la Maledizione di Morpheus*
VITO BRUSCHINI, *Vallanzasca*
CHRISTOFFER CARLSSON, *Lo strano caso di Stoccolma*
LORENZO BORGHESE, *I segreti di una principessa*
PATRICK WOODHEAD, *Il tempio degli eterni*
LOREDAN, *La spia del Doge. Leonora e i misteri di Venezia*
LORENZA GHINELLI, *Il Divoratore*
ROSS LECKIE, *Hannibal. Il conquistatore*
NAOMI RAGEN, *Una moglie a Gerusalemme*
LISA JANE SMITH, *Il diario del vampiro. La genesi*
GRAHAM BROWN, *La profezia della pioggia maya*
LAURA J. SNYDER, *Il club dei filosofi che hanno cambiato il mondo*
CHARLENE LUNNON - LISA HOODLESS, *Le bambine silenziose*
JESSICA JIJI, *Il profumo dei fiori in Iraq*
NELSON JOHNSON, *Boardwalk Empire*
SIMON SCARROW, *La spada di Roma*
MASSIMO LUGLI, *L'adepto*
DANIEL DEPP, *La città dei senza nome*
KENIZÉ MOURAD, *La principessa ribelle*
PHIL RICKMAN, *I pilastri di Camelot*
CHRISTIAN CAMERON, *Il tiranno*
KATIE ALENDER, *Le cattive ragazze non muoiono mai*
STUART MACBRIDE, *Sangue nero*
OLLE LÖNNAEUS, *Cuore nazista*
FABIO DELIZZOS, *La cattedrale dell'anticristo*
GERARD O' DONOVAN, *Il crocifisso*

HARRY SIDEBOTTOM, *Il guerriero di Roma. Sole bianco*
UNNI LINDELL, *La trappola di miele*
ANDREA FREDIANI, *Marathon*
LISA JANE SMITH, *Il diario del vampiro. Sete di sangue*
FRANCESCO FIORETTI, *Il libro segreto di Dante*
BASHARAT PEER, *Il sogno del soldato bambino*
RAYMOND KHOURY, *L'eredità dei Templari*
LARS RAMBE, *Il mosaico di ghiaccio*
NAGIB MAHFUZ, *Il viaggio di Ibn Fattouma*
FRANCESCA BERTUZZI, *Il carnefice*
ANTONIO SALAS, *L'infiltrato*
LISA JANE SMITH, *Il diario del vampiro. Strane creature*
DAVID GIBBINS, *Il Vangelo proibito*
JON TRACE, *La profezia vaticana*
SIMON RICH, *Il compagno di banco*
DOUGLAS JACKSON, *Il segreto dell'imperatore*
ANNA JANSSON, *Il sacrificio*
DANA STABENOW, *CSI Alaska. Primavera di ghiaccio*
RAZAN MOGHRABI, *Le donne del vento arabo*
SIMON SCARROW, *La legione*
CHRIS PALING, *Il pittore che visse due volte*
LEE MARTIN, *Che fine ha fatto Miss Baby?*
JOHN UNDERWOOD, *Il libro segreto di Shakespeare*
MARCELLO SIMONI, *Il mercante di libri maledetti*
ADAM JAY EPSTEIN ANDREW JACOBSON, *The Familiars*
SCARLETT THOMAS, *Il giro più pazzo del mondo*
ANN FEATHERSTONE, *La giostra degli impiccati*
TORSTEN PETTERSSON, *B Il burattinaio*
LISA JANE SMITH, *Il diario del vampiro. Mezzanotte*
CHRISTOFFER CARLSSON, *La casa segreta in fondo al bosco*
Millennium Thriller, a cura di J. ELLROY e O. PENZLER
JOSS WARE, *I diari delle tenebre. Il bacio della notte*
FRANCISCO J. DE LYS, *Il labirinto sepolto di Babele*
LIN ANDERSON, *L'incendiario*
CHARLES DE LINT, *La mappa del dragone*
TED DEKKER, *Il cimitero dei vangeli segreti*
JULIET GREY, *Il diario proibito di Maria Antonietta*

Grandi Tascabili Contemporanei

ANDREA FREDIANI, *300 guerrieri. La battaglia delle Termopili*
ANNE CHERIAN, *La moglie indiana*
SCARLETT THOMAS, *Che fine ha fatto Mr Y.*
FEDERICA BOSCO, *Mi piaci da morire*
ANDREA FREDIANI, *Jerusalem*
JUDITH SUMMERS, *La mia vita con George*
NANCY KILPATRICK, *La notte dei vampiri*
FEDERICA BOSCO, *Cercasi amore disperatamente*
GIULIO CASTELLI, *Imperator. L'ultimo eroe di Roma antica*
SHERRY JONES, *A'isha, l'amata di Maometto*
STUART MACBRIDE, *Il collezionista di bambini*
CAROLE MATTHEWS, *Il sexy club del cioccolato*
LESLIE CARROLL, *Matrimoni, bugie e appuntamenti*
LEANDER DEENY, *Gli incubi di Hazel*
TOM MARTIN, *Pyramid*
FEDERICA BOSCO, *L'amore non fa per me*
ROSSELLA CANEVARI - VIRGINIA FIUME, *Voglio un mondo rosa shokking*
JANE ELLIOTT, *Diario di un'adolescenza rubata*
NAGIB MAHFUZ, *I romanzi dell'antico Egitto*
STEL PAVLOU, *Il codice di Atlantide*
SCOTT WESTERFELD, *I diari della mezzanotte*
LISA JANE SMITH, *I diari delle streghe*
SCARLETT THOMAS, *PopCo*
HARRY SIDEBOTTOM, *Il guerriero di Roma. Fuoco a Oriente*
CLAUDIO RENDINA, *I peccati del Vaticano*
LARS RAMBE, *Incubo bianco*
ELIZABETH CHANDLER, *Baciata da un angelo*
MASSIMO LUGLI, *L'istinto del Lupo – La legge di Lupo solitario*
JOSS WARE (*alias* Colleen Gleason), *I diari delle tenebre. La lunga notte*
SIMON SCARROW, *Il centurione*

TIM C. LEEDOM - MARIA MURDY, *Il libro che la tua Chiesa non ti farebbe mai leggere*
ANDREA FREDIANI, *Le grandi battaglie di Roma antica*
AMANDA FILIPACCHI, *Il club degli innamorati*
LAURIE GRAFF, *Devi baciare un sacco di rospi*
ALAN F. ALFORD, *Il mistero della genesi delle antiche civiltà*
VINCENZO M. MASTRONARDI - RUBEN DE LUCA, *I serial killer*
ANDREA FREDIANI, *I grandi condottieri che hanno cambiato la storia*
KLAUS WERNER-LOBO, *Il libro che le multinazionali non ti farebbero mai leggere*
BRUNO DE STEFANO, *L'Italia del pizzo e delle mazzette*
MICHAEL MUHAMMAD KNIGHT, *Islampunk*
MARIO CAPRARA - GIANLUCA SEMPRINI, *Destra estrema e criminale*
JULIA GREGSON, *Matrimonio a Bombay*
ANDREA FREDIANI, *Un eroe per l'impero romano*
AZHAR ABIDI, *Il mio matrimonio pakistano*
HELENE COOPER, *Le bambine di Sugar Beach*
SCARLETT THOMAS, *L'isola dei segreti*
DAVID GIBBINS, *Atlantis*
NANCY KILPATRICK, *La guerra dei vampiri*
JOACHIM BOUFLET, *Il diario segreto di Lucrezia Borgia*
AZADEH MOAVENI, *Viaggio di nozze a Teheran*
CRAIG SMITH, *Il mistero del dipinto di Cristo*
FEDERICA BOSCO, *L'amore mi perseguita*
ALI ETERAZ, *Il bambino che leggeva il Corano*
ISABELLE AUBRY, *La prima volta avevo sei anni*
NASEEM RAKHA, *Una madre non dimentica*
CLAUDIO RENDINA, *La santa casta della Chiesa*
ANDREA FREDIANI, *Le grandi battaglie dell'antica Grecia*
LYNN PICKNETT, *La storia segreta di Lucifero*
FURIO SAMPOLI, *Le grandi donne di Roma antica*
GIUSEPPE ANTONELLI, *Il libro nero di Roma antica*
IAN BINGHAM, *La città perduta degli Inca*
LUDOVICO GATTO, *Le grandi donne del Medioevo*
ROBIN LUMSDEN, *La vera storia delle SS*
GUY PATTON - ROBIN MACKNESS, *L'enigma dei templari*
IAN LAWTON - CHRIS OGILVIE-HERALD, *Il codice di Giza*
PIERS PAUL READ, *La vera storia dei Templari*

GIUSEPPE ANTONELLI, *Gli uomini che fecero grande Roma antica*
MICHAEL A. CREMO - RICHARD L. THOMPSON, *Archeologia proibita*
ANDREA FREDIANI, *Le grandi battaglie di Napoleone*
PAUL K. DAVIS, *Le 100 battaglie che hanno cambiato la storia*
MICHAEL BAIGENT - RICHARD LEIGH, *Origini e storia della massoneria*
LAURENCE GARDNER, *I segreti dell'arca perduta*
DAVID WEBSTER, *La misteriosa fine dell'impero maya*
PAUL JORDAN, *La sindrome di Atlantide*
BILL PUTNAM - JOHN EDWIN WOOD, *Il tesoro scomparso di Rennes-le-Château*
ANDREA FREDIANI, *I grandi generali e condottieri di Roma antica*
CLAUDIO RENDINA, *I papi. Storia e segreti*
LAURENCE GARDNER, *L'enigma del Graal*
LIN ANDERSON, *La bambina che giocava con il fuoco*
GIOVANNA BANDINI, *Il bacio della tarantola*
LUCA CANALI, *Gli ultimi giorni di Giulio Cesare*
GIANNI BISIACH, *I Kennedy*
DANA STABENOW, *CSI Alaska. Il silenzio della neve*
CLAUDIO RENDINA, *L'oro del Vaticano*
STEPHEN HODGE, *I manoscritti del Mar Morto*
JEMMA FORTE, *La mia peggiore amica*
LESLIE CARROLL, *Amori e centrifughe*
CARMEN REID, *Il club dello shopping*
MONICA PRADHAN, *Il gusto proibito della cannella*
WALTER ELLIS, *Codice Caravaggio*
DONNA WOOLFOLK CROSS, *La papessa*
LUDOVICO GATTO, *La grande storia del Medioevo*
FEDERICA MORRONE - CRISTIANA RUMORI, *Il teorema dell'amore perfetto*
GERRI BRIGHTWELL, *La casa dei segreti*
DAN RHODES, *Amore amore*
SHERRY JONES, *La sposa guerriera. A'isha e la rivolta islamica*
GIULIO CASTELLI, *Gli ultimi fuochi dell'impero romano*
ROBERTO GENOVESI, *La legione occulta dell'impero romano*
CHRIS PRIESTLEY, *Le terrificanti storie di zio Montague*
TOM HARPER, *La città dei libri proibiti*
DONATELLA BERSANI, *Indignate. È arrivato il momento di dire basta*

GAILE PARKIN, *Il profumo dello zucchero a velo*
SIMON SCARROW, *Sotto l'aquila di Roma*
MICHAEL WHITE, *L'anello dei Borgia*
ELIZABETH ESLAMI, *Il mio matrimonio combinato*
JON E. LEWIS (a cura di), *Sul tetto del mondo*
STEVE ALTEN, *2012. La resurrezione*
NIAMH GREENE, *Uomini: l'importante è farli soffrire*
CLARE DOWLING, *Quando l'amore va in vacanza*
ROBERT E. HOWARD, *Conan il barbaro*
STUART MACBRIDE, *Il collezionista di occhi*
CARMEN REID, *Shopping mania*
TORSTEN PETTERSSON, *A L'alfabetista*
PAOLO DI REDA - FLAVIA ERMETES, *Il labirinto dei libri segreti*
ÁLEX ROVIRA - FRANCESC MIRALLES, *L'ultima risposta di Einstein*
LORENZO BORGHESE, *I segreti di una principessa*
ANN BRASHARES, *Grande amore*
DAN RHODES, *Il bizzarro museo degli orrori*
ANN FEATHERSTONE, *Il circo maledetto*
SCARLETT THOMAS, *Il nostro tragico universo*
CHRISTOFFER CARLSSON, *Lo strano caso di Stoccolma*
STUART MACBRIDE, *La porta dell'inferno*
FEDERICA BOSCO, *101 modi per riconoscere il tuo principe azzurro (senza dover baciare tutti i rospi)*
FIONA NEILL, *Tutto l'amore che c'è*
FABIO DELIZZOS, *La setta degli alchimisti. Il segreto dell'immortalità*

Melissa Hill

Un regalo da Tiffany

Melissa Hill, autrice di bestseller, vive a Dublino. Acclamata come "la regina delle trame dagli esiti imprevisti", nei suoi libri riesce a combinare tutta l'emozione e l'umorismo della narrativa femminile contemporanea con intrecci che non hanno nulla da invidiare ai romanzi gialli. Ha cominciato a scrivere nel 2003 e in breve tempo è diventata una delle più note autrici irlandesi. Le sue storie hanno toccato le corde del pubblico femminile in tutto il mondo e in breve tempo sono state tradotte in 18 lingue. Per saperne di più, il suo sito è www.melissahill.info

Volume rilegato di 416 pagine. € 9,90

Quale ragazza non sogna, una volta nella vita, di ricevere in dono un gioiello di Tiffany? A New York, sulla Fifth Avenue, il giorno della vigilia di Natale due uomini stanno comprando un regalo per la donna di cui sono innamorati. Gary, che aveva quasi dimenticato il regalo per la sua fidanzata Rachel, sta acquistando per lei un braccialetto portafortuna. Ethan invece sta cercando qualcosa di speciale: un anello di fidanzamento per Vanessa, uno splendido solitario col quale si inginocchierà davanti a lei e le farà una romantica proposta di matrimonio. Ma quando per sbaglio, all'uscita dal negozio, i due regali vengono scambiati, Rachel si ritroverà al dito l'anello destinato a Vanessa. E per Ethan riportarlo alla donna per la quale lo ha scelto non sarà affatto semplice. Soprattutto se il destino ha altre idee a riguardo...

NEWTON COMPTON EDITORI

Eva Clesis

E intanto Vasco Rossi non sbaglia un disco

Eva Clesis è nata nel 1980 a Bari. Ha pubblicato *A cena con Lolita, Guardrail* e numerosi articoli e racconti apparsi su riviste e antologie. Per la Newton Compton ha scritto anche *101 motivi per cui le donne ragionano con il cervello e gli uomini con il pisello.*

Volume rilegato di 192 pagine. € 9,90

Manuel è un adolescente troppo eccentrico per un piccolo paese della provincia pugliese, Valeria è emarginata da tutti perché troppo grassa: i due sono i facili bersagli delle angherie di Filippo Santucci e degli altri bulli della scuola. Come in un vortice, le loro vite si muovono e si intrecciano con quelle degli altri protagonisti: la professoressa Adelaide Colucci, cinquantenne depressa; Cecilia, la madre di Manuel, separata e ancora alla ricerca del grande amore; Alessia, tredicenne disposta a tutto pur di fare la velina. Ognuno di loro è a un passo dalla resa dei conti, che giungerà un sabato mattina, durante la manifestazione contro la riforma scolastica. Sarà il giorno del giudizio? O sarà il giorno del riscatto?
E intanto Vasco Rossi non sbaglia un disco è un romanzo corale emozionante e commovente come *La solitudine dei numeri primi*, divertente e ironico come *Notte prima degli esami.*

NEWTON COMPTON EDITORI

Karen Swan

Un diamante da Tiffany

Karen Swan ha iniziato la carriera di giornalista di moda (collaborando, tra gli altri, anche con «Vogue»), prima di rinunciare a tutto per prendersi cura dei suoi tre figli e realizzare il sogno di diventare una scrittrice. La casa dove vive si affaccia sulle splendide scogliere del Sussex. Il suo romanzo d'esordio, *Players*, è stato al primo posto nelle classifiche inglesi. Per saperne di più visitate il sito www.karenswan.com

Volume rilegato di 512 pagine. € 9,90

Cassie ha appena lasciato il marito, dopo aver scoperto la terribile verità su un matrimonio che pensava perfetto. Sa che è il momento di voltare pagina e ricominciare. E allora, quale migliore aiuto di quello che possono offrirle le sue preziose amiche d'infanzia? Kelly, Anouk e Suzy, brillanti, alla moda e vitali, sono pronte a ospitarla e a farle vivere l'atmosfera glamour della Grande Mela, la passione e la seduzione della Ville Lumière e la frenesia londinese. In un viaggio alla scoperta di una se stessa che non conosceva, Cassie vivrà le esperienze più diverse: lavorerà con acclamati stilisti newyorkesi e parigini, poserà per un quotato fotografo, prenderà lezioni di cucina da un famoso chef e organizzerà matrimoni. Ad attenderla, al suo arrivo in ogni città, c'è una strana lista di cose da fare... Qualcuno che conosce da tanto tempo la compila per lei. Qualcuno che le fa trovare una sorpresa speciale sotto il grande albero di Natale nello scintillante negozio di Tiffany. Qualcuno che le regala dei semi di fiori, ogni volta diversi, da piantare e far crescere, come in un romantico messaggio cifrato. Il destino ha in serbo per lei la tanto attesa scatolina blu? E se un giorno il passato lasciato alle spalle dovesse all'improvviso tornare?

NEWTON COMPTON EDITORI

Juliet Grey

Il diario proibito di Maria Antonietta

Juliet Grey ha condotto numerose ricerche sulle famiglie reali europee ed è particolarmente affezionata alla figura di Maria Antonietta. Ha studiato come attrice classica e ha interpretato spesso il ruolo di donne vergini, bisbetiche e malvagie.

Volume rilegato di 384 pagine. € 9,90

Vienna nel XVIII secolo è una delle città più affascinanti e ricche d'Europa. Maria Antonietta, la giovane arciduchessa d'Austria, è cresciuta qui, nel lusso più sfrenato e nella magnifica opulenza della corte imperiale. La sua è una vita fatta di balli, ricevimenti e feste; i suoi amici sono nobili e re, i suoi parenti decidono i destini di interi popoli. Ma l'immagine di felicità e perfezione che la circonda è destinata a dissolversi. Sua madre, la rigida imperatrice Maria Teresa, è pronta a sacrificare persino i figli alla ragion di Stato. E ben presto, per la giovane principessa, il tempo delle scintillanti serate di gala e dei magnifici banchetti finisce: le logiche del potere la obbligano a sposare un ragazzo goffo e scontroso, il futuro Luigi XVI, e a partire per la Francia. La strada per diventare regina è lunga e insidiosa: nessuno è al suo fianco per aiutarla ad affrontare intrighi, gelosie di corte, nemici interni ed esterni e la rivoluzione. Maria Antonietta è sola, e ha un compito troppo grande. Il ritratto vero e appassionato di una donna che è diventata una leggenda nera, che ha suscitato odio e invidia, ma che è stata anche una grande vittima della storia.

GAGA

LOUISA JAMES

ROSE GRACE PHOEBE VICTOR